总主编　李相银

江苏省一级学科重点建设学科中国语言文学学科经费资助
江苏省品牌专业汉语言文学专业经费资助
江苏高校哲学社会科学重点研究基地文化创意产业研究中心经费资助
淮阴师范学院优势学科文化传承与文化创意学科经费资助

「翔宇论坛」百期精选

（2009—2017）

主　编　李相银
副主编　陈年高　陈树萍

南京大学出版社

目 录

总序

阅读·写作·做人及其体系构建

2012 年 7 月,我开始任淮阴师范学院文学院院长。暑假两个月,我一直在思考学院的办学理念与人才培养问题。随着思考的深入,我的思路逐渐清晰明朗起来:既然是文学院,就应当围绕"文学"二字做文章。在学校办学转型的背景下,加强高素质应用型人才培养已成当务之急,我要赋予"文学"二字新的含义。在 2012 级新生开学典礼上,我开始将"文学"拆分为"文"与"学"两个字,将"文"阐释为"文以化人",将"学"阐释为"学以致用",并将"文以化人,学以致用"作为文学院的人才培养理念。在这里,"文以化人"强调的是提升学生的人文素养,"学以致用"强调的是提升学生的职业能力,而这正是我们这一类师范院校中文专业人才培养的两个基本点。

那么,如何落实"文以化人,学以致用"这一理念呢？ 文学院对学生的要求是六个字:"阅读、写作、做人"。后来,每一年新生入学时我们都会强调这六个字,并要求他们大学四年学会做三件事:学会阅读、学会写作和学会做人。我们认为:只要这三件事情做好了,文学院毕业生什么工作都可以胜任。

关于阅读,我们要求学生先弄明白三个问题。一、为何阅读？ 福楼拜说"阅读是为了活着";苏东坡说"腹有诗书气自华"。对于文学院学生来说,"阅读"是必修课和首要任务,是积累知识、提升修养的必由之路,更是一种高贵的精神追求。我们相信阅读能够使高贵的灵魂更加高贵,能够使神圣的信仰更加神圣,因为文学是永远的精神食粮。二、阅读什么？ 当然是阅读经典。关于经典,意大利 20 世纪最著名小说家,也是诺贝尔文学奖十大遗珠之一的作家卡尔维诺曾说:"经典作品是那些你经常听人家说'我正在重读……'而不是'我正在读……'的书。"可见,经典作品不仅值得阅读,还值得再三咀嚼与玩味。经典的恒定性与典范性是其最重要的艺术魅力。三、如何阅读？ 笛卡尔说:"我思故我在。"这是笛卡尔提出的重要哲学命题。其含义不是说由于我思考,所以我存在。而是指通过思考而意识到了(我的)存在,即由"思考"之状态而知道"存在"之本质。简而言之,思考能让主体意识到存在的重要性。因此,读书的目的不仅仅是为了记住，更是为了思考，亦如中国古人云"学而不思则罔，思而不学则殆"。我们认为，在阅读中提出问题、质疑与反思、求证与批判，比能记住多少知识更为重要。

关于写作，必须明白的是：它不等于文学创作，还包括读书笔记、创意写作、文学评论与应用文写作等。"读书破万卷，下笔如有神。"写作可以将阅读中的思考转化为文字，就此而言，写作是阅读成效最有力的展示，也是创新意识、创造能力最直接的体现。文学院提倡写作并非为了培养作家，而是希望通过写作训练使学生成为一个具有良好文字功底的人。文学院的学生若都能写得一手好文章，何愁没有立身之本？

关于做人，应该清醒地认识到它与阅读、写作有着紧密联系。阅读能使学生明白自己应该做一个什么样的人，今生才更有意义。写作则让别人明白自己是一个什么样的人，自己将带给这个世界怎样的精神与惊喜。做人则意味着要用一生对自己的阅读与写作做出回应与总结。那么，文学院的学生应该做一个什么样的人？文学院的要求是：一、做一个有点"文学"的人。期待每个学生都学富五车、满腹经纶并不现实，但起码可以做一个博览群书、学养丰厚的人。二、做一个精神高贵的人。1929 年陈寅恪为王国维撰写的纪念碑文是"独立之精神，自由之思想"。王国维已成历史之绝响，而此后的顾准、林昭、遇罗克、张志新等人前赴后继，用生命再次昭示独立、自由、民主、平等之可贵。做一个坚守公平、正义与良知的人，应当成为中文专业学生的自觉追求。三、做一个懂得感恩的人。在我们成长的路上，有人是桥，有人是路，有人是船，他们扮演的作用或大或小，但无疑都是最应该珍惜的人，理应受到受惠者的尊重与感谢。感恩是一种素养，也是一种文化乃至文明。这样的认知，在阅读中可以获得，在写作中则可以传承。

"书到用时方恨少，事非经过不知难。""文以化人，学以致用"是一个系统工程，不仅包含理念的更新，还包含实践路径的选择。为有效地推进阅读与写作计划，文学院积极实施"十百千"工程，为学生成人成才铺设路径。"十"，即要求每个学生大学四年至少有十次讲台（舞台）经验，或演讲，或朗诵，或表演，或汇报，形式不拘；"百"，即双百万针，要求每个学生新增背诵百篇优秀诗义、写作百篇优秀短文；"千"，即要求每个学生新增阅读千篇（部）以上经典文学作品。

2013 年上半年，学校修订新一轮人才培养方案，文学院党政班子经过深入研讨，最终达成共识，将上述思考体系化，并融进文学院 2013 版人才培养方案。我们的主要做法有：

一、构建立体的阅读体系

在课程设置方面做出重要改革，在保持原学分学时不变的前提下，将"中国古代文学"改成"中国古代文学史"和"中国古代文学作品选"两门课，将"中国现代文学"改成"中国现代文学史"和"中国现代文学作品选"两门课，同时增设《楚辞》精读、《论语》精读、《史记》精读、《文心雕龙》精读、"鲁迅精读"、"沈从文精读"、"张爱玲精读"、"钱钟书精读"、"西方现代派文学经典精读"等课程，旨在通过课程设置引导教师利用课堂教学主渠道，强化中文专业学生的阅读理解能力、文本分析能力。与此同时，文学院还积极利用课余时间推进课外阅读，一是编写《阅读经典，放飞梦想》读书指南与《文学院学生必读书目》引导阅读;二是编写《优秀诗文经典名篇必背》引导背诵;三是举办"雅好诗书"读书笔记大赛、"经典诗词四六级大赛"、"风雅颂:我爱记诗词"等活动,以检测阅读的效果。

二、健全多维的写作体系

一是将原先开设的"基础写作"课程改成"写作理论与写作训练",将"文献学"与"研究方法与论文写作"两门课整合优化为"文献检索与论文写作"。理论讲解有其必要性,但写作能力的提升关键在于训练,课程改革的目的即在于强化师生的这一认知。文秘系教师编写的教材《写作理论与写作训练》即将投入使用,今后的写作训练会更有针对性。二是将"百篇短文写作"技能训练纳入人才培养方案中的实践环节,并给予学分认定,以此强调写作能力提升的必要性与不可或缺性。三是创建"博雅园"文学网络空间,资助出版《涟漪》、《起兮》等社团期刊,鼓励学生文学创作,并使之常态化,最终结集出版《诗文趁年华——淮阴师范学院文学院学生佳作选》,以实际举措激发学生写作兴趣,形成良性循环。四是规范学生论文写作,以"文献检索与论文写作"等课程的课堂教学引导并培养学生的论文意识,掌握论文写作的必要知识,通过小论文式作业、学年论文和毕业论文写作来锻炼和检测学生的论文写作能力和水平。同时遴选培育一些优秀学年论文,鼓励学年论文毕业论文一体化,支持学生公开发表学术论文,并出台论文发表奖励政策,资助出版《初涉集》,使论文写作及教师指导更具目的性、更加规范化,也更具可操作性。

三、建立全方位的育人体系

针对中文专业学生的个性色彩、心理特征和发展趋势,文学院特别制定了全程育人的导师制度,如在大一阶段配备新生导师,主要引导学生尽快适应大学生活;在大二阶段配备职业规划导师团队,主要引导学生规划职业生涯,比如考研、考公、考村官或者直接就业,等等;在大三阶段配备考研导师,指导学生复习考研,帮助学生实现考研理想;在大四阶段配备就业导师团队,帮助学生分析市场与理性择业。

四、打造全员化的第二课堂

人才培养不能仅仅依赖于课堂教学,一般而言,教师在课堂上更多地提供给学生的是方向、方式与方法,只有把这些充分运用到课外活动实践中,才能更加有效地激发学生的创新性思维,从而有益于人才的培养与发展。近几年来,我们一是根据中文专业特点举办相关校园文化活动,如"四月的思念"、"翰墨春秋:汉字听写大赛"、"风雅颂:我爱记诗词大赛"等文化活动,借以塑造学生品格,丰富课外生活,取得很好反响。二是根据学生个性特点成立中文特色鲜明的学生社团,如"采菊诗社"、"起兮文学社"、"翔宇戏剧社"、"燃灯剧社"等。其中,"采菊诗社"为学校明星社团,多次赴台湾地区交流演出,在大陆具有一定影响力,已成为本专业对外交往的重要名片。"起兮文学社"、"涟漪诗社"等文学类社团也已成长为学校著名品牌社团,定期出版刊物如《苏北青年》、《翔宇论坛》、《语言艺术报》、《涟漪》、《起兮》等。戏剧社团则及时排演话剧并公演,2015年12月,"燃灯剧社"排演青春版话剧《雷雨》,在校内外引起很大反响,得到省内外诸多兄弟高校同行的赞赏,主要演员一举成为校园明星,并被淮安市有关部门选入话剧《少年周恩来》的主演阵容。通过主编刊物、剧本创作与话剧演出,激发学生的写作兴趣和协作精神,锻炼学生的写作能力,提升学生的文化素养,这是文学院对学生社团的基本要求。三是开展多管齐下的技能训练,如:建立健全训练机制,由院行政负责总安排,教师负责总指导,院团总支负责总实施;建立"小老师"队伍,形成"传帮带"机制,以评比促进训练,采用"每周一练"方式训练中文专业学生"三字一话"等基本技能。

五、精心打造品牌活动

一是高端前沿的"翔宇论坛",自 2009 年创办以来,目前已开设近百讲,张炯、黄修己、吴福辉、陈思和、刘勇、吴义勤、周勋初、钟振振、王钟陵等著名学者;王安忆、毕飞宇、范小青、赵本夫、阿成、徐则臣等著名作家;六小龄童、沈铁梅等著名演员先后做客"翔宇论坛",进一步拓宽了学生的专业视野。论坛成果《"翔宇论坛"百期精选(2009—2017)》即将出版。二是深入浅出的"名师讲堂",创建于 2012 年,旨在借助国内一流名师资源,紧扣课程教学内容,深化作品阅读,培养学生的作品解读能力,陈思和、莫砺锋、萧兵、周建忠等先后为学生开设公开课,令学生获益良多。

当然,上述思路与做法的形成非一日之功,而是前后几届文学院党政班子共同智慧的结晶。近五年来,由施军副校长和我共同主持的课题"高师中文专业课程体系改革与创新型人才培养研究"、"应用型本科院校汉语言文学专业双基多能人才体系建构与实践研究"先后获得江苏省高等教育教学改革课题立项;由施军和我领衔申报的教学成果"高师中文专业学生能力培养体系的建构与实践"获江苏省高等教育教学成果奖二等奖(2011 年),"汉语言文学专业'双基多能'应用型人才培养模式的构建与实践"获淮阴师范学院优秀教学成果特等奖(2016 年),即是最好的证明。

总结过去是为了更好地面向未来,值学院制定"十三五"事业规划与修订新一轮人才培养方案之际,将既往的想法与做法略作总结,将有助于我们进一步深入思考。"筚路蓝缕,以启山林",我们相信每一次精心的付出,都会在文学院的办学历史上留下印记,以启示后来者。

李相银

2016 年 4 月 28 日于淮阴师范学院

玄学清谈与晋人的"体玄"精神

主讲人／党圣元 （2013年4月24日）

[主讲人简介] 党圣元，1955年生，陕西子洲县人，长期从事中国古代文学理论批评、文艺理论领域的研究工作，曾任中国社会科学院文学研究所副所长、研究员、博士生导师，同时担任《文学评论》副主编、《中国文学年鉴》编委。

非常高兴能借此机会和大家讨论交流。今天我要谈的是"魏晋玄学与清谈"，请大家多多批评指教。

玄学产生于魏晋时期，现在我们一般从哲学的角度理解它，在当时它是一种意识形态。它的思想来源，主要是老、庄。老、庄在当时是庄、老，庄在前面。玄学在当时并不叫玄学，人们更多地称之为玄远之学，或者"三学"之学。"三学"是指《老子》、《庄子》和《周易》，是当时的主流学说。玄学的称呼是到了南朝时才出现的，作为一科官学，玄学是后来人对它的统称。所谓"玄学"，即玄虚之学。"玄"的概念源于《老子》，《老子》云："玄之又玄，众妙之门。"他认为，在现实世界以外，有一个纯粹抽象的世界，是为"玄"。玄学家以抽象的"无"作为思想核心，强调"以无为本"，认为天下万事万物皆产生于"无"。"无"便是老、庄心目中的本体。《说文解字》等字书中解释"玄"为深远难测之意，以《老子》、《庄子》、《周易》为思想武器，确实感觉比较玄远难测。

玄学的产生有其社会历史背景。从政治方面看，玄学的诞生是为了适应政治形势的变化，是为了维护曹魏集团的统治。曹丕死后，曹魏政权逐渐弱化，加上九品中正制的施行，朝政被门阀士族把持，朝廷中出现了一种享乐的风潮。为改善朝政，玄学应运而生了。从思想方面看，玄学的诞生是为了填补汉代以来经学的空白。汉代，黄老学说调和儒、道关系，建立起一种话语体系，就像近几年来马克思主义中国化一样。汉末到魏初，玄远无为的玄学诞生，也是学术思想演变的必然结果。曹魏放弃东汉以来的察举制，选才标准由"用人唯德"变为"用人唯才"，代表着传统的儒家理论走向衰落，名家之学抬头。学者们就人的德行与才能间的关系展开辩论，这就是清谈。到了后期，这种清谈与道家思想配合,认为有名(不完全、有限制的)是臣道,无名(无限制的)才是君道,渐渐发展为玄远之学。

玄学的发展,可以划分为四个阶段。一是正始玄学,以王弼、何晏为代表;二是竹林玄学,以嵇康、阮籍为代表;三是西晋玄学,以裴颜、郭象为代表;四是东晋玄学,以张湛为代表。到了东晋,玄学和文学、儒学、史学是并列的,其中心话语是本末、有无。从哲学角度考虑,这个问题很深奥。但是通俗简化来说,它无非就是思考关于天地万物存在的根本依据的问题。按照现在的学科归类,它讨论的就是宇宙本体论的范畴。从思想内容上来看,玄学所讨论的问题融合了先秦到魏晋、汉魏儒道思想的精华,基本上是用老、庄道论的观点解释儒家的经典,把道家的自然无为思想和儒家的纲常名教结合起来,也就是所谓的以老解儒、援道入儒。东晋之后,玄学再没有出现什么新的变化,但是在社会中的影响很大,被奉为当时的官学。

玄学是魏晋思想演变的必然结果,它影响了当时一代的社会思潮,对魏晋文学与美学思潮的发展也起了很大的推动作用。首先,玄学清谈思潮的产生动摇了以汉代儒家伦理道德为思想基础的文学和美学价值观念,使得先秦道家的美学思想进入文学和美学的话语系统,并且开始发挥其历史作用。我们现在经常说,在整个中国文学思想史中,文学的价值功能多由儒家思想决定,而其审美功能则受道家思想影响更大。道家的思想影响文学和美学,正是从玄学开始。其次,玄学的产生促进了人文精神的觉醒。相对于汉代的天人感应学说,玄学的产生确实具有思想解放的意义。玄学所讨论的本体论、认识论、价值论等问题,实质上都隐含着人性的问题,它促进了当时人们对自身人性的进一步思考,对自身价值的确认。庄子学说价值的被发现,更是使得庄子人生哲学中不受世俗羁绊、追求精神超越的思想品质为后人广泛接受,影响着一代又一代文人的精神面貌。从《古诗十九首》到建安诗歌、正始思潮、太康文学,再到陶渊明的田园隐逸诗歌、南朝诗歌,其中对社会秩序重建的渴望、对人性的呼唤、对人生的感慨,等等,都不同程度地体现了玄学的思想,玄学清谈在其中起到了不同程度的发酵作用。可见,玄学清谈为当时的思想文化注入了一种新的活力,促进了人们的思维观念的变革,甚至是思辨水平的提高。当时的许多思想家和文人都陶醉在玄学清谈之中,这带来了整个思想文化氛围的变化。在这种文化氛围下,诗文、音乐、绘画、书法也格外受到玄学清谈人士的赏爱,他们热衷于通过品评诗文、音乐、绘画、书法来展现自己的才情。在品评过程中,自然要提出一系列重要的概念范畴,中国古代文学、美学批评的一些概念、关键词,大多是在玄学清谈的中介作用下,直接或间接受到老庄思想影响而产生、拓展出来的范畴。

玄学清谈的具体方式,和汉代末年的清议比较接近。东汉取士,也就是选拔人才,主要有察举和征辟两种方法,都比较注重社会舆论。察举就是指一级一级往上推,这就产生了从最基层开始的清议风气,也就是品评人物。到了东汉末年,清议已经不再局限于朝廷取士过程中对人物的品评了。由于政治黑暗不公,不得人心,人们在品评人物的同时,也对朝廷政治进行批判。再加上汉代末年宦官专权,名士与宦官之间、清流与浊流之间的斗争非常激烈,清议的对象更多地涉及了当时的政治。曹氏执掌政权之后,清议又有了变化。曹操唯才是举的用人政策,使得清议的内容主要又变成了品评人物,逐渐转变为清谈。从清议转变为清谈的过程,就是玄学形成的过程。玄学兴起之后,谈风盛行,当时参与玄学清谈的名士都是出身于名门大族,活跃在当时思想和话语舞台上的一些新的知识分子,如何晏、王弼等。这些名士超脱世俗,崇尚清谈,谈论不同于汉儒字句解经的呆板方式,注重抽象思辨,旨在展露自己的学识和才华。根据《世说新语》和其他一些相关的文献记载,我们基本可以还原当时名士清谈的场景:他们以学会友,一见面就互相争辩,共同讨论问题,这是当时知识界一道特殊的风景。玄学清谈的方式,一般是分为主方和客方的辩论式,类似于现在辩论赛的辩方和反方的方式。就是先由主方确定谈论的题目,并先阐释一下个人见解,叫作述意或立意;客方由一个或者几个人同时问难,叫作质疑或座谈。对于客方提出的问题,主方要进行答辩;客方再问难,主方再答辩,往返多个回合,直到搞清问题,最终取得共识。如果最后谁也说服不了对方,争执不下,也可以双方都保留自己的意见,再请第三方出面对主方和客方的观点都进行评述综合,力求使双方都能心服口服。清谈的主持者手里必定拿着一个东西作为道具,比如羽扇、拂尘之类,以显示自己的身份——不仅是主持者、组织者,甚至是裁判者。如果在玄学清谈中获得了主持人的位置,身价、影响力便会倍增。这种清谈之风一直蔓延到南朝梁陈时期。参与清谈的名士多为士族,衣食无忧。他们发现《老子》、《庄子》、《周易》可以提供源源不断的话语资源。通过清谈辩论来评论和发挥"三学"里面所包含的一些理论,而且把"三学"里面的思想观念、资源运用到现实清谈中,若能在清谈中一鸣惊人,那是非常荣耀的事。因此,当时的名士很乐意在"三学"的研究上下功夫,甚至将其作为生活的必需,《世说新语》里就说"三天不读《道德经》,便觉舌本间强"。当然,他们所谈论的一些抽象的学理,对他们而言,可能并不是非常枯燥的哲学思辨问题,沉浸在这种哲思之中,通过玄学清谈来领悟玄妙的道理,对他们来讲可能是一种精神上的享受。《世说新语》里就有记载,有人因为清谈到了废寝忘食的地步,甚至有人体质弱,竟然因清谈劳累身心而死。

用敏捷的才思体悟深刻微妙的玄理,并用简洁优美的辞藻表达出来,寄托自己的情怀,展露自己的才智,玄学清谈成为当时士族知识分子们寻求精神享受的一种工具。这样,玄学清谈就和名士们审美意向的追求、价值理想的实现紧密联系在一起。这些玄学清谈家通过哲理性的论辩和语言来欣赏、表达他们所推崇的那些哲思的精神之美,在他们看来,学理、学思和学言是自成系统的,只有学理、学思不妙或者不能用学言表达出来,也是枉然。因此,我们看《〈三国志〉注》、《世说新语》里面,大量充斥着对人物的评论和评价,而评价所及,大多是指其在玄学方面的天赋、才能、资质。在这种风气的带动下,一些在玄言清谈方面有天赋的人物,如何晏得到了一个很好的展露自己才华的机会。应该说,两晋时期,最起码就知识分子阶层而言,这是一个非常重视学理、学思、学言的时代。

魏晋南北朝知识分子的这种思想价值倾向,对文学的影响,尤其是对玄言诗和山水诗的影响是非常大的。玄学清谈的名士们特别注重展露自己的个性、情感和才情,有学问才能得到比较高度的社会认可和社会评价,这就造就了重视学问的社会氛围,而这在文人们创作的各种形式的文学文本中都得到了淋漓尽致的体现。

我们有必要谈一谈所谓的玄言诗的概念。文学史上所谓的玄言诗,其实和山水诗、游仙诗的界限是很难准确把握的。为什么呢?因为三者都在不同程度上受到了玄学清谈、玄学思潮的影响,都是在玄学清谈这种共同的文化精神气候下产生的精神产品。虽然游仙诗、玄言诗、山水诗代表了魏晋南北朝时期几个不同的诗歌发展阶段,但是,就玄学思想的发展而言,它们是处在一个发展链条中间的。按照我们的文学史,从游仙诗、玄言诗到山水诗,是一个不断进化的过程,到了山水诗,就把玄言给进化掉了。其实,不管是六朝的山水诗,还是之后更为成熟的山水诗,它们始终未能把自己玄言的尾巴割掉,玄言始终作为一种特殊的审美韵味保留在其中。游仙诗、玄言诗中也不乏山水形象的频繁出现,三者有联系和共性。其差异,主要在于文学性的强弱、审美价值和趣味的不同。它们对山水形象的解读方式和刻画手段不尽相同。仅仅从发展进步的角度来构建三类诗歌形态的发展进程,叙述其差异,显然是不合事实的。我认为,对于玄言诗概念范畴进行界定,对其美学特征进行评价时,首先应该注重文本的确认。玄言诗是在玄学清谈风气影响下所出现的流行语,是两晋时候的一种诗歌类型,其中尤其以东晋时候最盛。它旨在阐述玄学义理,一般来说,确实缺乏新意,而且诗歌语言比较枯燥。钟嵘《诗品》评其"理过其辞,淡乎寡味",是比较准确的。从这种角度上来讲,把玄言诗看成哲学诗是可以的,说它是玄学义理的文学形式改写也未尝不可。

玄言诗在后世的评价不高。由于玄言诗大多佚失,留下的作品很少,它在文学性、审美性上到底糟糕到什么程度,也很难说清。但是,作为一种诗歌创作潮流,它的产生有其深刻的原因。它是在当时特定的社会文化气候下的一种产物,清谈名士借此来阐述其学思,排遣其情绪。因此,我们在进行文本欣赏、文学鉴赏的时候可以因为"淡乎寡味"而把它扔到一边不管,可是在考察文人类型、文学精神的时候,就要给予特别的关注。在东汉的文学作品里就出现了谈学论道的现象,比如张衡的《归田赋》就宣扬了老庄的哲学思想。后来的游仙诗也是宣扬高蹈出世的思想。建安时期的诗歌主题一方面是表达曹魏政权给当时的知识分子带来的希望和期待,表达建功立业的理想;另一方面与玄学相关的诗歌也不少,曹植就写了很多游仙诗。这些作品宣扬哲理、追求学问如果达到登峰造极的地步,就发展成玄言诗了。很显然,借助于玄言诗,我们对汉魏六朝的文人与文化会有更多更明了的认识。

说到玄言诗,我们就不能不谈孙绰。钟嵘《诗品》评孙绰诗"理过其辞,淡乎寡味",其实抱有很大的成见。以《秋日》诗为代表,我们来看看孙绰的玄言诗。这首诗前两句写的是秋天山中自然景物的变幻,后半部分写的是隐逸于山林之中,逍遥闲逸的生活情趣,表达了超脱世俗的心灵境界。山水是媒介,借助山水的灵气让人领略到玄理的真妙。从文学角度而言,这首诗也自有其审美价值,不能因为它是玄言诗而一味否定。其实,大多数玄言诗都是将诗人自身的生活理趣与玄理哲思相结合,有情有景,有思有理,具有一定的文学欣赏价值。玄言诗作为一个时代的精神产品,典型体现了当时文人长于说理的特点,从孙绰到王羲之等文人的玄言诗无不如此,其文学价值、文化价值和思想价值都值得肯定。

玄学清谈还促进了美学中"清"和"远"概念范畴的形成。东汉以来,形成以"清"和"浊"来评论人物高下的风气。其中,最盛行的是以"清"来品评和肯定一个人的神姿、神态、神勇、神气。到了魏晋时期,用"清"来品评人物就变得更为寻常和普遍了。《世说新语》中记载很多,但含义不太相同,大体是说一个人高雅、清洁、清幽。在诗文中用"清"来评论人物也是很常见的。刘勰的《文心雕龙》中大量用"清"这个词汇来评论一个人,钟嵘的《诗品》中也有可察之处。六朝时,在文学艺术品的品评中,"清"也是一个使用频率很高的词,并产生了大量以"清"为词根的词汇。"远"也是六朝诗歌、绘画品评中的一大审美标准。在一定程度上,"远"是玄学所追求的一种境界。作为一个美学的审美概念,在诗人心中,"远"代表一个人追求洒脱、自由、理想、豁达的特点,它需要具备心理上的空、净、素、清、简、旷等。在艺术方面追求"远"的品格,也体现在山水诗、山水画中间,通过山水形象,以及山水的内在所蕴含的生气对其进行艺术的表现。这可以使人产生超越世俗的境界,和当时沉浸在玄学清谈风气中的精神追求是契合的。"远"是玄学清谈风气对美学领域的合乎逻辑的一种延伸,作为一种审美意识,清和远是毗邻而居的,哲学意蕴是一样的,可以组合在一起,所以经常看见它们组成"清远"一词。"清远"代表清幽、淡远,既可以品评一个人,也可以评诗、评文,成为美学艺术风格方面的术语。在钟嵘的《诗品》中,如果评论一个人清远,那说明这个诗人在诗歌方面有独到之处。"清远"对诗人品行和诗歌审美都有一定的要求。

在玄学的发展过程中,言、意之变是个重要的问题,关系到玄学自身认识论的结构。任何一种新的思想的兴起、形成、发展往往都是从认识论开始的。玄学家要创建当时所使用的思想话语体系,在儒家经典的主导背景下,不能完全脱离,另起炉灶,所以往往以注经的方式来表达自己的观点。言意之变和本末之变的问题关乎本体的义理,所以在玄学清谈中,言意之变和本末之变的问题始终是交织在一起的,从哲学的角度跨越了本体论和认识论这两个范畴。大致上,魏晋玄学的言意之变分为言能尽意和言不尽意两个流派。虽然是哲学的问题,但是和美学、文学有着密切的关系,所以对当时清谈、玄言诗、山水诗、游仙诗、书法、绘画、音乐等都产生了深远的影响。对于言意关系的辨析是一个非常古老的问题,《左传》《庄子》《周易》都有记载。当然,它和后来玄学所主张的得意忘言的主旨还是有很大的距离的。钱锺书先生对此早已有过深入的分析,大家可以学习借鉴。言意之辨对六朝文学、美学的研究都产生了很深远的影响。

今天就谈到这里,欢迎大家指正!

莫言与中国当代文学

主讲人／陈思和　（2013 年 6 月 3 日）

[主讲人简介] 陈思和,1954 年生,祖籍广东番禺,出生于上海,复旦大学中文系教授,教育部"长江学者奖励计划"特聘教授,淮阴师范学院文学院特聘教授,研究方向为 20 世纪中国文学史、当代文学批评与 20 世纪中外文学关系史,主编《中国当代文学史教程》,著有《中国新文学整体观》、《人格的发展——巴金传》、《中国现当代文学名篇十五讲》、《中国当代文学关键词十讲》、《当代小说阅读五种》,以及编年体论文集《笔走龙蛇》、《海藻集》等十余种。

谢谢淮阴师院的老师、同学们,我的演讲将从三个方面展开。

一

今年是 2013 年, 一百年前,1913 年,是印度伟大诗人泰戈尔获得诺贝尔文学奖的那一年,泰戈尔是第一个获得诺贝尔奖的亚洲作家。

诺贝尔奖是从 1901 年开始的,到 1913 年才过了 13 年,泰戈尔就获得了这个奖。可是整整 100 年过去了,莫言是 2012 年获得了诺贝尔文学奖。在这 100 年中,整个亚洲获得诺贝尔奖的没有几个。东亚地区大概就是日本有两个,中国有莫言。这 100 年来,从印度到日本到中国都经历了一段漫长的历史,这个历史过程中,其实所有的亚洲国家对诺贝尔奖都有期待。就在泰戈尔获得诺贝尔奖的前夕,中国学者钱智修就在当时最有影响力的《东方杂志》上发表文章,介绍泰戈尔人生观。泰戈尔获了诺贝尔文学奖以后,在世界上影响就越来越大了。

当年泰戈尔得奖和去年莫言得奖一样,引起过激烈的争论。欧洲人对亚洲的文化是很不了解的,泰戈尔是印度人,当时印度尚未独立,是英国统治下的殖民地,难道殖民地的人也可以得欧洲这么重要的一个奖项吗？我看过一个材料,当时英国很多人推崇泰戈尔的诗集《吉檀迦利》,有评论家认为,泰戈尔的英文非常好。泰戈尔在殖民地受英语教育,泰戈尔英语好到什么程度呢?泰戈尔当年在英国出版诗集《吉檀迦利》,英国人读了之后,认为作者的英文就像是英国人写的那样。所以他完全有资格得奖。下边的意思就不好听了,泰戈尔的得奖也从侧面证明了英国殖民政策的深入普及,反映出殖民政策的成功。①

正因为这样,泰戈尔的身份非常复杂,他一方面被亚洲人视为亚洲文化的光荣,另一方面又被西方人视为西方文明的胜利。泰戈尔当时也很纠结,他到日本、中国来发表演讲,要划清与西方文明的界限,强调自己虽是英国统治下的臣民却是东方文化的代表,他得奖是因为他代表了东方文化。为了弘扬东方文化这一理想,泰戈尔在印度创办了一所国际大学,希望把日本、中国、印度文化融合起来,同时聘请老师教日本、中国、印度文化,他希望将来东方文化能融合成一股力量来与西方文化抗衡。他认为西方文化都是统一的,都来源于希腊与希伯来,但东方文化却各有特点,所以他有一个理想就是希望东方文化的融合,并为之去日本、中国演讲,希望加强这三个国家的友谊。②

泰戈尔到日本是乘兴而去,败兴而回,遭到了日本主流社会的排斥。日本人反感他的东方文化话题,因为日本人正忙于"脱亚入欧",急于摆脱亚洲传统尤其是中国文化传统的影响,向欧洲的现代化靠拢,因此泰戈尔在日本预定的演讲等都被取消了。③ 1924年泰戈尔到中国也是这样,遭到了五四时期文化骨干人物诸如陈独秀、瞿秋白、鲁迅、茅盾等人的反对。陈独秀态度最为激烈,他认为泰戈尔所讲的东方文化,我们有的是,都要抛弃了,你来讲这个干什么?因此泰戈尔很伤心,他觉得自己是把你们当作亲爱的兄弟而来,做的是当年玄奘沟通中印文化的事业,可是中国人、日本人都不欢迎他。④

这种文化的尴尬在经过了100年以后,到了今天仍然存在,现在莫言得奖也是引起了很大争论。莫言该不该得奖?莫言水平够不够得奖?这跟当年骂泰戈尔差不多。现在的争论中有一个观点非常有意思,这一看法不仅来自中国,也来自欧洲的汉学家。他们认为莫言为什么得奖呢?是因为翻译好。他们特别提出一个例子,就是美国教授葛浩文的翻译实在好。葛浩文把莫言文中所有西方人不欢迎的东西全部删掉,等于将莫言的故事重新讲了一遍。所以不是莫言得这个奖,而是葛浩文得奖。这个观点到最近还有人在说。我想东方人要获得西方人的一个奖实在辛苦,好不容易得到后,还会有一个语言的资格问题。

东方人与西方人的语言是不通的。西方人觉得泰戈尔当年是用英文出版《吉檀迦利》而不是孟加拉语,获奖不是泰戈尔好,而是因为英文好。莫言用中文写作,是通过英文、瑞典文等翻译,因此获奖不是莫言好,而是翻译好。无论是泰戈尔还是莫言,所遇到

---

① 参见[印度]克里希钠·克里帕拉尼《泰戈尔的一生》,毛世昌等译,商务印书馆2012年版,第184—185页。其实泰戈尔的英语并没有那么优秀,但《吉檀迦利》的英译本确实是他本人所译。

② 冯友兰:《与印度泰谷尔谈话》,见孙宜学编《诗人的精神——泰戈尔在中国》,江西高校出版社2009年版,第106—109页。

③ [印度]圣笈多:《泰戈尔评传》,董红钧译,湖南人民出版社1984年版,第23—24页。

④ 泰戈尔访华引起的争论,可以参考《诗人的精神——泰戈尔在中国》。

的争论是相似的，就是东方文化、东方作家不配得西方的奖，这种观念根深蒂固。所以还是鲁迅比较聪明。鲁迅当年婉拒了有人建议他参与诺贝尔文学奖提名。鲁迅回答的原话是："诺贝尔赏金，梁启超自然不配，我也不配，要拿这钱，还欠努力。"他还说："我觉得中国实在还没有可得诺贝尔赏金的人，瑞典最好是不要理我们，谁也不给。倘因为黄色脸皮人，格外优待从宽，反足以长中国人的虚荣心，以为真可与别国大作家比肩了，结果将很坏。"①鲁迅说得很坦率，如果外国人因为我是东方人而照顾我，那我宁可不要这个奖。可以看出，100年过去了，东西方文化之间的隔阂还是很深的。这个里面很重要的一个问题就是语言的问题。在诺贝尔文学奖的评委里面，我还没搞清楚评委们看的是哪一个文本，但肯定不是中文。评委中除了马悦然懂中文之外，其他17个评委看的可能是法文、英文或者瑞典文而不是中文。这种说法有没有根据？也是有根据的，因为评委们看的不是中文文本。

　　但我后来看了评奖委员会关于莫言获奖的颁奖辞，我认为他们是看懂了莫言的。颁奖辞中不仅说莫言是中国民族文化传统的继承者，也说莫言是欧洲拉伯雷传统下的优秀作家之一。我感到他们真的是看懂莫言了，这不仅仅是语言好的问题，让我感到非常欣慰。我一直认为，莫言的民间立场和民间写作与拉伯雷所代表的文艺复兴时期的民间狂欢传统有相似之处。就像巴赫金论述拉伯雷时说的，拉伯雷所代表的民间传统的美学观念，与欧洲主流的资产阶级的美学观念是不一样的。"由于这种民间性，拉伯雷的作品才有着特殊的'非文学性'，也就是说，他的众多形象不符合自16世纪末迄今一切占统治地位的文学性标准和规范，无论它们的内容有过什么变化。拉伯雷远远超过莎士比亚或塞万提斯，因为他们只是不符合较为狭隘的古典标准而已。拉伯雷的形象固有某种特殊的、原则性的和无法遏制的'非官方性'：任何教条主义、任何专横性、任何片面的严肃性都不可能与拉伯雷的形象共融，这些形象与一切完成性和稳定性、一切狭隘的严肃性、与思想和世界观领域里的一切现成性和确定性都是相敌对的。"②我们国内很多人批评莫言，总是说莫言的作品写得很粗鄙，或者说写得很肮脏、很暴力。莫言被人批评的，基本上就是这些问题。但诺贝尔文学奖的颁奖辞里，没有把莫言归到西方现代主义传统下理解，没有把莫言归到西方的批判现实主义传统下理解，也没有把莫言归到西方资产阶级小布尔乔亚的文化传统下面理解，而是很清楚地把莫言归纳到欧洲的民间文化传统下理解。这就好理解了，莫言所代表的民间文化立场，不仅仅是中国独有的，也具有世界性的因素。

　　苏联的文艺批评家巴赫金的博士论文讨论的就是拉伯雷以来的欧洲民间文学传统，拉伯雷的文学史意义。拉伯雷是文艺复兴时期的法国作家，是和塞万提斯、莎士比亚齐名的作家。莎士比亚家喻户晓，一部《堂吉诃德》也使得大家认识了塞万提斯，但我

---

　　①　鲁迅：《鲁迅全集》（第11卷），人民文学出版社1982年版，第580页。

　　②　巴赫金：《巴赫金全集　第六卷　拉伯雷的创作与中世纪和文艺复兴时期的民间文化》，李兆林、夏忠宪等译，河北教育出版社1998年版，第2—3页。

们对拉伯雷却不太熟悉,这是为什么呢? 因为在整个欧洲,拉伯雷的传统也是被遮蔽的。欧洲以中产阶级为核心的主流读者也不喜欢拉伯雷。拉伯雷走的是和莎士比亚戏剧、塞万提斯的骑士风格不同的民间传统。这个民间也是粗俗化的,把人的力量物质化,写的也是所谓"下半身"的旺盛的生命力,这些长期以来都是被欧洲文学遮蔽掉的。拉伯雷受到宗教的迫害,作品也被禁止。可见欧洲文学对这种民间文化是排斥的。而正是苏联的批评家巴赫金把拉伯雷的精神弘扬出来,他第一个把拉伯雷的文化梳理成欧洲民间狂欢的传统,是一种充满民间力量,也就是社会底层人民的力量,这种力量就是以一种粗俗的姿态对抗资产阶级美学。在巴赫金看来,"拉伯雷就是这种民间狂欢式的笑在世界文学中最伟大的体现者和集大成者"①。

在文学史上,不仅在中国,西方国家也有这样一种悠久的民间传统。而这种传统就是写底层,体现了下层人民的一种美学,一种力量,强调了生命力,莫言恰恰是在这样的领域里作出了贡献。所以我们用一种高雅文化的态度去谈莫言是很难的,莫言的语言不美,而江苏作家汪曾祺的语言美得多了;莫言所塑造的形象很粗糙,可是他那种人物的生命力量,那种对生命的讴歌和赞美,这是中国也好欧洲也好都很缺乏的。

二

中国文学发展到今天,尤其是从 90 年代以后,逐渐形成了一个强有力的创作群体,他们是我的同龄人,基本上代表了我们这个时代最高的创作成就。比如说,山东的莫言、张炜,陕西的贾平凹,上海的王安忆,浙江的余华,湖南的韩少功,江苏的苏童、毕飞宇,武汉的方方,河南的阎连科、刘震云,西北的张承志……这样的一批作家,大都出生在 50 年代至 60 年代,他们一起把中国当代文学推到了一个很高的境界。这个境界也是有人承认有人不承认的,但我觉得这里有一个很重要的美学分界,即这些作家走的多是民间道路,他们采取的立场都是民间的立场。这与我们以前官方的文学、意识形态的文学、知识分子的文学都不一样,与学院派的文学也不一样。这批作家有些甚至没有大学经历,王安忆是 69 届初中生,莫言小学没读完就去放牛了,余华则是出身牙医……这批作家的创作资源是完整的,自然的,大多来自民间,没有受到现代教育制度的分类和净化。

民间资源与学院传统是有冲突的。一旦进入学院,民间的很多东西会被淘汰掉,而这批作家最珍贵的地方,就是他们保留了完整的来自民间的信息和生命体验,我觉得这是这批作家成功的非常重要的原因。因此这批作家在我们的文学史上是空前绝后的。空前是指从五四以来中国的文学就是知识分子文学,五四作家鲁迅、周作人、郭沫若、郁达夫等都是留学生,也就是今天的海归,他们精通外语,了解世界文化,从鲁迅到王蒙,大都如此。而因为中国近代社会动荡、政治变动、作家的贫病交加等原因,从鲁迅到王

① 巴赫金:《巴赫金全集 第六卷 拉伯雷的创作与中世纪和文艺复兴时期的民间文化》,李兆林、夏忠宪等译,河北教育出版社 1998 年版,第 15 页。

蒙,在中国文学史上真正产生影响的时间并不长,绝大多数作家的文坛影响力在 10 年内就变了。像郭沫若、郁达夫都如是。鲁迅是发挥影响最长的,从 38 岁发表《狂人日记》到 56 岁去世差不多 20 年。郭沫若因革命而逃亡日本后就从事考古研究了,他在文坛最红的时间没有 10 年;郁达夫也是如此;巴金稍长一点,但因在抗战以后主要精力在主持文化生活出版社,他在文学主流方面的影响力就开始下降了……在文坛上对于读者有持久影响力的,在中国超过 10 年的真的很少。中国的政治变动太大,社会动荡太厉害,作家也贫病交加,有些作家甚至 30 出头就过早去世了,如萧红。张爱玲则因社会变化而写不出来了,她 23 岁成名,但是 30 岁不到就因世事变化写不出好作品。她后来的小说越写越差,晚年之作真是江郎才尽。所以在文坛上能够维持很长时间的人很少。而我们这批作家如王安忆、莫言、贾平凹、张炜等从 80 年代开始到 90 年代到 21 世纪的最初 10 年,他们没有停止过创作,也没有改行没有下海,也没生什么大病,一直在平平安安地写作,并且自己的风格在一步步成熟、丰满。

这代作家在中国历史上是幸福的一代作家,那样平平静静地过了 30 年。自 2000 年以后,他们的创作几乎是爆发性的创作,隔两三年一个长篇。我对贾平凹说,你写的速度比我看的速度快,我还没看完,你又写出一部了。王安忆也是这样,她写的比我看的快,我还没看完前一部,她后一部又出版了。张炜就更加厉害了,《你在高原》有 10 卷 300 万字。这就是一种井喷式的创作。大家不要以为是他们工作热情高涨生活条件好还是怎样的,这就是一种生命力的爆发。一个人在一生中会有一个时期生命力像火山爆发式的,喷涌出来你就成功。这是一个从量变到质变的过程。有的作家写了一辈子都爆发不了,有些年轻的作家生命力突然爆发,一段时间以后就逝世了,萧红就是这样,像流星一样。为什么往往有的时候天才不长命? 那是因为他们在短时间内把一生的生命能量全都爆发了出来。

我们今天这个高产的作家群体,他们的爆发是恰如其时的,这是一个群星璀璨的时代,我们今天的时代,其实是一个文学创作状态很好的时代。但是反过来同学们也可以看到,在他们的后面,70 后、80 后作家,像韩寒、张悦然等和他们的距离就相差很大。新的作家根本就不是这样一种写法,也没有这么多的民间资源,当你们 90 后再来写,再成为毕飞宇的时候,肯定和毕飞宇不一样,因为我们的生活、文化教养、美学观念、书写工具等都在变化,因此他们这代是空前绝后的。由于很特殊的历史、中国的发展造成了这个局面。我觉得,诺贝尔文学奖颁给谁不重要,莫言不是中国唯一的优秀作家。今天如果诺贝尔奖不是选择莫言,而是选择了王安忆、贾平凹,或是余华,我认为也是好的。这代作家其实是很整齐的一片群峦高地。

我们在这样一个时代学习、研究文学,其实是很有利的,因为我们碰到了一个很好的文学环境。尽管理论家总是抱怨文学边缘化啦、文学现在影响不如过去啦、当代文学是“垃圾”啦,等等。垃圾多也不代表没有好东西。现在做小说容易,上网就可以写,随便说句话就可以变成一首诗。在这样一个繁荣的、茂盛的,看上去乱七八糟的生态环境中,肯定有好的东西会自然地涌现出来。好的文艺作品不会在干干净净的环境中产生。

就像"文革"时期只有样板戏那样,"干净"是"干净"了,这产生出来的都是怪胎。泰纳说过,莎士比亚为什么好?是因为莎士比亚时代有许许多多的优秀戏剧家,莎士比亚是在一片群峦中的高峰,而不是平原中的高峰。只有在一片高地上的高峰,它才会是真正的高峰。所以在今天,我觉得出现了一大片文学上的高地,而莫言在其中是灿烂的,他用他的民间生活,创造了一种美学生活。这种美学生活与我们传统的教育、传统的理解是不一样的。

三

莫言是80年代起步的,他的起步不算早,韩少功、王安忆、贾平凹都比他早,但他一下子就达到了一个很高的高度。

在我的印象中,中国文学真正走上自觉的创作是在1985年。1985年之前的文学虽然也是一步步在发展,但那时候中国文学发展的基本思路是按照国家的政治主旋律在走,为国家的主旋律唱赞歌。比如当时改革开放时期,一大批作家就以改革开放为题材。当时天津作家蒋子龙,他的《乔厂长上任记》写得非常有影响,深深受到读者的欢迎,但是现在知道的人就不多了。为什么?因为当时大家脑子里都想象、希望出来一个改革开放的"英雄",希望有这样一位乔厂长领导大家去改革开放。这样的小说很多。再比如社会主义新时期否定、批判"文革",所以就出现了"伤痕文学"、"反思文学",那些文学作品基本上是按照我们国家主旋律来写的。主旋律要求批判"文革",伤痕文学就开始批判"文革"。紧接着光是批判"文革"不够,需要重新审视1957年的"反右",于是一批"右派"平反,王蒙、从维熙、高晓声、张贤亮等就开始写反思文学。农村当时实施分田到户,高晓声就创作了《陈奂生上城》、何士光创作《在乡场上》、张弦写《被爱情遗忘的角落》,等等,通过各方面来歌颂当时的农业政策。当时文学的目标是很清楚的,就是为主旋律唱赞歌,歌颂、支持改革开放,推动国家改革开放的事业,反对保守,要解放思想。

为主旋律而创作的状况在1985年以后发生了一次变化。这次变化发生的状况很奇怪,当时出现了一批新作家。这批作家30出头,被称为"知青作家"。他们集中出现在1983、1984年。第一个出现的是贾平凹,当时写的一组短篇小说《商州初录》,写当地的风土人情,写农民的故事。我记得一个场景:一个农民在旅馆的席子下发现一条蛇,随手扔了出去,倒头又睡。这细节写得很自然,没有知识分子看到一条蛇的大惊小怪。蛇与人在一起生活,只是因为它侵犯了人的睡觉,人就把它从窗口丢出去。我看了就觉得很新鲜。当时我建议把这篇小说编进大学语文教材里去,但主编钱谷融先生说不能用,他觉得这个很恶心。你会发现这就是一个审美趣味的问题。钱先生是我非常尊敬的老前辈,他讲"文学是人学",但从不讲"文学是蛇学"。(笑)但我觉得贾平凹第一次不是写什么农业政策,而是民情风土。这给我们非常强烈的冲击。这大概是1983年的事。

再如张承志《北方的河》,他写一个青年学生去考察北方各种河流,一直到达黄河的源头,对中国北方人情风土进行考察。1984年阿城《棋王》出现了。《棋王》写的是知青下乡的生活琐事,下棋呀、吃蛇肉呀,这篇小说将中国文化与民间文化结合起来。这些作品都给人打开了思路,原来小说可以不写改革开放,不写上山下乡苦难,不写国家政策精神,就实实在在写老百姓的民间生活,这就是民间的转变。到1985年以后蔚然成风,出现了"寻根"文学。韩少功的《爸爸爸》、《女女女》,阿城的《树王》、《孩子王》,王安忆的《小鲍庄》等就发表出来了。我们都奇怪文学为什么就完全不一样了?这时候我们就开始思考:文学是为了什么?文学是为了表现一种文化的底蕴,文化的美,一种生命的寄托。

在这个时候莫言就出现了。如果莫言在此之前出现,可能他的作品就发表不出来了。莫言在解放军艺术学院学习,他是来自民间文化熏陶的作家,自称是一个讲故事的人。他虽没有读过什么书,但受了很多民间故事的影响,莫言在瑞典发表的演讲词就叫《讲故事的人》。在部队艺术学院学习的过程中,他就写了我认为到今天依然是他的代表作的《透明的红萝卜》。我以为莫言最好的小说都是中篇小说。他的短篇有时太短,不够表达他的生命能量。而长篇有时又太乱,他的生命表达还不够节制。《透明的红萝卜》可谓一部奇书,他写完给他的老师徐怀中看,徐怀中说他写了艺术上的"通感",在艺术上是成立的。这评价一下子点醒了莫言。后来在《北京文学》上发表出来了。编辑李陀到上海就向大家推荐莫言与这篇小说,但他也说不清楚小说到底写了什么。按照传统的阅读方法,你根本不明白他在写什么。

《透明的红萝卜》是写一个哑巴儿童,写一个从小无父无母的孩子,一个无从体验父母亲人之爱的孤独生命。黑孩的生活基本上像一个小动物那样在自然成长,不知道何为爱?何为痛?何为饿?何为幸福?从没有人教过他各种情感。一个没有人教育又无从表达的人的生命,就跟一条小狗的生命感受差不多,他只是有一种原始感受。他没有掌握自己命运的能力,就这样长大了。他跟随成年人去砸石头,得到一个姑娘的关怀,他跟着这位姑娘走来走去。莫言就写了这样一种处于人与兽之间的,似人非人的生命体会。这孩子在水里能听见鱼的声音,感受到鱼的游来游去,在土里能听见庄稼的生长。他的生命与大自然之间交融,与大自然融为一体。我难忘的一个细节是这个孩子跟着小铁匠一起走,铁匠因为对姑娘的爱情,一边走路一边用手无意识地敲着孩子的头。铁匠每敲一次,孩子的嘴巴就张开一下,可是他表达不出"痛"。铁匠的手的力气很大,但渐渐敲出了音乐感。孩子感受到了这个节奏,觉得很舒服,于是他就自己本能用头顶上去,配合音乐的节奏。孩子后来抓住一块烧红的铁,他只闻到一股肉烧焦的味道,而不知这是"痛"。他晚上的梦中就出现了"金色的红萝卜"。这样一个朦胧的生命已经感受到了甜酸苦辣,最后变成了一种理想,这个理想就是金色的红萝卜。我觉得这篇小说写得真好。如果说这样的小说是为了控诉"大跃进",控诉社会对人的压抑就理解错了,他不是写现实层面的。所以徐怀中老师说:这是"通感",这就讲到了艺术的本质上去了,我们眼睛看到的,耳朵听到的,心理感受到的无非就是生命的体验,一种生命对外部的感受,莫言在这个领域写出了生命通感之作。我们通常把这篇小说看成先锋小说的开始,从先锋的意义上来说,我觉得莫言是最好的一位作家。

　　1986年莫言发表了《红高粱》，这也是莫言优秀的作品之一。我个人认为莫言早期的小说写得真好，比如《红高粱》。后来《红高粱》扩展成《红高粱家族》，把红高粱的故事补全了，但我觉得是越补越乱，还是《红高粱》最好，不可替代。这篇小说好在哪里呢？它改变了中国文学史上的一个走向：历史小说。中国人是喜欢写历史小说的，中国人的历史小说可以一直追溯到如《三国演义》、《隋唐演义》等。但大家可以发现，从古到今，中国的历史小说基本上就是一部帝王将相史。历史小说到了当代也是这样，如写曾国藩、李鸿章、大秦帝国等都是。这跟中国文化有关，从老子、孙子等开始，中国历史很长一段时间内都在搞阴谋诡计，演变到宫廷政变，现在的商战、为人之道等，都是阴谋诡计。这套历史沿用到政治上是炉火纯青，所以中国的政治小说都好看。但是到了莫言这里出现了转变，强调了民间的在场。他写了我们历史上从来不这么写的小说，比如写抗日战争题材。他突破了固有的模式，如八路军新四军英勇抗日，老大娘救助八路军伤员，国民党破坏抗日，等等（笑）。而莫言第一次写了土匪抗日，余占鳌与九儿是一对江湖男女，他们身上有很多民间传说的成分，他们也曾谋财害命、夺人家产，等等，这些按正统道德看是大逆不道，但从江湖的角度看就无所谓了。但莫言要渲染的又不是江湖因素，而是民间抗日。他写余占鳌带领一群乌合之众去伏击日本军队。这不是传统的叙事模式，莫言写原乡原土的老百姓的抗日，把共产党的游击队、国民党的部队都推到了幕后，这种故事在莫言以前也很少有人涉及。一般写土匪改造题材的作品里，都要派遣一个共产党政委收编、改造，就像《杜鹃山》或是《铁道游击队》那样的改造模式。莫言小说中没有党代表政委，没有改造与收编。这篇小说发表于《人民文学》，又被张艺谋改编为电影。他悄悄进行了一场改革：把历史民间化。历史不再是帝王将相的历史，不再是意识形态的历史，不再是政治史、党派史，而是民间史，凸显民间的英雄。这样的模式在民间经常出现，样板戏《沙家浜》中就有着很强的百姓喜闻乐见的民间因素。胡传魁、阿庆嫂的模式就很有意思，但经过意识形态的改造之后就不一样了，江湖好汉胡传魁就变成汉奸了，阿庆嫂的丈夫就不再是跑单帮的，而是成了地下联络员。莫言就把这个改造模式还原了"民间"。从莫言以后这样的小说很多，像苏童的《米》，等等。这样的叙事在90年代以后蔚然成风。莫言在当代文学史上确实是具有开创性的。一部《透明的红萝卜》开创了先锋文学，一部《红高粱》开创了民间写作，后来就出现了新历史小说，如叶兆言、苏童等人的创作。这条路就是从莫言开始的。

　　从90年代以后，我们的很多作家都自觉转向了民间。莫言的创作围绕高密东北乡。再如张炜。90年代他在山东龙口住在葡萄园，后来又修建万松浦书院。这个书院风景非常好，沿着海边，一眼望不到边的万棵松树，松涛澎湃。张炜就在那里读书写作。但是这20年经济发展之后，万松浦的松树被砍掉了，变成了商品房、高级别墅区、高尔夫球场，等等。现在只留下很小的一块，还叫万松浦。张炜就在这里修建了万松浦书院。我们还没有好好地去读张炜的小说。张炜是一个像巴尔扎克一样的作家。他日复一日地记载山东万松浦这个地方。记载我们是怎样改革开放的，大自然是怎样离开我们的，人是怎么异化的，金钱是怎么去主宰世界的。他是一部一部地写，像《你在高原》

就是一套系列,还有长篇小说《刺猬歌》、《丑行或浪漫》、《能不忆蜀葵》、《外省书》等。他的一系列近20来本小说都是围绕一个问题,即改革开放这20年我们的发展如何? 要去了解这20年中国特色的社会主义是怎样发展的,张炜的小说是绝好的教材。他非常形象地写出了我们近20年的历史。这样的作家不是站在官方立场歌颂改革开放、反腐倡廉,等等,而是站在老百姓的民间视角上去创作。莫言、张炜眼睛里看出去的主观性可能不完全正确,但后来人读他们的作品,会从中看到我们曾经的真实的生活场景。他们自己站在老百姓的立场上、站在民间的立场上来真实地表现他们的感受,这个非常了不起。我们读他们的作品可能会觉得和我们的教科书不一样,这就是因为他们跟我们学院教育不一样,他们走了一条民间的道路。他们把这个时代老百姓心里想的、想要说的全部讲了出来。这其中莫言是最了不起的。张承志也很了不起,写了《心灵史》这样的宗教文学。贾平凹也很了不起,在陕西一部部书写当代农村生活,写得非常好。而莫言则是很奇特的作家,如实写出了农民的生活。

我不知道这个说法是否夸张,我是觉得中国的农民,从来不在文学家的视野里面。我是做文学史的,文学作品一定要放在文学历史中考察。中国古代虽然是农业大国,但从来不写农民的,只有写强盗。偶然有一个诗人感叹“锄禾日当午”啊,短短20字就讲了上千年,就因为没有什么可讲。(笑)乡土题材是到了现代才开始的,有了现代性这一参照系,我们才有了农村乡土文学,乡土文学不是仅仅为了写乡村,而是为了现代性,作家将农村当作落后的、非现代性的中国,将之当作改造的对象,告诉大家“我们中国多么落后,我们需要现代化”。从鲁迅开始一直到高晓声,都是站在高于农民的立场上写农民的痛苦、麻木。很少有人站在农民的立场上说农民的话,赵树理写了一些,就被大家赞美为农民作家。绝大多数作家是站在外围去写农民,所有农民的缺点都是他们预设的,农民愚昧、小气、自私、狭隘、冷漠等。高晓声告诉我,中国农民很苦,江南的农民更辛苦,但是农民是不说话的,沉默的。高晓声的小说写陈奂生上城去,看了《三打白骨精》,回家讲给老婆听。老婆问孙悟空怎么了? 陈奂生只会说“孙悟空好凶唔”。(笑)他再也想不出更多的词去表达。我也问过王安忆,她写《小鲍庄》,她说农民是沉默的。但是到了莫言小说里,农民的话特别多,其实是描写农民的心理活动多。莫言写出了农民对这个世界的愤怒与诅咒,农民对委屈的倾诉等,真是滔滔不绝。他的话太多,所以起名“莫言”。(笑)莫言的话都是农民的心理无意识,不是他自己的话,也不是知识分子的话。莫言小说中的农民感情特别丰富。他是在倾诉,莫言的小说有很多是独白,他根本不在乎你是不是在听,他只是在说。他在说他的缺点、错误、狭隘、藏污纳垢。他把一个农民真实的、全部的立场和感情全部倾诉出来。在我看来,莫言是自古以来最好的农民作家之一,他把几千年来农民遭受的苦难、委屈、痛苦都滔滔不绝地倾诉出来。他不是在外表写农民像不像,也不是讲一口山东土话,也不是把农民写得像木头泥土一样。莫言笔下的农民都是精力旺盛欲望非凡,都可以说很多话倾诉感情的。莫言写出了中国几代农民的心声。莫言的小说突出的是生命现象,是人的生命,狗的生命,驴的生命,马的生命,牛的生命,他把它们放在同一个平面上。人只是其中的一个种类。驴子可以讲人的话,牛也可以与人沟通……在他心目中生命是主要的,人不是生命世界的中心,生命是需要平等的、自由自在的、解放无羁的。人们今天得不到这种生命境界,所以我们今天还需要为生命的自由而斗争。所以我觉得莫言根本不是一般地在写某个现实层面上的东西,他写的就是一个中国劳动人民世世代代在苦难中挣扎的这样一种生命的歌。

谢谢大家!

学生:莫言的小说里有大量的性描写广受争议,但是莫言本人对此是表示骄傲和自豪的,他曾经说:"《丰乳肥臀》里面的性描写是我的得意之作,等到葛浩文教授把它翻译成英文时就知道我的性描写是多么精彩。"但是我觉得莫言的文本里大量的性描写都是一个男主人公观看另一个男主人公与别的女人进行性交,不知道我是不是太狭隘,我不是特别的能接受,就像在《丰乳肥臀》里面,乔其莎像畜生一样被强奸时,上官金童其实是从头到尾看到了这个场面,但是莫言从来没写到他的心理,因为乔其莎是上官金童的亲姐姐,我觉得这是一种对现在社会的欲望的迎合,老师您是怎么看的?

陈思和:不错,这是一个很好的问题。我在刚开始的发言就讲到,莫言的审美观念、生命体验和我们的学院教育是不一样的,就是说我们从小受到的教育:性不重要,爱最重要。所谓心灵的爱,肉体的性要升华到心灵的爱,这才达到我们谈话的层面。性人人都有,但是不可以随便谈的,谈出来的都是一个升华到美学境界的,心灵层面我们才可以谈。但是我想问一下我们的同学,这个问题可能比较冒昧,我们这里有多少同学的爸爸妈妈是农村的?同学们你们想一想,你们的父母之间,农村的所有叔叔伯伯之间聊天讲话的时候,是在谈爱还是性?(笑)很简单的道理,为什么?因为性比爱更贴近生命。

一个人为什么活着?当然了,我们有很多很多超越了生命的东西:理想,价值,等等。但是一个生命,在莫言的心目当中,人的生命、猪的生命、牛的生命、马的生命都是生命,是平等的。所以他写六道轮回,写《生死疲劳》。人的生命可以转化为牛的生命,可以转化为驴子的生命,甚至可以转化为猴子的生命。可是有人会说怎么会是平等的?我怎么会和猪一样?说你和猪一样是骂人的话。可是莫言认为在一个佛或者是上帝面前(上帝是西方人我们不管),我们来讨论中国人,东方文化佛教里面人的生命和其他生命一样都是平等的。一个生命的族群,在历史进化当中是怎么演化到今天的,为什么今天会有老虎、狮子、兔子、蚂蚁?各种动物经历几万年,几亿万年的发展,它无非是两个东西:一是维持生命,所有的动物都不知道理想,不知道价值,不知道精神,不知道爱,但是它们知道拼命地吃,不吃它要饿死,对不对?还有一个就是繁衍后代,为什么?因为每一个生命都想要永恒,如果不永恒,这个种族就要绝种,比如恐龙,现在就没有了。为什么没了?因为老恐龙没有把小恐龙生出来就死掉了,所以就没了。我们今天有很多恐龙蛋,但是我们不知道怎么把恐龙蛋变成恐龙,变不了的。那么怎么使自己种族保持下去?就是繁衍生育,对不对?马要生小马,猪要生小猪,人要生小人。(笑)所以在任何生命族群里很简单,生命最基本有两个要素:一个是维持,一个是繁衍。一切都围绕着这两个要素转。我们今天说某某某生命是永恒的,这个永恒怎么会是永恒的?永恒是因为你生了下一代,所以我们说一切为了下一代,一切为了孩子,孩子是最好的,孩子就是未来。为什么这么说?因为我们这个种族是靠孩子延续下去,我们一家一户都说要传宗接代,现在我们不说一家一户,我们思想放大一点,全人类,全人类都要生孩子,如果哪一个种族不生孩子,这个种族就没了。对不对?为什么说现在动物绝灭了,全世界只有几十头河马、几十只什么鸟啊?所以我们现在要给它人工授精,让它一定要生下来,不生下来就没了,因为我们现在还没找到克隆啊,克隆现在虽然在做,但是还没有达到这个目标。

莫言的小说就是生命小说,生命小说强调人类生命中最重要的现象,一个就是生存,所以莫言写了饥饿啊,吃,莫言写这个最多。还有就是性,性是人的生命中很重要的东西,所以莫言在赞美女性时,他从内心认为女性是伟大的,女性的伟大就是丰乳肥臀。这个就象征了我们的民族旺盛的生命力,她受了那么多的苦,不讲什么仁义道德,不讲什么孔子孟子,不讲什么精神文明,首先得要生存。生存就是要靠我们广大的农民。当然这是一个最基本的文明。这个文明往上走就要走出一个精神文明,比如孔子,孔子早死了,现在什么孔子的七十几代孙,我们不知道是真的假的,但是孔子的精神是通过他的思想、他的学术在传,今天我们再读《论语》,那是另外一个永垂不朽,这是一个精神层次。但在更本质问题上,人的生命族群世世代代在生存问题上就是靠繁衍。所以你看很多小说(比如左拉,都在写这个问题),因为时间关系我没办法展开。

莫言获奖引起的争论中,一个很重要的问题就是莫言作品有没有理想?批评莫言的人就说诺贝尔奖要给有理想的人,你怎么给莫言,莫言没理想的,莫言只知道生孩子,对不对?(笑)可是在文学史上有另外一种理想就是生命理想。这个不是从莫言开始的,最早的是从法国的一个大作家左拉开始的,左拉就是有歌颂繁殖,他有一本小说就叫《繁殖》。他就讲遗传,所有人类今天的东西都是遗传下来的,遗传决定了我们今天的生活,遗传是什么?遗传就是生孩子,就是繁殖。左拉写过很多这样的小说,一部是《繁殖》,还有一部《生之欢乐》,就是写生育阵痛之类,写生孩子的痛苦,这个都是文学史上的经典片段。列宁曾把左拉大段描写女人生孩子的痛苦描写为革命的前夜,革命就是这样一个阵痛嘛。就是这么血淋淋的,所以我觉得我们做人,首先就是不要轻视生命,不要轻视生命的现象,不要轻视我们生命本来的东西。因为我们很多文明教育都是从生命之外来要压制生命的勃发,告诉我们人的生命是丑陋的,我们要搞一个比生命更高的文明,就是所谓精神。没有生命哪来的精神?所以莫言写的东西是从民间文化得来的,民间这个传统可以上溯到左拉、拉伯雷,等等,莫言是走到这一线上的。

学生:您之前不是担任过《上海文学》的主编吗?现在我们学校社团也有意办一个好一点的杂志,现在纸质文化日益边缘化,我们学生认为文化氛围比较浓的大学校园里面,纸质的文学杂志比较受到同学们的青睐。我想问一下,在校园的纸质的杂志里面,我们是否能实现经典与先锋的有机融合?如果可以的话,我希望能得到你的指导。

陈思和:你们没有给我看具体的杂志,我也说不清楚。但是我的理念是:文学是最自由的东西,文学就应该表达自由心灵。校园写作就是你们自己的一个自由心灵园地,就应该照你们自己心里想的写，就先不要去套帽子，不要去套它是先锋的还是经典的，或者是什么美的，我觉得文学作品的起步就是你想怎么写就怎么写，就像莫言一样。如果他按照经典的去写，他肯定写不出《透明的红萝卜》，肯定写不出《红高粱》，他一定要它自己从心底流出来，希望你们编出好的杂志来。

学生：刚才一直在谈莫言作品与生命有关的东西，包括性，西方有很多作家也在写这些东西，劳伦斯在写性的时候都有比较细致的描写，我就是想问您一下，中国式的写法与外国式的写法有什么共同之处，不同之处？在写这些最原始的本能时，有什么不同，有什么相通？

陈思和：我想给大家讲一个做研究、写论文基本的思维方式。大家尽量不要讨论东方、西方有什么不同，中国、外国有什么不同。因为每个作家都是个体。比如今天我做一个劳伦斯、莫言关于性描写的比较，这是一个很好的题目，但是你千万不要从劳伦斯与莫言的比较来看一个东西方的什么问题，或者是英国与中国的什么问题。因为一个作家没办法代表文化，比如西方作家，英国的和法国的作家不一样，同样是英国的作家也不一样。每一个作家是不一样的，今天在讨论这些问题的时候，我们最好就落实到每一个人。你是在讨论这个人和那个人的比较，这个可以，但是不要笼统地说东方怎么样西方怎么样。那种大而无当的比较多半是理论在教你们的，它事先给你预定的，东方人比较含蓄啊，西方人比较开放啊，东方人比较安静啊，西方人比较骚动啊，其实都是胡说的。东方人怎么就含蓄了？《金瓶梅》就是中国人写的呀。（笑）有一次有个学者在那侃侃而论《赵氏孤儿》，说外国人看不懂，外国人怎么能理解把自己的儿子换人家的儿子，去作牺牲呢？这个是违反人性的。中国人怎么尽表彰违反人性的事？我当时就忍不住，我说你是个专家，你是搞西方文学的，既然外国人看不懂《赵氏孤儿》，为什么能理解《圣经》呢？《圣经》不就是上帝把自己的儿子献出去吗？（笑）如果要说把自己儿子作牺牲，第一个就是《圣经》里面的上帝。怎么说东方文化就会杀儿子，西方文化不杀儿子？没这个道理？所以我觉得，讨论东西方文化有什么不同，最好别胡说。我们不能以一个个体的现象来归纳出群体的普遍现象，比如我今天在这里这么说了，你们就说陈老师今天在这儿说繁殖是一个很重要的问题，如果变成中国人认为繁殖是一个很重要的问题，那就完全不对了？只能是一个人，文学只能是个人的问题。所以我觉得刚才那位同学问题提得很好，但劳伦斯就是劳伦斯，你就把劳伦斯和莫言比，比如你今天不讲劳伦斯，你讲巴尔扎克也可以，比如你将陀思妥耶夫斯基和莫言比也可以，不要说什么中俄不一样、中法不一样，就是一个人一个人的比，你才能真看到他们有什么相同与不同。如果笼统地说中国人和外国人有什么相同有什么不同，我觉得是一种伪学术，我这样说对不对啊？

学生：莫言或余华代表的先锋小说中歌颂的是生命的平等，但在他们的描写中很多是写男权的，男女之间的不平等，所以我想请老师解释一下，不平等和平等的比较体现在哪里？在歌颂人和其他的生命平等的同时，男权的表现都比较浓烈，就是这个矛盾的所在。

陈思和：因为他们是男性作家，首先说在表达生命平等的过程中，作为一个男性作家身上所流出的偏见。男性有偏见，女性也有偏见。对不对？如果是一个女性作家来写，一个女权主义者在写这样一个过程中她也有她的立场，我们也可以同意她，也可以不同意她。男性作家也有他的立场，但是因为社会权力、文化权力中男性是主流，特别是中国传统文化里面男权意识非常强大。在这个情况下，作为男性作家他肯定会有偏见。那你们可以批评，就是他们在表现女性方面不对。我举个例子，就是你们现在都在做学术研究，研究现代文学的都知道鲁迅和周作人兄弟闹矛盾，兄弟俩老死不见面，为什么闹矛盾？现在都出来解释了，就是都怪周作人的老婆，因为她是日本人，因为她这个日本人挑拨了兄弟俩的关系，都这样说，连周建人都这样说。我看到这种解释特别烦。鲁迅、周作人都是中国文学界的精英，大教授，受到一个日本老婆的挑唆就闹得不可开交？肯定是他们自己的问题。但是大家都心安理得归咎于日本女人身上。我们所谓的言行当中都会出现这种问题，我有一次参加一个学生论文答辩，那个学生谈郁达夫，他认为郁达夫之所以被日本人杀害，是因为他到了南洋，他之所以到了南洋是因为他的家庭生活不幸福，而他的家庭生活不幸福是因为他老婆有问题，所以最后郁达夫的死是他老婆引起的。他的观点和我的观点完全不一样。（笑）确实，在男性社会里面有许许多多现象，明明伤害了女性你却不觉得。这些问题我们要去纠正，我觉得不是一个人，尤其是出身于农村的作家这一批人。在很早之前，90年代我写过一篇评论，评论莫言的小说，这篇作品你们可能都没看过：《玫瑰玫瑰香气扑鼻》，这是一篇中篇小说，写得很好的，但我还是批评了莫言，写女性方面写得太粗鄙了，那时候我倒还没有什么民间理论啊，我还是一个书生气十足的人。粗鄙化是中国民间文化中比较不好的东西，但是我觉得这个是可以分析的。

文化自觉与文化创新——以鲁迅为例

主讲人／朱晓进　（2013 年 9 月 17 日）

［主讲人简介］朱晓进,1956 年生,江苏靖江人,文学博士,现为南京师范大学中国文化研究所所长,南京师范大学文学院院长、院学术委员会主任、教授、博士生导师,全国叶圣陶研究会副会长、全国鲁迅研究学会理事、全国现代文学研究会理事、江苏省中国现代文学研究会副会长、江苏省鲁迅研究学会副会长。

各位同学,我今天要讲的题目叫文化自觉与文化创新。这个题目是一个热门话题。大家都知道十八大后,中央重新规定了"五个一体"的建设方针。1949 年以后,所有的建设当中最初主要是关注政治,粉碎"四人帮"以后开始关注经济,然后就政治经济一起抓。在政治经济一起抓的过程中遇到一些问题,所以党开始关注到了文化问题、精神文明建设问题。文化问题的提出不仅是精神文明建设,还包含更广泛的内容。十八大报告中提出"五个一体"建设:政治建设、经济建设、社会建设、文化建设、生态文明建设五个一起抓。文化问题作为五大问题之一提出来,这标志着我们国家在现代文明的发展方面进入了一个更高的阶段。为什么这么说? 因为文化问题的关注是更本质的。政治建设、经济建设和生态文明建设以及社会建设,即我们通常说的和谐社会建设,其背后起到支撑作用的是文化建设与发展。

首先谈文化与政治的关系。文化是政治的一种聚合力。文化作为一种精神力量,起着一种引领方向、凝聚人心的作用。文化的凝聚力建立在文化政权的基础上。之所以谈这个问题,是因为最近各国之间发生了一些外交问题、贸易摩擦问题。中国人开始意识到这许多问题背后其实是文化差异。某一种文化体系,它会形成一种吸引力、感召力。这种力量使文化共同体的成员紧密地团结起来,自觉地维护文化共同体的利益。文化认同决定一个国家已有的核心要素。我们想和美国合作,别人为什么就是以你为敌呢? 其背后就是文化差异,文化成了考量别的国家是敌是友的核心要素。在后冷战时期,文化开始具有争议和聚合的力量。伊斯兰教为什么会在国际上形成这样一种风气,因为它和美国等西方国家是同路的,看上去是政治同路、经济同路,其实背后是文明、文化的同路。所以一个国家想要兴旺发达,自立于世界民族之林,必须有很强大的民族凝聚力和精神动力,否则就会一盘散沙,停滞不前。我长期研究鲁迅,知道鲁迅从五四时期开始对民众进行思想启蒙,他看到了问题的关键,就是怎样使一盘散沙的国家具有凝聚力。所以说,文化本身是具有政治功能的,它可以把各方面力量凝聚起来为共同目标而奋斗。目前,中国共产党提出道路自信、理论自信、制度自信,应该是延续中国文化政治功能的一种自信。显然,文化对建立新的思路、新的体制起着非常重要的作用。

大家一谈到民主,总习惯性地向西方式的民主靠拢,实际上这里面有一个误区,即忽略了各国民主不同文化背后的政治功能。就拿西方的自由民主来说吧,当它建立政治制度的时候,因为文化的不同而建立起不同的政治体制。美国是民主共和制,而英国则是君主立宪制,因为英国有长久的君主文化,而美国的历史很短,只有两百多年的历史。美国跟英国有着不同的文化背景,很难依据英国本土的文化传统建立相同的政治体制,于是选择建立共和体制。这个问题还可以追溯到日本战败以后,美国要控制日本,要日本走上现代民主制度。他们分析日本发动战争的根源,就是由于它的君主文化。美国人想打破这样专制的制度,而日本则希望保护他们的天皇,因为天皇在他们心目中是一种符号、一种象征,是凝聚人心的一种力量。所以后来美国人经过反复讨论,最后决定尊重这样的文化,保留天皇,于是日本建立的还是君主立宪制度。从这样的角度看,我们选择一种政治制度,不是简单的绝对的理念,而是一定要与自身的文化相符合。这就是习近平总书记反复提出的道路自信、理论自信、制度自信,"鞋子合脚不合脚,只有自己知道"。中国的制度是经过摸索,结合自身的文化走过来的。习近平举了很多的例子,从五千年以来,从近百年以来,从改革开放以来,说明我们中国为什么要走出这样的道路来。

再来说文化与经济。文化对经济发展有巨大作用。比如欧洲的文艺复兴运动和启蒙运动就是文化运动,它使欧洲人告别了愚昧和专制,从神学的桎梏下解放出来,获得前所未有的思想解放和科技进步,生产力获得极大的提高,为今天西方国家的发展奠定重要基础。中国改革开放以来一直在探索文化与经济的关系。为什么现代人关注文化问题?就是因为文化成了制约经济发展方式的重要因素。

再谈谈文化与社会的关系。文化对社会规范、调控具有重要功能。很多人在谈社会管理,社会和谐靠制度、法律规范来协调人际关系,而真正起到作用的也是文化。文化对人具有强大的规范力量,它包括一种价值理念,包括约定俗成的道德价值。实际上在中国传统社会,社会关系主要靠伦理道德,通常说的是乡规民俗。在乡规民俗形成的文化氛围当中,没有明文规定,但大家都知道该怎么做。文化提倡的不光是理念上的自觉,还渗透到人们的日常生活中,它也是法律规范制定的基础。法律的制定要考虑到国情,考虑到文化的传统。一种法律制定以后,它不能执行或者执行起来遇到巨大的反推力量,这里面起作用的一定是文化。所以文化对社会的规范不同于法制,但是它可以渗透到人们的心里来左右人们的生活方式和行为方式,最后起到规范人的作用。文化能够起到法律所不能起到的规范、调控的功能。社区建设,如果没有形成好的文化氛围,那也永远都管不好。社会需要文化的融合、疏通和引领。所以社会建设如果能很好地和文化相契合,注意到文化的氛围,如公平、和谐这些为民众普遍接受的观念,可以增加社会的和谐度。

另外,文化与生态文明建设。中国自古以来就有一种人与自然和谐相处的理念,比如天人合一。我们应该怎样发掘人与自然和谐的这样一种文化,这样一种理念?现在有很多违背生态文明、破坏生态的行为,我们可以通过营造人与自然应和谐共处的文化氛围加以抵制。

以上所述说明,文化跟我们每个人、每一件事情都有密切的关系,大到国家,小到个人。20 世纪 50 年代国家要求工农干部学文化,不叫学识字,我觉得这样的概念是正确的。文化到底是什么东西呢?在座的都是学中文的,应该对文化的概念有比较正确的认识吧。在你们进校以后,很多人的眼界可能只停留在自己所学的专业里面,有没有想过学这个专业到底干什么的?是为了找工作还是为了有个大学文凭?大学的目标是:人才培养、科学研究、社会服务、文化传承,为整个国家发展作出贡献。那么在这样的功能当中,不同的学科功能是不一样的。应该说学文的,尤其是学人文的,在文化传承上肩负着更大的责任。学中文的,肩负的责任是对母语文化的传承。在这个过程当中,是不是学来了以后向别人宣传就是传承?把中国传统文化里的一些精髓的东西继承下来,化为自己的行动、化为自己的生活方式、化为自己思考问题的方式,然后在从事任何工作的时候思考就和别的人不一样,保持这样一种文化的底蕴很不容易。学文学的或学语言的不太关注这样的问题。举一个简单的例子,学语言通常学的是语词、语法、语义,学好基本功当然是不错的。但是,最终要把握的是文化的价值,我们要多多关注不同地区语言背后的文化心态、文化思维方式问题。同样的语法现象,不同的人说话的口气可能就代表着不同的文化传统、不同的文化心理结构、不同的思维方式,所以,现在又发展出了文化语言学。文学院不仅是为了学文学,更重要的是学文化。第二个特点,思考问题的角度要有文化,我们通常说文化人没文化,这是因为思考问题的角度不文化。怎么样才是文化的角度呢?这就是我今天要讲的文化自觉与文化创新。

文化这个概念每个人都会谈,因为大家都在学文化。但是,要给文化下个定义是很难的。因为我们都会有这样一个感觉,使用得最多的那个概念,往往是人们从不同的角度、不同的层面做出的对它的理解。所以不同人采用的文化概念,其所指是不一样的。于是就出现问题了,大家好像在讨论文化问题,但其实并不是。有的人表面上没有在谈文化,谈的是其他问题,但是背后体现出来的却是文化。所以文化的概念,我觉得不宜过细地鉴定。我把文化分为广义的和狭义的两种。广义的文化包含了人类的一切物质文明和精神文明,而狭义的文化主要是人类的精神文化。这样分很笼统,当产生文化问题的时候,怎样进入?怎样思考?怎样站在文化的角度?所以接下来我对文化的几个层次做一些说明。

第一个层次是文化的本质。怎么知道谈的是不是文化？文化是长期养育而成的，对文化的发展起着制约作用的是思维方式、心理结构和价值观念。谈文化要看传统，不是说这儿搞了一个雕塑、画了一幅画就是文化。这儿有个螃蟹节就搞个螃蟹文化，那儿有个龙虾节就搞个龙虾文化，陕西有面条就搞个面条文化。如果说这些现象背后包含了当地人长期的生活方式，养育成他们独特的思维方式或者独特的价值观，那么这是文化，否则它谈的就是物质。物质这类东西很快就会成为过眼烟云。我们可以对不同民族的一些现象作出合理的解释，是因为文化包涵了民族心态。为什么德国制造那么好、法国文学那么繁荣？这跟那里的人长期的思维方式有关。第二个层次是精神文化形态，主要是指哲学、宗教、伦理道德、社会规范、文明艺术、人文思想、科学思想、法律思想等具体的精神形态。第三个层次就是制度文化形态，包括政体、社会制度、社会的结构方式、法制形式等。一个国家采用什么样的政体、采用什么样的社会制度、采用什么样的社会结构方式、采用什么样的法制形式，背后是文化在起作用。比如说法律，美国的和英国的肯定是不一样的。美国各个地区自治的权力比较大，强调人的个性启蒙。有的甚至很离奇，根据一个案例，然后由大多数人的意见做决定，是情绪化的，表面上是大多数人的民主，实际上是多数人的暴政。还有就是政体的影响，一个是共和制，一个是君主立宪制。中国现在走的道路，是经过考验的，绝对不是简单的模仿，其背后的根本是文化。第四个层次是固态文化，包括经济结构、科技水平、生产方式和其他各种物质层面的。广义的文化包含这四个层面的内容，狭义的文化主要是精神层面的内容。

当我们谈到文化发展的时候，也有广义和狭义之分。广义的文化发展就是人类文明（物质文明、制度文明和精神文明）的进步。谈到文化的整体水平的时候，谈它的文明程度的时候，文化的价值和意义、文化的形态的健康程度是衡量进步的标志。不管我们是谈精神文化还是制度文化，都要看它背后体现的核心价值观。我们是从事文化事业的人，都应该为文化的大发展、大繁荣作出贡献。文化到底怎样才是发展，怎样才是进步？我们每个人都应该有这种整体事业的追求。文化作为一种争议的时候，是一种事业；作为一种工作的时候，是一种职业。从事这种职业的背后要有文化的考虑，否则从事文化的职业反而没有了文化的追求。我经常和一些书法家、歌唱家谈这个问题，他们是文化人，背后应该隐含着文化的价值、文化的考虑。现在很多书画家把作品变成了简单的经济收入，不断地炒作，忽略了中国传统书画的文化给人提供审美的功能，最后离老百姓就越来越远，离文化传播的作用也就越来越远，成了资本家和贪官们收藏的压箱底的产品。从这个意义上来说，文化人是没有文化的，因为你从事的工作的功能不是文化。谈这个问题是告诉大家，我们学的东西到最后有没有用，就是我们将来从事文艺研究和理论研究背后，思考问题能不能有更广阔的更深刻的见识是很重要的。在20年前，很多人都在关注这样一个问题，我们学文科的，到最后应该有一个文化的归宿。去发现传统文化当中有利的因素，以便促进今天文化的发展。同时，确定一个健康的文化价值标准，来提升对当下问题的改进。从文化的角度加以审视，并从中挖掘出价值的评判。研究我们的产品的时候，我们为什么要研究？从学科来说需要我们进行不断的否定,再现历史,或者是我们现在所说的重返历史现场,这是我们学术研究的一种精神,还原历史。但是历史真的是可以还原的吗?先不说历史上发生的事是否有真实性,但是它是有空间性的,当你决定再进行叙述的时候,实际上已经改变了当时的结构,改变了当时的空间结构,所以是不可还原的。那我们为什么还要研究历史呢?其实大家反过来看,历史是能够启发当今的政治,启发其他的建设的。那么这样一来,我们可以研究过去的东西,我们学中文的都是研究过去的东西。那我们学中文的人那么多,大家不是没饭吃了吗?其实是不对的,每一个时代的研究和前人相比它不是一个简单的超越,它是一种发展式的改变,这就是所谓所有的历史研究实际上都是一部当代史,就是站在当代的文化发展追求的高度来重新发现历史,重新评价历史,重新找寻今天的文化发展的源泉、精神的资源,这才是重要的。

所以,从文化角度来进行审视,人文学科的研究它有特殊的功能,不仅是因为每一种人文现象实际上都可归结为文化现象,最重要的是什么呢?它可以在纷繁的文化历史研究中,获得一种现象、一种解释。另外一个方面,可以把对象研究引向更深的方向,来揭示出隐于现象背后的深层次的文化根源、深层次的精神领域,从而才能在最本质的、最基础的层面进行新的发掘。我们在先秦就有那么辉煌的思想火花,巨大的思想宝库,为什么历朝历代以后最伟大的思想家都是借鉴先秦的呢?因为借鉴前人的思想而自己没有更多地发挥,没有重新在这个基础上建立所需要的文化思想体系,这是中国一千多年来很少有大的思想家,这也是中国这样一个文明古国有那么多的文明,为什么到了近代之后会走向衰落的一个重要原因。但是我要说,尽管如此,在中国历朝历代的思想研究当中,实质上还是对前人进行一定的还原,这时我们反过来看,中国的儒家是一个成体系的、蔚为壮观的巨大的思想的体系。这个儒家思想的代表是孔子,但是能说一部《论语》代表儒家思想吗,能够包含整个儒家思想吗?不能!这是后人研究《论语》、研究儒家思想的时候加入的新内容,这是不断地,根据不同时代的文化的需求进行了新的阐释,慢慢地形成了儒家这样一个系统。所以从这个角度来看,我们在文化的研究当中要多一些思考,对这个文化进行多一些的思考,我们才能获得一些有益的精神资源。我们研究语言就是这样的,通常是语义、语言逻辑、语言结构,但是我变化一个角度,从文化的视角来看语言现象,我们看到的也许是另外一个现象,我们看到的不再是也不仅仅是语言现象,我们还能看到语言现象包含的使用这种语言的人的文化心态,这种语言也是历史文化的积淀。

大家都知道,鲁迅也有一些语言研究的文章,其中有一篇文章大家都觉得精彩的就是《论"他妈的"》。为什么要谈论"他妈的"呢?"他妈的"背后包含着中国人落后的文化心态,中国人喜欢求笼统,不求精确,在中国传统语言中不求精确,缺少像西方那样分析的机制,所以这种语言导致了中国人的思维的不严密。在近代的科学研究中,典型推论为重要的思维方式,是以概念的精确性为前提的。中国人不求表达的清晰度,这是中国人走向奴隶的很重要的一个方面。中国人没有把握度,为了表达情绪,"他妈的"根据说话的口气表达不同的情绪,但是一句话就是"他妈的",高兴了就"乖乖,他妈的,真不错"，如果说是很惋惜的话，就是"他妈的，差一点"。父子两个晚上在吃饭，坐桌前，父亲说："他妈的，真不错，多吃点。"儿子就说："他妈的，我吃了好多，你也多吃点。"用现在的流行的话来说就是"亲爱的"这个意思。还有就是《论"他妈的"》为什么要论"他妈的"，这从文化角度来说体现了很多东西。外国也有这样骂人的，什么"你妈是我的母狗"，但是都没有中国"他妈的"这样博大精深。实际上中国人处于长时间的封建统治文化制度，尤其是中国人传统的伦理思想中心强调血统的存在，越是古老的文化越是强调这种存在。那么有那么多的文化制度，有那么多的文化压迫，又没法排泄，就有了"他妈的"。因为"他妈的"破坏了别人的祖宗，破坏了别人的血统，就是报复，这是中国传统的等级制度下的一种心态、一种观念。

我们分析问题对现象进行更深刻的解释，我们一定在做一种文化，我们要从文化的现象、文化的本质的方面进行思考，这个很重要。这样一来我们就谈到正题了，就是文化自觉文化创新的问题，因为我们现在都在谈文化普及和文化创新，那什么叫作文化普及呢？什么叫作文化创新呢？就是我们一讲文化普及，一讲文化创新，像我们学文化的人，自己要有一种认识，文化的大发展，是有待于文化的自觉。所谓的文化的自觉，一是指不仅我们要对文化的发展要有所认识，而且要主动去做，这是第一个。就是说要对文化的发展有所认识，但是对文化的发展的认识还是有程度的，我们要知道文化的发展，要知道文化是如何发展的。第二个就是我们自己对文化发展的价值意义的认识，就是为什么要发展这样一个文化，这个价值是什么，文化发展的目的、动力、途径、资源、方法，等等，要有明确的认识，这个就是文化自觉。第三个，文化自觉还有一个前提，对已有的文化进行反思和探究。

那么如何迎来真正的文化自觉呢？我想谈谈几个问题。第一个问题就是文化自觉中的文化反省意识，就是我们如何进行文化反省，就是在文化将要生成的时候首先进行反省。文化认同是对有益文化价值的一种认可、发掘和利用，这个才是认同。那么我们在文化自觉当中首先要有　种文化的反省意识，因为文化的自觉就是在文化的反省中开始的。五四时期是一个全面的文化反省时期，这是大家学现代文学都知道的，而且学近代史都是学到的，那么五四时期也面临着这样一种文化变革的历史转换时期，那我们现在所面对的就是和五四时期相似的时期。谁也不能反对五四时期就是中国文化转型的一个重要时期，这个时期有一个重要标识的旗子就是文化反思。那么要进行这样一个文化的反省，当时五四时期一些先驱者们都是深深的考虑，所以我的第一个问题就是在谈文化反省的时候，首先要谈文化反省的价值依据。就是在反省的时候如果自己的脑子里都没有一个标准依据，那你凭什么说它好说它坏呢？所以我们所有的研究，所有的判断思维实质上就是自己能不能建立一个价值评价标准。搞好批评搞好研究很重要的一点就是建立一个更高的价值标准。当一个人的愚昧产生的时候就是看任何东西都没有标准。所以进行文化反省的价值依据是什么？文化反省是建立在一个文明进步的基础上。那么怎样才是文明的进步？五四时期是民族觉醒的时期，当时的五四先驱者们认识到民族的觉醒应该是人的觉醒，对人的价值的认识，所以五四一开始就紧紧地抓住了众人的思想。所以鲁迅的批判是很严厉的,他把中国的传统本质社会分成两个阶段,一个是"欲做奴隶而不可得的时代",另一个叫作"暂时做稳了奴隶的时代"。所以我们在学文学的时候为什么要强调人的个性解放、人的自由、人的精神、人的发展的权利、人的生命权,尊重生命?中国的传统社会是一个以人伦为中心的社会,长期以来它形成了一整套的体系。鲁迅在《故乡》这部小说里特别批判了这种等级制度,塑造了闰土这样一个形象,成年闰土一见面就喊"老爷",实质上是奴隶的表现。这里还要谈谈核心价值的问题,我们评价已有的文化哪个是有益的哪个是无益的,首先要去重视人,重视人的发展,重视人的权利,从这样一个方面来看待文化。但是我们长期以来,由于各种政治运动、各种启蒙运动并没有指出,所以导致了我们的思想解放在改革开放当中遭到了很大的阻力,所以这个核心价值观还是很重要的。中国共产党从十七大以后就开始提出建立以社会主义为核心价值的体系,十八大上提出了二十四字,从国家的层面上是"富强、民主、文明、和谐",从人伦关系问题、社会主义人文形态上来说是"自由、平等、公正、法制",在公民这样一个层次上是"爱国、敬业、诚信、友善"。代表文明进步的一些核心价值基本上就是这些。在不同的国家不同的国度执行的还不一样,但是代表人类文明进步的这些东西以及像"平等、自由、博爱,尊重人的权利、尊重人的发展"核心体系都包含这些方面。

第二个是要在文化反省中从文化发展的动力来源的角度来思考文化。就是文化的发展动力从哪儿来?动力大家都知道,文化要发展,它的内在动力、外在动力是什么?一种文化它在发展的过程中,已经不能激发文化发展的自身动力,甚至也不注意汲取外来文化的动力以后,这种文化肯定就停止了,它就不可能再发展、再前进。所以一种文化有没有活力、能不能发展关键是看文化的发展动力。那么文化发展的动力是什么呢?是鲁迅当年提到过的"实质上一切事物发展的根源是人的内在动力",一种文化发展如果人没有内在动力的时候,文化将失去发展。文化的发展实质上是人的自身的发展、人的能力的发展,人对自身发展的欲求是文化发展的内在动力。当人们对物质生活条件有所需求的时候,就有了物质文化的生产和发展。当温饱解决了的时候,我们就有了精神的需求,就有了精神文化的发展。从人类发展史的源头上来看这个问题,我们现在要特别地强调文化发展的内在动力,这种内在动力现在来看面临很大的一个困难。1949年以后首先是解决几亿人的温饱问题,改革开放以后我们是在不断地调整。我们的人均GDP已经超过4000美元,生产力的发展、综合国力的提升,客观上已经对文化的大发展大繁荣提出了要求,也就是创造了条件,奠定了基础。但是这样一种内在的动力确确实实也会存在一些问题,问题是什么呢?我们现在有很多。在我们发展文化的方面,缺少群众真正的文化需求。现在的一些文化馆并不是很为老百姓们喜欢,那是因为对老百姓的文化需求还是了解不够。乡下的一些图书馆都成了放杂物的地方,而一些老百姓不用组织就在一起打麻将。这就要我们引导,在社会转型的阶段,对农民的生活方式,利用文化的方式进行改变、进行影响。还有一个就是外在动力,中国在清朝一度是处在闭关锁国的状态,在国门被攻开以后才发现外国的一些物质文明,但是中国人长期形成的一种封闭的心态使他们抵御外来的东西,所谓的"外国的物质文明更好中国的精神文明更高"。动不动就说外国的文明是借鉴中国的,没有火药那西方能够制造出坚炮利甲吗?没有指南针西方能有那么发达的航海成就吗?光想着中国人有巨大的创造力,没有想到在文化发展方面已经形成了超稳定的文化系统。

进化最怕的是兽化,本来中国随着发展人们在改变自身,但由于濒临海洋也就注定了悲剧命运。像软体动物为了自我保护进化出甲壳,这就是完备进化。而当沧海桑田后最倒霉的就是这些生物,考古时发现海洋遗迹,首先会发现大量的贝壳化石,其他的没有进化完备的像两栖动物沧海变桑田的时候就逃生到陆地上。这就和中国的进化差不多,实际上要靠自身来变革。近代时就提出拿来主义,借鉴外来文化,批判接受,促进文化整体发展。都说五四时期绝对反传统,道德消失了。我不同意,实际上五四时是一个概念性的口号,当外来东西被中国的惰性心理阻拦时,必须矫枉过正。比如一群人在一起,有人说:太闷了打开窗户呼吸新鲜空气吧,就有人固守祖训不准打开。但是如果说:把屋子捣毁了吧,这时那些人反而会同意开窗户,这就是所谓矫枉过正。白话文也是这样。今天同样面临这样的问题,实质上就是江泽民总书记说的:我们要借鉴西方一切的文明成果。真正把西方有益的文化因素吸收进来作为我国文化大发展大繁荣的积极因素。

第三就是文化发展要注意的一些方面,这里不详细展开。一是要有批判勇气和批判思维。没有批判就没有创新,没有批判就不是自觉的文化传承,发现不了问题。创新是民族灵魂。什么叫"新"?现在科技创新很好,创新有两要素,一是"发明",一是"发现"。发明是原来没有的东西,是前人知识的积累和延伸。发现就是前人所不曾知晓的。对人文学科来说,研究方法的变化角度也是创新,思想与观念,思维方式,艺术形式……每个人都能从不同的角度看出不同的东西来。比如有人正面漂亮有人侧面漂亮,有人发现了有人没发现,这都是创新。要不断提出新问题,这是对原有领域的突破,对权威的挑战。爱因斯坦说:想象比知识更重要。激发创新欲望,增强创新意识,这是从事文化事业的前提,要敢于创新。

关于文化创新的方法还有一个就是文化有多层次性,要从多角度去看。我们往往缺少对文化本身的追问。政府有很多文化官员,他们在推进文化当中确实花了功夫。但对于这样做有什么功能、怎么评价、怎样做文化工作等一系列问题缺乏思考。现在就是文化官员多,多做点事来给自己点缀点缀,缺少理性精神与文化思考。这是第一个大问题。

第二个大问题是,文化创新中的目标意义。文化创新的最终目的是什么,要向何处去。十八大提出要建设社会主义文化强国,那么什么是强国?文化强国是用一个国家文化的发展深度以及对其他国家文化的影响力来衡量的。我们要找准文化进化的最终目标,也就是文化发展的道路主攻方向。近代在五四之前,国门是被舰炮轰开的,自己沉浸在大国的意识中,所以凡是外来的东西都是不好的。说外来人是蛮夷,翻译来的国家都带着反犬旁。后来提出洋务运动,但是在甲午海战一战就被打空了。中国当时的实力远远超过日本,为什么还会输,一是中国人缺少凝聚力,还有就是立誓为皇帝效忠,相互之间缺少国家利益。随后戊戌变法和辛亥革命也相继失败。十七大之后提出精神文明建设很重要,尽管经济改革创造了令其他国家黯然失色的经济成绩,但是文化领域却面临挑战。

撒切尔曾经说过一句让中国人警醒的话,当时中国日益强大,在谈香港问题。当撒切尔出大会堂的时候有记者拍到她下楼梯的时候唏嘘了一下,然后她回国之后面对记者采访时说了这样一句话:"一个只能生产电视机而不是思想观念的国家成不了世界大国。"这句话是对社会主义中国的断言,中国现在是经济稳定的大国,但是这种崛起不能只是物质财富的暴增,而应该伴随社会主义价值的传播,要推进社会主义文化的弘扬,否则中国社会主义的话语权如何发挥? 主动权如何体现? 考虑问题的时候有没有考虑到软实力以及外交关系中你的价值观念? 同时要把中国人信奉的价值观真正传播出去。所以有人说中国的艺术已经走出去了,像《红高粱》,但其中传播的是什么价值观? 别人充其量作为异域情调欣赏,并没有传播中国的价值观,所以这里确实值得思考。这是第二个大的问题。

第三个问题就是文化的自觉与创新问题。就是我从事文化活动起到什么功能,有什么作用,这个背后带有一定的文化自觉。我想提两个简单的问题来谈一下,比如说道德问题。我们国家现在很重视道德教育,包括我们读小学就有各种道德伦理课,上了大学还有。那么注重道德教育的时候,我们能让道德形成怎样的功能? 背后要承担起一个怎样的价值观? 我们现在的道德是不是指向这样一个价值观? 五四时期反对旧文学提倡新文学,这是因为中国传统,就是传统中国人强调道德的实质,与西方的契约关系不一样。西方是建立在公平公正尊重每一个人的权利的基础上,建立起一种道德观念,也就是鲁迅所说的这种观念人人必须遵从。但是中国传统所有人的道德观念是建立在一定的人伦关系上的.君为臣纲,所以君要臣死臣不得不死,这是中国传统的人的一个等级,所以排到下面是老百姓在最底层受压迫。老百姓已经够苦了,但是还要压迫地位更小的人,所以老百姓回家就欺负老婆去。所以中国的老婆,也就是女人的地位是最低的。女人不是很苦了吗? 没关系,千年的媳妇熬成婆,还有儿媳可以欺负。这样一来就形成了一个这样的局面,《阿 Q 正传》里的阿 Q 在被赵老爷欺负后就找王胡子的晦气。为什么会这样? 这就是中国人在这样一种氛围中形成的思维和心态,这种心态造成的结果就是绝对服从奴役,奴隶是与西方文化相违背的观念,这种奴隶主义与西方的制度意识是对抗的。所以我讲为什么要从这个角度强化,中国女人要遵守的道德束缚是最多的,像三从四德、贞操观念。让女人不贞洁的是男人,受害者是女人。女人要怎么做呢? 最好是死。而已经遭受了侮辱,死了也是不贞洁的,要在受辱之前就死。这是怎样的一种规定呢? 中国有一个二十四孝图,孝是中国一个最大的核心,二十四孝图里面有两个孝,外国人都不理解,而中国人认为是孝的榜样。比如说《老莱娱亲》,说的是一个六十多岁的老头,穿着花衣服拿着玩具趴在地上"哇哇"叫,学孩子哭。按照儒家的观点来说这就是孝子,他为了使比自己年龄更大的整天闷闷不乐的父母开心,于是趴在地上学小孩子叫,果然博父母一笑,这就是孝子。这个已经很肉麻了,还有一个《郭巨埋儿》,郭巨把自己的儿子埋了却是孝子,原因何在?因为儿子要抢自己的母亲也就是奶奶的粮食,为了不让儿子分母之食所以埋了儿子。按照儒家思想来说仁德仁义,要爱仁德仁义,不重视个人的个体价值,所以把这个传统的道德拿来。我也常常在想我们现在的道德教育问题,我们现在承受的道德教育其实是很多的,但是我们把已经成型的价值理念拿过去,而不是在潜移默化中渗透。而且我们的教育形式有问题,小学的教育就是一些宏观的大的道理,等到大了反而是一些具体的比如说不要闯红灯,不能在潜移默化中造成影响。中国的小学生守则第一条是这样写的:热爱社会主义,热爱祖国,热爱人民。第二条就是遵纪守法遵守校纪校规,增强法制意识。日本小学生守则强调团队精神,就说:听到集合哨一定要到指定地点集合,进了校门不要随便离开;第二条,在教室走廊行走脚步要轻,任何时候都不要打扰别人。德国的小学生守则第一条,平安成长比成功更重要。而我们不是成长教育而是成功教育,一开始就要培养一个大科学家,培养一个大学者,老师家长都是这样讲。所以进行教育的时候一定要注意教育的功能。现在说幸福指数,就是人的欲望满足的一种程度。欲望包含三个理念:精神、物质与权力的欲望。但是忽略了一点,人的欲望是无止境的,物质条件提高了,欲望也随之提高,物质条件永远赶不上人的欲望,于是就要通过社会管理,通过合理分配进行规范。这是一方面。另外习近平总书记在中国梦中说:让每一个人都有出彩的机会。我们目前教育改革还有很多方面值得探讨。

　　时间关系,今天就讲到这里,不到之处请大家批评指正。

如何阅读和理解《牡丹亭》

主讲人／许建中　（2013 年 9 月 26 日）

[主讲人简介] 许建中,1957 年生,山东海阳人,文学博士,扬州大学文学院教授、博导,近 10 年来,其学术研究主要集中在中国古代文学文献的整理研究和学术理论研究两个方面,近年来致力于从民间戏文到文人传奇历史发展的专题研究。

80 年代初,淮阴我就来过多次,参加全省师专的古代文学调研室的学术交流的活动,和这边的很多老先生我都很熟。这个地方,现在不敢轻易来。因为这边人文荟萃、大家辈出,这边有我很多老哥和兄弟,所以不敢来,来了也不敢讲。一条错,处处是错,这个就不好了。所以这次能再次到淮阴师院来确实很高兴,在淮师,中文系力量是非常的强,而且现在发展的势头也非常得好,这是我们非常高兴的一个事情。

今天过来讲一部名著,我们搞古代文学,文学名著通常都有超越时空的艺术魅力。对于名著的研究往往能推进对于文学史的研究,这既是文学史该做的一项基本工作,也具有推进学术研究的标杆性意义。从这个角度上来讲,我以《牡丹亭》为例,来做一个具体分析。

大家都读过《牡丹亭》吧,我觉得对名著的阅读依然应是我们学生,包括我们当老师的一个最基本的工作,应该要经常地读。《牡丹亭》是一部名剧,在文学史、戏剧史上都有很高的地位和很大的影响。

那么问题就来了,今天和当下,我们应该怎样来阅读《牡丹亭》? 这是一个问题。为什么会提出这样的问题? 是因为在研究的过程当中有一个悖论。这个悖论我认为一直没有得到解决,这个悖论最早是由洪昇(《长生殿》的作者)提出来的。洪昇当时提出这样一个观点:《牡丹亭》最精彩的部分是在杜丽娘的死生之际,《惊梦》、《寻梦》、《诊祟》、《写真》、《悼殇》五出,是杜丽娘由生到死,下面五出《魂游》、《幽媾》、《欢挠》、《冥誓》、《回生》则是由死到生,这是《牡丹亭》最精彩的部分。我们来看《牡丹亭》的剧本,应当说洪昇把握到了《牡丹亭》的艺术设计和艺术精髓。今天我们评论和研究《牡丹亭》重点应在死生之际,从生到死,从死返生,评论强调这个地方,文学史也强调了这个地方。但是,《牡丹亭》有55出。杜丽娘由死返生是在第三十五出,那么问题来了,如果我们认为《牡丹亭》是一部伟大的作品,那么后面20出呢?如果认准洪昇定论的话,那么后面20出难道就是一个尾巴吗?这个尾巴太长了,有20出。如果55出的作品有20出的结尾的话,那这还是一部杰出伟大的作品吗?这就形成《牡丹亭》在阅读研究过程中的悖论,实际上也是我们今天阅读理解《牡丹亭》的一个比较困难的地方:《牡丹亭》的情节结构和思想结构有没有完整统一性?

这个问题我在90年代中叶曾经专门写过一篇文章,我认为《牡丹亭》是一部完整的杰作,我们对它的认识应该在洪昇的判断基础上继续走下去。到了21世纪初,在全国第四届戏剧节上面,江西的赣剧团汇报表演了《还魂以后》。我看过以后觉得很高兴,它改编了《牡丹亭》的后20出,讲杜丽娘活过来了又发生了什么事情。那么可见对于《牡丹亭》,无论是我们做学问的、做学术研究的还是做艺术表演的,大家都越来越重视后半段。白先勇的青春版的《牡丹亭》是全版,他也没有删除后半段,连续表演三个晚上,最后一晚就是回生以后。

到底怎么理解《牡丹亭》?我觉得首先应该理解《牡丹亭》的整体结构,《牡丹亭》是一部生旦戏,主角是杜丽娘和柳梦梅,它的主题是表现爱情。第一出到第六出是引子,正式的艺术表演是从第七出开始的,大致上,正式展开的有三大段。第一部分是第七出到第二十出,就是杜丽娘由生到死。在这个过程当中,这一段的主角无可争议的是杜丽娘,着重表现杜丽娘在规定情境中的苦闷与对实现爱情的渴望。杜丽娘的死,我们可以把它理解成殉情,这种内心的追求不能实现,从《寻梦》这样的剧目我们可以看出,她内心没办法实现自己的追求,只能抑郁而终。第二部分,是第二十一出到第三十九出,是柳梦梅的唤死返生(由死返生的主角是杜丽娘),柳梦梅是持主动态度的,他表现的是汤显祖在《牡丹亭》题词当中那句"死三年矣,复能溟漠中求得其所梦者而生"。第三大段,是从第四十出到第五十二出,这一段的主角是柳梦梅和杜宝。到第五十五出是《圆嫁》。仔细分理下《牡丹亭》的结构,它的结构非常的特殊:首先,它没有一个中心事件;其次,它没有贯穿始终的人物。但是它有一个贯穿的东西,那就是情理冲突。它由三大板块共同构成,是折叠式的,主观意图非常强烈。《牡丹亭》不仅仅是讲述了一个爱情故事,而且孕育了作者的深刻思想。这样我们就解决了第一个问题:《牡丹亭》的确是一部完整的杰作。

我们分析了《牡丹亭》是怎么写的,现在再来看《牡丹亭》写了什么。我们说它有一个贯穿的东西是情理冲突,情理冲突在三大段中的表现形态是不同的。第一部分主要表现的是封建礼教和人情、人性的矛盾,杜丽娘的矛盾对立面是她生活的冷酷环境,她的物质生活是不错的,冷酷是对于情感生活而言。第二部分写人性和人情的伟大,过去也有把《牡丹亭》归结为浪漫主义杰作,主要是因为第二部分。爱情强烈的力量可以超越生和死,打通阴间和阳间的联络。在第二节表现由鬼返生,是真情的呼唤。第三部分的主角是杜宝和柳梦梅,是一个丈人和他不承认的女婿之间的冲突,表现的是人性、人情与"善意的恶行"的矛盾。杜宝不是坏人,"善意的恶行"指的是好人出于道德上的意愿,却导致了十分恶劣的后果。柳梦梅斗争的不是杜宝,而是杜宝秉持的那种观念。

杜丽娘是一个《娜拉回来了》的艺术典型,中国版的。这一种对于社会的、生活的体验,这样一种深刻性,往往是我们常人难以达到的。这是很现实的,生活的情理在其中起着至关重要的作用。情绪激动,一走,情绪过掉,你将如何生存?对于杜丽娘来说,活过来之后怎么生活?我们看到,她依然在社会传统礼教的规范下活着。所以对于整部《牡丹亭》,在把握杜丽娘形象时,千万不要简单地说,杜丽娘是一个反礼教的女英雄诸如此类的话。如果要说,仅仅在第一部分她是这样的,而在第三部分则是回归了。这是要特别注意的。

第二个要讲的是杜宝,如何看待杜宝?应该说,对于杜宝这样的一个形象的认识,原来也一直难以把握准确。我原来更多看到的是,在亚里士多德《诗学》中,他提到"善意的恶行"这个概念,我觉得用这个概念来理解杜宝,可能更加合适。杜宝不相信杜丽娘能复活,所以认定柳梦梅是盗墓贼,盗墓贼是要被判刑的。见到自己已经死掉的女儿,他坚决地不承认,认为是鬼。人有追求自由和爱情的权利,尤其是他的女儿,他对此是否定的,他秉持的是封建礼教。我们讲情理冲突,他的封建礼教是受到批判的一个地方。在日常生活中坏人恶行我们比较好判断,而善行做出恶事却不好判断。那么杜宝这样的一个人物,也是具有深刻的社会性的。

我们从整个节奏来看,《牡丹亭》是一部具有深刻性思想的伟大作品,它有一个整体结构,是一个精心布局的有机性的、完整的一个框架。那么我们的基本判断就是:我们可以对《牡丹亭》中的人物、《牡丹亭》中的不同段落有自我的认识和评价,甚至有一些偏好,但是就这部作品整体来讲,我们不能割裂作品,不能够断章取义,否则会影响我们对这部作品全面的把握,也有负于作者对整个社会深刻的洞察和对各种人物深刻的表现。那么,我们简单地将《牡丹亭》梳理以后,这种对文学史经典名作的阅读和理解,往往有一个方法论的意义。

在阅读和欣赏古代文学作品时,我们会有哪些需要注意的地方?

第一,还是要认真地读作品。我们现在有很多的人,热心于文化,热心于外在种种的新方法,从更加宏观的角度来对这种现象做把握,这个当然需要,但作为我们研究者来讲,尤其是作为我们古代文学的爱好者、学习者来讲,阅读作品在任何时候都是第一位、最基础的工作,没有对作品的阅读和把握,其他的东西都是空中楼阁,悬浮不定。第二,在阅读的基础上,如果要对它进行进一步的深入理解和思考的话,我觉得要继承前人已有的研究成果,在自我认真阅读的基础之上,来反思、验证一些基本的认识。应该说,包括《牡丹亭》在内,今天对许多经典作品的研究都已经不少了,太多了,你根本读不过来。那么我们今天应该怎么来弄?我们需要了解主要的观点、主要的论证,要批判什么东西。就是说你对于人物的把握,对于故事情节的分析和我对作品的阅读理解、阅读感受是否相同。如果不相同,那么到底是我的感受错了,还是你的理解错了?那么就要深入追究这个问题。所以,有的前辈讲,《牡丹亭》非常伟大,就是尾巴太长了,是这样么？如果说尾巴太长，那第三部分就是赘笔，要拿掉，是这样么？所以我们还是要读作品，在读作品的基础之上，来反思这样的观点，通过这样的基本判断，会形成自己的认识。第三，我们还应该在历史发展的基础之上，来深化对作品的评论、认识。我们现在学的是文学史，一方面我们来研读《牡丹亭》，但是我们更要在文学史的背景下看《牡丹亭》，来看到它的伟大和它的历史性的局限。因为中国古代礼教的关系，因此中国古代爱情之类的文学作品是不太发达的，发达的是婚姻类的作品，爱情是男女，婚姻是家庭，我们中国古代文学作品更多是家庭婚姻题材。现在可数的几部，《西厢记》算一部，《玉簪记》、《娇红记》算一部，《牡丹亭》在两种之间。实际上他们最后是私下已经结合，是获得社会认可、公证的过程中所生发的矛盾。那么我们讲《西厢记》，《西厢记》关键的部分是白马解围，对于崔莺莺和张生的爱情，一方面作者认为爱情是非常美好的，一方面他必须为爱情加上一件道德的外衣，为什么说白马解围是《西厢记》的中心事件（这是金圣叹讲的，然后李渔又强调重复，这个是对的）？《西厢记》中以前的一部分都是白马解围的铺垫，之后的部分，都是以白马解围为基础来展开的。因此老夫人的悔婚是不道德的，崔莺莺的私下结合是道德的。为什么？一个人讲话必须有信誉，所以在《西厢记》中，作者必须给崔张二人的爱情一个合法的、合乎道德的解释，这个解释就是白马解围。到了《牡丹亭》，我们会发现，不需要了，不需要任何的道德的解释，追求爱情就是人的天然的权利，不需要道德。我们会发现，自然的爱情在剧中的发展是遭遇严酷的，尽管血缘关系温情脉脉，但是依然在道德情感底下那么冰冷。而为什么第二部分，杜丽娘可以由此翻身？是爱情的力量，爱情的力量可以超越生死，这是《牡丹亭》的伟大之处。当然有人把它和明代中叶的思想解放结合在一起，这是对的，但是要强调，汤显祖是启蒙主义思想中的一位旗手，他不仅仅是这个思想的追随者，他更是一个鼓吹者。在明中叶以后，几乎所有的传奇作品都在歌颂爱情，但是它们的描写是不能够和《牡丹亭》相比的，因为《牡丹亭》是先行者，而它们是追随者。因此我们在给《牡丹亭》以后的文学作品定位的时候，要有一个清醒的历史感。但是，《牡丹亭》也有历史的局限，《牡丹亭》对于爱情的歌颂，是浪漫的、理想化的，一旦回归到现实，必然会出现第三段：杜丽娘好的回归，对于现实的爱情生活的描绘。在爱情题材的文学作品中，我们觉得最为深刻的是《红楼梦》中宝玉与黛玉的爱情，为什么贾宝玉在大观园中偏偏钟情于林黛玉？宝黛的爱情意义在于，爱情有一个现实的基础，相知才能相爱，爱情都是有限制的，这是有规定的，在爱情的观念发展过程当中，《红楼梦》的爱情观念是这样一种表现。回过头再看，《牡丹亭》是积极的、浪漫的，但我们又看到，它是缥缈的、虚幻的。再进一步来讲，杜宝那些话是不对的，人死了三年才能活，据今天的物理规律，我们都知道，这是不可能的，除非他假死，假死也不可能埋三年，那也不能，饿也被饿死了，那么这就是一种浪漫的想象，与我们一般的常识是不相符的。而《红楼梦》给我们描绘的是真实的、现实的场景当中当时男女的爱情，而且揭示了这样一种爱情背后的价值与意义，所以《红楼梦》超越了明末清初才子佳人那样的小说。在才子佳人小说中，郎才女貌是对门当户对观念的一种超越，因为郎才女貌是爱情当事人的一种自由的选择，而门当户对，是父母之命、媒妁之言的一种，是外在的，对当事人有所制约。郎才女貌在当时已经是转化与进步，而到了《红楼梦》中，连郎才女貌都不要了，讲自主相爱。这样的一种爱情是真实的，是社会生活的。在这样的历史背景下，我们再来看，就会发现，一方面，《牡丹亭》是积极的、浪漫的，有着思想自由的深刻性，以及对于封建礼教的批判；另外一方面，它的理想是空洞的，相比之下，《红楼梦》更具社会现实性。

当然，《牡丹亭》是一部伟大的作品，从不同的角度来理解、不同的角度来研究，可以有不同的观点，但是任何意见都不能够脱离文本，因为文本是我们唯一依附的对象。

我在讲的过程中，可能有的地方讲得不对，我们可以来讨论，如果同学们有什么想法，我们可以互动交流。

许芳红（淮阴师范学院文学院教授）：许先生，我想请教一个问题，我对戏曲研究较少，但是谈到《牡丹亭》，人们就会问，在《牡丹亭》和《西厢记》中，杜丽娘和崔莺莺她们的爱情究竟有多少是情的成分，还有多少是性的成分？她们的爱情好像不纯粹是精神上的。古代女子太封闭，但是人性的东西那么的强烈，所以她们究竟是不是那么爱张生和柳梦梅？崔莺莺在佛殿碰到张生，然后临去就秋波一转，然后张生来一个自我介绍，然后崔莺莺就委身于张生。而杜丽娘更离奇，她根本就没见过柳梦梅，只是做了一个春梦，就这样有了一个虚幻的白马王子。我的问题不是一个学术的探讨，更偏向于人性的探讨。

许建中：这是一个社会学的题目，因为一定的生活情景当中的这个人物，比如说《水浒传》中的武松和《金瓶梅》中的武松，尽管都叫武松，但绝对是两个形象，绝不能搞混。今天社会发展了，女孩子们非常的幸福，可以读书交友，在一定的范围内，是自由的。回过头看崔莺莺和杜丽娘，她们在物质方面，是没有问题的，但是在精神方面，尤其在交往，在两性关系上面，她们连一个年轻的男人都见不到，这种情况一直到《红楼梦》的大观园都是这样：小姑娘不能抛头露面，只能在出嫁的那天见到丈夫。所以在这个层面来说，她们当然需要和异性的交往。因为人性自然就和性联系在一起，性情，情和性是自然的，是一个生理基础，这个就像讲人，必然是将他的动物性作为基础，人到了一定的心理年龄，他必然有一个心理冲动、性的冲动。但我们今天更强调，人是高级的、是社会的，不光要有性，还要有情。问题在古代，女子没有性，光要有情是没有的。所以崔莺莺和杜丽娘有对性的渴望是必然的、正常的，尤其古代的那种社会，人们要比今天早熟，所以以性作为情的基础这是一种必然。所以杜丽娘、柳梦梅都有性幻觉，当然《牡丹亭》作为经典作品，我们着重看杜丽娘的情感中细微的变化。在中国古代，有一个奇怪的现象，写出经典女性人物形象的都是男性作家，而且他们都能够将女性心理细微的变化用雅的语言表现出来，这是我们今天所达不到的，但我们要懂得——进得去还能出得来，像林黛玉那样的，进去就出不来了，如果不出来，你就会比较细腻，抗打击能力差。那么我们就要学习，来保持阳光的心态。

儒家文化与幸福人生

主讲人 / 方向东　（2013年9月26日）

[主讲人简介] 方向东，1954年生，安徽太湖人，文学博士，长期致力于古典文献和古代汉语的研究，现为南京师范大学文学院教授、硕士生导师。

当今大学生，特别是文科生，普遍存在一种困惑：读书的目的是什么？可能有人会说，是为了找一个工作，是为了吃饭。确实不错，没有饭吃，就没办法读书。但是为了生存而读书，这是不是读书的目的？也许有人会认为是为了摆脱无知，使我们变得聪明起来。那我们变聪明又是为了什么？我认为，读书是为了追求一种幸福的人生。这个幸福的人生要怎么去追求？牵扯到哪些方面？中国古人是怎么理解这个问题的？我们又该怎样来理解这个问题？我打算从以下三个方面来解答这些问题：一是儒家经典；二是儒家文化的基点；三是儒家文化的目的。

儒家经典，就是所谓"五经"、"六经"、"七经"、"九经"、"十三经"、"十四经"。"五经"就是《诗》、《书》、《礼》、《易》、《春秋》。再加上《乐经》就是"六经"，只是《乐经》已经亡佚了。到东汉的时候，加上《论语》、《孝经》就变成"七经"了。到了唐代，变成"九经"。到宋代变成"十三经"。到了清代，有人把《大戴礼记》加进去，就变成"十四经"了。

古人读这些经书干什么呢，有什么意义呢？我们从古代文科的教学来看。孔子就是教文科，教人生的道理。孔子这样讲过："入其国，其教可知也。"就是说，到一个国家去，看看他教什么，就可以知道这个国家怎么样。"观其风俗，则知其所以教"，看看这个地方的民风，就可以知道他教了什么。"其为人也，温柔敦厚，《诗》教也"，看一个人是不是温柔敦厚，就能看出来他是不是受了《诗经》的教育。"疏通知远，《书》教也"，一个人是不是非常通达，是不是博古通今，这是《尚书》的教育。"广博易良，《乐》教也"，一个人的知识面非常广，内心非常简单、善良，这是《乐经》的教育。"洁净精微，《易》教也"，一个人考虑问题非常精密，这是《易经》的教育。"恭俭庄敬，《礼》教也"，一个人的行为非常谦恭、有礼貌、庄重，这是《礼》的教育。"属辞比事，《春秋》教也"，看一个人的文章，便知道他有没有受过《春秋》的教育。孔子教学的目的,即"孔门四科",主要是四个方面:首先是言语,就是指说话。不要小看了这个言语,现在有很多人不会说话。我曾经收到过一条短信:"方老师,您有空吗?我是您的老乡,我想找您聊聊。"但是他没告诉我名字,我只好回个短信给他:"请问您是谁?"他还是不告诉我名字。可见他连基本的说话的道理都不懂。有些同学过节给老师发短信,好多也是没有名字的,这样的问候没有什么作用。所以说,怎么说话是很重要的。其次是政事,再其次是德行,最后才是文学。古代的文学不是后来所说的小说,而是专业的知识。孔子的教学为什么把文学摆在最后呢?

章太炎先生在《国学讲演》中首先列了小学,就是今天的语言文字学。必须先要识字才能读书,所以十三经中有《尔雅》。《尔雅》是中国古代的第一部词典,先要读懂《尔雅》,才能读懂其他的书。因此,章先生先列了小学,然后是经学、史学、诸子、文学。古人治学的途径也是从小学进入经学,由经学进入史学,由史学进入经纶济世之学,也就是我们今天所说的行政管理学。也就是说,不了解小学,不了解经学,便来当官,就会出问题。有些官员,一上任就搞形象工程,劳民伤财,正是因为不懂儒家经典。这和儒家文化、儒家经典有什么关系呢?

这就要说到儒家文化的基点——仁爱。儒家文化,注重培养人的仁爱之心。从家庭内部提倡孝道,提倡子女对父母的孝,是实现仁爱最重要的一环。假如一个人对父母都不好,他是不可能对别人好的,所以中国古代有《孝经》,宣扬孝道。外部则是通过礼来防护的,所以要规定很多礼仪来保持内心不变坏。

大家知道,中国文化有三家——儒家、道家、佛家。佛教不是中国的本土文化,是东汉的时候进口来的,经过儒家、道家的改造,到唐宋时期变成禅宗。所以,儒家、道家、佛家都讲求孝道。儒家提倡对父母讲孝,对兄弟姐妹讲悌,对外面的人讲友,然后扩展到爱人、爱众生。佛家讲孝,然后扩大到自然、天地和鬼神。一个人要孝顺父母、敬爱师长、慈心不杀,才能进入佛门。这三家文化是有区别的,儒家重点关注的是人与人之间的关系,主张修身、齐家、治国、平天下。其次也关注人与自然的关系,所谓"敬天爱人"。道家关注的是个人心灵的自由,重点关注的是人与自然的关系。佛家关注的是心灵与宇宙的关系,就是意识和物质的关系,认为物质都是由心灵转化的。

宋代丞相赵普说"半部《论语》治天下",但是,现今社会,从中央到地方,官员这么多,社会治理还是不能尽如人意。半部《论语》就能治天下吗?其实,这句话的意思是,《论语》的精神可以治天下。《论语》的精神,简单来说,就是我们每一个人都注重修养身心,把自己发展好了,把该做的事都做好了,家庭自然就好了,国家也自然就好了。这正是儒家所提倡的"修身"、"齐家"、"治国"、"平天下"。

儒家文化的目的,我们现在读书的目的,应该就是修身,创造幸福美满的人生。我认为幸福美满的人生包括几个方面:健康的身体;成功的事业,也就是有一份工作,自己能把这份工作做好,不带给别人麻烦,就是成功了,并不是指建功立业,要做出多么大的功绩;和睦的家庭;和谐的社会。儒家的治国原则是 12 个字:孝悌忠信、礼义廉耻、仁爱和平。从家庭成员内部开始讲孝悌，对外面的人、对社会讲忠信，整个社会形成礼义廉耻的风气，就达到天下和平了。现在国家与国家之间，我们都认为美国发达，其实美国的文化根基是很浅的，它靠的是暴发户收敛了很多钱财来发展科技，并不能真正引导人类走向幸福。发展科技的目的，应该是为了人类能生活得幸福、愉快，如果高科技带给人类的是灾难，那显然是无益的。举个例子，有一次在电视上看到好莱坞著名影星泰勒，已经八十多岁的她说了这样几句话："上帝给了我美貌，上帝给了我金钱，上帝给了我荣誉，上帝给了我地位，上帝就是没有给我幸福！"这些话让我大为震惊。其实，她的观点是错误的，她不懂儒家文化，对幸福的理解有失偏颇。电视剧《双城生活》的主人公京妮跟她的恋人说："我只要付出三分的劳动，拿七分的报酬，要十分的享受，还不能受一分气。"我听了更是大吃一惊，这样的幸福观更是错误的。

关于幸福，不同的人可能有不同的见解，缺钱的人可能认为有钱就是幸福，生病的人可能认为健康就是幸福，快要死的人可能认为活着就是幸福，失去自由的人可能认为自由就是幸福。幸福是什么？其实就是人生的一种感受，感觉幸福便是幸福，感觉不幸福便是不幸福。那么，这种感受怎样才是正确的呢？

我们可以给出两个幸福人生公式：幸福＝现实，幸福＝欲望。一个是通过努力去改变现实，比如可以用劳动去挣钱，提高待遇，让工作和生活环境变得好一些，从而获取幸福感。另一个是缩小欲望。如果现实改变了，欲望也随之扩大，仍然感觉不到幸福。人的欲望是无穷的，明代有一个人写了一首打油诗《解人颐》："终日奔波只为饥，方才一饱便思衣。衣食两般皆具足，又想娇容美貌妻。娶得美妻生下子，叹无田地少根基。买得田园多广阔，出入无船少马骑。槽头扣了驴和马，恨无官职怕人欺。县丞主簿还嫌小，更要朝中挂紫衣。做了皇帝求仙术，心想登天跨鹤飞。若想世人心里足，除非南柯一梦西。"吃饱穿暖了，又想找个漂亮老婆；找了漂亮老婆，又愁没有东西留给子女；有了家产了，交通又不方便；交通工具都齐备了，又寻思讨个一官半职；县丞（就是公安局长）、主簿（秘书长）还嫌小，想要到中央去做官；做了皇帝，又想长生不老。人的贪欲如此，很难有幸福感。要想幸福，就必须戒欲，树立正确的观念。

我们来分析一些现实的例子。2009年发生了一件很轰动的事情，11月26日，上海海事大学09级法学系研究生杨元元自杀。杨元元是武汉一所高校的优秀学生，她本想保送研究生，但是可能在哪个方面差了一点就没能成功。后来，她参加考试，也失败了，第二年又以失败告终。在经受了周围人的冷言冷语之后，好强的她终于考取了研究生。可是令人始料未及的是，考取之后她却自杀了。考上研究生却自杀了，为什么呢？不是因为贫困，而是因为观念错误。她信奉海明威《老人与海》中所说的"人可以被毁灭，不可以被打败"，性格极为要强，甚至走向了极端。她从来不接受别人的帮助，认为别人帮助她就是讽刺她、挖苦她。所以她经受不住失败，最终走上了不归路。我的观点正好相反，我认为人是可以被打败的，但是不可以被毁灭。毁灭就没有了，打败了可以再来。我们的人生其实就是一直不停地奋斗，以大家为例，在没有考上大学之前，会想考上大学该多幸福，但是一旦考上大学，就会发觉仍然是痛苦，大学生活比想象的要辛苦得多。

可能还会有这种感觉:追求的东西一旦得到了,马上就变成痛苦了。幸福与痛苦是点和线的结合,痛苦是线,幸福只是一个点。再回过来看杨元元的事例,海明威信奉"人可以被毁灭,不可以被打败",最终跳海自杀,杨元元看着自杀的作者的书,自己也自杀了。这就牵涉到读什么书的问题。有些文学作品是害人的,如果没有正确的思想观念,就会中了它们的毒。中国的小说是从明代才有的,明代前期都不算真正的小说。小说是茶余饭后的谈资,闲聊是可以的,但是起不到教育作用,所以,在中国古代,文学不登大雅之堂。再举个例子,大家读《红楼梦》,男同学大多喜欢林黛玉,假如真的把林黛玉给你做老婆,你又吃不消,病歪歪、哭哭啼啼,真是把人累死了。找老婆肯定找薛宝钗啊,多能干!那是文学作品,说着玩玩是可以的,哪里能搬到现实中来?女同学喜欢猪八戒,真正把猪八戒给你做老公你要不要?肯定不要!再说赵本山的小品,被封杀是肯定的。因为他的小品、二人转,是一种村落文化。东北到农历十月就大雪封山了,村庄之间距离非常远。村里人无事可做,也没什么娱乐,只好打情骂俏,只好说些黄段子打打趣,审美趣味非常低俗。这种低俗文化对我们起不到教育作用,必然被封杀。

因此,我们要选择有用的、有教育意义的书来读。光读儒家的书还不够,还要读一些道家的乃至佛家的书。屈原是忠君爱国的典范,却生活得十分痛苦,最后自沉汨罗。杜甫自己住在茅草棚里,一阵风把茅草房刮了,还想着"安得广厦千万间,大庇天下寒士俱欢颜,风雨不动安如山",胸怀天下却一生都很痛苦。为什么会如此呢?就是因为他们只学到了儒家的东西,不懂佛家和道家的东西,转不过弯子。相比之下,李白就潇洒得多,酒一喝什么都不烦,高力士为他脱靴,甚至临死还到水里捞月亮,死得诗情画意。再看苏东坡,受过极大的冤案,在"乌台诗案"中甚至差点丢了性命。但是,他仍然很洒脱,写出"天地之间,物各有主,苟非吾之所有,虽一毫而莫取。惟江上之清风,与山间之明月,耳得之而为声,目遇之而成色;取之无禁,用之不竭。是造物者之无尽藏也,而吾与子之所共适"这样的文字。再说曾国藩。他的《曾国藩家书》,所写都是无聊的琐事,今天后花园里要种什么,明天鸡要孵蛋了,读来感觉毫无味道,婆婆妈妈。但是如果我们了解家书写作的背景,就会觉得曾国藩很了不起。当时慈禧太后正在怀疑他,经常派人来探查。因为他的弟弟曾国荃也掌握了军事大权,曾经带信给他密谋造反,曾国藩没有同意。在这种情况下,他如果稍微有一点风吹草动就会丢掉身家性命。他有一首诗:"左案功名右谤书,人间处处有乘除。低头一拜屠羊说,万事浮云过太虚。""屠羊说"是用典,春秋时期的晋文公,在外流亡19年之后,回国做了国君。他要为有功的屠羊说封功,却被拒绝。屠羊说深知仕途险恶,自请回乡,重操屠羊旧业。家书中婆婆妈妈的絮语,和屠羊说之举异曲同工,都是善于自保的韬晦之计。曾国藩之所以如此聪明,就是因为他不仅精通儒学,而且精通佛、道。

当今社会,影响幸福的外部因素有哪些呢?大到时代、国家等大环境,小到家庭成员、朋友之间的相处。古人云"大道之行也,天下为公",所谓"大同社会",就是人不独亲其亲,不独子其子,不光把自己的父母当父母,也把别人的父母当父母;不仅仅把自己的孩子当孩子,也把别人的孩子当孩子,达到这种境界,使老有所终、壮有所用、幼有所长,使鳏寡孤独、废疾者皆有所养。"货恶其弃于地也,不必藏于己","力恶其不出于身也,不必为己",拾起掉在地上的东西,不是为了占为己有,而是害怕浪费;为公众之事竭尽全力,而不是为一己牟私利。"是故谋闭而不兴,盗窃乱贼而不作,故外户而不闭,是谓大同",奸邪之谋、盗窃、谋乱之事不会发生,门户无须关闭,这就是理想的大同社会。那么,古人认为如何才能达到大同社会呢? 首先是反对战争。儒家、道家都反对战争,主张兵器不得已乃用之。武器是个坏东西。我们现在都跟着美国人造核武器、造生物武器、造化学武器,据说香烟那么大的化学武器,就足以毁灭全世界。也就是说,制造了又不能用,浪费人力、物力、财力,没有任何意义。其次是保护环境。所谓"数罟不入洿池",不用密的网到池塘里捕鱼,是为了让小鱼可以漏网,从而实现可持续发展。再次是重农抑商。农为根本,商是末,现今社会似乎商业比农业重要,这也是要出问题的。然后是重人文轻科技。中国古代的科技实际上是非常发达的。木制时代造的木制的飞鸟可以在天上飞三天三夜不掉下来;战国时候的青铜剑极为锋利;张衡的地动仪、诸葛亮的木牛流马,都是很先进、很高级的。古人为什么不重视发展这些呢? 因为古人觉得这些是害人的东西。庄子说:"有机械者必有机事,有机事者必有机心。"意思是,人们若追求机巧的机械,必会做机巧的事情,做机巧的事情,就必定会有投机取巧之心。今天在座的,有几个学生能写一手漂亮的毛笔字、钢笔字呢? 很少,因为都是用电脑打字,不写字了,这就是投机取巧。写文章,不用动脑子了,因为可以在网上复制粘贴啊,这也是投机取巧。我以前带过自考生,有的学生就把从于丹《论语心得》里大段抄袭的文字拼拼凑凑来充当毕业论文,这怎么能行呢? 论文直接不能通过! 我曾经说过,当今小学老师、中学老师,包括大学老师,大概有60%不合格,要么人品不合格,要么水平不合格。究其原因,就是这个社会太过于"机械"化,太过于投机取巧。

当今中国倡导和谐社会,就是为了建设幸福的社会,让我们每个人都活在幸福里。要做到和谐,首先要与自己和谐。就是我们身与心要和谐,不要对自己生气,不要自己跟自己过不去。恋爱失败就跳楼自杀了,这就是自己跟自己过不去,也跟你的父母过不去,对社会不负责任,对你自己不负责任。其次要与社会群体和谐。这是关于外部的,大到国家的层面,小到家庭的层面,就是古人所讲的"齐家"。处理家庭内部关系的秘诀是什么呢? 夫妻之间,很简单,举案齐眉,相敬如宾,把对方当朋友。有些夫妻为什么关系不好呢? 就是因为没有把对方当作朋友来看,而是把对方当作奴隶,那当然不行。据说现在离婚时间最短的是一个小时,从结婚到离婚是一个小时。两个人高高兴兴地去领结婚证,上楼去领了结婚证,领下来以后吵了一架,然后又上楼去离婚,一个小时。有的是过了一晚上,平时一个人大床睡得很舒服,现在来了个陌生的生物,不习惯,离婚。还有的甚至是因为挤牙膏的方式不一样,男的要从前面挤,女的要从中间或者后面挤,离婚。这些都是因为没有很好地处理夫妻关系。夫妻是平等的,是面积相等的两个圆,也就是说,两个人的地位是完全一样的,不存在你比我高或者你比我低。由于工作性质、爱好、交际圈等不同,这面积相等的两个圆都需要有一定的自由空间;但是,如果两个圆之间没有任何交集,两者都不对婚姻负起责任,仍然是不行的。家庭内部成员之间则讲究父慈子孝：父母关爱子女，子女孝敬父母。古人言"门内之治恩掩义，门外之治义断恩"。所谓"门内之治恩掩义"，就是说家人之间要讲感情，感情胜过道理。家务琐事公说公有理，婆说婆有理，很难讲清，感情和恩爱才是最重要的。父母要爱子女，不能将自己的观点和看法强加在子女身上；子女孝敬父母长辈，才能做到去爱别人。《孝经》云"不爱其亲而爱他人者，谓之悖德；不敬其亲而敬他人者，谓之悖礼"，《弟子规》云"首孝悌，次谨信，泛爱众，而亲仁，有余力，则学文"，说的都是这个道理。周立波在《立波秀》里也开玩笑地讲："从小不学《弟子规》，长大可能要双规。"可见只有做到孝，修养身心，才有可能做到"治国"、"平天下"。所谓"门外之治义断恩"，就是说对外人要讲道理，不能讲私情。就我个人而言，对学生不会存在个人喜好和厌恶之情，肯定一视同仁。对待考研的学生也是如此，不会破格录取自己的学生，也不会对外校的学生存在任何偏见。

说到和谐，说到和朋友相处，我们再来谈一谈交朋友那些事儿。孔子曰："益者三友，损者三友。友直，友谅，友多闻，益矣。友便辟，友善柔，友便佞，损矣。"交朋友一定要审慎，近朱者赤，近墨者黑。关于如何保持和朋友的友情，《礼记》云"君子不尽人之欢，不竭人之忠，以全交也"。通俗地讲就是如果把别人的客气当作你的福气，不知趣地屡次打扰，时间久了谁也吃不消，当然很难继续交往下去。君子之交淡如水，这是正确的朋友相处之道。我保持朋友关系最长的朋友是一个小学同学，不常往来，想起来就打个电话问候一声，几十年如此。

总之，正确处理各种关系，正确对待各种得失，是获得幸福感的关键。现实中有许多失败的例子值得反思。比如，2011 年 9 月 5 日中央电视台综合频道报道，21 岁的连勇因事业和感情受挫，把一个无意中撞了他一下的 11 岁小男孩劫持到家，教训一顿后用绳子勒死，并掩埋尸体。后来又向小男孩的父母勒索 6 万元，最终以勒索罪和故意杀人罪被判处死刑。人生总是充满波折，若不能正确对待，发泄私愤，就会出问题。再比如，2011 年 9 月 20 日中央电视台综合频道报道，2011 年 1 月 12 日，九江学院政法学院教学副院长、法学教授张俊把曾有知遇之恩的院长、法学教授李长江杀死在厚德楼办公室内，并在电梯井焚尸，终被判处死刑，剥夺政治权利终身。这些都是因为不懂得某些人生道理，在剥夺他人幸福的同时，也失去了自己的幸福。

最后谈谈养生。养生最重要的是顺其自然，不要过于相信所谓科学、科学仪器，终日担心健康问题而战战兢兢，这样自然不是养生之道。我每天晚上两点睡觉，早上八点起床，中午不睡午觉，精力充沛。虽然抽烟、喝酒并不是好习惯，但是我觉得我的身体要顺应我的自然，而不是顺应医生，坦然处之，一切都没什么大不了。我有个同事，从来不喝酒，有一次偶尔喝了几小杯，担心得不得了：我怎么喝酒了呢？血压不会升高了吧？心脏没问题吧？自己吓唬自己，这当然不好。对于饮食，我有以下建议：第一，尽量不吃再加工食品——瘦肉精、肥肉精、三聚氰胺、甜蜜素、增塑剂等添加剂。我从不相信医生讲的每天早上要喝牛奶、吃鸡蛋。我主张吃植物的精华，早餐吃和田的大枣、吐鲁番的葡萄干、宁夏的枸杞子、南京崂山的蜂蜜，再加点芝麻粉。第二，尽量少吃荤腥食品。鸡、鸭、鱼都有污染，尽量不吃。我吃饭是饱一顿饿一顿。早饭是那些，中午吃一棵青菜,青菜盖浇饭。喝酒的时候才吃肉,一喝酒就饱餐一顿,不是每天按时按量。就像动物,有食物时饱餐一顿,没食物时饿上几天,这也是顺应自然。第三,最大限度地保持欢喜心。无论吃什么,吃多也好,吃少也好,心情必须好。人的心理会影响生理,心理分析师认为,人的心理和生理犹如两个桶,心理的桶满了会转向生理,反之亦然。举个例子,韦凯碰到冷的就发荨麻疹,医生说他结婚后未必能生育。婚后,他生了个女儿,全家非常欢喜。但是,后来女儿患肺炎去世,韦凯强压悲痛,未能发泄,在女儿火化的前一晚去太平间抚摸女儿,后来就患了重病。心理分析师认为,韦凯的心理形成了深度恐惧,便不断试验为其解压,蒙上其眼睛到冷库试验,很久之后,韦凯果然病愈。佛家宣扬意念能改变人生,境随心转,与此正相一致。庄子说"知其无可奈何而安之若命,德之至也",乐天知命,时刻保持欢喜心,也是养生、获得幸福感的重要途径。

以上所讲,是古人关于做人做事的一些道理,而我们读书的目的就是读懂这些道理,打造幸福美好的人生。我的演讲到此结束,谢谢大家!

重读经典：陶渊明的历史关怀、现实思考与田园生活

主讲人 / 范子烨　（2013 年 10 月 23 日）

［**主讲人简介**］范子烨，生于 1964 年，黑龙江省嫩江县人，文学博士，主要从事以文献为基础的中古文学与文化的研究，同时关注西方现代汉学的相关研究以及计算机技术在中国传统文化研究领域的应用问题。现为中国社会科学院文学研究所研究员，中国社会科学院研究生院文学系教授、博士生导师。

今天我想和各位同学聊一聊有关陶渊明的话题。尽管陶渊明的研究成果已有很多，研究也很难出新，但是，我今天在这里想依据可靠的文献资料，通过细密的作品分析和文字辨析，对他的相关作品进行全新的阐释，揭示陶渊明归隐的真相、隐逸生活的物质基础，以及平淡冲和诗风背后蕴含的对历史与现实的思考、对人的命运的关心，这正是陶渊明诗歌宏伟旨趣所在。传统的以隐逸诗人概论陶渊明乃是绝大的学术偏颇，事实上，陶渊明是集诗人、历史家和哲学家于一身的文化巨人。

一　从《归去来兮辞》解读陶渊明仕隐的政治原因

一般认为，陶渊明辞官归隐，是诗人不能"适俗"的个性决定的。真的如此吗？要回答这个问题，我们必须了解陶渊明与东晋后期政治的关系。《宋书》卷九十三《陶潜传》载：

> （陶渊明）躬耕自资，遂抱羸疾，复为镇军、建威参军，谓亲朋曰："聊欲弦歌，以为三径之资，可乎？"执事者闻之，以为彭泽令。公田悉令吏种秫稻，妻子固请种秔，乃使二顷五十亩种秫，五十亩种秔。郡遣督邮至，县吏白应束带见之，潜叹曰："我不能为五斗米折腰向乡里小人。"即日解印绶去职，赋《归去来》。

陶公之求为彭泽县令为主动行为，但在八十多天以后，又彻底辞官归隐。初看蹊跷，但

实际上是在政治高压之下岌岌可危的人生命运中的良苦用心和巧妙安排,是一种调节、缓和人事关系的特殊方式。

陶渊明出仕阶段,主要是在桓玄幕府。陶渊明早年在政治上就很有抱负。他说,"少年罕人事,游好在六经","忆我少壮时,无乐自欣豫。猛志逸四海,骞翮思远翥"。他也曾历数古代贤士的不遇,来寄托自己深沉的政治感慨。因此,陶渊明的出仕,尤其是投身于桓玄幕府,是有政治理想的,也是政治选择的结果。在当时,他认为晋朝必败,桓玄必胜,其政治前途一片光明,故有此种选择。就政治选择而言,陶渊明自始至终都属于桓党,而不是刘党。在以刘裕为代表的北府军事集团和以桓玄为代表的荆楚政治集团对峙、拼杀的过程中,他的政治立场是坚定的,但是,他对这种政治立场的文字表达却是含蓄的、委婉的、不易为人觉察的。

关于陶渊明出仕桓玄一事,学界有所争议。陶渊明先后出仕共计五次:第一次起为江州祭酒,第二次入桓玄军幕,第三次为镇军参军,第四次为建威参军,第五次任彭泽县令。过去多数研究者认为,陶渊明第三次出仕是做了刘裕的镇军参军,第四次出仕是做了刘敬宣的建威参军。而事实上,陶渊明自始至终都属于桓党,而不是刘党。袁行霈先生在《陶渊明年谱汇考》中指出:

> 江陵是荆州治所,桓玄于隆安三年(399)十二月袭杀荆州刺史殷仲堪,隆安四年(400)三月任荆州刺史,至元兴三年(404)桓玄败死,荆州刺史未尝易人。渊明既然于隆安五年(401)七月赴假还江陵任职,则必在桓玄幕中无疑。

本人支持这个观点。桓玄在隆安二年(398年)十二月占据了荆州,隆安四年(400年)三月任荆州刺史,直至元兴三年(404年)失败而死,一直在荆州刺史任上。陶渊明隆安五年(401年)七月赴假还江陵任职,显然就是在桓玄幕中。《归去来兮辞》系用楚辞体书写而成,是因为他熟悉楚辞,他做桓玄参军的江陵(即荆州)正是楚声的核心区域之一。这也是陶渊明曾于桓玄幕中任职的有力证据。后代一些学者,包括自称陶渊明后裔的清代两江总督陶澍,因为桓玄是晋朝的乱臣贼子,欲为陶渊明遮掩,认为他先后做了刘裕的镇军参军和刘敬宣的建威参军,这是不符合历史事实的。

陶渊明投身于桓玄幕府,这种仕宦经历是由浔阳陶氏与谯国龙亢(今安徽怀远县西部)桓氏深厚的历史渊源决定的。《晋书》卷六十六《陶侃传》载:

> 时造船,木屑及竹头悉令举掌之,咸不解所以。后正会,积雪始晴,听事前余雪犹湿,于是以屑布地。及桓温伐蜀,又以侃所贮竹头作丁装船。

桓温就是桓玄的父亲,陶侃则是陶渊明的曾祖父。浔阳陶氏起家于军功,陶侃父亲陶丹在东吴时已是大将。陶侃军功尤大,多次平息叛乱,声望极高,被封为长沙郡公。陶侃细心收集的竹头成了桓温伐蜀战船上的竹钉,这说明他们彼此信任,默契于心,关系非同一般。

陶渊明的外祖父孟嘉又是桓温的参军。元兴元年（402年）二月，桓温之子桓玄引兵东下，攻陷京师，自任侍中、丞相、录尚书事，接着又自称太尉，总揽朝政。陶渊明因其母孟氏去世在家居丧而没能参加这次东征，但是，他在居丧期间为外祖父孟嘉写的传记《晋故征西大将军长史孟府君传》中明确表达了对桓玄在京师显赫一时的向往之情：

> 光禄大夫南阳刘耽，昔与君同在温府，渊明从父太常夔尝问耽："君若在，当已作公否？"答云："此本是三司人。"为时所重如此。

刘耽是桓玄的岳父。《晋书》卷六十一本传云："桓玄，耽女婿也。及玄辅政，以耽为尚书令，加侍中，不拜，改授特进、金紫光禄大夫。寻卒，追赠左光禄大夫、开府。"桓玄为父亲的故吏与自己的丈人刘耽加官晋爵的时间，正是陶渊明为外祖父写传之前不久。所谓"本是三司人"，意思是说：刘耽认为孟嘉如果还活着，也会当桓玄的三公之类的大官。这就十分清楚：正当桓玄显赫之时，陶渊明特地为死去已经二三十年的外祖父孟嘉作此传，显然是为了表明自己与桓氏集团的亲密关系。

由上可知，陶渊明外祖孟嘉与桓玄岳丈刘耽、与桓玄之父桓温、与陶渊明曾祖陶侃关系都非常亲近。这种家族上的历史渊源，正是陶渊明出任桓玄参军的最重要的人事背景。

因此，我们可以肯定，陶渊明做桓玄的参军是由这种家庭关系决定的。他是想干一番事业的，就是造晋朝的反，夺取晋朝的江山。这才是历史上陶渊明的真实面目，且是无可置疑的。

那么，为什么他后来辞官归隐了呢？就是因为桓党失败了，若不及时隐退，必定危及自身性命。陶渊明曾经担任过桓玄的参军，和桓玄个人关系很好，而且他认为晋朝必败，桓玄必胜。然而，桓玄虽然曾一度赶走晋朝皇帝，建立楚国，国号为楚，却最终败在了晋朝另一位大将军——就是后来的宋武帝刘裕于卜。这是陶渊明始料未及的。桓玄兵败被杀之后，桓玄的旧部大都被刘裕杀掉了，最后得以保命全身的只有陶渊明。可见，陶渊明的辞官归隐，正是自保之举。他在政治上还是很老到的。

陶渊明为什么要做彭泽县令呢？他向朝廷提出做彭泽县令，实际上是为了拉近与当时已经权势倾天的刘裕的距离。但在出任彭泽县令之后不久，他又辞去了彭泽县令，其目的又是为了拉远和刘裕的距离。陶渊明对政治上的弹性把握得非常好。如果不为彭泽县令，刘裕会认为他在政治上与自己对立，因而他主动申请此职位；但他毕竟做过桓玄的参军，颇受刘裕忌讳，所以他又必须与刘裕保持距离，于是很快又辞去。《宋书·陶潜传》云"潜弱年薄宦，不洁去就之迹"，即说他担任桓玄参军之事。（桓玄夺取了晋朝的江山，并因此而被杀，陶渊明曾任其参军，因而有"不洁去就之迹"之论。）"耻复屈身后代，自高祖王业渐隆，不复肯仕"，正是说刘裕当了皇帝之后他就再不出来做官了。（刘裕为人极其残忍，不仅疯狂屠杀政敌，晋朝的两个皇帝——晋安帝和晋恭帝，也都惨死其手。）这就是事情的真实原委，陶渊明的出仕和归隐都有直接的政治原因。

袁行霈先生对此有精彩的论述:"他在政治斗争中当然不是一个风云人物,但在政治风云中却也不甘寂寞。仅仅用亲老家贫解释他的出仕,显然是不够的;仅仅用生性恬淡解释他的归隐,也是不全面的。他在政治漩涡里翻腾过,他的进退出处都有政治原因。把他放到晋宋之际的政治风云之中,才能看到一个真实的立体的活生生的陶渊明的形象,并通过这个典型看到中国封建时代一类知识分子共同的幻想、彷徨和苦闷。"这就是陶渊明的实际情况。

这样,我们也能很好地解释《归去来兮辞》的文本:它用悲怨的楚调,委婉地表达了对桓玄和江陵参军生活的怀念。

作为读者,令我们倍感幸运的是,桓玄失败了,陶渊明未能身居高官。不然,中国文学史上就少了一个伟大的诗人,也失去了一些伟大的诗作。辞官归隐之后,陶渊明的心灵与自然归一,成为中国古代田园诗的创始人,在中国古代文学史上独树一帜,引人注目。

二 从《归园田居》解读陶渊明田园生活背后的历史关怀

德国诗人荷尔德林曾说"人充满劳绩,但还诗意的栖居在这片大地上",这两句诗因现代哲学家海德格尔的阐释而广泛流传,研究陶渊明的人也喜欢用"诗意的栖居"来评论他。辞官归隐后的陶渊明真的是充满劳绩,他经常出现在田间地头和农民谈话,和朋友叙旧,而且身体力行,躬耕于陇亩之间,所以他是真正地实现了"诗意的栖居"。当我们品读《归园田居》的时候,总有这样一种感觉:有一股温和温暖、和缓和谐、轻盈轻柔的微风从一个光明世界的窗口吹进来。它的主要审美特点就是深刻之单纯与单纯之深刻,两种审美情调交融为一。这种审美感觉将我们层层包裹,因此,每次阅读这五首诗,我们总会感觉它是很新颖、很美丽、很动人的。在传统的文学解读中,《归园田居》五首经常被认为是一种超越世俗的杰作,充分地体现了与他人经验的非相关性,以及对于历史和现实的非介入性。然而,在反复细读文本中,我有一些比较特殊的发现。

第一,这五首诗存在文本差异。大家熟悉的"方宅十余亩,草屋八九间",在唐以前的陶诗写本中是"方泽十余亩,草屋八九间"。如《文渊阁四库全书》本《太平御览》所收《陶潜杂诗》(即《归园田居》),这两句即作"方泽十余亩,草屋八九间"。再如,唐代学者欧阳询编纂的类书《艺文类聚》,也作"方泽十余亩,草屋八九间"。此处文本的差异是不应该被忽略的。

首先,我们看看古今田亩的折算问题。魏晋的一亩地相当于现在的 0.759 市亩,现在的一亩等于 666.67 平方米。陶渊明说他家的方宅有十余亩,按照十亩算,等于现在的 7.59 市亩,再乘上六百多平方米,那么,陶渊明家住宅有五千多平方米之大。问题是这么大的面积上却只有"草屋八九间"。我们对陶渊明家的草屋做一下推算,假设每间房子有 20 平方米,八九间草屋也就是 160 平方米到 180 平方米。再加上草屋前面有一个"桃李罗堂前"的庭院,草屋后面还有一个"榆柳荫后檐"的后花园。以上面积加在一起最多也就是 500 平方米,相当于方宅面积的十分之一,令人殊为难解。

其次，把大住宅称作"方宅"，在唐代及以前只出现过这一次，没有第二例可以给他做旁证，这种情况让人费解。再看诗歌文本，"榆柳荫后檐，桃李罗堂前。暧暧远人村，依依墟里烟"，这四句两两构成严整的对偶句。那么，"方宅十余亩，草屋八九间"也应该是对偶关系，"方宅"对"草屋"，"十余"对"八九"。但是，"方宅"是大概念，"草屋"是小概念，前者是涵盖后者的，二者之间并不能构成对偶关系。很可能本文作"方泽"，被后人误改为"方宅"。理由之一是"宅"和"泽"古音相通；理由之二是陶诗中尚有很多关于"方泽"的描写，如"洋洋平泽，乃漱乃濯"，"目倦山川异，心念山泽居"，等等。陶渊明的家在一片水塘边上，"方泽"正是指这片水塘，可以种稻，也可以养鱼虾，即水田。所谓"方泽十余亩，草屋八九间"，就是说自己有十余亩水田，在水田的边上又有八九间草房。

第二，这五首诗背后深藏着隐曲的真意。

浔阳陶氏家族很早就进行了经济方面的开发，主要是对水田的开发和利用。《归园田居》反映了陶渊明隐逸生活的物质基础，他不仅有"方泽"，而且从事农耕。我们来看《归园田居》其三：

> 种豆南山下，草盛豆苗稀。晨兴理荒秽，戴月荷锄归。道狭草木长，夕露沾我衣。衣沾不足惜，但使愿无违。

这首诗看似自然平和，但这仅是表象。且看前人的评注。元人吴师道《礼部集》卷十七《题家藏渊明集后》云：

> 《归田园居》第一首："狗吠深巷中，鸡鸣桑树颠。"《古鸡鸣行》："鸡鸣高树颠，狗吠深巷中。"陶公全用其语。第三篇："种豆南山下，草盛豆苗稀。"本杨恽《书》意。

"晨兴理荒秽"句，古直注引《汉书·杨恽传》"田彼南山"云云。前人的这些注释都揭示了此诗与杨恽的关系，并为当代的陶诗笺释者一致遵从。

所谓"杨恽《书》"是指汉代著名诗人和学者杨恽（？—前154）的《报孙会宗书》（《文选》卷四十一）。杨恽因此书信而罹祸，即中国历史上第一场文字狱"种豆诗案"。

杨恽是太史公司马迁的外孙。《汉书》卷六十六《杨恽传》云："恽，字子幼，以忠任为郎，补常侍骑。恽母，司马迁女也。恽始读外祖《太史公记》，颇为《春秋》。以材能称。"他以揭发霍氏谋反起家，被封为平通侯，迁中郎将。后来因为与太仆戴长乐失和，被戴长乐检举"以主上为戏，语近悖逆"，汉宣帝将其下狱，后释放，贬为庶人。此后，杨恽家居治产，以财自慰。安定郡太守孙会宗是其好友，写信劝他闭门思过，不应宾客满堂，饮酒作乐。杨恽回复其书信，即《报孙会宗书》。书信中有云：

> 恽材朽行秽，文质无所底，幸赖先人余业得备宿卫，遭遇时变以获爵位，终非其任，卒与祸会。……伏惟圣主之恩，不可胜量。君子游道，乐以忘忧；小人全躯，说

以忘罪。窃自思念,过已大矣,行已亏矣,长为农夫以没世矣。是故身率妻子,戮力耕桑,灌园治产,以给公上,不意当复用此为讥议也。夫人情所不能止者,圣人弗禁,故君父至尊亲,送其终也,有时而既。臣之得罪,已三年矣。田家作苦,岁时伏腊,亨羊炰羔,斗酒自劳。家本秦也,能为秦声。妇,赵女也,雅善鼓瑟。奴婢歌者数人,酒后耳热,仰天拊缶而呼乌乌。其诗曰:"田彼南山,芜秽不治,种一顷豆,落而为萁。人生行乐耳,须富贵何时!"是日也,拂衣而喜,奋袖低昂,顿足起舞,诚淫荒无度,不知其不可也。恽幸有余禄,方籴贱贩贵,逐什一之利,此贾竖之事,污辱之处,恽亲行之。

后逢日食,有人上书诬告,说杨恽"骄奢不悔过,日食之咎,此人所致"。廷尉带人搜查,发现了这封书信,宣帝见而恶之,以大逆不道之罪将其腰斩于市,其妻赵小凤被流放酒泉,侄子被贬为庶人,许多挚友也受到牵连。这就是轰动一时的"种豆诗案"。

后人对这场诗祸大多持同情的态度。宋人罗大经《鹤林玉露》卷四乙编"诗祸"条云:

> 杨子幼以"南山种豆"之句杀其身,此诗祸之始也。至于"空梁落燕泥"之句,"庭草无人随意绿"之句,非有所讥刺,徒以雕斫工巧,为暴君所忌嫉,至贾奇祸,则诗真可畏哉!

宋人洪迈《容斋四笔》卷十三"汉人坐语言获罪"条云:

> 杨恽之报孙会宗书,初无甚怨怒之语,其诗曰:"田彼南山,芜秽不治。种一顷豆,落而为萁。"张晏释以为言朝廷荒乱,百官谄谀,可谓穿凿。而廷尉当以大逆无道,刑及妻子。予熟味其词,独有所谓"君父至尊亲,送其终也,有时而既",盖宣帝恶其君丧送终之喻耳。

元人袁桷《清容居士集》卷四十《金陵郑生应炎道士疏》亦云:

> 北阙上书,著咏受嗔于唐主;南山种豆,赋言增祸于汉朝。

对于杨恽以诗取祸的人生悲剧,陶渊明是非常了解的。因为无论《史记》还是《汉书》,都是他熟读的史籍。那么,他在诗中化用杨恽《报孙会宗书》以及《汉书·杨恽传》的文字,就不仅不是偶然的巧合,而是精心的艺术设计,具有非常深隐的、深刻的用意。

需要特别指出的是,"种豆南山下"的"南山"本身即具有双关意义:既指终南山(位于长安之南),也兼指庐山(位于江州之南)。古直引曹植《种葛篇》"种葛南山下,葛蔓自成阴"(按,曹植诗中的"南山"自然不是庐山,而是终南山)二句注释"种豆南山下"句,即体悟到了陶诗中"南山"的双层意涵。

陶渊明以"南山"为纽带，轻松地实现了自然意象和历史场景的转换与更迭，深藏不露，了无痕迹，举重若轻的大家诗笔真令人拍案叫绝，瞠目仰视。在诗人看来，长安的南山是君王专制的象征，而江州的南山则是文化自由的象征，前者是凶险的、凶恶的、残酷的，甚至危机四伏的，而后者则是美丽的、和平的、恬谧的，充满诗情画意的。

同样写农耕生活的《庚戌岁九月中于西田获早稻》也引用了杨恽《报孙会宗书》的文字。诗云：

> 人生归有道，衣食固其端。孰是都不营，而以求自安！开春理常业，岁功聊可观。晨出肆微勤，日入负耒还。山中饶霜露，风气亦先寒。田家岂不苦？弗获辞此难。四体诚乃疲，庶无异患干。盥濯息檐下，斗酒散襟颜。遥遥沮溺心，千载乃相关。但愿长如此，躬耕非所叹。

"田家"句，古直引宋汤汉（1202—1272）注曰："杨恽《书》：'田家作苦。'"陶诗确实袭用了杨恽《报孙会宗书》中句子。诗中所谓"异患"，是政治灾患的委婉代语，而"躬耕非所叹"是说自己归隐田园，甘之如饴，不像杨恽那样多有抱怨。这首诗既抒写了诗人收获早稻的喜悦，也表达了超脱政治藩篱的轻松，是其追求躬耕陇亩的自由生活的诗性表白。陶渊明以历史反衬现实，更加凸显了隐居生活的可贵，也婉转地表达了他的政治态度。

我们比较一下《归园田居》其五和杨恽《报孙会宗书》的片段：

> 漉我新熟酒，只鸡招近局。日入室中暗，荆薪代明烛。欢来苦夕短，已复至天旭。（陶渊明《归园田居》其五）
> 田家作苦，岁时伏腊，亨羊炰羔，斗酒自劳。……其诗曰："……人生行乐耳，须富贵何时！"（杨恽《报孙会宗书》）

二者描写的都是人生的欢乐乐章，都表达了蔑弃富贵、把握人生和实现自我价值的超越情怀。尽管如此，他们最终的人生命运却迥然不同：一个成了惨遭荼毒、死于非命的千古冤魂，一个成为幸福安宁、炳焕千秋的诗国巨子。"种豆"二字确是我们发掘《归园田居》之真意的关键。

由于陶渊明巧妙地借用、化用杨恽《报孙会宗书》的文字，多数读者的目光也就大都停留在田园生活的表象上。但是，在这一表象的深处却蕴藏着一道滔天的历史洪波，一场惨烈的人生悲剧，一捧辛酸的文人血泪，这才是诗人的真意所在。

陶渊明是集诗人、历史家和哲学家为一体的文化巨人。他的每一首诗都闪耀着璀璨的心灵之光，流溢着天才的灵智之波，他的每一首诗都是千锤百炼的艺术结晶，他的每一首诗都有特定的艺术任务——传达崇高的观念，抒写神圣的情感，表现自由的生活,回忆荏苒的岁月。伟大艺术家的惨淡经营与伟大诗人的旷世奇才,使陶渊明创造了永恒的辉煌。陶渊明一生自觉地追求蕴蓄着沉静的激情,追求纯粹的自然。他在回忆与反思中立足于现实,追寻往昔的心境,审视当下的情怀,淡远而幽深。道德的净化与灵魂的升华使其人格和作品凝结为一体,成为黑暗的专制主义社会中的一线光明,照亮了东方古国的沉沉黑夜,也照亮了人类通往平等、自由的康庄大道。

文学与当下社会

主讲人 / 范小青　（2013 年 11 月 19 日）

[主讲人简介] 范小青，1955 年生，著名作家，江苏省作家协会主席，代表作有《裤裆巷风流记》《女同志》《范小青文集》《范小青自选集》等。

　　各位同学，各位老师大家下午好！今天非常高兴来到淮阴师范学院跟大家一起来聊聊文学创作。40、50、60 年代出生的一些人，年轻的时候都会有个文学梦。"文学"这个情结在现代的年轻人的心里能有多少，我不太了解。但是我平时接触很多人，跟我年龄相当的，比我稍微小一点的都会说，虽然我现在不从事文学创作，但我年轻的时候喜欢看文学作品，有过当作家的梦，但是这个梦在现实的社会当中已经基本上都醒过来了。现在的年轻人基本上不再做这样的梦，他们可能做的是演艺明星、歌星梦，或者企业家这样的梦。这就是时代的变化。所以我今天跟大家交流的主题，就是"文学与当下社会"。

　　因为我是从 70 年代末开始写作的，写到现在已经三十多年了，这个感受非常深。文学和社会、历史是完全分不开的，所以要谈文学首先要谈它的历史、时代背景。那么当下的文学与社会，也就是说当下社会的文学是一个什么样的情况？刚才李院长介绍我的时候报了我的一些作品，我想可能很多同学和老师都是不知道的，这非常正常。如果有人知道，我非常开心、非常欣喜，但是不知道，我觉得也很正常，为什么呢？这里有两个原因：一个当然是我们文学本身的原因。我现在先讲社会的原因。我们都知道，现在是一个物质化的社会，尤其是近 30 年来的发展，着重在物质方面的发展。这个对不对呢？当然是对的，这是唯一正确的道路，这条发展道路是必须走的。如果没有物质的发展，其他什么都谈不上。我们的物质确实是发展了，但是在这过程当中，我们却忽视了一个人类社会、民族、国家、个人都需要的另外一张翅膀——精神的翅膀。我们社会、民族、个人都是需要有两张翅膀才能飞得高飞得远，但是我们现在普遍感觉到，精神的这张翅膀很弱。

　　说一个简单的现象，这个现象比比皆是。我们现在的生活比起过去不知道要好了多少,可以说基本上一半的家庭都是不愁吃不愁穿,想买什么东西都可以。最基层的,最底层的人也已经解决了温饱。近30年来,物质高速发展。但是为什么全社会经常会有不满的声音?网络或者媒体,只要有一个现象出来,几乎全部是骂声。不管这个现象本身是正能量还是负能量,它得到的反馈几乎都是在骂这个社会、骂这个现象。人们心中难道有那么多的不满吗?从自己一个家庭,一个个人来讲,纵向比较的话,确实是进步了。我们社会也进步了。但是为什么我们社会越是进步,不满的声音越是多呢?这就是我想说的,我们内心缺少信仰,缺少理想,甚至缺少梦想。我们的发展付出了沉重的代价——我们日子虽然好过了,但是我们的空气被污染了;我们的衣服虽然穿得漂亮,但是我们的水脏了。

社会存在着各种矛盾:医患的矛盾、教育的矛盾、城管与小贩的矛盾,等等,非常复杂。社会发展到今天,这是一个必然现象。在30年前没有这些现象,也没有这些不满。这些不满产生于30年的发展当中。我们过度开发,好像有了钱、有了物质就什么都能解决。这句话在30年前说没有人会怀疑,但是过了30年,我们开始对它产生一些怀疑——是不是有了物质有了钱什么都能解决呢?我现在有钱了,有物质了,但是我心里不舒服、郁闷,我想骂人。这个就是先前所说的现象。我们说,没有钱的时候,肚子饿的时候,你只能想着去吃饱饭,但一旦人有饭吃了,就会讲到文学。有个作家开玩笑说:"文学是什么?文学就是吃饱了撑的。"吃不饱的时候你只想着挣钱去把肚子填饱,把身上穿暖,吃饱了就开始考虑问题。生活有了物质基础之后,人的精神需求就出来了。当下社会,是一个物化社会,一切以物质作为评判标准。当下社会什么人最牛?有钱的人最牛。什么样的人得到尊重?有钱有权的人得到尊重。这种社会的发展其实是一个畸形的发展,但也是一个必然的过程。

回过来讲精神这个话题。可能有些同学会问,精神也看不见,是个什么东西呢?有没有呢?肯定有。现在我举个例子。在座的有不少是文学院的同学,我也是大学中文系出来的。我当时就读于前江苏师范学院,现在改为苏州大学了。我1978年上大学。大二的时候上到外国文学的课,外国文学的老师给我们讲西方的现代派文学,就举例说明西方现代派文学的一些特征。西方现代派的一个典型代表作《椅子》,是一个独幕话剧。话剧很简单,舞台上摆满了各种各样的椅子,人只有两个。两个人一边说话一边从舞台的一侧上来,他们整个演出的目的就是要穿过这些椅子,然后从舞台的另外一侧下去,这个戏就完了。这两个演员在台上转来转去,在椅子中转不出去,最后还是没能下得了台。这是一个典型的现代派的文学作品,这就是现代派文学的特征。也就是说当西方社会物质高度发展了,人的精神就失落了,找不到出路。椅子象征着物质,要从舞台这侧走到另一侧,象征着人的精神出路找不到,人被物质所困。当一个社会物质发展到一定程度的时候,人的精神必然会痛苦、迷惘,必然会找不到出路。当时老师讲的时候我们完全听不懂,听不进去,不肯承认,也不相信。为什么呢?因为那个时候我们穷啊。我上大学的时候,师范学院还有伙食费提供给我们,每个月14块钱,连饭票、菜票。我和我的一个女同学,每天两人合吃一份五分钱的青菜,每个月十几块的菜票还能节省下来,拿去换成现金,然后上街去买衣服——这是女孩子最喜欢的。家里没钱,个人也很穷,那个时候也没有办法打工,就是靠着从伙食费里省下钱来去买一点喜欢的东西。那个时候也没有化妆品,也不用护肤,买一件新衣服就是最大的开心了。所以那个时候老师告诉我们,等到有一天,物质高度发展了,像西方社会那样,我们就会很痛苦,谁能相信呢?谁也不会相信。但是现在我肯定相信了,现在我就有很多困惑。这么多年过下来,我慢慢就体会到了,精神这个东西是有的,虽然看不见摸不着。正是因为看不见摸不着它可能更重要。如果说一个社会、一个时代、一个民族它只有一个翅膀在飞,它可能能够飞30年,但再飞30年可能就比较累。

30年过去了,我们回头再看这个问题,现在很多人有很多困惑、很多怨言,都是由此产生。我们在这样一个物质化的社会里边,每个人都逃脱不了。刚才我说的《椅子》,它是一个象征的手法。其实在我们生活当中,我们被物质所困的事情多之又多。比如说我自己就写过几个有关使用手机的小说。我们现在几乎每个人都被手机所困,既离不开手机又嫌它烦,这就是现代生活、现代科技给人带来的一种困惑。当然也有很牛的人,他坚决不用手机,这是极少数。也有的人很享受手机带来的快乐。但是大多数人都像我这样,手机开着,好多电话、事情来烦扰,关了心里又不踏实,总怕错过了什么重要事情,总觉得有什么事情要发生了。这就是物质对你的束缚,你不能自由。所以,没有手机的时候很自由,但是很不方便,这都是两方面的,这就是物质和精神两者之间的一种关系。

文学处于这样一个物质化的社会,一切以物质来衡量,所以文学很尴尬。为什么尴尬呢?因为许多东西在物质化的社会走向了市场,都可以被物化,但是文学很难。我所说的这个文学是指传统意义上的文学创作,而不是指现在的一些借用新的科学的东西。文学有各种各样的文学,我三十几年来从事的是传统的文学创作,也就是说自己在家里写,写完了以后投稿投出去,然后忐忑不安地等着编辑的回信。我记得我从大学的时候就开始写小说、投稿,最害怕的就是退稿。因为那个时候一个班级共用一个信箱,信箱里的信是由一个专门的同学负责收了以后发给大家。如果信是从报社发来的厚厚一沓纸,那肯定是退稿,这就非常难为情。如果有一次收到杂志社的信,是很薄的一张纸,就知道是用稿了,那就很高兴、很兴奋,这种心情我到现在还记得。这是传统的文学创作,这样一种文学创作的形式在现在这个时代是非常尴尬、非常边缘的。现在很多人不读传统的文学创作,这也是这个时代的特征。有人甚至说,传统的文学衰落了,甚至消亡了。因为新兴的媒体出现以后,连报纸之类的都会消失,何况纸质的文学呢?文学本身就很小众,连那些晚报什么的可能最后都会被电子化,那小说今后可能就会没有出路,很多人是这样认为的。所以在这样一个强大的物质社会面前,文学的处境确实是很尴尬,很多写作的人都坦率地承认现状就是这样。

文学很难跟市场的经济效应完全地结合在一起。一些省市级的书画界的朋友因为成为书画协会会员,作品价格随之提升,但文学作品是不行的,主席、会员的稿费和非主席、非会员的稿费是一样的,没有身份上的差别,这是第一。第二,当代书画市场也很火,很多当代的书画家大笔一挥就会有很多可以用价值、物质来衡量的收入。这个市场的催生是有原因的,第一是因为有很多人有多余的资产可以进行保值投资,第二是腐败之风造成的,如行贿送字画。而文学作品进入不了这样的范围,很难说这是文学的悲哀还是荣幸,但事实如此,这就是文学现在的处境。但是不能悲观地说文学一无用处。据我所知,各地企业内写作的人相当多,给人一种春风吹又生的感觉。他们默默无闻地写作,即使现在写作不像三四十年前那样能给人带来命运的变化。既然文学都不能给人带来名利、不能改变命运,为什么还有人愿意继承,在角落里默默地写作? 而且这种写作是大量的,非常多。只有一个理由,就是喜欢写作。这种自我内心的精神的享受是别人不能了解的。这些为数众多的基层写作者,也许他的文章一辈子都上不了省级刊物的版面。比如有一次我到一个乡镇的文学社和镇上许多文学爱好者一起聊天,他们自己承认作品只能在地方的小报上登一个"豆腐干",稿费也非常低,一辈子也许就这样了。为什么还要写呢? 就是因为写作能带来内心的平静和愉快,这是一种精神的需求。这种需求就像穿鞋一样——穿在脚上舒不舒服只有你自己知道。别人觉得这人太傻,写这种东西一点意思也没有,又不能赚钱,又不能出名。但他坚持要写,他觉得写了人生就有价值,有意义,不写就浑身不舒服,没着没落的。

　　我写了这么多年也是这样的感受,工作很忙,会议、事情都很多,但是如果没有一点时间让我静下来写点东西我会很浮躁、很烦。只要一两个星期中有那么半天的时间让我静静地坐在电脑面前写作,那就是我最快乐、最宁静的时候,什么烦恼都没有,什么东西都扔开了。为什么呢? 就是因为写作是一个最自由的活——喜欢写作的人会体会到这一点,写作的时候你是最自由的,没有任何的框框,内心的东西可以自然流露,笔下的人物可以让他任意而为。人生有"自由"两个字还有何求? 当然,金钱、名利也是要求的,但是这些都比不过那一瞬间我内心的愉悦、自由。写作者说到底是为了自己内心而写的,我们可以说写作要为人民大众写,但是归根结底还是为自己的内心写作,我这里说的还是传统文学创作。如果说是为了市场写的,那就是另外一些作品,如校园文学等为市场写作的文学。"为人民写作"这个概念太大。有一次与一个教育界的领导聊天,他说:"'办人民满意的教育'这个话是'伪命题',因为人民的概念太过广泛,它由很多群体组成。"所以说,"为人民写作"大方向是对的,写作确实是给人民看的,但是具体该如何操作呢,给哪些人看呢? 如果走向市场,给谁看那是很明确的。但是我们的传统文学基本上都是为自己的内心写的,这个内心绝不仅是个人的,而是社会生活反映到作家内心,然后作家觉得有话要说,再从内心变成文字反映出来。所以说在写作的时候,这种精神的享受是非常难求的。

　　有的人认为写作没有意义,尤其在当下物质社会这样的现状下从事传统文学创作。但是精神上的享受别人可能体会不到,只有写作者自己能够体会。比如一个写小说的作家,他完全可以去写电视剧。如果从物质的角度来讲,写电视剧的稿费比写小说的稿费要高出不止几倍。写一部长篇小说,二三十万字,恐怕前前后后得花上一年时间,包括做准备,写作酝酿、修改。等到出书以后,一般有一点知名度的作家,印刷也就一万到两万册,拿到手的钱也就两三万块钱。极个别的作家可能会高一些。像莫言、贾平凹等人,毕竟是极少数,全国数得出的也就几个。大部分的作家,基本上就这么一个水准。但是如果写电视剧呢?一般来说,一集电视剧,要求15000到20000字,一部长篇小说的十分之一都不到。同一个人去写,一集电视剧就超过一部长篇小说的稿费。差距这么大,为什么呢?这很不公平啊。其实很公平,为什么呢?因为它是根据你创造的文化产业和创造的效益来换算的。电视剧看的人多,收视率高,收视率高了广告就做得多,电视台收入就高,这些都是用钱来衡量的。你写一本小说,印一万册,充其量一万个人看,其实根本就不到。我知道一万册也不可能有一万个人在看。看的人数少,创造的价值小,那么收入肯定就低,从这个角度讲,它又是公平的。因为这是一个商品经济社会,一切以商品的价值来衡量。有人或许会说,你们这些写小说的人不是很傻吗?不能放弃写小说去写电视剧吗?

当然电视剧也不是容易写的,不是说你想写就能写好的。很多成名的小说家,都被电视剧的制片人请去写过电视剧,我个人也写过。很多人都是写了一次,或者写了半次,或者有的人写了十分之一次,就说不写了不写了,钱我也不要了。我们江苏这一批作家,差不多四十多岁五十多岁的这些写小说的作家,都仍然坚持在写小说。我们互相都讲,写小说的人是最自由的,写电视剧是最不自由的。因为我们没有进入电视剧的操作程序,我们的思维不能像那些影视编剧那样子。写电视剧不是为自己写的,是为"钱"写的。两个概念的"钱",一个是自己挣的钱,还有一个就是从电视剧当中能挣到钱的所有人,从投资方开始,到制片人、导演、演员,他们都要通过这个剧来挣钱。一个字,就是"钱",所以是为"钱"写作。你自己觉得写得很精彩的东西,在钱的面前,可能一钱不值。可能会被制片人、导演,甚至演员责问:"你会当编剧吗?你会写作吗?你是怎么来做编剧的?"把你搞得自信心全无,完全不知道自己能不能写作了。有好多作家就说:"当编剧写得想吐。"有的说:"你想吐,我都想跳楼!"所以写电视剧也不是一个好干的活,虽然它挣的钱多,但是它很不自由,它要一改二改三改四改,改到最后,肯定想吐。而且你的写作往往受到很多牵制,制片人要这样,投资方要那样,演员要这样,导演要那样。你精神要很坚强,否则的话,是要疯掉的。

我也有一个好朋友,过去是写小说的,小说写得非常好,得过全国奖,后来就去写电视剧。他跟我说:"我挣点钱再回来写小说吧。"然而挣了钱以后回不来了。因为做编剧与写小说完全是两个思路、两套系统。做编剧只能去适应市场,市场要什么东西,就去写什么东西。而小说是为自己的,我要怎么写,我就怎么写。所以就看你要什么啦。你想要钱,你就硬着头皮去写电视剧。但是很多人都不要钱,很多人都退回来了。像我自己也写过,但现在也不写了。我吃不消,写不动,太折磨人了。所以说,写作没有办法不受物质社会的影响,这对每个写作者都是一个考验。只有当你是真正爱好写作,你才会在物质社会当中坚持下去。如果说是想通过写作,达到其他目的,而不是从内心真正地觉得"我不写我就难受,我离不开它",那你肯定是中途要退出的,也不需要坚持。人生可以走的路很多,不见得写作就是最了不起、最高尚的,写作只是人生很多道路中的一条而已，但真正要想在现代物质社会环境之下将写作进行下去，那么你内心必须真正地觉得它是你的精神享受，否则肯定会半途而废，这是我多年来的一个体会。

在当今物质社会背景之下，文学确实是比较尴尬的。这个社会的一些东西都是靠媒体来宣传，但是媒体很少宣传作家。媒体的娱乐版，都是演员、歌星或者体育明星，宣传的都是这样的人物。为什么呢？因为他们身上有很多东西观众喜欢看。比如绯闻之类的东西，但是作家是最不喜欢这样炒作的，你看到哪个稍微成名的作家要出新书了，就假离婚，制造一个假新闻的？没有一个作家会这么做。制造假新闻，跟作家的个性是不符合的。作家是幕后人物，他不应该走到前面去跟读者直接见面。

过去的话，像我现在这样来讲课就已经有点"恬不知耻"了。过去读者和作家是不见面的，他们的交流就是通过作品——神交，进行精神的交流。其实作家和读者，未必需要见面。比如我们不认识的作家互相之间就经常是这样的，我看了他的作品，通过这个作品我就可以跟他进行交流。只是在当今社会，文学，尤其是传统文学社会影响力非常低。当然去年因为诺贝尔奖的原因，文学火了一阵，但是它还是会回归平静。文学热一阵，莫言的书卖了一阵，但是你现在卖卖看！今年的诺奖又出来了，然后明年又有，每年都有，所以"莫言热"也慢慢会平息下来。包括莫言自己，也说希望尽快平息，不要一天到晚找他。这就是一个成熟作家的心态，这种心态，与当下社会是不相吻合的。当然我指的这个"社会"是带有一点贬义。不相吻合怎么办呢？那我写自己的。为什么呢？因为我还是放不下它，我还是要写啊，我不写怎么办呢？贾平凹近几年的创作量也非常大，一个长篇一个长篇不断地出来，他说自己就像一个老母鸡，有蛋在肚子里，不下憋得慌。因此他今年又出了一部厚厚的《带灯》。但是现在的人对下蛋的老母鸡并不关心，只对这个蛋比较关心。而对于作家来说，读者拿这个蛋去炒还是煮或者是做蛋汤，是他们的事情，跟我无关。这是一个作家应该有的心态。

90年代以后，有些作家的作品被改编成影视后，这些作家跟着就红起来了。有些作家写的时候就会想：我这个作品是不是适合改编成电影，适合谁来拍？或者适不适合改成电视剧，能写多少集，能赚多少钱？这样一想，就完蛋了。这个作家就不是为自己真正内心在写，他已经掺杂了其他的一些想法。真正成熟的作家是不考虑这些的，而且真正优秀的文学作品，改成影视剧的难度都应该是非常大的，不是轻而易举就能改的。因为各个艺术门类是不相同的，虽有相同的部分，但是主体的东西是不相同的。文学是语言的艺术，它讲究语言。但是文学的语言和电影的语言是不一样的。一个文学作品可能在故事上可以改成影视剧，但是整个文学作品的氛围是不可能完全等同于一个影视剧的。在这种情况下，写作如果掺杂了其他的一些想法，就不自由了，那干脆就不要写了。

现在为其他的东西写作的人很多，比如网络作家。网络作家的写作非常艰辛，对此我是很了解的，他们搞创作就像一条龙生产。比如跟某网站签约了，要写某个题材的小说，网站马上会提供：这个小说需要几个部分，人物、故事之类的，早就请其他人给你准备好了，然后你就必须按照他的路子写。我听好几个网络作家说过，他们写的一些东西,自己觉得还有一些文学感觉的,网站却根本不要。因为阅读网络文学的人其实层次很低。他们的文化层次不低,但是文学层次很低,他们不要看那些文学的东西。这就是大量的网络文学创作的一个现状。他们码字码得很辛苦,尤其是中低层网络作家。网络文学也分好多阶层,只有顶尖上的少数几位成为富豪,大部分网络作家一天要写十几二十个小时,才能挣到一定的钱,所以说这种写作极其艰辛。这种创作,长期下去,对文学的本质是有影响的,但它也迎合了一部分人的需求。有一部分人就是要看网络小说,这是社会的需要,有人需要就会有人去写,这也是社会的一种分工。

反复地谈这样一个社会背景,只是为了说明,我们现在做文学创作,有我们自身的问题。我们的问题就是,不能像其他人那样,到社会上推荐自己。好多作家都很低调,你们看到哪个作家在媒体上胡编乱造,或者制造绯闻的? 很少很少,作家往往对采访,尤其是电视采访,都是推三阻四的,从来不肯上电视。但社会上有的人就不同,他们出钱去上电视,做宣传,做推广。相比之下,作家这种心态非常好,但同时又带来一些问题,就是读者少了。因此在一定范围之内,还是要做一些宣传、推广的。这个工作我觉得应该由社会来做,应该由作家协会来做,而不是由作家本人来做。作家本人做了,他就变了,他就不是他了,他就换了一个人了。他本人应该去安心地写作。我觉得,这也是一种对社会阅读的引导。因为我们的阅读鉴赏习惯还处于一个比较低的层次。这并不是说,我所从事的文学创作水平就高,这不存在高低之分,就像我刚才说的电视剧和小说,它们之间也没有高低之分,它们只是种类不同,在这个社会当中的地位不同,在社会当中呈现的形态不同。电视剧也有非常棒的,小说也有非常烂的,反过来,小说也有非常棒的,电视剧也有非常烂的,这都说明不存在哪一个门类就高尚,哪一个门类就比较低贱。

但是我们整个民族的阅读水平较低,中国人读书读得太少。中国是全世界第一出书的大国,但是读的书却是全世界相对较少的国家。阅读里面还分好多种,如果从阅读中再把文学作品分开来看看,有多少人在读呢? 肯定是很少。读者不想读文学作品,文学作品有没有责任呢? 有责任,但是社会也有责任,因为社会需要引导。

前几年我看过一个访谈张艺谋的电视节目。张艺谋在访谈中讲了一个事情,他说他非常崇拜日本演员高仓健。在座的同学可能不知道高仓健是谁,但跟我同龄的人都知道,因为我们年轻的时候都看高仓健的电影,对他崇拜得简直无以复加,感觉怎么会有这么棒的演员! 他是我们这一代人的偶像,不是你们的偶像。张艺谋和我是同龄人,他年轻时候也看高仓健的《追捕》等电影作品,他一心想跟高仓健合作拍一部电影。高仓健也知道张艺谋是我们国内最著名的导演,也看过他的一些电影,也非常愿意和他合作。当高仓健表态以后,张艺谋非常兴奋,就非常着急地想尽快把这个事情做成。但是当时手头没有成熟的本子,这个电影本子也不太容易搞。有一个本子是成熟的,已经准备开拍了,就是《英雄》。当时演《英雄》的全是明星,请的全是大腕,这个班底都已经全都确定了。张艺谋就想,我凭着这个本子,凭着我请的这些国际影星,去请高仓健加盟,他一定会答应的。他就去跟高仓健说了,高仓健却断然拒绝了。他说他这一辈子已经拍了两百多部电影,其中有一百多部都是动作片,他再也不想拍这样的片子了。

张艺谋在节目中说,那一瞬间感到无地自容,非常惭愧。这个事情就没有办成。然而张艺谋不死心,他是个很执着的人,他很快就搞出了另外一个本子,非常好,准备请高仓健来演,高仓健一看,马上就答应了。这个戏很快就拍出来了,叫作《千里走单骑》,是一个非常棒的文艺片,非常感人。但是《千里走单骑》几乎没有票房,是一个赔钱货。而《英雄》的票房恰恰是开创了我国大片的一个先河,从《英雄》以后我们就开始进入大片时代了,好多大片一下子就是几个亿多少个亿的,票房回报一直很好。

这件事情说明了什么呢?我觉得,《千里走单骑》是一个非常感人的故事,非常安静的一个文艺片,但是它没有票房,老百姓不爱看,即使是张艺谋导演的,即使是高仓健演的,都没有人去看。这说明它没有吸引市场的东西。如果研究市场,就要研究这些东西,所以张艺谋从中吸取了教训,后来就拍那些大片了。

前不久我注意到一个叫阎建钢的导演,今年导了一部片子,在中央台播的,叫《赵氏孤儿》。它不是一个穿越的历史剧,也不是一个搞笑剧,而是一个正剧。这个正剧在上海的白玉兰电视节上得了一个金奖,最大的一个奖。但是这个电视剧收视率不高。应该说剧本写得很好,导演导得也非常好,演员演得也很好,但是收视率不高。为什么呢?因为它没有飞来飞去,没有穿越,没有胡搞,没有三角恋、五角恋,什么都没有,就是一个比较正的,写人心、人性的历史正剧。现在的导演一听收视率不高,心里就会很郁闷。阎建钢在领奖时说的一段话很有意思,我特意把它抄了下来,跟大家分享一下。他说:"我要感谢一下这部戏的导演阎建钢,起码在这部剧里,守住了一个导演的职业底线。明天,在日益恶化的电视生态环境下,他还要不要脸,我不知道,我希望他好自为之。"这是这个导演领奖的时候,自己对自己说的。也就是说,对收视率他有想法,因为它叫好不叫座。这个戏拍得相当不错,但是看的人少,为什么呢?因为它缺少那些现代年轻人喜欢的东西。比如穿越啊、玄幻啊、在竹子上飞来飞去啊、在水面上怎么样啊,它没有这些东西,不能吸引人。可想而知我们民族的欣赏水平、欣赏习惯。如果长期这样下去的话,我不知道会变成什么样!其实美国也有科幻片,也有这种非常超乎想象的东西,但是它也有很扎实的现实供给的东西,两样都有。好多又叫好又叫座的美国大片,都是很严肃的片子。

如果我们一味跟着市场跑,去迎合日趋低俗的大众欣赏习惯,尤其是从事文学创作的人,跟着市场跑,会跑到哪一步,我们也不知道,但是总觉得有一些担心。虽然我们很难说清文学作品有多大的社会功能。文学作品的功能,70年代末80年代初达到了顶峰。我们有一定年龄的人都知道,当时一个小说,几乎全国人民都会看,一个小说甚至能够改变很多人的想法,让很多人认识到一些问题。比如刘心武的《班主任》。一个短篇小说,让好多好多人都知道,教育必须改革了,教育不能再这样下去了;比如蒋子龙的《乔厂长上任记》让好多人都知道,企业不能这样下去了,企业要改革了。那是在改革开放初期,小说的作用真的很大。但是这种作用大不是一个正常现象。我不能说它不是好现象,好当然很好,但是它不正常。为什么呢?因为"文革",包括"文革"前的一段时间里面，我们的文学作品太少，几乎全部封闭掉了，突然之间有了这样一些作品，那么只要认得字的人，能够把小说读下来的人，都会去看。那个时代文艺形式很单一，除了八个样板戏之外没有什么东西。突然之间有了小说，它这个时候就承担了非常大的历史的作用，但是回归到正常的环境之下，小说就没有这么大的能量了。我讲的是文学，我们传统的文学，不只是小说，还包括诗歌。像舒婷的《致橡树》，可能至今大家都能背，在那个时代就感动了很多人。当时用那样一种形式去写爱情，是之前所没有的。但现在多了，现在的爱情怎么写都可以，大家已经都不稀罕了。

现在文学也面临一种多元化。面对这样一种多元化，文学又回归到自身，尤其是传统文学，它本身就是比较小众的。说实话，我当然希望很多人来读我的小说，读我们传统作家的小说，但是我也不得不承认，它相对来说是小众的，尤其是在现在这个多元化的时代。那么多好玩的东西，那么多可以看的东西，那么多可以读的东西，为什么非要来读你这个传统文学作品呢？没有必要。我们要认识到这一点。但是文学有没有作用呢？有作用！我觉得至少对一个写作的人来讲是有作用的。比如我有时候很心烦很困惑很难平复急躁的情绪，但我写作品的时候心情就完全抚平了。我个人这样，如果很多人都这样，这个社会就会有变化，这是一。第二，一个读文学作品的人，比如像我自己，晚上睡觉前，不管多晚，都要拿一本文学刊物来翻一下。有时候翻几页，突然看到一句话，一下就感觉到自己心弦被拨动了一下，叮咚一声响，很快就过去了，但是这个心弦被拨动一下就是文学作品的作用。如果你拨动一下，我也拨动一下，社会上很多人都拨动一下，它就会对这个社会产生影响，文学的影响就是这样一个潜移默化的过程。我觉得就是这样，不能把它看得太重。用文学来改变社会，那是不可能的，但是，文学对人的精神会有一种抚慰的作用，甚至像我这样的人有时候都会觉得文学是一种宗教。我接触过很多写作的人，有成名的，有根本一辈子都不会成名但仍然在坚持写作的人。文学治好了有些人的抑郁症，我就碰到过这样的人，他因为参加了文学社，经常写作，慢慢地就自己想开了。当然文学不是医药，也不是医治社会的良药，它只是有这样一种功能，它通过意识的形式，让人的精神得到抚慰，尤其在这样一个物质化的社会，这种精神的抚慰是非常必要的。我这样说可能有一点王婆卖瓜自卖自夸，但是我一直强调，这个只有自己能够体会到，有许多人他是没福来享受这种感觉的，因为他不了解，但是他可以享受其他东西。这个社会可以享受的东西很多，根据每个人不同的需要来选择和判断。对当前社会的文学创作，我一点也不觉得悲观。因为有那么多的基层作家在默默无闻地创作，给我感觉就像30年前的那种文学创作景象。很多很多人，每个市每个县都有很多人在写作，而且来自各行各业，甚至有好多我们的政府官员。刚才坐在台上的左部长，他是组织部副部长，也是一个作家，他还牵头成立了企业文学协会。这些都是真实的。我们的社会，看的都是在顶尖上的几个人。莫言得了诺奖，大家只看到莫言，但是如果没有那样强大的基础，没有那么多基层的作家在默默无闻地写作，那这个金字塔就不会那样高，这是必然的一个联系。有的人认为基层写作都是浪费，根本没有用，不能给你带来变化，不能产生效应，根本不需要写。但是从另外一个角度想，如果这些人都不写了，那么金字塔塔尖上的人就会掉下来，这是必然的。只有基础又大又扎实，金字塔的塔尖才会更高，各行各业都是一样的，不仅仅是文学。不同的在于文学在当前社会不能给我们带来更多的名利，但是还有那么多人在坚持。这就是我说的，我们需要一个精神家园。什么叫精神家园？搞不清楚。我自己的体会是，我写作的时候就是在我的精神家园里面，这个精神家园是和物质社会没有关系的。我不写作的时候，我脱离不了物质社会，没办法脱离，但写作的时候我就可以暂时地跳出物质社会，来反观物质社会，这时我的心情就完全不一样。我写的都是现在社会上发生的事情，但是我写的时候，我的心不那么烦躁、不那么着急、不那么焦虑、不那么郁闷，也没有牢骚。我跳到外面来看这个社会，这就是写作给我带来的精神上的享受。当今社会其实还有很多特点，我刚才讲的只是其中的一部分，一个物质化的社会有很多东西值得我们思考。我认为现在这个社会对文学来讲，既是一个很大的伤害，又是一个非常好的时机。

有好多朋友都习惯早上起来先看微信，再看微博，再看博客，一个小时看下来，脑子里就装满了。我就想起佛教里的小故事：有一个学禅者，学了一点东西了，知道自己学得比较浅，就上山去请教一位老禅师，他说："老禅师，我学了一点东西，今天来请你指教，我应该怎么学禅？"老禅师不回答他，拿了个茶壶往茶杯里加水，加满了还在加，水都溢出来了还在加。这个学禅者就觉得奇怪，说："老禅师，这个杯子已经满了，不要再加了，再加就溢出来了。"老禅师和他说："是的，如果当你脑子里装满了东西，你还来向我请教什么呢？你还学得进吗？你只有把脑子清空一点，杂乱的观念不要太多。"我们每个人的脑子里都有很多很多东西。现在是信息爆炸的时代，人天生都有好奇心，忍不住要去看。一条信息还恨不得比一比谁先知道、谁晚知道。哪个先知道又有什么了不起呢？但是每个人都有这种心理，每天早上起来第一眼就看今天什么新闻，到了办公室争取最先发布。一条新闻出来了，两个小时后就把它否定了，再过两个小时又是第三种说法，这样的事情层出不穷，搞得你脑子里很乱，常常会真假不分。这个时代是写作最好的时代，因为它声音多，如果只有一种声音，大家都认同这种声音，没有其他说法，那么这不是写作的好时代。这个时代每个人都有困惑，每个人都有疑问，每个人都想不通，每个人都有很多抱怨，每个人都有想法，这就是最好的时代。对作家、写作、文学来讲，这是千载难逢的。如果说一个事情都给了你答案，那就没什么好说的了，因为写作本身不是给出答案，而是用艺术给出一种现象。现在这个时代可反映的东西太多了，我现在就觉得我自己可以写的东西非常多，只是苦于没有时间。

比如一个手机我可以写好多东西。我写过一个被手机所困的故事，叫作《我们都在服务区》。"我们都在服务区"里的这个人是个现代的人，他的面目是不清的，不像我们传统的写作方式，写一个人，要交代是男的还是女的，女的话，长辫子还是短辫子，鹅蛋脸还是什么脸，都要形容一下，然后周边的环境，春天还是秋天还是夏天，这是传统的现实主义写作方式。现代主义写作不讲究这种方式，作品中的人是个概念上的人，这个人代表了我们所有的人，也代表了我。我写的是某某单位的办公室主任，他被手机搞得烦不胜烦，但又不能关机，关机了，领导要找的话找不着。后来有人教他一招，说几年前有人躲债的时候想出来一个办法，就是用那种有电板的手机，在开机的状态下，把电板直接拔出来，这个时候打他的手机，就不是告诉你已关机，而是告诉你，您呼叫的用户不在服务区。不在服务区意味着手机开着，但是信号不好，找你的人也不会生气，你又省掉了很多麻烦。但是这个只是里面非常小的一个细节。我还写过一个用手机的文章，叫《人群中有没有王元木》，这是根据我自己的体会写出来的。手机通讯录里面可以储存很多人的名字，我手机里面恐怕有近千个人的名字，其中可能有很多我都不知道他是谁。只是曾经接触过，有过联系，但过一段时间这个名字就记不得了。这种情况可能每个人身上都存在，只要你储存的号码比较多，说不定就有几个记不得的。我就经常这样，经常想不起来。有一个人老是给我发短信，我不知道他是谁，我又不好意思去问他。于是我写了这个小说。这是一款手机病毒，王元木其实是他的一个朋友，叫汪远林，被病毒拆解了汉字，所有手机里的备注都被病毒拆解了，手机里的人他一个都不认识，他很慌张，以为自己得病了，怎么都不认识了呢？其实是没有这种手机病毒的，只是现实社会中我们存的信息太多了，大脑必然会排斥，必然会忘记一些事情。这就是现代社会，时时处处可以让我们写作，只要我自己身上发生的事情我都可以写好多东西，这就是现代社会的丰富性。

退回去30年，没有手机、电话，这些东西我肯定都不能写，现在物质这么丰富，可以写的东西太多了。何况这是一个大变革的时代，往往大变革大变动都是会产生大作品的，像欧洲的工业革命，那个时候产生了多少大作家啊。社会大变革的时候就是个好时代，但我同时又说它是个对文学艺术很伤害的时代，为什么？简单地说，文学是语言的艺术，文学语言是讲究打磨的。古人有句诗"僧推月下门"，还是"僧敲月下门"，半夜里这个情境之下，是用"推"好还是用"敲"好，大家争论了好多年，也没有得出结论。我们不妨想一想，晚上月光下，山间有个小寺庙，一个老和尚在想这扇门是应该轻轻地推开来，还是轻轻地敲一下呢？这个东西就是意境，就是语言的滋味。古人还说"吟安一个字，捻断数茎须"，说的是要把一个字用得妥当，要捻断好几根胡须，左捻右捻，最后才想出来。但是现在不行，现在我们都在时代快车上，你不能慢慢磨，你捻断几根须，把头发捻光了，这个时代早就把你抛下了。谁也不想被这个时代抛下，包括我，也要赶上时代列车，我还希望越快越好。我从南京坐高铁到苏州，我希望火车还可以更快。"快"是现代社会的一个特点，我们大家都希望"快"。沪宁城际高铁很了不起，在西方发达国家，建这个高铁要七年时间，我们只用了一年半时间就通车了，真是大快人心，振奋人心。但是我心里总是隐隐觉得是不是太快了，我们会不会违反了一些事物的规律？

现在好多事情都一味求快，我们到东北，到辽宁，东道主请我们吃海参，要我们多吃点，说这是辽参，辽参是海参中最好的品种。因为辽参生长在大连海域，大连海域的海水凉，所以长得慢，长得慢品质就好。这是慢带来的好品质。但是我们现在一味求快，我心里会隐约觉得不太踏实，这确实是一种矛盾。这个"快"用到文学上面，就是快写作、快阅读，文字都很粗糙。前几天一个常州的年轻作家写川军的历史故事，送给我厚厚的三大本。我打开一看，是那种网络小说的形式，像过去散文诗那样的写法，一句话一行,还没到头就换一行。这样去写厚重的历史,说实话,我心里有些打鼓。这种写法,你写穿越、鬼,等等,骗骗小孩子还可以,但是厚重的历史题材,几乎也是一行一行地写,我觉得值得探讨,是不是形式和内容要相符合。当然我没敢和他说。他本人觉得这本书很受欢迎,销量很好,看的人很多。他让人通过很简略、很轻松的方式大致了解这段历史。我们很多年轻人通过穿越剧去了解历史,对历史学家和考古学家来说真是痛心疾首。这个时代的快与文学的本质是相违背的。文学讲究语言的精练,要慢慢磨才有滋味。我们平时看电影,只要看前面几分钟,就知道它的电影语言我喜不喜欢、适不适合我看,然后选择看下去还是放弃。读文学作品开头几行,我觉得语言粗糙或是太快,我就会放下来。而很多人的阅读就是急急忙忙把故事看完,甚至中间详细过程都不看,翻到结尾,发现这个人死了就行了,这是一种快阅读。作家辛辛苦苦写作的过程中,作家本人是很快乐、开心、过瘾的,但是读者却跳过这些东西,就看一个开头和结尾就行了,这就是对文学的一种影响和伤害。我觉得文学和当下社会就是这种情况。既不悲观,也不太乐观。

回到寂寞，回到经典

主讲人 / 刘醒龙　（2013 年 11 月 20 日）

[主讲人简介] 刘醒龙，1956 年生，湖北黄州人，著名作家，湖北省作家协会副主席，茅盾文学奖及鲁迅文学奖获得者，代表作有《生命是劳动与仁慈》、《痛失》、《圣天门口》、《天行者》、《一滴水有多深》。

　　一进这个教室门就看到一道熟悉的风景，现在到任何大学做文学讲座，台下百分之九十以上都是女生。淮阴师院也不例外，好像还多一些，可能有百分之九十五。我先说一下，海报上面对我的介绍，作协副主席是没有意义的，不要把这个副主席当回事儿，只是在文学道路上走的时间长了，给的一种荣誉而已。对我来讲，就是个纯粹的写作者，当然同时我还兼任了一个杂志的主编，叫《芳草》。这也是一个文学人走到一定的程度之后，他要回过头来对自己所从事的文学事业尽一份力。用自己的能力来编编杂志，努力发现文学上的一些新进力量。这是我对自我现状的一点介绍。现在我对我的过去再做一点介绍，其实这些网上都很齐全。我当过 10 年工人，那是正儿八经的十年，是车工，每天都有定额的，就像现在在东莞打工的一样，必须完成多少任务，没有完成多少任务要扣工资一样的，而且三班倒。像这个季节，我想起我年轻时一到这个季节，我就非常恐惧到车间，因为车间是没有暖气的。我们车工都是和金属打交道，不准戴手套，所以冬天零下几度的车间用手，车床还有油，油污很重，就这样和金属打交道。一般一个冬天下来，手上不长冻疮的很少。当了 10 年工人，我是引以为豪的。我拿了 20 个先进生产者的奖状，每年上半年评一次，下半年评一次，我从来没有落下，这说明我当工人时是很优秀的工人。我有一个感触：对一个人来讲，如果你连你手边的本职工作都做不好，而幻想要把其他事情做好，那恐怕是不太可能的。一个人要想实现自己的理想首先要把你现在干的这个活做好，不要去应付。长此以往，训练成一种特质，那就是坚韧。就是面对任何事情，我能沉住气。在今天，我能把今天事情做好，但是我心里怀着明天。今天来到淮阴师院，我觉得这个题目好像特别有意义。淮安这么多的历史遗迹、那么多的人文典故。经典这个东西，就是在任何时候都不过时。

以上是题外话，那么今天讲的题目是：《回到寂寞，回到经典》。我们从一个词着手——学贯中西。现在很少谈到这个词，我记得在 80 年代以前，学贯中西这个词是了不得的。在中国近代史上，学贯中西是一个很伟大的目标，平常人是不敢说的，平常人对一个能够学贯中西的人都是十分敬仰的。我刚才听李相银院长介绍说有一个对外汉语专业，我当时心里咯噔就想：我一直在想的一个问题，一个国家，如果你的文化不能跟别的民族分享，你成不了一个国家。简单地说，一个国家的文化不能输出，那绝不是一个强盛的国家。所以对外汉语——中国才兴起的这个专业，从某种意义上说明，我们国家确实在一步一步走向强盛。向西方学习，向西方文学学习，我曾经跟我的法语小说译者聊过一个话题（法国迪尔大学的一个教授，他翻译过我的小说）。我跟他讲过，仅仅以虚心好学看一个国家是否开放，那世界上没有一个民族能比得上我们中华民族。大家可以简单地回忆一下，你们家的书柜里面有没有外国文学名著？我想不会有哪个家庭书柜里面没有外国名著的。书店里面都不缺少外国经典名著，图书馆更不缺少。中国人向外国人学习一直是一种传统，特别是五四以后。我自己确实也得益于外国文学作品。跟大家讲一个笑话，我一直认为法国作家左拉是个女的。因为当时我妈是乡村供销社的售货员，这供销社什么都卖，什么都收购，鸡蛋，墨水瓶啊，牙膏啊，废书废报纸，等等。当时我在收购废书废报纸的筐里找到了一本书，很多年后我知道它叫《萌芽》。因为它没有封皮、封底，只是扉页上有一张长头发照片。我下意识认为这个长头发就是女人嘛，所以很长时间以来，我一直认为左拉是个女的。这是个笑话，但是那个时候我在上初中，"文革"后期很难找到一本书。所以找到这本书就坚持读下去，尽管《萌芽》很难读，但《萌芽》在外国文学里面还不是最难读的。这个《萌芽》写的是 18 世纪法国革命早期时候煤矿工人的景象，就和中国 20 世纪 90 年代是一模一样的。其实它给我的收获是在多年后的 90 年代，大家知道 90 年代中国是矿难频发的时期，几乎每周都有重大的矿难发生，当时提出很多很多的问题，很多很多的解决办法，我想到《萌芽》了，它触发了我很多思考。据此，我之后写了一篇文章，叫《寂寞与重金属》；写了一个长篇散文，里面就有一个章节专门谈矿难问题的，我觉得矿难问题的核心就是乡村问题，这在《萌芽》里面我就已经得知了。

关于契诃夫，我不知道同学们喜不喜欢他，有没有不喜欢的？1984 年，我的处女作将在《安徽文学》上发表，3 月的时候，《安徽文学》的两个编辑，他们翻过大别山，从安徽到湖北来看我（那时我在湖北的一个县里面），见到我之后就聊天。他忽然问我，你不喜欢哪些作家？同学们你们知道吗？我的回答是不喜欢契诃夫。1984 年啊，就是现在在微博上，因为是匿名，你还可以说你不喜欢任何人。那时候大活人面对面地就敢说你不喜欢契诃夫，确实需要胆量，但是也需要真诚。我觉得我没有必要掩饰什么，我就是不喜欢契诃夫。这位编辑老师叫苗振亚，他在大量的自由来稿里面，就是整麻袋整麻袋的自由来稿里面发现了两个作家：一个是刘震云，一个就是刘醒龙。他是小说组的组长，组长二审，他对一审不大放心，就把一审看过不用的作品拿过来再翻一遍，翻一遍之后就发现，我的这个小说还可以嘛，这样我的处女作就发表了。在发稿之前就来看我，来看我就问了我这么一个问题，我就告诉他我不喜欢契诃夫。当时他就问我，你看过契诃夫的哪些作品？我想在座的同学们恐怕跟我一样，对契诃夫的了解就是《变色龙》、《公务员之死》，你们还看过别的没有？估计你们都会回答说没有，确实没有，我也没看过，我像你们这么大的时候我也没看过。然后他就说了让我非常释怀的一句话：如果你只看过契诃夫的这样几个短篇，你不喜欢契诃夫那就对了。契诃夫那个时代沙皇王朝即将灭亡，莫斯科的检查极其的严。一些莫斯科的有革命倾向的报纸经常被新闻检察官给开了天窗，这个报纸开天窗啊，不是就让你开个天窗出去了，他还得让你补上。这个补上又不是随便哪个小女人、小男人的语言就能补上去。它作为一个有立场的报纸，还要坚守自己的立场。那么这个时候，他就用一种委婉的方式。莫斯科当年就有一批像京漂一样的写手，就是十几岁、二十来岁反应很敏捷，有思想有文采的青年写手。原本他们是没机会的，但报纸的开天窗就给他们提供了机会，比如我开这个天窗需要 3000字，你赶紧给我写一个短篇补上，但是这一定是含有对沙皇表示不满的一个短篇。契诃夫当年 18 岁左右，他漂在莫斯科，就做这种事。他每天等着报纸开这个天窗，报社编辑来找他，他再连夜写文章，第二天拿到稿费就可以买个面包。像契诃夫这样，短篇就是他写作不成熟时期的习作。编辑告诉了我这个真相，我当时心里非常痛快，也告诉我契诃夫之所以成为伟大的作家，是因为他的中篇小说《草原》和他的一系列的戏剧，那是我那个时候不知道的。那么我们的文学史中为什么一直把这样几个短篇作为契诃夫的代表作呢？这也是我们向西方文学学习经常忽略或者说没有注意到，甚至是根本就放弃去思考的一点，我们的文学史过于强调契诃夫的社会批判性，这些小说恰恰就是批判旧官僚体制的腐朽，因此他当年的习作作为经典被写在世界文学史当中。所谓"学贯中西"这个词，我觉得在当下非常有意义，在中国文化当中是一个很经典的概念。但是，这个词几乎在我们的人文教育里面消失了，甚至走向了另外一面。我们现在在做什么呢？我们现在都崇尚玩遍中西，买遍中西，我们现在出去都是买东西，去玩。其实更重要的是我们要站在自己的传统上向西方学习，学习西方的这种独立精神，契诃夫在他 18 岁的时候就敢于用他这种稚嫩的笔触批判当时的封建资本体制。但是有一点我也不能不说，我的小说《圣天门口》中有个人物叫弗朗西。在一个研讨会上，有位教授异想天开，出乎我意料。他说这个弗朗西的谐音就是法兰西，所以这个小说的主旨就是通过这个人物暗示我们要向西方学习，他这个很武断的说法代表了当下的一种文化心理。但我想我们在向西方学习，倡导学贯中西的时候，不能放弃自己的立场。真的，一个没有自己文化传统的民族，或者一个没有自己文学传统的民族得不到世界的尊重。我有时候看到国内一些作家的有些做派很难过。而我一向就是一个臭脾气、硬骨头的人，我的作品你爱翻译就翻译，不翻译拉倒。我不会去套近乎的，就像里尔大学的那个副教授，他当初通过北外的教授辗转找到我，而且当时我还有点小小的虚荣，他自我介绍，他说他现在就喜欢两个中国作家，一个是王蒙，一个是我。他说王蒙的大部分作品都是他翻译的，现在他想再翻译一系列我的作品。我觉得这个说法特别能满足一个中国人的虚荣心吧。反正我当时感觉挺好。但我回过头想，好东西一定是读出来的，对中国人来讲是这样,对外国人来讲也是这样。他一定要自己喜欢,潜心慢慢找,到书店,到图书馆,慢慢去找,去发现他很喜欢的作品。就像美国的王德威,他突然找我,发 e-mail 给我,他是在美国哥伦比亚大学图书馆里面看到我的著作,读了之后很喜欢,然后他找我翻译我的小说。我想,当然现在我们这个社会需要一些操作手段,也可能是有必要的,但是我觉得如果我们完全靠这个,那么中西文化通融将来会变味的。迄今为止,人类还没有发明比文学更完美的方式来表现自我,也没有发现比文学更完美的方式来认识自我。这个"自我"既包括自身,也包括我们的历史和当下。我在长篇小说《圣天门口》里面,做了很重要的探索。

接下来让我们体会第二个词汇——"雅俗共赏"。当我们坐在这里的时候,在我们身外、我们周边不远的地方,有大量的非文学的、非艺术的、血腥的、肮脏的、邪恶的东西以文学和艺术的面貌欺骗人。前年暑假,南师大的何平教授夜里 12 点多钟给我打了个电话,他当时在苏南地区进行一个村庄的阅读调查,就是看看这个村庄的人在读些什么书。那天晚上他和他的助手把这些问卷都收上来了,收上来之后他很惊讶,这个村庄的所有人只读一本杂志,他给我打电话就是因为这本杂志是我们湖北出的,它以恶俗而闻名,是当时流行的一个文体。不知道你们还有没有记忆,估计当时你们上初中。有人贬他们,而他们认为这是他们发明的一种文体,其中有这样一段话:"苦命的妹子啊,你的七个义薄云天的哥哥,为你撑起一片天。"这是在阐释外国文学名著"白雪公主和七个小矮人"的故事,这就是"知音体"。它把所有东西都搞成这样,我听的时候也很悲哀。如果我们民族绝大多数人都在阅读这些东西,都以这样一种低俗的东西作为自己的读物,那就不要谈什么富强了,你只会一天天地衰弱下去,因为社会的发展归根结底是以文化底蕴的深厚作为决定性因素,而不是靠你一时的经济总量来决定的。就像这几年广东经济为什么搞不过江苏和浙江,就是因为江浙两省的文化底蕴和别人不一样,它们的企业文化、企业概念不一样,日常处事方式都不一样。就像我到淮安来,淮安人的娱乐就是打牌,"掼蛋",我昨天晚上学会了,被你们副院长超越,最后他赢了,但也就是"掼蛋"而已,而有些地方是逢牌必赌,那就不叫娱乐了。就是这种小细节,特别是流行通俗形式,最能体现一个地方的文化底蕴。我曾经在几次重要的场合公开通缉这本杂志,它号称发行几百万,每年赚几个亿。实际上,它没有用文化名义创造财富来服务于社会,它的钱只是被小团体消费掉,工资拿得多,办公条件比别人好,交一点点文化税,最后还是要返还给文化单位的,它的贡献在哪? 反过来,每一期杂志是旬刊,每一期印几百万,要用多少纸,要砍多少树,要污染多少环境! 虽然有点极端,但这是事实,它把我们的母语汉语糟蹋掉了,这是很可怕的事情。所以说经典文学是有血统的,是一脉相承的,不是天上掉下来的,不是地上冒出来的,是有传承的。而经典文学的传承一定是高贵的。就像我们为什么要上大学,其实严格来说,我们要找一个平常的工作,初中毕业足够,就像我们经常说的,学的数学一点用处都没有,我们用得最多的就是加法和减法,乘法都很少用。那我们为什么要上大学? 因为大学是更高的一种境界,它会让你的人文情操有进一步的升华,让你树立更美好的目标,让你对世界和社会看得更清,让你自身的底气更足。像在座的各位，趁年轻的时候一定要读一下你们现在不愿意读的书，咬紧牙关去读一下，等到三四十岁之后，你们才会发现它的用处何在，不要以为现在读了没有用。我编了一份杂志，提倡语言一定要干净，境界一定要优雅。今年我特别强调，除非是特别好的官场小说，否则一个都不核审，我不准他们送审，让他们自己退掉，谁送审我可能要生谁的气，要罚他。因为我们看到现在大量东西在我们很多读物里都是厚黑、职场、官场，这三个方面实际上都是一类的，看着是教人怎么做人，其实是教人怎么做坏人，不是教人怎么做好人，看起来是写坏人怎么坏，其实不是，我们阅读如果是想研究别人怎么坏，那就走向歧途了。阅读一定要发现人生、生活和生命是怎么好，那样活着才有意义，因为也许生活本身就很灰色、无趣，如果我们阅读还读这样的东西，那活着还有什么意思。

有一个法官，退休的第一天就去找牧师忏悔，他说我刚参加工作的时候，由于没有经验，把一个有罪之人当作无罪之身释放了，判决一完，就发现自己判错了。那个案子也不是很大的案子，不好再追究，而被他释放的那个人出了法庭就跑了，法官的管辖是有地域范围的，他就跑到另外一个地方去了。牧师就问法官，这个人后来怎么样。法官就说因为自己有愧疚，所以一直在关注这个人，只要一有空，就到另外一个地方去看、去观察、去了解这个人，是不是还在干坏事。牧师问这个人干过坏事没有，法官说没有，他不仅没干坏事，而且在当地口碑极好，他在那儿娶妻生子，他是一个好丈夫，是一个好父亲，还是一个好邻居。法官说完以后，牧师说谢谢你，你做了一件天大的好事，因为你的误判，这个世界少了一个罪犯，多了一个好人。这个故事体现出法理和文学两种情怀。在我们生活当中，在我们的人生际遇当中，我们碰到更多的是文学情怀，在我们求学的时候、在进步的时候，我们想到更多的是向美好的方面去寻找、去探索。我说这个话并不是否定世界存在着黑暗、邪恶，但我们生活的目的绝不是为了黑暗和邪恶，是为了美好和光明，所以我们要做的是寻找更多的美好和光明，这也是当下文学的意义，永远的意义。但凡经典文学，无不是这样，像《基督山伯爵》这样充满复仇的作品，是以内心的忏悔告诫而成。在我的第一部长篇小说《威风凛凛》里，开头就写了一个故事，一个牧师和修女在路上走，天上过来一只飞鸟，它不偏不倚，把一坨鸟屎拉在牧师头上，牧师很生气，脱口骂了一句脏话。修女就提醒他，不能这样，上帝在看着呢，他会生气的。牧师忏悔，我错了，不应该。他们继续往前走，天上又来了第二只飞鸟，又拉了一坨鸟屎在牧师头上，牧师没忍住，又骂了。修女再次提醒牧师，你不能这样做的。这个牧师又忏悔自己错了。但人的惯性是很大的，尤其是暗的一面的惯性很大。当天上第三只鸟飞过来把第三坨鸟屎拉在牧师头上的时候，牧师还是没忍住，骂了一句脏话，修女刚要提醒牧师不能这样的时候，只见晴空霹雳，上帝发怒了，但见修女应声倒地。这个故事就很奇怪，牧师想，脏话是我说的，坏事是我做的，怎么惩罚修女了呢？这时候他听到空中传来一声上帝低声的话："他妈的，打错了！"这个世界有很多这种荒谬的事情，但绝不会因为上帝错了，偶尔的错误，这个世界就跟着错，上帝靠《圣经》建立权威，上帝骂人是不可能写进《圣经》里去的。这个世界上传世的一定是经典，一定不是通俗或者庸俗的。说到

"雅俗共赏"这个词,我们在很多时候,更多的是希望雅向俗低头,是用雅去迁就俗,而不是俗怎么变成雅。对于文学、文化来讲,是俗进一步变成雅,这是一种社会正途,雅俗共赏只是一种方式,它只是一个过程,它不应该成为一种目的。文学,特别是经典文学存在的意义就在于它设立一种标杆,设立一个目标,设立让人敬仰、让人向往的境界,这种境界就是雅。经典文学一定是雅的,一定是高贵的,经典文学传承下去靠的是雅,而不是靠通俗。大家可以回忆一下,或者是将来再回过头想一下,我们古典名著的阅读,多数是从《西游记》开始的,就是很玄幻的故事,小孩也喜欢,慢慢地过渡到《水浒传》,从《西游记》过渡到《水浒传》是一种进步,那从《西游记》过渡到《三国演义》又是一种进步,很多女孩子不看《三国演义》,觉得太复杂了,就直接跳到《红楼梦》,中国的四大名著就是四种境界,四种台阶,如果我们在某个地方中断了,个人的境界在某个地方也就断了。

　　我最后要跟同学们分享三个体会。我昨天看到你们学校倡导读一本书,唱一首歌。介于你们学校这个口号,我跟同学们分享一下我的体会,我们在人生当中要树立一种生活上的目标。在日常生活当中,在饮食起居当中,我们这辈子一定要喝一杯珠穆朗玛峰的泉水。今年5月我在西藏做一个文学讲座,结束之后到朋友家去玩,大家就喝普洱,就说普洱多好,铁观音多好。在拉萨,这种绿茶不怎么喝的。喝完差不多正要走的时候,那个朋友说你留步,有人从珠峰给我带了一桶泉水下来,你尝一下。说完他进到内室拿了一个塑料桶,拿纸杯倒了一杯,说慢慢喝,怎么样?我不说话,喝了一杯下去,我说没什么感觉,你再给我来一杯,于是又给我倒了一杯,他说怎么样?我说还是没感觉。他说你别着急,就另外拿了一只杯子,然后倒了一杯在市面上常见的矿泉水,他说你再喝喝这个,我拿起那只水杯,一口下去,我说这个水怎么这么难喝呀!也许我们还不知道一件东西是如何的好,但我们一定要知道,什么东西是如何的差,我们忽略了好,当品尝到差的时候,就像我喝那个珠峰水一样,它不甜,口感就那样,什么味道都没有,然后喝了商场买的纯净水才知道那个水涩,有一股异味。也许大家不急着去喝珠峰的水,但这第二件事你们要抓紧,有机会一定不能错过看杨丽萍的《孔雀》,八百块钱一张票也值,一定要买最好的位置,要看到她这个手指伸出来,在灯光下是透明的状态。去年圣诞节,在武汉琴台大剧院,很幸运,朋友送我一张票,我去时就坐在第五排,那是看舞剧最好的位置。说实话,我过去在电影、电视上看过杨丽萍的各种孔雀舞,但是那次,我一大把年纪,看得我泪流满面,不是别的原因,是因为我内心的感动,是我内心对生命的那种感动,她把人体的灵魂表现了出来,就觉得不是人在表演,是灵魂在舞动,你好像看到你自己的灵魂,那种感觉是非常奇妙的。我刚才说到读中国古典名著的最后一本《红楼梦》,这辈子无论如何我们都要静下心来,安安静静地读一遍,就好像喝珠峰的泉水一样,也许静下心来很从容地把它读一遍,读出的感觉依然和年轻的时候一样,但年轻的时候你是很匆忙地,是断断续续地找点、找章节读的。比如喜欢爱情的,就看看林黛玉怎么死的,看看她和贾宝玉两个人在潇湘馆里面怎么怄气,喜欢找这种情绪。但是当我们能够静下心来,把《红楼梦》从开头第一个字读到最后一个字,心如止水读下来的时候，那就说明我们的人生，我们自身对生活的理解、对生命的体验到达了一个境界，那是我们穷其一生所追寻的那一个层面。

学生：请问刘老师，今天的主题是"回到寂寞，回到经典"，为什么没有说到寂寞？

刘醒龙：虽然没有说，但从头到尾我都很寂寞，我一个人在那儿说。其实在最后，我们阅读《红楼梦》的时候，那种境界就是寂寞，只有一个人在这种安静的状态下，心如止水，我们才可以把《红楼梦》读完。

学生：我想问刘老师一件事，我最近有看过其他地方的一些文学，比如说美国《阿甘正传》里面的一个故事，讲述的就是以他们的想法来描述那个地区的人民的一些战争，有些写得很激烈。事实上我看过其他一些文章之后，发现一些东西都是人为规定的，就是伪造经典，我们主张的是回到经典，我想知道，有些事情就是人为规定的，那这些经典也是我们规定的吗？凭什么我们就规定《红楼梦》是经典，我们现在读的一些东西就不是经典呢？

刘醒龙：我觉得这位同学很有勇气，对，经典不是你说了算，也不是我说了算，经典是什么，是文学史说了算，如果你不承认文学史，我也没办法，你不承认整个社会的约定，我也没办法。因为人文这个东西是很自由的，实在地说，并不是每一部经典对每一个人都适合，就像我们有些人只会喜欢《水浒》一样，他读《水浒传》而不读《红楼梦》我只能说这是他的遗憾，而不是经典的遗憾，谢谢！

学生：当初您的作品获得了茅盾文学奖，但现在的您不得不适应这个社会的浮躁，就是说如果您和我们都回不到寂寞的话，现在的作品又如何担得起寂寞？我感觉现在社会上的一些作品以及您原来写的一些作品可以成为文学史上的一座丰碑，但是现在的作品既然被发表了，在时间的间隔下成为一个时代的经典，但现在的作品如何在100年、200年以后被世人所称赞，这也不仅仅是回到寂寞的问题。

刘醒龙：对，其实我觉得这不是一个问题的问题，我们想一下，在中国文学史上有过多少作品，古典文学史经典的就留下四部，这就是我们大浪淘沙的结果，当代更是这样，当下作品哪一部能成为经典，确实不知道，不管获茅盾文学奖也好，获鲁迅文学奖也好，这些作品不一定能成为经典，成为经典就像你说的一样，也许我们都看不到，一百年之后，还有人读的，肯定是经典，如果五年之后就没人理睬的，肯定成不了经典，这是显然的。还有一点，我觉得经典它有个很重要的形式，就是在你们的课堂上，老师在讲，在不断地向你们提及、阐述的东西是最有可能的，谢谢！

读书治学与文献学意识

主讲人／武秀成　（2014年4月26日）

[主讲人简介] 武秀成，1959年出生，安徽利辛人。南京大学中文系教授，博士生导师，从事古典文献学教学与研究，主要著作有《旧唐书辩证》、《陈振孙评传》等。

谢谢大家的到来，我希望这个讲座真的能够给大家带来一些有用的东西，我不要求大家一定要接受我的观点，我的观点可能有错误，也请多多包涵，但是我希望大家能够学习这种方法。我们每位同学进入大学以后都会觉得和中学不一样，会有更多自主学习的时间，都希望能够多发现问题，老师们也都会说读书治学要有问题意识，因为研究的开始就是从发现问题开始，但是也常常会苦恼，为什么我总是发现不了问题？那这一点呢，我觉得有一个角度可以切入，那就是文献学的角度，我称之为文献学意识，这是我特别在教学中强调的。不管是对本科生的教学，还是研究生的、博士生的，因为即便是现在有些教授，在治学中他的文献学意识也不强烈。以至于出现原本不该出现的各类文献方面的问题，这就是我为什么强调文献学意识。

说文献学的意识，其实这个概念虽然还有点生疏，但实际上大家在读书治学的过程中都或多或少地在运用文献学意识，我强调的是说从文献学的角度去考查你阅读的文献、你使用的文献。如果你要把一个文献用到你的论文中，还有如果你阅读一本书、阅读一篇论文，你能从文献学的方面去考查，那你能够决定自己是否能接受这个新知识、新学说，或者破除这个学说，也就是我们要从文献学的角度去审视我们过去接受的旧知识和我们随时面临的新知识。

就从我们的乡贤说起，吴承恩先生给淮安带来了无限的荣耀，就是他撰写了《西游记》，但是当我说吴承恩没有撰写《西游记》的时候，你可以不接受我的观点，但你一定要接受我的方法，因为几乎所有新知识还有过去的老知识必定有文献的支撑，一定要有理据，而理据里面文献的支撑是占了主要的。我们接受不接受，就看你有什么样的文献来支撑你。说到《西游记》，自从明代嘉靖年间诞生以来，章回小说诞生以来的四百年间是没有题写吴承恩的，题写的是什么华阳洞天主人校、朱鼎臣编、丘处机撰，这一类的，就是没有吴承恩，所以我们知道吴承恩撰写《西游记》，是后来学者考证的一个结果。这个考证，我们知道首先是鲁迅和胡适先生提倡的。鲁迅是因为他看到了一条材料，这条材料就是淮安的一位学者、文人吴玉搢撰写的一部书（乾隆时候的）——《山阳志遗》，这就是鲁迅所依托的那条材料，在《山阳志遗》里，吴玉搢说有天启年间的《淮安府志》，他把吴承恩先生列为《近代文苑》，这是一个栏目，就是一个部分，把他排在最前面，里面有一段介绍，说他"性敏而多慧，博极群书，为诗文下笔立成，复善谐谑，所著杂记几种，名震一时"，这就是那个传的基本内容，他说当他看到这个的时候不知道这个"杂记"指的是什么书，等到看到《淮贤文目》的时候（《淮贤文目》也是天启年间《淮安府志》的一部分），他看到《淮贤文目》里面就记载了《西游记》为先生著，最后两句说"书中多吾乡方言"，所以这个书是出于淮人之手无疑，也就是说他此前也不知道是谁，别人也不知道是谁，这是历史上第一次确定章回小说《西游记》是吴承恩撰写的文献资料。我们可以看到这一段文字里，吴玉搢提出两个证据：第一，《淮安府志》里有记载原文，这个原文就是这样。注意，我们应看一下《淮安府志》到底是怎么记载的，注意这个记载和刚才说的是不一样的，他说"及阅《淮贤文目》，载《西游记》为先生著"，如果看了这些文字，《淮贤文目》已经记载《西游记》"为先生著"，一般人就不太会去多想，那就是他这样说是有文献依据的。但是我们看了《淮贤文目》里面的记载，是这样列的："吴承恩《射阳集》四册囗卷（这是有缺文的）、《春秋列传序》、《西游记》。"因为《西游记》在他的名下，所以认为作者是吴承恩。那么还有一个理由，他看到《西游记》里面有一些淮安方言，两个理由确定此前将近三百年不知道作者是谁，而且是题为丘处机的这个东西断定是吴承恩。我们后来有学者又找出了新的证据，这个证据就是清初有一个藏书家叫黄虞稷，他是南京人。他在《千顷堂书目》里记载了吴承恩《西游记》，前面是明末，因为"天启"是明末的年号，也就是说从明末到清初都有人记载吴承恩《西游记》。但是对《千顷堂书目》关于吴承恩《西游记》的记载，这样重要的证据是应该去看一下原文的，看一下可以有什么启示呢？就是你在看的时候就可能想到别的东西，想到什么呢？你看，它是在《千顷堂书目》的地理类记载的，这是挨着的几部书——唐鹤征的《南游记》有三卷，吴承恩《西游记》没有卷数，沈明臣的《四明山宁波游记》。所有的反派意见就出现了。第一，这个书是把它放在地理类，吴承恩的小说《西游记》怎么放在了地理类？正方认为这是藏书家偶尔归类不当，还有的说他根本就没有看过这个书，这种解读也可以，毕竟《西游记》和地理还是有一定的关系的，多少是有关系的。但是，我的解读是什么呢？从逻辑上说，一个非常简单的道理，我可以理解为这是一部同名的书。百分之五十是一部同名的书。那我们就要考查了，既然有百分之五十的可能不是章回体小说《西游记》，是一部同名的书，同名的是什么书？就是地理类的游记。这个有没有道理呢？这个时候就要注意，我们对文献都会从这个角度考虑，就是一个文献它有它的体例。一个人的文章，一个人的一本书有它自身的体例，所以在使用、解读文献的时候，充分地运用书的体例是非常重要的。

你看，它为什么不记载《西游记》的卷数呢？难道他不知道吗？《西游记》在明代后期已经非常流行，大家都知道百回二十卷，没有丝毫的问题，也就是说他可以很容易地知道那是二十卷的东西，如果是章回小说，他为什么不把卷数标出来？这是第一点。第二点，更重要，就是明清以来士大夫对通俗文学作品是轻视的，所以在一些书目里面不著录游记作品，《千顷堂书目》就是如此。整个《千顷堂书目》，明代还有宋代元代有多少通俗文学作品？可以说数百部，这是太缩小了，上千部，可以说不夸张。但是它里面不著录，因为它的体例不著录通俗文学作品，章回体小说不在它的著录之列，那么当作者把吴承恩的《西游记》搬来的时候，如果他认为这是章回体小说他就要排除在外，所以他著录《西游记》比著录别的书在归类上面会更加小心。那这条材料我们这样解读。同样的，前面的淮安天启府志的《淮贤文目》我们仍然可以这样解读：第一，吴承恩的《射阳集》他也要标出是几册，多少卷；《春秋列传序》他没有标是因为这是一篇文章，这篇文章还存在于《射阳集》中，因此它本身就没有卷数；那么《西游记》呢？为什么不标呢？因为《西游记》的卷数人们是很清楚的，它太容易了，一共是二十卷，他不标是因为这根本不是章回小说体例。再另外，官方的地方志有私修、官修，一般的多半是官修。官修的地方志也有这样的特点，不著录通俗文学作品。比如说像《乌程县志》，这里面著录了两个人的作品，一个是凌濛初，一个是董说，而董说恰恰就是写了《西游补》的那个人，在《乌程县志》里面著录了他八十多种著作，就是没有著录他在后世最有名的《西游补》。那么凌濛初著录了二十多种著作，就是没有他的《二拍》，说明什么？说明确实像我理解的这样，它的体例就是不著录通俗文学作品。因此，所有能证明吴承恩撰写章回体小说《西游记》的就是这两条材料，而这两条材料我们完全可以从另外的角度解读，而且这种角度在你没有先入为主的情况下一定会更赞成我的观点。只是我的观点也并不是百分之百的可靠，只是说更有道理。这就是文献学的意识。这是文献学的什么意识？这是文献学的溯源意识。

因为吴承恩撰写《西游记》好像是一种共识、公知，好像不需要我们去思考，但是思考起来很复杂，研究的论文上千上万篇也没有办法那样去吸收，阅读完再去思考这个问题头都大了，最好的办法当然就是找它的源头，最早是鲁迅提出来的，那鲁迅你提出来的证据是什么？原来是吴玉搢的《山阳志遗》里说的，《山阳志遗》的依据是什么？是《淮安府志》，《淮安府志》里的记载就是这一条，可信吗？原来完全可以做这样的解读，那么吴玉搢断定吴承恩撰写了章回小说《西游记》，就失去了可信的文献依据。至于说这个书里面有吾乡方言，这是什么？这不是一个文献依据，这是一个很弹性的东西，这就像讨论一个作品是不是一个作家的，风格如何，一样不一样，这些都是很有弹性的，风格不一样可以认为那是一种创新，对不对？所以弹性的解读是辅助的条件，而文献的证据才是确凿的证据，因为后来研究《西游记》的人也说过，《西游记》里面有吴方言还有鲁方言，因此从方言的角度推测，可以说那个作者可能在淮安这个地区工作过生活过，都可能，因为他的原因有很多，但是你就是不能落实在吴承恩身上，这和《红楼梦》《金瓶梅》《三国演义》还有《水浒传》都不一样，它们的作者都没有流传下来，他们的文集都没有流传下来，但我们一思考吴承恩有文集流传下来，但是他的文集里面他的诗文没有暗示。中国文人很喜欢用一些藏头诗，用一些别的方法，暗示你这个书是我作的，为什么要暗示？因为他会在他的科举之余，投放他的全部精力来创作，或者是再创作《西游记》，你知道这是文人对它的多大的喜爱吗？他看到了那么多的人在传阅他的作品，难道他不会在他自己的诗文中，即便当时不好说"这是我写的"，他不想暗示给后人吗？他自己都觉得瞧不起的话为什么还要去创作呢？这些都是疑问，事实上，这里应该是成为一个反证的，这不是我们的重点。我们说文献学的意识就是从文献学的角度去思考问题，去读你的书，看你看的那篇论文，检查你要用的文献，如果用到你自己的文章中从哪些方面去思考？

要点有四个，一个是源流的要点，一个是年代的要点，一个是版本的要点，一个是真伪的要点。所谓溯源就是把一个文献的学说的观点的来龙去脉，追溯源头，追溯源头就能把他的来龙去脉搞清楚。复杂的东西就会变得简单一些，容易判断一些，如果你要和别人探讨吴承恩撰写《西游记》，那后面有很多人都提出了很多的吴承恩撰写《西游记》的很多条件，但是所有的都是说他有这个条件撰写出，就是没有一条证据可以证明确定是他写的，所以这个逻辑就是不一样啊。我们知道了史料的来源，我们也就能相信就是可以确定这份材料的可信度，是来源于哪里？是你看到的还是你听到的？还是你听到你几代人前面辗转的叙述，这里是不一样的，所以这里面就有了材料的原始性，和后面的累积演变的性质不同。一般我们称为第一手材料、第二手材料。第二手材料其实包含了第三手、第四手。那真正的第一手材料就像文中所说的：日记、文案、书信，等等，其实就是一个特点——当时人的见闻，其实就是亲身见闻，这就是第一手材料。排除这个人作伪的可能，第一手的材料就非常可信了，比如说如果有吴承恩的一个亲属，和他生活在一个时代的，他说吴承恩撰写了《西游记》，哪怕是一句话，那一定非常可信，因为他用不着作假。那么，在史源意识里面我们要强调的那个要点就是对你阅读的文献、使用的文献辨别清楚它是源还是流，当然我们尊崇的是它的源，就是原始，从原始的材料上面我们可以发现有可能前人没有发现的东西。

第二个意识更简单，就是年代意识。为什么要讲究年代意识？因为文献的年代直接决定了文献的可信度。这里用一句简单的话就叫作以唐证唐、以宋证宋，这句话的意思是说同时代、同年代的文献，才可以或者说才最有利于证明相同年代的那个问题，时代隔得越远它的可信度就越低，那到底隔多远呢？判断的标准是什么？不是以书的编纂时代为准，是以编这个书所引用的文献的那个年代为标准。有的是注，注的书当然是以著作的年代为准。有的书是编，就不能以编的年代为准。这就是说宋代的书有时候也能证明唐代的问题，那不是说这就乱了吗？又说要以唐证唐、以宋证宋，那是就注来说的。就编来说，其实宋是可以证唐的。那关键在哪里？就在于编的书里面的东西是来自唐代的，比如说大家都知道的最著名的类书《太平御览》、《册府元龟》、《太平广记》，特别是《太平御览》、《册府元龟》，它里面的很多文献都是采自唐代的，当然可以用宋代编的《太平御览》来证明唐代的问题，不仅如此，还可以证明《史记》、《汉书》等的错误。那是因为它引用的《史记》、《汉书》的版本比我们看到的版本要早，所以有一次我和一个老师争论这样一个问题：他说你怎么能用一个明钞本的来校《史记》、《汉书》，校《唐书》？我当时就愣住了。"哈，不可以吗？为什么不可以？"我说："前人已经证了好多啊。"他说："你找例子来。"我说："你自己回去看。"因为当时我根本就举不出例子来，事实上你让我一下子举出前人哪部作品引用了《册府元龟》校对了哪一条问题，我怎么能一下子举出来呢？当然清人用《册府元龟》校《汉书》是有很多例子的。这个道理就是因为《册府元龟》抄的那个书就是唐代的《唐书》和现在的《旧唐书》，实际上两个是同源的。《旧唐书》是根据唐朝的《唐书》编修而成，而《册府元龟》虽然更后，但是它抄的是唐朝的《唐书》，不是抄的《旧唐书》。《册府元龟》虽然我们没有了宋代的版本，是个残卷，主要的是明代的抄本、刻本，但是它正确的东西不能说到了明代都抄错了，其中大部分还是对的，只有少部分明代的抄本会抄错。一个版本有没有价值不是看它提供了多少错误的东西，而是看它能不能提供正确的、新的东西，如果它能提供，就说明是很有价值的，所以用后出的《册府元龟》来校此前的《史记》、《汉书》，包括《旧唐书》，没有丝毫问题，因为它的史源是《汉书》、《史记》、《唐书》，当然可以，对不对？那么关于年代意识要求的就是以年代为尚，意思就是讲究年代，年代越早越好，就是这样。

版本意识是我们一般同学都具有的，我这里强调的是什么？此后你阅读任何一部书，尤其是古代的文献，你一定要选择版本，选择版本其实就是选择善本，版本意识其实就是善本意识，那什么是善本？就是足、精、旧三个字。足，很好理解，一般的内容不完整我当然不能认为这是善本；精，是指错误少、刻得好的本子；旧，是以年代为上，越早的版本越好。符合三个条件的当然是最好，不符合三个条件的符合一个的也不错。前面的足，一般不把它作为区别是否善本的条件，因为足是一个一般条件，主要是后面两个条件，所以强调善本为上。

以后一定要强调这个意识，如果以后你写文章，不立足这个意识，你这个文章就站不住脚，整个文章很可能就被扑倒了。所谓的真伪问题还是比较严重的，我们要有真伪意识，古书的真伪意识不是要我们去判断，我们的学者已经作了很多判断。这个要求就是我们能够使用辨伪目录，看看哪些是已经辨伪的，但是使用辨伪目录是很困难的，往往各有各的观点，这个时候要求我们自己能够从文献学的角度去判断一下，文献依据足的，那我们就相信；文献依据不足的，我们就存疑；如果文献根本不可靠，那么就不要相信。这些只能取决于使用辨伪目录的我们自己，因为它里面很多是没有结论的。第一个提出了是伪的，第二个说不伪，那么后面也没有继续的辩论，其实结论已经出现了，这就像当初唐朝遗书《大唐新语》。复旦大学曾发表论文，说这是一部伪书。这怎么会是伪书呢，因为我曾经对它有过一定考察，我看都没看就认为其说法有问题，但是我还是必须看一下。我一看，它提出的证据没有一条可以成立，我完全可以从另外一个角度去解读。后来组织同学讨论，也都认可这不是伪书，就有一个硕士研究生在《南京大学学报》上发表了一篇辩驳的文章，过了半年，复旦大学学报上又登出一篇文章，说再论它是伪书，更加确定它是伪书。我一看题目，我就奇怪了，我想我们的文章证据已经很清楚了，怎么还是伪书呢？再看它的证据，仍然属于狡辩性质，不仅不认为那是一部真书，还说你批评它的观点是属于不讲学术的规范。我说，怎么会没有学术规范了？他说你把我主要的证据抽掉了，我想，你还有主要的证据吗？其实那不是主要的证据，是他论文中花了很大部分去讨论的。他讨论明朝的《大唐新语》和现在的《大唐新语》是一样的。那我论证时只要论证你的观点，我只要证明明朝的《大唐新语》是真的，那现在的不也就是真的了吗？他认为明朝的《大唐新语》和现在的是一样的，这是个逻辑问题。南京大学又写了一篇说《大唐新语》是真书，没想到过了三个月复旦大学又出了一篇文章，《三谈今本〈大唐新语〉的真伪问题》。这是一个真书，那我们觉得这个不必再讨论了，所以我们没有再回应。恰好一个文献学家叫陶敏，陶敏先生针对他的第一篇写了一篇文章说，这个书是一部真书。

其实，有的问题最后是不必要讨论的，就是说没有谁最后一定要承认我错了，他们从来不承认的。错了，我说我错了，你说你对的，但还是由你自己去判断对错。后来我问复旦大学的一个教授，我逼着他表态，他说如果《大唐新语》是假书，唐代就没有真书了，但是他也不好写文章去说自己错了，这就是说要我们自己去判断正确错误。

今天我们就讨论几篇文章，是之前让同学们看的几篇文章。时间很紧张。嵇康做过中散大夫，两千年以来从未有人提出质疑，但是我们的顶级期刊发表过一篇文章说嵇康没有做过中散大夫，他的观点是否定的，他提出的证据是嵇康做中散大夫什么时候开始的？提出《世说新语》，多次称呼嵇中散，还有《雅量》里专门讲了这嵇康临死奏《广陵散》的问题，下面还有一个《世说新语》的注，刘孝标的注释里面也说了嵇康拜中散大夫。这是文献依据，过去说嵇康做中散大夫是有依据的，但是这个依据可靠吗？他们分析是有道理的，因为《世说新语》是一个小说体，小说的记载就有些不严谨，他也举出了若干个例证说明《世说新语》的记载和事实不符，以此说明《世说新语》记载嵇康做中散大夫的不可靠。还有一些证据，像《三国志》这种魏晋正史，没有记载他做过中散大夫，嵇康的哥哥嵇喜写的《嵇康传》也没有记载他做过中散大夫，还有《三国志》没有记载，给《三国志》增补了大量史料的裴松之的注也没有记载，由此证明，和嵇康同时代的和稍晚的人们都没有记载嵇康做过中散大夫，另外当然还有一条唐代的文献——唐杜佑《通典》说魏晋无员。他说既然无员，嵇康当然没办法做中散大夫了，这是他的依据。

那么我们看了这篇文章，有没有同学对此提出疑问？我们只从文章中就能看到这些问题，他这里说没有记载，然后我们再看前面《世说新语》不仔细，你赞成不赞成？《世说新语》有多次称呼，刘孝标的注也说他拜中散大夫。看了这些他说嵇康没有做过中散大夫，那我们接受不接受？有没有同学提出你的怀疑，他有一个逻辑漏洞——他说，《世说新语》记载不可信，他分析得很有道理，难道只有《世说新语》记载了吗？还有什么记载了？——《文章叙录》，《文章叙录》说：嵇康是因为和魏宗室的长乐亭主结婚，才迁了郎中，拜了中散大夫。这不是一条文献依据吗？但是你看他整个文章没有对《文章叙录》说过一句话，这就是他自己用了自己文章中的一个文献依据，而没有去考察更多文献。如果我们读论文，包括自己写论文，这个时候我们就一定要问《文章叙录》是一个什么东西？你不要问吗？简单的你就是得问，就是要搞清楚这是谁写的，这是什么时候的书。假如这个《文章叙录》就是嵇康的哥哥写的,那你还有什么怀疑的? 所以你先得告诉读者,自己弄明白这是谁写的,其实这就是一个极大的漏洞,因为《文章叙录》是谁写的呢,他怎么会不去问一问? 他自己写在文章中的资料《世说新语》他否定了,《文章叙录》却不管它了,这些材料他为什么不去研讨呢? 因为它太重要了。这个作者是荀勖,他比嵇康的年纪还大,一个比嵇康还大的人说嵇康做过中散大夫,请问你还有疑问吗?从逻辑上说,不管你有没有疑问,他这个记载已经百分之五十可信了。

如果你再分析看,这个荀勖在 240 年的时候,240 年以前,他就做了曹爽大将军的中书通事郎。他做中书通事郎的时候已经在 240 年以前,假设他 20 岁,到了齐王正始十年,这应该又过了几年,假设过了两三年,这个时候他二十三四岁,其实这个年龄已经是估得很低了。二十三四岁他已经官做得很不错了,到 262 年的时候,又过了 22 年,45岁,嵇康在这一年死的时候是 40 岁,所以我说他比嵇康年龄大,一点问题也没有。还有你看他的身份——司马昭的从事中郎,而嵇康这一年是被司马昭杀死的,可见他是司马昭的属官,他对嵇康被杀这件事一定十分清楚,还有他一定知道嵇康是名人,一定是知道嵇康的,因为他的资历比嵇康还早那么一点。现在他说嵇康做过中散大夫,请问你们会有疑问吗? 当然没有疑问,他难道用得着去栽赃嵇康没做过中散大夫? 没有任何的必要性,所以荀勖《文章叙录》如实地记载了嵇康做过中散大夫,由于他的年代、他的身份,他的身份还是一个著名的文献学家。《文章叙录》的性质就是一部解题目录,他后来编了《晋中经簿》。那么这是一个文献学家,是一个解题目录。书目有传录体、叙录体,而《文章叙录》至少是采用了,它是继承了传统目录里注重个人事迹叙述的特点,他对每个人有一个小传,嵇康传下面就有一个他的生平,就讲到了他拜中散大夫,这是十分可信的文献,有了这一条文献,整个论文就是不成立的。

再看看,其实他之前讲的唐朝一部官志说中散大夫魏晋无员,他其实是一个误解,他错误地以为,魏晋时候没有人做这个官,其实"无员"不是这个意思,是说不设定固定的名额,正因为是无员,说明中散大夫不是一个重要的官职,是一个闲职,原来《三国志》等不记载并不是不存在。从逻辑上来说,不记载不是不存在,有各种原因不记载。这里不记载是因为这个官职原本就不重要。其实魏晋时候做过中散大夫的人很多,是他的一个疏忽成了他的反证。

刚才是关于嵇康做中散大夫,由于他对文献没有溯源,没有搞清楚《文章叙录》的作者、身份、年代,导致了整个论文的颠覆。我们再看《中国史研究》——也是国内的一流刊物——里面讨论了一个新的问题就是"地方某里",《论语》里面冉有讲过这么一句话的,他觉得我还不能治理,是自谦的话,那么"方六七十"是多大呢,就是四边都是六七十里。现在提出的新说是说,东西加上南北是六七十里,这才是方,也就是广和袤加起来才是方,两边加起来是方,那一边只有 30—35 里,边长缩短了一半,面积就不止缩短了一半。他有没有证据呢? 有证据。明朝文献的证据里、可证明代(或部分地区)如此理解。方 1520 里,东西 790 里,南北 730 里,相加 1520 里,就是从这里得到的新启发,不仅是这里,还有下面列举的各个县,全是以此为依据。但是可信吗? 简单从文献学来判断,违背年代学的规律,明朝的东西怎么可以证明先前的东西呢,从逻辑说这文章是不能出炉的,但是明朝的文献就是没用的吗? 他有启发的作用,他的问题意识还是不错的。这和传统的是不一样的,双边加起来才是方,这个疑问产生是正确的,但是下面是要论证你的观点,你要论证的是《论语》的时代,就是春秋战国时代,如果有材料支撑那当然好,没有的话怎么办? 因为经学是代代相传的,就是考虑汉朝人怎么理解,六朝人怎么理解,唐朝人他们都是这样理解吗? 我不知道他有没有这样考察,文中没有提出可行的证据,有时候思路写进文章也是可以的,从秦至唐的文献来证明我的理解,但你没有找到,不说我不知道你找没有找,事实上,我猜,他应该是找了,就是没有找到,这个没找到涉及的是文献搜寻的本领,这个应该是不难找到的,因为《论语》的那个地方是经典文献,那你看看经典解读在这个地方是怎么解读的,如果找不到,还可以从"方某里"里面找(方十里、方百里、方千里),看看前代的经典文章里有没有,不能说难查就放弃。其实这篇文章我们中学就读过,这是《郑伯克段于鄢》里面的文字,它说:"都城过百雉,国之害也。"

因为先王规定,大的都城不能超过国都的三分之一,这里的都城是指一个城市的都墙,不是城市,为什么呢? 杜预的解释,因为侯国的都城是方五里,五里是径三百雉,径指的是直径,这些都不可能理解为直角这边加那边,那是不可能的。所以径三百,其实就是指边长,这当然是姑且这样认为的,但它一定不是拐个弯来的。一雉是三丈,其实是立体的,百雉就是三百丈。那么一雉是三丈有什么问题呢,是没有问题的,因为前面已经说得很清楚了,这个堵就是高一丈,宽一丈,长一丈这样的土墙,这就是一堵,三堵加起来不能再朝上加,城墙是要横着的,三堵就是一雉,所以一雉是三丈,其实这已经表明了古人怎么理解方,每一边都是一丈,而不是两边加起来共一丈。《周礼》说,五版为一堵。所以堵是长和高各一丈,这就是所谓的方丈为堵,这就是说筑墙的木板是长为一丈,它的广就是它的高度——是二尺高,五版为一堵就要往上筑墙,筑完了一次二尺高的,再筑 次, 共筑五次,所以最后这个堵当然是一丈,长度还是一丈,这不就是前面的"方丈曰堵"了嘛? 方丈是个一丈它叫方丈,而那个"径三百雉"也是各三百雉,就是四边各三百雉,这还需要另外配合一下,上面还有一句话,就是为什么说"方五里",因为《郑伯克段于鄢》,这个为伯爵,侯伯的爵位他的都城就是五里。方五里,不能超过他国都的三分之一,那三百雉的五分之一就是六十雉,这个意思是说如果五里是三百雉的话,那么一里就是六十雉。一雉是三丈,这就是一百八十丈。请记住,杜预的推断:一里径六十雉,一里就是一百八十丈。我们再来看看后面的理解,《礼记》说:"方一里者,为田九百亩。"下面郑玄(是汉朝人)解释的:"一里,方三百步。"方三百步,换算成丈,古代确立一步是六尺,《劝学》里有:不积跬步无以至千里,所以他的步是两步。叫两举足曰步,一举足曰跬,所以六尺是现在的三尺。所以一步是三尺,古代的尺比较短,整个战国到汉,一尺22到23厘米。把一步三尺再乘上22,就是六十多厘米,这是古代的丈量一步。一步六尺换过来,方三百步,就是一千八百尺,换成丈就是一百八十丈。注意郑玄说的一里是方一百八十丈,杜预说的:方五里,径三百雉。方一里就是六十雉,一雉是三丈,六十雉就是一百八十丈。和郑玄的解释是一样的,但是由于杜预用了一个径,径六十雉,径一百八十丈,就是边雉。

还有一个鲜明的例子,这就是六朝时候王凯德做《论语》一书引用的战国时候的六尺为步,可见六尺为步是一个传统。我们看唐朝最有名的一个经学家——孔颖达,他在《礼记》的一段文字中说:"儒有一亩之宫者,一亩谓径一步,长百步为亩。若折而方之,则东西南北各十步。为宅也,墙方六丈,故云一亩之宫。宫谓墙垣也。环堵之室者,环谓周回也,东西南北唯一堵。"宅东西南北各十步,即墙方六丈,即一亩之宫。一步六尺,十步即六丈。方六丈即边长各十步。由此证明汉朝郑玄、晋代杜预、唐代孔颖达所理解的"方某里"之"方",指方形的边长。

我们还可以推出的是孔子说的方六七十,这些经师们的理解百分之百是每边是六七十。明朝的儒生经师们也是这样理解的,因为他们在文献中没有反驳古人的理解。如果对经书中很多这样的重要概念不同意的话,最好批评的明朝人一定在自己的书中说出来。没有新解,就是认为过去的东西是正确的,接受了,所以我们以此推测明朝人都这样理解。问题是刚才明朝的文献出现了不同的理解,但那是局部地区,而且是嘉靖时期他们的计算方法。这是最好的结果,另外的结果是江西南部的一群诸生对"方"的理解,但他们不能代表明代整体的意识,更不能把它用来证明先前的文献,不能证先秦汉唐人的表述是否正确。

还有一篇文章是《开元綦毋学士为谁》,有的称綦毋学士,有的称校书。綦毋潜在天宝的时候做过学士,而且唐代的文献还说:《綦毋潜诗》一卷。字孝通,开元中,由宜寿尉入集贤院待制,迁右拾遗,终著作郎。那按照《旧唐书》的记载,綦毋潜是唐诗中的綦毋学士。但是现在的学者认为綦毋潜做宜寿尉,不是在开元中,而应该在天宝。为什么这么说?因为有足够的文献证明,宜寿这个县是在天宝时期才改叫的。此前不叫宜寿县叫蠡屋县,既然是蠡屋县开元时怎么做宜寿尉呢?所以天宝时做宜寿尉,才来集贤院。所以开元中诗人所称的綦毋学士应该是另外一个人。所以学术界认为綦毋学士不是綦毋潜。但是是谁呢?这篇文章提出綦毋学士是綦毋煚,即毋煚。我们当然注意到这个新观点里面綦毋煚和毋煚他的姓是不一样的,因此这篇论文得证明他的原名是什么。按照他的观点,他认为毋煚这个人和王湾两个人都做过"修书学士",《新唐书》中有明确的记载。因为王湾的诗中提到綦毋学士,他认为就是綦毋煚。这个人名叫毋煚,是可以写作綦毋煚的。他提出的证据我们看一看,《大唐西域记》里有一段记载毋煚,说他反对喝茶,写了一篇《代饮茶序》,这件事很特别。毋煚的《代饮茶序》在《太平御览》与《续茶经》二书引作"綦毋景"。景是煚的避讳字,因为宋太宗叫赵炅,不能用同音字,就用同义字代替。煚是光明的意思,景是它的避讳字,是同一个人没有问题。毋煚的毋可以写作綦毋,毋学士当然可以叫作綦毋学士,这个论证就完成了。我们要看的就是这个证据可信不可信。整个文章中提出两条证据,还有一句话说把綦毋写作毋由来已久,下面就举唐代的文献:如《元和姓纂》卷二、《宝刻丛编》卷七录《定水县钟铭》、《历代名画记》卷九、《千唐志斋藏志》拓片毋煚撰《庞夷远妻李氏志》皆作"毋煚"。把毋煚写作綦毋煚的有哪些证据,就是这两条,可信吗?结果发现《太平御览》与《续茶经》二书"毋"作"綦毋",有一个共同的特点,都是征引别家的文献。《太平御览》称引的是唐代刘肃的《大唐新语》,《续茶经》引用的是北宋赵令畤《侯鲭录》卷四的文字,而《侯鲭录》的这段文字也明确标注出自《大唐新语》。《大唐新语》与《侯鲭录》二书原书并不作"綦毋",而作"毋"字。所以引作"綦毋"就是《太平御览》和《续茶经》两部书自己的事情。其实《续茶经》为清人陆廷灿所著,其时代太晚,对说明唐人"毋"姓是否可以写作"綦毋"没有任何说服力。剩下就是《太平御览》,《太平御览》的孤立异文不可信。与《御览》同时编撰的《太平广记》(皆宋太宗太平兴国年间修撰)卷一四三也征引了《大唐新语》此文,而"毋煚"之姓并无差异(熊文中也已明白指出)。说明《大唐新语》原文不作"綦毋"是可信的。

《太平御览》引作"綦毋"之不可信,这不仅是在文献的来源上可以辨别的问题,而且我们还可以从版本上得到彻底的解决。熊氏所据的《太平御览》只是一个劣本,即《四库全书》本(文渊阁本、文津阁本皆然)。没有用中华书局影印的宋刻本《太平御览》,宋刻本《太平御览》正作"毋氏",而非"綦毋"。就是说这篇文章没有版本意识、年代意识、史源意识,所以这篇文章是一篇非常糟糕的文章,但是他是我们的教授,当然不是南大的教授。如果是南大的教授写了这篇文章,那是真的会很惭愧。下面一个问题是《续茶经》和《太平御览》为什么都会把一个姓毋的写作綦毋呢?总之,你错了,我可以说得很清楚,也可能说不清楚,因为历史的情形无法再现,很多复杂的情况不知道,但是关于这个人还是有些蛛丝马迹的。《续茶经》也是《四库全书》本,从四库本卷首所题看,《续茶经》和《太平御览》此二书为同一人"复勘",同一人"总校",即由"牛稔文复勘",而"总校官"则同为"仓圣脉",綦毋这个人他印象一定很深,首先他反对喝茶,其次他的姓很特殊。故此二书会出现同样的误衍问题,实即同样的窜改(以不误为误而妄改之)。

下面我们来看看另一篇文章叫作《李白〈静夜思〉文本演变》,这篇文章也是一个教授写的。提到这三篇文章,有两篇由副教授发表,一篇由教授发表。都是新成果,是新成果我们就要来检验一下,哪些是可以接受,哪些是不能接受的。文章提出李白诗的原貌是"床前叹月光,举头望山月",他的证据是蜀刻本,其实就是现存李白文集的最早版本。还有北宋、南宋诗的选集都是这样,不仅宋代的是这样,元代的也是这样,还有《全唐诗》,还有清朝的。但是下面的这些是没有证据力的,这些只能说明詹锳、王琦他们是怎么看的。唐朝人的文献是怎么记载的呢,很可惜,唐朝的文献中没有这首诗,敦煌中有很多诗,但没有李白的这一首。唐朝的选本也很多,有十种选本,也没有这一首。现在见到的最早的宋代以前的就是这个面貌,因此我们说这个观点是可信的。文章推断文本的改动发生在明朝,当然有人会问,明朝出现这样的文字改动,这个文字又是从哪里来的呢?从痕迹上来看,没有看到更早的版本。这个版本上的文字和宋代别的版本上的文字区别都比较小,这篇文章提出,学界是在明朝中期李攀龙《唐诗选》(森濑寿三所据有万历间吴兴凌氏刊套印本《唐诗选》、万历二十一年刊《笺释唐诗选》等)改为"丙种"文本。他认为这个改动早在南宋叶廷珪《海录碎事》就有改动了。还有唐初的《唐诗品会》改变了下面一句,到了康熙时候两句就全部接受下来,变成了我们现在见到的诗句。他的考证把过去学术界早期的观点稍稍地提前了,过去是说《唐诗三百首》。其实过去的学术研究已经确定是在明朝中期李攀龙的《唐诗选》中就改变了,但他这里吸收的成果还不够,认为这是康熙时候两句才一起改的。他把两句的改动分开考证,往前推了很多,一个推到宋代,一个推到了明初。其实万历二十六年的刻本《海录碎事》的文本是这样的,"床前看月光"它没有改。我们再看《诗品汇》,这是现代影印的,现代的本子因为是影印的,所以说其学术价值就等同于它的底本,它的底本是明代中期,也是现代流传下来的最早的一个版本,里面是"床前看月光",下面一句是"举头望山月",不是它讲的那样"举头望明月"。那么原因出在哪里呢?这就是版本上问题。其实它用的都是《四库全书》本,是一个后来的本子。《海录碎事》现在最早的就是这个万历年间本。虽然没有宋代的版本,但是由于《海录碎事》里面这一条的显示和宋代别的文献的显示是一致的,所以是可信的。而《四库全书》作"床前明月光"一定是抄《海录碎事》的时候改的,因为他抄到"床前看月光"的时候,他想,我从小背,背得很熟,是"床前明月光"怎么是"床前看月光"呢?当然就把它改掉了。但是反过来,你看到"床前明月光",你不会改成"床前看月光"的,因为你所认知的:这个是我熟悉的,我怎么会去改它呢?当然不会去改它,只有看到"床前看月光"才想到了去改。同样的,《唐诗品汇》也是这样的情况。这就是说,这篇文章在考查前人改动"床前明月光"和"举头望明月"时,在时间上和文本方面没有多考虑版本的问题。这是一个非常糟糕的做法,如果你引用了一个文献,而这个文献恰恰是说明文字的问题,但你却没有版本意识,这就是说你根本没有学过文献学。但是他是古代文学的教授,所以我非常惊讶。当然这篇文章也没有说我引用的这个书是什么版本,这本来就不够严肃,但是由于考虑到文史知识是雅俗共赏的,你不标出采用了哪部文献,这是一个方式问题,是可以的。但是如果你做研究的时候你没有考虑这个问题,这就不是一个方式问题了。

这是一个根本错误的观点,因为本来不知道这个版本,你怎么一看就能知道《海录碎事》原来就是这样呢?你不能想想《海录碎事》原来可能不是这样吗?当你想到这个问题的时候你当然知道要找早一点的版本来确认它。或者你开始用《四库全书》,发现问题,然后说是不是一直这样?我再找早一点的版本再来印证一下,这是可以的。但是你不能就这么了事了,你把随手可见的一个版本当作那个书的原貌,这个问题肯定大了。其实人家日本人关于这个问题已经做了非常细致的非常多的研究,人家早就说了,这是什么时候改动的,就是李攀龙的《唐诗选》,而且这个《唐诗选》是一个彩色的套印本,在这个《唐诗选》里面呢,我们还可以看到上一句是"床前明月光",不是"床头看月光",下一句是"举头望明月",这已经是李攀龙的《唐诗选》里面的文本了,这才是第一次这样出现。说不定这个文字就是李攀龙做的改动,因为明朝文人喜欢炫耀自己的才华,觉得你的文字不如我这样改得好,于是就这么改了。由于《唐诗选》在明代后期影响很大,所以清朝人在编《唐诗三百首》的时候就采信了这个文本"床前明月光",再加上"床前明月光"确实有它不可替代的魅力,这就是歌谣的韵味和节奏,还有突出了那种明月的意象,用简单的意象表达一个古老的主题——思乡、思亲。用不着突出看到的是山月,还是什么月;是举头看月光,还是什么望月光。那么两次出现了明月,明月光,使得这个诗读起来有一种歌谣的味道,就是朗朗上口。所以以后传播这首诗还是会以名人加工过的面貌传诵下去,因为它自身已经具备了非常强的魅力。

好,我们最后讨论一个问题,这就是岳飞的《满江红》的真伪问题。这是一位非常知名的作家教授写的一篇文章,他在这篇文章里提出了三条证据,将有助于解决岳飞《满江红》的真伪问题。谁提出这篇《满江红》不是岳飞做的呢? 这是著名的国学大师余嘉锡提出来的,提出了什么证据呢? 他从文献学的角度,证明此前没有书目注录过它、涉及它,连岳飞的儿子孙子编的《岳飞文集》里都没有收录过它。《金陀粹编》中的《岳王家集》也没有收录这首词,他认为这首词出现在明代中期,是明代中期徐阶编的《岳武穆遗文》才出现,这是嘉靖十五年。赞成余嘉锡观点的,后来有一位词学大师补充了一个重要证据,就是其中的贺兰山不在东北,因为后来的金王朝的首府在东北,而贺兰山恰恰是在西北。而岳飞所要表达的是强烈的捣毁金王朝,怎么会用一个西北的地名去指代呢? 这是他提出的质疑。所有的证据中,反方的证据就是这两条。那么对这两条,后来不断的研究我们要注意证据。前人解释说,岳珂编《金陀粹编》也就是岳飞文集未收岳飞《满江红》,没有收的不一定就是假的。比如说有一首题诗青泥市萧寺壁间,这一首岳飞的文集里面就没有,但是在宋人赵与时的笔记《宾退录》里就有,现在也没有人否定这是假的。因此这条反驳是成立的,就是说没有著录,没有收录,不一定是假的。不是必假,但也可能是假的,毕竟你也没有解决问题。其实他没有考查,不是嘉靖时候才有的。

其实,在英宗时候(比嘉靖又早了一百年),在他的家乡,汤阴的岳王庙里,就有这块石碑。石碑上面看不太清,但是可以看到这里是天顺二年,天顺就是英宗的年号,比嘉靖早了八十多年。另外,最后一句是"朝金阙",这是一个"金"字,不是"朝天阙"。这是现在的一个石碑,这个石碑是真的,不是假的,这是英宗时候就已经立了这个石碑。这个庙是袁纯负责建立的,他后来又编了一个书——《精忠录》,《精忠录》里收录了这首词,比余嘉锡找到的明代的文献要早。余嘉锡认为此前没有出现,到嘉靖时徐阶编的《岳武穆遗文》才见。其实不是这样,更早就出现了,但还是没有破了余嘉锡的质疑。余嘉锡说宋元和明代前期没有出现过,还没有找到证据。关于贺兰山应该是彻底释疑,因为贺兰山是可以作为艺术手法来用的。南宋人说"要斩楼兰三尺剑,遗恨琵琶旧语",当时就是针对金兵说的。结果当时那个楼兰呢在西北,所以可以用西北的地方指代东北,这是一个典故,没有什么问题。那么剩下的疑问还是余嘉锡说的,此前一直没有著录,但是此前没有著录并不一定说它是假的,但是可以说明一点:这首词的流传极其稀少隐蔽,因为连他的儿子孙子都不知道这首词。这首词的知名度显然是明代中期以后才兴起来的。但是如果岳飞生前真的有这么一首词,它的知名度应该会更高,因为这首词确实能够让人振奋。另外,80年代,在浙江江山县发现了一个族谱,这个族谱里面写了《满江红》,和那个族谱的主人还有唱和,这个《满江红》是这样的,请看:这首词的上阕只有"怒发冲冠"、"白了少年头"、"莫等闲",这三句是一样的,其他的都不一样。那么下阕其他的都一样只有红字的部分不一样,是"踏破金城门阑",这个"阑"应该是"阙"的误字,还有"解郁结"。我为什么要指出这两句? 这是因为你看看唱和的那个人,这个人的唱和也是《满江红》。这是他的上阕，他的下阕呢，里面有"闯入贺兰山窟"，最后一句是"朝天阙"。

这个说明什么呢？说明岳飞的词如果原来是这样的话，怎么变成后来这个样了呢？正反的观点是：这是初稿，现在所见的是修改定稿。那么修改定稿，你修改的时候就可以把跟你唱和的那个人的词里的句子搬进来吗？因为前面人用的是"解郁结"，另外一个人的才是"朝天阙"，怎么可以把它搬进来呢？还有"踏破金城门阘"，他的是"闯入贺兰山窟"，就是你修改的时候不能把你的朋友下属唱和的东西弄进去，所以对于这个谱里的记载，有关修改说是不太可信的。还有两者的艺术水准相差太大。岳飞肯定有他的属官，幕下文人。在第一首词出现的时候文人就已经会润色了。倘若那首词文人已经润色过了，也不会像这个样子。另外，后来更不会修改润色成了那个样子。只能说它的面貌应该是比较接近的才对。因为如果要请文人润色，文人早就在那里了，如果不需要文人润色，他的修改也基本上是这个水平。所以如果族谱是真的，那么现在的词就很可能是假的。但是这些不重要。下面我们看看王曾瑜的新证据，这篇文章里面提出三个新证据。

第一，你们不是说宋代没有人引用吗？其实宋代有两篇文献引用过了，都是南宋的，一个是陈郁的《藏一话腴》，一个是罗大经的《鹤林玉露》。还有一个证据是元朝的，元末明初的杂曲，《岳飞破虏东窗记》有采用。如果成立，那么余嘉锡的观点就被彻底推翻了，因为余嘉锡说宋代没人提，元代也没人提，但是恰恰补充宋代有两个文献，元代有一个文献，都证明前人见到了。问题是什么呢？问题是宋代的两个文献都不是宋代文献本身呈现的面貌，都是清朝人沈雄引用的《话腴》的内容。这些内容中，我们注意红字，红字以下的都是原文所没有的，都是《话腴》里原本没有的。那么是引用的人看到了一个珍稀的版本，是所有版本都丢了这段文字，还是这段文字是引用者加上去的呢？这是必须考查的，所有的版本都不存在，包括明代的版本都不存在这段文字，那你沈雄是从哪里看到这些文字的？也许真有这个可能，就是家里珍藏了一个这样的本子，真是这样吗？那就要从这个书的本身的体例来看，就从《古今词话》的体例来看，这是《藏一话腴》的原文，原文就只有这些，没有下面的内容："故作《小重山》"、"又作《满江红》"。其实《古今词话》引用的时候就喜欢自己增补文献，这里是明确的一条：关注什么什么说叶石林写得好，最后来了句"尤以《虞美人》为绝唱"，这句话在原文里是没有的。我们看原文是什么：《石林词序》就没有下面的这段文字，显然这是清初的沈雄自己加上去的，因为他在讲到关注石林词的时候，他知道现在是大家评论《虞美人》比较好，所以他说"而尤以《虞美人》为绝唱"，这是他自己补的。所以前面内容我们可以相信，他也并没有看到这样一个版本，他实际上看到《话腴》里这样说了岳飞，所以他就说"故作《小重山》"、"又作《满江红》"，这是他的体例问题。

同样的，《宋稗类钞》的意思就是宋朝的笔记小说的分类编钞，结果清代人在编钞的时候，竟然把不是宋朝的文献也搬进去，也就是说他们的编纂态度是不严肃的。所以罗大经的《鹤林玉露》根本就没有"武穆《满江红》词云"下面的一段，罗大经的《鹤林玉露》

只有上面的两行字,而且他根本没说引用的是《鹤林玉露》,只是恰好《鹤林玉露》里有这么一段文字,就这么一点点,你不能据此一点就推出来下面的都是《鹤林玉露》里面的文字,因为现在的《鹤林玉露》的所有版本都没有这段文字,这就是明确的证据,就是《宋稗类钞》自己加上去的。《宋稗类钞》会不会加呢?这要从体例方面来考查,比如说还有一条关于岳飞的,讲岳飞的忠义:他死了以后家里很贫穷,岳飞的墓在哪里呢?在栖霞山下,他的儿子也埋在那里。这个"附",是葬在一起的意思。然后说"名人佳士多以诗吊之。天台陶九成诗云",这个天台陶九成是元末明初的人,这是《宋稗类钞》,你钞完了上面的文字,还把元末明初人的诗钞上去,不是说不可以,而是说有这样的体例,就是说会把后人的东西根据需要也补进去,因为《鹤林玉露》根本就没有那段《满江红》的文字,所以我根据它的体例,相信这是清朝人引用的。所以所谓的两条证据,根本不是宋代的文献。其实通过溯源,各个版本都没有这段文字,但是他们说这是引用的一个比较稀见的版本。这里他们犯的一个错误,就是并没有去考查一下,于是宁肯相信确实是这样以便证成我的观点,这是作者选择权利,解读权利,你非要这样解读那是你的问题。但是真正的状况是什么样,我们需要重新解读,重新看看你的解读对不对,因为他有目的,所以他的解读可能不对。另外还提出了一个元明传奇采用了,这是一个更加重要的问题。在《东窗记》里面岳飞唱了一个"女冠子",这个"女冠子"一看"怒发冲冠"、"仰天怀抱激烈"、"驾长车踏破贺兰山阙"、"那时朝金阙",我们看到那个碑里面就是"朝金阙",现在也是"朝金阙",这个文字你一看一定会得出一个结论:它和岳飞现在的《满江红》必定存在着渊源关系,它和岳飞的《满江红》在文字上面有割不断的联系,因此这个王曾瑜教授认为你不是说元朝人没见过吗?这就是元人见过的证据,元朝人都采用了这个词,不仅如此,这是那部戏。下面岳飞说的话也证明确实是这样。下面有"饥餐胡虏肉"、"渴饮匈奴血",这不就是词里面的原句吗?所以它和《满江红》的词有渊源关系是毫无疑问的,那么请问能不能证明余嘉锡的观点错了,他说元朝没人见过,现在有人见过了。那么请问他有没有问题,有什么问题?就是你的感觉中,一个其实很简单的问题:请问谁是源?是它采用了《满江红》,还是《满江红》是根据它而作的?这不就是一个逻辑问题吗?你可以认为这是它采用了《满江红》,也可以认为《满江红》是根据它创作的,因为本来余嘉锡的观点就是明朝人伪作的,现在就出现了一个元朝人的剧本,这不就是明朝人看着元朝的这部剧,然后根据岳飞所唱的,岳飞所说的才作的《满江红》吗?下面来说,是源可信还是流可信。请问,如果他看到了《满江红》,他为什么不把岳飞的《满江红》直接采用到剧本里面?唱到他的戏台上面去?谁能回答这个问题?为什么不采用?你看他化用得非常厉害,很多都不需要化用,这表明什么?这个作者如果真看到了,表明是对岳飞的《满江红》非常喜欢,因为他没有化用岳飞别的诗文,只化用了这个诗文,而且很多地方都化用了这个诗文,那他为什么不完全采用呢?

这是说不通的,如果逻辑说不通,那只有解释为他没有看到,而是后面的人根据他创作的,这就恰好证明了余嘉锡的观点。那么如果从戏曲文学的角度来说,这个是"女冠子",那个是《满江红》,拿过来能唱吗?是可以的。因为在元明的传奇里面改用,用

《满江红》的曲牌，非常之多。就是他可以把《满江红》直接拿过来唱，元明的 60 种曲里面，有 24 首里面用了《满江红》的曲牌，那你这个《东窗记》为什么不把它拿过来唱，从艺术的角度不存在任何困难，只有一个原因你没有见到。我们再看他化用的结果，化用得好吗？从艺术的角度来看，你把"三十功名尘与土，八千里路云和月"变成了什么呢？变成了"功成汗马，枕戈眠月"这种化用。"功成汗马"是什么？是一个成语，是一个俗套的成语，没有了艺术的效果。"枕戈待旦"，"枕戈"也是一个成词，只有"眠月"二字稍微显得有点新意。所以整个化用就是划井成田。"三十功名"与"八千里路"对仗是极其工整的，而且"三十功名"表现他的年龄，这个"八千里路"表现他的万里征程风尘仆仆，不比你的"枕戈眠月"好吗？艺术效果不用说，但是你的化用实在糟糕。还有"莫等闲白了少年头"是非常能激发人的词句，你为什么不化用？你遗漏了非常重要的有感染力的句子，你该全首引用的你不去唱，有原因吗？现在可以肯定的是它们有渊源关系，因为句子都一样嘛，现在的问题就是他没有见到。那你没有见到怎么会出现这些句子，当然是后面的人根据它创作的。当然我们还有证据，其实《满江红》宋人也很喜欢，在罗大经《鹤林玉露》里面记载了一条，说《满江红》中间的"漫教人白了少年头，徒碌碌"，这是宋人的一首《满江红》。这首词是谁的呢？原先有人说是朱熹的，后来经过证明朱熹说那不是他写的，那是一个和尚的，原来他们的号是一样的，因为朱熹是晦庵先生，那个和尚是"晦庵"，就是说在宋人和尚的《满江红》里面有这么几句："漫教人白了少年头，徒碌碌"，其实这是比较一致的。这样一来，岳飞的《满江红》我们列一个表来看看，他的始源或者说溯源的材料。最后的是现在的《满江红》，前面的看看相同？它就是根据岳飞的唱词"怒发冲冠"，补充了这几句"凭栏处潇潇雨歇，抬望眼"，这三个地方是几篇共有的，但是"凭栏处"是宋代词里面常见的，"潇潇雨"也是宋词里面常见的，只是不是"潇潇雨歇"。那么"抬望眼"呢，"抬眼"之类的，也是一个平常的句子。下面"仰天怀抱激烈"，这是"仰天长啸，壮怀激烈"改写成两句。"功成汗马"就是"三十功名尘与土"，"枕戈眠月"就是"八千里路云和月"。下面是"漫教人"，"莫等闲白了少年头"，"徒碌碌"是"空悲切"。

　　下面注意这两句"靖康耻，犹未雪"这是现在改过的，原来的是"宗社南迁，二帝有蒙尘之耻"、"将兵北伐，诸臣无靖难之功"，不就是"靖康耻，犹未雪。臣子恨，何时灭"的散文书写对不对？再看下面的是"驾长车踏破贺兰山阙"，一样的。"壮士饥餐胡虏肉"，这个"饥餐胡虏肉，方称吾心"，多一句。"笑谈渴饮匈奴血"也是。"待把山河重整"和"待从头，收拾旧山河，那时朝金阙"，它是"朝天阙"或是"朝金阙"。由此这首《满江红》，我认为它确实是根据《破虏东窗记》的岳飞唱词和岳飞说词再把宋人的《满江红》搬来，用了中间的那几句，成了现在的《满江红》。这是通过文献考查所得出的我的看法。我的看法不需要大家来接受，但是文献审核旧知和审核新知的方法就是这样，希望大家更娴熟地运用这个方法。这样我们会发现更多的问题，而对新知能不能接受、要不要接受，我们就会有自己的主见。

　　今天我的报告就到此结束，谢谢各位！

秦汉文献中的孔子形象

主讲人／李隆献 （2015年4月3日）

［主讲人简介］李隆献，台湾彰化人，博士，台湾大学中文系教授兼系主任，长期从事中国文学、历史学、经学、现代小说、叙事学等方面研究，曾开设课程：国学导读、国语、左传、现代小说选、叙事理论与实践。

下面我跟大家报告我近年研究其中的一部分。这是一篇集中在先秦汉初的文献，我们先简单看一下我要讲的范围。这个主题是要讨论孔子形象怎么样被形塑，就是孔子刚开始的形象跟我们所认知的差得蛮远的。他在先秦时代是怎么样的形象以及他的演变，这是我所关心的。我等下会跟大家报告我为什么会做这个，当然同学们老师们会说这呼应了大陆的孔子热。不过这个题目我在30年前就想做了，应该比大陆的孔子热早一点，只是我做事比较慢，没做成。主要做的是先秦到汉初的文献，包括传统的文献以及出土的文献，只要是涉及孔子事迹的，我们大部分都拿来分析比较。另外这十几年我从叙事学的观点研究传统学问，所以就来诠释一下孔子的形象为什么被形塑差那么多，他们各个学派到底是什么原因使他有这么大的差异以及在学术上有什么意义。我们这里主要是以《左传》和《国语》这两个先秦的文献，加上《公羊传》、《谷梁传》、《史记》这三个汉初的文献，以及我们会运用到汉初一些解释经典的，或者是历史的文献，或者是先秦诸子，还有《清华简》、《上博简》、《郭店简》这些来看孔子形象是怎么样发展的。我归纳出孔子的形象有三个，一个是良臣，这是在政治面的，在政治面他是个好的臣子，他在鲁国做过司空。另外他怎么被形塑成圣贤，这个"圣贤"在先秦时代好像还没有。另外一个他是个老师，我们都知道他是"至圣先师"，"老师"这个形象大概先秦就已经确立了，我们可以从《论语》里面看到。不过他有各个面相，各个学派都给他有不同定位，给他一些评价，还有他在当代也有某一种学术意义。这是我在这篇文章想要讨论的两个大重点。我们都知道汉代"独尊儒术，罢黜百家"，所以汉代以后的孔子形象我这篇文章没有讨论，不过我正在继续讨论中。有关孔子形象，我目前写了三篇论文，这是其中的第一篇。先跟各位报告我这篇已经发表的论文的一些不成熟的观点。我就想看看孔子形象在先秦到汉初到底发展出什么样的学术意义来。我就比较简略地来跟各位报告,刚才我说现在是孔子热的时代,曾经有学生对我说,老师我们不要写孔子研究好不好。因为我请他来帮忙搜集孔子的资料,他说现在全世界都在讲孔子,我们干吗还再来凑这个热闹。我说就是因为全世界都在讲孔子,我们更需要讲一讲孔子,让全世界知道孔子不是像现在大家所讲的那个样子,刚开始应该不是。那我们把他化妆太过分以后,是不是有一点点失焦了,或者是有一点点不太准确了,所以我们是不是可以来检讨一下。

那么我就从这个立场出发,找了很多相关的资料,发现实在是太多人研究了,看都看不完。所以我就从另外不一样的角度去看,孔子的形象是怎么样被慢慢发展出来的,被形塑出来的。我就往前追溯比较早的,比较近代的研究。是从乾嘉以来的,针对考辨学派而发展出来的。清代的学者崔述,崔东壁的《考信录》,他开始用考据式的研究方式来还原孔子的真实形貌,他想要还原孔子,因为他也发现孔子被抹了太多粉了。但是有没有成功呢?当然没有人能恢复孔子的真实形貌。我们只能说孔子是怎么样被慢慢演变的,慢慢形塑的。崔东壁甚至质疑《论语》记载错误,他说"孔子怎么可能这样啊?""孔子怎么可以去跟祭祀妥协呢?"之类的。他说《论语》里面的记载有问题。慢慢地,我就发现,近当代有胡适之、顾颉刚、傅斯年这些学者,他们运用新的史学方法,企图破除孔子的圣人形象,尤其是我们台大的傅斯年校长。他们当时就是希望还孔子平常人的形象,他们就想要给大家平易近人的孔子。这个也没有成功,因为大家已经很习惯把孔子当圣人了。

另外就是康有为,康有为是想借孔子来改制,所以引发很多政治上面的纷争。其他学者比如说章太炎、刘师培、郭沫若、冯友兰都曾经对孔子做过特定的研究,郭沫若给孔子写过传。这是近代的研究,这是研究的一些成果。他们或多或少带有一些政治目的或者是社会目的,一些相关注解我们就不要理会。更晚一点,帮孔子重新写传,比如说日本的学者白川静,从大陆到台湾去的大学者钱穆,他们都写过孔子传。后来也有外国的学者做这些研究,台湾做过的资料的收集比较少,大陆有山东、上海做过孔子资料的大全集的编纂,都很详细的,其实可以说资料很完整,那我在这样的情况下,我还有什么可以做的呢?我想大概还有三个方向可以做,或许可以提供给各位老师、同学参考。就是我们的传统学术在近几十年来面对西方新思潮的冲击,以及面对新出土的材料的冲击,我们有三个可以思考。

第一个是,晚清以来受到西方学术思想跟疑古思潮的影响,学者们不再局限于传统的以经学为主的观点来看待孔子,孔子之前我们都从经学的角度来看待他,所以他一定是圣人,一定是六经意义所写的,而不再局限于传统的以经学为主的观点来看待孔子,我们就会有更多元的视角。比如说,现在很多学者都从史学的观点,或者从个别学科的观点。例如我们看待《左传》,以前《左传》里面记载的孔子,从经学的角度很难进行诠释,那么从历史的角度就比较容易诠释,这是我这篇论文的一个重点。第二点,随着各种学科的独立和诸子学研究的发展,很多学者逐渐倾向于发展个别史书和纸书的价值,讲孔子不再局限于春秋经,而其他的纸书里面记载的、史书里面记载的孔子就有很特别不一样的形象,比如说我们等下会看到《庄子》里面的孔子,他不是正襟危坐的孔子了,他就非常有趣。当然那个孔子是真的孔子吗? 这是我们要问的,他为什么出现在《庄子》里面,是另外一个可以思考的。最后一个就是,大量的出土文献,一方面补充了我们传统文献的记载,另一方面也挑战了我们传统文献,因为它里面有一些会和我们看到的资讯矛盾,或者有一些甚至是相反。我们该怎样面对它,这是另外一个焦点。

我们就直接看我的研究和我的材料研究方法。我先来和各位讲一下要怎么样来进行孔子形象的研究。孔子的相关文献大概有三种形态呈现,第一种是孔子被作为一个实际上的历史人物来记载,那么他具有各种形象,他可能是敢于和权臣对抗,也可能是怀才不遇之类的,是一个作为历史人物的孔子,这个在《左传》里面记载比较多,或者是《史记》里面比较多。第二类是他作为一个评论者,就是孔子是一个评论者,他可以对历史事件或者对人物进行评论,《左传》里面通常会有"孔子曰、仲尼曰"。第三个是作为假设型人物,他可能不是真的孔子。就是说这个孔子可能是被塑造成故事中的人物,或者是应用孔子的故事来说道理。这个就是我刚说的《庄子》里的孔子故事,或者是像《墨子》《韩非子》,他们其实是用孔子来帮他们"发声",而不是真正孔子讲的。这三类主要是以第一类为主,第二类、第三类为辅助。我不想讲得太详细,因为我想留点时间来给大家交流,所以如果有问题的话,再请大家提出来。我这篇文章不讨论孔子祖先的考定,不考据跟孔子有关的,不管他的祖先,还是他的后代还是他的学生,还是他的朋友,我通通不考据,也不考据譬如说孔子有没有诛少正卯之类的,虽然我会讨论到孔子的诛少正卯,但我不会考据这个可不可信,因为可不可信现在大概没办法证明。我们就直接来看,这个是《左传》《国语》里面孔子的形象,这是最重要的一个孔子形象的基本来源。《左传》里面的孔子被记载成博文以知礼的老师的形象,他博学而且非常知道礼仪制度,这个是最标准的形象,也是后来的一个先师的形象的开始。

我下面都不详细讲,就是说,告诉各位他是有这样一个具体可以掌握的形象,详细的资料都在文章里面,我就不一一讲述。

第二个形象是孔子的为政和行事,就是他在政治上面有什么作为,这个部分是《左传》最特别的地方,大概除了《左传》以外,只有《史记》比较详细地记载了孔子在政治上面的成就,别的就不管是纸书或者是其他的都不记载孔子的政治成就,这里就有不少孔子在政治上面的发挥,其中最大最特别的当然就是这个堕三都跟季氏的一个斗争,这是一个政治上面很有成就的表现。另外一个是甲骨之会,甲骨之会就是齐跟楚的一次大会议,孔子在那边当面斥退齐军,大大发挥了他的文武双全的面相,这是《公羊传》《谷梁传》《史记》三本书,加上《左传》都记载得很详细的,这是孔子最大的一次成就吧,外交上面的成就,这是很长的一段。最后我这边有详细的分析,这部分我们就略过去。这是孔子死了以后的一段记载,我们也不管它。下一个我们来看看《国语》的孔子记录,和对问题的叙事模式。我这几年比较关心的是,与叙事相对的另外一种记言体。记事跟记言,在我国古代被分为两类,就是左史记事、右史记言,《左传》据说是左史写的,所以是记事的,《国语》有人说是右史写的,所以是记言的,这个虽然可能不见得可靠,但大致上是可信的,因为《国语》偏向记言,不在记事,所以孔子的形象必须由他跟其他人的对问里面看,《国语》里面,因为记载的篇幅比《左传》少,所以他的形象比较模糊。比较模糊的另外一个原因是《国语》是一本很奇怪的书,都说《论语》里面孔子不语怪力乱神,"子不语怪力乱神",可是《国语》里面的孔子就一直在讲怪力乱神,讲了很多奇奇怪怪的东西,比如这里面说有人去挖井,挖到一个土缶,就有人去问孔子这是什么东西,孔子就在那里解释半天,比如说这些是什么怪物啊,水之怪土之怪木石之怪,表示孔子很博学。

在《左传》里面就没有记载,在《论语》里面更不可能记载,可是在《国语》里面就有记载。有人发现一个大骨头,一个大骨头要用一个车子载,有人去问这是什么骨头啊,孔子就讲了一个神话故事给大家听,说这是古代的一种巨人。问这个人到底有多长,他说大概有十尺。再看其他,有一只鸟,被矢射中了,这个矢是怎么做成的,他又在这边讲。虽然,这个不能算怪力乱神,但可以看到孔子很博学。《国语》里面,孔子博学和他做老师是一样的,因为很多人去问他嘛。不知道是学生还是外地来的政治人物都来问他,可见当时大家都把他当老师,这个应该没问题,他形象之一的老师形象继续发展。他不会不讲怪力乱神,但是他还讲人跟理,他也讲怪力乱神。

第三个,这是我要关心的,就是出土文献以及先秦诸子里面的孔子的形象,以及他们的表现形式到底有没有什么不同,这样的不同,到底产生了什么样的意义。我的研究是,大概战国以后就用对问的方式来表现孔子的地位跟孔子的博学。第二个就是慢慢地走向重视言论而不重视记事。第三个就是孔子博学之一的形象一直维持着没有改变。第四个是对孔子地位的认识开始有争议,就是孔子是圣人吗?开始有争议。

我就从这几个角度来看。对于出土文献里面的孔子形象,我把所有出土文物找了一遍,有关孔子形象的记载在底下的表里面。各位可以看到,这里面蛮多跟孔子有关的,不过没有什么形象的记载,基本上就是问答,有人去问,大多数是孔子的弟子去问孔子相关问题,当然还有一些政治人物,基本特色就是问答,没有什么形象,不过老师的形象是固定的,就是没有其他什么特殊的。也就是说出土文物在孔子形象上贡献比较少,没有什么好贡献的,就是知道他很博学,大家都去问他,他大概都能回答这样子。大家可能比较有兴趣的就是,诸子里面的孔子形象到底是什么样的面貌,我这边这一节是讲儒家跟墨家对孔子地位的争让,当然争让强调在争,争论说究竟哪一个孔子才是我们应该承认的孔子。大家都知道,墨家是非儒的,他是反对儒家的,怎么可能谈到孔子呢?还是谈到了,而且他除了批评孔子之外,他也肯定孔子。这是我这一节要论的,当然他在《非儒篇》里面有很多批评孔子的,这篇是专门拿来批评儒家的,所以《非儒篇》是最特别的一篇,他专门讲孔子是一个标准不一、言行不符甚至是奸诈的小人。这个大概是墨子心目中的孔子吧,应该不是真正的孔子。不过也不一定,孔子是不是言行不符、标准不一我们也不敢说。因为他说不定也会偶尔开开玩笑之类的,我们在《论语》里面也看到他跟他学生开玩笑,当然开玩笑不一定表示言行不符,也不一定表示标准不一。这说明墨子批评儒家了,批评孔子。有一个特色就是墨子几乎不讲孔子的政治家的那一面,他不讲孔子怎么治国,他显然还不愿意肯定孔子的治国方式,但有一点是肯定孔子博学,他是博学者,他的学说很可靠,但他是不是圣人那就有一些争议了。当然我想墨家的圣人就是治国的人,那孔子不能治国嘛,所以他就不一定是圣人了,我想这也是合乎墨家的主张的。

相比较于墨家,孟子就不一样了,孟子当然是大力地推崇孔子啊。

我在这里做了一个整理,就是孟子里面也会以孔子来作为评论者,跟《左传》一样的。第二个是跟出土文献一样的,孔子也是作为一个被问的人,作为一个被问的老师的形象呈现,这两部分我都没有讨论,因为这个太常见了,不必讨论。第三个部分是,《孟子》里面记载了很多孟子跟弟子们在那边帮孔子辩论,说孔子是什么样的,这个应该是当时很多人批评孔子,所以孟子需要去辩论,帮孔子辩论。因为孟子是以继承孔子学说自居的人,如果孔子的学说不好的话,孟子的学说自然就会有瑕疵,所以他非得帮忙辩论不可。最特别的一点是,孟子把孔子与作《春秋》连在一起,就是孔子作《春秋》,谁提出来的?孟子提出来的,孟子以前没有人说孔子作《春秋》,孟子提出孔子作《春秋》就可以成为学术界的一个圣王,这件事情是最特别的了,这是孔子形象一个大发展,孔子的形象到孟子是一个高峰。

《孟子》里面的孔子这两个特色,我底下分别举了几个例子来证明第三点和第四点。他一直强调孔子作《春秋》就乱臣贼子惧,在学术系谱上面他把它连在一起,所以孔子就变成学术上面的圣王,他虽然不能成为政治上的圣王,政治上面的圣王他没办法做,但是学术上面的圣王他做到了,这是一个特色。再就是,另外一个学者荀子,我们都知道荀子跟孟子不一样,那荀子是怎么来看待孔子的呢?《荀子》记载的就不太帮孔子辩论,好像在荀子的时代,孔子不太被批评了,有这个可能性,另外一个可能是荀子根本不理批评的人,他就自己讲自己的。这荀子就自己讲他心目中的孔子啊,是一个重视礼又重视法的人。我们都知道孔子不人可能重视法,孔子只可能重视礼,那为什么会重视法,当然是荀子重视法,所以说就是荀子借孔子来讲他重视法,这个基本上也是借用。所以《荀子》里面最特别的就是我们刚才说的孔子诛少正卯,孔子诛少正卯第一次是出现在《荀子》里面,孔子有没有诛少正卯?荀子说他有,那荀子为什么认为有呢,因为荀子认为如果孔子那个时代有少正卯,敢那样子的话,他马上把他扒了。这显示出荀子的一个思想,就是如果有人要来搞乱政事的话,他可以把他杀掉。这个其实之前已经有研究了,不过借来用。我们系里面有一个夏昌虎老师,已经退休了,他就做过这方面的研究,他认为在荀子的思想里面,发展出孔子诛少正卯是很正常的,至于孔子有没有诛少正卯又是历史上另外一件没办法考辨的事情。孔子诛少正卯当然是另外一个形象的演变,就是孔子如果执政的话,他一定敢于执法,敢于严格地执法。当然我们看到孔子在堕三都的时候也是敢于执法,只是后来没有成功,因为那个季氏家族不愿意配合。在荀子的思想立场里面产生孔子诛少正卯是很正常的。

以上是比较枯燥的儒家跟墨家,底下比较有趣的是道家跟法家,尤其是道家。道家里面的庄子是最特别的了,道家还包括列子,我另外一篇文章里面写道家里面的庄子和列子,第三节一小节,大概几千字,我另外写了一篇两万字的文章再重新发展去讨论它,因为我觉得用几千字来讨论道家的孔子是不够的,但是在整个大结构里面,没办法给它特别发挥。

我先说法家,就是法家里面的韩非子,韩非子并不是想象中的像墨家那样一直批评孔子。想象中我们一开始以为韩非子一定会严词批判孔子,结果发现没有这么多。反而他是利用孔子的言行来发挥他的思想,甚至他也把孔子称为圣人,但是我们都知道韩非子的圣人没有什么道德修养,韩非子的圣人就是政治人物,能够治国的人就是圣人,他跟墨子一样,墨子跟韩非子的圣人基本上没有什么道德修养的味道在里面,那么儒家的圣人当然是一定有的。《韩非子》的思想很妙,他说孔子到哪里去执法,把这个国家治得很好。当然,有没有呢,孔子应该是没有。这个是《韩非子》故事里面的孔子。另外一个特色就是叙述孔子受到嫉妒,不被重用,这也是《韩非子》故事里面另外的孔子形象,这个形象或多或少影响到《史记》。《史记》写孔子基本上是从不被重用那个方面去发挥的,《史记》是集大成者。《韩非子》比较平常的地方就是它大部分都是利用孔子来发挥。接下来我要讲比较有趣的《庄子》,《庄子》里面老师的形象当然没有问题,《庄子》里面到处记载孔子当老师。不过《庄子》里面的孔子这个老师不太正襟危坐,常常带着学生去郊游,或者说你们不要看书之类的,这个显然是《庄子》里面的孔子,这个也不少。

另外一个比较大的特色是我们看到前面的那些孔子都是训话者或者是评论者,都是大家去问他,然后孔子就讲给你听,你是学生他是老师。但是在《庄子》里面孔子常常被变成学生,孔子是听人家训的,有人来训他,甚至颜渊也可以训他,那就颠倒了老师的形象。这个是有趣的地方,这是我觉得《庄子》颠覆了孔子的形象的一面。孔子说:跟着你学习吧,跟着颜回学习吧,我当你的学生吧。我的解释是《庄子》要破除儒家太重视师生关系,老师一定比学生好这样的观念。所以把它颠覆了,说只要有修养,只要学问好,谁都可以当老师。学生也可以变成老师,所以不必太执着于老师的身份、阶级。我的解释是这样的。另外,孔子的饱学多识还是继续存在的,不过它不被肯定了,饱学多识变成被嘲弄或被批判了。比如孔子就常常感叹自己研究《诗》、《书》、《礼》、《易》、《春秋》研究得这么好,为什么一生都不被重用呢? 这是什么道理? 一直在那边发牢骚。就有人出来跟他说你不必发牢骚,这个没有什么特别的,你讲的都是过去的,你这一套不能适用于现在。表示他不知道变通,我们都知道道家最重视变通,所以他们也是发挥他们道家的学说为主的。另外一个是里面有很多孔子和老子的对话,这个因为常常有,没什么特别。比较特别的是孔子跟很多奇怪的人对话。这里面有王怡,这个没有什么奇怪的,因为他姓王名怡,还有一个人叫叔山无趾,没有脚趾头就奇怪了。还有专门抓蝉褪下来的壳的一个身体残障者。这些都是比较特别的人,因为他们不是我们传统价值里面认定的正常人。要么就是强盗,要么就是隐居者,要么就是身体有残疾的人。这些人到底是不是真的,当然我们知道盗跖可能是真的,因为古书里面有记载。可是叔山无趾到底有没有呢? 不知道,所以我的解释是庄子是运用寓言的方式来写孔子。

我们可不可以用庄子里面的故事来写一个《孔子传》? 这就是有趣的地方。我们现在写《孔子传》到底要根据什么来写呢？以前我们系里面有个何定生老师，他说只能根据三本书，《论语》《左传》《国语》，其他书都不能用。现在大陆有个杨义先生，很有名的叙事学者，他说所有资料都可以写《孔子传》，他说所有古今的资料都可以写。他写了一本《论语还原》，一百多万字，把所有的孔子资料都用进去了。这是我非常佩服的一个学者。我们应该用什么资料来看待孔子？我不敢说，我只用这些资料来看孔子被怎么写的，被写成什么样子。有没有背景，背景是不是写作的人有什么目的才把他写成那样子的。这是叙事学里面很重要的一个元素。叙事学里面会说谁在叙事，谁在叙事就代表了那个人的价值观。所以什么人在叙事就会塑造出不同的人物。同样一个人，把他写成不同的人，所以我们几乎所有的历史人物都可以重写。所有的历史人物都可以重新去帮他写传记，这是导师尤其是同学们可以在文艺创作上特别发挥的。把所有历史人物都拿来重新写一次，然后可以上电视搬演，不管是《甄嬛传》还是《武则天》之类的都可以，现在的武则天跟历史上的武则天大概是有距离的，这是我的一个想法。

最后一个我们来看看《史记》的孔子叙事。司马迁特别列了一个《孔子世家》，又列了一个《仲尼弟子列传》来写儒家，孔子被写在《孔子世家》里面。虽然孔子没有当过诸侯，因为世家是写诸侯和大臣的，尤其是在汉代以前是写诸侯和国君的。孔子被写在国君这个阶级里面是怎么回事？当然是司马迁特别重视孔子，把他当成诸侯一样大的人物，因为他是传承学术的人，所以他的记载就很特别。司马迁的《孔子世家》里面包含了先秦的《经》《史》《子》《集》，但先秦没有《集》，只有《经》《史》《子》三种书。他把它全部都打通了，全部用历史目录把它贯穿起来，把它用编年体的方式写出来，把孔子目录化，这个非常特别。孔子的目录化在《庄子》和《韩非子》里已经有了，不过没有那么明显。这是他应用了《论语》《左传》《国语》《公羊传》《谷梁传》把它统统合到一起。他就是说哪一年孔子几岁，然后发生什么事，有没有被重用，他流亡到哪里了，大概就是这样的意思写下来。写到最后就写到孔子不用，回去编《六经》，结合了《孟子》的圣人形象。所以孔子就变成是一个圣人了。

这是很特别的一个写法，我举一个具体的例子，司马迁怎么根据三传写了孔子的一个事迹。这里讲孔子不被季孙所用的一个例子，然后是怎么样去堕三都。三传怎么写？我对比了一下。最特别的一个当然就是甲骨之会，我列出来《谷梁传》的甲骨之会，这是《孔子世家》里面甲骨之会的一段记载，跟《谷梁传》几乎一样。另外一个就是《史记》的叙事观点跟叙事意图，就是为什么要写。就是我说的他把孔子跟六经拉上关系，把他的形象塑造得更完整。结论我就不跟各位作报告，以上简单地跟各位说明我的不成熟的研究，谢谢各位。

李相银（淮阴师范学院文学院院长）：谢谢李先生。李先生从《左传》《国语》《墨子》《孟子》《荀子》《韩非子》，还有《庄子》及《史记》一路考查下来，对史书中的孔子形象做了一个很好的梳理。其实我一直蛮感兴趣的，我就想李先生考查那么多孔子形象之后，您现在是建立怎样的一个孔子形象观，或者您是如何认识孔子这个形象的？

李隆献：我觉得孔子每一代都有他的一个形象，所以他是在变动的一个古人。现在大陆的孔子形象应该也很不一样，虽然我不怎么了解大陆怎样塑造孔子形象，我现在又研究完《庄子》、《列子》里面的孔子形象，《庄子》的孔子形象就是我把刚才写的那个再做更大的发挥，《列子》里面的形象就没有什么创意，基本上就是采用《庄子》里面某一部分的形象，把比较奇特的删掉，怪异的删掉，比较平和一点。我最近在写《杂家》里面的孔子形象，《杂家》是《吕氏春秋》中的淮南子，《吕氏春秋》因为倾向于儒家，所以它里面的孔子形象比较倾向于儒家。但是也不完全，因为《吕氏春秋》也有法家也有道家，所以它记述的形象就更模糊。他比较多的变成一个评论者，他很喜欢评论。补充了孔子的某一个形象，孔子很喜欢发表评论意见。大概这些是在战国时代。所以我们现在看到出土文物，里面一堆都是孔子曰，是不是孔子说的？不是，孔子没那么多力气讲那么多话的。虽然他也很喜欢讲话，孔子是很喜欢发表意见的一个人，但是他不可能讲那么多话。所以孔子被评说成老师以后，他就变成一个很好的说话者。什么人要说话怕人家不相信就说是孔子说的。所以孔子的形象就是随时在变。

另外《淮南子》的孔子形象，就比较特别一点，《淮南子》因为接近道家，它就有一部分继承了《庄子》。可是它又不继承《庄子》奇怪的那一面，它继承孔子因为太讲究政治上面要发挥，所以孔子的学生们都去从政了。孔子学生去从政我们也都知道，它特别强调孔子学生去从政以后遭遇到不幸。它不讲那些从政以后很好的，我们知道孔子学生去从政遭遇到不幸的有好几个，所以它特别强调孔子的学生，像子路在卫乱中被剁成肉酱，子贡眼睛被弄瞎之类的，告诉人家说不必太强调被重用，像道家比较好。所以每一家都有孔子的形象。我在心目中塑造了一个孔子的形象，我不认为他是圣人，我认为他是一个教育家，是一个非常难得的思想开明的愿意接受所有不同的人当他学生的一个很崇高的政治家。我觉得孔子最伟大的成就是把学术推广到平民，因为有这一点所以才有战国诸子的兴起，因为有战国诸子的兴起才有中华文化的灿烂，这是我最佩服他的点。其他的不好讲，因为孔子和六经的关系在我看来，拿来当教科书是没问题的。像我们现在拿一本书来当教科书。有没有改呢？根据我自己的研究我相信他对《诗经》有改，《诗经》大概做过改编，不过《诗三百》应该不见得是他编的，不然的话他肯定很自大地说是我编了一本书，当然孔子也可能自大了我不知道。但是为什么会说他有改呢，因为在孔子以前大概没有商颂，孔子是宋国人，孔子可能把宋国的国风变成商颂，动了手脚。我们都知道商颂其实是宋襄公时代的作品，不是很早的殷商的作品。

至于《周易》原来大家都有争议吧，现在没有了，大家都相信是孔子写的。《春秋》有没有呢？这又是个大问题，孔子有没有编《春秋》或孔子有没有修《春秋》？我刚说过，第一个说的人是孟子，孟子以前为什么没人说？他有没有做呢？孔子的第七十七代孙也就是我们的老师孔德成，他就说没有，他敢于否定他的祖先，说他没有编《春秋》，他说他的七十七代祖没有编《春秋》。他曾经好几次问过我，因为我常常和他同车回家，孔德成老师跟我住在同一个社区，他到80岁以后身体比较衰弱，孔老师是90岁走的。80岁以后我常常陪他回家，他都会问我，隆先生你说说《左传》和《春秋》有没有什么关系啊？

我讲完以后,他说那《春秋》是不是孔子写的?每次都问这个问题,每次都要很费力地去解释这个,因为这个问题没有任何解决,到现在都没解决。我自己写过几篇文章也没有解决,我认为这个问题没办法解决。但是孔子著《春秋》这个学术问题,有两千多年学术史的背景,不能不面对。即使你否定说孔子没写《春秋》,中国经学史还是要研究孔子跟《春秋》的关系。

学生:我想问李先生的是从孔子这个形象诞生以来到现在这么长的历史中,各种学术研究对孔子的形象是抑的时间长还是扬的时间长?

李隆献:当然扬的时间长,因为汉武帝"罢黜百家,独尊儒术",从此儒家就变成中国最高的学术,除了"文化大革命"以外几乎代代都是扬的。压抑他的学者并不多,《庄子》算是比较压他的,不过也有人认为《庄子》是扬孔子,像我的老师王叔岷先生他就认为《庄子》里面的孔子才更接近孔子。我们后来的孔子太不人性化了。这是一个有趣的问题。孔子不可能那么严肃,每天都正襟危坐,割不正不食,坐不正不言,真的这样子吗?当然有这样的人,但是孔子是不是这样的人呢?孔子可能不是这样的人。因为《论语》里面记载的孔子还蛮风趣的,所以王叔岷老师就写过文章说我们研究孔子还要参考《庄子》,不要只看儒家的书。我也采用了一部分,所以对《庄子》里面记载的奇怪的情况我也并没有给予完全的否定。我不认为那个不可能,但是有些事,比如说孔子学问比颜渊差大概是不会的,那就写过头了,故意破除他的执着。

学生:李先生,孔子所有的言论,不管是道德还是哲学方面的,你最喜欢的是孔子的哪一面?

李隆献:应该说他的面向比较广博,他几乎什么问题都关心。他最关心道德修养问题,讲人要修身;他讲治国,他真的去治国了,虽然他治国时间很短,他也去发挥了他的治国的理念。虽然我自己对政治没兴趣,但是我觉得不能大家都对政治没兴趣。一定要有人对政治有兴趣,国家才会好。另外就是我刚才说的,他有教无类的教育方式,这就是我效仿他的。我跟孔子是同一天生日,我希望跟孔子一样能够有教无类,所以我就投身教育。我在台大教了将近40年,我最大的快乐就是当老师。孟子说君子有三乐,得天下英才而教育之是我最大的快乐,我想孔子应该也是这样的,所以孔子有那么多的学生,学生又那么有成就。虽然我的学生成就可能比不上孔子的弟子,但是也不少,拥有成就多的学生是我最大的快乐,我应该是喜欢孔子这一面。

李相银:孔子三千学生当中,成才的也就72个,比例也不太高。孔子在五四时期也被贬损,我记得鲁迅写过一个小说叫《出关》,嘲讽过老子跟孔子的形象,在他的小说中,老子有点呆,孔子有点狡猾。事实上我在《史记》里看到孔子向老子问学,老子指出孔子的一些缺点,老子说孔子有些娇气,所以有人说老子看出来孔子跟他有两大不同,一个就说娇气,另外一个是有过多的欲望。老子是怎么得出这个结论的?

李隆献:就道家理论来看,孔子一定是这样子吗?就道家的观点来看,孔子一定是这样子。我想中年的孔子恐怕也是这样子,就是他一定是自认为高人一等,受教育那么好,我们就开玩笑嘛,孔子出门一定要有马车,没马车就不出门,就表示他会摆架子。我们就用这个来开孔德成老师的玩笑，孔德成老师是考试院领导，有配车的，但是卸任以后没配车了，可是没配车他出门一定要租车，一定要租那种大车，黑色的轿车，就是那种礼宾车，他没有车子是不出门的，不像我出门搭公交车、乘地铁或者是叫个计程车，他不会，他一定要叫车到他门口，下来就坐上去，他回家也一定是我们有人陪他，帮他提公事包。他的笑话就是，我们说老师你自己去呀，我们不去，因为他以前叫我们陪他去喝酒，我们就说要回家，要回家陪太太，他就说我公事包好重，我不行，这样子。我们去拿，根本没重量。他就是要你陪他，他就是身边要有一个人服待他。

淮阴师范学院马院老师：您好，您做的资料特别详细，我太崇拜了。我自己觉得我们这边做的有时候是特别欠缺，同时，我根据自己了解的一些资料，想知道您为什么不研究先秦的孔子，我发现有几部还是比较重要的，可是您在里面没有提及，您这么成熟的研究，我想知道一些原因，比如说您为什么不提及《论语》里孔子的形象？因为这明显是先秦汉初的。还有比如说我印象当中在汉初有一个叫《韩诗外传》，《韩诗外传》从治道、修身治国等各方面塑造了孔子的君子人格的形象，我注意到您并没有十分提及。然后还有比如说《礼记》当中，它也记载了孔子许多宣扬礼治的思想，但是我注意到在您这个文献的整理当中您并没有涉及，所以我想知道一些这方面的考量。

李隆献：没有问题。这位老师非常有研究，这些问题我都曾考虑过，现在有的我正在写，像《韩诗外传》我正在收集资料。我正在做的第四个重点是做《春秋繁露》跟《魏书》里面的孔子，《魏书》里面的孔子更奇怪啦。《韩诗外传》当然也有一些孔子形象，我的范围包括那个《孔子家语》，这些都在我的范围里面，但是因为一篇文章只能用到某一个地方，写不完就没办法完成，因为台湾的论文大概是两万字到三万字，我的这篇论文已经四万五千字，所以就另外写了一篇两万字讨论《庄子》和《列子》的，另外两万字讨论杂家的，然后我可能还要再写两三篇论文吧，孔子形象大概可以写到一二十万字。《论语》不写的原因是因为太多人写了，我这个人有一个习惯就是别人研究过的我不太研究，不敢研究，因为没办法超越别人，那就研究别人还没有研究或者是少研究的部分，研究的不多，我就比较有兴趣，是这样子的。

淮阴师范学院马院老师：那您刚才提到的三个形象，先师、圣贤这都很好理解，还有比如说您刚才提到的那个君子人格，我们也可以把它放到圣贤里面，虽然有层次，但是它都体现的是温良恭俭，我们理想当中这种士大夫、士君子的风范，还有比如说良臣有哪方面的资料，我们知道得不是特别详细。

李隆献：那个君子和圣贤的不同，我的观点是先秦的资料不把孔子当圣贤，贤人没问题，所以我说他是君子。君子和圣人还有一线之隔，我们不会把太多人称为圣人，但是我们可以说你是君子。因为圣人这个词在后来太神圣了。我的意思是先秦即使有圣人这个词它也不神圣，我们看到《墨子》里面的圣人和《韩非子》里面的圣人都没有神圣的意味，都只是治国的人，所以圣人在先秦的意义跟我们后代不一样，所以我们说他只是君子，那成为圣人是孟子的事，孟子把孔子说为圣人，这有一个发展。我的论文研究是基本能看出这个发展的，因为我是一个研究历史的人，所以我所有的观点都放在历史里面看,通通放在历史里面,他在这个时候怎样,在那个时候又怎样,一直发展下来,我自己的研究大部分从先秦一直讲到现代。

淮阴师范学院马院老师:那您在别的大学有专门讲吗?

李隆献:因为有人一定要勉强我去讲,所以我只好讲。

淮阴师范学院马院老师:那您说的那个良臣?

李隆献:我或许能补充一下我刚刚讲的良臣。请另外一个老师继续发问好了,我再来找找看。

淮阴师范学院马院老师:您觉得孔子问的那个老子和著书的老子是不是同一个人呢?

李隆献:这个问题可以这样回答,如果是同一个人的话,他也不是现在我们看到的《老子》这本书的单一作者,《老子》这本书我基本上认为它是口传的,就是《老子》刚开始是口传的,不是写在文献上的,后来就被写下来了,而且它是一个老子学派写的,不是老子一个人写的。

淮阴师范学院马院老师:就是有点像《论语》。

李隆献:对对,《论语》在我的研究里,它是分三次写成的。这个问题还蛮复杂的,我在另外一个《杂家》里面会稍微处理一下这个问题。我认为中国最早的文字记载,有真正著述的大概就是《论语》吧,《老子》有可能比它早,但是它应该是口传的,所以比它早,陈述比较晚,陈述大概到战国。

淮阴师范学院马院老师:现在很多大家都认为陈述比《论语》早。

李隆献:比《论语》早,现在啊?

淮阴师范学院马院老师:现在没有,以前有。

李隆献:当然当然,现在没有人这样子,以前有。好,他的良臣在这里,就是他跟三桓对抗,三桓把持国政,改革就很难推动。鲁昭公的夫人死掉以后,季氏随随便便把她埋葬了,然后孔子怎么办呢?孔子就去把那个墓地跟他们国家的墓地挖了连在一起。就是能够用政治手段去做事情,本来是不合理的把它变成合理的,这个在《论语》里面有记载,鲁哀公十二年时记载了这个事情,这是一件,表明孔子敢于对抗。然后就是堕三都,定公十二年堕三都,就是季氏国力已经超过国君了嘛,打算把他们的都城毁掉,结果只毁了两个都,第三个他们不配合就没毁成,这个如果把它做成的话,大概鲁国国君的权力会比较大一点。最大的一个就是甲骨之会,好的臣子就是一个良臣。这是在鲁定公十年,孔子辅佐鲁定公去见齐国的国君,结果鲁国国君很懦弱,差一点就被欺负了,据记载孔子要抓那些齐国派出来的打算无礼的人。齐国说你们要送300部军车给我们,孔子不理他,他还蛮强硬的,跟我们一般所理解的孔子是不一样的。我们后来塑造的孔子是一个温文儒雅的人,其实孔子的祖先是一个大力士,他大概也不会太差。因为以前的教育讲究文武合一,孔子是会射箭的,《礼记》里面有记载,孔子射箭没问题。他毁三都,虽然不像我们《孔子》拍的那样亲自上战场,但是他的弟子上战场,所以我说良臣大概就是这一面。所以我刚才特别讲,《左传》记载的孔子形象最珍贵的就是孔子良臣的形象,这个形象从此以后除了《史记》以外不再被记载,大家都忘掉了孔子其实会治国,以为孔子只会教学,我刚才特别强调说我也肯定孔子参与政治的这一面。参与政治还需要有人去做,有好的人参与政治,国家才有希望,这个孔子做了,可惜没成功。孔子就是短短地做了两三年的官,然后就被赶走了。这是我补充刚刚没有讲的。

淮阴师范学院马院老师:是不是应该用批判性思维看待孔子?因为现在大家都把孔子形象高大化。

李隆献:孔子的形象过度美化,或者是过度把他高度化,孔子的形象每一家写的都不一样,每一家写孔子都有他的企图,我希望你能主动思考,他把他写成这样是有什么目的?当然我可以说孔子没有真正的形象可以叙述,因为孔子已经逝世两千多年了,我们不可能把孔子请回来,所以大家画的孔子像都是想象中的孔子像,大家写的孔子也是想象中的孔子。虽然不见得不真实,比如说孔子是一个老师,这是你不能改变的,孔子曾经参与过政治,你也不能改变,但孔子有没有做《春秋》,我不知道,我不能回答。孔子有没有教书,有。孔子是一个很重要的教育家,至少这几个元素要具备,至于其他的,你自己可能要有批判性思考。在台湾孔子基本上都是正面的,因为台湾是推动儒家思想的,而道家大概只有一些学者在读,我们高中以前很少读到道家的书,到了大学以后大家就自由自在地读道家的书,谁不读道家的书?我读道家的书的时间比读儒家的书的时间还要多,所以现在大学时代到了,要读什么都是你们的自由,你可以从你喜欢的角度去读,应该是这样的。但道家的你也不要完全相信它,因为有很多是为了自己的理论写的,刚刚讲过很多孔子不太可能会做那样的事,你不要完全相信它,每一家你都不要完全相信它。我的意思是我现在就是要打破孔子的单一形象,不要相信他是单一形象,他有多元形象,但是他有基本形象,基本形象就是他是有政治抱负的思想家、有理想的政治教育家,这些形象应该被赋予一些元素,至于你要给他赋予什么元素就是自己发挥了。我希望达到这样一个目的,但是能不能达到,我不知道。因为我的能力有限,尤其我要面对整个世界的孔子热,就可能更不讨喜。

学生:老师,我想问一下孔子长什么样子?

李隆献:孔子长什么样子《史记》有写。

学生:太丑了。

李隆献:他太夸张了,比如说头上像丘陵一样的,所以叫孔丘。他的面相或者身体跟山跟丘陵有关系应该是的,他很高大,像山或丘陵那样壮大,大家相信是因为《史记》这样讲,那《史记》有没有根据呢?应该有根据,问题是根据可不可靠,因为《史记》有可能比较夸大,我们后面会讲到另一本书中孔子的形象,就更奇怪了,说什么身高多少,手多长,脚多长,然后头怎样,脸怎样,我自己觉得他长成什么样子不是重点,我们并没有要选明星,但是大概长得不会太猥琐,应该是长得蛮俊勇威武的样子,他应该是堂堂正正的一个人,像我们孔德成老师,他就一百八十几公分,他的儿子、孙子都是一百八十几公分,可以推下去这样,然后长得都是端正的,我这边好像没有孔老师的照片,我们晚年有帮他照过一张,网络上或许可以看到。就是面貌大概不会太差啦,一定长得比我好看很多。

李相银：史书上说孔子长十尺，海口离手，垂手过膝（李隆献：对，孔子的手很长），后来我想《三国》里面的刘备是不是受到他的影响？（李隆献：哈哈，三国里的刘备也是，根据那个写的）比较好的就是周润发演的那个孔子，长得很帅的，很有风度。曲阜那边孔庙是有孔子的画像的，孔子好像是长得不大好看，嘴比较大，手很长，脸比较方。还有同学有问题吗？

学生：孔子算是君子吗？君子的形象是什么样的？我觉得孔子的形象和我心目中的君子形象不太一样。

李隆献：你心目中的君子形象是什么样的？

学生：我觉得应该正气凛然，不是像孔子那种教育家。

李隆献：你认为教育家就不正气了吗？这个问题可以回应刚刚院长的问题，就是《史记》里面记载孔子去问礼老子，老子把孔子训了一顿，说你实在是欲望太多了，你又摆架子等，你讲的这些都是过去的啦，你应该像好的商人一样收敛起来，你要大智若愚。道家讲的嘛，儒家不讲大智若愚，儒家的君子就是要温文有礼，以礼相待，跟人相处时要讲究礼节，你对我有礼，我要对你有礼。你对我无礼，我也要对你有礼。要知恩图报，做什么都有一些标准，儒家的标准。我不相信孔子的君子标准完全合乎后来儒家的标准。后来儒家君子的标准是儒家定出来的，孟子有孟子的君子标准，荀子有荀子的君子标准，每个人都有自己的君子标准。我自己君子的标准就是我不君子啊，所以我不能说我是君子，我也不敢为君子定标准。因为对君子，每一个人心目中都有一个形象。我相信孔子一定希望自己是个君子，因为他在《论语》里面教人家成为君子嘛，叫他的学生要像一个君子！宁为君子儒，毋为小人儒！儒者有小人儒。荀子就喜欢骂人家是贱儒、俗儒、鄙儒。孔子是君子儒，但君子儒要看你怎么定。

关于孔子的君子儒，我想他是一个开明的人，不至于太正气凛然，可是他也有可能。就像刚刚讲的，他在向老子问礼的时候装成那种很端正的样子，以至于老子说：你太过摆样子了吧。孔子向老子问礼是哪一年呢？有人说是三十几岁，有人说是五十几岁，但是孔子到周那年是最有可能的，孔子曾经到过周，他顺便去问礼，这是可能的，因为老子在周当太史。杨义先生就考订过这个问题。说不定问礼之后，孔子就收敛了一点，修养也好了一点，或者他晚年的时候修养好了点。像我以前很粗鲁！现在稍稍好一点点，虽然还是很粗鲁，但会稍稍好一点！另外一个可能性，像我刚才说的，在老子的眼中，孔子他就是一个爱摆架子、欲望很多的人。但欲望多并没有不好！孔子本来欲望就很多，但欲望很多不表示要做坏事，欲望多可以去治国！可以去教好学生！那都是一种欲望，所以欲望多要看你怎么去使用它，就像荀子说的：欲望很多，你要会引导它，把它引导到好的那一方面，你就发展出好的。就像有人喜欢漂亮，我们就让你去研究艺术，把自己打扮得漂亮一点，这不是很好嘛，可是你把它弄得太过头就不好了，弄过头了就变丑了，就变成追逐不应该追逐的，甚至因为追逐的不能满足你，所以你就去做坏事，那就惨了。所以我相信孔子是有欲望的，不然他不用周游列国，不然他不会感叹，他还要见南子干吗呢？他一定是希望见南子，通过南子把他引荐给卫灵公，然后他有一番作为，这不能怪他。旧的理解，他这方面没有问题。他利用他欲望的一面去做正面的事，这是可以的。至于他摆架子，那当然就是另外的一个问题了。

摆架子这个问题就看你怎么看它，像我自己我就不喜欢摆架子，也没架子可以摆，没有资格摆架子，所以摆架子在我看来很讨厌，我也不喜欢摆架子的人。可是你不能因为自己不喜欢摆架子的人就以为摆架子的人全是坏人，不见得是！我们系里也有喜欢摆架子的人，他一定要装个样子，就像我们刚才说孔老师，他一定要装个样子，因为他在清朝是跟帝王平起平坐的人。他家里有很多皇帝送的东西，现在都放在我们系里。他做过官，被裁撤之后，东西搬回家，他走了之后，东西就送给了我们系里，其中有象牙做的围棋。他们一定要有个架子，因为他没架子不行。官要有个官架子！你看那些政治人物出来就不像我这样，不可能，像我这样的人不能当政治人物，我当不了政治人物因为我没有那样的架子，所以架子很难讲。一定的场合它需要某一种礼仪，像我今天就不敢乱穿，我只好穿得很整齐地来，因为有一些场合是不能太随便的。我相信孔子是希望自己有合宜的分寸的，就是在什么事情上怎么做，在某件事上应该做到什么样，所以孟子才会说他是"圣之使者"，掌握时间和时机，在应该做什么事的时候做什么事，该讲什么话的时候讲什么话，这也是我佩服他的地方。

比如他跟学生讲话就很自由、很自在。他跟子路抬杠，子路跟他呛，他也跟子路呛，两个人就在那边讨论。他也跟宰予讨论，骂宰予是"朽木不可雕"。一定不会太过于呆板但是也不会太随便，儒家的标准就是这样的。有一个标准可以固循，也可以上下稍稍调动。太大的变化不可能，不可能把儒家变成法家或道家。虽然我们还在说中国的学派到底是什么时候形成的？我们现在所说的儒家道家法家墨家到底是什么时候形成的？"学派"这个词第一次出现是司马谈《论六家要旨》中的六家，庄子《天下篇》中又讲到五家，但他没说"家"，他只说了"古之道术有在于世者"，这里"道术"就是"学派"。可是那时候有没有学派呢？我自己觉得有学派是在战国末期，儒家是比较早的。不过，在《韩非子》写成以后就有学派了。韩非子有《显学篇》，《显学篇》里有两派，就是儒家学派和墨家学派。这两派大概是有的，其他"家"大概还没有。像庄子，我们知道，他比较崇尚自然，他不太注重权威，他也不会摆架子，他自己成为一个学派的可能性不大。那庄子、老子被尊为一个学派是什么时候呢？应该是黄老之术比较盛行之后。这是我自己乱讲的哦，你们听听就算了。成为一个学派，我相信是在战国末期，汉朝初年才比较定型，尤其"罢黜百家，独尊儒术"以后是非常明显地有学派观念的，这是要跟各位请教的。

学生：我有三个问题，一个是关于您怎样看待孔子的治国思想，刚才我们也说了孔子实际上是被统治者赶出来的，有时甚至都吃不上饭。我在想孔子的治国思想究竟是不适应那个朝代，还是孔子没有时间去施展？他做官的时间比较短，而他的政策是不是需要一个长时间的机会给他实施？还有，是不是跟"时势造英雄"有关系，在动乱的时代，孔子的思想以及教育都取得了比较大的影响，我在想是不是跟他的时代有关系？最后，还有一个问题就是我们刚才说的孔子割不正不食，有人说他是自命清高，我在想他是不是"仓廪实而知礼节，衣食足而知荣辱"。他是不是在有条件时讲究这些，没条件时就保住自己的温饱？

李隆献：逃亡的时候不会割不正不食,逃亡的时候有肉吃就好了,那些都是有条件的。我很后悔没有带笔。我先回答第一个,割不正不食基本上是在正式的宴会场面情况下,因为那一整章通通是在讲跟吃有关的,所以应该是在正式场合的。孔子的治国思想不能发挥跟你刚才说的有关系,他的那一套需要时间,没有时间给他发挥,另外一个是那个时代的君主没有远见。他们想要赶快强国,而孔子那一套不可能马上强国,他讲究的是循序渐进,让人民知道礼义,让人民有文化素养,不只是有钱之类的。那个是需要时间的,那些国君没有耐心等,就像商鞅去跟秦孝公讲变法,跟秦孝公说你要效法先王,让人民如何如何,秦孝公睡着了。第二天,商鞅想不对啊,我这样国君不会用我。他就用"霸"道去劝他,用"法后王"劝他,"法先王"行不通。对"法后王",秦孝公就很高兴,立刻就给他变了。孔子不愿意,他有原则,有标准。他不愿意法后王,他要法先王,所以他推不动,这是一个可能性。当然,第二个是他那一套也不适应那个时代,那个时代就是大家都要国富兵强,你不国富兵强就被打。鲁国就是比较弱!经常被齐国打。所以国君不会听他的,是因为他没法叫国家强大,这是一个可能性。

学生：就是说孔子的治国思想还是可以肯定的,只是他时代不对、时机不对。

李隆献：我们治国思想有很多种。因为治国牵涉到统治者和被统治者。对统治者来说,当然国家太弱不行,可是国家只有经济力、只有武力也不行,这会对别人造成威胁,会造成别人联合攻你或者联合制裁你,这一面也要想一想。当然,孔子那个治国思想也有它的缺点,他要国君英明,辅佐的臣子是一个君子,要贤能。这第一个条件本来就不容易做到,我们很少看到国君英明,辅佐的人能不能也是很好的人呢？这个也不一定,所以做不到。我们现在看来呢,就是说希望统治者是好的,人民也是有水准的。比如民主、法制。民主要法制来制衡,法制要有民主素养,在上位者要尊重法律,在下位者要注重法律,上下都可以解决问题。那上下的问题都解决了,那国家就平治了。孔子从统治者角度出发,要求统治者要做好,然后人民效法统治者,可是人民效不效法统治者,这是你无法控制的。所以就不一定能做得到。像法家的话,我只要把人民管好就好了,可是人民管好很困难啊!你统治者都不做好!在《韩非子》里统治者不需要太好,因为他是执法者,只要执法执得好就行,这个也有矛盾。统治者没有远见怎么治国,对不对？他会把国家搞得很乱。所以,问题还蛮复杂的。但我们应该肯定,他提出了一个治国的方向。像道家就提出另一个治国方向,就是"小国寡民"。大家不要争,大家过农村生活一样也可以过得很好,所以老子一定不能认同孔子,他们两人一定不能互相认同,但我想他俩可以互相尊重。一种也不是完全出世,但他就是不会很积极,他用消极方式做事情,孔子却用积极的方式做事情,这就是儒家和道家最大的不同。道家不一定出世,他要做事可是不积极做事,他顺着人民去做,不要强迫人民去做。那儒家就是说我这个政策很好,你们就跟着我走吧!跟着我走一定对!那道家就问:跟着你走为什么一定对？你统治者多欲嘛!统治者多欲怎么会对？所以他要求统治者少食寡欲,孔子不会这样子,荀子也不会这样子,荀子是利用欲望去引导。这是我给你的回答。

学生：谢谢先生！谢谢！

李隆献：这边还有，这边先问，没关系。

学生：你说孔子如果活到现在，他会竞选美国总统吗？

李隆献：他没有美国国籍，他不会竞选。

学生：那你觉得他如果活到现在，他会愿意参政吗？

李隆献：应该会，他应该会去周游列国。

学生：他赞成那种中央集权吗？还是天子垂幕而治，让臣子拥有很大的权力。

李隆献：嗯，这个问题比较深了。因为孔子好像没有谈到中央集权的问题。为什么？因为孔子那时候没有中央集权的思想，中央集权的思想是秦汉以后，周朝那时候有天子，可是他们没有集权，他分封诸侯。所以孔子不会去见周天子，他基本是见诸侯。他应该不会有中央集权的思想，就是他的治国思想还是认同国家而不是天下。我大概只能这样推想，因为那个时代没有那样的思想，不太可能有这样的观点，这是我给你们的回答。他如果生活在现在也不一定，他活到现在，他会吸收中央集权的思想，但我想他应该不会，他有他的主观，每一个人都有主观。老子有主观，孔子也有主观，他希望他的弟子都是怎么样的人啊，虽然他也要求弟子做不同的人。"君子不器"！君子不要成为固定的器物，你要多方地去涉猎可以成为不同形状、不同面貌的器物。你可以随时发展你不同的专才。这应该是孔子希望他弟子，也是希望我们现代人的。

学生：老师，问一下！孔子死后，儒家一分为八。孔子的哪些思想为此埋下了伏笔？哪一派最为正统？

李隆献：这八派现在不能确定考定，孔子的学说大概就是"仁"和"礼"！"克己复礼为仁"。

学生：那为什么一分为八呢？

李隆献：很可能啊！因为他每个弟子都得了一部分，他们到各地去办学了。比如秦国35个省，他35个弟子去办学了，然后就成为一个学派，他学生自己不会成为一个学派，孔子学生的弟子可能会成为一个学派，再传弟子可能说我是孔子嫡传的，这边说我也是嫡传的，那当然就不一样。比如说曾子重视的跟颜渊所重视的是不一样的。曾子重视的是"孝"、"诚"，那他们可能是一派，可是曾子没有在八派里面，所以八派恐怕不能代表儒家的学派。在八派里面，我们目前看到的孟氏学派，就是孟氏子儒。孟子继承了孔子的"仁学"，就是"仁"这条线。荀子继承了孔子"礼学"这方一面，所以他讲"礼"！他们各自有一条线。你问哪一派最为正宗，在我看来没有正宗。因为每个人都有发挥，像孟子他发挥了内在的人性，他往内挖，挖得很深。荀子就更重视人跟社会的关系，他认为人要在社会里过日子，而且要过好日子，而社会要有秩序，人才能过好日子，所以我帮你规定好一套礼义制度，你们就在这里面好好活着。不行的话，我就用法律去治你。韩非子是荀子的学生嘛，所以他后来就变成了法家。荀子讲礼法，而孔子就不会讲礼法，孔子跟老子都反对法。到荀子就开始用法。为什么？除了个性的不同之外，跟时代也有关系，到了荀子的时候，时代更乱，用礼已经不能治国了，所以"礼"之外就加进"法"。

到更晚一点，法家就不得不用了。这在《左传》记载里可以看出来，《左传》在晚期就记载了成文法：铸刑鼎、铸刑书，刻在鼎上的规定你们一定要遵守，郑国子产就铸了刑书，晋国就铸了刑鼎。这都被骂，但是不得不做。子产铸刑书之后，晋国的蜀相立刻写信骂他，说：你这样做不对，会把国家搞乱，会无后什么的。子产就写了一封信给他，说：我不得已，我非做不可，我现在不做国家就要灭亡。因为内乱太严重了，所以他非做不可，这是有他的时代背景的。所有的学术思想都应该放在学术背景里去看，才能看出它的特殊意义。像我刚才讲的孔子形象，我大部分都会把他放在时代目录里去，看他为什么会有这种主张，这种主张一定有它的背景。看那个时代会发展出什么样的孔子，到司马迁的时候才能发展出那样的孔子，因为已经"罢黜百家，独尊儒术"了。再往后，司马迁以后的孔子又会有其他的形象，那我大概只会做到汉代，因为我记忆力已经快要没有了，已经老朽不堪了。再做几年我就要退休了，我已经六十几岁了，能够做的时间不太多，有点后悔。因为这个问题我已经关心了三十几年了。做一个研究，我会长期地关心，开始想这个问题，在脑子里会想好久，然后我会收集资料，收集了几年才开始写。我来这边作报告，其实我也只是刚刚开始做而已，是一个不太成熟的报告。我大概还要做个三到五年才能做一个系列的研究。

赵恺和他的诗

主讲人／赵　恺　（2015 年 5 月 19 日）

[**主讲人简介**] 赵恺,1938 年生,山东兖州人,中国作家协会著名作家、诗人,一级作家,江苏省作协副主席,著有诗集《我爱》、《赵恺诗选》、《两卷集》等。《我爱》获全国首届新诗奖,《走向青铜——艾青诗传》获中国社科院首届艾青杯诗歌大奖赛一等奖,《我在街头站立》获首届雨花奖一等奖,《赵恺诗选》获江苏省政府首届文学艺术奖,长诗《第五十七个黎明》获全国优秀作品一等奖。

李相银(淮阴师范学院文学院院长):各位领导,各位朋友,各位同学,大家下午好!翔宇论坛第 73 期"赵恺和他的诗"马上开始。首先介绍一下与会的各位嘉宾。他们是中国当代著名诗人,原江苏省作协副主席兼淮安市作协主席赵恺先生,淮阴师范学院副校长施军先生,淮安市文明办主任、中共淮安市委宣传部副部长杨恒忠先生,淮安市作家协会副主席兼秘书长、诗人龚正先生,著名媒体人、江淮工作室杨江淮先生,诗人、评论家张晓林先生,淮阴区作协副主席、作家申海琴女士,还有来自淮安电视台、淮安日报社、淮安晚报社以及淮安广播电台的媒体朋友,以及我们文学院的校园诗人和一些诗歌爱好者,欢迎各位的到来。今天的论坛共五项议程,第一项我们请师范学院副校长施军致欢迎词,施军校长是国内著名学者、评论家,年初刚刚拿了江苏省紫金山文学奖,掌声有请施校长。

施军(淮阴师范学院副校长):尊敬的赵老师,杨部长,龚主席,各位朋友。首先我代表学校欢迎各位来到我们翔宇论坛。翔宇论坛创办于 2009 年,当时我在省委党校学习,副院长相银打电话给我,说"我们这边要搞一个平台,淮安,淮阴师院地处苏北,过往的名家能留下的还较少,所以我们需要构建这么一个平台,来弥补一下在大都市很多学生能轻易享受到的一些待遇,比如说名家诗人能过来开讲座"。当年我们成立这个平台的时候,相银就是想有计划地邀请一些名家,那么 2009 年到今天已经是第六年了。翔宇论坛,"翔宇"是取恩来总理的字,我记得 2009 年我们是在教 A 楼的音乐厅举行了开坛典礼。第一个请的是汪浩。

汪浩是在周恩来研究方面取得很大成绩的一个老先生,也是我们副校长。为我们取了恩来的字,"翔宇论坛",想把翔宇论坛做成一个学生人才培养的平台。当然,不仅如此,翔宇论坛已经慢慢成为在国内小有名气的学术研讨交流的窗口。三年前,我记得在北京现代文学研究所,现代文学鲁迅馆的卢飞先生,现当代的专家,一个老学者,说:"啊,你们淮阴师院有个翔宇论坛?"我说"对的",我说"请你来讲"。"好!"他很看得起我们的平台。那么今年 5 月初,我跟相银在南京,正好参加一个活动,碰到复旦大学的郜元宝教授,刚刚获得今年的长江学者,文科的,搞当代评论。说:"你们那儿有个翔宇论坛,好像很有名气。"就是说现在从北京到上海,都知道淮阴师范学院有个翔宇论坛这样一个平台。所以当初我们建立翔宇论坛,作为学生人才培养的这样一个平台,作为学术交流这样一个窗口,现在已经慢慢发展成为国内小有名气的一个专家学者交流的阵地。那么从 2009 年到今天,我们已经走过了 6 年,今天是第 73 期,将近有 80 位专家学者走进了我们这个翔宇论坛,天南地北,有大学的博导教授,有作家诗人,当年我们请过毕飞宇、赵本夫老先生。何永康也来过,他是作为我们本校的博导。我们请过作家、诗人,还有文艺界的,包括几届梅花奖得主的川剧非物质文化继承人,等等,应该说我们这个翔宇论坛,从创办到今天,能够小有名气,主要是要感谢各位专家对我们学生的爱护,对淮阴师院的支持。所以能从南方北方走到我们淮安来,来做一些讲座,传递一些体会,真正受益的是我们学生。所以我想今天我们能请到赵先生来到翔宇论坛跟我们年轻学子在一起分享你的创作经验,创作的痛苦与快乐,是我们翔宇论坛的荣耀。我想今天无论是赵老师的演讲还是我们各位朋友的点评,肯定会为我们翔宇论坛留下非常浓厚的一笔,这是我们所期待的。当然,我们更感谢赵老师能够接受我们的邀请。我想今天的形式非常好,以往的,往往是请一个专家讲讲课,聊聊天,完了。那么今天也是一个小型的对我们赵老师的创作的一个研讨,实际上是加深对学生的辅导,加深了解我们赵先生创作的深度、高度。这个小型的研讨加讲座的形式非常好。今天我们政府的杨部长也在,我们前面跟杨部长也交流过几次。我想今天我们请赵先生,应该说是我们本土作家,我们本土淮安乃至江苏的名片,我们以此为契机,加强跟我们市里面相关部门的联动、联盟,加强和政府的合作。多多关注包括我们文学院的一些老师,多多关注我们本土作家,多研究本土作家,多把他介绍给我们同学们。增强本土文化自信,打造地方文化品牌,走向全省全国,我想我们淮阴师院应该有这个义务和责任。所以今天我们非常感谢赵老师来到翔宇论坛现场,也感谢我们杨部长、龚主席以及其他的嘉宾来到现场,我想一定会为我们翔宇论坛留下非常宝贵的一笔财产。我也预祝"赵恺和他的诗"这个小型的研讨会取得圆满成功。谢谢大家!

李相银:谢谢校长,下面我们请杨恒忠部长致辞。

杨恒忠(淮安市委宣传部副部长):尊敬的赵老师,尊敬的施校长,李院长,尊敬的各位,我怀着十分高兴也是很激动的心情到翔宇论坛来参加今天这样的一个活动,前两天我在跟李院长交流的时候,我说给我 3 分钟时间来谈一谈我的感受,我有 3 句话。

第一句话，赵恺老师是一位伟大的诗人，我不是因为在这个场合才这样讲的，我在不同场合都讲。赵老师既是本土作家，赵老师也是全国的；是江苏诗坛的旗帜，也是全国诗坛的大将。我也是一个资深的文学爱好者，我常年订阅《诗刊》和《人民文学》，从我1986年订《诗刊》开始，我就知道赵恺，赵老师是《诗刊》的编委，到现在依然是《诗刊》的编委。近30年《诗刊》的编委，1984年6月，那么已经31年，那时他当《诗刊》编委的时候，我才初中，我是读着赵老师的诗歌长大的。赵老师真的是一个非常伟大的诗人，他以他的作品说话，衡量一个诗人，不要看他的名气，名气当然很重要，但更重要的是他的作品。今天，我从我的书橱里带来赵老师的诗集。每一次搬家，赵老师的诗集，还有《赵恺两卷集》，包括那个《崛起》，就是写《诗雕》的那套系列诗歌我都一直带着。今天我把这本书带过来，这本书是当年我到淮阴上学第一个月我到新华书店去买的。这样的一本书，当时三块三毛钱，那时我们一个月的餐金二十二块四毛，三块三毛钱，是我们四天的菜金吧。后来这本书被人家借去了，借去以后没还。后来这本书失而复得，也让我的心情很复杂。我喜欢淘旧书摊，后来在地摊上看到一个，我如获至宝，我说多少钱，他说两块钱。说实话从价格的角度来讲，太便宜了，我一阵窃喜，他不知道这本书的价值，我就毫不还价，两块钱（众人大笑）。今天我把它带过来了，赵老师绝对没想到我会把这本书带过来，这本书是1986年长江文艺出版社出的，也快30年了，这里的每一首诗我都认真地读过。前两天赵主席给我发短信，《卢沟桥》这首长诗写完了，然后是抗日八章，然后加上朱家岗，就是抗日九章，去年不是有九歌吗？赵老师确实是一个伟大的诗人，包括我们今天同学们要朗诵的《我爱》、《第五十七个黎明》，《我爱》、《第五十七个黎明》是赵主席有感而发的精品力作。我当年在淮阴文化局的时候，请了一个著名的作词家崔行，他是黑龙江的，到我们这边采风，写歌词，他说你们这里有个赵恺赵老师啊，我说是啊，他说"我想拜访他"，然后我打电话给赵老师。他说"哎呀，他的诗太好了"，他当时就讲了这个，讲了影响。然后再讲位置。我刚才已经讲了，《诗刊》的编委，31年《诗刊》的编委。如果把31年前那个《诗刊》拿过来，再看看，那些人基本上由于各种原因不再是编委了。赵主席还是，是我们诗坛的常青树。再就是，现代文学馆，江苏唯一的一个作家在那边占一展板位置的是我们赵恺老师，是我们淮安的骄傲，既是本土的，更是咱们中国的。作为中国作家代表团，一个三人团到波兰参加活动，走向世界。

第二句话，赵主席是我十分仰慕的长者，赵主席人格崇高，思想深邃。对文学的执着，对淮安的关爱，那是达到相当的水平，让我很敬佩。我想用三个词来说赵老师，第一个词"担当"，有一种担当的精神，从文学的角度来讲，从诗歌的角度来讲，我们赵主席担当起了淮安文学旗手的一个责任，我在想啊，现在有赵主席，我们现在在他身边不觉得，好像在大学里面散步，他就是一个普普通通的长者，经常沉思，然后在那里散步，你有时候不以为意，不知道，一个伟大的诗人就在我们身边。我还讲，其实在这个场合不应该讲的，但我也是有感而发，我不想用官方的语言、公文形式的话语来讲，我们都住在西大院，我孩子很小的时候，我带他去洗澡，我们在浴室里面相遇了。然后我跟赵主席打招呼，我让孩子叫"赵爷爷"，小孩儿叫了，问他是谁，我说"赵恺，赵主席，诗人"。小孩儿说:"真的?"感到很惊讶,那时候才上小学,那时候刚好出了《两卷集》的文稿在我那里,然后学校里面老师也讲我们淮安有个著名的赵恺诗人,孩子有点不相信,回家以后反复跟我求证:"真的吗,真的吗?"我说:"是真的,一定是真的。"我就是有感而发,我们生活在伟大的诗人身边,别人在追星的时候,假如那边有一个歌手,大家恐怕都知道他住在那里,怎么样怎么样,甚至有狗仔队跟着跑、跟着拍。伟大的,值得我们仰慕的赵恺老师,就在我们的身边,真的,我非常感动,在淮安,我经常能跟赵主席见面,有时候还能通通电话,是人生之幸。第二个词是"尊严",他的诗歌里面有人的尊严、国家的尊严、民族的尊严。看赵主席的作品,有道德,有温度,有筋骨。习近平总书记在去年10月15日的文艺座谈会上,希望大家创作更多的有筋骨、有道德、有温度的作品。我可以这么说,赵主席所有的作品都是有道德、有筋骨、有温度的作品。"尊严"是他诗歌里面的主旋律。还有一个词"爱",有种爱,大爱。我不去具体说,如果有幸多多去读赵主席的诗的话,我觉得大家都应该有这种强烈的感受。前几天,我知道这个活动以后,我提了一个建议,我说"我们要从时代、作品、作者、读者"四个角度来看待"赵恺和他的诗",还有我们在朗读他的诗的时候,在阅读他的诗的时候,对词义、语音、语言的艺术,还有读诗这种行为本身,都要去探究,不管从哪个角度看,我觉得赵主席的诗歌都是博大精深的,很多人,没有认真读过赵主席的诗,因为赵主席不在北京,不在上海,不在大地方,可能就是,按照常识性的思维,怀疑我刚才说的话。假如大家有怀疑的话,就请读我们赵主席的诗。我可以毫不谦虚地讲,赵主席发表的所有的诗,我都是认真地、反复地读过。不信你们可以提问,他的哪一首诗,我会大概地告诉你写作时间,大概是什么内容。赵主席前几年写了一个自传体的《诗雕》,也是我们中国古老的诗国的高耸的雕塑,用担当、尊严和爱雕琢出来的令人仰慕的雕塑。

第三句话,今天本身的活动是一个非常有意义非常有价值的活动,我觉得意义有几个方面,第一个有时代的意义,现在举国上下对文学对文艺都非常关注,党中央也非常重视,特别是习总书记去年10月15日主持召开了文艺座谈会,发表非常重要的讲话,讲话五个方面,其中他就引用了一段,鲁迅先生讲要改造国人的精神世界,首推文艺,"举精神之旗,立精神之柱,建精神家园"都离不开文艺,当高楼大厦在我国土地上遍地林立的时候,中华民族的精神大厦也应该巍然耸立,我国的作家和艺术家应当成为时代风气的先掘者、先倡者、先导者,通过更多的有筋骨、有道德、有温度的作品来书写和记录人民的伟大实践,时代的进步要求,彰显信仰之美、崇高之美,弘扬中国精神,凝聚中国力量,鼓舞全国各族人民朝气蓬勃地迈向未来。我觉得今天的这个活动真的非常有意义,具有时代的意义。第二个是文学的意义,淮安现在也在想方设法地加快文化建设,目前正在搞调研,在这方面想做一点事。第三个呢,对于我们大学的意义,我们师范学院搞这样的活动是有眼光的。淮阴师范学院是我们苏北的,起码是我们淮宿两地的文明的母机,母亲的母,机器的机,发动机的机。它引领风气,引领发展,引领我们的梦想,在这一方面,可以说三十多年来,从1977年建校以来,已经快40年了,这方面的贡献是其他任何学校都没有办法取代的。在这地方搞这个活动,我觉得非常有意义。另外,我想对于这个翔宇论坛的意义,体现了我们这个论坛的高度、温度和组织的力度。想到翔宇论坛,我们想到周总理,也想到了我们赵主席的史诗《周恩来》。1998 年,周总理 100 周年诞辰的时候,推出的长篇史诗《周恩来》,如果我们同学们,或者在座的各位有机会的话,好好地读一下,这首诗博大精深,我可以这么讲,这首诗换作中国任何一位诗人,他都写不出来,有的人他有这个水平,但他不在淮安,或者他对总理了解得没有那么深,研究得不够深,或者感情没有那么深,所以其他人写不出来。那首诗,影响倒不是最大的,但是我觉得可以是赵主席的代表作,后一个时期的代表作。最后,再一次向我们赵主席致敬,再一次向我们施校长和我们论坛这几个嘉宾致敬,再一次向文学致敬,谢谢大家!

李相银:感谢杨部长,杨部长在我的印象当中不仅仅是一个政府部门领导,还是一个有着很深厚的文学造诣的淮安文艺工作的领导。去年创作的一个歌曲《咱们刘老庄》,获得江苏省"五个一工程"奖,一是祝贺,二也是再次感谢。第三个议程,诗歌研讨活动,我们请咱们四位嘉宾来聊一聊赵恺这个人和他的事。我们从江淮开始,我和杨先生其实只有一面之缘,但神交已久,主要是源于网上一些流传甚广的网文,文笔流畅,新浪网页,一看就是弄文的高手,而且我也知道他正在撰写《赵恺传》,所以我说请他来谈谈,谈谈赵恺的人品和诗品,是最合适的人选。下面我们有请杨先生。

杨江淮(淮安市著名媒体人):非常感谢翔宇论坛给我们提供这样的机会,让我们又一次有机会走近赵恺老师,让我们能亲近和感受赵恺老师诗歌的力量。我觉得这是非常重要的一次机会,我发言的题目叫"赵恺的人品与诗品",副标题叫"中国最后的血泪诗人"。为什么这么说呢?因为在中国再没有人像他这样去写诗了,以血以泪去写诗,这个时代即将结束。那么首先说我怎么认识赵老师的,应该是在 70 年代,由于当时淮阴有一个青年文学爱好者协会,包括刘济这些人都在里面,有一次搞一个活动,有人在黑板上写了一句话"先做人,然后再做诗人",我就问这话谁说的,他说是赵恺。从这个时候我就认识到了赵恺先生的思想和赵恺先生的人品。刚才李院长说我正在写《赵恺传》,我始终觉得我们和赵恺老师的距离相当于一口井和一个海,但是我们也试图通过水的这种亲近感去接近这个诗歌,去接近赵老师文学创作的核心部分,如果有一种文体能够让灵魂燃烧,这就是诗歌;如果有一种诗歌能够让人精神澎湃,这就是赵恺。写中国现代文学史你必然会遇见他。所以如果让我来介绍赵恺老师,应该讲一句话,也是我和他共同认知的一句话,就是"赵恺的一生几乎兼备了中华民族的现代史和苦难全过程",这是一个兼备了苦难全过程的多侧面的中国诗人的灵魂,他的一生的价值就在于用创造换取尊严。也就是中国苦难史锻造的赵恺,他苦难煎熬的人生锻造了他。赵老师讲过这样一句话,"我要写出能够垫在骨灰盒下的作品",我听了这话,心里边就发凉。

赵恺:这话可能来源于出《两卷集》的时候。

杨江淮:这叫作振聋发聩的言论,中国当今有多少作家能够写出能垫在骨灰盒下的作品呢,你们去看一看中国文学史,这里有研究中国文学史的大将,有这样的老师,找一找,能够敢把作品垫在骨灰盒下的有几人。我想赵恺老师在这个层面上始终站在灵魂的最高处。所以刚才讲到他《第五十七个黎明》,57 个黎明是什么概念? 我们把它放在时代的背景里看,赵老师写 57 个黎明,在风雪中沿着长安街一直走到天安门,这一路他全部走过,去感受过,他看着这个女工推着婴儿车在风雪中前行。我的理解,赵恺老师心中的黎明就是一个概念,前进一步是光明,后退一步是黑暗,因为他处于 1978 年,他所见证的历史,就是中国的历史,他的文字就是中国历史的见证。赵恺老师 1938 年生于重庆,具体的月和日,他不记得,因为他不知道,没有人告诉他,他生父死于日本的飞机轰炸,母亲后来去了海外,本质上赵恺是一个孤儿,孤独就是他的身份证,他在孤儿院里度过童年,经历战乱孤独的岁月,所以他在《诗雕》的那个作品里面,你们大家可以看到,不断地出现蒲公英,蒲公英的元素一会儿就出现一下,一会儿就出现一下,我始终感觉他的命就是蒲公英的命,就是一种漂泊不定的命。你看到没有,一直到 2001 年,他一直走到中国现代文学馆,用他的话一个孤儿走进中国现代文学馆,这是时代的欣慰还是时代的悲哀?

我们现在认知赵恺老师,有三样象征物可以象征他生命的全部,或者从生命意义或美学意义上去解读。第一个就是山芋叶子那个黑窑馆,淮阴母亲给他的黑窑馆,他在《母亲》的这首诗里这样写道:孩子是黑夜时母亲用白昼引导他,孩子是白昼时母亲用黑夜衬托他,白昼与黑夜是时间绵延不息。我觉得这个世界上再也没有比这个更能够表达这样一个概念,母亲的概念。第二个,他诠释了创造的高度,就是喀喇昆仑山上的那只鹰,他说如果飞不到这个高度,人们怎么会把它称作苍天之翼呢? 第三个,他把手贴在雨果的墓碑上,他是诠释了文学的重量。那就是一句话,叫民心文学心,国魂艺术魂。那么这样的象征物刻在特定的历史岁月里,这就是 1958 年,1989 年,乃至今天,所以我们从诗歌的层面上看赵恺可以看到两个侧面,第一个,人格层次上:守卫尊严,仰望生命。第二个,技术层次上:独特发现,瀚海寻珠。我始终觉得赵恺写诗是一个人的战争,他完全是靠自己一个人去面对整个世界,他讲过,惜字如命,以血搏命。我觉得这种悲壮感不是他个人的,是我们整个时代的。他的灵魂始终是不安的,从四川的嘉陵江,到扬子江,到淮河、洪泽湖,他的命里面就该有这三条河流在穿越。他一个人在孤独地行走,我就叫它千川独行。他始终在寻找哪里才能稳妥地安放他那颗不安的灵魂,他始终在漂泊。今天我们看,一个作家的成就,主要看他对文学贡献了什么,唯有贡献,他的文字才有意义,生命的尊严永远是由成就体现的。

我们看赵恺老师,我觉得重点给大家介绍,从三个层面去看待他:第一,诗性的灵魂;第二,文本的创造;第三,独特的精神。我们从这三个层面去接近他去解读他,就能感到中国诗人的诗性之路、灵魂之路和创造之路。回答大家刚才那句话,赵恺之后还有赵恺吗? 肉体身体上的赵恺不存在了,但精神上的赵恺还在吗? 一位没有学历的诗人,也还是那句话,先做人再做诗人。做什么样的人呢? 做中国作家热血诗人,带刀贫民,忠魂之士。谢谢大家!

李相银:好,谢谢杨先生! 龚正先生是淮安市作协副主席兼秘书长,也是著名作家,出版有长篇报告文学《钢铁是这样炼成的》、《钢花如此灿烂》,诗文集《一根弦的吉他手》、《太阳雪》,诗集《季节的边缘》、《岁月如水》曾获全国报告文学征文一等奖,今天发言的题目是《大撞击》,有请龚先生,大家欢迎。

龚正(淮安市作家协会副主席):我接到李院长电话之后,我起初想讲关于赵主席在生活里面的一些故事,后来他又给我发了个短信说,这是会议,一切碎片化。收到这个短信之后,我想一想,还是把我去年写的这些论文的话发挥一下,实际上,他的碎片化的生活的故事,比这篇文字更加精彩,一个作家的成功,取得这样的成就,是从哪里起步的呢?我先讲两个小故事。在十几年前,赵恺老师曾经跟我说,小龚啊,如果我们在夜晚的街头,寒风嗖嗖的时候看到路边昏暗的灯光下,有卖花生的,或者卖茶叶蛋的老头老奶奶,我们就把他们的花生和茶叶蛋全部买下,让他们早一点回家。还有我们在选择坐三轮车的时候,如果有年纪大的,如果有残疾人,尽管我们坐三轮车的时候心里不安,但是尽量选择坐他们的三轮车,多给他们几块钱,因为他们一定因为生活的窘迫而必须做这样的营生。一个人真的走进底层人的心灵,他的作品才能厚重,才能和时代紧密地结合在一起。我一开始准备选取十几个这样的故事,后来呢说你不要编成稿子,我就把我去年写的这篇文章带来了。我今天发言的题目叫《大撞击:结构之美下的精神复活——关于赵恺诗歌创作的随想》。赵恺先生是一位用生命写作的作家,他在定义自己的写作时用了四个字:惜墨如血。这是他对文字的敬畏,更是他对生命的敬畏。"走向人类,走向哲学,走向宗教,走向美"构成了他文学创作的斑斓章节。从《我爱》、《第五十七个黎明》对苦难和对时代的深情表达,到以长诗《周恩来》为代表的人物系列组诗,对艺术对生命对人性的心灵诘问,以及后来的《第四十一》、《大雷雨》和近年来推出的《大撞击》等,赵恺的创作三部曲,在时间上和空间上实现了他的文学作品的精神复活:物质,精神,反物质。《大撞击》发表在 2012 年第 6 期的《钟山》文学双月刊上,谈到这篇作品,赵恺先生说这是他用尽气力写出的最有意义的一首诗,这里面包容了太多的他对生命、对自然、对精神、对宗教的思考,求变,求新,唯有将生命和艺术不断进行碰撞,文学才能呈现思想者的精彩。在东方文化中体现这种物质和反物质关系的是黑与白两种文化符号,这两种文化符号代表着一切的可能和不可能,当然也代表着一切的存在和不存在。黑与白,爱与恨,美与丑,从正反两个方面形成的对比中,以一种物象得到反映。在简单的对比符号中,蕴含了太多的变数和复杂,应该说从原始的对称和反证式的结构形式上,我们已经从赵恺先生的创新手法间获得了审美上的愉悦。那么我们不妨以《大撞击》为起点,对赵恺的诗歌创作进行经验上和精神上的探访。哥特式的结构方式,让《大撞击》呈现结构之美,哥特式建筑的一条重要的美学原则是对称,即以一点为轴心,求得上下左右的均衡,对称与均衡在一定程度上反映了和谐美满的处世哲学和中庸之道。当然体现在节奏变化上的局部不对称和对比,也是为了打破对称平衡的变化,使对称之美产生趣味。《大撞击》的树形结构首先在根须的延展上和枝蔓的伸展间,为诗歌提供了向下和向上两个向度的无限空间。在天地玄黄的宇宙洪荒中,最初的生命粒子开始发芽了,于是长出亚当,于是长出夏娃,粒子在碰撞之初,就以宇宙爆炸的形式,呈现出两种相反的物质和色彩。无论是能量守恒定律,还是人类精神方程式,赵恺先生的内心就是一个宏大的宇宙,他是以爆炸的方式,在爱和自由的旗帜下,让人在心灵深处获得惊醒。应该说《大撞击》的枝干是粗壮而结实的,从最初的生命,到繁复的世事,再到自由的呐喊,再到心灵的审判,由小及大,由表及里地对人和人性进行了深刻的批判。这和他对自己的生活和对生命的理解,一脉相承,他说苦难、希望和博爱是他的生命三部曲,他用诗歌把他们写成生命的大书。

《大撞击》原来是赵恺命运的大撞击,在他的生命中,他的反物质,其实是他生命能量和爱的能量的集聚与爆发。赵恺常说,"苦难把我逼向绝处,却让我置之死地而后生。"因为面对苦难,能让我们在捍卫尊严之时,更有力地张扬自己,捍卫尊严,善待生命。唯一的途径就是用努力和创造使自己成为出类拔萃之人,因为苦难培育同情心,因为苦难是感情的放大器。面对苦难,不回避,不抱怨,不拒绝,并努力地把苦难孕育成珍珠才是生命的正选。赵恺的人生,还无时无刻不以飞翔的苍鹰作召唤。赵恺先生说,苍鹰因为承载孤独,所以飞得高远,孤独是智慧和勇气,孤独是精神和力量,孤独不是离群索居、落落寡合、卑微脆弱、顾影自怜,孤独是特行独立、忍辱负重、矢志不渝、宠辱不惊。孤独是生态到心态、性格到品质、现象到哲学的跨越。站在唐古拉山口,你就站在了海拔4500米的高度上,如果你心中再拥有一只舍弃一切、飞向太阳的苍鹰,那么你的希望一定灿烂无比!在苦难中发现美,是赵恺的美学原则。对雨果和《悲惨世界》,赵恺推崇至极,他说《悲惨世界》,在思想、艺术两个向度给他的终身作照耀和引导,让他体会着生命和写作的坐标,恢宏的结构,诗质的灵魂和描写的精密的完美结合,成为他献身文学的追求。

2002年2月的一条新闻,报道了一则世纪预言,这则预言惊动了赵恺,预言说在俄罗斯海滨,一块拥有一千多名游客的浮冰离岸而去,海军空军奋力营救,千人脱险十人遇难,耐人寻味的是,那10个人为什么遇难?那1000个人又真正意义上脱险了吗?这块浮冰究竟远离了什么?它又将把人、人类载向何处?赵恺的一连串诘问,道出了他心灵深处面对苦难、希望、博爱的忧虑和思考。牛顿第三定律说,两个物体之间的作用力和反作用力总是大小相等,方向相反,作用在同一条直线上,力不能离开物体单独存在,世上之事,黑白爱恨,正反两面,无疑是以等量的关系对待着。而赵恺先生在耄耋之年对生命的洞察已经突破了正与反的角力,以发散的姿态将思想开放成引爆之后的漫天礼花。《大撞击》这棵树上难道不延展着赵恺生命的枝蔓?

第二,镜面式的结构方式让反物质的思想表现得更为深邃。何为反物质?反物质是物质的镜像,科学家在解释这个问题时把镜子中的那个你叫"反你"。赵恺先生在《大撞击》的创作上,合理运用了镜面原理,对他要表达的苦难和自由、正义和邪恶、民主和权利、天堂和地狱进行了对比,在通常情况下,镜子确实是好东西,它能更直接、更准确地洞察到作者对人类命运的思考。耶路撒冷的哭墙,其实就是印证苏格拉底:"人啊,认识你自己。"认识他人难,认识自己更难,但是对一个人的尊敬和热爱,镜子永远就是一个天平,它能让一颗赤诚的火热的心得到彰显。从《大撞击》到这面镜子,我想到了他创作的长诗《周恩来》,长诗《周恩来》是在病榻上完成的,写完这首长诗时,他的腰肌劳损却奇迹般地好了起来,从最初的赞颂歌吟到最终的乡情人性的回归,赵恺先生用一面镜子,照彻到一个人民总理的平常、平易和平凡。长诗从周恩来的乳名"大鸾"起飞的刹那,便和周恩来为真理、为解放、为和平、为人类的永恒不灭的脉管里流淌着的挚爱联系在一起了。如果把长诗比作一扇翅膀,把长诗中燃烧的挚爱比作另一扇翅膀,诗人恣意挥洒的痴情便在周恩来崇高精神品格和深似海洋的博大胸怀间流泻出对一代伟人的无限情思。3200行长诗,挚爱是翅膀,一扇一扇地飞翔着周恩来的风雨人生,挚爱是周恩来对祖国对人民的挚爱,也是祖国和人民对周恩来的挚爱,周恩来的风雨人生便是一部浓缩的中国革命史。《周恩来》起笔飞翔的大鸾,让我想到《大撞击》开始时最初的生命粒子。在《周恩来》创作中,从诗歌的内容选择上看,长诗摒弃了以往人们习惯了的,把伟人每一个重要历史阶段都罗列出来的手法,而是节选人们既熟悉又陌生的历史事件来表现总理的平凡和伟大,和伟大的平凡。有意思的是,赵恺老师凭着对周恩来的热爱和研究用一个月写好这首诗之后,却用10年的时间对它进行了修改,他要看看一面镜子在10年的光阴里能否让一个人变形,在周恩来总理诞生一百周年时,他把叙述的情感基调定位在家乡人民对伟人的怀念上,他把叙事的基调定位在伟人的伟大人格和精神对于人类的贡献。对于赵恺来说,无论是在创作手法的铺陈上还是精神内核的展示上,都是一种超越和升华,让挚爱和诗插上翅膀,让精神质量在精神天国自由翱翔,爱已经超越了民族、超越了国度、超越了肤色,成为诗人心中高耸的诗墙!

读《大撞击》时,我真的会联想到周恩来,在赵恺诗中,周恩来不就是一面镜子?伟大与平凡,战争与和平,隐忍与抱负,遗忘与铭记,等等,这些事业中历经的荣光和磨难在对祖国、对人民的大爱中一点一点地被升华,最终成为心底最洪亮、最温暖、最温情的歌声。将镜子置放在自己的作品里,从物质到反物质,作品所散发出的精神能量一定会巨大无比。

第三,符号对称让《大撞击》在结构之外具有东方哲学的意味。《钟山》杂志主编贾梦玮仕友发表这首诗时说赵恺先生这首诗,保持着一位诗人对人生和自然应有的激情与思考。他把物质跟反物质放在这儿相提并论,这个形式本身跟内容是相匹配的。评论家冯雷也说,赵恺的《大撞击》在形式上极具先锋性,诗歌首尾的白与黑就是为了表示最初的生命力。科学家说,当反物质和物质相遇的时候,这些等价但是相反的粒子碰撞产生爆炸,放射出射线,这些射线以光速穿过爆炸点,这些产生爆炸的粒子被完全消灭只留下其他亚原子粒子。物质和反物质相遇所产生的爆炸把两种粒子的质量相互转换成能量。

科学家们相信这种方法产生的能量比任何其他推进方法产生的能量都强。那么文学家该怎么说呢,爱和恨到底会不会爆炸,生和死之间到底有没有距离?天和地之间到底会不会相合?如果有,爱和恨的能量是多少?生和死的距离有多长?天和地的间隙有多大?能回答这个问题的,恐怕只有文学和诗歌。生活里有一个很哲学的观点,就是少即多,用尽可能的少表现尽可能的多,在逻辑学上用这种关系来表达内涵和外延的关系,应该说这种对事物的辩证理解很符合东方文化特征,阳和阴,乾和坤,天和地,山和水,都分别从物态的两极走向一个共同的中心。在《大撞击》的结尾,赵恺用了《易经》里使用的阴阳两个符号,这种表达是直接的,也是间接的。直接的是赵恺先生用两种出自两级的色彩来表达一种哲学走向;间接的是这一种哲学的取向,就像国粹《易经》和太极,已经包容了太多的内容。

用形式创造形式,用结构结构结构,《大撞击》是对 100 年中国诗歌欠缺形式的创新,也是对中国新诗在形式上的贡献,在形式质感中透出的惊奇感,是生命的体现,更是勇气的体现。在当今中国诗坛,《大撞击》是一种实验,他以正反诗行排列预示着正负思想撞击的开始。无疑在结构之美的召唤下,《大撞击》和赵恺先生的诗歌实现了精神复活。

谢谢!

李相银:好,谢谢龚主席。晓林先生是个诗人,也是个评论家,现在正在创办一个叫"诗再见"公众微信平台,经常能看到他所发的一些诗歌,自己的著作有《持刀的玫瑰》、《七星瓢虫》等,也主编过江苏网络诗歌选,他的发言题目是"从《我爱》到《大撞击》——赵恺诗歌印象",掌声有请!

张晓林(诗人):赵恺老师是我比较敬仰的中国当代诗人之一,可以说我在 80 年代就接触了赵恺老师的《我爱》,可以说我是读着赵恺老师《我爱》这首诗从事自己文学创作的。今天我发言的题目,就是"从《我爱》到《大撞击》",副标题就是"赵恺诗歌印象"。提起淮安的当代诗歌我们不能不提到赵恺,提到中国的百年新诗,我们也不能不谈赵恺,赵恺作为中国新时代以来代表性诗人之一,曾以一首《我爱》蜚声诗坛。他的诗注重叙事,长于抒情,构思奇崛,字句凝练,音韵铿锵,意境悠远,气势磅礴。在创作内容上,诗人以生命的血与泪、生与死、史与实为主线,不断呈现诗歌艺术的情感美、意境美、哲思美和建筑美,并给人一种崇高而又悲壮的超凡脱俗的震撼美和时代感。在美学原则上,他遵循的是单纯流动发展的原则,将政治抒情诗的内核与人类精神文化内涵融为一体,堪称当代抒情诗的赵恺模式。赵恺早期诗歌创作有两个显著特点,一个特点是追求一种崇高雄壮之美。其中,《我爱》、《第五十七个黎明》最富代表性。《我爱》是赵恺老师的成名作和代表作,该诗发表于 1979 年的诗刊上,诗中诗人这样歌唱着:"我爱我该爱的一切,甚至'爱'上了仇敌:诬告与陷害,阿谀和妒嫉,枕在金钱上的爱情,浸在酒杯里的权力。感谢你们,并且惶恐地脱帽敬礼:多亏丑恶的存在,爱,才是一个有血有肉的立体。我大声地说,我爱,以我第一根白发的名义。"《我爱》这首诗,诗人以深邃的历史眼光、强烈的社会责任感,凝结着 22 年的血泪和情感,对"十年浩劫"进行一次思想上的反思、灵魂上的洗礼,在反思和洗礼中,让人感受到诗人虽然历经磨难,对生活依然充满了信心,对生活依然充满着热爱。

> 一位母亲加上一辆婴儿车,
> 组成一个前进的家庭。
> 前进在汽车的河流,

前进在高楼的森林，
前进在五十六天产假之后的，
第五十七个黎明。

五十七，
一个平凡的两位数字，
难道能计算出什么色彩和感情？
对医生，它可能是第五十七次手术，
对作家，它可能是第五十七部作品，
可能是第五十七块金牌，
可能是第五十七件发明。
可是，对于我们的诗歌，
它却是一片带泪的离情：
一位海员度完全年的假期，
第五十七天，
在风雪中启碇。

留下了什么呢？
给纺织女工留下一辆婴儿车和一车希望，
给孩子留下一个沉甸甸的姓名。
给北京留下的是对生活的思索，
年轻的母亲思索着向自己的工厂默默前行。

　　《第五十七个黎明》是赵恺继《我爱》之后又一首力作。诗人通过一位年轻的纱厂女工休完产假之后第一天上班，推着婴儿车走在路上的所思所想所感所触及其内心世界，揭示了中华民族经历过"文化大革命"的创伤之后，追求"物质使人温饱，精神使人坚定"的精神之美、生活之美、希望之美。
　　另一个特点是充满忧患意识，其中《镍币》最具说服力——战栗的沉积中，响起一个孩子战栗的言语：

我给叔叔买票吧，阿姨。
接着，
缓缓地，缓缓地
人丛中举起一只柔嫩的臂膀：
中华民族那银色的希望，
复苏在孩子高擎的掌心里。

　　诗人通过一个青年乘车不买票,车上一个小孩子主动为其买票的生活情景,写出了一个时代年轻人的悲剧,尤其是在诗的结尾处,诗人这样写道:"是我们救救孩子,还是孩子救救我们? 1981年也踏上了电车,去追寻1918年那个呐喊的警句。"这样的诗句,振聋发聩,令人沉思,发人深省。

　　赵恺诗歌的中后期也有两个明显特点:一个是追求哲思美,其中《石子》《母亲》最具有表现力。"与其陌生的朝夕相守,比如贝壳与泥沙,毋宁思念着终生远离,比如我和你,没进水中如同一支歌,并在案头组成一个诗句。"诗人把平凡的事物上升到理性的高度,写出了人与人之间相守与远离的辩证关系。"痛苦时捶打大地/欢乐时拥抱大地/思而有所得时/便在沙滩上发表贝壳组成的诗句。""无处在,无所不在"(《母亲》),这既是对母亲的爱,又是一种哲学的思辨和色彩。另一个是追求人性美,其中,《日出》《哭墙》最富有代表性。2008年5月12日,汶川发生了大地震,顷刻之间,地覆天翻,日月无华,桥梁坍塌,使多少美丽的村庄、城镇变成哀号的废墟,使多少幸福的家庭变成悲剧的祭场。面对这场惨绝人寰的灾难,诗人出于一种社会责任和良知,情系灾区,饱含深情,含泪写下了长诗《哭墙》:"挖掘声音/挖掘寂静/挖掘祈求。十指作镐/在地狱挖掘石头。挖掘石头/背负石头。我以国殇结构哭墙/结构苦难/结构记忆/结构拯救。哭墙很高/哭墙很长/哭墙很厚。人类只为区别非人类:/中国哭墙/耶路撒冷哭墙/9·11哭墙/人类一切哭墙之哭泣/都珍珠一样晶莹/都火焰一般炽热/都热血一般黏稠。"诗人以热泪,以热血,以慈悲之心,写出对逝者的肝肠寸断之情、缅怀之情,表达了诗人与祖国同呼吸、共命运的爱国情怀。从这首诗中,我们再一次感受到诗人驾驭宏大壮美的诗歌创造力和哲学思想之珠的睿智。

　　近年来,赵恺不断超越自己,大胆"变法",取法于上,创作了一批令人耳目一新的佳作。一类是文化题材的诗作,其中《大撞击》最让人震撼。这首诗以诗性的结构、奇美的排列方式,把科学与神话、东方与西方、宗教与哲学、物质与反物质、宇宙与地球、个体命运与人类命运等因素糅合在一起,为我们描绘了一幅人类苦难而又壮美的创世纪。丰富的想象,象征的运用,宗教的色彩,哲学的思辨,科学的严谨,使得这首诗既浩瀚辽远,又波谲云诡;既博大精深,又充满睿智。还有一类是讽喻色彩的小诗,短至三五言,长则七八行,或针砭时弊,或刻画世态,或抒写人情,或摹写历史,题材之广泛,形式之活泼,深受读者的喜爱和好评。这一长一短的形式,构成了赵恺近期诗歌新的特质。

　　以上是我对赵恺诗歌的一些印象,谈得不一定到位,说得也不一定正确,欢迎大家批评指正。最后,祝赵恺老师宝刀不老,艺术之树长青,写出更多更好的作品。谢谢大家!

　　李相银:谢谢晓林先生。海琴是青年作家,也是我的学生,出版有散文集《花开的声音》《三月如歌》,曾获第二届中国散文精英奖、全国首届大众文学奖银奖,她今天发言的题目是《左臂疼痛的诗人》,有请申海琴。

　　申海琴(淮安女作家):尊敬的各位领导、老师、各位同学:大家好! 今天到这座美丽的校园参加这样的一个文学盛宴,并且坐在这里听各位老师和各位领导精彩而充满诗意的发言,这首先要感谢我的老师李相银李院长,因为我的成长离不开他的栽培。我今天发言的题目是《左臂疼痛的诗人》。记得法国作家雨果说过,一个作家到了老年还有新作问世,这个作家就值得研究。我认为赵恺主席就是这样的作家。研究他的人很多,例如杨江淮、龚正、张晓林等老师。

赵恺诗歌最大的特点,我个人认为是唯美、创新、担当。"唯美"表现在他的作品里,不但具有博大精深的哲学内涵,而且有气贯长虹的美学境界。比如语言的凝练与精准构建绘画品质,形式的创新与恢宏构建建筑品质,韵律的优美与和谐构建音乐品质,思想的深邃与巍峨构建雕塑品质。

关于"创新",文学需要创新,尤其是需要形神兼备的独创,而赵恺的诗歌在创新方面独树一帜。他的诗歌与其他诗人的作品有着明显不同的地方就是独具距离感、未知感、神秘感,从而创造出含蓄、深邃、多变,以及恢宏大气的诗歌风格。在长诗《周恩来》里,作者写高大雄伟的纪念碑时,创新地使用拓碑的语言,铸造厚重摄人、沉郁顿挫的诗情,那种铜印盖在柔软胶泥上的立体感,让我们感受到了纪念碑的庄严肃穆以及周恩来崇高的精神品格。这种创新的手法运用,在赵恺后期创作的《神曲》、《大撞击》、《大方阵》等诗歌中表现得更为突出。

关于"担当",冰心老人 30 年前在赵恺的册页上这样写道:

> 年轻的时候,
> 会写点东西的都是诗人。
> 是不是真正的诗人,
> 要看到他年老的时候。

这首蕴藉着禅意的短诗,对时下一些东施效颦的诗人是一句偈语,更是一个警醒。是不是真正的诗人,一要看这个人到年老的时候是否还在写诗,二是要看他写什么样的诗。赵恺是身心兼备经历过生死、苦难的一位充满激情、富有社会责任感的诗人,他的作品里燃烧着歌与哭的火焰,流淌着血与泪的热爱。这个热爱包含着对现实社会的关注,用诗歌的方式承载起社会责任。如在汶川地震瓦砾上赵恺那悲悯忧郁的眼神,奥斯威辛集中营中万吨头发面前的痛心疾首,古黄河边躬身给手冢默默献花的身影,还有最近写的献给中国抗战胜利七十周年的长诗《卢沟桥》,等等。

赵恺说:"中国诗歌,中国的月圆月缺,中国的潮涨潮落;弹拨是中国的弦,出鞘是中国的剑。"还说:"诗歌就是当生活左臂疼痛的时候,诗歌的左臂也疼痛。"赵恺说的是诗歌之魂,诗歌之魂,也就是社会责任。这两点他都做到了。作为"文革"后期新体诗的领军人物,赵恺简洁的文字背后是吞吐大荒的惊世骇俗,华彩的语言背后是横空崛起的电闪雷鸣,他有山长水阔的思想境界,坚如磐石的悲悯情怀,先天下之忧而忧,后天下之乐而乐的哲思,生活和诗歌这把双刃剑在他的手中,被挥舞得风生水起,梨花千树。如果说赵恺风起云涌的语言是催人奋进的号角,那么他波澜壮阔的思想就是让人警醒的铜钟：时代和诗，谁拯救谁？谁能拯救谁呢？只有集浩然正气、横溢才华、铁血柔情、社会责任感于一身的诗人，他的左臂才会疼痛！谢谢大家。

李相银：好，谢谢海琴。下面请欣赏学生带来的诗朗诵。

我 爱

赵 恺

我曾轻轻地说，我爱，
声音羞涩又忸怩。
我爱我柳枝削成的第一支教鞭，
我爱乡村小学泥垒的桌椅。
我爱篮球，
它是我青春的形体。
我爱邮递员，
我绿色的爱情在他绿色的邮包中栖息。
可是，我的第一声爱还没落地，
就凝成一颗苦涩的泪滴。
······
我爱我逝去的二十二年，
珍惜，但并不惋惜。
世上有谁比我更幸运？
我有幸参加了一场民族的悲剧。
五｜万"演员"，
四分之一个世纪，
一个延续了两千年的主题。

我竟猛然衰老了，
衰老在落幕后的短短一瞬里。
我把平反的通知，
和亡妻的遗书夹在一起；
我把第一根白发，
和孩子的入团申请夹在一起。
绝望和希望夹在一起，
昨天和明天夹在一起。
难道只有死亡才能理解生命的价值？
难道只有衰老才能领略青春的真谛？

我追求，我寻觅，
我挖出当年那颗珍藏进泥土的泪滴。
时间已把它变成琥珀，
琥珀里还闪动着温暖的记忆。
爱，本身就是种子，
生命，怎会死去？
我还是说，我爱，
今天的爱，
正是昨天爱的继续。

我首先爱上了公共汽车月票，
珍重地把它藏进贴胸衣袋里。
虽然它意味着流汗，
虽然它意味着拥挤，
虽然它意味着一条能够装进罐头的沙丁鱼。
然而，流汗和拥挤本身，
正是一种失而复得的庄严权利。
纵使我是一条鱼，
也是一条前进的鱼！

我在崭新的工作证上，
贴上一张十九岁的照片，
年龄栏里却是"四十一"。
生活，得重新品味；
日子，再打头过起。
挖出泪滴，
还得埋下汗滴。

我爱上了报纸，
它成为我一位诚实的伴侣。
它带着诗歌和诗一样的消息，
也带着愤怒的揭发、颤抖的检举；
它们每一颗铅字都是一颗带血的砝码，
天平的另一端，
是党的威望和宪法的信誉！

我爱法院，
我常常在监狱门前默默站立。
我爱镣铐里颤抖的双手，
我爱铁门后悔恨的抽泣。
我爱，
是因为我恨：
恨铁不能全成钢，
恨石不能都成器。
给废铁以热吧，
给顽石以力！
人民将把六个金铸的大字高悬在监狱门口：
"化腐朽为神奇"。

我爱音乐，
我爱一切发自内心的旋律。
我爱朱崇懋。
我爱关牧村。
我爱李谷一。
高音象鸽子飞上蓝天，
低音象沉雷滚过大地。
中音最醇厚：
一曲《吐鲁番葡萄熟了》，
真象熟了的吐鲁番葡萄一般甜蜜。
可是，
我不敢抚摸提琴：
我觉得那根被切断的喉管的鲜血，
还在琴弦上滴……

我爱我该爱的一切，
甚至"爱"上了仇敌：
诬告与陷害，
阿谀和妒嫉，
枕在金钱上的爱情，
浸在酒杯里的权力。
感谢你们，

并且惶恐地脱帽敬礼：
多亏丑恶的存在，
爱，才是一个有血有肉的立体。

我大声地说，我爱，
以我第一根白发的名义。

第五十七个黎明
赵　恺

一位母亲加上一辆婴儿车，
组成一个前进的家庭。
前进在汽车的河流，
前进在高楼的森林，
前进在五十六天产假之后的，
第五十七个黎明。

五十七，
一个平凡的两位数字，
难道能计算出什么色彩和感情？
对医生，它可能是第五十七次手术，
对作家，它可能是第五十七部作品，
可能是第五十七块金牌，
可能是第五十七件发明。
可是，对于我们的诗歌，
它却是一片带泪的离情：
一位海员度完全年的假期，
第五十七天，
在风雪中启碇。

留下了什么呢？
给纺织女工留下一辆婴儿车和一车希望，
给孩子留下一个沉甸甸的姓名。
给北京留下的是对生活的思索，
年轻的母亲思索着向自己的工厂默默前行。

“锚锚”：多么独特的命名，
连孩子都带着海的音韵。
你把铁锚留在我身边，
可怎么停靠那艘国际远洋货轮？
难道船舶，
也是你永不停泊的爱情？
但愿爱情能把世界缩小，
缩小到就像眼前的情景：
走进建外大街，
穿过使馆群。
身边就是朝鲜，接着又是日本，
再往前：智利、巴西、阿根廷……
但愿一条街就是一个世界，
但愿国际海员天天回家探亲，
但愿所有的婴儿车都拆掉车轮，
纵使再装上，
也只是为了在花丛草地间穿行。

可是生活总是这样：
少了点温馨，
多了点严峻。
许多温暖的家庭计划，
竟然得在风雪大道上制定，
别忘了路过东单副食商店，
买上三棵白菜、两瓶炼乳、一袋味精。
别忘了中午三十分钟吃饭，
得挤出十分跑趟邮电亭：
下个季度的《英语学习》，
还得趁早续订。
别忘了我们海员的叮咛：
物质使人温饱，
精神使人坚定……
这就是北京的女工：
在前进中盘算，
盘算着如何前进。
劳累吗？劳累；

艰辛吗？艰辛。
温饱而又艰难，
劳累而又坚定；
这就是今日世界上，
一个中国工人的家庭。

不是吗？放下婴儿车，
就要推起纱锭，
一天三十里路程，
一年，就是一次环球旅行。
环球旅行，
但不是那么闪烁动听。
不是喷气客机，
不是卧铺水汀。
它是一次只要你目睹三分钟，
就会牢记一辈子的悲壮进军：
一双女工的脚板，
一车沉重的纱锭，
还得加上一册《英语学习》、三棵白菜、两瓶炼乳、一袋味精。
青春在尘絮中跋涉，
信念在噪音中前行。
漫长的人生旅途上，
只有五十六天，
是属于女工的
一次庄严而又痛苦的安宁。
今天，又来了：
从一张产床上走来两个生命。
茫茫风雪，把母亲变成了雪人。
把婴儿车变成了雪岭。
一个思索的雪人，
一座安睡的雪岭，
雪人推着雪岭，
在暴风雪中奋力前行。

路口。路口。路口。
绿灯。绿灯。绿灯。

绿色本身就是生命，

生命和生命遥相呼应。

母亲穿过天安门广场，

长安街停下一条轿车的长龙：

一边是"红旗"、"上海"、"大桥"、"北京"，

一边是"丰田"、"福特"、"奔驰"、"三菱"……

在一支国际规模的"仪仗队"前，

我们的婴儿车庄严行进。

轮声辚辚，

威震天庭。

历史博物馆肃立致敬，

英雄纪念碑肃立致敬，

人民大会堂肃立致敬：

旋转的婴儿车轮，

就是中华民族的魂灵。

李相银：好，谢谢几位同学精彩的朗诵。第五项议程，也是最重要的一项议程：赵恺先生做专题讲座。赵恺先生是中国当代著名诗人，也是我本人非常尊敬、非常喜欢的诗人。早在上大学时光，我1991年上大学，那时候我就读过他的《我爱》，其中一句，大家刚才也说了，就是"我大声地说，我爱，以我第一根白发的名义"。当时读得是激情澎湃，非常震撼。从《我爱》到《大撞击》，再到新近创作的《卢沟桥》，赵先生诗歌创作已经将近40年，内容广格式新，是一位真正的以生命来写诗的诗人。下面就让我们以最热烈的掌声欢迎我们今天的主讲嘉宾赵先生开坛演讲，大家欢迎。

赵恺：非常感谢，感谢施校长、李院长、各位专家、各位新闻工作者和我们文学院的各位同学。踏上师院的论坛，论坛给我以踏向翔宇，给我以对自己写作过程做一个梳理和总结的荣誉。感谢各位专家的字字珠玑，使我受益良多。他们的发言，或者让我醍醐灌顶、茅塞顿开，或者让我振聋发聩、精魂独破，或者让我山重水复、天地新开，使我有一种众里寻他千百度，那人却在灯火阑珊处的感觉。从美学理论的层次说，什么叫作作家？真正意义的作家应该是看你开拓了什么新领域，就这一个标准，不是你重复了多少优秀的作品，重复自己或者模仿他人，而是看你开拓了什么新领域。那作为一个评论家呢？评论家的标准有两条：第一，你发现了什么新作家；第二，你开创了什么新潮流。具备这两点才能算评论家。那么，今天我有幸地在场近距离地感受到一个作家的意义和一个评论家的意义。我现在面对电脑，实际上是面对时间，面对时间是面对各位在座者的生命，这是一个很严肃的事情，那么我就尽可能地用我的提纲式的宣读，来精炼我的

文字，来缩短时间，也就是缩短各位的时间，感谢各位的倾听。我的题目是"文学是以血写经"。佛教里面有很多高僧大师，他们或者用指尖的鲜血或者用舌脉的鲜血来写经。古今中外都有，当代也有，最多的写出了整部的《华严经》，50万字。今年92岁还奔忙在海内外宣扬佛法。文学应该是以血写经，我的献词是献给淮阴师范学院文学院，我的献词是"我们在这里学习热爱"。我想说说生活，说说文学，说说母语，说说阅读，说说写作，说说诗歌，六项小结加上一头一尾来组成我的发言。开篇，学生。今天在座的有文学院的学生的代表，你们在文学院肯定是出类拔萃之辈。这一辈子我们都是学生，什么叫作学生？学习生活的人。第二个，我们用顶针式修辞手法，什么叫大学生？大学就是学大，什么大？大志气，大毅力，大创造。大志气很可贵，不是最可贵，毅力就比志气要艰难得多，能够实现志气，然后它们都是手段，最后达到一个目的要大创造，大创造才是大完成。三个大，我们才叫作大学生。总结起来就是我们要卧薪尝胆做一个大写的人。文学院的大学生呢？我们探意缩影，开宗明义的第一个问题就是什么是文学？下定义是最困难的，各人有各人的发现，我的发现，我的体会，我的定义是文学是发现和表现热爱的科学。第一是发现它，发现它之后有没有本事表现出来？而且它是一门科学，不然中国现代文学馆为什么把冰心老人的"有了爱就有了一切"这句话刻在汉白玉墙上，列在中国文学馆里呢？怎么学文学？一切从热爱起步。什么是文学院？文学院的灵魂是什么？昨天晚上中组部和人事部的各相关单位在党校上了一堂课，我在会上讲了一句，他们说你写周恩来是为什么？我说因为招魂，现在的世道是物质的丰富和道德的低下，我们要招魂。作为故乡人，为故乡招魂；作为民族人，为民族招魂；作为人类，要为人类招魂。

那么淮阴师范学院，就谈到淮阴了。我们地理编制，国务院批示的不是叫淮安吗？我们为什么还叫淮阴师范学院呢？这里就有文章。我们说世界上总有你搬不动的东西、砸不烂的东西、摔不碎的东西。因为它的品质、它的灵魂就决定你不可以动！淮阴师范学院就不可以动。为什么不叫淮安师范学院呢？道理就在这里。只要你坚定、你沉着，世界就永远围着你转，你是中心它是卫星，支点就是热爱与创造。淮阴师范学院文学院的灵魂就是热爱与创造五个字。它们可以说是互为因果、互为补充、互为照耀、互为引领。第一个小标题说生活，什么叫生活？刚才同学们朗诵《第五十七个黎明》，说"生活往往是这样"，我客气了，我手下留了三分，都是这样，哪里是往往是这样呢？多了点什么，少了点什么，上帝为什么把我们派到世界上生活？叫我们来受罪的，老百姓的话叫活受罪，叫你活着并且受罪，这就是生活。生活是面对苦难和与苦难搏斗的过程。这句话是一个字都不能少的，生活是面对苦难，你敢不敢面对？善不善于面对？面对什么？面对苦难，面对了不算本事，就好像咱们拳击运动员，额头对着额头，眼睛对着眼睛似的对吧。不行，还要跟他搏斗，搏斗还不行，还得有过程。

《圣经》在《旧约》里面讲了一个故事。在一块田野里面，上帝把荆棘和禾苗放在一起生长。我在玉米地里打过玉米叶子，我知道这个"划拉"是个什么样的感觉，满身的鲜血呀。我19岁，在当年插队的第二生产大队，所有农活都会做，但是玉米叶像钢刀一样划过皮肤这种感觉,我是第一次。那么为什么上帝要让荆棘和禾苗长在一起呢?农夫不明白,农夫就问上帝,你为什么要这样子呢?上帝说,禾苗让你流汗,荆棘让你流血,如果你不能流血不能流汗,你怎么能够进入天堂呢?这句话是《旧约》里面,是《圣经》里面,是所有西方人人手一册的经典里面的句子。我们就明白了,什么叫生活?不要抱怨,不要回避。流血流汗进入天堂,死很难,要勇气,但是,活着更难。重要的是永远具有活力而不是永远地活着,不是叫你输点液啊,挂点水,再来点抗生素啊,再来点化疗什么的,不是的,那是动物层次,不是人类的层次,不是智慧的层次,重要的是具有活力,而且永远具有活力,而不是永远地活着。祝你健康长寿,很感谢,但这并不是最重要的。生命的意义比生命更重要,生命的意义比生命的存在更重要。但规划比意义又重要一层,有了规划,更重要的一层是实现规划,实现规划比制定规划要重要得多。

　　世界上最好找的是借口,最难找的是爱人,括号,不含妻子。一秒钟可以找三个理由,发动第二次世界大战。慕尼黑、咖啡店、碎玻璃,打!几千万的人就这么死了,很简单!规划,制定规划,不要找借口,不失引领的规划。一分钟有三个规划,一分钟又同时否定了自己的三个规划,一句话:没出息。存在决定意识,我们警觉于我们的生态,我们现在处于什么样的生态下?要明白。我们的大生态是物质富有、精神贫困,我们置身于一个可怕的二立背反的时代。我们前面有陷阱,苹果手机就是乔布斯煞费苦心地给我们现世纪的一个快乐而又可怕的陷阱。生命的本质是什么?冒号,生于苦难,死于欢乐。中国的老话,几千年了。我们就老反问:为什么人要生于苦难,生于苦难,人活着还有什么意思呢?当时我没懂什么叫生命,现在明白了。只能生于苦难而必然死于欢乐。小兵张嘎说"别看你今天闹得欢,小心秋后拉清单",这句话记得吗?西瓜"啪"一声卡头上了。我们当心陷阱啊,这是大生态。我们的小生态呢?我们生在淮阴,淮阴是从一个县级城市改成地级城市的。我们都有权发言,因为我们都是淮阴人。城市的容量决定大脑的容量。生在纽约,生在华盛顿,生在巴黎,你生在淮阴怎么好与之相提并论呢?你坐公交车,怎么知道你身边是谁啊?你知道他是谁啊。副总理,说不定。我们处长、副处长,科长,副科长还乐此不疲,其实都是小儿科、微创外科,小儿科加微创外科。城市容量决定大脑容量,我们生存的半径太小了,相银院长啊!告诉你的孩子,我们生存的半径太小了。我们像是核桃,我们充其量不过是核桃核,我们还认为自己很了不起!

　　淮阴话,小窟里爬不出大螃蟹。一条蛇它如果不经过十次蜕皮,那它必然死亡。没有一条蛇它是不蜕皮的蛇。蜕皮是个非常痛苦的生命的过程。还有蚕茧,你看那个蛹,如果你冲不出蚕茧,你怎么能"春蚕到死丝方尽"呢?李商隐一句话概括了两千年,"春蚕到死丝方尽"。乔布斯讲过一句话,他说,"我愿意以毕生的时间去换取能够与苏格拉底对话的一个下午"。这是原话,拿一辈子去交换一个下午时间与苏格拉底对话,你让我死都值。这是乔布斯,他创造了苹果,你能吗?他肯用一辈子换一个下午,你敢吗?人类有了苹果电脑,当然是玩具,突围反突围是我们的生态之战。你说我们整天打交道的都是怎么样的人物啊!我们不含任何的贬义,层次稍低了一点。首先我们自己就不高,我们必须以终生为代价去打赢这场不可或缺、不可回避的生态之战。学做人,文如其人！江淮刚才说的：先做人，后做文，宁可不做文，也要做好人。这是我昨天在台上讲的。昨天主持人说，习近平总书记对周总理很敬仰，他说周总理的精神一直到现在还未失去对我们的教育意义。我会说：周总理的精神是永恒的。联合国下半旗，全世界很多国家抗议。秘书长开了一个全体人员正规的会议，宣布：你们要求为你们国家的元首下半旗，我是秘书长，我有权决定下或者不下。如果你们国家有哪个元首能够领导 10 亿人而没有一个子女(有潜台词哦)，这是第一；第二如果你在瑞士银行没有一分钱的存款，我就给你下半旗。结果全场一片沉默，没有一个人敢吱声。作为国家元首在瑞士银行里没有一分钱的存款，文如其人啊！血管里流出来的才是血啊，自来水管里淌出来的当然是水喽！道理就在这里。

　　文学是什么？文学是以文字进行创造的科学。文字为工具，目的是创造，品质是科学，三点，就这一句话，文学是以文字进行创造的科学。什么文字，血泪文字！佛教里以血写经，他怕血小板凝固，用针把血丝挑出来堆起来，每天都堆成一小堆啊，每天堆一小堆在那边写经啊。他在写他自己的生命啊。什么是经？就是经典。文学之经是什么？文学之经就三个字：真、善、美。不要把简单的问题复杂化，一本文学概论写三个字就行了，"真善美"！你自己体会体会。什么叫"真"？"真"就是真诚。什么叫"善"？"善"就是热爱。什么叫"美"？"美"就是尊严，高贵之美。真善美这部"经"只能用热血才能写得出来。尼采说"文学，我喜欢以血泪写成者"；王国维先生也吟过；歌德说"我的每一个字都是从血肉的深处抠出来的"。每一个文字都是从血肉深处抠出来的，疼啊！你改我一个字，我跟你没完，这是我的生命。尼采这样体会，歌德这样体会，赵恺怎么体会？赵恺说：不以鲜血书写的文字不叫文学。当然我的话对他们来说是狗尾续貂，是浮头猪粪，但我是这样体会的，不以鲜血书写的文学不叫文学。

　　2014 年 3 月 10 日下午五点钟，在浙江，一个叫作小悦悦的 3 岁小女孩被两辆汽车反复碾压而死，有 18 个人踏着她的鲜血，贴着她的尸体视若不见，扬长而去，大家还记得吗？小悦悦！我电脑 6 天 6 夜没有关，我跟踪这条消息的发展和报道。它的意义是什么？这不是车祸，这是屠杀，它的本质是屠杀，这不是人类的屠杀，这是同胞的屠杀。虎毒尚且不食子呢，这是我们中华民族 3 岁的小女孩子，结果呢？我很沉重地想到了鲁迅先生的"麻木之深"，鲁迅先生的四个字，我们理解了一辈子都没理解深，"麻木之深"！难道中国人真的失去自信了吗？鲁迅先生问的。他问得是非常的含蓄啊，实际上他在流血流泪啊！可怕的是我们中华民族是诗歌的民族，却没有一个人为这个小悦悦写一首诗歌，可怕在这里。8000 个会员，中国作家协会，像模像样吧。怎么不去替这个被反复碾压的 3 岁女孩写一首诗呢？

　　我写了一首诗叫《全日食》，全日食就是没有光明了。但是这首诗苍白无力，如泥牛入海。问题是作为一点良心，我写了，我觉得那天在我此生中是非常重要的一天。2014年 3 月 10 号那天，我把它叫作诗歌蒙辱的一天、文学蒙辱的一天，因此我就分外地遵从灵召，分外地遵从张纯如，37 岁的中国血统的女孩子，"啪"的一枪成为日本南京大屠杀30 万之外的第三十万零一人。中国作家哪个敢把枪往自己太阳穴上打呢？敢吗？为什么？林昭、张纯如他们有人性，其实我们要求不高，有人性而已，我原来写的是神性。我觉得在林昭、张纯如之后再写诗是卑微的，甚至是野蛮的。

下面说说母语，什么叫母语？母亲的语言啊！母亲的语言怎么讲？是母亲呼唤我们的语言："小二子，回来吃晚饭啦！"妈妈天天在那喊，把我们喊大了。这是母语呼唤我们的语言，也是我们向母亲倾诉的语言。是交流的语言，也是撞击的语言，仿佛一遍的撞击、两遍的撞击能释放能量一样。孩子与母亲间的对话就等同于与上帝的对话，它具有宗教的神圣和庄严。我们中国的母语是什么？我的母校晓庄校庆，我去了，我很荣幸作为学员代表被安排在主席台上。坐在我旁边的是首尔某大学的一把手校长，我忘了是哪个大学了，因为晓庄师范部分学生后一年到首尔去，这位校长发言，他说，你们要好好学韩语，准备到韩国去留学。到我发言时，我说，刚才校长先生说你们要学好韩语，准备到韩国去留学。我说你们是从什么地方起步到韩国的，起步到韩国以后将来要回到什么地方来啊？还是回到你祖国来，所以你首先必须学好你的母语。

我们的母语是方块字，方块字是全世界唯一的这种形态的字，它横平竖直、顶天立地，它斑斓淋漓、刚柔兼济，从形到神，它具有这四句话的特点。横平竖直、顶天立地、斑斓淋漓、刚柔兼济，方块字。它是智慧和创造的大方阵，这是我们的大方阵啊！一个方块字相当于一块雅典娜神庙的玉石，我们用一块一块的玉石来建设智慧的宫殿。昨天我看到柬埔寨的一座神庙，叫作吴哥窟，吴哥窟用 50 万块石头，没有用一点黏合剂，堆磊起来五个庙宇，和成千上万的佛像。我们用方块字来建造我们智慧的宫殿。

下面说阅读，学习母语从中国的经典开始。第一中国，第二经典，这两个词一个都不能少。人才最终的较量是知识的较量。较量什么？第一较量知识的占有量，第二较量知识的更新率，这条很重要。我最怕的干部填表格，学历：本科。哪年的本科啊？你那个本科知识已经被淘汰到小学去了。还在那说本科，知识它有个更新率。更新率美国哈佛人学是以乚年为界限的，在哈佛大学读完本科毕业之后你只能工作七年，适应时代的潮流，七年以后，全更新，全作废，全是一堆垃圾。这是哈佛大学。

第三，知识，运用知识进行创造的能力，这句话是最重要的一句话。运用知识进行创造的能力。三条，读书，读书只读经典。今天在座的同学们，或者是不在座的同学们，你们都可以思考一下，我们读的都是一些什么书？怎么读的？读经典，只读经典，为什么？因为汗牛充栋、浩如烟海的著作都只是人类经典的补充和完善。仅仅是补充和完善而已，它没有你的创造。2000 年以前一本《圣经》到现在，以色列就这一本《圣经》，全世界唯一一个没有宪法的国家就是以色列。我问那里的诗人为什么以色列没有宪法。他说我们不用宪法，"我们的《圣经》就是全世界的宪法"。我听了大吃一惊。"我们的《圣经》就是全世界的宪法。"同学们，读书是我们的责任和义务，尤其是学生的责任和义务。但是我们忽略了一条，我们怎么阅读？我们是思想者的阅读呢还是操作者的阅读呢？思想者的阅读要强调三个字：叛逆性。你们读书是为了学习别人怎样写？你当了作家还要看看人家海明威是怎么写的，托尔斯泰是怎么写的，完了，那已经完了。这就是我们的文学长期地徘徊在一个较低水平的原因。老是别人怎么写，我就怎么写；人民文学头条怎么写我就怎么写？这就玩完了。我们学习，思想者的学习，不是为了学习别人怎样写，而是为了怎样写得和别人不一样。怎么不一样？超越他。阅读是为了超越，读不是为了记忆。我们考试一题两题三题，是为了积分。我们必须用记忆的手段来背它，这恰恰是我们教育的大失败。我们读书不是为了记忆，而是为了创造。

第二句话，不是为了记忆别人，而是为了让别人记忆你。

我们读书的目的是创造别人所创造不出来的东西，让别人记忆你。开书目，我在不了解情况的情况下，我建议我们的淮阴师范学院文学院，一年级要看什么？必读什么？选读什么？在什么时间以前读完？读完以后我怎么解答，等等。牛津大学的办法是什么？从大学一年级第一学期开始，一上课，一报到，一缴费，一注册，首先是一张清单，这学期的书目单 1500 册，大学本科，也仅仅是本科，一年级的一学期 1500 本书。在他们学校上课，基本上是不上大课的，充其量偶尔上小课，小课不超过 20 人，上课者必须是教授，副教授不适合上课，讲师靠边站。而他的教授一定要保证在全国的学科是顶尖的前三名。这就是牛津和剑桥，这就是哈佛、麻省理工学院，和法国的索邦。一学期 1500本书怎么看？熬夜看，拼命看。麻省理工学院开书目，自己读。1999 年 12 月我去了索邦大学，应他们校长之邀讲课，有三个南外的高中二年级的学生以高三的名义考法国的高校索邦大学，他们很牛。索邦大学跟巴黎圣母院隔了一条塞纳河，这三个孩子到那里三个月，没有进过一次学校的食堂。我大吃一惊，不可理解，我说怎么了？他们说没有时间去，跑去食堂吃个饭再回来多长时间，几十分钟都有了，能看多少书啊。我问他们吃什么，他们说看我们床底下，床单一掀，康师傅方便面，唐人街买的。他们怎么烧？宿舍长廊上有一个小的微波炉，三个月啊。为什么？他说我赶不上趟。怎么赶不上趟啊？老师讲课不懂，都是国家的院士来给我们讲课，他们讲的全是方言土语什么的，和我们在南外学的不一样，听不懂。怎么办？把讲义拿回来晚上查字典。这孩子不得了啊。我说你们还睡觉吗？有个孩子说坐在他旁边的一个女孩子，巴黎的女孩子，和他只同了一天学，第二天发短信，说我们没有缘分。她说今天一天我没听懂，而且我准确地估计到，我不属于索邦大学，再见了。他说我不是，我是中华人民共和国政府选派来的，考试来的，过三天我就回去，多丢人呢，我得拼命。我们在巴黎转了一圈回来，八天时间，他们考试了，就问这三个孩子，怎么考的？他说考试卷子往每个人桌子上一摆，八小时回答这张卷子。你可以用任何办法来回答，你可以出去打篮球，可以到图书馆健身房，中午到食堂吃饭都可以。到图书馆借书来回答可以吗？可以。有人这样做吗？有人。借了多少书？我旁边的同学借了十几本书。我说你去没去借？他说我没去。你为什么不去啊？他说因为答案不是书本上所能有的，要靠你自己独立思考出来。八小时，考得怎么样啊？他说考了八十几分，原来考三十多分现在考八十多分。他是索邦大学数理系预科。八小时考试是这样考的，不是要你拥有知识，他要你创造知识。一台电脑相当于全世界的图书馆了，还要你记？不逼你记。要的是你的创造。不是要你去思维，而是要你逆向思维。我到了以色列，以色列这个国家，流浪全世界两千多年，非常的混杂，失去了自己的母语。他们国家通用的语言是英语，所有出版物包括文件都是英语，但是现在从幼儿园开始上课用母语希伯来语。结果以色列出现了一个特别有趣的现象,是全世界唯一的孩子教大人的国家,学习母语从希伯来语开始。老师提问,学生回答,要你反向思维,老师要的是这种。以色列这个国家只有弹丸之地,相当于我们现在的淮安市五百平方公里、五百万人口的国家,它的空军的力量可以和德国、法国的联军相抗衡。大家看过刘亚泽写的这个文章吗?为什么?她从小就给你来个叛逆的思维,这个民族,反向的思维,严师出高徒啊。

相银院长强调手下无弱兵,一定要严师出高徒,为什么?你的孩子你的学生以后一定要博古通今兼收并蓄,面宽量大,覆盖引领,养育学生也因此提高文学院的综合实力、智慧和魅力。淮阴师范学院用开书目的办法打出自己的品牌来。北大没开,复旦没开,淮阴师范学院文学院开了。开书目要开三维立体的书目,文学院不只看文学,要一人文,二科技,三艺术。欧洲每一个家庭都有钢琴,美国国务卿赖斯她不是学音乐的,但三岁开始登台演出,她三岁就钢琴音乐都会,把我吓坏了。它整个社会层次是这样的层次,它出来的人才是这样的人才。所以我们开书目,一人文、二科技、三艺术。大撞击,粒子怎么会撞击的?我们作家怎么就没有想过这个呢?因为他不懂,他没法想到这个。人文科技艺术,我们文学院不是在训练操作工,将来写写材料、通讯报道,等等。我们不是训练操作工,我们是养育设计师,因为我们是文学院。

说说写作,中国老话讲,文章千古事,得失寸心知。时间和空间来了。千古啊,结果呢只有寸心。什么叫文学本质,都在这两句话里面了。写作就是生命,这个生命怎么理解?生命是一个三部曲式的过程,第一生存、第二苦难、第三热爱,把这三个结构完成的,才是经过生命全过程的作家,才能完整地理解生命,才能准确地描述生命。生命里面隐藏着一个秘密,就是海琴发言开宗明义讲的,雨果说一个作家到了老年还能写出新的东西来,这个作家就值得研究。这是雨果的原话。是不是真正意义上的作家,要看他老年的时候,为什么他们都提到一个老呢?因为老是生命空间的决定物,是一个成熟的阶段。要不然它中途凋亡,半截的生命你怎么能写出生命来呢?生命的意义有一个求变的空间。空间就是留白,就是此时无声胜有声。对建筑家来说,对我们居住者来说,如果你的房子,你花了五十万、六十万、一百万甚至于更多的钱,把现代化的东西全部买来,塞满了,什么结果?仓库,你给自己准备了一个仓库,仅此而已。你不懂得保留空间,保留空间是精神的奢侈,已经达到了奢侈的境界,很难达到这个境界。小作家,小作家就是说成就不很高,这里面没有贬义。小作家出书出选集,大作家出书出全集。选集和全集就是生命的节点不一样。有的能小中见大,能小中见大的人是大师,这个很难找,万里挑一,一千年也很难等到一个大师。这就是为什么一个民族文化实力的标志是长篇小说。没有《红楼梦》还叫中国吗?没有杜甫的三吏三别,没有屈原的《离骚》还叫中国吗?这是一个民族文化实力的体现。长篇小说不只是一个故事一百万字而已,那完全是歪曲了长篇小说的本意。这就是为什么一个作家、一个诗人,他要写长篇小说、长诗和史诗,这是创作实力的标志。为什么70岁才完成了林散之呢?林散之离我们很近,南京人,你不要说跟王羲之相媲美,就齐白石、黄宾虹、潘天寿、吴昌硕,这四个人你随便选哪个,他都不能媲美。可是到70岁以后完成了,为什么?他把篆书放草书里去了,是大贡献,这是王羲之都没有的贡献。80岁完成了齐白石,90岁才完成了黄宾虹。他们才叫大师,要不然只是名家而已,一幅画30万50万随你卖。相银院长麾下都很年轻,我感觉,充其量也不过四十来岁,正是时候。而这努力永远不晚,更何况这些孩子们,更小,十几二十岁的孩子们在这边。远路赶早集,孩子们,我们要好好地活着,活得身心两健,不是说你健康长寿,是说身心两健,多给自己拓展一些暮年的空间,因为时间能够使你越来越多地发现写作的活力和魅力,这两条,不可缺一。活力和魅力,都要时间给你。如果没有这个命,天不假年,怎么办?上路,我们平静地走,我们就这个命,我们认命了。更何况我们生活过,我们爱过,我们写作过。这是诗人纳尔慕的话,我们生活过爱过写作过,对于上哪儿,我们无愧无悔啊。

谈谈写作的经验这个命题。写作的经验是写作来的,不是老师教给你的,老师教给你的是他的经验,他个人的经验,你拿过来就不是你的经验了。写作的经验是你自己写出来的,而且所有的写作经验都是一次性的。重复自己是很愉快的,甚至很优秀很难得,但是它是重复,真正有志气的作家,写作经验一次性,第二次用同样的手法再写一篇作品,自己的脸没处搁。说明你的创作能力已经枯竭了。所以毕加索讲了一句话,"我们必须不断地工作"。简单的几个字,心血教训都在这里,哪怕你是实习,哪怕你是休息,都要不断地保持这种创造的感觉。海明威说他用两年的时间学习说话,用30年的时间学习不说话。我把这句话抄摘了之后,想了几年。海明威作为作家,是用生命去工作。他怎么用两年的时间学习说话,怎么用30年的时间学习不说话?我们怎么理解不说话?作家不说话?作家怎么不说话?我想的结果是,我们用最精炼的办法,说只有自己能说而别人说不出来的话。只有自己能说而别人说不出来的话我才说,别的话我不说。所以要用30年的时间学习不说话啦。经验独特,不可取代,这就是海明威。海明威的《老人与海》,大家看过这篇小说的吗?四万五千字。在加勒比海海岸上,他买了一条渔船,请一个14岁的孩子做渔夫。和小说写的一样,他也搭建了一个木头棚子,他在那里生活,各种季节,各种天气,各种海洋状态下捕鱼。结果海明威成了一个非常能干的优秀的渔民,超过了很多渔民。他能够识别天气识别风云识别波浪,甚至能根据海鸥的盘旋来判断下面有没有鱼,有多少鱼,有什么鱼。这就是海明威,当他真正成为一个渔夫以后,他才开始写《老人与海》。他又用两年的时间修改他的作品,把10万字的小说修改成4万字,长容易,短难。这是海明威用他的生命,也就是我们说的时间,告诉你们一个美学原理——建筑空间。我们用文字写文章,我们是在建筑空间。你给你朋友发个短信,这个短信如果没有经过严格的推敲,严格到一个字都不能动,你就没有权力按下那个发出键。因为你不尊重你的朋友,也就不尊重你自己了。把不成熟不完美不达到极致的东西扔给人家,是不负责,最受损失的是你自己。罗丹如何理解空间?罗丹是雕塑家,别人问他,什么叫作雕塑啊?罗丹回答了一句话,雕塑就是把一切多余的东西通通砍掉。这句话,多么智慧啊!雕塑就是把一切多余的东西通通砍掉,空间啊,最精妙最极致的空间。空间是什么?是实力,是自信,是包容。这儿必须提到短文,因为短文有空间,给自己空间也给读者空间,短,但短中见长。图穷匕首见,这个匕首厉害呢。短吗? 短! 但是它很厉害。一首慈母手中线,中华民族的经典作品之一,这一首诗,古往今来,覆盖了整个人类的文化,没有人能超过它。就这一首诗,它超过中国作家协会的茅盾文学奖。一年能够出一千多部长篇小说,超过了一千部,庸常平俗,短命夭折的鸿篇巨制,这些长篇小说谁看过? 庸常平俗,短命夭折,在出版的同时,便已经不幸阵亡了。前年我们的张炜先生写了一个四百多万字的小说,获得了个茅奖,我都怀疑他自己有没有看过。曹雪芹那么大本事才写了120万字,还是两个人写的。说诗歌,诗歌有很多特征啊,这个见仁见智,说不清楚。我就当面问过艾青先生,艾老师,你能不能言简意赅地给我们讲一讲诗歌是个什么东西。他说你看你,我就是不知道诗歌是个什么东西我才写的,如果我懂我还写什么? 他笑了,他也乐了。他永远是探索着未知的,是这个含义。那么总有一个本质的意义吧? 诗歌本质特征是什么呢? 万变不离其宗,象征,是象征意义。这两个字足够我们啃一辈子的了。象征的极致是什么? 象征有很多层次,大家在修辞学上学到了象征,象征的极致是隐喻。什么叫隐喻? 隐是隐藏啊,喻是比喻。它们两个都有未知的含义,我给隐喻下一个定义,叫作隐喻是深水鱼,看不见它却感受到它。也就是说象征就是诗,非象征就是非诗。

最后结尾,结尾是让文学在热血中复活。我去过耶路撒冷,而且去过两次,在我此生中去过两次耶路撒冷确实是我人生的一种成就。为什么去两次? 第一次我们没搞清楚那八公里苦难之路,耶稣怎么审判,怎么死亡全过程,没搞清楚。第二天晚上回来查查,不行,得再去,不然我这一辈子没机会第二次再去了。沿着耶稣的路途一步一步完整无缺地走完了那条著名的苦难之路。我到了刑场,看着那个十字架。它不是那么精致,那么美妙,如果镶嵌宝石,那是炫耀,那不是苦难。现在看看那种铂金的十字架,那对苦难是严重的侮辱。我抚摸它,拥抱它,摇撼它,捶打它,我诅咒十字架呀。那么粗糙,那么沉重实在,那么冷酷,有多重? 80公斤。天哪,挖个坑竖在那里,80公斤! 它就这么在地狱里面站立了两千年哪。地狱里,一座十字架就是一座两千年的罪恶的骨骼呀。我还试图扛一扛十字架,结果纹丝不动,我失败了。我想了很久很久,到昨天晚上我还想,那个十字架我为什么晃都晃不动呢,更不要说扛了。现在懂了,因为我和我的诗歌都不配,都没有资格去扛那个重量。不够格! 我站在哭墙的面前,用自己的额头贴住石头,我仿佛贴住了《圣经》。我当时在那里,写了一张小纸条,用我们中华民族的方块字写了一句莎士比亚的话放在石头缝里面。那句话是:“麦克白,醒来吧!”我的讲话结束了,谢谢大家。

学生:老师好。赵恺老师,我的问题是在《我爱》这首诗中“他”绝望了之后,“我追求我寻觅,爱上了该爱的一切”,所以后面就写首先爱上了公共汽车月票,之后就是爱上了报纸、法院,还有音乐,我想知道这是不是暗示了您那时候的一种心路历程,还有这几个意象之间它是有什么关联吗,为什么要按照这个顺序来写?

赵恺:关于顺序,爱上了这个爱上了那个,为什么首先是公共汽车月票? 因为在那个时候,70 年代末 80 年代初,有一张公共汽车月票是非常困难的。1981 年 12 月 28 日,我到《诗刊》社工作,那时是准备把我调到《诗刊》社等待进京户口指标的。我们的主编严诚先生,副主编周迪藩先生,他们都是年高德劭的,都是延安来的老前辈,我们看见他们都是在 20 公尺以外要立正脱帽鞠躬的。他们是这样的人物,他们挤公共汽车,而且还要转几路,我看着心疼,这都是在文学史上的人物,他们还在挤公交。我居然有了一张公共汽车的月票,怎么讲呢,感到非常艰难又非常幸运非常温暖,感到获得那种自由平等的人权的感觉,对,有一张公共汽车月票是一件非常困难的事情。下面是什么来着?报纸,对对,报纸。那时候的报纸还有一定的准确性,现在的报纸有很多用不很高明的办法把它淡化了或者把它掩埋掉了。我写这个实际上是有我期待的意识,我期待报纸讲实话,我爱上了报纸是这个意思,如果一个国家连报纸都对社会公开说假话,这个社会还有什么希望呢?这是有自己期待和愿望的含义。还有什么来着?法院,法院,有很多的孩子,很小,还有十五六岁的孩子呢,什么叫作法律他根本就莫名其妙,他能做什么不能做什么,行为的规范,没人教他,是吧。这个法律,是我们一个缺陷。无法你还有天吗?孩子们不懂该做什么,谈不上法律嘛,连行为规范都不懂,啪一下手铐铐上了,他这一辈子就完了。不是时间完了,是心理完了,他被摧毁了,非常可怕。我们应该多关注他们,不要歧视他们,更不要迫害和虐待他们,皮鞋踢过来踢过去棍子打过来打过去。经常什么抑郁症死亡,分裂症死亡,天晓得怎么死亡,不能这样子。哪怕是年长的犯罪者,他不是基因遗传天生就是个罪犯,纵使是天生的罪犯,社会人人有义务去挽救他们,所以我爱上了法院,爱上了什么有个前提。当时《诗刊》值班主编柯岩,他说我把你的《我爱》看了三遍,我删去了"我爱法院"一小节,但是我后悔了,我不该删,他说你再出诗集就把它补上去。因为什么?我怕有人在这里面钻空子,挑剔。"我爱铁门后悔恨的哭泣",这个我不能爱吗?他已经都后悔了,这个我还不能爱吗!他就是指这句话的。下面还有一句是什么呢,我爱什么?(学生:音乐)不是,这句话的后面,我爱铁门后悔恨的哭泣,还有什么?(学生:我爱是因为我恨)恨铁,对,对,我要继续强化,我不要给你有空子钻。我爱是因为我恨铁不能都成钢。他有成钢的,我的潜台词在这里,你只要好好教育他他能成钢的,我恨铁不能都成钢,明白的他就明白,不明白他就不明白。还有恨石不能都成器,是这意思。他是可以的,社会爱他,他就会用爱来回报你的,就这个含义。还有音乐是吧?恐怕是遗传基因的原因,我特别偏爱音乐,因为音乐的音是艺术皇冠上的最璀璨的一颗明珠,它不用语言,它是上帝的语言,上帝为使人类不至于结伙集团犯罪,他用各种语言能把你分切开来,这个民族和那个国家大家说不一样的话,但是音乐不,音乐是上帝的语言,一唱大家全明白了,音乐,感觉是什么,是美好,是向上,是热爱。尤其是在具体的时代 1979 年,关牧村那个时代,《军港之夜》,音乐的感召力特别强,爱音乐,现在也是一样。刚才我跟相银院长说我开书目,应该有艺术,就是文学院的同学到毕业了,古今中外的这些音乐大师们的作品你懂吗?高山流水,这代表五千年的文化,你懂吗?一听就知道是高山流水,为什么是高山流水呢?等等。音乐是艺术当中最高的层次,我们每一个文学院的人最好掌握一门乐器才好,哪怕是简易一点的,易学、便学一点的,哪怕是一支短笛,我不是写那个牧笛吗,哪怕是小小的牧笛。我在瑞典一下车,我就奔那个商店,买什么,买牧笛! 你看我那架子上有牧笛,因为摆弄那玩意很方便,哪怕简单的五个音符就能吹出音来,哪怕你在那静静地吹一个声音,都可以有各种各样不同的想象力是吧。建议我们每一个,不仅是文学院,有一点文化品位的青年们都应该学习掌握一门乐器。

学生:赵老师您好,我之前听您说过一句话,您是这样说的,19 岁以前我对上帝说请不要给我财富,名声,我藐视这一切。我想知道是什么样的人生态度和让您可以做到如此的,让您可以做到拒绝平庸这种事,而且我也想知道您这一生中的哪部作品可以体现出您的这种态度和对生活的认知?

赵恺:你问得非常好,问得非常好,"请不要给我财富和名声",财富,两个字,富是多余的,一切多余永远是多余,一切多余的东西它就是多余了,只要你能够温饱、维持生计,只要你不会饥寒交迫至于死亡之地,有生命存在,你首先想到的就是我该活成一个什么样才能保持尊严,财富不过是财富,生不带来死不带去的,我们淮阴的土话说得非常直接,光着屁股来光着屁股走啊。你再大的官儿,你就是皇帝,历史上三百多位皇帝,请问各位能记得几位皇帝。不值钱! 它都是相对的,一切的荣誉、财富、权力都是相对的,而且还带有偶然性的,有相当的偶然性,而且是危险的,弄不好被暗杀是吧。那么相对于什么而言呢,这里有一个比较物,参照物,就是创造。我,尤其是对于我个人具体的经历来说,我没有创造权利,我被为时过久地、形式过于残酷地剥夺了创造权利,而且非常儿戏、非常轻率地被剥夺了创造权利。唐勇啊(在座嘉宾),1979 年 3 月 8 号,我在淮阴县教师队伍里被打成了右派,后来原单位给我平反,有两位要把平反通知书递给我,他们不好意思,他说你递给他,另一个说他也不好意思,你递给他。为什么? 他没法递,他平什么反呢? 我反在哪里? 后来我一看,哦,结论,打成反共结论,我 19 岁,我是淮阴县的篮球队的队长兼运动员,我们校队的篮球。打过篮球我说肚子饿了,说这是右派言论,打过篮球说肚子饿了——反对党的统购统销。那么你们现在听起来好像天方夜谭,怎么回事? 谁打个篮球不饿,上帝打个篮球不饿? 结果那两人说了一句话,就讲了一句话,"他没辙,他是奉命而来。"所以我对创造就特别的敏感,这是一个很个人化的问题,根本就不怎么在意名声、权利、地位了,就这意思。我最遗憾的是我这辈子从 19 岁到 41 岁没有创造的权利,这太可怕了,像狗一样地活着。我们一个好朋友说我们要警惕了,我们活在猪圈里。最大的猪圈顶多 20 平方米,你能蹦跶到哪里去呀你,要警惕,能够说出这样话的朋友,我才跟他说这样的话。所以我拒绝这个拒绝那个,因为我最紧迫最需要的时间已经不多了,很残酷的。随时随地可以发生各种各样的夺去你生命的事情。我曾经有一段时间写一个小牌放在这里,闲的时候看看的,"我明天可能死于车祸或发现癌症,我只有今天",只有今天是你的,明天是上帝把握的,没你的事儿,所以其他都不重要了,是吧,徐才厚,一个亿,我没有概念,这一个亿的体积有多大,多少钱? 他都不好意思说了,新闻不好意思报了,他就是一千个亿给你又有什么用呢。还是那句话,一切多余的就是多余的,没有用,最需要的是什么,是生命,生命最需要的是什么,创造的权利,证明你的价值,体现你的价值,你没白活。

下面朗诵一首诗,以此作为结尾。一首小诗,发在 80 年代《诗刊》上面,叫《如果》。

> 有酸果,
> 有甜果,
> 嫁接在酸甜之间的
> 是"如果"。
> 如果能返童,
> 如果能再嫁(爱情失败了)
> 如果能重新抉择(事业失败了)……
> 一条瓜蔓(长果子的藤蔓)
> 吸不尽悔恨的河。
> 如果我有一颗"如果",
> 我将如何?
> 我将馈赠,
> 赠给一座托儿所。
> 让孩子们知道:
> 那是禁果!

就是上帝在伊甸园里说的禁果是不能动的,有酸果,有甜果,嫁接在酸甜之间的是如果。世界上没有如果,只有永远向前,一步一步地向前走。

我与写作

主讲人／王安忆 （2015 年 6 月 25 日）

[主讲人简介] 王安忆，1954 年生，江苏南京人，现代作家、文学家、中国作协副主席、复旦大学教授，代表作《长恨歌》，获得第五届茅盾文学奖，《发廊情话》获第三届鲁迅文学优秀短篇小说奖，2013 年获法兰西文学艺术骑士勋章。

"我与写作"这个题目很大，可以谈的内容有很多，今天我主要想谈两点。第一点是我的经验与写作，第二点是我的写作经验。

一 插队·苦闷·写作

关于"我的经验与写作"，我想谈谈我个人的经历。当年"文化大革命"的时候，我初中毕业就去农村插队了。那时我只有 16 岁，去了安徽淮北，到了一个陌生的村庄。那里只有我一个知识青年，我住在村中农人的家里，在那儿生活，感觉非常苦闷。一方面是因为远离家乡，一方面是生活不适应，还有就是对前途完全没有信心，看不到一点希望。在这样的情况下，我的母亲开始跟我通信。她也是一个作家，同学们在中学课本可能读到她的小说《百合花》。我母亲当时自己的处境也不好，已经"靠边"，根本不能从事文学工作，对文学也已经没有信心。看到我那么小，独自在村庄，又没有办法照顾我，她就只能跟我通信。我们之间的通信非常之多。那时的通讯没有现在这么快捷，一封信在路上可能会走四天、五天，都说不准。我常常是一封信写出以后没有等到回信就开始写第二封，我母亲也是这样，所以我们通信非常频繁。

我母亲怎么安慰我呢？她没有办法安慰，就给我提了一个建议。她这个建议让我在日后的生活里面越来越体会到这里面的用心。她说：你现在不妨把你的生活，你的经验，你所看到听到经历到的，你周围的农人、小伙伴们发生的事情，等等，都把它们记录下来，将来也许会有用。但是当一个人心情特别不好的时候，就觉得你们所有的建议对我来说都是无用的。

我的父母其实从未指望我成为一个作家。在60年代当作家是很不安全的,尤其我的父亲还是"右派",所以他们希望我不要从事任何与意识形态、与艺术有关系的工作。我个人觉得,我母亲这个建议里面不会包含了考虑到我将来会不会成为一个作家。因为即便当时我母亲已经是一个作家的情况下都不能再做作家,更何况我一个小孩子,连初中都没有读完,怎么可能做作家呢?我一点都不以为她这个建议是和我将来成为一个作家有关系。所以我根本没有按照母亲的建议去做,去记录一些什么。当时我日记里充满的完全就是我的苦恼。当我现在看到一些中学、大学的孩子,他们在网上写作常常会写自己的心情的时候,就会想到那个时代。其实生活中有很多事情发生,但是我却完全注意不到,完全被自己的苦闷给抓住了,我只写自己的心情。现在回头看当时的心情,就只有两个字——苦闷,连一点快乐都没有的,很单调。后来当我成为一个所谓的作家,上海作家协会搞了一个王安忆小说研讨会。那时候的研讨会十分严肃而且诚恳,当时我都不在上海,而这个研讨会还是如期召开。上海作家陈村在会上发言第一句话就说今天我们缺席审判王安忆。

过了若干年,我母亲去世以后,在整理她遗物的时候,发现母亲把当时研讨会上的发言整理成文,在一个内部杂志上发表了。我看到母亲当时的发言,其中提到了我在插队落户时给她写的信。我已经完全想不起当时信上的内容。我母亲发言中提到了我信中所写的我在农村里的生活。比如有一封信说,春天到了,别人家房梁上的燕巢都来燕子了,而我的还空着。村庄里的农人有一种传统,觉得如果这家人的燕子窝没有燕子回来的话,这家人一定是有问题的。所以我就非常期待燕子来,等到有一天燕子来了,我就在信中告诉母亲,今天我的燕子飞回来了。我母亲记得很清楚,而我已经忘记了。还有一封信上,我告诉母亲我和一个蚌埠来的知青一起用板车拉粮食进城,我们一个掌车一个拉纤。在路上当我在拉的时候,这个男知青很调皮地在后面喊赶小牛的号子。我母亲说她眼前就出现了画面。再有一封信,写的是村庄里两户人家吵架,持续了好多天。他们出工的时候是不吵的,而一放工就开始吵,就像余兴节目,全村人都去看。我把这个过程写信告诉了我的母亲。

看到母亲对我当时记录下的事情那么有兴趣,觉得很有意思,也很感动,可我当时对这些客观事情的发生完全没兴趣去关心,也没有什么热情,都完全遗忘掉了。我想这挺可惜的。如果当时我听我母亲的话,把当时在农村的日日夜夜都做些记录,那我今天写作的时候就会有很多材料。在这个时候我觉得母亲可能是暗暗地期望我有一天会成为一个作家,所以她说我在农村所有的经验会有用。我想母亲说的"有用"是不是指有助于让我成为一个作家?但是又觉得不像。因为母亲实在对我成为一个作家不抱热情的。只是后来看到我别无所长,在80年代我能够从事写作而且不断地发表,没有受到太大的挫折,也就默认了。但是她从来没有口头上说过让我成为作家。所以我还是觉得我母亲当时对我的建议里面还有别的用心。这种用心到今天,我又有一个新发现。其实我母亲讲的是,你那么苦闷,你的青春那么荒芜,看不到任何希望,不如去看点什么写点什么,至少每一天的生活会有一点乐趣,能帮你度过眼下的日子。我现在越来越体会到了母亲的良苦用心。

再回到"我的经验与写作"。在我最初的写作里面,经验是占了很大的一部分。我觉得一个人在年轻的时候是很贪婪的,似乎是张开了所有的感官,每一个毛孔都在不断地吸收经验,像海绵吸水一样,把自己注得非常饱满。这个时候写作就是把吸入的东西慢慢地释放出来,让它流淌出来。我最初的写作说宣泄也罢、描写也罢,其实就是在释放自己的经验。

最初我的小说里面有一个人物叫作"雯雯"。当时上海有一个工人评论家,程德培,写了一篇评论文章,题目就叫《雯雯的情绪天地》,这是第一篇评论我的创作的文章。"雯雯"是在我的短篇小说里出现好多次的一个女孩子,这个女孩子的年龄、经历在某些地方和我都非常吻合。后来我又写了一个长篇也是我第一部长篇,以她为主人公,但是不完全按照我自己生活的轨迹,而是在某一个地方我和她有了分歧,分道扬镳,也意味着从此告别这个人物。我刚刚开始写作的时候,伤痕文学、反思文学正在流行。在这种激烈的文学思潮中,雯雯的形象偏离主流,和整个大时代的声音都不太符合,就是因为这个原因她显得很清新,引起了人们的注意和喜欢。

我现在想想这个女孩子之所以会引起大家的喜爱,可能就是因为她非常日常化,就像我们现在说的邻家女孩,她没有远大的英雄理想,很普通,但是她却有自己的追求。她的追求非常的单纯、天真,但是在那个时候,在整个宏大叙事里面却带来了新鲜的空气。这可以说是我的成名阶段,人们忽然知道有个王安忆,和王安忆联系在一起的就是雯雯。其实这个阶段是非常短的,大概有一年的时间,这一年时间我写了很多短篇,大多关于雯雯。

似乎一开始,我在文学里面的位置就是与主流偏离一点。虽然我的身份是知青,但是在知青文学中我又是很难被纳入的,伤痕文学、反思文学我也没有太多介入。在这里我要提到一个前辈作家,就是张洁,当时,她在《光明日报》上发表了一篇小小的文章,这篇文章有人把它归入小说,有人认为是篇散文,这篇文章叫《拾麦穗》。写了一个小姑娘,也许是张洁自己,到了收麦子的季节就去拾麦穗,然后和一个卖灶糖的货郎去换灶糖。这就是一个馋嘴的小姑娘,十分盼望老货郎来,就像等待情人一样,等待这个卖灶糖的老头来。我不是一个文学意识自觉性很强的人,张洁的这篇文章给了我很大的触动。我发现我是可以写作的,这样的情节、情绪我有很多很多的。如果不是张洁的榜样,我都不晓得该把我的情绪和经验纳入哪一个文学规范里。因为那个时代文学总是要求一个既定的主题,这个主题必须是与社会共识有关系,而我的经验很难纳入任何一个主题的范畴里边去。而《拾麦穗》这篇小文章忽然之间让我心里打开一扇门,让我认识到可以写这样的一种不需要命名的东西,而且这样的东西我有很多。"雯雯"的故事和这篇小说的影响是有很大关系的。在那个时候,文学的运动都是很激烈、很汹涌的,都有非常响亮的口号,在这些口号里边我很难找到归属。但就是这篇小东西让我有了归属。

但接下去问题就来了。因为经验是很有限的,是不够用的,我很快就把属于雯雯的故事都写完了。接下去该写什么呢？这个人物从某种意义上来说很简单、很浅薄，和我个人非常像的地方就是我们的经验都是非常局部的。我们所经历的事情都已经写完了，我还能继续写什么呢？即便后来又写了一个和知青文学有点关系的小说，《本次列车终点》。那个时候那种愤怒的控诉的知青文学已经走过去一大截了，所以我只能算赶上末班车。知青都已经回城了，从历史的大潮走入日常生活。我只是续写一个知青文学的尾巴，写知青回到城市以后所面临的困惑。这种书写始终没有跳出自己的经验。所以我最初的写作很被自己的经验缠绕，哪怕这些经验不是直接的，只是心理的经验，我还是被它缠绕。

二　瓶颈与转机

到了 80 年代中后期，我从《儿童时代》调到上海作家协会做一个专业作家。其实做专业作家这件事情我觉得对我们每一个写作者都是一个挑战。因为一旦进入职业写作的状态，单靠消耗经验是难以为继的。第一，你的经验，已经写得差不多了。第二，你对它的认识似乎暂时停滞了，你没有新的认识。对经验的认识是需要不断地更新的，没有新的认识的时候，写作也很困难。第三，对自己经历过的人和事，对自己那个时期的情感，开始有种厌倦。人们经常用"瓶颈"来描写停滞不前的状态。其实，写作者真正的瓶颈只有我们自己才知道。这种瓶颈不是说你写得不好，而是在于你会忽然对写作这个事情感到厌倦，觉得我写也不是，不写也不是。这才是真正的瓶颈。在这种时候，你不能够放下笔，也许一旦放下笔，就再也不写了，你会过着一种再也得不到满足的生活。但是，你也不能硬写，因为硬写的话会把你写伤掉，从此你会非常非常厌倦写作这件事情。我觉得每个写作者都会经历这种阶段，这个时候谁也帮不到你，只有靠你自己慢慢挣扎出来。

在这个时候，我去了一趟美国。在美国待了四五个月的时间。回来以后，我更困惑了。因为到了美国后，我对自己的经验更加不满足。我到美国是去参加爱荷华大学的国际写作计划。这一年，国际写作计划聚集了三十几个国家的作家。创办人台湾作家聂华苓，和她的先生，一个非常著名的美国左翼诗人，他们夫妻二人在爱荷华建立了这么一个写作计划。他们有一个非常好的理想——让大家听到主流以外的声音，所以他们邀请来的作家往往都是来自主流以外的弱势国家或者说第三世界国家。比如以色列、巴勒斯坦、菲律宾、印度尼西亚，南非，包括大陆、台湾、香港等国家和地区。我原先以为自己有满满当当的经验，但当和这些人聚集在一起，在这么多的特殊经验里边，我的经验显得特别空虚、软弱，存量很不足。在我们那一届，发生很多奇怪的事情。比如说有一个东德作家和一个西德作家，当时还有东德西德之说。这个西德作家，原先是生活在东德，正好和这个东德作家是一个小城里的朋友，然后她背叛了东德跑到了西德。我们在写作计划里唯一的义务就是每一个人都要参加一场讲演。计划的工作人员怎么分配小组呢？一个是按照地区，比如中国，大陆的、台湾的、香港的，分为一组；还有就是按体制意识形态。这个西德的女作家要求和罗马尼亚、保加利亚、匈牙利这些东欧社会主义国家的成员在一起。可是东欧社会主义国家的人不要她,因为她是社会主义的叛徒,她跑到西德去了。于是工作人员就把她放在了芬兰、法国这些西欧国家成员组成的小组。但她又不愿意去,因为自从她跑到西德去,她就很不喜欢资本主义体制,她又不愿意归属西方。这样就很尴尬,因为这个人没地方去了。那边不要她,这边她又不要去。在她最苦闷的时候,就跳到爱荷华河里去了。她平时有酗酒的习惯,情绪非常不稳定。这就是我在那边的时候发生的事情。

当时在国际上还发生一件比较大的事情,就是苏联打下来一班韩国的客机。在我们这个计划里面,没有苏联的作家,可是有很多东欧的作家。有一个东欧的作家,他居然哭了,他流下了羞愧的眼泪,他的眼泪非常非常复杂。当我处在这么一个环境里边的时候,突然之间我对自己的经验很不自信。我的经验能进入写作吗?能进入文学的领域,能进入审美吗?从美国回来以后,我非常苦恼,写什么都不满意,很多事先想好的题材都作废了,都写不下去,对自己很没有信心。

就在这个时候我碰到了一个契机。那时不管我是请创作假也罢,旷工也罢,我的编制总归还在《儿童时代》,我还是《儿童时代》的一个编辑加记者。有一天我们单位就给我打了个电话,非常诚恳地说:"现在有一个非常紧急的任务,你一定要去执行!"什么事情呢?就是1984年的时候,在江苏省宿迁出了一个小英雄。这其实是一个很偶然的事故。当时天下大雨,引发大洪水,村庄里有一个小女孩和一个五保户老大娘,她们住在一起。雨水把房子泡酥了,房子就塌了。房子一塌,水泥房梁就砸了下来。据说,是那个小女孩把老大娘一推,使老大娘免于危险,结果房梁砸在了她的肚子上。这是一个很凄惨的故事。当时人还活着,家里的人带她去医院。医院对这么一个乡下的孩子处理得非常草率,就只是简单地缝合一下。其实内脏已经受伤很严重,半个月以后,那个小女孩就死了。庄上有一个舞文弄墨的年轻人,就给这个小女孩写了一篇文章在广播里广播了一下。然后这个事情就不断传播,一直上报到团中央。团中央看到这个报道就说,这是一个英雄啊,我们现在就要树立一个英雄。所以《儿童时代》立刻就向团中央宣传部约稿,两个团中央宣传干事写稿,已经把版面空了出来,就等他们的稿子,结果这两位写的完全不能用。但是版面已经空在那儿了,要"开天窗"了,很紧急。单位的领导就和我说:"无论如何你要救这个急,你要到那个地方去采访,在一周以内把稿子寄过来!"于是我就去了。

那是一个很热的夏天,我跑到了宿迁。当时的心情就是反正也写不出什么东西,就去看看吧。我觉得这件事情带来的转机很奇异,第一,它唤起了我对自己经验的一个回顾。因为宿迁那个地方和我当时插队落户的地方很相像,无论农作物、语言、风俗,还是村庄的位置和形制都很相像,它唤起了我对自己已有经验的回顾。第二,它又给了我很多补充,它给了我一个故事。我刚刚也说过,当时插队落户的时候,对自己的生活是完全没兴趣的,母亲让我记录些东西,我也没记录,我没有什么太完整的印象。这个地方,好像给了一个新的故事,这个新的故事又把我旧的经验带动起来了。我把《儿童时代》让我写的报告文学写完以后,就写了自己的小说《小鲍庄》。《小鲍庄》的产生又是在"寻根文学"的背景下,很难说没受到思潮的影响。所以你知道,一个人要做成一件事,是需要很多很多条件的。《小鲍庄》写好以后,我记得它是发表在《中国作家》创刊后的第二期上,和莫言《透明的红萝卜》发表在同 期上。这期似乎被看作"寻根文学"的集结号,可是《小鲍庄》里有多少寻根的意识呢?并没有。只是我旧的经验和新的东西结合起来的一个东西。

三 我的小说观

现在还没有到一个回顾的时候。可能将来某一天回顾的时候,会发现《小鲍庄》在某种程度上,让我进入职业写作的方式。但是这个状态某种意义上又会给你很大的匠气,比如说你要安排你的情节,你要给你的人物安排意味,你要让叙述有趣味,你要给人物编织关系……这可能是让我渐渐地进入这个状态。所以说对职业作家挑战就在于,当你对你的经验已经淡漠了,已经不是你最主要的写作资源的时候,你应该再怎么继续你的写作?所以我觉得走了这么多年,我对自己还是比较满意的。第一,我掌握了越来越多的写作技巧。说技巧有些匠气了,但也只能说是一种写作的技巧。但是我可以说我没有违背自己的内心,我的所有的小说还是在我内心的驱动下写的。因为这件事情如果与我的经验、内心的情感没有什么内在关系的话,我不会去写它,我还是去写那些能够唤起我自己感情的。

这些年来我终于敢回答这样的问题——"小说是什么?"我觉得我越来越敢于回答这样的问题。年轻的时候,总是顾左右而言他,因为一个是自己也不知道小说究竟是什么,第二个我也不愿承认我不知道。(笑声)我得觉得我自己是知道的,所以我批判很多小说已经现存的定规。但在写了这么多年以后,这些年来,有一个最重要的,越来越明显的变化,就是我对小说的认识越来越朴素。我觉得小说就是要讲一个故事,要讲一个好听的故事,不要去为难读者。我曾经写过很多实验性小说,都是很晦涩很暧昧,时空交错,目的不明确,人物面目模糊的故事,因为我很想挣脱故事,摆脱小说的陈规。可是到现在为止,我越来越觉得对我来说,小说的理想很简单,就是讲故事。

我该举个例子来谈谈是怎么实践这样的小说观念的。《天香》是我比较近期的一部小说,已经发表、出版,并且得到一些评价以及奖项,所以我把它当作一个例子,来佐证一下对小说的看法。我觉得《天香》的写作是比较能体现职业写作的一个处境的。这个处境就是,可能这个题材和你的经验并没有直接关系,但从另一个方向又正迎合了你的所思所想。《天香》就是一个和我私人经验完全没有关系的事情。它发生在明代,离我那么遥远,然后就需要完全调动想象。但是对于我这么一个写实性作家,我又不能毫无根据地想象,我不能像一些海阔天空的作者那样,莫言可以,其实莫言还是非常依赖他的经验的。我觉得现在很多有才华的作家,他们是不需要有根据的想象的。可是我做不到,我必须是要有根据的。可是我的根据又很少,《天香》就是这样。它的根据很少很小,只有一点点东西。这点点东西我要怎么样促使它不断地发酵,发酵成为一个完整的存在呢?

　　"天香"是一个虚构的名字,事实上我是写上海的一个风物,就是"绣"。这件绣艺是上海顾姓人家的女眷的闺阁游戏,所以它叫"顾绣"。1980 年,在寻根的浪潮底下,我也想寻寻我们上海的根,这其实是很困难的,因为上海的历史是非常之短的,可以说是一下子从蛮荒走到了现代。别处的作家"寻根",可以沿着黄河去找古村落,我能干什么?我什么也不能干,只能去资料室查资料。就在我查资料的时候,我接触到一些掌故性的资料,其中就有"顾绣",我到现在还保留着当时看资料的一个笔记本。其实这个资料就一点点文字,就是讲顾家的这个绣艺,女眷非常擅长,然后他们家败落以后,女眷就靠这个来维持生计。这个故事我当时就觉得很有意思,因为它是一个女性的故事。在当时,女性能支撑起一个家族,意味着独立自主和平等。

　　我把它记在我的笔记本上,这一记就有很多年过去了,到最后我拿起笔来决定写《天香》的时候,就已经是将近 30 年之后了。忽然之间,就好像有一天突然开了窍一样,就觉得我可以写顾绣,写写这个故事了。这几行字后面似乎有一个非常华丽的堂皇的存在,好像在等我一样,我就觉得应该去写它。当我再一次去看"顾绣"的材料的时候,还是这么几个字记载,它还是很简略。那年上海博物馆举办了一个"顾绣"的展览,我人又不在上海,就没有看到这个展览,但是事后呢,我很感谢那个博物馆馆长,他给我寄了一本展览的图册,这使我比较深入地了解绣艺的情况。我就发现,其实"顾绣"就是今天的苏绣,它的绝妙就在于它非常写实,我觉得这么一种写实的艺术发生在上海是很合适的。顾绣一开始就是绣一朵花,一棵树,一只松鼠,一只小鸭子,栩栩如生,活灵活现。然后,就绣画,能把文徵明、唐伯虎的画绣出来。再然后就是绣字,绣董其昌的字。

　　还是需要更多的资料。对我来讲,最主要的是它发生的年代,我列了一张年表,这时才发现这个故事发生在明代。我没有读过历史,我只能用非常笨的方法,把所有能找到的这个时期的记录都找来,比如说嘉庆上海县志,还有些野史,凡是在这个时间段的事情,我都按年份把它记录下来,我忽然发现在这个时代,发生了很多重要的事情。其实我觉得历史比我们小说的想象力要好很多,因为它非常的合理。比如说《天工开物》就是在那个时候完成的,我们整个手工艺已经到了很高的程度。还有就是,上海有了非常活跃的市场经济。在那个时代,一个女性要靠手艺来养家就必须有个市场,有交易。没有交易,就没办法实现价值,养家活口。我搞了一张那个时代的上海地图,虽然非常粗略,可是能看出上海那时已经非常繁华。还有一个重要人物,就是徐光启。我对徐光启没什么研究,但我觉得在那个时候他的出现是很有意味的。他把西方文化中实用主义的成分引到了中国,而在中国,最充分使用与发展实用主义的就是在上海。所以,你会发现历史本身都为你准备好了所有的条件,余下来的就是设想具体的人和事,这时候就要启用你的经验,启用你对你周围生活事物的观察和认识,你会发现人和人,无论跨越多么不同的时代,多么漫长的时间,其实并没有本质的区别。比如前一段时间,我看李渔的《闲情偶寄》,它里面有一小段谈到他对女性的欣赏。我忽然发现他对女性的欣赏和今天我们对女性的欣赏,就是那种高雅的欣赏其实非常相近。他不是说这个女子怎么样子的娇嫩,怎么样子亭亭玉立,怎么美丽或者说穿什么样的衣服。他不是,他说他有一次在某一个地方玩,忽然之间,天下雨了。大家都挤到一个亭子里面去,很焦虑地等着雨停下来。这时候,他就注意到在亭子的外缘站着一个女人。这个女人也不是很年轻,30岁上下,穿的是布衣素服,很朴素。他为什么觉得她好看,吸引了他的注意呢?他说这个女性非常从容。她很镇定,她就站在那儿。后来,雨停了,太阳出来了。亭子里面的人立刻做鸟兽散,都跑了。这个女性没有跑,她挪到了亭子里边。她自己把袖子展开,把水拧下来。就在这一瞬间,雨又下了,跑出去的人又赶紧跑回来,慌慌张张地,这个女的,始终很沉着,很淡定。所以我就觉得有些事情会有一些永恒的原则。

我已经把我今天要说的都说了,还有一些,我期待同学们的提问,可能我们有些互动会比较好。(掌声)

四 现场问答录

提问:您曾在复旦大学研究生毕业典礼上致辞,希望同学们不要过于追求效益,这是否也是您对自己写作的要求?(掌声)

王安忆:这是在一个研究生的毕业典礼上代表老师所作的一个讲话。我老是觉得我们现在的教育也罢,我们现在人的生活状况也罢,好像非常忽略自己的感受,其实人的感受是很重要的。我觉得人生活的乐趣是重要的,而我们现在似乎做什么事情,它的外在的价值的界定变得非常的重要。当然,人还是要做些有用的事情,比如说,人要有衣食,这个衣食要你自己去挣,你不能让别人来养活你。有一个北欧的作家,叫汉姆生,他写过一个"拓荒者"的形象,他是因为在"二战"当中加入了纳粹而走上歧途。他曾得过诺贝尔奖。"拓荒者"孤身一人走到了一个荒原,他在树林里面砍树,拓荒,盖出一片小房子,慢慢开垦,慢慢种地,养活自己,然后他慢慢富裕起来,养了一只羊。后来,他的生活吸引来了一个女性,她带来了一些小小的嫁妆,有一架纺车,还有一只羊。他们家就有了两只羊,慢慢地又有了第三只羊,然后又把种出来的谷物拿到市场上去交易。这个故事,我觉得那个时候社会还没有分工,没有分工时候的生活,你挣衣食,你对生活目的的思考,你的艺术,都是融为一体的,当你在为自己生产衣食的时候,你其实已经解决了一个哲学的问题,就是人为什么而生存,而当你在做这一切生产活动的时候,精神是得到满足的,所以艺术也有了。到了今天,我觉得我们的工作是高度分工,高度分工以后,专门有一批人去生产粮食,另外有一批人研究人为什么要活着,还有一些人研究艺术。当这些事情全都分工好以后,其实人是很苦恼的,不晓得什么是重要的,尤其是做艺术的人,你要再去想有用没有用吧,你会陷入一个虚无,因为艺术是一个绝对无用的事情。只能说我的这些书卖出去赚了多少版税,这才是有用的,可是它跟你的写作又没有关系,所以,做艺术的人是非常苦恼的,都不晓得自己要什么,而只好现实地激励自己,就是在现实的功利里面得到什么好处,但事实上又跟他从事的东西是没有关系的。我这样说,不知道年轻的孩子们懂没懂,我也没有办法说得更清楚一点。并且,我觉得在你们年轻的时候知道我们这种虚无的思想也是不好的。你们还是要努力的。(笑声,掌声)

提问：您在十几年前写过一篇文章《我们是不是自己的掘墓人》，在文章的最后您说，就期待着下一个周期，悲观主义终会走到尽头，快乐应运而起，那时节，就当是世纪初了。那么时至今日已经到了新世纪初，您认为您当年的悲观主义已经消失了吗？人们常常说经历"文革"的一代是被耽误的一代，并且您的母亲曾经也是希望您能当一名医生，那么您认为在中国这样一个环境里面，作为著名的作家应该怎样维持文学与政治之间的关系，如何寻找两者之间的平衡呢？作家作品的出版难免会面临市场销量的问题，很多作品虽然非常优秀，但是往往是曲高和寡，影响甚微，并且曾经有传言说您写《长恨歌》也是为了迎合当时老上海怀旧热。作为作家，您如何处理好作品质量、自己的内心感受和市场销量三者之间的关系？（掌声）

王安忆：关于第一个问题，我都忘记是在哪一篇文章里说过，但我完全不会抵赖（笑声），我确实是一个悲观主义者。可能搞艺术的人都是比较悲观的，都不是积极的参与者，也正因为我们不是积极的参与者，我们在生活中都是很无能的人，所以，我们只能把我们的作为寄托在一个虚无的存在上面。我也是一个无能的人，并且，我发现在我们的同辈当中，我们的作家里面，大抵上都有这样的情形，比如说贾平凹，还有莫言，我发现他们这些农村出生的作家，基本上他们都对农村的劳动很厌恶，而且他们都不会劳动（笑），贾平凹说他干农活干不动，他可能身体也比较不好，莫言说过这么一句话，我听后都觉得很心惊，他说麦收的季节是个残酷的季节，可是，没有妨碍他把麦收写得那么辉煌。我们这些人，在现实里面，我们割不动麦子，我们只能自己去造一个麦田，是在纸上造一个麦田。从某种程度上讲，我不能说我是乐观的，我确实是一个悲观的人，我们在生活中没有能力，我们只能把我们所有的需要放进一个空中楼阁。

第二个问题，文学和政治的关系，这是很复杂的，我觉得我们写作者，或者艺术者，都有一个相同的特征，我们大概都是无政府主义者，但我觉得有一点，就是我们都是不得不妥协的人，我们都必须在某一个政治里面生活，我们必须在体制里面生活，最偷懒的办法，也是最妥协的一种方法，我只能在我这体制里生活，当然我也很觉得在这个世界上有很多作家艺术家，他们都是跑到别的体制里去，比如说刚才我前面说的美国"爱荷华国际写作计划"里边，那个跑到西德去的东德作家，她跑过去她也不高兴，因为作家就是一个不喜欢任何体制的人，她跑过去他也很苦恼，所以我们和政治的关系是很紧张的关系，你又不可能脱离你所存在的社会去生活，但事实上我们都希望一个绝对的自由，因此我们也只能在写作中天马行空，非常自由地释放自己。

第三个问题是文学和市场的关系。市场是今天最大的政治，它所形成的压力甚至比意识形态还要大，尤其是在我们中国现在的市场，因为我们现在不是一个完全的市场，我们的市场是有些变形的市场。作为我个人来讲，我应该为我个人作一点辩解。其实我写《长恨歌》已经是21年前的事情了，21年前的《长恨歌》在台湾还得过一个奖，但在大陆没有人注意。因此21年前《长恨歌》出版时是很受冷遇的。因为当时有很多文学潮流，上海没有成为怀旧的一个形式，对上海30年代至40年代的生活好像还没有开始怀念，所以说这个《长恨歌》最初出现时是比较寂寞的。但是我觉得有两件事情的发生对它后来成为热门话题是有些作用的。一件就是"上海话题"的兴起。今天回过头去看，会发现"上海话题"的兴起是非常诡异的事情。在90年代初的时候，我们有两个著名的第五代导演的电影，同时都涉及了上海。一个是陈凯歌的《风月》，另一个是张艺谋的《摇啊摇，摇到外婆桥》。还有一个电影，等于是业余执导，就是陈逸飞改编自徐訏小说《鬼恋》的《人约黄昏》。这三部电影都写到上海。我觉得是上海话题兴起的一个前兆。而这三部电影都有跨国资本投入。我觉得这里有一种对信息捕捉的敏感性。这个信息来自哪里？是不是全球化的背景，好像是上海马上会进入世界的视野。等到上海话题慢慢兴起的时候，人们忽然想起《长恨歌》了。还有就是与张爱玲有关。张爱玲1995年去世以后，很快变成了一个话题。台湾评论家、哈佛大学东亚系的王德威，他是最早看完我的《长恨歌》的，他写了一篇文章，题为"张爱玲后又一人"。这两件事在两千年迎头碰上，叫醒了《长恨歌》。（掌声）

提问：《启蒙时代》与您此前的小说有很大的不同，您为什么以此命名这部小说？您怎样看当下的媒体与文学的关系？您对新世纪以来的"非虚构写作"热潮有什么看法？（掌声）

王安忆：关于《启蒙时代》，我觉得在那个时代，我写了一批干部子弟，他们在"文化大革命"中似乎起到了一个先锋的作用，然后等到革命的高潮过去以后，他们开始思考。那么我为什么要用"启蒙时代"呢？因为我觉得其实在"文化大革命"开始之前，我们是被教育所蒙昧的，教育应该是一种启蒙吧，但到了1966年以后，学校停课了，大人也不管束了，那时的孩子在一个自由的空气里面，接触到了真正的生活，可能我们的启蒙是从这里开始的，这是我的一个想法。

关于媒体的问题：媒体的产生在我们这个时代是一件很大的事情，对我们生活的改变非常大，葛兆光老师曾这样说过，以后我们的存在会越来越边缘，以后这个世界会由三大力量主宰，一个是法律，一个是金融，一个是媒体。我认为他的话很有道理，这个时代就是这样来临了。在媒体覆盖之前，有一个名词是没有产生的，就是美女作家，为什么会有美女作家？是因为照片和图片出来了，然后就是作家会靠媒体来为自己的书作推动，因为媒体和市场连接在一起。去年我和企鹅出版社签了《天香》的英语版权，而签约的合同里有的内容我是不能接受的，比如说配合宣传，我说宁可印数少些、定金少些，我是不宣传的，而出版社的人很客气地说他很能理解。他说在英国有一个作家，当他80岁的时候就决定再也不宣传了。其实这话对我是一个讽刺（笑声），意思就是说你还没到这个份儿上，他又说能不能在某种程度上配合宣传。而其实这已经变成一个作家的生产方式了，就是你必须配合宣传，这就像生产一种药，有百分之七十的成本是用于宣传，这就是媒体的影响。

关于非虚构的问题：我个人是不太写非虚构的东西，因为好像不能满足我，我还是喜欢写虚构的。但是我也看到一个现实，不管是中国的还是外国的出版物，虚构的是最难的，好的虚构非常非常少。大量的出版物，销售得好的都是非虚构的，虚构的东西很少。非虚构的，我觉得它首先就能说服你，因为它是真实发生的。真实发生的事情，它本身就很有说服力。你比如说,那边死了一个人,小说里面死一片人也不要紧。可是在真实生活里边,死一个,就是很惊悚的。所以,真实的事情已经有绝对的说服力了,这就是"非虚构"勃起的一个大背景。它又和媒体有关系,它可以配很多图片,是不是?

提问:可以请您为我们中学生的写作提些建议吗?您说当时您是被迫成为职业作家的,那么现在您那么成功是不是因为这个"被迫"所带来的压力而成的,还是顺其自然现在会更好呢?(掌声)

王安忆:我还是先回答第二个问题吧。我刚才说的"被迫"还不是那么直接地理解的,其实当时我就一定要成为一个职业作家,为什么呢?因为我非常喜欢写作,我不能想象我从事别的事情,我从事别的事情都从事不好,我就像贾平凹、莫言一样,不会种地。其实不应该说是被迫,而是我必须成为。当然,成为职业作家有很多困难,需要克服许多苦难,比如说:瓶颈。然后是第一个问题,中学生和写作的关系。这我倒要用你的话了,顺其自然(笑声)。我觉得在任何行业里边,可能都会有一个"早慧"、神童,唯独在写作里面,我不相信"早慧"。因为它和一个人的阅历有关系,它和你的经历、人生阅历有关系,当你还没有足够认识的时候,你可能写些小文章,写些同学、爸爸妈妈等可爱的小文章,会比较感动,会很不错,但这不意味着你是一个作家。我说的作家是指职业作家,所以,我倒是不太建议在中学时代就定下一个目标要成为作家,当然我现在这么说是非常软弱无力的,因为事实证明了有很多很多人,从很小的时候,已经成为作家,而且现在变成越来越有名的作家,我个人的说法是无力去推翻这样一个事实的。但我还是依然认为,在文学这一行里面,真的是没有早慧这一说法,我建议中学生好好地读书,把每一门功课都做好,因为我个人还是比较肯定教育的。尤其是在普及教育这方面,它至少可以锻炼一个人的学习能力和适应社会的能力,至于写作,我觉得还是按照老师的要求去写吧,这样比较安全。

提问:请问选入我们初中课本的《我们家的男子汉》这篇文章是在什么情况下写成的?我们这些00后的读者,大多比较喜欢一些青春言情类的小说,像郭敬明、韩寒这类作家,他们是文坛新力量,更贴近现代社会,我可以把它理解为时代的经典会变换和社会的发展进步意味着只有经典才会流传下来吗?(掌声)

王安忆:当时我写的《我们家的男子汉》是散文,散文的第一句我好像是这么写的,就是现在有一些北方的作家开始写男子汉,然后我就想写些我们家的男子汉。后来有一个北方的男作家很不高兴,觉得算什么意思啊,这么讽刺我们,写你们家的小外甥!他就很不高兴,还和我闹脾气。现在的情况是,我们家的"男子汉"现在已经37岁了(一片惊呼),他已经很大很大了,已经结婚了。还有一个事情就是,北方的男作家,已经和我成为好朋友,这个问题也已经解决了。这篇文章写我们家的小外甥,写他成长当中的点点滴滴,很多年过去了,但是我后来又写了它的续篇,续篇就不像那一篇那么快乐,他后来在慢慢成长中碰到了非常多的难题,他甚至已经在问题少年的边缘了,可是谢天谢地,他还是回到了生活的常规。一个孩子的成长,真的是一件非常危险的事情,会犯很多错误,可是青春和我们的成长就是由一个一个的错误这么堆积起来的。(掌声)

关于经典的问题，因为经典已经流传下来了，这已经是一个事实了，所以我们觉得这是一个事实，就是没什么可讨论的。为什么会是经典，就是因为它已经克服了时间的障碍，已经不断地在每一个时代穿越，到今天已经是一个事实了。对于今天的年轻人，他们的写作，说实在我看的不多，另外，不是所有的写作都是文学。之前，我和陈思和老师在说一件事情，说我最近读到了一个美国作家的小说，我觉得写得非常好。然后陈老师说，这篇小说80年代的时候就已经出版了，我一听这话觉得自己很落伍，没有及时地看到这篇小说。另外我又觉得很庆幸：我在这个时候看到这个小说。今天这个年代和80年代不一样，80年代的文学在我面前是很纯的，它就告诉你这是文学，也许我会忽略它，会抵抗它，而在今天有那么多的信息，我有那么多的阅读，我读到它的好，那我是觉得我是真正领略了它的好，所以，我又很庆幸我在迟到了30年以后我才读到这个作品。所以，我想这就是经典吧。有些东西它就是潜伏在时间的底部，但是它永远不会消失，我们还是相信时间，相信时间会把好东西留下来。

李相银（淮阴师范学院文学院院长）：关于"经典"这个问题，我想陈思和先生可以给现场的孩子们一些更好的启示和判断。

陈思和（复旦大学中文系教授、淮阴师范学院文学院特聘教授）：关于经典的问题，刚才王安忆已经说得很好了。经典不是今天随便说的，就是不能我今天自己写了一部小说发行了20万册，我就说它是经典。什么叫经典？"经"是不变的东西，"典"是典故，比如我们说《红楼梦》是经典，因为它已经经历了好几百年了，你想当时有《红楼梦》，就肯定有《青楼梦》、《绿楼梦》什么梦，对不对？有很多很多梦。可是今天就留下个《红楼梦》，其他的梦都没了，这个就是经典了，也就是说，你要经过几百年的这样一个淘汰。所以，当我们在讨论"80后"作家时，你不能说他发行量很高，就是经典。一部电影，十几亿的票房，但这和经典毫无关系，这是流行，或者说畅销，我们只能鉴定畅销不畅销，而不要去轻易地封它是经典。经典不在当代，也不在现代，我对现代文学，比如像鲁迅、巴金、老舍啊，从我个人理解上，我不认为是经典，如果过了500年，过了1000年，很可能我们这个时代就留下一个鲁迅，其他人都忘了。再比如"诺贝尔文学奖"，"诺贝尔文学奖"到了莫言是第109个，所以我说《水浒传》一百零八将刚刚绕过，莫言是第109个，现在整整100年过去了，你说大家闭着眼睛想，到底记得住哪几个获得诺贝尔文学奖的，呃，至少有一半大家是早就忘掉了，何况是其他的作家。所以，我们不要为未来去封今天这个是不是经典，经典我们封也没用的，过了时间，经典就是经典，你想当年卡夫卡，活着的时候，小说都卖不出去的，可是死了以后，他的小说，我们今天看了觉得他是一个非常重要的作家了，所以历史上的事情，随着历史的发展都讲不清楚的。（掌声）

提问：作为中学生，我们现在只能学习，要经过初中、高中，再进入大学，那么等到我们大学毕业之后，再去追寻自己的理想与初衷的话，会不会来不及呢？是否该早些投资自己的初衷与梦想呢？（掌声）

王安忆：我觉得我要是去指导别人的人生的话，这是一件很可怕的事情，因为我是要负责的，我只是感到奇怪，感到不理解，就是现在的年轻人为什么会觉得有些事情是不可能做到的。譬如说有一个孩子，他说他很喜欢文科，这是我在复旦自主招生面试时碰见的。他的考分第一，报理科班，就是我的那一组。他虽然考分第一，但我觉得他非常紧张，一直在抖脚。当我给他面试的时候，我就想找到他的兴趣所在，能让他跟我松弛地谈一谈。他的材料里有一份他的自述，字写得非常好，他是高分生。我就问他为什么喜欢经济管理这个专业，他说其实考试的时候，他文科的分数比理科高，可是大家都说，他是男生，并且，好学生都是读理科，他就选择了理科。（笑声）我就说，那你其实是喜欢文科的，他说其实他也不喜欢文科。（大笑）我说，那你喜欢什么，总得有个喜欢吧。他说他喜欢篮球，我就问他，你觉得篮球是技术重要还是战术重要？于是，我就跟他讨论起篮球。这个时候，我就发现，他渐渐地脚就不抖了，他就很高兴很快乐地跟我谈了篮球。我心里面就在想，为什么不能按照自己喜欢的事情去选择。当然，我觉得你们选择的范围是非常有限的，很多事情都已经规定好了你们去做什么，譬如说有一些人，他会在毕业后分配工作或是找工作时，他想他必须找到多少工资的活，他必须买车、买房。我想一个人要是不开车会怎样呢，似乎在我们看来也不怎么重要的事情。所以我在想你要是尊重你的初衷，第一你要搞清楚你的初衷是什么，然后你还是要学会放弃些什么，如果你初衷很重要的话。当然，这种励志的话，我不太愿意讲，因为我还是觉得不要去影响你们的人生。说句老实话，一个人在大多数人里面，肯定是比较安全的。要做一个特立独行的人，代价是很高的，如果你没有一个特别强的精神支柱的话，那你还是在大多数人里面做比较好。（掌声）

提问：纵观您创作的历程，有青涩的笔调、有清明的寻根、有对现实的铺陈，也有对农耕的思索，在创作的时候，您是经历了从小我到大我的突破，这个突破带给您怎样的心境呢？在我们淮师文学院，一直在推行"读千本书计划"，就是在大学四年的时间里，至少要阅读一千本以上的书目，以夯实我们的阅读基础，请问怎样才能把大量的阅读基础转化成我们的写作呢？（掌声）

王安忆：这个问题我觉得挺好的，"大我"和"小我"，其实我觉得我们每个人都是器皿，如果一个人器皿很大的话，哪怕是写"我"，你辐射出去，你也会辐射很大的范围；但如果你器很小的话，哪怕你去写全人类，结果也会很小的，我只能这么模糊地回答一下！（掌声）

第二个问题，我觉得一个人读书的习惯应该是很小就培养起来了，在我看来，一个人要是读到大学，他还没有阅读的习惯，那我觉得他还蛮难培养的，因为我觉得阅读是个能力。其实我觉得读书，如果你喜欢读的话，这真的是一件非常美好的事，你的阅历、你的经历会变得非常丰富。我上次在机场，一个年轻的妈妈带着她的一个小女孩。小女孩很小，然后她妈妈走过我身边说了这么一句话，我觉得这句话说得非常对。我也把这句话转告给你们，妈妈手里拿着一本书，她和小姑娘讲，她说这本书你要是能看进去，一定比 iPad 好看得多。我觉得她说的很有道理。

提问：提起您，就会想到"上海啊、弄堂啊、列车啊、大刘庄啊"这些关键词，请问这种既定的风格会成为您写作的障碍吗？（掌声）

王安忆：你刚才列举的弄堂啊、火车啊，这些不能把它归到风格吧，它应该是一个题材，这些是我的材料。当然风格会成为一个人的障碍，但我个人是个不追求风格的人，如果说我现在作品中体现我的风格，那一定是不得已而为之，如果让我去选择的话，我一定不会愿意让风格来覆盖我的。我觉得大的作家都不存在什么风格，当然也不妨碍我们认识他们。他不是从风格上去认识的，他是从别的一些条件上去认识的。比如这一次在北京开两会的时候，我们两会每一次都会有一个联组会议，就是几个组联系在一起，我们是文艺组，文艺有三组，三组联系在一起，然后就有一个非常重要的领导到我们这里，听我们发言。这次的话，到我们小组的是俞正声，全国政协的主席嘛，他好像看过很多书，就问了一篇小说，说是在《新华文摘》上看到的，是湖北的作家，然后他就问我是谁写的。我开始不知道作者是谁，可当他把这个故事说了，我就说是陈应松写的。这不是风格，因为当他讲述的时候，是不存在风格的。这个小说的题材以及他对这个题材的认识，他对现实的关心，就是陈应松的。你知道，当你认识一个作家的时候，你不是靠风格去认识，你要靠很多条件去认识，这是我的观点。（掌声）

提问：我们这些刚进大学的学生，或是一直在校园的学生，怎样在写作上突破素材与经验的匮乏呢？（掌声）

王安忆：其实你提的这个问题也是我们复旦"创意写作班"每一届学生都会遇到的问题。这些问题表现在：他们认为没有东西可以进入写作，而且在他们看来可以进入写作的东西在我看来也不值得进入写作。所以在给他们上课的时候，尤其在我的课上，我经常会让他们谈论自己的生活。当他们谈论自己生活的时候，他们又能放开来谈一些，这就不是每个人没有经验。事实上，每个人都在生活，都有经验，但问题在于你如何认识你的经验。开始我们班上的课上得非常沉闷，我就让大家看看能不能谈一些各自在生活中遇到的诡异的事件，就是鬼啊，灵魂啊，这些事情你们都可以讲。一下子活跃起来，我发现女生比男生更喜欢神秘的事物。其中有一个女孩子讲得就很有意思。她说她碰到了一件非常奇怪的事情，她喜欢买发卡，可她发现凡是她买的有水晶的、发亮的发卡，都是很快地就丢掉了，那些不发亮的发卡都能保留下来，我觉得她说的很有趣。事实上，如果你去做一个严密的统计和调查，肯定是有保留下来的发亮的发卡，而不发亮的发卡也有丢掉的记录。可是事实上，当你讲述这件事情的时候，你已经在虚构这个事实了，这个虚构的事实就是说发亮的发卡会丢掉。（大笑）

提问：莫言获得诺贝尔奖，您有什么想法，您觉得您的作品和莫言的作品有什么区别以及有什么高下？我第一次在看您的作品时，以为是一位男作家写的，您在写这些作品的时候有什么习惯或风格在里面吗？

王安忆：我觉得莫言得诺奖，评得还是不错的。诺贝尔文学奖能在我们50年代作家群里选择就很有意味。在诺贝尔奖评选里面有一条标准，就是持续性地写作。中国作家很不幸的，100年来哪有持续性写作啊，一会儿救亡，一会儿内战，一会儿离散，一会儿"反右"，一会儿"文化大革命"，老是被中断的，所以我们很难找到一个持续性写作的作家。只有改革开放以后，从新时期文学到今天，我们才能有职业化的写作30多年，所以在50年代出生的作家里面选择得奖者,我觉得非常对,选莫言我觉得也很对,莫言确实是这帮人里面写得很好的人。当然诺贝尔评奖需要很多条件,你要有翻译,要跑国际大码头推销你的书,需要做很多工作,但是我觉得即便包含这些成分的话,莫言也是当之无愧的。

第二个问题,你对我作品评价说像一个男作家,其实这是一个很高的评价了。(笑声)事实上,我是经常被人批评就是写男性没写好的人,我比较钟情写女性,毕竟自己是女性,比较能够感同身受,假如我能写同样数量的男性的话,那我觉得我就真的是很完备了,但是不可能的,人总是有缺陷的。

文本分析的观念和方法问题

主讲人 / 孙绍振 （2015 年 10 月 12 日）

[**主讲人简介**] 孙绍振，1936 年生，福建师范大学文学院教授、博士生导师，中国文艺理论学会副会长，福建省作家协会副主席、福建省写作学会会长、中外文论学会常务理事。

今天我给大家讲一讲文本分析，听说你们都是师范专业的学生，将来要当语文老师的。实际上，我认为在中学所有的课程当中最难教的是语文，你教数学，它的答案全世界都是一样的，甚至有的两千多年前就是这样的，而有的物理公式、化学公式全世界也是一样的，是由权威的人士认定的，但语文不一样，它是没有标准答案的。语文还有一个问题，那就是可能老师讲错了你也不知道的，甚至错了几千年都不知道的。有时候，不但你们的老师讲错了，报纸、教材上讲错了，甚至北大的教授也可能讲错了。为了说明这一点，我举一个例子。你们大概都学过一首唐诗，贺知章写的《咏柳》："碧玉妆成一树高，万条垂下绿丝绦。不知细叶谁裁出，二月春风似剪刀。"这首诗写出来一千多年了，至今仍然脍炙人口，充满了艺术的感染力。但是请一个大学教授讲一讲这首诗好在哪里时，他居然讲错了。当你们回到中学去讲课的时候，你们要面临比这个难得多的题目怎么办？所以说这个问题太严重了，我们所学的那些文艺理论都解决不了这个问题，就这么四行诗，那么精彩，但是我们就不知道它好在哪里，我们读起来感觉非常好，一代又一代的人读了一千多年都感觉非常好，可是对于这首诗好在哪里谁又讲对了呢？

北大的头牌教授——我的师兄袁行霈先生，你们将来或者即将学他主编的《中国文学史》的，他在解读这首诗的时候，我觉得就大错特错，他说第一句"碧玉妆成一树高"是一个总体的意象，第二句"万条垂下绿丝绦"是写具体的柳丝，然后他下了个结论：这首诗好在哪里？好在最能表现柳树的特征。诸位，我想问一下这句话对不对？你们不要以为他是权威，就被他镇住了。我反过来问你们一句话，你们马上就明白了，诗以什么动人？你们都知道以情动人，但他却告诉你以表现柳树的特征动人。这就不是以表现感情动人，而是以表现客观对象的特征动人。这是一个根本的差异、根本的矛盾。按照你们的意见以情动人来看,他就不是以情动人。那么,他的指导思想是什么呢?那就是把客观事物的特点表现出来,也就是把客观事物的真实表现出来就是诗。但你们认为要表现主观感情才是诗,而他没加这个感情怎么办?我们来分析一下,主观的感情要去动人,要跟柳树发生关系,如果仅仅有柳树的特征能动人吗?把柳树的东西写得很清楚,那是说明文吧。我要把我的感情通过柳树传达给读者,柳树作为一个客体要变成主体感情的载体,这个柳树会怎么样?柳树要发生变异。首先,你说柳树"碧玉妆成一树高",柳树是玉,这是真的吗?其次,"万条垂下绿丝绦",柳叶是丝,这是真的吗?这两者都不是真的,但是正由于它不是真的,它才能很好地表现我的感情。所以说,要表现主观的感情,就要通过一种手法,不是纯粹表现柳树的特征,而是使柳树的特征发生一种变化,把它美化、诗化。那么,不是玉要说它是玉,它不是玉是真的,说它是玉是不真的;不是丝说它是丝,不是丝是真的,说它是丝是不真的,但是它是想象的,所以艺术品不完全是客观特征的表现,要表现主观的感情,通过把客观的特征变成主观感情的特征把两者结合起来。这里有一个东西,就是想象,诗的想象。如果没有想象,我的感情不可能变成树的形象,那么这个想象就跟表现真实是一个对立的东西,真实的是客观的,想象的是主观的,所以通过想象才能表现主观的感情。艺术它是表现真实的,但是表现的不是完全的真实,它是假定的想象的,用中国古典思想的说法叫真假互补,叫虚实相生。这是要记住的,但是我们有的大学老师恰恰没记住。

然后他说这首诗还好在哪里呢?"不知细叶谁裁出,二月春风似剪刀。"他说这不但表现了柳树的美好,而且歌颂了春天,除此以外,更重要的是歌颂了创造性的劳动,用剪刀剪东西是劳动,而且剪得好要创造性。你们同意吗?有的人摇头了,不同意,为什么?我们不讲理论,从常识来看,一个唐朝的贵族,从绍兴跑到首都去做官,然后皇帝批准他回家养老,这样的人,脑子里有劳动吗?唐朝有"劳动"这两个字吗?有的,根据我们共同的老师——王力先生的《古代汉语词典》,"劳动"是劳动大家的意思。那我们现在的劳动是什么意思?劳动创造价值,劳动创造世界,劳动是光荣的,不劳动是可耻的,这样的概念在唐朝不可能有,"劳动"这两个字是日本人用汉字翻译英语的"labor"和"work"借用来的,我们把它搬过来,它完全是无中生有。那么,他为什么这样说呢?这是他的美学思想决定的,在他看来,艺术之所以动人是反映真实,但他丢掉了想象和假定。

第二,艺术既然是动人的,反映真实的,那么反映真实干吗?让你认识世界,那认识世界干吗呢?让你改造世界。改造世界有两种办法:一种是革命,一种是劳动。认识世界没有革命,那肯定有劳动,但诗不一定用这个办法来教育人,因为认识世界的功利目的就是教育人。但以情动人的这个"情"没有教育作用,不教你劳动也不教你革命,这个"情"有没有独立价值呢?情感有独立的价值,这些诗句就是表现情感,它没有反映柳树的特征,也没有教你去劳动,它只是表现了一种对柳树的赞美之情。他说它反映柳树特征,他没有分析对,其实贺知章认为柳树特征是什么呢?第二句"万条垂下绿丝绦"写出柳枝的茂密,这个肯定有特点,但是还不完全,第三句"不知细叶谁裁出"写出叶子非常纤细、精致。非常茂密的万千柳丝,非常精致的叶子,这很美。如果从科学的真来说,它是大自然的自然规律,是天气暖了,温度升高了,湿度提高了,然后,柳树的遗传基因发动了它的生长周期。我们一般说枝繁叶茂,但柳树却是枝繁叶不茂,叶子很精致很精巧,这样美好的柳树如果用客观的真来说这是大自然的规律,但诗人认为这种美不是一般的美,他说这比大自然的美更美,一定是有人用心去剪裁它,去设计它,这种对柳树的感情是超越科学的真实,比自然美更美,它既不是反映真实的,也不是有什么功利目的的,纯粹是感情。它有没有价值呢?这种感情是没有用的,超功利的,是假定的感情,但它有独立的价值。你们如果学过一点文学理论就知道这是审美价值。有许多诗歌、小说以及散文都是有认识世界甚至教育人的作用的,但也有许多诗歌和散文,它就是审美,这种激动人心的美本来就有价值。这位教授说"不知细叶谁裁出,二月春风似剪刀"这两句非常好,我同意。但我读你的文章就是希望你能告诉我这两句好在哪里。他说这两句好,好在比喻巧妙,我再看,说十分巧妙。我就是想让你告诉我怎么巧妙,他说十分巧妙,这不是忽悠人嘛。那么,我这人喜欢抬杠,我说它不巧妙,为什么?春风是柔和的、温暖的,怎么像剪刀呢?剪刀刀锋是非常锋利的,二月春风怎么似剪刀呢?从他的立场来看,如果我们假定这首诗是在长安写的,二月春寒料峭,春风有种锋利的感觉,剪刀也有锋利的感觉。"二月春风似剪刀"似乎也是有道理的。但我们再反过来想想,刀有很多种,不仅仅只有剪刀,还有好多刀啊,比如说菜刀,比如说屠刀,但是同样锋利的刀,说二月春风似菜刀,就很不好。那么这几句诗为什么好?我读一下你们就明白了。你们听我读啊,"不知细叶谁/裁出,二月春风似/剪刀",明白了没有?为什么"似剪刀"好,因为前面有个"裁",裁剪是中国汉语的一个固定的联想,诗人非常精彩的比喻潜在的是中国汉语这个固定的联想。所以说,这种独立的情感的审美价值与非常精彩又贴切的语言应用造成了这首诗的不朽。如果说,这首诗前面两句很平常,一般的唐朝诗人甚至当代的诗人都写得出来,那么写出后面这两句就是天才。你们将来要做语文老师的,如果你们在分析诗歌、散文、小说时,告诉学生说"十分巧妙"或者说"表现了创造性劳动",学生不会觉得错,但也觉得好像没对,不过瘾。如果就这样混一辈子,那么你就太对不起学生了。

　　正因为这样,我们要有一个专门的学问来解读我们的文本。那为什么许多学生对于语文课感到烦,感到腻,觉得语文课上和不上一个样,甚至还有人说你不讲我还明白,你讲了我却不明白了,就像刚才讲的例子那样,你不讲我觉得很好,你讲了我反而糊涂了,害人不浅啊。从这个意义上来讲,我们不要把文本解读的微观分析看淡了,不要看得太容易了,恰恰相反,这非常难,难到什么程度?有时候复旦、北京的大学教授不行,甚至全世界的教授都不行,因为没有这个学问。我们引进的都是文艺理论,美学的,哲学性的,它不解决这个具体文本的问题。当我们读一个文本的时候,表面上看来我们的思想是开放的,文本有什么文意能够看得清清楚楚,但是,我也告诉你们,我们人类的心理有一个局限性:一方面他希望尽量开放地接受新事物,接收文本里最精彩的东西;另一方面又有一定的封闭性,明明文本里面有的东西看不见,明明没有的东西却看见了。比如刚才我讲的那个例子,明明里面有的东西,就是这个感情本身是很美的,它本身有价值。这有的东西,他看不见,明明没有的东西,什么创造性劳动,他看见了,这就是人。人阅读文本本来是要看他不知道的东西,但他看到的是什么? 看到的恰恰是他已经知道的东西,他心里的东西。这里有一个非常奇怪的现象,人看文本的时候,人看世界的时候,人看人的时候,往往只看到了自己心里的东西,没看到客观的东西。就像贾宝玉第一次看见林黛玉,他说了一句什么话? "这姑娘我见过的。"这说明了什么呢? 这就是说他看见了自己啊,自己心里的模型。就像我们刚才讲的这个北大的教授,他认为好的作品一定要教育人,不能教人革命至少要教人劳动吧,他看见了自己心里的成见。在中国古典哲学里面有一句话很重要,《周易》里面的,说"仁者见仁,智者见智",后来由一些思想家发挥,就是"仁者不能见智,智者不能见仁"。所以说情人眼里出西施,就是因为我看见了我脑子里的西施,不然哪里有那么多的西施呢? 所以,仁者不能见智,你脑子里有了创造性劳动,有了这种教化的、机械的、狭隘的、功利的认识,那你就看不见里面的创造性,看不见里面的情感特点,你心里有什么东西就会看见什么东西,心里没有的东西你就看不见。这个问题非常严重,我举一个例子,你们在中学都学过《愚公移山》吧,学过没有?

学生:学过。

孙绍振:据说现在都是多元解读,一篇文章有好多种解读。我曾经看到一个材料,有的人认为愚公根本不用移山,移山很愚蠢。为什么? 你要移山是因为那山挡在你家门口,使你出入很不方便,因而要把山移走。对此,有人说:"你把房子搬到山前面去不就完了吗?"还有人说:"你把山移了往哪放? 你丢到渤海去,渤海环境不是给你破坏了?"这些想法都是当代人心里有的东西,是以当代的眼光去看古典的东西,但你要从文本里看。愚公移山为什么会成为一个经典的寓言呢?

这里有一个问题,什么问题呢? 文章里有矛盾,愚公要移山,河曲智叟说:"以汝残年余力,曾不能毁山之一毛。"他的妻子对此也怀疑。这怀疑有道理啊,你这么老了能做到吗? 愚公说,"虽我之死,有子存焉;子又生孙,孙又生子;子又有子,子又有孙;子子孙孙无穷匮也,而山不加增。"山是一个定量,我子子孙孙是无穷量。无穷量对于有限量,所以我一定会胜利。文章是这样写的,按理说应该是子子孙孙把山移走的,但你们有没有注意到故事的最后是谁把山移走了? 是不是愚公移走了?

学生:不是!

孙绍振:是谁移走了? 操蛇之神安排人把它移走了,那么从这个意义上来讲,愚公没有移走山啊,失败了。操蛇之神命夸娥氏二子把山移走了。有人考证:这个夸娥氏,夸者大也,夸大夸大。"娥"这个词现在的写法跟过去的不一样,在一个学报上,我看到"娥"这个词相当于"蚂蚁"的"蚁"。也就是说,结果是被一个大蚂蚁之神把山移走的。这说明什么? 说明这首寓言是一种愚公精神的颂歌。愚公那么渺小,山那么高大,与山相比愚公渺小得就像蚂蚁一样。如果你脑子里没有对文本本身蕴含的精神力量的理解,就会认为在那个生产力那么不发达的古代,像愚公移山那样根本是不可能的。但这个像蚂蚁一样渺小的生灵居然也想把山移走,这种精神是伟大的,所以感动了神灵。所以说,你脑子里没有的东西,你就看不到,你只会看到移山完全是浪费,移山是不可持续的,移山是破坏环境的。你是以今天的眼光去看待那种伟大的精神。

第二个问题,你既然是歌颂愚公的大蚂蚁移山精神,你干吗叫他"愚公"? "愚"是一个贬义词,但那个反对移山的人却叫"智叟","智"是一个褒义词,那么为什么你要歌颂的人叫他"愚",你要批判的人叫他"智"? 另外,你既然叫他"愚",后面却叫他"公","公"是尊称啊;你既然叫他"智",但后面却叫他"叟","叟"是一个糟老头子啊。这里充满了反讽。在一般人看来,愚公是愚的,实际上他是伟大的,值得尊敬的;在一般人看来,智叟是有道理的,他说山是高大的,你是搬不走的,但实际上他是愚蠢的。这里就看出这篇文章真正的特点是什么呢? 一方面是颂歌,一方面是反讽。表面上看来是愚的人实际很伟大,表面上看来很有道理的人实际很渺小。这样我们就可以真正看出《愚公移山》之所以不朽的原因了。

语文课特别难教,它与数学、物理、化学等课程不一样,这些课程老师不教学生是不懂的,至少他不会做练习,但语文课不一样,学生一走进《愚公移山》,觉得每个字都认识,没什么的,一望而知,那么老师的本领在哪里? 如果你重复一望而知,你这辈子白过了。你这一辈子最多教三册到六册的书,一共加起来就那么几篇文章,你都对付不了,你既浪费自己的生命,也浪费学生的生命,所以我们一定要钻进去。所以说如果你脑子里有的东西只是现当代的,那么在生产力还不发达的情况下,在环境还没遭到破坏的情况下,你就看不到那种精神的伟大。这是非常严重的一件事,我们看到的往往不是文本里的东西,而是我们脑子里的东西,所以说"仁者不能见智,智者不能见仁"。表面上你们年轻人思想很开放,但语文课难就难在我们的思想并不开放,我们往往把当代主流意识形态的一些东西强加到课本中去,遮蔽了自己,使得自己变得愚蠢。更为严重的是,文本也有一定的封闭性,它不直接把它的秘密告诉你,它让你感动,但是原因你搞不清楚。比如刚才我讲的《愚公移山》里面每个字我们都认识,但是好在哪里它不一定给你知道;比如刚才我讲的"不知细叶谁裁出,二月春风似剪刀",每个人都懂,但是它的奥秘隐藏在深处。

我现在出一个题目给你们做做看。有一首很著名的诗:"窗前明月光,疑是地上霜。举头望明月,低头思故乡。"你们说一说,这首诗好在哪里? 它为什么这么的富有生命力,一直到现在为止还是家喻户晓、脍炙人口,好在哪里? 它表层的文本就是几个意象群落,一望而知,但这还不动人啊,请注意,在这个表层的意象群落之下它有一个感情,以情动人。感情的特点是什么? 我们许多大学里教的文学理论都讲以情动人,审美价值要表现作家特殊的情感。情感是可以动人的,审美是有价值的,那感情的特点是什么呢? 没有人研究过,没有人告诉你们,这是世界美学史上的空白。感情的特点就是动。所以叫动情、激动、感动、触动,所以叫情动于中(注:西汉学者毛亨为《诗经》所作的《大序》里写道:"情动于中而行于言")。英语也一样,被感动了就是被"moved","To be moved by"就是移动,就是变动,感情的特点就是动。我们来分析一下这个第二个层次。"床前明月光",这句大白话不是诗啊,"疑是地上霜",很亮很白,我怀疑它是月光还是霜,关键的这个词是"疑","疑"就是不确定。"举头望明月"干啥? 就是要确定一下究竟是月光还是霜,最后一句"低头思故乡",感情动了。如果不动的话就是这样:床前明月光,疑是地上霜。举头望明月,原来都是霜。这样感情就没动,这是理性。我本来正在怀疑它是月光呢还是霜,但一看见月亮我的感情就有了一个转折,忘掉了考虑究竟是月光还是霜的问题,马上低下头来想念家乡。在唐朝的时候月亮的形象就固定了,因为月亮是圆的,它就与团圆、家庭团聚联系在一起,看到月亮就会想到家庭,思念故乡。原来抬头好像不经意,但低头却有了忧愁,有了这个动才有感情。所以说,我们之所以不能看到文本的真正动人之处就是因为没有领会感情发生了变动。

为了说明这一点,我再来举一个例子。"春眠不觉晓,处处闻啼鸟。夜来风雨声,花落知多少?"这首诗小孩都会背,但要讲它好在哪里,没几个人讲得清楚,因为我们没这个学问。那我告诉你们,文本它有一定的封闭性,它把感情之动隐藏在它的意象群落里边,"春眠不觉晓,处处闻啼鸟",好舒服,好幸福啊,睡得懒洋洋的,被鸟的叫声叫醒了,鸟语花香,春光明媚,我懒洋洋地躺在床上,这样就很幸福啊,是不是? 感情之动在下面两句,"夜来风雨声,花落知多少?"明白了没有? 我想的不是好幸福好快乐好舒服,好懒洋洋地睡懒觉,不是! 虽然现在鸟语花香,但是鸟语花香怎么来的? 突然想到昨晚风雨大作,"花落知多少?"春天来的过程当中被风雨摧残了,鸟才会叫。春天来得是那么艰难,去得是那么快。花落了春天也快过去了,所以这首诗的主题叫什么? 惜春。这是中国特有的主题。如果你们学过一些西方古典诗歌的话,有一首诗叫《春》,

> spring,
> the sweet spring,
> is the year's pleasant king.

甜蜜的春天,是整个一年的甜蜜之王啊,然后他写的都是快乐。但是我们中国人的诗歌就是不一样,我从非常快乐非常幸福的感觉里转到春天来得那么艰难去得那么快。这个春不仅是春天,还是人的年华,特别是女人。在座的好像大多是女同学,李清照的词"昨夜雨疏风骤"学过没有? "浓睡不消残酒"其实就是把这个扩展了一下,变成女性的引用。"昨夜雨疏风骤,浓睡不消残酒。"底下是什么啊?

学生:试问卷帘人,却道海棠依旧。知否,知否? 应是绿肥红瘦。

孙绍振:你们看看,感情有没有动? 昨天晚上雨疏风骤跟"夜来风雨声"是一样的。我迷迷糊糊喝醉了,到早上还没怎么醒,我最关心的是什么? 是那海棠花怎么样了? 就问丫鬟:"海棠花怎么样了?"那个丫鬟稀里糊涂回答:"一样啊,和昨天一样啊。"不对,你看了说没有变,但是我认为变了,我越看越认为变了! 你知道吗? 风雨过去以后应该是叶子肥了花瘦了,花应该是落了,叶子肥了是春天来了,花凋零了表示什么? 年华消逝。女人是花啊,女性的隐忧,你看感情有没有动? 你说那个没有变我说变了,为什么? 我感觉到春天过去了,我的美丽的面容在消褪,我的青春正在消逝,这就是感情之动。你们要研究一首诗,要读透一首诗,你们说"以情动人",完全正确! 但是这个"情"的特点是什么?"情"的特点是"动",是一个转折,特别是在四行诗里面,这是它之所以动人的最深刻的奥秘。

下面来一首简单的好不好?"烟笼寒水月笼沙……"

学生:夜泊秦淮近酒家。商女不知亡国恨,隔江犹唱后庭花。

孙绍振:你们的记忆力都很好,起码跟我差不多,那它好在哪里? 想一想,在秦淮河边的一个夜晚,"烟笼寒水月笼沙",雾气腾腾,月光笼罩着,听到歌女在唱着欢乐的歌,很美好,但诗人杜牧却感到不美好,这是一个转折。商女也就是歌女"隔江犹唱后庭花",商女在江那边唱着《后庭花》这样的一首亡国之歌,这么美好的环境下我却感到沉痛,这就是一个转折。所以说你们的大前提和我是一样的——以情动人。但是你们如果再深入下去,把这个"情"研究透那就好了,那你们分析起文本来就会好一点了。我们再来一首吧,杜牧的"远上寒山石径斜……"

学生:白云深处有人家。停车坐爱枫林晚,霜叶红于二月花。

孙绍振:记忆力非常好,但你们知道这里面动人的奥妙吗? 你们根据我的理论来推演一下。"远上寒山石径斜",因为山很高不能直来直去,所以要斜斜地上去,而且眼睛看到什么地方?"白云深处有人家",很有诗意,非常遥远的高人隐逸之处很令人神往。"停车坐爱枫林晚",车子突然停下来干什么? 一个转折,"霜叶红于二月花",我身边的一棵枫树,可能也不止一棵,中国古代汉语没有数量感觉,被秋霜打过的枫叶,它美得比二月的鲜花还美。感情一下子转移了,不是那个遥远的白云深处令人神往的高人隐逸之处,而是就在现实世界,就在我身边的那个鲜艳的颜色吸引了我,感情有了一个转折,这就是"以情动人"。"动"就是转动,就是变动,就是转折。中国的诗歌发展到唐朝特别是绝句的时候一个非常精致的、非常精彩的发现,一般的诗人都达不到这样的水平。我们来讲一两首稍微复杂一点的,我们来讲讲杜甫吧。杜甫有首诗,你们肯定也学过,《春夜喜雨》背得上吗?"好雨知时节……"

学生:当春乃发生。随风潜入夜,润物细无声。野径云俱黑……

孙绍振:大致都背上来了,我非常满意,看来你们中学老师没有白辛苦,那这首诗好在哪里? 这说起来就复杂一点了,"好雨知时节"是大白话,"当春乃发生"春天就来了,这是什么好诗啊? 但是很不错,至少可以分析一下。这"雨"本来是客观的雨,但这个雨居然有一种人的意志,知道时节到了,这个"知"字很重要,雨是不知道时节的,人才会知道时节。"当春乃发生",到了春天就来了,这首诗就从这两句来说,说不上好但也说不上坏,五言律诗往往开头是比较平的。然后底下两句"随风潜入夜,润物细无声"。注意以情动人,它的感情特点是什么啊? 夜里的雨的特点是看不见的,"随风潜入夜",跟着风"潜入夜","潜"是偷偷地不让你看到的,"潜入夜"是从夜里偷偷地过来的,这个雨的特点是看不见的,但是我感觉到了。"润物细无声",滋润万物没有声音。杜甫的感情真是精致,没有声音,没有形状透射进来就被诗人感觉到了,这感情有没有特点? 我感觉到了雨,而且是一个人默默地在那儿感觉,既无声又无息,既无形又无状,默默地感觉到了。在那个兵荒马乱的农业国时代，春雨如油是决定老百姓的生计的，所以说有一点细雨他一个人在默默地感到欣慰甚至是默默地祈祷。然后"野径云俱黑"，这句话也很精彩，那平原上的云是一片漆黑，这写的是什么？成都平原的田野上，云是一片乌黑有什么漂亮的？但是诗人感到很美，为什么？黑云一直压到地上，平原是看得见的，如果是高山地区，像我们在福州是看不见"野径云俱黑"的。云越是浓，雨越是浓；云越是黑，雨越是大。所以说黑得美，如果你觉得黑得美得不够的话，我加一种形式让你觉得它更美："江船火独明。"在一片漆黑，雨下得很大的情况下，有一点灯火反衬着黑之美。哇，我的天，你要知道我们写的春天都是写那个桃红柳绿，"城中桃李愁风雨"之类的，但是杜甫写春雨下得大，下得很浓，无声无息，诗人感到很欣喜。现在你们可能要提出一个问题，你不是说感情要动吗？它没有动，动都没有动。写到这儿，杜甫的才气来了，还记得最后两句是什么？"晓看红湿处，花重锦官城。"前面是默默地祈祷，一片漆黑之中一个人的享受，然后第二天一看，雨没有啦，春夜不是喜雨吗？你"喜"什么啊？又红又湿的花，这个花很鲜艳，如果用绘画的语言来说，不但有花的颜色鲜艳，红嘛，而且有质感，雨打得湿湿的。那么这个花的特点是什么？"花重锦官城"，花开得"重"就是开得很茂盛，被雨打有水，所以显得很纯。这一来这个感情就变了，原来是默默的漆黑的那个喜悦变成眼前一亮，精神一振。这个雨下得真好，这个花和它的质感、亮感都使得杜甫，使得我们的心情更加开朗，心情为之一振。如果没有这两句，当然也不错，有了这两句就有了一个对比，原来是一点声音都没有乌黑一片，现在突然非常鲜艳，那花开得很浓，而且很湿、很"重"。杜甫很会写花的，他写过这个花很"重"，"黄四娘家花满蹊，千朵万朵压枝低。"这花开得很茂盛，但感情没有动。你们要学会一个本领，就是它的整个情感的审美价值，就是我要讲的第二个层次。以情动人，感情有价值不仅仅是杜甫喜悦，因为在当时那个兵荒马乱的农业社会，春天不下雨，老百姓就不能播种，将来就不能丰收，不能吃饭，国家也不能打仗，所以这里边还有点国家民生的考虑在里边，有点教育作用的，这个心理很丰富。

诗歌我讲得太多了，古代诗歌是这样，那么我再联系散文讲一讲散文的例子，而且不能再讲古典的，我们讲现代的，讲一个你们学过的，《背影》学过没有？

学生：学过。

孙绍振：学过。那么好在哪里？一望而知没有生字，你们老师怎么讲的？都忘掉了？说明老师讲得不到位。

学生：就是朱自清写父亲的那段……

孙绍振：哦，父亲怎么样？

学生：就是那几个关键词，动词。

孙绍振：关键词什么？

学生：就是父亲爬那个……

孙绍振：哦，爬月台爬得好，爬得很精彩，这篇散文写爬月台写得好，有道理。还有几个关键词，先是"探"，然后"攀"，然后做出很努力的样子向前倾，这些关键词非常好。

有一个上海的老师在讲课的最后问学生哪里写得最好，答案就是你们讲的这个部分写得最好。好在哪里呢？也是讲到这几个关键词，那为什么好呢？作者善于观察。而且布置了一个题目，让学生课后找一个东西观察一下，写一篇观察小散文。你们觉得这个有问题吗？有没有可以讨论的余地？请注意，我提出感情之"动"，仅仅是爬月台，感情好像不移动，它没变化啊。分析这篇文章最权威的是朱自清先生的朋友叶圣陶，我给你们介绍一下他的看法。叶圣陶先生说，这篇散文写得好，好在哪里？写的是亲子之爱，亲子之爱的特点是什么？是一个父亲把大学生当小孩子那么爱，不管什么事都要无微不至地关怀，不管有效无效，还给他去买橘子，那么我这样讲对不对，肯定对，但是好像也不太对。根据我的理论，它好在感情之动，动就是变。当父亲把孩子——朱自清这个大学生当成小孩子来爱的时候，这位大学生表现怎么样，是欢迎的还是不欢迎的？对了，这个父亲把大学生当成小孩子来爱，有的人还解释父爱像母爱一样，但大学生是反感的，是不领情的，是顶撞的，大学生觉得他很迂，觉得他很土，觉得给他丢脸，甚至于拦着他不要他讲话。是不是这样？这一点不要忘记。下面就到了你们所讲的那个最生动的爬月台的场景，父亲的身体已经背过去了，看不见他的表情，月台比较高，他攀这个月台时身体向左侧倾显出努力的样子，然后"我"的眼泪流下来了。这里感情不是动了吗？原来不买账，原来不领情，原来觉得他土，觉得他丢脸，原来拦着他不要讲话，现在被感动得流泪了，所以你们看到感动流泪是不是觉得那一段很好。再说感动流泪之后怎么样，还有一句话，父亲买了东西回来，"我"赶紧把眼泪擦干。这句话精彩不精彩？父亲在那么爱"我"的时候，讲了那么多关照"我"的话，"我"却不领情觉得他很迂，最后"我"被他感动了，流下眼泪，但是"我"的感动不让他知道，"我"以后每逢想起来都会哭，这就是感情之动。这才厉害呢，到现在为止还有人读不懂这篇文章，北京语言文化大学一位副教授，因为我在编语文课本的时候把这篇文章也编到语文课本里，又不是我一个人，几乎六种初中语文课本里都有这篇文章，不但是我们大陆，而且台湾、香港地区都有。这位先生——一位副校长、一位博士，他写了一篇文章，要把这篇文章从语文课本里拿走。为什么？因为这个父亲不值得歌颂，他违反了交通规则。这是睁着眼睛说瞎话，他的脑子里有的是现代的价值观念——不可以违反交通规则。但我们要知道感情是不实用的，人死了哭是没用的，哭也不能活。林黛玉和贾宝玉谈恋爱，哭了那么多，但还是要哭，如果她不哭就是薛宝钗了，超越实用的才是感情。那么这个人犯的错误是什么，他用实用价值——交通警察的眼光来看父亲爬月台这件事，而我们是根据作者——一个被感动的儿子的眼光来看这件事，感动了，感而动之。从顶撞到感动，所以说它是很精彩的。你用交通警察的眼光去看，那就是罚款、教育、到警察局谈话，哪还有什么感情呢？那是理性！所以这里提出一个问题，刚才我就讲过，纯粹的感情也是有价值的，我现在补充一句，纯粹的感情是不实用的，是不能用交通警察的眼光去看，要用被感动的儿子的眼光来看，哪怕他违反了交通规则，为什么？这个父亲为了儿子能吃一点橘子忘掉了交通规则，说明他感情之强，根本无视了交通规则，而且这个父亲关心儿子的时候，儿子顶撞他，他不在意，还克服困难给儿子买橘子，也没看见儿子哭，把橘子放下心里就很轻松，这种感情毫无功利价值，就是为儿子尽一份心，所以这样才动人。在这里我要介绍一下生命价值，我们看待一个东西的时候，并不是只有一种价值观念。什么价值呢？就是真还是假？就是我们看"碧玉妆成一树高，万条垂下绿丝绦"，真的假的，这是科学的价值。第二，还有一种价值——实用价值，有用的价值是善的，没用的价值是恶的。此外还有一种价值，它不是真的，它是假定的、虚拟的、想象的，它不是有用的，甚至是无用的，春风不能拿来当剪刀用，你去爬月台违反了交通规则。但是感情超越了，但它是有价值的，这是审美价值。我们经常讲真善美要统一，写作表现人的真善美，但是表现在文学作品中真善美是三种价值。真善美三种价值观念有时是统一的，有时是不统一的。在朱自清的散文里面，它的表现是不统一的，他虽然违反了交通规则，因为含有感情，所以很美。如果他说我要遵守交通规则，我不去爬月台，我去绕两公里回来给儿子买橘子，那么这篇散文就完蛋了，就不能成为经典了。我的观点从哪里来的？也不是我的发明，是从朱光潜先生那里来的，朱光潜先生有篇文章我建议你们一定要读一读，我们对于一棵古松的三种看法——实用的、科学的、审美的，作为实用的，他怎么解释的呢？他说如果我们面前有一棵古松，我们看到的都是古松，我们的感知都是古松，但如果我是一个木材商人，我看到的就可能是用来做器具的木料；如果我是一个植物学家，我看到的就可能是鲜花植物、常绿乔木。这两者都是理性的，是不带感情的。而如果我是一个画家，那我看到的就可能是昂扬的姿态，曲折的虬枝，在非常艰难环境里的挺拔生长。三种人三种态度，我们文学作品表现的是科学的态度吗？如果仅仅写松树是常绿乔木或者写把松树拿去做家具那就没有散文了，那些诗人、画家、艺术家看到的恰恰是人的昂扬的精神气概，斗志昂扬，不怕寒风凛冽，不怕大风吹折。但这是真的吗？这不是真的，松树是没有人的意志的。这是有用的吗？没用。你们中学里应该学过一篇散文叫《白杨礼赞》，作者写白杨挺拔向上，绝无旁枝逸出，然后他讲了一句话"这是守卫家乡的哨兵"。这是科学的吗？白杨是哨兵吗？这是有用的吗？鬼子来了它会发出声音吗？但它是很美的，它有感情价值。

所以说，为什么有些文章读不懂？第一，由于不懂得审美价值，总是想着它反映着客观价值，总是想着它有用，有教育作用，而忘掉了感情价值，它有的时候也是科学的，有的时候也有用，但很多时候它是没有用的，没有用但表现我的感情，这是非常重要的一点。我们之所以读不懂一些经典就是因为我们不懂得情感价值，把科学价值的真、实用价值的善以及情感价值的美混为一谈，用科学的真的理性、实用的理性掩盖了情感。这就造成我们在出发点上就错了，比如前面讲到的说最能表现柳树的特征，错了，这是科学的眼光；说歌颂了创造性劳动，错了，这是实用的眼光。这种科学的眼光是狭隘的，是激进唯物论，而盲目地强调教育作用则是狭隘功利论。情感恰恰是超越于真、超越于善的，这是一个比较复杂的问题。

下面，我们再来讲一篇小说吧。你们可能会说诗歌、散文都比较简单，小说你能证明吗？我能证明我的观点。你们都学过鲁迅的一篇小说《孔乙己》，老师是怎么讲的？批判了科举制度对人的摧残，这是科学的真理，这是从理性的价值来看的，而感情是潜在的，它封闭在作品的第二层次。如果是批判封建科举制度对人的摧残的话，那这篇文章跟《范进中举》有什么差别？一个老实人考举人发疯了嘛。那我就用我的动、我的情感价值来分析一下这篇小说的好处。

这篇小说很有意思，中学的老师给你们讲小说一般都要讲到人物、情节，情节有开端、发展、高潮、结局，那我请你们检验一下，这篇小说里有没有像《范进中举》那样的有开端、发展、高潮、结局？好像很难说，他只让孔乙己出现两次，一共写了三个场面，其中第二个场面孔乙己没有出现，人家谈论孔乙己可能挨了打，可能来不了了，甚至有人认为孔乙己死了，就这三个场面。这里我要细讲，你把人的感情特点搞清楚的同时还有一种东西不能忘掉——作品形式。这个作品的形式是小说，在古典小说里面，小说固然像《范进中举》那样有开端、发展、高潮、结局，但是到了五四以后，出现了新的现象，许多小说包括鲁迅的小说情节瓦解，以《孔乙己》为代表，他没写开端、发展、高潮、结局，而且他这个叙述很有意思，他本来可以找一个人讲一讲孔乙己的故事，甚至可以找一个跟孔乙己关系密切的人，比如亲眼看见孔乙己挨打的人，从头到尾地讲一下也可以，但是很奇怪，他找了一个根本不认识孔乙己的人，和孔乙己所有的故事没有关系的人，一个小店员来讲这个故事。过去你们中学里有一个指导思想叫内容决定形式，内容决定了，形式无所谓，现在我恰恰从形式出发，有很多情感的奥秘就在小说的形式里。作者找了一个不相关的人来叙述，而且不是全部叙述，就写小店员看见的三个场面，所以写得很激烈。小店员来叙述也是有铺垫的，他来店里学生意，老板和他关系不好，而且店里都是一个个的凶面孔，叫人非常闷，只有孔乙己来的时候才有一些笑声，于是这三个场面都有一个特点，那就是孔乙己一直被人笑。孔乙己大概五十多岁了都没考上秀才，无以为生，只能接些抄抄写写的活，但他还有个坏毛病就是会把本子、书、笔墨偷走，结果就被人打。第一次出场的时候，人们指着他脸上的伤疤说，"孔乙己你偷书了！"孔乙己加以否认，有人又说"我亲眼看到的"，孔乙己说"窃书不算偷"，于是所有人都笑了。这里面有个矛盾，孔乙己实际上是有偷窃行为的，但当大家在大庭广众下说他是小偷的时候，他是坚决否认的。他这理由是不充足的，偷与窃其实是一回事。"窃"其实是文言词，他是个知识分子，是读书人，他在这个酒店里喝酒的时候是唯一一个穿长衫的人，你要知道穿长衫是读书人，是知识分子的象征。有些老师读不懂《背影》，《背影》里面那个父亲也穿着青布大褂黑布棉袍，有人认为这个父亲真朴素。错了，青布大褂黑色棉袍是当时的礼服，民国时期的礼服，是很正规的场合穿的。而这里穿长衫的人是有身份的人，穿短打的人是露天劳动者。大家嘲笑他，他口头上否认，哪怕是论据非常薄弱，因为这支撑着他最后的自尊心。但大家一开始笑他，当他说窃书不算偷的时候还是笑他，这是第一个场面。第二个场面有一个连接词，说孔乙己不在的时候我们也这样笑过，说店里好久不见孔乙己了，于是有人说，"他怎么会来，他都完了，他偷书偷到举人家里腿都被打折了"，大家都哄堂大笑起来。那掌柜的听说孔乙己可能死了，一面算账头都不抬地说："死了吗？"没反应，店里只有笑声。一个经常来店里给大家带来欢乐的人，他可能完蛋了，大家居然都在笑，没有一个人表示惋惜，没有人表示叹息，也没有人表示同情。第三个场面,孔乙己真的来了。这时他已经不能走路了,腿被打折了,坐着一个蒲团,半爬着过来了,递了几个铜钱来打酒。这个时候他已经和平常不一样了,本来他是站着喝酒的,现在是坐在蒲团上爬过来的。这时有人又像平常一样,鲁迅特别提到像平常一样,说"孔乙己你偷书了",大家又哄堂大笑起来。孔乙己这个时候感情是动的呀,他想辩解,想对人家说窃书不算偷。但这时腿被打断了,这个证据出来了,他讲了句话,"跌跌跌跌……"他想说是跌断的,但是他自己都没有信心说下去,于是大家就哄堂大笑起来。孔乙己又讲了句话,"不要取笑",希望别人不要在公开场合说他是小偷,最后他在众人的笑声中爬出去了。然后,孔乙己好久没来了,留在人们记忆里的就是那木板上写着的还欠着十几个铜钱。那么端午没来,好像重阳没来,过年没来,孔乙己大概的确是死了,一个人死了,一个可怜的生命沦落到死了,人们就只知道笑,在鲁迅先生看来这是极其残酷的。这个沦落的人,这个本来失去生存能力的人,这个沦落到小偷边缘的人,他是有自尊的,他有最后的精神底线,他不能允许在公开场合下被人家骂成小偷,哪怕是用不成理由的理由他也要挡一下。在鲁迅看来,把人最后的自尊摧残至尽是极其残酷极其凶恶的,是极其不人道的,但是这些嘲笑孔乙己的人一点感觉都没有,这才叫可怕。这种可怕不可怕在像范进那样的人疯了,后来飞黄腾达完全变成一个官僚了,可怕就可怕在对待这个沦落的人,这么多人没有一个有任何的同情心,对弱者的自尊肆意摧残,残酷地摧残,野蛮地摧残,没有一点表现出把人家当作一个人,哪怕是一个沦落的人,哪怕是沦落到小偷这个地步的人,他还是人呐,他也有自尊心啊,他还有一个精神底线,你把他冲垮,对你没有好处,但对人家是极其残酷的打击。没人有这个觉悟,这才是可怕。

这篇小说只有两千字,它的奥秘在哪里呢?不仅仅是在感情的变动上,还在它的形式上。它没有连贯的情节,没有看到开端、发展、高潮、结局,开始孔乙己还能用语言来抵抗对他精神的摧残,然而到最后一个场面,他连抵抗都没有了,带着哀求的眼光说"不要取笑"。小说强调的不是孔乙己的堕落,而是人的麻木,中国的人性的麻木,这麻木是绝望的,没有人感觉到痛苦,一个弱者死亡了,没有人对弱者有同情心,没有人觉得有问题,这就是最大的问题。所以后来当有学生问他在《呐喊》里最喜欢哪篇小说时,鲁迅说最喜欢《孔乙己》,而且说《孔乙己》写得好,有一点点微微的讽刺,但是不显得累赘,有大家风度。鲁迅先生很少自我表扬的,《孔乙己》有大家风度,他用什么来作对比呢?就用你们很熟悉的一篇小说《狂人日记》。他说比《狂人日记》好,《狂人日记》在艺术上不应该这样,太局促了,就是太紧张地把自己的倾向性都讲出来了,如"救救孩子","中国五千年的社会都是吃人的历史"。他说"在艺术上不应该这样,小说是通过形象来感染人",通过宣言的话来讲就不像小说,《孔乙己》好,正是因为它藏得很深,藏在小说形式的个性上。三个场面只写了一个字——笑,"笑"才是这篇小说的主角,笑声是对弱者无情的摧残,用笑声,又没有恶意,表面来看,所有的人都没有干坏事,所有的人都没有侵害孔乙己一下,他们只是笑,但在鲁迅看来这太残酷了。

所以说你们分析一部作品的时候不能离开了形式,你们将来会读一些文艺理论方面的书,文艺理论强调内容决定形式,不要相信,如果你离开了这个形式,离开了这三个片段,你分析不出来《孔乙己》的特点,你还把《孔乙己》分析成封建科举制度对人的摧残,人家已经无以为生沦落为小偷了,问题在于即使是小偷你怎么看他。他是个人,你应该同情他,保护他最后的精神底线,保护他最后的自尊,摧残他是残酷的,但没有一个人会这样想,这是最具有教育意义的,这是有点功利价值的,也是有审美价值的,但是如果你离开了这一点,你不懂得形式,你就不懂得内在的深刻意义。

当然,这只是我的一家之言,通过这一家之言来讲几个问题。第一个就是真善美的关系问题,它可以是虚拟的、想象的、不真的,它可以是不实用的,完全是感情的,它有独立的审美价值。第二个是作品有封闭性,它的审美价值不是封闭在表层,而在深处的第二层次,这个感情跟形式关系极为密切,你不懂形式的话就不能分析出它真正的感情和特点来。这一点特别重要,你知道这个形式跟《范进中举》不一样,你才能分析出它的内容跟《范进中举》不一样。

最后我举个例子,当年上海世博会最热门的就是中国馆,里面有一个《清明上河图》。我去了两次都没能进去,非常遗憾没有看到。排队的人太多了,有的排了9个小时,但排了9个小时队去看《清明上河图》的人我看没几个看懂的,就看到东京汴梁原来是这个样子,都看个热闹,东京汴梁山水很好啊,工笔画啊,等等,但都没有真正看透这个《清明上河图》。表面一望而知的东西,这太肤浅了,你要真正读懂第二个层次,它的感情,这是一首盛世承平的颂歌。你要知道,宋徽宗看到这个长卷《清明上河图》的时候,他没有多久就去当俘虏了,宋朝的政治、经济、军事危机岌岌可危,但它是一个颂歌,这是掩盖起来的第二个层次。第三个层次是画这么长,这么长代表什么? 这是中国画的长卷,西方的画绝对不会这样的,哪有那么长的,西方讲究划分黄金分割,讲究的是焦点透视,但是长卷怎么样呢,它是散点透视,从郊外的风景到城里的车马,到桥、商铺,焦点虽然多但是并不分散。据吴冠中先生分析,这里有个高潮,高潮就是桥,非常雄伟的桥把它们连接起来。我没看《清明上河图》,前段时间北京故宫那又排队去看《清明上河图》了,我有个朋友想去看,听说要排13个小时就不去了,但我觉得像我这样没看的人比一些排9个小时队的人懂得多,就像李清照一样,她的侍女出去看了说:海棠依旧,而她说不依旧,应是绿肥红瘦。真正看懂《清明上河图》的要知道是长卷,是工笔,是散点透视而且是有高潮的,懂得这些才懂得它的艺术特点是盛世的颂歌。

好吧,你们给我的时间是9点钟,时间到了,谢谢大家!

面向"十三五"的江苏文化产业发展战略

主讲人 / 李程骅　（2015 年 10 月 23 日）

[主讲人简介] 李程骅,1964 年生,南京大学社会学院博士,南京大学商学院博士后,南京市社会科学界联合会副主席、党组成员,原南京市社会科学院副院长,《南京社会科学》杂志总编,现为《群众》杂志副总编。

　　今天很高兴能到我们知名的学府——淮阴师范学院来跟大家一起交流这样一个话题,就是文化产业发展的战略。特别是江苏啊,现在我们在执行"十三五"这个发展的规划,所以这个文化产业的发展规划,是一个重要的内容。那么这一个选题,应该说它既是长期以来的一个学术研究,也是新智库建设如何服务于党委政府的问题。这个内容,实际上就是我们今年上半年做的课题,相关的成果在《新华日报》的舆论版上已经登过主要的内容,就是在今年的这个《新华日报》9 月 15 日吧,江苏文化产业的升级版。

　　那么为什么和大家交流这样一个选题呢? 正好我今天到淮安来,是上午十点钟到的,然后在淮安也给政府的主要部门开了一个座谈会,就是我们也在受托对淮安"十三五"的人才规划做相关方面的工作。上午是两个多小时的座谈交流,下午就抽空到我们淮阴师范学院来了,也是跟大家交流,也是一个调研,因为我想,人才引领我们整个淮安的发展,那么淮安的高校,在"十三五"经济发展过程中,它的贡献率如何提高呢? 上午我们也提到了,淮安有两所本科院校和这么多的职业学院,在校大学生有 12 万人,这是上午的统计。每年毕业三四万人,但是我们每年能到淮安工作的大概是 1.2 万人。那么这就提出一个问题来,就是一个城市的发展、一个区域的发展,你像我们淮安 500 万人口是吧,一万多平方公里。那么在苏北它是绝对的地理中心。我在几年前就写过这方面的文章,包括前年来给党委政府做咨询也提到过这个问题。如何把我们的这个地理中心变成一个真正的综合的中心? 那么这首先就必须是经济中心。那么经济中心,经济产业发展到一个地步之后,就是我们整个服务功能的提升。那么服务功能的提升比如我们现在的教育、医疗、文化,它在苏北这样一个地域如何发挥中心的辐射作用。所以从这个角度来说,我们今天上午也谈到了,假如我们淮安大学能筹建起来,那无论在省域还是在全国,它对于高层次人才、对于专业人才的吸引又是不一样的。那这个吸引包括我们本校就是本地的毕业生留下来,包括外地毕业生到这来工作是吧。所以我想一个地方,大学的发展,教育和文化如何融合发展,这应该是我们现在面向"十三五"必须考虑的问题。

那么这个正好是文化产业,也是我们最近研究的这样一个领域。我们讲文化产业的发展,它已经不仅仅从经济效益来考量,从党委的角度来说它更多的是什么呢?从社会主义核心价值观是吧,从社会效益角度来考量的就是:我们现在对国有文化企业的考核已经强调社会效益的贡献率不能低于50%。那么现在就面临一个问题,我们从产业的角度来看,产业的发展必须以市场为导向,文化产业的发展一个就是投资型的,包括我们这个各种新型的互联网,包括我们政府主导国有文化投资企业,还有我们面向大众的这样一个文化消费,它都是要以市场为导向的。那么另一方面,我们现在强调文化产业,社会主义核心价值观、社会效益所发挥的作用又要得到充分的体现。所以,实际上我们现在面向"十三五",文化产业的发展就要在这二者之间寻求一种平衡点。所以我想我们过去谈文化产业可能没有遇到如此大的挑战。就是经济效益和社会效应如何在文化产业领域里面得到一种融合,实际上也就牵扯到一个什么? 政府和市场的关系,对吧。那么市场我们刚刚讲的,产业的发展肯定不仅要叫好还要叫座,要有经济效益。没有经济效益,你说你想发挥作用,那是空谈,对不对? 但是既有经济效益,好比说我们现在强调点击率是吧,强调收视率,那它传播的一种价值导向在哪里? 所以我想从这个角度来说,包括我们淮安在内,江苏"十三五"的发展,从文化大省向文化强省,特别是向国际化的程度的这样一个目标去迈进。我们江苏作为全球的第十六大经济体,过去我们是加工制造业为主,出口外贸为导向,那么下一步"十三五"包括依靠"一路一带"战略,长江平行的战略,更多的是强调江苏要构建自己的这种价值链,以立足于江苏面向全国、面向国际来构筑新型产业链。产业链也好,价值链也好,它最终体现的是一种文化软实力。所以江苏在"十三五",文化要走出去,它必须是文化产业走出去,一个就是文化产品要走出去。这个时候你说我们过分地强调社会效益,社会效益过强的东西,你这些创意产品、文化产品走出去,谁来消费? 我想这是我们在座的,我们各位搞研究的同仁,包括我们企业家可能都需要考虑,就是党委和政府需要做的和我们实际可以操作的二者之间怎么寻求一个契合点。还有现在文化产业的发展,更多的是什么? 是宣传部门主导,宣传办的、文字办来主导文化产业的发展。像党委部门去主导,那么它去管行业、去管企业,包括我们现在每年从国家到省里,淮安市里面肯定也有的,就是文化产业扶持基金。这个产业基金怎么去发? 我本人是江苏省和南京的评选专家,每年都要评的。从一开始大家还敢强调扶持私营的、民营的这些小型的和中小型文化产业,好像作为孵化,去扶持这个产业。那么现在大家想什么? 我宁愿面向国有的文化企业,就是它没有效益,我也敢批给它,这是为什么? 就是没有风险,它即使没有效益,它也没有风险。假如我给民营的、私营的,就是我给了它之后,它万一中间出了一个什么问题,那好像我就有说不清的这种关系在里面,就是为了保险,为了安全。那么就是说什么呢,就是实际上党委主导下的这种文化产业的政策，无论是资金的扶持，还是政策的引导，更多的是考虑到安全、保险。但是我们按照十八届三中全会，现在更多地强调什么？充分发挥市场的作用。所以我们现在全面深化改革，实际上就是在市场和政府，政策的引导和市场的实际运行二者之间怎么去寻求突破，这一点我想，这是"十三五"江苏不可回避的一个问题。

我们过去讲江苏始终是强政府，那么后来又提出来"强政府"过后要"强市场"。所以在两年前省委提出这样一个口号，我们好多专家学者就提出来："强政府"就肯定不能强市场；强市场，那么政府它必然是有限制的。所以现在我们讨论讨论两种模式，究竟是我们过去强调的是自然模式，还是讲现在浙江模式。那么我想，假如能把现在江苏这种"强政府"和浙江这种"强市场"二者结合起来，那么它对我们长三角地区来说，对于中国的东部地区来说，它应该是最好的一种治理框架。所以，实际上从这个角度来说，我们要谈整个江苏的"十三五"。在我们不提增长速度的情况下，更强调质量和效益为中心，那就是如何体现你的经济产业的含金量，或者说文化在经济当中发挥多少作用，文化创意在我们的产品和行业里面如何提高更多的附加值。

基于这样一个基本的思考，我们大家可以看啊，在经济新常态之下，特别是要强调文化产业在经济社会发展中的价值影响作用，所以我们"十三五"文化规划的框架是这样13个方面。大家可以看啊，首先是序言，第一个就是思想建设文化高地，然后是道德风尚高地，就是我们现在强调的两个高地。那么下面就是提升互联网条件下舆论的引导能力，发展文艺创作、工业文化服务提升、文化产业创新、文化产业的体制增效升级。下面深化文化体制改革、文化对外开放、建设强大的文化输进，政策法律的制定。我们大家可以看这13个方面，我们文化产业它强调的是提质、增效、升级。大家可以看，它是在意识形态这一个层面、在核心价值观这一个层面之下来谈文化产业的发展，就是文化产业这种文化的属性、意识形态的属性是我们必须强调的。那么在这个前提之下，文化产业的发展，它和文化产业创新的关系，和我们文化产业改革、对外开放，包括我们建设强大的文化输进，这个文化输进，也包括文化创意研究，那么这样一个框架，我们可以看得到文化产业的发展，它所受到的这种约束。一方面我们要强调充分发挥市场资源的配置，另一方面我们必须在这样一个框架之下来推进文化产业的发展。

那么我们现在就可以对"十二五"江苏的文化产业的发展做一个小小的总结：第一部分内容就是现状研判，江苏作为文化大省，从文化大省向文化强省迈进。文化产业的竞争力应该是一个核心的支撑条件，近10年来江苏的文化产业的增加值，每年的增幅大大超过同期GDP。在2009年，大家可以看，文化产业的增加值是1000亿元，到2014年就达到了3000亿元，占GDP的比重达到了5%。我们知道一个基本的界定，就是当一个产业占GDP的比重超过5%就可以具备支柱产业的地位，那就是说江苏的文化产业已从原来的快速发展期步入发展提升期。包括品牌性的企业和园区都在发挥作用，文化产业、产品走出去，国际竞争力已经成为一种新的选择。这一个文化产业，大家刚才看的从1000亿到3000亿元，这一个统计的数据。国家统计局在2004年所公布的文化及相关产业的分类里面，对文化产业的范围划分为三个层面：核心层、外围层和相关层。比如我们生产电视机、收录机，这些都属于文化产业的统计范围。大家可以看，核心的：新闻服务、出版发行、广播电视、文化艺术服务；那么外围层：网络文化、文化休闲、其他文化服务；那么相关层，文化用品设备及相关产业的生产，文化用品产品设备的销售，等等。所以我们就可以看到，无论是在江苏还是在全国，一个地方的经济特别是它的制造业越发达，那么它的文化产业统计的数量可能就越高。大家可以想，在苏州、在南京，它生产电视机、生产一个录音机，各种各样的电子产品都可以纳入这个统计的范围里。那你说我这个核心的，先是广播电视服务，到我们现在的网络服务，它占的比重一定和这个城市的经济发展水平、规模、阶段性是一致的。

那么对这个文化创意产业的概念做一个简单的梳理，最早是文化工业，是文化创意产业，我们国家基本上统称为文化产业，我们有时候也讲文化创意，有时候也讲文创。文创那是台湾地区的概念。这些内容大家可能都比较熟悉了。创意产业概念来自英国。文化创意产业我们通常分为 13 大门类，这是全球文化创意产业发展的概况。大家可以看这一个比例，因为我们在座有可能学经济学的比较少，我就大概把它说一下。大家可以看，美国它在 2002 年的时候，文创产业的比重占 GDP 达到 12％，加拿大是 5.38％。这是 2002 年，就是 21 世纪初。台湾当时已经达到了 5.9％。这是英国创意产业的规模，这次我们大家可以看习近平主席到英国去访问，也戴了它那个可视的眼镜，这就是典型的文化创意产品。创意产业的鼻祖霍根思是英国的。美国的文化创意产业，它在 21 世纪初比重已经占了 12％，它的主要的部门我们可以看：博物馆的收藏、表演、艺术摄影、广播电视、设计、书法艺术、学校服务，等等。它这个创意企业的数量就多，这有什么意义呢？就是说文化创新企业它的集聚有一个主要的特点，就是它一定是围绕一个大都市进行聚集的，所以我们在这个文化创意产业发展的过程中，在"十一五"、"十二五"期间，我们也看到了。比如说我们江苏苏北的很多县、县级市在园区里边就搞文化园。那么这一种文化园，它更多的是运用了地产的概念，用这一个概念来做平台。实际上，就是为了更多地占有这个用地。当时我们就说，这样一种情况可能不会持久，所以说是一阵风。包括南京在内的，像南京六合的茉莉花文化园，搞了一大批画家去聚集，我们免费给你去资助，免费提供住房办公，但是它没有效益，它不可能在这儿这样的坐吃山空，没有人来，没有交易它就不可能是持续的，所以这种空城的情况就越来越多。但按照市场的规律，创新企业它应该在一个城市的空间里边或在一个城市的周围形成一个集聚的形势。美国创意产业经济学家弗罗里达就说：他要形成一个创意的基层。这个创意的基层就是比如说同学们到一个地方去创业，你是单打独斗，还是有一批同道者？我要有一个创意马上就有相邻的你的关联的设计，我这个创意他都能画出具体设计的小样，那么这个小样马上就进行中试，然后就进行测试，然后就形成一个市场，中间有分头，有各种各样的手段，那么这就是什么？它就是创意的基层。所以我认为，文化创意产业的发展它一定不是单打独斗的，但你经济水平不达到那样一个层次，发展文化创意产业可能是一厢情愿的。那你也许会说，我有文化资源，你看我淮安，我有这么多的文化遗产,有运河这个遗产,有很多的文化遗迹,有很多的文化场馆……那么这一点我们过去研究提出的是什么?就是文化资源型的企业。这资源型的文化企业在运动过程中它是有限度的。你说一个旅游景点,它一天能进多少人,卖多少门票,它是有限度的。但是话又说回来,你假如做一个游乐园,你有大量的游乐项目,那么就不一样了。就说常州恐龙园,它占地不大,通过你在里边各种各样的消费,刺激性消费,它会不断地延伸,那么这个时候它就是把消费给扩展了。那我们看这是什么?就是资源型的如何朝着以消费为需求建构起来的文化产业去转变。深圳的文化产业发展得这么快,那是最典型的。过去深圳被称为"文化沙漠",建特区的时候,没有一点儿文化基础,但后来它的文化产业却是全国领先,我们现在国内所有大的文化产业的发展模式、套路,都是从深圳引进的。包括东部华侨城,包括华强,等等,都是这样。因为什么呢?说到底就是我们的文化产业的发展既要利用好资源型的这种基础,同时更多的是要面向市场、面向社会需求。到了这个过程中,你如何去强化导向呢?所以我们说,创意产业的发展,创意企业的集聚,它一定和一个城市,和一定区域整体的消费水平、人口规模是有直接相关的原因的。所以我们现在讲江苏——文化大省,文化强省。那么我们现在文化产业的发展,好比说在长三角地区,你比如说像苏州,像南京,像这些地方,我们是一种规模化的叫作产业消费主导型的,它是没有问题的。但是一些县级的,一些县级市,它做文化产业,那么你如何能做出特色来,能让这么多游客,这么多人到你这儿来游览消费,这个问题是必须解决的。所以我就说我们现在发展产业,发展企业,一定要以消费为导向。在这个消费的过程之中,我们把你的价值、你的认识巧妙地融进群众中,而不是说从一开始就强调什么主流消费主导作用,所以我说这一个观念一定要扭转过来。

我们十八届三中全会强调市场,充分发挥市场的作用。那么在这个过程中我们就考虑到我们的研究机构,我们的政府,怎么去提高自己的瞄准效率,经济学上的一个政策叫作"瞄准效率提高"。比如说淮安市,一年拿2000万来扶持企业,我是撒胡椒面儿,这是100家企业,每家20万,我还是重点去资助这家企业,那么这重点资助里边是国有还是新兴的?我要看它的领头人,看它的工作结构,看它的创意团队,所以我想从这一个角度来说,党委、政府在主导文化产业的发展,我们要比过去更细心更勤勉地去进行调研。一方面国家的大政方针,我们要坚持,但我们讲的经济效益,社会效益,什么比重呢?这个是一个怎么去考察的问题。那么你能不能扶持经济相对落后的地区,不发达地区能不能扶持一些有代表性的项目?那天我们看上海一个迪士尼,迪士尼乐园它肯定是全国领先,将来是全球性战略。迪士尼落户之后,它不仅仅是一个游乐项目,它带动周边整个的旅游商业各种文化的消费。而现在大家已经看到,迪士尼它不仅自己发展,因为它为了吸引游客,它自己的酒店不足,那么就把周边的民宿全部改变成这样一个加盟的酒店。就是说你到这儿来,将来不只我们长三角地区来了,全国各地世界各地的人都会到这个地方来看,你不住五星级酒店,四星级酒店,你住民宿也可以。因为我们现在在搞这个农家乐,那么农家乐作为一种旅游和文化的结合,如何让它在发挥市场效益的情况下要有人气,然后才能体现出你的文化能力。这张农家乐图我们大家可以看,在浙江莫干山,靠着杭州,靠着上海,有大批的外国人士聚集,互联网人士在这儿聚集。莫干山,一个传统的众所周知的避暑胜地,那它怎么能说"洋家乐"?把外国人都吸引到这儿来度假,文化旅游产业非常发达。现在假日去定一个房间,一千块以下是订不到的。你说它不是文化产业吗?它就是文化产业,这一定是以市场需求为导向去推进文化产业的发展。所以我们从这一角度来说,为什么我们说文化创意产业的发展,它和一个地域的集聚力、城市化的进程是紧紧相关的?这是文化创意产业发展的一个基本的历程,这是原来做的一个材料。估计接下来人均GDP超过3000美元之后,对于文化创意产品的输入需求开始加速增长。我们国内文化创意产业可以归为六个特点:在关于这个问题的答复上,刚才已经用了江苏的5%来作为验证,产业的政治中心体系已经形成,载体建设,区域联络市场体系,大资本的介入,产业品牌文化,文化产业的运营等。我们看具体的例子,这是我三年前到华强去考察的时候拍的照片。华强集团,文化科技。创意、研究、生产、销售。那么多元的,多元化的文化科技企业,影视娱乐,媒体娱乐,文化科技主题公园,文化研制品,这是"十二五"文化产业发展的一个主题集团。我们现在到"十三五"变化更大了。我们看万达的汉秀,万达的常德山,它一定是和你整体的休闲娱乐结合在一起的,而不是仅仅地要体现你是什么文化氛围,你的旅游的资源,它是一个立体多元的产业网络。那么这是上周六的《人民日报》刚刚登过的,就是说我国"十二五"文化产业发展的概况,就是文化部长雒树刚的一个总结。大家可以看2014年全国的文化产业增加值2.39万亿元,比2013年增长12.1%,比同期GDP增速高3.9个百分点。我们看最后一段,全国文化产业增加值占到GDP的3.76%,这是全国的。江苏我们刚才已经看了,超过5%。那么7个省市的文化产业占到GDP的5%以上,包括江苏。北京、上海,两个直辖市就不用说。这个产业的政策,我们刚才讲了,从国家2003年出台的统计口径开始,到2009年国务院发布的文化产业振兴纲要,到我们十八大之前的十一届六中全会的文化大繁荣、大发展这一系列的文件,包括十八大之后,我们更强调的是文化产业的融合发展。这两天大家可以看一个文件,文化和科技,文化和金融,包括前两天刚刚出的文化经济效益,文化效益和文化企业的这种改制问题,等等,都是强调产业的。在我们国家现有政治条件之下,怎么来提高文化产业的竞争力,形成一个相对健康的产业体系?十八大报告,文化产业成为国民经济的支柱性产业。我们刚才说的从3000美元到8000美元,那么中国的文化产业发展为什么会说前景广阔?我们看这样一张表就行。我们现在的国家人均GDP竟然能达到8000美元,那我们看美国、日本这些国家,美国是在1976年,日本是在1978年,德国是在1975年。比较这些国家,证明我们在文化产业、文化消费这一方面和这些发达国家相比,我们起码还有30年的这样一个静态的空间。当然它的30年发展,我们的速度过去是它的4倍,现在是它的3倍、2倍。把30年压缩最起码还有10年以上的这样一个发展时间。所以为什么说文化创意产业它在"十三五"就有一个大发展阶段,这种发展大家就可以看华强集团,我们的华侨城,华侨城在"十二五"期间最早提出了战略转向问题。2011年,华侨城总经理任克雷提出一个新的口号叫作"品质华侨城,幸福千万家"。"幸福千万家",那么"幸福"在华侨城的项目过程之中是怎么体现出来的呢?那就是从原来的单独的游览扩充为文化加旅游,加地产,加商业,加娱乐,加传媒。其实文化产业发展,它和现代服务业之间,更多的是一种互补和互动的发展。文化产业我们通常把它戏称为2.5产业,就是二产和三产之间,就是这个高度的融合性。工业是制造产品,但是你真正地要它产生高附加值,那么一定要和消费,和休闲,和人的那种文化消费的需求紧密结合在一起,所以它一定是在服务业就进行发展的。所以我们说我们现在强调转型升级,强调形成"三二一"的这种产业体系,就是服务业做到。我们淮安现在也基本上形成了三产比二产高的格局,那么它一定是文化产业要在其中发挥重大的作用。那么以文化作为引领,用文化产业作为黏合剂,可以促进更多产业之间的互补与互动。另外,我们大家还知道一个陕西西安的法门寺,法门寺就是曲江集团去进行改造的,它是一个失败的案例,但曲江集团在西安的大唐芙蓉园就是成功的。其实它就是政府主导的国资平台用地产的投资方式来发展专业的文化项目。我们去过西安的老师们、同学们,大家都知道大雁塔、芙蓉园、海洋公园、大唐不夜城、大明宫国家一级公园,有三十多个知名的文化旅游项目,还有曲江文投、曲江文旅、曲江会展、曲江影视演出投资等一系列的文化品牌。这一个老总当时就说过,他们只在建大雁塔北广场的时候缺钱,后来就从来没有缺过钱。他们不缺钱是什么原因?就是因为他们因文化而富裕。现在形势也变了,他说的还是靠地产。这是我们对"十二五"期间江苏乃至全国文化产业的发展一些典型的文化产业的品牌集团做的一个基本的梳理。那么我们要总结"十二五",更多的是什么?为了这个"十三五"我们的政策导向方面,真正地坚持以市场为导向,让政府和市场的作用及二者的关系能有效地促进文化产业的发展。所以面向"十三五",我们来探讨一下文化产业发展的战略上有哪些新的选择余地。不过重点是以江苏来作为依托,我们江苏十多万平方公里,我们现在已经是全球第十六大经济体,按照这个发展速度,位次还会再提升。广东和江苏是中国经济总量最高的两个省份,但是我们人均GDP现在江苏是超过广东的,广东的人口本身达到一亿人,还有广东的外来人口是大大超过江苏的。你像广州,国际化程度,广州已经有几十万外来人口,其中黑人占的比例更高,对不对?所以在这一点上我们江苏是不如广东的。但是江苏有自己的优势,从地理角度来讲,我们的苏中苏北地区是大片的平原,在空间上面对产业的发展肯定是要比广东好的,还有我们的城市,城市之间的这种连通性,城市体系也比广东更均衡化。这些年来特别是苏中苏北地区的快速发展使江苏和广东的距离越来越小,业界讲江苏的GDP总量实际上已经超过广东,只不过还是低调一点,现在大概差个几百亿吧。我讲的什么意思呢?为什么讲广东和江苏呢?就广东和江苏在经济的发展上,经济的总量和人均GDP已经走在前列了,那么发展的质量不仅是一个总量,还有一个是什么?人均的幸福感,老百姓的获得感,人的全面的现代化。因为你经济发展到这样一个地步,我们每个人所获得的公共服务,质量有没有提升,我们在人才,好比说培训,在教育投入方面,在医疗享受的服务方面,这些公共服务方面有没有同步提升?这实际上也是我们国家现在改革深化过程中面临的一个致命的问题，就是经济发展了是不是让大多数老百姓都得到了实惠。所以我们现在深化改革主要是什么？就是让利益更均衡，而不是经济发展了，只让少数人得利。所以文化产业的发展，实际上有它的外部效应，一方面产业本身优化产业结构。文化产业发达，经济结构比重就越轻，发展质量就越高，但另一方面，文化产业和现代服务一样，它有一个外部效应，文化产业发展好了，它能带动城市的服务功能的提升，文化品位的提升，同时还有什么？对我们精神生活、对我们的公共服务能起到一个促进作用。所以面向"十三五"文化产业的发展，我们的内部，产业内部的发展和它的外部效应的提升，二者之间又可以有一个新的追求。所以"十三五"文化产业的发展的重点从国家层面，我梳理了一下啊，这是我上个星期做的 PPT，就是重点做好三个结合，这个也体现出文化部长的观念，一是文化产业的发展一定要与创新型国家的战略相结合，推动国家的产业转移升级，就像我们本省本市一样，就像淮安我们要建立创新型城市，是吧？我今天上午调研，他们也提到了，已经上报了科技部，淮安要建创新城市，那么创新城市里边的那些指标、文化产业的发展、服务业的发展、研发费用的投入，都是作为一个重要的考量的。所以创新城市和创新国家战略的结合及文化产业的发展，可以促进它的提质增效。习总书记强调，经济新常态之下，要以经济的质量，要以它的质量和效益为中心，那么创新城市和创新国家它是推动文化产业的发展。我们从两个一百年这个国家制定的战略目标，到 2021 年国家实现全面小康，那么我们现在"十三五"等于就是一个全面小康的决战期或者叫决胜期。另外一个方面，在这个时期我们还要达到什么？在 2020 年要基本成为创新型国家，创新国家那也就是说你的研发途路，第一个指标就是要达到百分之三以上，所以这个方面是过去"十一五"、"十二五"所没有遇到的一个大的机遇。第二个方面，就是与互联网的快速发展相结合，我们"互联网＋"，现在讲要大众创业万众创新，新的双创，在互联网时代，文化产业的发展在未来五年，我们现在很难规划三年五年之后新型产业的发展，那么规划什么？就政府政策的引导，你要顺应这个大的趋势，让你的决策，让创业者有更大的便利性，一线的深化改革，双创环境领导，要强调那种便利性，政府的放权不在于你放了多少条，负面清单列了多少，而在于你真的能不能为创业者、为创新者提供一个更好的环境、更大的便利。我认为这才是"互联网＋"的形势之下政府要做的。那你说我今天归纳一大数据，明天规划一云计算，每个地方都是这样一个套路，那可能么？所以也就是说要既有我们自身的资源贫富，在资源贫富的前提之下，我营造一种政策的引导，那么这种引导是符合大趋势的，而不是阻碍创新创业的。所以我想互联网时代就是这个时候的政府指导的理念，政策怎么去转变？尽量地去放权，简政放权。我们昨天在为省里面领导提供五中全会相关发言材料的时候，中间就提到，就是说你一定要简政放权，一定要以服务、创业、创新这种便利性作为主导优势，而不是说我列了多少条，我这个下发了，审批了 30 条，那个部委说下发了 20 条，那么你愿意放的都是什么？都是边缘的，触及你核心利益的，一般都不愿意放。那么这个时候我们怎么在这个引导上面去献言。第三个方面，要与"一带一路"相结合，要推动中华文化走出去。现在我们要从更大的格局中去探讨，因为我长期做城市区域经济研究，过去我们研究城市、研究区域就强调它是什么地理中心,强调都市圈、城市圈。过去我们研究淮安,知道有什么三淮一体,现在是苏北重要的中心城市。所以两年前我开会时就和你们书记市长讲,你最重要的是苏北的中心,这个中心不仅是地理中心,将来就是枢纽中心,当然了你要成为经济中心,就要成为服务中心,真正成为中心,你才先集聚后辐射,这是我们传统的一种研究经济的方法。

现在大家可以看"一带一路","一带一路"出来以后情况不一样了。世界的经济、地理的格局在转变,中国的经济也在转变,过去的边缘变为中心,过去我们讲中西部是偏远地区、落后地区,你从一带的角度来看兰州、西安、乌鲁木齐,它反而变成了中心优势。我们从一路的角度来看海上丝绸之路,整个中国东部的沿海地区,全部纳入这个体系里面,你能讲谁是中心还是副中心,这个已经没办法去说了。更重要的大家可以看,高铁时代的到来,轨道交通时代的到来,实现了同城化。北京到南京四个小时,南京到上海一个小时,完全是一种同城化的表现。我们过去以经济的地理距离作为研究资源要素整合规律,这个时候就失去了它的效用,所以在这种情况之下就是传统的经济地理空间被打破了,包括我们的教材都要重写一遍,那么文化产业的发展实际上也是如此。在高铁没通的时候,南京人不会经常到上海去听音乐会,那么现在我们经常可以去听音乐会,一个小时坐到那儿。半天,无论是像我们去讲课、去开会都是半天来回的。那么这个时候,空间的这种转变就是"一带一路"大战略,包括我们长江经济带,那么中国的文化、我们江苏的文化怎么走出去? 你不能再用传统的套路,所以这个就是文化产业发展和国家大的战略"一带一路"战略长江经济带,包括我们淮安现在又被纳入沿海发展战略里面,更好地贴合"一带一路"的这个交汇区。那么现在你走出去,我们面临一个新的形势,我们刚才讲了,地理形势的一种转变,空间格局的转变,现在还有什么制定规则的转变,你说中国要搞"一带一路",要搞亚投行,对不对? 你做一家 WTO 不行,我现在搞什么? 搞 TTP,我重新制定规则,你竞争力强吧,我把你边缘化,我把你赶出去。这个时候,我们结合"一带一路"了、结合长江经济带、结合我们走出去的战略,文化产业的发展应该有新的选择。我们在创意上面,在产品的营销模式上面,在推广形式上面,在载体的推出去方面,怎么去寻找切合点,就像我们现在办孔子学院一样,很多的文化创意产品更多的是要在消费群体当中让人家感受到你有什么,让人家感觉到有乐趣、好玩、能吸引人,然后才有你隐含的价值内涵,而不是一开始我要传导什么价值体系。所以我想这是"十三五"的文化产业发展重点,这是从国家的层面来讲。

所以面向"十三五"我们应该从这几个方面来进行深化思考:第一个就是在经济新常态下必须进一步强化文化产业的引擎作用。对于江苏我们说了,当年经济转型首要任务是转变经济发展方式,实施创新驱动发展战略,发展"文化+"、"互联网+"下的创新型丰盈经济是首要任务。我们再进一步从理性层面,文化产业是转变经济发展方式的重要引擎,它代表一种激越取向的经济发展方式,而提升城市经济文化表现力最直观的表现就是文化产业体制的完善。文化产业的规模的扩大有利于从增量的层面降低国民经济能耗的水平,提高经济发展的科技含量,从而直接推动经济发展方式的转变。大家明显地感觉到今年的雾霾天比去年少了,我们在座的企业家都知道最近我们工业的开工率都不足,整个经济形势不好。为什么我们的经济还能保证7%左右的增长?尽管这些年已经跌到了7%,那就是说什么啊,就这两年我们的产业结构调整,特别是服务业的发展,它已经在展示它的作用。服务业的发展,包括文化产业引领下的发展,可有效地降低能耗水平,提升经济发展的科技含量,也有利于我们转变经济发展方式。第二个方面,要推动文化产业迈上新台阶,要抓住国家层面的重大机遇。刚才我们已经讲了国家"一带一路"的战略,长江经济带的战略,包括我们说提升国家软实力。像江苏,不仅是"一带一路"、长江经济带,还有苏南现代化示范区建设。苏南制度创新示范区,包括南京江浦新区,这些都是文化产业大发展,文化产业与现代服务业的融合发展提供的前所未有的良机。前天下午,我们几个专家在南京讨论一个什么样的论题呢?就是我们省委宣传部长王燕文同志布置一个任务,就江苏在"一带一路"的这个交汇点上,我们在文化方面怎么去体现江苏应有的实力,她说你们能不能搞一个叫丝路文化原创类的景点,由于南京本身就有一个世界历史文化博览会,就在这个基础之上能不能搞一个围绕丝路文化,特别是海路这一块来做一个文化原创方面的论坛和博览会,就在那一个地方进行讨论。大家都知道,你像郑和下西洋的起点就在南京,你像东南亚大家都崇尚的妈祖庙,在南京天妃宫供着妈祖的像。在这条路上面,在海路上面可以看南京、中山、宁波、福州、泉州、漳州、高雄,这些城市在丝路文化方面我们能不能做一个讨论,做一个原创文化的博览,就是想让江苏的文化走出去,那么这一个我们怎么来做?我能不能在江苏、在南京,好比说设一个论坛的永久的举办地。当然我们提出来了,要做的话,能不能直接放到南京的江北新区,为什么呢?你看南京发展到这样一个地步,江北新区它是一个洼地,你说你现在搞产业升级也好,现在恢复局势也好,但是这些在长三角地区你永远不可能是第一,但是假如我要做一个大的文化设施、标志性的文化设施,围绕那个文化设施来云集各种产业和服务,那就不一样了。

大家可以看无锡的灵山,无锡灵山之后,南京做的一个,大家马上可以看到的牛首山佛教文化园。我今年在6月专门提前去参观了,它超过了灵山。整个规模也好,里面美轮美奂的精致的做工各个方面都超过了无锡的灵山。当时南京旅游委把它引进过来,通过这么一个载体,把大家聚集到这儿来,不仅是游览,而且在这儿禅修,在这个地方学习,在这个地方修养、度假。当然,这个你必须在有一定的经济基础下才能去做,经济不发展,公共设施服务就保障不了。人均收入水平不高,就没有这个消费能力。但当有了这个基础之后,你如何去引导大家更有质量地消费,提供更高水平的消费。这就是文化产业发展的新现象。所以"一带一路"为江苏"十三五"期间文化产业的发展提供了一个重大的机遇。那么第三个方面,应对文化产业融合的趋势,明晰文化产业发展的方向,特别在互联网时代。我们刚才讲,我们很难规划,三年五年之后文化产业是怎么样的状态,它能培养出多少家大型企业?能上哪些大型项目?这个不能让政府去做。政府去做,大家可以看往往都是和政府自身利益结合在一起。那么这种方向在科技和产业融合,文化产业和服务业的发展,科技的融合、空间的融合、产业的融合、社会的融合,文化创业和产业的发展及城市的转型升级形成一种互动。江苏这些年推出的人才计划，实际上都是为了转变发展方式，调整产业结构，以实现政府主导的这样一个功利性的目的。通过这种创新型企业的发展，环境的营造，吸引一批高端人士来改变人口的结构和人才结构，提升城市的可持续的竞争力。我们现在城市的发展，比如说当年无锡搞"530计划"，就是基于无锡每年考上一大批本科生、研究生，但大部分人都不会到无锡来工作。到无锡的打工者有几十万人。淮安现在也有这个问题。我们现在每年考上很多，但留下来的只有一万多人。大部分人不能回到本地来工作，但实际上本地需要这些人才，因此必须调整产业结构，没有产业就不可能吸引人才。没有产业就没有好的就业，就不可能有高的收入。没有高的收入，那么就业就不会选择在这里。要不就调整产业结构，这样吸引人才来了，这些人才不仅在工作本身，还有生活所带来的外部效应。我们说"谈笑有鸿儒，往来无白丁"，那么这个创业精神它就形成了。高端人才形成一个集群，大家可以互相交流，对城市的文化就会发生作用。

现在我们还面临一个问题，就是老龄化问题。一个城市，你如何保证在老龄化的前提下人口不断涌入。同时人口结构还保持年轻化？深圳的产业文化为什么发展这么好，腾讯带动了多大一个互联网产业集群。深圳不像北京、上海那样限制你的就业门槛。深圳只要你是职业学院毕业的学生，只要你有技能马上就给你安排工作。北京、上海不可能，包括南京都不可能提供。所以深圳职业学院的大批学生，中南地区、西南地区都去深圳。它的群体扩大了，年轻人在这里打工，他就会模仿。一百个人里面有一个有主意，就会有创新的能力。围绕腾讯诞生了一大批互联网生态企业。现在上海、南京都面临老龄化问题。一方面门槛很高，要海归博士、要教授，你才能作为人才被允许落户。年轻人虽然有创业的活力，但是你没有资本，没有高文凭，就不让你来。所以面向"十三五"，我们的人才重视要推进文化产业发展，怎么去满足这个需求？所以现在国家发布要推行积分落户政策，实际上它是朴实型的，但它不可能在短期之内让一个城市很快发展。这是个共同的规则，我们怎么让自己有自己的人才政策。所以文化产业的发展和一个地方的人才政策、创新的环境直接相关联。那么政府在这个方面怎么去做？我提出的就是文化产业发展新的理念和方向。就是内部，以及相关产业的融合，要树立文化产业发展的文化生态观，从对文化资源的认识上升到对文化生态的营造。要树立产业升级与城市转型的文化规划观，从规划文化到文化规划的思路转换。三是有实力的文化创新，要树立文化创造观。想法从走出去到走进去的这种文化自觉与文化自信。那么政府该怎么做？在新形势下善于利用政策杠杆普遍降低文化园区的创业难度，要大力扶持各类文化企业，组织企业的生长。要深化和强化各类城市的应用服务。这样做的目的就是为新型的文化产业业态和商业模式的爆发做好有效的铺垫，这是政府所要做的。而不是说政府手上有多少钱，多少资源，有大量的国有企业。大家都知道某诺贝尔经济学奖得主说：花自己的钱为别人办事，花别人的钱为自己办事，花自己的钱为自己办事，是不一样的。那么政府支持企业实际上也是这个道理。政府扶持企业和企业自身去做，研发的经费，它发生的效率肯定是不一样的。所以政府投的钱真正用于考核来说就是你有钱就去做,那效果肯定不一样的。所以现在生态破坏搞终身追究制,文化创业产业在资金的发放等各个方面也搞一个终身追究制。但有时候不能这样类推,上个月我们开会,原来江苏师大的校长任平,我们一起开的社会企业论坛,这期主题是社会主义新制度建设,他问我这一期马上要发的文章,他就讲建立智库体制。在大会上大家发言不是太多,尽管观点比较奇崛,比较鲜明,作为一个智库,你提出的建议要实行终身追究制,我觉得这个有点过了。这样大家谁还敢谏言。因为谁是主体谁负责,我给你提供一个对策你用不用,你用到什么时候那是你的事。那说明什么呢?就是政府一定要负起责任来,我们的考评体系一定要到位。

还有一个就是文化创业产业与创新城市的建设二者怎么来中和的问题,这是第二个方面的内容。第三个方面内容,我来提出一个"十三五"江苏文化产业体制的行动建议。现在高校老师写论文,写著作,更多强调的是基础理论的依据,体系的完备。现在我们讲智库的建设更多地考虑到你的对策建议有没有用,能否及时发挥作用。现在智库建设讲五路大军。高校这块应该是潜力最大的,但也是转型的难度最大的。别说一般院校,就连南京大学也是如此。一方面就是我们评价体系如何转变,南大现在就是,你写一篇咨询报告,被省级以上领导批了不能采用。只要有证明就算权威期刊,那么这个就不一样了,但话又说出来,你的知识产权在学校这边,假如我拿这个东西走出学校,到教育部,它认不认?又是个问题。其实在南京这些年,我们搞这个叫拆除城市和大学之间的围墙,都遇到这个问题。就是地方政府非常感兴趣,但是学校不感兴趣。包括我们讲的产业园的问题,即使产业教授感兴趣,但学校没办法去做,所以南京颁出的科技九条就讲个人的专利不低于百分之五十,这是我们讲的学校和城市、政府的关系。从智库服务角度来说,它实际上对于我们搞基础研究和应用研究二者之间完全可以寻找到一个契合点。同样一个成果,你写成论文,然后这个内容你有没有实际的调研作为支撑。有了调研支撑,怎么化为层次比较清楚、问题针对性强的一份咨询报告?论文可能好写,但是两三千字的报告可能很难写。包括我们国家社科基金,你要发成果报告的,成果报告也是很难写的,那说明什么问题呢?我们现在文化产业提升的形成原因就是我们作为智库服务的一个机构,比如说淮阴师范学院的这个文化创意产业中心,怎么来发挥作用?我在淮安的"十三五"转型升级过程中,文化产业和服务业的发展,文化产业与人才这个方面提供过一些建议。传统的文化资源,比如说运河文化怎么和淮安的旅游资源整合,产业的升级怎么进行有效的结合,这个要实打实的。所以从智库角度来说,不仅仅提出方案,并且要能落实。所以在这里就提出一个"十三五"文化产业计划的行动建议。从江苏省的角度来说,省委省政府出台的推动文化建设迈向新台阶的意见,这是习总对江苏的五个迈向新台阶所提出的要求。

所以现在江苏的"十三五"要按照习总的发展规划的大的思路进行五个新台阶,专项规划都是要依托这样一个方向去做。文化迈向新台阶的意见是从八个方面提出"十三五"的目标。文化产业实力增强,文化市场体系完善,文化产业市场布局优化,新型文化业态发展迅速,文化产业增加及五年倍增以及文化产业市场竞争力增强八个方面。

大家在网上可以直接查到。文化产业发展的阶段性的规律我们要认识透彻。"文化+"、"互联网+"的发展机遇如何把它抓住？战略提升的重点要把握,我们在这列出几点:第一个就是实施江苏文化产业战略提升,它主要的目标是把提升文化产业的发展水平与竞争力与全省的文化发展迈向新台阶的行动计划结合在一起。把经济新常态下文化产业发展与产业创新驱动的关系把握好。要处理好壮大国有文化企业的规模实力与培育助力名人文化的关系。我们现在强调国进民退,尽管强调全面深化改革,充分发挥市场作用,实际上政府拥有的资源,政府拥有的政策的导向占很大优势。民营文化企业的发展肯定不及国有文化企业拥有的资源。我们获得的是机制。但是在政府的主导下,特别在拼资源拼规模的条件下,肯定不如国有文化企业。大家看到我们江苏最早的一个文化产业集团基本上注销了。它在十年前就成立了,现在成立了一个新的江苏文化产业投资管理集团,当时那个集团注册资金是几个亿,后来没做出来。那么现在做的这个江苏文化产业投资管理集团公司,副部长梁永去当董事长,财政厅去了一个副厅长做总经理。那就说明即使国有资源资本很雄厚,没有好的机制,不把握市场导向,不按市场规律去做事,也不可能有发展。但是现在在新条件下要文化大发展,国有文化怎么去发挥作用,所以拿新的资源组合成江苏文化产业投资管理集团。那么这个集团从哪里来的呢？实际上是从南京学来的。南京在六年前就成立了南京文化投资集团,就是把文化局下属的这些事业单位、画廊、演出集团归到文化集团,然后把一些硬件设施,比如说文化场馆归到这里。包括现在一些大剧院都被纳入进去,并且它有政府的经费支持。所以在这种情况下,我们的"十三五"想要处理好壮大国有文化企业的规模实力与培育助力名人文化的关系。我的一个博士生正在做的就是国有文化投资集团投资效率的评估。我在今年上半年就给他出了一个题目,让他围绕国有文化效率的提升,在江苏对官员、对企业家访问了大概四十多个人,他们有一个基本的共识。就包括我刚才讲的政策瞄准效率、金融服务,包括经济效益、社会效益怎么去权衡的问题,等等。那现在国有文化有什么好处呢？我有我的资产,资产划拨国有了,像江苏工程集团,大剧院整个就给它了。你们文化集团做不到的。但文化集团我有我的强项,百度、BIT,那不都是名人的吗？那么这种机制在互联网时代,可能未来的一两年你想不到诞生一种新兴企业,像这次随习主席去英国的拉卡拉。它成立了一个互联网金融企业。就是一个小小的需求的发现。大家到商店买东西,一个手持的拉卡拉的机子,将来买东西自己就可以直接刷卡了。那么就是一个消费啊,用那个消费的需求来成就一个大的产业体系,形成一个大的商业,成就一种事业。所以我觉得文化产业的发展就是非文化投资集团投资这种机制和民用。我们在"十三五"期间,二者怎么来把握好？我们拿政府公共财政投入这块为例。我们的淮安,是排在第八位的。2014年,这个是我上个星期给淮安所有文化宣传系统干部讲课专门整理的,所以大家看有个扬州的文化产业投资情况。就这个钱你可以用的,就我说的这个钱,政府可以来支配的。我们说科技投入,那么文化产业扶植的基地也从这来的。这个比重,像苏北地区一般占了3%—4%。文化能达到3%吗？这个我不知道。我是什么意思呢？我列这个表就是说政府的公共财政投入方面对文化建设,特别是文化产业的扶植金,它是有限度的。那么你按照市场规律去运作,它是无限放大的。所以基于上述的研判,我们提出来就是江苏文化产业的发展,产业政策要由初级复式型转向系统促进,产业方向要从简单的加工向"互联网＋"转变,文化销售要从等政府转向自发型,具体来说要把握五个关键点,就是我提出来的 一个"五三五"策略,这在《新华日报》有刊载文章,也有总体的一个概括,这实际上是提供一个智库服务的文本,文本怎么来写?"五三五"就五个关键点:深化文化改革,文化管理体制机制,提高文化产业改革标准效率等。那么营造公平公正的政策环境,民营的、私营的,大企业和小企业是不是在同一个平台上竞争? 是要加快混合的有利的改革步伐,促进国有文化企业的转型升级,全力提升区域文化产业规模升级,特别是把经济欠发达拉进去,发展后发地区,一定要有两个大型文化项目作为调动,就像我们淮安的工业一样,富士康来了,那么你的整个指标马上就上去了。那么第三个健全文化产业投融资体系,促进文化与金融全面对接,甚至提升文化产业集聚竞争力,处理好企业主体培育与园区载体建设的关系,科学规划文化产业的空间格局。最后就是培育好现代化消费,提升文化消费需求,拓展文化产业的信念。像大型娱乐设施,这个服务太重要了,特别是安全服务,基本的这些服务,像旅游景点服务,你怎么去到位? 遇到紧急问题怎么进行危机处理,像青岛那个大虾卖,国家旅游局不是讲了吗? 说它花几个亿做的广告都被几只虾子给处理掉了。所以这个地方公共的服务能力和商业的服务水平太重要了,不能老是一种你来一次我宰一次,反正你第二次不一定来了,这种服务理念怎么去转变? 营造三大空间,就是如何发展空间,消费体验空间和重创的载体空间;推进五大行动,一是把刚才讲的内容做一个归结和综合来强化升级版的文化产业发展空间。二是建设以"互联网＋"为引擎的驱动文化产业升级策略,将文化导向市场,发挥市场配置资源作用。三是推进文化产业的平台建设,在产业与城市的空间基础上推进跨界融合。四是大力发展文化金融,以资本进入资本驱动跨界融合,实行大金融体系下注册文化产业的创新。五是充分利用"一带一路"国家自贸区的战略,发挥创业产业在开发进程中的新优势,特别是应对 TTP、TTIP 这个新的规则之类,怎么能冲出去? 你想我们这个"一带一路"建设,包括亚投行,我们本来的目的是什么? 文化和经贸为主体的,落后的产能走出去。包括我们先进的产能。不仅落后的产能,还有先进的产能,比如说高铁,比如说核电。但另一方面我们过多地把一带一路从大的地域这个角度来说的话,发展为政治上流行的,在某种手法上对你反而是围追堵截了。所以这个地方细看也有一个策略的问题。那么文化产业的发展,怎么样走出去,怎么打开这样一个战略。这个内容太多了,具体的就是,展示一下吧。这里面就是主体培育国有文化竞争优势和竞争力。这几个问题和大家也做过探讨,混合所有制问题,宣传部的文产处对文化企业如何管好,还有我们刚刚举的曲江集团、万达集团,包括那个深圳花江城。经济效益和社会效益如何统一,政府与市场的关系,文化企业的生态环境,城市的政治文化生态等。刚刚出台的国有文化企业社会效益放在首位,经济效益社会效益统一的指导意见是国务院发布的。社会效益指标考评权重占 50％以上。这是民营企业无法企及的。大家可以看这一个政策里讲省属重点文化企业,经省级政府批准,2002 年以后可免缴国有资本收益。我只有在精神上面比你更灵活,我在效率方面比你更高,你走一步,我走五步,走十步,我才能和你去竞争。因为你要做一个投资项目,你要审批,你要讨论,要党组,要做决策,我不需要,老板给我一个团队,一个决策,马上就上,就靠这个东西。

关于文化创业产业发展,这里面从理论上要提出几个方面的建议,一个整合策略,突破政策市场的返利全面整合策略,强化区域中心的聚合效应,政府对文化产业的推动和有机融合,载体建设和主体培养的符合,还有文化与相关产业的高度符合。这就是我们讲的核心价值观怎么和产品高度符合。这种符合是隐含的,而不是赤裸裸的。怎么来进行有效的结合,就要呼唤更多的文化企业家、文化家。

今天用了一个半小时的时间和大家进行了交流,这个内容很复杂,因为我面向的对象有老师,有同学们,所以我讲的过程中可能起伏比较大,不到之处请大家多多包涵,谢谢!

陈总有没有什么问题? 你作为企业家,我们也可以交流。正好我这次给淮安做"十三五"规划,里面肯定要牵扯到这些内容,我今天到这里来是交流也是调研。

陈志鹏(淮安某房产公司董事长):李老师,我想说的是,我们作为淮安本土的一个房地产开发的企业,我们现在也有向文化产业转型的这种需求,有这个想法。我们现在就是在考虑转型的时候,一个比较难的问题就是在淮安这样一个三点五线的城市,资源其实是有些匮乏的,有限制的。同时呢,它又是一个外来人口、流动人口不是很多的这样一个城市,就淮安目前而言,流入流出人口能保持一个平衡就不错了。在这样一个三点五线的城市,我们从事文化创意产业应该怎么落地去做,这是我们考虑的一个很重要的,也是很困扰我们的一个课题。现在我们看文学院李院长都有文创这么一个专业了,我们看到了将来我们有人才的基础,但是作为一个具体的企业做文化创意产业,我们去做哪些东西我们还是有点迷茫的。

李程骅:这个我作为学者呢可能说出来的是一套套的道理,真正你操作出来的项目,你投资要有回报,这个问题应该说是难度特别大的。我就从企业家这个角度谈谈,其实我们刚才也探讨了,从一般规律来说我们在这样一个后发地区,还不能走那一种超前的建构型的大投资、大消费,那是不可能的。我觉得还是要把我们本身的现有的资源整合运用好就行,构建一个完整的连续的链条就行,这个可能很重要的。比如刚才我讲的那个"洋家乐",非常典型,在三年前也没气候,忽然间起来了。我们说丽江那个客栈,就是消费的一个亮点或者痛点。他就是发现了,在互联网时代,用这种众筹的方式,很容易做起来了。各种风格的都有,既然外面是一个生态园,那么里面就是五星级酒店。所以花一千块钱大家都订不到这个酒店,这就是他们提供的服务。相反来说,我们淮安的这种文化资源,假如说你作为一个企业家,你要介入的话,你要利用我们这样一个中心把我们的资源进行梳理,那么哪些资源在将来哪里可以和我们的旅游、娱乐包括对幸福生活的追求结合在一起,能无限地延伸的,我想这就是一个方向。两年前我在江苏城际学会,给你们姚书记和曲市长在做咨询的时候我就讲淮安作为一个中心城市你做什么,在体制上你赶快做,淮安定位就是有运河,有洪泽湖,大运河、大湖融合的城市,在我们整个华东地区是比较少见的,包括太湖和苏州、无锡,那是另外一个层面了。我说我们幅员这么大,你把洪泽变成区,然后进行资源整合,把淮安区,把你的主城区里运河到洪泽,组成一个大的全球少见的大河、大湖、大运河融合在一起,生态、旅游、观光、休闲、寻求刺激体验,你这样来做肯定会成功,但这要大手笔,政府要支持,要大投入。你首先让我们种地去,你基础设施都落后,你就解决不了,你说交通便利了,你的酒店没盖好,你的服务能不能达得到?就像我们到青岛吃大虾一样,就像三亚,你去旅游消费都会遇到这样一个问题。这个环境怎么做好?就这个方面我觉得政府要去做好,但是企业在里面怎么发挥作用?我有先进的理念,有先进管理模式,我来引导政府怎么去做,当然你这里面肯定有一些特色性的、代表性的项目。你说游乐园,一般游乐园像恐龙园那样,南京马上开发了,野驯湖,小孩们都要去的,成人也喜欢的,那种魔鬼感觉,各种各样刺激性的体验消费。你还要有那种高端人群,南京到淮安两百公里,也就两个小时的车程,像金陵饭店,在盱眙天年湖养生,这是和地产结合在一起的,这种我觉得也可以去下下功夫,需求一个链条,形成一个策略性,然后用这个龙头品牌去带动,自然引发就引起来了。

百年文学的精神财富

主讲人／刘　勇　（2015 年 12 月 24 日）

[主讲人简介] 刘勇，教育部特聘长江学者，北京师范大学文学院教授，博士生导师，淮阴师范学院文学院特聘教授，中国现代文学研究会常务副会长。

我今天跟大家谈一个学术的问题，但是我的讲座从来不会太学术化，都是讲自己所见所闻，不讲那些空的理论，尤其是今天。今天是平安夜，这么多同学在这儿，不跟男朋友出去过平安夜，所以你们都是非常优秀的同学，但是也不能说过平安夜的就不优秀。当然你现在去过平安夜也早了一点点，先听讲座，然后再过平安夜，双层收获共赢是更好的。所以我们先讲，然后你再出去，不要着急。今天跟大家讲的是"百年文学的精神财富"。为什么讲这个题目，大家知道今年是 2015 年，100 年前，1915 年《青年》杂志的创刊是新文化的开始，是中国新文学的开始，也就是说中国新文学、新文化已经走过一百年的历程，一百年了，中国新文学怎么样了呢，中国新文化怎么样了呢，应该有一个回答。

在回顾之前我们大家共同面对一个问题。这个问题很简单，那就是在 100 年前——1915 年，也就是《新青年》创刊的时候，古老的中国社会开始了现代转型。大家想没想过这个现代转型不是科技，而是文化的转型。100 年前是什么情况？100 年前是古老的中国从沉睡中醒了过来，发现我们这个古老的帝国已经远远落后于西方国家，随便一个小国家，比如说葡萄牙（我去过葡萄牙，看看地图，西班牙旁边挂着一小条，那一小条就是葡萄牙），很小的一个国家。但是葡萄牙开几艘船，到中国海岸就把你拿下，把你打倒。那就是 100 年前，中国突然意识到我们的炮不如人家，我们的船不如人家，我们的经济不如人家，我们的科技不如人家，我们远远落后于人家。

从洋务运动到戊戌变法再到新文化运动，100 年前的人们最终发现改变落后的根本是文化革命。鲁迅的"弃医从文"同学们都知道，是不是？但是我想告诉大家，弃医从文不是鲁迅一个人的决定，鲁迅的弃医从文很伟大，但不是鲁迅一个人的伟大，而是那个时代一代人的选择。大家有兴趣可以查一下,最简单的资料,你看看谁是一开始就专门研究文学的? 没有。五四时代的每个人都有自己的专业,学医的有好几个。鲁迅学医,郁达夫学医,郭沫若学医,冰心学医,学医的多了,其他的人是搞文学的吗? 都不是。胡适是学农业的,郑振铎原来是学铁道专业的。现代文学的名家大师学什么的都有,学纺织的,学陶瓷的,学物理的,学化学的,学什么的都有,大家都放弃了自己原先的专业,不约而同地投向文学。所以说鲁迅弃医从文,不是他一个人,而是一代人的选择。一个人掀不起一场运动,一代人才能掀起一场运动。

由此开始,我主要探讨三个问题:一个是五四有什么根本价值;第二个是五四新文学 100 年来它形成了哪些自己的品格;第三,五四新文学的世界背景。关于世界背景,我特别要讲到三大文化板块对五四的影响,这三大板块首先是日本文化,然后是俄罗斯文化,最后是欧美文化。那么我告诉大家,我在日本做了两年客座教授,不能说对日本一点不了解,回来以后我又对日本从东到西做过深度的文化考察,对日本还是比较了解的。

俄罗斯文化我是从中学开始接触,然后到大学本科、硕士、博士,我的第一外语学的就是俄语。中学学俄语没什么高度,学的是“举起手来,缴枪不杀”、“优待俘虏”之类。因为中苏打仗,主要学“优待俘虏”,也没见到俘虏,反正“缴枪不杀”会说。大学选择外语,因为中学学过一点,就继续学俄语,所以一路学的都是俄语,再加上我们这个年龄对俄罗斯文化有一种特殊的情感,对俄罗斯文化做过专门的文化考察,所以对俄罗斯文化有所了解。至于欧美文化,则因工作与私人关系,一直有接触与观察,常有特别意外之处。

那我们首先讲第一个问题,五四新文学用八个字概括:“一点难求,巨星满天”。什么意思? 五四新文学不过是 30 年的历史,我们习惯上讲 30 年,最多三十一二年。从 1917 年到 1949 年,或者从 1915 年开始,30 年多一点点。30 多年的历史在中国文学的历史长河中,弹指一挥间,甚至还没弹就过去了,太短了,哪一朝、哪一代不是几百年? 30 年算什么历史? 但是一段历史的价值不是由它的长短决定的,而是由它带来的新东西决定的。现代文学只有 30 年,它只能算一个点,连一条线都算不上,但这个点是千载难逢的点。什么叫千载难逢? 是正好处在古今中外纵横交错的交叉点上。现代文学的这个点,出现了根本的变化,中国文化与世界文化的交流碰撞是逐渐发生的,也是在现代文学 30 年第一次出现中外文化大规模的交流碰撞。古代文学从古到今一点点发展,中国文学与世界文学一点点地交融。但是纵横交错都集中在这一点上,第一次大规模的交流都在这一点上,所以说是千载难逢的。

现代文学短短的 30 年,国家让它成为一个学科,说明这个学科本身还是很厉害的。我上大学的时候,教育部进行学分制,中国古代文学几千年历史 12 个学分,当代文学从 1949 年算起,也算是重点。但是到今天它已经 60 年,而且当代文学最大的特点就是每过一年,它就加一年,而现代文学永远是 30 年。但是你知道国家给当代文学几个学分,现代文学几个学分? 当代文学 6 个学分,现代文学 9 个学分。后来国务院调整,原来我们这个二级学科叫"中国现当代文学",现在叫"中国现代文学"(含当代),本来人家学分就少就不高兴,现在又被人含,谁高兴被人含? 那没办法,是国务院规定的,就是要突出现代文学千载难逢这一点的特殊价值。正因为这一点很特别,所以短短 30 年内名家辈出,巨星满天。胡适、陈独秀、刘半农、钱玄同、鲁迅等人是五四的先驱;其次是文研会作家群:叶圣陶、冰心、许地山、郑振铎、朱自清;再次是以郭沫若为代表的创造社作家群:郭沫若、郁达夫等;然后还有周作人、林语堂等为代表的语丝作家群,包括鲁迅在内;另外还有徐志摩、闻一多、梁实秋等新月作家群;还有现代派诗人,如冯至、戴望舒、何其芳等;还有海派作家施蛰存;京派作家沈从文、废名、萧乾;剧作家洪深、夏衍、曹禺;30 年代的小说家如茅盾、老舍、巴金、萧红等;40 年代解放区作家如丁玲、孙犁、赵树理等;40年代还有张爱玲、张恨水、钱锺书,等等。

北京的中国现代文学馆是巴金在 90 年代提议重建的,是亚洲最大的文学馆。刚才李院长介绍,我是《现代文学丛刊》的副主编,每个月在文学馆开一次编委会,地点在文学馆的贵宾室。贵宾室的墙上挂着一圈现代文学作家的画像。但是挂谁不挂谁呢? 这是历届馆长最头疼的一件事情。那么多像都挂吗? 不可能。那挂谁不挂谁,该怎么选择? 按照现代文学传统的排名,九大家,顺口溜。前六名大家熟悉,叫鲁郭茅巴老曹,再加三个叫艾丁赵(艾青、丁玲、赵树理)。这九个人当然得挂上去,但是文学馆是对世界开放的地方,各个地方的人都会来看。人们会问:胡适怎么没有啊? 现代文学为什么老讲 1917 年,1917 年胡适的那篇文章是我们的起始时间,是现代文学的第一人物,那胡适的像当然得挂上去。冰心,九大家没有姓冰的,所以冰心的像挂不挂呢? 冰心活了100 岁,一个世纪老人。那么 100 岁的历程,她的创作可以用一个字来概括,就是"爱"。这是很了不起的。先不要说你的作品能不能用一个字概括,你能活到 100 岁就已经不容易。所以活到 100 岁像就可以挂,所以冰心的像也挂。文学馆的新馆是巴金提议新建的,所以巴金享受了很大的荣耀,他不仅是巴老曹之一,像得挂上去,而且新馆所有大门的铜门把手都是用巴金的手模。任何读者来,都会和巴金握手,这个待遇很高。新馆巴金有这么高的荣耀,那么旧馆呢? 旧馆的匾是叶圣陶题写的,叶圣陶是巴金老师辈的。巴金作为学生辈享此殊荣,那么叶圣陶作为老师辈难道不该挂吗? 所以叶圣陶的像也挂上去。那么有人说,闻一多的像也该挂上去,因为闻一多是被国民党特务杀害的,是革命烈士。马上就有人说,那郁达夫的像更应该挂,因为郁达夫是被日本宪兵杀害的。所以文学馆墙上的像用四个字形容——"挂不胜挂"。解放区作家孙犁去世的时候,学术界评价说:"孙犁的去世标志着一个文学时代的结束。"你听听这是什么评价,标志着一个时代结束的人,孙犁的像能不挂吗? 当然可以挂。徐志摩的像不能挂吗? 郭沫若的诗告诉我们新诗是可以这样写的,徐志摩的诗告诉我们新诗是可以写得这么好的。再说,徐志摩家族对我们文学的贡献也很大,他父亲出了很多钱来支持"新月社"。再说张恨水,全球凡是有华人的地方都有张恨水的作品。你以为每个人都喜欢看鲁迅的《呐喊》《彷徨》啊,鲁迅的母亲就不看。她对鲁迅说:你的《呐喊》《彷徨》拿开,我不要。你去给我买张恨水的作品来,我要看他的作品。张恨水当年在北京写作,几乎是左右开弓。两边站的都是报社的记者,这边写好,拿去。那边写好,拿去。张恨水的像不能挂吗?谁的都可以挂,挂不胜挂。虽然都能挂,但是墙是有限的。

我讲这个例子就是说明一点,什么叫巨星满天。那么大家想想,为什么现代文学短短30年就巨星满天?我的体会就是:产生伟人的时代条件是非常苛刻的,不是什么时代都可以产生伟人的。因为现代文学是千载难逢的一个点,所以它才巨星满天。五四一代是天降大任的一代,是胸怀世界的一代,是真正走出国门的一代。五四时代的作家哪个没走出国门?不走出国门怎么交流、怎么碰撞?

我在这儿讲一个历史场景。这个场景是当年中国赴美国的远洋轮船上,有两个去美国留学的中国青年,一男一女,不期相遇。两个人都是去美国留学的,都是天降大任的,都是要回来改造社会的。谁都不理谁,谁都比谁高傲。但是两个人在轮船上,一男一女,都是中国人,一直不讲话不太好吧。飞机要十几个小时,而轮船要两个月,那总不能一直不讲话吧。终于有一天,男生主动问这个女生:你到美国学什么啊?女生看男生主动问自己,出于礼貌不能不开口。女生就回答,回答归回答,就硬邦邦两个字——文学。回答之后,女生想想,他都主动问我了,那我是不是也该问一下他呢。所以女生就问他:你到美国学什么呢?男生主动问问题,当然回答问题也不含糊。你不是问我学什么吗?我比你多两个字——文学批评。你学文学,我还学文学批评,谁怕谁啊?这就是天降大任的一代,这就是当年冰心、梁实秋在赴美国的轮船上的一个历史场景。我说这个例子是让大家知道五四那代人是什么样的精神风貌。

下面我讲讲第二个问题,就是五四时代新文学的文化品格。五四文学100年,100年形成了什么样的品格呢?在我看来,至少有四个方面:

第一是最注重创新。新的白话小说、新的白话诗歌、新的白话散文以及话剧,一切都是创新。五四那代人不但注重创新,又注重传承。他们没有把创新和传承分割开来,而是同时进行。

第二就是五四那代人最注重立本。什么是立本?就是利用本民族的精神改造不够健康的民族的精神状态。为此,他们没有故步自封,纷纷走出国门,非常注重开放。

第三,五四那代人特别渴求自由。什么叫自由?个性解放、妇女解放、家庭解放、社会解放,解放就是自由,与此同时,他们没有因渴求自由而放弃自己的责任。

第四,他们深刻地批判社会,但是从来没有置身事外。他们不以救世主的身份居高临下地批判社会,从来不是把自己放在社会外面。批判社会的同时又无情地解剖自己。

这是我概括的现代文学的四个品格。

现在我要把它简单化,简单到我用五四时代的三个头衔来讲这四个问题。五四那代人,人人都有三个头衔。第一个头衔不用讲,就是新文学作家。那么同时还有第二个头衔,就是国学大师。五四那代人是新文学的创造者,人人又都是国学大师。为什么?

且以闻一多为例。你以为闻一多只创作了《红烛》、《死水》两个诗集吗?你以为闻一多仅仅是个新诗人吗?我经常给我的学生说:"你给我到《闻一多全集》那儿站一会儿。"《闻一多全集》这么厚,《红烛》、《死水》只是其中一本中的一部分,这一部分是闻一多吗？不是，这么厚才是闻一多。这么厚是什么呢？这么厚是除了《红烛》《死水》以外闻一多对中国古代文化的研究、对中国古代历史的研究、对中国古代社会的研究，包括对中国古代文字，还有考古学等的研究，加在一起，这才是闻一多。闻一多既是一个新诗人，更是一个国学大师。抗战时期，西南联大教授们都很困难，闻一多尤其困难，家庭人口多，拖儿带女。闻一多印章刻得好，他自己篆刻印章卖钱补贴家用。你要没有国学功底，你篆刻能刻好、你的印章能卖得出去吗？所以什么叫国学大师，闻一多是一个经典的例子。

再举一个周作人的例子。胡适在 1917 年提倡白话文，他提出"八事"，但是胡适自己也清楚这理念不容易实现。胡适 1917 年提倡白话文，他认为少说要二三十年白话文才能在中国推行。但白话文在中国推行到底用了多长时间？

三年。用了短短三年，他 1917 年提倡，到了 1920 年北洋政府就通令全国学校都实行白话文。胡适预定要 30 年，结果三年的时间就实现了。这短短三年难道都是胡适的功劳吗？不是，这其中有一部分是周作人的。周作人不善于提口号，但善于实干。要推行白话文是一个口号能解决的吗？周作人为推行白话文立下汗马功劳。既然要推行白话文，那么公文写作怎么用白话，课堂怎么用白话，教材编写怎么用白话，书信怎么用白话，外国文学翻译怎么用白话。总之，所有的方面周作人都想到了，身体力行。周作人是白话文短短三年得以推行的功臣。但就是这个立下汗马功劳推广白话文的周作人，第一个公开提出要保留文言文。这是具有戏剧性的。原来我们都说新文学作家提倡白话文，封建复古派强调文言文。这是错的。第一个提出要保留文言文的不是复古派，而是新文学作家周作人。周作人的文字，既得力于白话的通脱舒展，又得力于文言的凝练老辣。所以周作人的小品文，篇篇都是精品，被称为中国的"小品文之王"。

我们还可以从作家的字看出一个人的国学功底，各位看这是鲁迅的手稿，这是郭沫若的字，他的字写得是非常棒！大到故宫博物院，小到北京有一个小的星临轩面馆，都有郭沫若的字。"星临轩"那三个字是郭沫若写的，写得特别好。很多学生对郭沫若不以为然是没有道理的。北师大研究生考试有一道通常的题型就是请你列举五个作家，说说你最喜欢的五个作家是谁及原因。然后再让你列举五个最不喜欢的作家，原因是什么。五个喜欢的作家无非是张爱玲、沈从文等这几个作家，最不喜欢的作家，很多同学第一个说的就是郭沫若，原因？原因没有。有原因还可以，就是没有原因，为什么不喜欢郭沫若？在我看来，郭沫若绝对是中国文学的大师，他的字大气磅礴。这是林语堂的字，林语堂专门用英文写作，他的毛笔字写得很好！他的《京华烟云》用英文写作，三次获得诺贝尔文学奖的提名。茅盾的字又是一种风格，既规矩又有变化，这是茅盾的手稿，就是《子夜》的手稿。你看茅盾写得这样工整，涂涂改改也涂得这么整齐。你看看涂得这么好看。一页手稿拿出来你能涂到这样吗？

沈尹默的字写得这么好，可他原来是一手臭字，写得特别烂。当年他给《新青年》投稿，当时《新青年》的主编是陈独秀，陈独秀拿着沈尹默的字一下子冲到他的家里，对着他一顿臭骂。年纪轻轻，文章写得不错，字写得这么丑！陈独秀一顿臭骂，沈尹默闭关几年，一直在家里写字，才写成这个样子。这是叶圣陶的字，叶圣陶的字规矩又洒脱，特别能体现长期的教育性，那种规规矩矩的功底，我觉得这两幅更能体现叶圣陶的字，你看叶圣陶的字多好看！

郁达夫的字歪歪斜斜，自成一体。郁达夫不但是中国最浪漫的才子，而且是旧体诗写得最好的新文学家。鲁迅最佩服的就是郁达夫的旧体诗。你以为郁达夫光会写《沉沦》，光会颓废，那你就错了。郁达夫的古体诗词写得非常好！鲁迅都非常佩服。你看这歪得多好看，不是随便歪的，新文学作家写的哪个字不能做你的字帖？有的同学讲，鲁迅的字写得不怎么样，你敢说，鲁迅的字写得不怎么样？你看看鲁迅的字写得多么好！

当年香港的一位巨富花巨资买了鲁迅的一幅字，非常得意，没过几天，北京的一位国务院资深研究员王世家在《中国图书报》发表文章，说巨富花这么多巨资冤枉，真的在他这儿。巨富被气得够呛。我跟王世家说你这个太不懂人情了，太伤人家心了，花这么多的钱买鲁迅的字说明对鲁迅热爱，你这么说，别人多伤心。我说你就不如北师大的启功先生。经常有人拿着启先生的字到他家，叫启先生看看这幅字怎么样。启先生真不想告诉他你买的是假货，先拿着这个字看半天，认真看！看半天，然后说："你买的字比我写得好哎。"什么是"比我写得好"？比我写得好的也不是我的，比我写得好嘛，但是又不伤别人的心。虽然你买的不是我的，但比我写得好，不冤呀。

字如其人，不是如你这个人的胖和瘦，是如你的气质，如你的底蕴，如你的文化修养。现代文学家的字充分体现了那个时代的底蕴。

现代作家的第三个头衔是外国文学翻译家。五四时期，人人精通外国文学，作家们常常学习几门外语。五四一代作家经常进行系统的翻译工作。你翻译北欧的，他翻译东欧的，你翻译俄罗斯的，他翻译印度的，你翻译德国的，他翻译法国的，你翻译日本的，他翻译葡萄牙的，你翻译北美的，他翻译南美的，每个人都有专门系统的翻译。精通几门外语是非常平常的事情，周氏兄弟是典型的代表。鲁迅精通五门外语，英日法俄德五门，周作人还比鲁迅多两门，希腊文和梵文。为什么周作人是我们绕不去的话题？周作人是汉奸，这没问题，但是他文学、文化上的功劳也实在太大了，绕不过去。精通多门语言的周作人晚年遗嘱说他一生的文字都不足为惜，唯有晚年翻译的希腊文化是最值得珍惜的，他又加了一句智者当应自知。为什么希腊文化是最值得珍惜的呢？首先是懂希腊文的人很少，神话离我们很久远，很多东西很难翻译，所以周作人说他晚年翻译的希腊文是最值得珍惜的，是他最宝贵的贡献之一。

京都大学图书馆的资料显示有两位中国的留学生，后来是著名作家，直接用日文阅读原文，读得又快又多。又快又多，是什么概念呢，在不到三年的时间内，用外文直接阅读原文1000多本，一天一本多，一天读一本多的原文外文书，相当不可思议。我觉得非常不可思议，这两个人怎么看的呀？再一查资料，这两人是周作人与郁达夫。周作人的记载比较简单，郁达夫的记载比较详细。怎么看呢？一天读一本多外国原文著作，不干别的事情，可是京都有最棒的风景，有日本最好吃的东西，什么都是日本最棒的！根据大学图书馆的记录,当年郁达夫是直接进入图书库里面,一排一排地借,根本不填什么条子查什么目录。所以在现代文学史上,有两个堪称杂家的人物,一个是周作人,另一个就是郁达夫。他们什么都读,周作人的小品文天上地下,古今中外,张嘴就来。写小品文还要查书,那还写啥?全都在肚子里面。你以为郁达夫光会写小说,其实郁达夫的政治学、经济学、法学、医学、社会学都很棒!什么叫作杂学家,杂而博,杂学家是很不容易的。同学们会说那个时代没有电脑又不上网,他们不看书干啥?是吧,他们当然看书了!你不上网不上电脑,你给我看书试试。

王国维说一个时代有一个时代的文学,换一句话,一个时代有一个时代的生活,是不可同日而语的,是不可逾越的。不是说没有一个人懂几门外语,那一代人兴文学国学,是那个特殊年代造成的。五四一代既读过经又留过洋,是空前绝后的一代人。

我认为今天这代人像鲁迅那代人一样读经,是不可能了。叶嘉莹先生现在 90 岁了,站在台上,依然出口成章!用古韵朗读旧体诗词,下面掌声四起,华彩四射。你知道叶嘉莹的国学功底是怎么来的吗?小时候叶嘉莹经常被她父亲、伯父叫到房间里去问话。小叶嘉莹从自己的房间里走出来,走出来以后,四合院的大院子里有花鸟鱼虫,大缸埋在地下。她在那儿看鱼,绕着假山石绕两圈,追着蝴蝶再跑一阵,来到父亲或者是伯父的房间的时候,诗已经出口成章。你有这个环境么?所以说五四那代人是特定环境引起的。他们的国学根底与外文根底以及新文学创造的活力都是那个年代所给予的,这是五四一代人的空前绝后处。

下面说第三个问题,五四新文学的文化背景和文化资源。什么是文化?文化是我们随口说的一个词,是人人都知道的东西,但是要真的让你讲什么是文化,你是很难讲清楚的。文化最大的特点就是讲不清楚,据说距今为止关于文化的定义有 4000 种,4000 种文化的定义,你用哪一种?你把 4000 种看一遍,你都快退休了,太多了,没办法理。

龙应台写了一篇文章《什么是文化》。她说文化就是一个人迎面走来,他遇到一棵折断树枝的树,他是把这棵树小心地扶好,还是把这棵树枝折断扔掉;迎面跑来一只满身是血的流浪狗,他是一脚踢过去,还是怜悯地避开;进电梯的时候,他是横冲直撞地闯进去,还是谦逊地在旁边等着里面的人出来然后进去;在没有人看见的地方,他是如何系自己松的鞋带;如何从卖家的小贩手中接过找来的零钱;过马路的时候旁边有个盲人,你会搀扶他一把吗?等等等等,这就是文化。要按她这样讲,我们一年、十年、一辈子都讲不完,这种事情多了。那什么是文化,什么都没有说,她说这是总和,什么叫总和,总和指的是什么?讲不清楚。在这儿呢我想跟大家再强调一点,文化讲不清楚。但是讲不清楚就是一种常态。

我们随便举个例子,古今中外,四大文体——小说、散文、诗歌、戏剧。随便举个例子,散文。散文谁不知道,哪个同学不知道散文,你还经常写散文呢。但是今天我问你,什么是散文?你告诉我什么是散文?请你给散文下个定义,你还真的不好下。多少著名学者,多少专家给散文下了定义,什么大散文、小散文、艺术散文、非艺术散文,没有一个定义是能定义散文的。什么是艺术散文,哪个散文有艺术,哪个散文没有艺术? 有多少艺术叫艺术散文,根本就讲不清楚。

丰子恺大家都知道,丰子恺的女儿讲过两句话,讲得蛮好的。她说这个世界上无非两大门类,一类是理科,一类是文科。理科对人类最大的贡献就是把复杂的问题简单化,简单成一个公式,简单到一个字母,这是理科的贡献。文科呢? 文科最大的贡献就是简单的问题复杂化,本能讲清楚的问题让它讲不清楚,这就是文学的价值。都讲清楚,还要文学干吗? 一加一等于二,那是数学,不是文学。

米兰·昆德拉,大家知道这个作家,对吧? 米兰·昆德拉讲过一句非常简单的话,他说世界上所有的小说,不管它写什么题材,要告诉读者的就一句话、一个内容,那就是:这个世界的生活远远不像你想的那么简单。所以小说的定义就是这个。文科,人文社会学科,包括文化,是个复杂的东西,是讲不清楚的东西。文化虽然讲不清楚,但它是有特点的,在我看来,文化至少有四个特点,第一个特点我刚才已经讲了,就是讲不清楚。文化第二个特点是无形的,它不是用定义能说清楚的,无处不在,无时不有,谁都讲不清楚它是什么。这是它的无形。但是文化也不都是无形的,文化有的时候又是有形的,甚至是看得见、摸得着的。

文化第三个特点是体验性。什么叫体验性? 文化难就难在它没有一个统一的说法,是每个人根据自己的体验、自己的感受。那么你的感受跟我的感受不一样,我怎么硬把你统一到我这来,没法统一。更重要的是,你没有体验过,你根本就不知道那是什么事情。

我曾不能理解什么是"黄河在咆哮",终于有一天,我到了壶口瀑布。在壶口瀑布,我经历了一次突如其来的震撼。什么叫突如其来的震撼,走到黄河边上你都看不到瀑布,远远的一团薄雾在升腾,一直走到瀑布跟前,你才看到原来平缓的河面在这个地方突然千军万马奔腾而下。更重要的是在山西境内,它那个壶口下面有一个洞,从洞底下往上看,你就会看到千古名句,叫"黄河之水天上来"。这个时候你突然意识到李白原来根本不是什么伟大的浪漫主义诗人,黄河之水天上来完全不是浪漫主义的想象,一切都是你眼前真实的情景。

再查历史资料,当年写《黄河大合唱》的诗人光未然,天天坐在壶口边。他就想,我用一句什么样的歌词来表达中国人民的抗战意志呢? 黄河在咆哮! 如果光未然没有到过壶口,《黄河大合唱》的歌词就要改写。

最后是文化的地域性,地域性我不想多讲。什么叫地域性? 就是文化从来都不能抽象的,文化从来都是具体的,在某个时间、在某个具体的地方形成的,文化是千差万别的。中华文化四个字很好说,你要解释哪一块不是中华? 中国很多地方,南方、北方,两个村子相邻几步就走到了,但是讲话都听不懂,差别很大。文化的差异性巨大,不同地方有不同特点。怎么来感受不同的特征呢? 举个例子,我这些年主要研究北京文化,但是我的优先条件就是:第一,我是江苏的,我的父亲老家在扬州,我母亲的大家族整个都在上海,所以对南北都有了解。所以我研究北京文化,同时我有一个参照系,加上我的专业——现代文学,现代文学最重要的两大派别就是京派和海派,如果抽象到今天讲,京派文化和海派文化至今都影响到中国文化的格局,京派和海派是很不一样的。那么,怎么来感受京派和海派呢?北京和上海是中国一南一北两个最大的都市,有两个最大的都市市民群体。上海的时间短、北京的时间长,但都各有自己的文化特点。

北京是一个文化古都,建城3000年,建都900年,厚重的文化底蕴。上海虽然是小渔村发展来的,时间短暂,但迅速成为国际大都市。各有各的特点,那么文化怎么感受的呢?通常讲,现在你想了解一个地方的文化,不管国内国外,你坐一下当地的出租车,马上就能感受到这种文化的不同。上海司机以为你好的方式最后达到为我好的目的,这是上海文化的一种表达方式,这点是很了不起的,北京就完全没有这样的事情。

北京司机完全没有上海司机的苦口婆心,北京司机就一句话:"这样开,我方便。"你听不懂吗?什么叫北京大爷,这就叫北京大爷!北京文化中有一个叫"爷"文化,"大爷"的"爷",北京什么地方,北京司机什么人?皇城跟前,天子脚下,北京的司机,天下有他不知道的事情吗?天下有他不管的事情吗?这就是文化的特点,差异性很大。上海市民有很强的身份认同,举一个简单例子,上海人要是不理你,他们几个人就围在一起讲上海话。讲上海话不犯法吧,你听不懂你还好站那听吗?你会走远点。

文化没有好坏,只是地域不同、特点不同,一方水土一方人。影响五四新文学的世界文化有三个板块,这三个板块的文化你不了解就无法了解中国的新文化是怎么形成、怎么发展的。某种意义上讲,不了解日本文化就不了解中国现代文学。那么多现代作家留学日本,你对日本文化不了解,你怎么能说你了解中国新文学,了解现代文学,了解现代作家?另一方面讲,不了解日本文化就不了解鲁迅,就不了解郭沫若,就不了解郁达夫,就不了解周作人。虽然留学俄罗斯的人不那么多,但俄罗斯对中国文化影响之深刻绝不亚于日本和欧美。迄今为止,你说中国和谁走得最近?你自己看看,欧美文化是个广阔的地区,对中国文化的影响不仅面积大、范围广,而且深刻。

我们首先讲日本文化,任何一个国家一个地区的文化都是跟生存环境密切相关的,是这种环境决定了它的文化特点。日本的生存环境是什么呢?简单地来讲,日本的生存环境有两点:第一点,是空间狭小;第二点,是自然灾害频繁。

这个生存环境带来了很多文化的特点,日本文化有很多特点,我简单地讲三点:一个是认真,一个是节俭,一个是日本文化的矛盾,有的我就不具体说了。什么叫认真?我在日本任客座教授期间,有一位日本女士当上了卫生大使,就是卫生部长。媒体介绍这个人的情况:这个女士原来是一家饭店客房的服务员,当时的卫生部长和饭店总经理来视察,她作为服务员,她把这些领导让进自己服务的房间,推开洗手间的门,用水杯在抽水马桶里面舀起一杯水当众一饮而尽。你们不是来检查卫生吗,抽水马桶的水我喝一杯给你们看看,你们还觉得哪儿不卫生,你们还有什么不放心的,不放心你们也来一杯。可怕的是这不是日本这一个女人她的想法,这是许多日本人的思维方式和行为方式,这种认真是高度认真。

鲁迅去世前讲过一段话:作为我们中国人对日本的什么都可以不在乎,但是对日本人的"认真"要高度重视,并且要加以学习。大家知道鲁迅1936年去世,那个时候中日关系已经很不好了,1937年全面抗战就爆发了,所以鲁迅知道他这个话有的中国人是不爱听的,所以鲁迅又加了一句:我知道我这个话,有的中国人是不爱听的,但是我还是要说,你不爱听就不听。

第二,节俭。日本人的节俭经常到一个我们想象不到的程度,这不是我给你编的故事,这是《光明日报》登的文章。日本人家的洗澡水放一缸不是随便换的。有一个中国的女留学生在日本留学,人家请她到自己家做客,客人让她先洗澡,她洗完澡就把洗澡水放了,她擦那个浴缸。女主人看到吓坏了,说:"你第一个洗完我们全家还要接着洗,怎么就把水放了?"日本人家的洗澡水是这样的:它有一个旁边淋浴先冲一下,然后接一缸的水,如果来客人,不管男女老少,客人先洗,客人洗完是男主人洗,男主人洗完以后是小孩洗,最后是女主人洗。日本人的节俭意识已经深入骨髓,这也是日本文化的一个特点。

第三,什么叫日本文化的矛盾性?日本是一个高科技现代化的发达国家,同时日本对自己的文化的传统守旧到你想象不到的地步,非常守旧。迄今为止,日本所有的学校(大中小学)一律是4月开学的。4月开学跟世界上所有国家都不接轨,什么原因?你问日本上上下下老老少少所有人,只有一个回答:樱花开就开学,4月樱花开。一个如此高科技发达的国家对开学不开学如此地非理性,毫无道理。一个国家,一个民族能把自己国家的传统坚持到这个地步,这是它的特点。

下面讲俄罗斯文化。俄罗斯文化也和它的生存环境有关,俄罗斯最大的生存特点就是地大物博,自然灾害极少。俄罗斯的文学艺术是灿烂的,从托尔斯泰一直到帕斯捷尔纳克。俄罗斯作家孕育了几代中国人。当然俄罗斯的音乐巨匠、绘画巨匠也都是举世震撼的。俄罗斯的伟大不仅在于出了这么多的文化名人,俄罗斯的伟大在于老百姓,在于民间,是老百姓对文化的尊崇,对于文化名人的尊崇,这是再令人感动的。

当年郁达夫纪念鲁迅的时候讲了一句话,郁达夫说一个没有伟人的民族是悲哀的民族,要是有了伟人而不知道尊崇伟人的民族是更加愚昧的民族!伟人有了,但是你不知道尊崇,要来干吗?俄罗斯最大的文化软实力就在于百姓对文化的尊崇,所以我经常讲俄罗斯是文化软实力比硬实力还要硬的国家。

俄罗斯文化名人保护有两种方式,第一:出钱;第二:义工相助。像托尔斯泰庄园很多义工想服务,排队排几年都轮不上,因为想服务的人太多。所以这些讲解员、这些工作人员对文化的尊崇尤其令人感动。这是帕斯捷尔纳克的故居,他的代表作就是《日瓦戈医生》。帕斯捷尔纳克是诺贝尔文学奖的获得者。他的故居是二层小楼,那天我清楚地记得我们在二层小楼他的书房里参观,一个中年女士,一个讲解员,她指着说:你们各位透过窗户向远处看,说远处有个山坡,说当地政府原来准备在山坡那面盖一排住宅,我们联合当地的居民,把政府这个计划坚定地反掉了!这个女士给我们的感动远远超过了帕斯捷尔纳克给我们的感动。这就是俄罗斯文化的力量之所在。

下面我简单来说一下欧美文化,简单说一下美国,美国我主要讲两点。一个讲讲它的国旗，一个讲讲它的以人为本。为什么讲国旗？到了美国本土，第一眼最强烈的印象是高高飘扬的美国国旗。我们政府机关、学校、会场会挂。美国是哪都挂。在银行一排一排地挂，那个电线杆子上一把一把地挂，教堂里面也是国旗，纽约真的是巨幅国旗，旧金山、麦当劳，矮矮的麦当劳前面高高的旗杆，高高的国旗。美国不光是注重美元的国家，也是高度注重意识形态的国家。我再举个你更容易理解的例子，所有的好莱坞大片，它的主人公永远是三位一体的，即国家利益的代表、正义的体现与人民的化身。

由于时间关系，美国我就不再讲了。我用几句话概述一下欧洲文化的特点，欧洲文化的特点是古典与时尚并存，创意与慵懒同在。随处可见的是当今世界最时尚的产品旗舰店，就在几千年的历史遗迹旁边，没有一点不和谐的感觉。欧洲普遍认为几千年的历史遗迹是人类智慧的创造，当今世界最时尚的产品也是人类智慧的创造，两相辉映。所以欧洲最简单地讲第一是古老的，第二是现代的，这是欧洲文化最基本的符号，古老加现代。

那么，什么叫"创意和慵懒同在"？什么叫"慵懒"？"慵懒"不是我们所说的"慵懒"，你到欧洲去看看，许多国家，许多城市它的商店一、三、五下午三点就打烊下班，你说你四点钟放学想买东西，对不起，人家早就下班了。二、四、六下午三点钟先照样打烊下班，然后傍晚再开一个小小的时段，照顾一下顾客的情绪，至于星期天，是所有的商场、大商场、小超市全部关门，星期天你要买东西，对不起，你只有两个去处，第一个在当地中国人开的店买，第二个直接飞回中国买，人家全部休息，是吧？什么叫"慵懒"？因为休息是第一位的，天天工作，天天挣钱，挣那么多钱干吗？不需要。

创意需要慵懒，不是整天"创意"那么着急，今天"创意"，明天"创意"，天天都问："你今天'创意'了吗？""你今天创新了吗？"哪有那么多创新？我们有的时候太着急了，今天你开个店叫"北风那个去，北风那个吹"，他就拍一个"雪花那个飘"，后天他又拍一个"雪花那个飘飘"，这不是我编的，还真是这样。耽误了大家美好的平安夜，非常抱歉，谢谢！

商务印书馆与中国现代文学

主讲人／杨 扬 （2016年3月20日）

[**主讲人简介**] 杨扬,1963年生,浙江杭州人,华东师范大学中文系教授、博导,《华东师范大学学报》主编,上海市作协副主席,中国小说学会理事,中国文艺理论学会理事。教育部新世纪优秀人才,上海市"曙光学者",曾担任茅盾文学奖、鲁迅文学奖评委。

谢谢大家! 第一次来淮安,与同学们交流学术,我一直在考虑该讲一点什么。我想首先是自己熟悉的专业问题;其次选题要有点意思,而且要适合大多数听众的口味。所以我就选了"商务印书馆与中国现代文学"这个老题目。这个题目我讲过很多次,但每一次讲座,侧重点和个人体会常常不一样。今晚希望也是这样。

一 出版:"现代文学"之"现代"的必备因素

在中文系讲中国现代文学史,老师一般不人会介绍书局、出版机构,讲得比较多的,是作家作品和时代背景,这是符合教学要求的标准做法。因为初学者对中国现代文学史知识了解不多,知之甚少。在这种情况下,引导学生多读一点作家作品,多了解一些相关的背景材料,这是应该的。但如果进一步思考中国现代文学史问题,很多同学可能会问:什么是中国现代文学的现代特征,与传统文学之间,有什么差异? 这是一个很根本的问题。长期以来,学者们的着眼点常常落在语言工具上。很多老师在讲课时,都会强调现代文学是以白话为语言工具所创作的文学作品。这是沿用了五四以来一些新文学家的说法,但我觉得这样的说法不全面。为什么? 如果去看近代以来的中国文学作品的话,就会发现早在五四之前,白话文学作品就有了。我们考中国现代文学史的时候,常常会遇到一个填空题,中国第一部现代白话小说是什么? 很多同学都会填上鲁迅先生的《狂人日记》。但也有人会问,谁告诉你《狂人日记》是中国现代第一部白话小说,何以见得呢? 因为这是新文学阵营的说法,代表着一部分人的认同。如果换一个鸳鸯蝴蝶派的作家,他可能认为周瘦鹃或者包天笑的某一部作品是中国第一部现代白话小说。尽管有研究者花了很多的精力说明五四时期的新式白话文学作品不同于以往的白话文学作品，但从学术研究的角度，我们至少可以感受到，以白话作为区分传统与现代文学的唯一标准，将白话文作为现代文学的标志，未必有说服力。现代文学的"现代"不一定是以白话工具为唯一标准。直到今天为止，有很多人依然喜欢写旧体诗。但没有人将这些当代人创作的旧体诗视为传统文学，而是将它归入当代文学的行列，如聂绀弩的旧体诗，现在还有很多研究者把它当作当代诗歌创作。因为它与传统的诗歌有着根本的区别，这种区别，不在于白话还是古汉语，而是从文学史角度看，除了语言工具之外，还有很多可资参考的因素。所以，我们是不是可以说，理解现代文学的现代特色，应该破除白话工具论的单一评价标准，尝试着从多方面来概括和寻找现代因素。正是本着这样的想法，我以为机器印刷出版对文学的影响痕迹，是中国现代文学的现代特征之一。

考察 20 世纪中国文学，人们会注意到有一些因素和文学现象是传统文学发展过程中所没有的。比较典型的例子，是两千多年的中国文学发展历史，几乎从来没有考虑过用上海一地的地名来命名该地区的文学，就像文学史上有所谓的阳羡派、常州派等，上海一地的文学，从来没有听说过上海文学。像文学史上赫赫有名的《文赋》作者陆机，是松江人。但文学史上从没有人说他是上海作家。换句话说，在两千多年的历史上，上海不是没有作家，但是上海在文学史叙述过程中，是一个巨大的空白。可是到了现代文学阶段，我们谈中国文学而不谈上海一地的作家作品，已经不可能了。为什么呢？因为鲁迅、郭沫若、茅盾，等等，凡是 20 世纪出名的中国作家，几乎没有不来上海的。甚至有这样的看法：一个作家在上海这一文化空间中如没有地位，那你在全国也不会有太高的文学声望。所以上海是个码头，是一种标尺。我今天从上海过来时经过泰州，也就是梅兰芳的故乡，梅兰芳当年就是在上海唱戏站稳脚跟之后，红遍大江南北的。这是跑码头。你在上海如果得不到成功的话，要想在全国有地位，那是不可想象的。那么，这说明什么呢？我想对我们理解什么是现代文学是有帮助的。别的不说，现代文化氛围，包含了上海的城市文化影响力的形成。只有在现代意义上，上海才开始对中国文学发生文化辐射。

中国传统文学的活动中心大都在北方，历史上长安、洛阳、北京等地，都是文化中心。明清时期，南方的苏州、扬州、杭州崛起。但并没有从根本上动摇北方的文学中心地位。只有到了现代，大家才感受到上海的影响力，并且，随着这种影响力的扩大，整个中国文学的中心南移。那么，上海对中国文学的影响跟以往的北方城市为中心的文学辐射有什么区别呢？用我们今天的话来讲，它的生产机制是不一样的。到底有什么不一样？大家可以注意到，以上海为背景所进行的文学创作跟一个东西结合在一起，简单地说，是"钱"。讲得规范一点，就是"市场"。传统社会里文人的写作跟市场是没有直接关系的。像李白、杜甫、白居易等唐代诗人，他们跟官结合在一起，被视为宫廷诗人。魏晋时期的陶渊明，辞别官场，流落民间，过的是农耕和乞讨相结合的流浪生活。传统文人的社会身份，除了做官以外，还有两个身份比较重要。一是私塾，做老师，教学生；还有就是所谓的幕僚,到达官贵人那里去帮他出谋划策,处理公务。但上海崛起之后,上海的文人是游离于传统文人身份之外的,照鲁迅先生的说法,是跟书局报馆等商业机构结合在一起,是近商。

中国传统社会没有报馆。新闻报纸最早产生在17世纪的欧洲,鸦片战争以后逐渐传入内地。最早在上海的报纸主要用于商业信息的报道。但随着商业影响力的扩展,慢慢地一些文化信息也容纳进来。像上海《申报》的老板E.美查,是英国商人,他来中国之初做过很多生意,如贩运中国的茶叶和丝绸到英国、建船厂修船等。后来他听从了买办的建议,办报纸。1871年5月,三个合伙人筹办《申报》,各出资400元,E.美查一人出资两份,作为主持人。办报最初的资本为1600元。1872年4月30日,《申报》创刊。17年后,E.美查将自己的资产改组为美查股份有限公司,总计资本高达30万两白银。1889年美查与他哥哥收回本利,离开上海回国。他们靠办报发家,获得巨额收入。《申报》靠什么赚钱?主要靠广告收入。广告是报纸收入的主要来源。商家登广告,是看中报纸的发行量,希望借助报纸,广而告之,推广自己的产品。那么,报纸如何办得有声有色,吸引广大读者呢?美查想到了入乡随俗的本土化问题。他聘用了一批精明强干的华人主笔,像蒋芷湘、蔡尔康、钱昕伯等,负责文字工作。这些华人主笔都是传统文人,但他们懂得如何吸引读者的注意力。从文艺副刊到本埠新闻,这些华人主笔慢慢让这张新闻报纸变得有滋有味,充满文化气息,成为上海人每天日常生活不可或缺的一部分。当然,做新闻报纸的不会仅仅满足于做报纸一项产业,申报馆同时也是出版机构。它出版过不少书籍。如翻印中国孤本图书《快心篇》,用铅活字排印出版《聚珍版丛书》。从1885年开始,用四年时间,活字印刷出版大型丛书《古今图书集成》。报馆与书局结合,逐渐形成了一个完整的产业链,当时的名称叫新闻出版业。在20世纪初的中国,新闻出版是一个新兴产业,就像今天的IT行业一样。最初很多人还没有意识到这一产业的潜在市场价值和巨大的文化影响力。但随着各种配套制度的形成,这一行业慢慢兴旺起来。如在上海的新闻报业中,出现了中国传统社会所没有的稿酬制度。报馆为了获得好的新闻稿源,开始有偿报道。而那些流落在上海的文人,通过给报馆写文章来维持自己的生计。至于一些在报纸上连载小说的小说家,收入更高。这样的一种文人生活方式和写作方式逐渐在上海流行,而这在中国传统文学当中是没有的。所以我们说借助上海的新闻报纸和出版机构,一些新的作家和文体形式开始流行。如果照英国学者吉登斯的说法,现代意味着与传统的分裂。那么,我们说中国的现代文学,应该是与以上海为核心逐渐形成的一套文学机制和文学形式相联系的,由此而拉开了与传统的距离。

二 商务印书馆与茅盾

我的话题慢慢聚焦到上海,聚焦到上海的出版机构和一些文学新人上。我们要从现代化的角度来理解上海。什么是现代化?撇开概念不讲,我们不妨先在自己的脑子里想一想中国的现代化城市有哪些。我想上海一定会跳出来。在传统社会,上海是排不上号的。据史书记载，上海从元代开始置县，但长久以来，文学史、文化史是不太关注上海的。只有讲到中国的现代化进程，上海才凸现出来。

在上海这一文化空间中有哪些重要的文学、文化现象？以现代文学为例，鲁迅、郭沫若、茅盾都曾在上海生活过，但三人当中，茅盾跟上海的关系最深。他 1916 年北京大学预科毕业后到上海，那时他才 21 岁，没有人认识他。到 1947 年底离开上海，那时他已经是名满天下的文坛领袖。茅盾断断续续在上海生活了将近 20 年，这比鲁迅、郭沫若都要长。而且，就个人的文学经历而言，鲁迅、郭沫若都不是在上海起步的。鲁迅在日本留学的时候办杂志，搞创作，后来在北京，通过钱玄同，与《新青年》结合在一起，成为新文化运动的猛将。郭沫若也是在日本留学时期，开始与一群朋友搞创造，办文学社团。而茅盾完全是在上海起步的。茅盾在晚年总结自己的文学经验时讲过：如果我不来上海，如果我不到商务印书馆工作，大概就不会有我后来的文学成就。那么，人们不禁要问：商务印书馆有什么独特的魅力可以让茅盾一举成名呢？

事实上，商务印书馆不仅仅培养出了茅盾，而且培养出杨贤江、郑振铎、叶圣陶、胡愈之等一大批文化名流。政界人士像中国共产党的陈云，国民党行政院长王云五、司法部长谢冠生等，也都是从商务印书馆走出去的。所以我们必须研究商务印书馆究竟是一个什么样的企业，它为什么能够培养出那么多人才来？从我个人的研究体会，商务印书馆确实是一个不同寻常的文化机构。我们谈五四新文化运动的时候，都会讲到北京大学的作用，但谈到上海的现代文化，常常会忽略一些文化机构的作用。那么，上海的现代文化到底受到哪些文化机构的影响呢？上海很大，文化组织机构很多。但我想说商务印书馆对上海的现代文化的发展，起到了巨大的引领作用，这跟商务印书馆的发展历史有关系。下面我稍微花一点时间介绍商务印书馆的历史。商务印书馆是 1897 年 2 月，在上海成立。发起人是夏瑞芳、鲍咸昌、鲍咸恩兄弟等。他们都是清心书院的同学，而夏瑞芳又娶了鲍咸昌的妹妹。所以这是一个典型的家族企业。商务印书馆最初的业务是为一些客户印刷票据、广告，所以叫商务印书馆。但后来发现出版书籍的盈利大大超过票据和广告，所以，他们就尝试做教科书。夏瑞芳请人从日本买来中小学教科书，又找人翻译，并出版，但销路不理想。他感到很纳闷：为什么社会上需要新式教科书，但自己翻译出版的新式教科书却卖不出去呢？这时他认识了南洋公学译书院院长张元济，他请张元济看看这些新出版的教科书。张元济请手下懂日语的人看后，才知道翻译质量问题很大，所以卖不出去。经过此次教训之后，夏瑞芳明白，出版需要有文化人来把关，最终他聘请到张元济来商务印书馆担任编译所所长。张元济与蔡元培是好友，又是同年同科同籍进士，可谓声气相通，志趣相投。张元济最初推荐蔡元培去商务印书馆，后因蔡元培受"苏报案"牵连，无法到任，所以，张元济从 1902 年开始到商务印书馆工作。张元济在清末是享有良好声誉的翰林人士，在读书人中有很大的号召力。他对商务的最大贡献，是通过数年努力，编撰、出版了全科的中小学新式教科书。商务印书馆由编撰、出版教科书起家，很快垄断了整个中国的新式教科书市场，资本迅速增长，一跃而成为中国最大的出版企业。

在出版书籍之外,商务印书馆非常注重办杂志。如果问商务印书馆最重要的期刊是什么,那一定是《东方杂志》。重要到怎样的地步?可以举一个例子。梁漱溟没有读过大学,但 1916 年 9 月,他在《东方杂志》发表《究元决疑论》,因此而被蔡元培聘为北京大学的教授。商务扶持文学,紧跟潮流。晚清时,创办《绣像小说》,请小说家李伯元主持,《绣像小说》后来成为晚清四大小说名刊之一。1910 年商务又创办了《小说月报》。因为有商务印书馆的支持,所以,《小说月报》是中国现代文学期刊中持续时间最长、影响最大的文学杂志,一直延续到 1932 年"一·二八事变"之后,才停刊。1921 年茅盾主持《小说月报》,使之成为新文学的阵地,扶持了一大批新文学家,发表了一大批新文学作品,影响了新文学的走向。像茅盾这样的新文学家,如果当初没有商务印书馆的有力支持,没有《小说月报》这样的文学平台,要想在短短几年时间内获得巨大的社会影响,几乎是不可能的事。对照一下当时创造社所依靠的泰东书局就可以看到,泰东书局是指望创造社办刊来为书局赚钱,一旦经济上亏损,泰东书局就关闭杂志,拒出书籍。而商务印书馆并不要求《小说月报》赚钱,只是希望它能够引领潮流,在社会上扩大商务印书馆的社会声誉。所以,商务印书馆将那些杂志当作触角,了解最新的文学、文化动态,吸引社会的关注度,成就文学、文化人才,也引领中国的现代文学、文化事业。

三 商务印书馆对中国现代文学的贡献

商务印书馆作为中国现代最大的出版机构,出版过各种书籍。费孝通先生曾说,他们那一代人是读着商务的书长大的。从文学角度,我们看到,商务对中国现代文学的影响也是非常巨大的。

首先是它的出版物。中国现代文学第一大刊,毫无争议,应该是商务的《小说月报》。《小说月报》初创于 1910 年,那时新文化运动还没起来。《小说月报》初办时由恽指严、恽铁樵、王蕴农先后负责,主要撰稿人为鸳鸯蝴蝶派文人。值得一提的是,鲁迅的文言小说《怀旧》,就是在 1913 年的《小说月报》上发表的。1915 年新文化运动兴起,1919 年五四运动爆发。当时北大的罗家伦在《新潮》上发表《今日中国之小说界》一文,批评了小说创作的不良倾向,并提醒《小说月报》要多多注意。罗家伦在另一篇文章《今日中国之杂志界》中又猛烈批评了商务的其他杂志,促进了商务的杂志改革风潮。年轻的编辑沈雁冰,也就是后来的小说家茅盾,因此走上了《小说月报》的主编岗位。

商务印书馆对中国现代文学的影响,除了出版物,还有就是文学、文化人才的培养。茅盾,是完完全全由商务培养出来的文学新秀。茅盾原名沈雁冰,1927 年之前是没有茅盾的。"茅盾"是因为《小说月报》发表了《蚀》三部曲,才诞生的笔名。沈雁冰于 1916 年 8 月进入商务印书馆,最初在英文部工作,后来张元济把沈雁冰放到编辑部做编辑。在编辑部里,沈雁冰从事翻译与编辑工作,此外,他还为商务印书馆的多种杂志写稿。据茅盾晚年回忆,他文章越写越多,找他写稿的人也越来越多,变成了商务印书馆的新秀。到 1920 年商务确定改版《小说月报》时,沈雁冰就成为主编。茅盾通过王统照的关系,结识郑振铎,成为文学研究会最初的发起人之一。如果梳理一下中国现代作家与

《小说月报》的关系,大家会注意到,《小说月报》培养了一大批新文学家。丁玲曾说,她的成名作是在《小说月报》上发表的,如果没有《小说月报》,如果没有叶圣陶发表《莎菲女士的日记》,自己很可能不会在文学道路上走下去。茅盾是丁玲的老师。当年丁玲在上海大学读书时,茅盾在上海大学兼文学概论课。茅盾的学生还有施蛰存。施蛰存跟丁玲是同班同学,我建议大家去看看施蛰存先生写的《丁玲的"傲气"》,收在施蛰存先生的《沙上的脚迹》中。与《小说月报》相关的,还有像庐隐、冯沅君、许地山、杨振声、叶圣陶、老舍、巴金等一大批作家,可以说形成了一个《小说月报》系统的作家队伍和作品系列,对新文学发展影响巨大。

茅盾是《小说月报》系列中较为突出的一位新文学家,他不是书斋型作家,在文学之外,他还积极参加社会活动。1920 年 2 月,陈独秀从天津来到上海,开始着手上海马克思主义小组的筹建,茅盾则在最初就加入了上海马克思主义小组的活动。大家都知道上海是中共"一大"诞生地,但在准备召开"一大"的时候,租界的包打听闯进来。所以后来会议转移到浙江嘉兴南湖的一条游船上举行。大家不要忽略一些细节。为什么中共"一大"最终会到嘉兴南湖去开?它跟茅盾间接还有点关系。茅盾是乌镇人,曾在嘉兴中学读书。"一大"代表李达的太太王会悟是茅盾的亲戚。王会悟提议去嘉兴南湖开会。谁去租船的呢?是茅盾妻弟孔另境,当时他正在嘉兴中学读书。请他租了游船。这两个人都与茅盾有关系。茅盾没有参加中共"一大",但他是中共最早的 50 个党员之一。他担任中央联络员,与各地马克思主义小组联系。1925 年,茅盾被推选为国共合作时期第二次国民党全国代表大会上海代表。1926 年 1 月赴广州参加会议之后,留在广州国民党宣传部担任秘书,当时国民党宣传部代理部长是毛泽东,茅盾与毛泽东从20 世纪 20 年代开始就共事了。茅盾亲历了中共的早期建党活动,也是国共合作的参与者。大革命失败后,茅盾受国民政府通缉,东渡日本,与中共失去联系而脱党。为生活所迫,他又回到了文学本行,重操旧业。1927 年 9 月用"茅盾"笔名发表小说《幻灭》而引起轰动。在茅盾身上,文学与政治并不是彼此分割的两个世界,而是统一的。他一方面是中共最早的党员,另一方面他也是新文化运动在上海的积极响应者。他在政治活动中扩大视野,了解社会;在文学生活中他表达自己的感受和思考,两者相辅相成,相得益彰。他在五年之内,从一个外地青年成长为杰出的新文学家和中共党员。这一成长过程,都与上海、与商务印书馆有密切关系。如果陈独秀不到上海,茅盾不会成为中共的第一批党员。如果没有商务印书馆和《小说月报》,茅盾的文学事业也不可能在短期内顺利开展。

结 语

最后我要特别强调的一点,是商务印书馆的出版贡献。商务印书馆出版的书大致可以分为两类:一类是带有文化积累性质的大部头丛书,如《四部丛刊》、《百衲本二十四史》等;另一类是所谓的新知新学,像《文学研究会丛书》、《文学研究会世界文学名著丛书》,还有就是《万有文库》等。商务要引领中国文化向现代化方向发展,担负中国文化的现代化使命。一定会对于当时那些重要的文化、文学著作,给予特别的关注。张元济是通过对那些引领潮流的文化人的结交,来帮助商务印书馆跟上潮流。如梁启超和胡适,是商务印书馆联系最为密切的学者。这与梁启超、胡适在当时知识界的声望有关。对于像陈独秀等新文化人士,商务聘他们为馆外编辑,给予经济上的资助。对于一些新知新学,商务着眼于学理上的介绍。如1922年出版的瞿秋白的《饿乡纪程》,初版时名为《新俄国游记——从中国到俄国的纪程》,为"文学研究会丛书"之一。商务印书馆并不因为它宣传苏俄社会主义而拒绝出书,而是将社会主义作为一种新思潮来介绍。与之相反,孙中山曾想在商务出版《孙文学说》,却被张元济婉拒了。张元济认为孙中山是国民党人,《孙文学说》是宣传党义。这与"在商言商"的商务精神不符。因为出版党义宣传品,有政治上的风险,会危及企业生存,因此不能出版。张元济有自己的政见,但他更有商业精神:从生存角度来说,企业不能卷入到政治里面去。我们可以看到近代以来,很多官商结合的中国企业命运不佳,而商务印书馆却始终坚持按照企业的规则行事,在书籍出版上一直有自己的分寸尺度。这是非常不容易的,也非常了不起。

　　因为时间关系,我想留一点时间给大家做交流。

　　学生:杨老师,您刚刚只说了1949年以前的商务印书馆,那到了1949年之后,商务印书馆的发展状况又如何呢?

　　杨扬:谢谢这位同学。很多人都会想到这一问题。一谈商务印书馆,就会有新旧商务之说。商务印书馆1949年以前在上海,1949年以后,逐步迁往北京。1954年公私合营,完全落户北京,这也标志着中国现代出版中心的又一次转移。北迁的还有中华书局,这也是现代出版业的巨头,原来在上海。中华书局的创始人陆费逵原来是商务印书馆出版部部长,1912年从商务印书馆分离出去,创办了中华书局。还有开明书店的创始人,也是从商务印书馆出去的。1949年后,开明书店等,都迁到北京。所以,北迁之举,不是个别企业的个别行为,而是国家行为。公私合营之后,国家对商务印书馆的出版方向有所规定。新闻出版总署的署长胡愈之原来是商务印书馆的编辑,他们给商务印书馆的规定是"负担高等学校、中等专业学校各科教学用书和原由商务印书馆出版的古籍、科技及工具书等书籍的编辑出版任务"。1958年中央明确商务印书馆的出版任务是"以翻译外国的哲学、社会科学方面的学术著作为主,并出版中外文的语文辞书"。所以现在我们对1949年之后商务印书馆印象最深的书,一是"汉译世界名著",如黑格尔《美学》、罗素的《西方哲学史》等,还有就是《新华字典》、《现代汉语词典》。

　　谢谢大家!

中国文学历史上的轴心时代

主讲人／陈引驰 （2016 年 3 月 20 日）

[主讲人简介] 陈引驰,1966 年生,复旦大学中文系主任、教授、博导,从事中国古代文学、古代文化研究,中华文明国际研究中心副主任、国务院中文学科评议组成员、教育部新世纪优秀人才。

　　我非常高兴来到淮阴师院来跟大家见面。淮阴我这是第三次来,面对这么多的同学、老师,倒是第一次。希望把我的一些想法跟大家交流、报告一下。

　　我今天的题目,是中国文学历史上的轴心时代。这个题目是一个很大很大的题目,各位对中国文学应该有一个大概的了解,我想在这个基础之上谈一些我的想法。这些想法说得好听是比较宏大,说得不好听可能有点粗率。

　　那么,我这里所讲的中国文学的轴心时代是什么意思呢? 我们看整个中国文学史的发展,一般大家最熟悉的可能就是按照朝代来分,就是先秦、两汉、魏晋南北朝、唐宋元明清这样的顺序。这样对不对呢? 当然是对的,完全合理。但是这对于我们把握中国文学整个发展是不是足够呢? 我觉得可能也不一定够。因为以一个政治王朝的兴亡标志一个文学时代,它和文学、文化的关系一定是有关的,但是不完全,两者之间的节奏、节拍不完全是一致的。那么应该怎么看呢? 所以过去也有不一定按王朝来分期的,比如上古、中古、近世或者近古。你问他到底什么叫作上古呢? 那分歧就很大了。有的说是先秦,有的说先秦两汉都可以算是上古。中古是什么呢? 魏晋南北朝是不是? 有的说把唐代也要包括在内。此类分期有模糊之处,但是尽力想对文学史的发展过程有一些特点的把握,那么是不是有其他的办法?

　　我现在想提的一个想法是"轴心时代"的概念。20 世纪德国的哲学家雅斯贝斯,曾经提出过轴心时代。所谓轴心时代是说公元前 500 年前后那个时代,当时在西方、在希腊、在印度、在中国这个几个很重要的文明发展的地区,出现了很多很重要的思想的变化,出现了很多很重要的思想家,他们所提出的很多观念在各自的文化传统当中发生了很大的影响,而且不仅在当时实现了一个文化的定位、定型,对之后两千多年各个不同的文化传统的发展都有决定性的影响。比如希腊理性文明、印度早期的佛教文化对后世的影响。在中国,当然基本上可以讲是春秋战国那个时代,诸子的时代。我把他的这个说法借过来,来看中国文学的整个发展历史当中有没有一些类似于这样的标志性的时代,这个标志性的时代非常之重要,这个时代里出现的很多的思想、文学、人物,他们在文学上的创造奠定了或者很大程度上影响了之后的文学的发展。如果从这个轴心时代深入的话,可以了解上一个轴心时代到下一个轴心时代之间很多文学的现象、文学的情况。我就是这么一个设想。如果这样做的话,说不定可以对中国文学史长期发展当中的一些大的段落的一些特点有一点把握。

雅斯贝斯在整个文化史上,只认一个轴心时代,就是公元前 500 年前后那几百年。那么中国文学,如果回顾的话,是不是只有一个轴心时代?我感觉大概恐怕可以有三个轴心时代。这三个轴心时代都非常之重要,在很大程度上都决定了它们之后的几百年,甚至千年左右的文学发展的方向或者基点。

那么这三个我所谓的"中国文学的轴心时代"是什么呢?第一个是先秦时代。先秦时代非常重要,是中国整个文化思想包括文学在内,定下整个基调的一个时代。儒道两家都是中国本土产生的,实际上也就在先秦时代开始发源,发扬光大。中国传统文人得志的时候、得意的时候、能够施展他自己抱负的时候,往往是一个儒家的态度;当他失意的时候,往往是一个道家的态度。例子很多,我想不用多举。所以那个时代的精神影响非常之大,先秦儒道两家的精神思想的影响,对所有的文士都是非常非常重要的。这是第一个。

轴心时代是什么意思?这个轴心时代里边产生的文学思想、文化现象,对后来的几百年甚至一千年,有定位的作用。定位作用是什么?在这个轴心时代里面的后世人们,他们回顾自己这个文学、传统发展的时候,都会想,那是我们的源头,他们会认祖归宗,他们会认这样一个传统。但是什么是真正有影响的?马克思主义的思想传统当中有一个说法,就是活的和死的。死的是什么呢?它当然曾经存在,但是它对今天的影响已经非常之小了,已经非常淡漠了。那些活的东西在今天还活着,还发生着影响。所以传统在很大程度上,实际上不仅仅是从过去到今天的,很大程度上是在今天的人认不认这样一个传统,认不认过去思想文化包括文学里面的那些重要的部分是我们的传统,是我们的先驱。这个实际上是非常重要的。

所以,我们现在讲传统是可以重新塑造的。这个说起来很大,但实际上也很简单,因为其实在我读书的 80 年代,我们对中国的传统文化,中国古典的文化通常是持一个非常强烈的批判态度,在很大程度上是继承五四之后的那种比较激进的批判态度。但我相信你们现在这一阶段,从你们出生、长大、懂事、学习,你们对传统的那种态度,跟我们、我这一辈在你们这个年纪对传统的态度是非常不一样的。你们对传统,可能起码在现在这个阶段有更多的认同。那么实际上就是重新再去认这个传统、重新塑造这样一个传统的过程。从这个角度来讲,传统不仅仅是从过去到今天,传统在很大程度上是我们今天重新去认识过去、重新去塑造过去的这样一种努力的结果。

　　从这个意义上来讲,文学其实也一样。在先秦时代最重要的文学创作是什么?《诗经》《楚辞》,对不对?《诗经》《楚辞》在先秦之后很长一段时间里,定位了后来的那些文学家的文学想象、文学理解。你比如说司马迁,他认什么? 司马迁写《史记》,背后的动机是什么?《报任安书》里面说得就非常清楚:"诗三百,圣贤发愤之所为作也。"他就认这个是他的传统。鲁迅先生在《汉文学史纲要》中怎么评价《史记》呢? 他讲是"史家之绝唱",下一句是什么?"无韵之离骚"。所以,又说它跟《楚辞》的精神是相通的。所以"诗骚"实际上在中国文学的前半期里面核心的文学经典地位,获得了那个时代里面的文学家和后代历史观察者的双重认同。

　　再往下一点,我们看中古时期的诗人。你们知道我们现在讲起中古时期的诗人会认为哪一个最了不起么? 有同学想说杜甫,"诗圣杜甫"对吧? 事实上钱锺书先生《中国诗与中国画》一文中说:中国诗和中国画的最高的审美理想,并不一致。中国画里面的审美理想是那种比如说南宗画、文人画,那个是最高的境界的艺术作品。但在诗里面不是,诗里面不会是王维,虽然是"诗佛王维",但他不会是最高的典范。最重要的是杜甫,杜甫是诗圣。那杜甫是"诗圣"这个概念是什么时候有的? 很晚了,基本上到宋以后,我们才认这样一个传统。

　　在唐代之前,当一个人要问起来说:哪一个诗人是最了不起的? 很多人都认为是曹植,曹植地位很高。钟嵘《诗品》里面把曹植抬得很高。他说曹植在文坛上的地位"譬人伦之有周孔"。在文坛上、诗坛上,曹植的地位就像人间有周公、孔子一样。周公、孔子当然是最高的了。还有一个成语叫才高八斗,才高八斗是谢灵运讲的,谢灵运说谁最厉害? 曹植最厉害。天下的才都被他占尽了,剩下最后一点儿,我跟你们大家分一分而已。对不对? 所以那个才高八斗的是曹植。

　　曹植为什么了不起? 还是看钟嵘的《诗品》。钟嵘《诗品》对于五言诗的很多评价,如果和文学史结合起来,是非常有意思的。它会划出各种各样的流派,各种各样的一个传统,塑造各种各样的诗歌发展的不同的脉络关系。他对曹植的评价就有四个字,叫"情兼雅怨"。什么意思? 后代很多研究者,都讲这个"雅怨"实际上一个是指《诗经》,一个是指《楚辞》。就是说他了不得,情兼雅怨,把《诗经》和《楚辞》这两种传统都结合在一起,因此地位非常之高。由此可见《诗经》《楚辞》地位非常非常重要。一直到唐代李白也是这样啊。在李白的眼中什么东西重要呢? 李白讲"大雅久不作,吾衰竟谁陈"。他标举的"大雅"就是《诗经》了。他另外还有诗啊,"屈平辞赋悬日月,楚王台榭空山丘"。这是讲屈原了不得。或许最初的那个时候文学是非常软弱的,但是经过了时间的流逝、时间的侵蚀之后,当初最柔软、看似最没有力量的文学,那是永恒的,而当时掌握政治权利的、当时看起来一言九鼎、非常强大的楚王早已经不存在了。所以李白在传统里最尊崇的显然是这些,就是《诗经》和《楚辞》。

　　我当然只是举一些非常基本的例子,你们还可以去找很多很多这样的例子。对于汉魏六朝一直到唐代的很多文学家来说,他们回溯传统,他们去认这个传统的时候,他们都会把《诗经》和《楚辞》放在自己的心目当中,所以先秦时代应该可以讲是中国第一个轴心时代。它影响了之后很长时间中国文学的发展。

那么第二个轴心时代是什么呢？我觉得第二个轴心时代是差不多可以划到中唐以至唐宋之交，这个时代是一个大的转折时期。20世纪初，日本有一个著名的历史学家叫内藤湖南。他曾经在中国生活过很长时间，跟王国维、罗振玉、陈寅恪这些学者都有交往，后来回国以后在京都大学任教。他提出一个看法，叫作"唐宋转型"。他不仅仅从文学上来讲，他是从整个历史发展的脉络上来讲，从整个社会结构的变化来看的。最重要的是说，这是从中古、六朝时期一个贵族的等级制的社会向一个平民的文化下移的社会转变。他提出了一个很宏大的构想，之后有很多人围绕他的这个观点进行讨论。

实际上，内藤湖南的说法，其实和中国文学史对中唐的重视是有契合之处的。比如清代著名的文学批评家叶燮，在他的《原诗》中就讲到中唐非常重要，不仅是唐代之中，而且是"百代之中"。"百代之中"是什么意思？就是整个中国文学、文化的一个中点，在这之后发生了很大的转折、变化。这个变化怎么来说呢？我直接简单地讲，从唐代，特别是宋代以后，所有的这些文人，他们还讲不讲《诗经》《楚辞》？当然讲，他们还会讲，比如白居易会说，我之所以要写这个关怀现实的诗，就是发扬"诗三百"的精神，但是这个讲呢，其实，我觉得是一个大帽子，不是他们真正关心的。你看那些文人他们真正关心的问题是什么？在他们心目当中是唐和宋的关系，就是唐代文学和宋代文学对他们意味着什么，他们回过头去都在想这个问题。从宋人开始，就开始想这个问题。宋代的诗人就想，唐人写的诗那么了不得，那我们怎么跟他们不一样？对不对？宋人在力图建立跟唐音不同的宋调。这是宋人很自觉地要这么做的。后人学什么？学李杜还是苏黄？这个对他们来讲就是不同的认同了。到明代，你们都知道，那就开始争了，所谓唐宋诗之争，从宋一直到明清都是一个非常重要的问题。对不对？在座各位说不定也有写诗，说不定也写得很好。我一开始的感觉，我是写古体的，我是写近体的。近体的我就想我是否合乎格律，就在想这个。古时候，它不是这样，你要写诗，别人一问就是：你是写宋诗，还是写唐诗？就是说你到底是写哪一路诗的？这对他们来讲就非常重要。钱锺书先生选《宋诗选注》，很有名。香港有一位国学大师饶宗颐，诗词修养也非常之好，学问也是百科全书式的人物。但他看到钱锺书先生的《宋诗选注》后，说了一句让人目瞪口呆的话，他说：这个钱先生选的哪里是宋诗选呢？这个是唐诗选啊。就是说这个里面有很重很重的唐诗的味道。包括钱锺书先生自己也说，唐诗、宋诗不是限于哪个时代的，是两种诗的体格，两种诗的风格。

所以这个唐诗和宋诗到后来就是唐宋优劣，你到底选哪一个？哪个好？你走哪条路？这变得重要。这样的争论代表着这才是他们心目当中最重要的一个传统，从这里开始，你走哪一条路，你认哪一个传统，就很重要。与唐宋诗的关系相比，唐宋文章的关系是不太一样的，宋代的古文是继承着唐代的文章发展下去的，后来就叫作唐宋文章。唐宋文章对他们来讲成为一个很重要的凝聚而成的传统。明代就有很多人争论，有的人说唐宋文章好，有的人说"诗必胜唐，文必秦汉"。今天我们不要辨析谁对谁错，关键是你看他考虑问题的方式和结构，他就要想：唐宋文章很重要，我们认不认？是就学唐宋呢？

还是要超越唐宋学到秦汉？这些都变成他们思考自己文学发展、文学道路的一个很重要的界标乃至基石。

再比如说传奇，初唐有没有传奇的作品？当然有，但是重要的作品都是从中唐以后有的。而我们今天所知道的很多的俗文学作品从唐代的说话发展到后来的白话小说、敦煌的变文、讲唱文学，基本上也是从中唐以后越来越多，逐渐可以和雅的文学分庭抗礼。从中唐以后开始到宋代的这些变化，成为后代思考文学发展的一个非常重要的基础。这可以视为第二个轴心时代的标志。

那么第三个轴心时代是什么呢？我觉得如果一定要讲的话，那基本就是近现代的变化，所谓新文学的起来。新文学到底在什么地方断限有很多很多的讨论，现在最早的有些学者认为应该定到 19 世纪 80 年代，还有许多定在其他什么时候的。我进复旦读书，听的第一个报告就是北大王瑶先生的讲座。他讲的就是中国现代文学从什么时候开始，然后他论证了一大通，最后他认为应该是从大概 1895 年以后，1895 年到 1898年，就是甲午到戊戌变法以后开始。我当时听了这个很吃惊，因为一般文学的讲法我们都是从五四新文学嘛，都是起码从 20 世纪初开始讲起，他认为从 1890 年后期讲起，而且他讲的话是山西话，听起来不太好懂，不过他的结论我印象很深刻。我们知道新文学到后来的很多作家，实际上跟《诗经》《楚辞》，跟中国的唐诗宋词距离很远很远，他认的传统是什么？他认的传统根本都已经不是中国的那个了，他认的什么？他可能认易卜生，认托尔斯泰，认这些外国的作家了。从这个意义上来讲五四之后是一个很大的变化。我这里只是提出来，下面如果有时间，我再稍微详细地谈一下这个问题。

接下来，我还想谈一谈文学轴心时代的划分对我们今天了解中国过去的文学有什么样的意义。我不是仅仅限于某一个朝代来看，而是用一个比较宏观的、鸟瞰的态度来观察每一个时段的文学有什么样的特点，了解这个时段的文学有哪些问题是值得关注的。

什么叫作文学？可以界定为是以语言文字为表现媒介的一种艺术形式，对于文学来说，语言文字是最基本的。但先秦时代不是这样的，《诗经》《楚辞》作为艺术样式的存在，第一重要的是什么？实际是音乐啊！《诗经》《楚辞》都是与音乐紧密结合在一起的，所以与我们今天主要读它们的文字并不完全一样，如果我们要学习或者了解的话得注意这一点。还有一点非常重要，在当时，文学艺术是跟各种各样的文化制度结合在一起的。比如说《诗经》，不仅仅是文学的创作，也是周的礼乐文化的一个部分。从汉代郑玄开始，就用礼来阐释《诗经》，一直延续到后来。《诗经》怎么形成的？在那么长的历史时段，那么广阔的天地当中，最后合成了这样的一个《诗经》的文本，用韵也差不多，形式上也差不多，为什么？史料记载得很清楚，是有"太师比其音律"的，这一工作是在周天子的宫廷里做的。你说这个完全是太师的作品吗？不是，但是没有这个太师恐怕《诗经》也不是这样。那么为什么有太师比其音律，能够这样做到，能够收集那么多的作品在一起，汇集成这样一个文本？那是因为周代的制度文化、礼乐文化。《楚辞》也是这样，《九歌》是最典型的例子，它的祭祀背景如何？是国家祭祀还是民间祭祀？学者一直争论不清，但是毫无疑问它跟当时的整个楚国的文化制度、宗教仪式是有关系的，这个是没有疑问的。所以我们一定要了解那个时候鲜明的仪式性，它的制度文化的背景。到汉代还是这样，你说汉赋仅仅是文学作品吗？不能完全这样看，你说这是枚乘写的，这是司马相如写的，但是谁让他做的？有很多就是皇帝让他做的嘛，宫廷里请他做的嘛。不仅赋，还有比如司马相如写《郊祀歌》就为了国家的仪式嘛。所以这一点在当时是非常非常重要的，早期的文学仅仅抽象出它那个文本，从今天的角度去理解，可能就是有一定的偏差。美国芝加哥大学有一位教授叫巫鸿，他是研究美术史的，他提出的概念叫礼仪（ritual）中的美术。在礼仪当中的美术是什么意思？比如说他研究的墓葬里面的绘画，墓葬里的画，那些画我们仅仅看到那些形象你就可以确认它了吗？不是这样的，你要放到整个背景当中。比如说这个墓室它是怎样布局的，这个画画在什么地方，它和什么其他形象混杂在一起。墓室里边可能有异域的形象，但整个的安排，它还是中国传统的那种神鬼的世界。我不知道大家明白吗，就是把一个东西拿过来，只是一个要素把它取过来装点在这里，不代表我们对它就有真正的了解了。所以他讲的礼仪中的美术，分析的不仅仅是形象本身，还要看它周围的环境，文学其实也是一样，对不对？这是我觉得比较有意思的。

早期文学中，宫廷文学是很重要的背景。汉赋的创作，与汉武帝为代表的宫廷文化息息相关；六朝的文学家多是世家大族，圈外人是很难进入的。南朝你看宋齐梁陈，文人几乎都是那一批，活动的区域就是以宫廷为中心。到了唐代呢？唐代文人的流品是最杂的，各种各样人都有。王维是有身份的，杜甫家里曾经是有身份的，但到他就破落了。李白是个什么人？李白不知道是个什么人，甚至可能是个外国人。深入到后面就可以看到实际上唐代代表着中国社会文化的转型，从一个贵族的社会向平民的社会转变，转变以后就是各色的人都出来了，里面有原来的贵族，有世家大族，也有不明来历的不知道哪来的人，各种天才都出来，所以唐代的流品是很杂的。到了宋代，文人就高度一致化了，为什么？到宋代，科举制度已经高度的成熟。通过科举出来的士人，在知识上、文学才能上、政治才能上是高度一致的。这个社会发展内部大家都可以理解，为什么唐代的文学会那么的丰富多彩？宋代相对来讲为什么会理性很多？从事文学的人本来就不一样啊。

显然从这个上面你可以看到唐宋前后一个非常非常大的变化，这样的变化完成以后，那里面呈现的问题有些就跟前面非常不一样了。比如说我们要重视那种物质文化（material culture）的特性，因为有很多东西已不仅是个人的行为，比如说唐代很多人都喜欢漫游，碰到了旧友新知很高兴，写首诗喝顿酒就完了。但宋代以下很多就不是了，他写作还要考虑他这个文本怎么流传。比如说俗文学起来了，只谈戏曲文本可以吗？就不够了，你就要看它是怎么演出的，观众有哪些，甚至这个戏园子怎么才能维持下去，都是值得考虑的问题。

近现代文学的转变也涉及物质文化环境的变迁。从文学观念上来讲，我觉得近代和之前发生了非常大的变化，我们今天所理解的很多近代文学的观念实际上是从西方过来的。你比如说我去查了当时人在文学著作中对于文学的定义,很多人都强调文学以语言为媒介,强调自我表达,强调美的创造,强调语言的媒介。这就是五四初期新文学的观念,但这个观念在中国传统是这样的吗? 不是,完全不是的,中国古人不认为美是很重要的事情,比如从儒家来说,《论语·八佾》强调"尽善尽美",美和善必须结合,徒有其美是不对的。在道家呢,美的观念不重要,而最重要的观点是真,就是保持它的淳朴,保持它的原来面貌,真比美更重要。近代的观念与之相比,是非常大的变化。

你再观察文学,我今天讲文学是以什么为中心? 当然以文学作品为中心,以文学文本为中心,但是文学是一种文化的活动,这活动是包含很多的因素的,它是要有作者,要有作品的创造,有文本,有文本的流通,有读者,对不对? 从这个角度去观察的话,近现代以后的文学跟前面的差别非常之大。近现代很多文人都是以卖文为生的,中国古时候卖文为生的文人不是说没有,但属极少数,文学对于他们来讲是个业余的事情,谁靠这个生活呢? 近代报纸杂志的发展产生了需求,所以,卖文为生成为可能,这个就是非常大的变化。近代以来文学本身的多元化也是极为突出的,以语言为例,很多的作家都是文白兼做的,比如鲁迅,白话诗也写旧体诗也写;钱锺书的《围城》和《写在人生边上》之类的散文很白话,但《管锥篇》、《谈艺录》又非常之文言;林语堂不仅文言和白话糅合得很好,而且用英文写作,比如30年代写的 *A History of Press and Public Opinion in China*(《中国新闻舆论史》),这个是给谁看? 这是在上海出版,是他去美国之前用英文写的,给懂英文的外国人和中国人看,那个批判的锋芒是非常厉害的,与他同时在中文里面所提倡的东西非常不同。这些多元现象都是以前没有的。再比如说作品的流通和读者,到近代也完全不一样。古人写了以后就是传唱,你看白居易和元稹两个关系好,现在时髦的话就是好基友,但是你去看看他抄给对方的诗很少的啊,他可能就是抄了几十首诗给对方看,收到好朋友的诗,看一看,回应一下:哇! 你写得真好啊。我在复旦上文学史的时候经常这样讲:没有一个唐代人比我们读了更多的李白、杜甫的诗,元稹也没有我们读了那么多白居易的诗,白居易也没有我们读了那么多元稹的诗,为什么? 因为当时的流传方式主要是手抄,文士酬唱时意向的读者并不是圈外人而往往是那些熟悉的人。近代不一样,近现代报纸杂志,一个作家首先想的是什么? 就是给陌生人看。比如郁达夫写了一组《毁家诗纪》,他要在杂志上发表,因为他要面对陌生读者,所以就加了很多自注,甚至注了怀疑妻子有外遇的不堪的事情。当时成为一个著名的八卦,但实际上那也是一个很严肃的文学史个案,那些注的产生就完全是因为现代的流通传播必须面向陌生的不可预期的读者,这样的一个传播方式要求他写下详细的说明性注释,所以就形成了完全不一样的文本,一个新的文学文本。再比如连载的刊发方式,我们可以想象:连载字数的调整,对小说构思方式、内在结构、发展进程绝对是有影响的。

再说文学活动的场域,传统文学活动的中心往往就是政治的中心。哈佛大学宇文所安(Stephen Owen)教授讲初唐诗的主流是所谓的宫廷诗(court poetry),盛唐诗的主流是所谓都城诗(capital poetry)。但是到中唐以后你可以看到很多都不一样了,地域性的文学一个个都发展起来了,想想近世中国文学史上有多少以地域命名的文学团体和流派？然后到近现代,特别有意思的,文学场域渐渐从中心向边缘发展,而且边缘到什么程度？边缘到根本不是中国的疆域。鲁迅在日本,巴金、李金发在法国,老舍在英国从事文学活动。胡适在哪里提出他的文学改良？在美国。反对胡适的人比如梅光迪等在哪里活动呢？在美国。所以我有的时候想说,中国现代的文化有很多域外的起源,域外的起源不仅仅是空间的,最主要的还是发生在我们前面说的如果是轴心时代的话,它要认这个传统。重新认这个传统是什么意思？比如说大家都知道的诗人穆旦,也就是查良铮,是现代很重要的诗人,他接触的是当时在西方最流行的那些诗歌的观念潮流,所以直接以现代西方的诗学观念来创作,按照他的老同学王佐良先生的看法,他早期的作品完全"非中国"。所以说他们头脑当中的文学的祖宗或者是他认的传统其实不仅仅是中国的,他们接上的传统很大程度上是西方的。

种种的这些情况,我觉得你们可以看出来,每个轴心时代代表着一个变化,所以近代以后的这些重要的变化:作者身份的变化、读者流通方式的变化、文学语言的变化、文学观念的变化、他们认的精神传统、文学传统的这些变化都跟以前非常非常的不一样,跟古典时代非常不一样,所以我觉得近现代之交实际上是一个新的轴心时代。

我还有一个概念:每一个时代都有一个核心的文类,那个文类在很多的文类当中占据核心地带、影响非常大的。比如说自汉代到六朝,赋是最重要的。《世说新语·文学》篇中关于文学创作的部分,谈到最多的是赋,比诗要多,这意味着在《世说新语》编成的那个时代,赋的重要性还是最高的。赋被诗所代替,实质上到唐代才完成。六朝著名作家普遍写赋,唐代不写诗就算不上文人,到了五四时期,世人对文学家的第一反应就是写小说,文学史上地位最低的文体从边缘变成中心了。

当我们鸟瞰中国文学史,先秦时代、唐宋之际、近现代的变化是非常重要的关节点。这三个轴心时代为什么能够成立？是因为在其之后的几百年中,文学家都会把这几个时段作为原点,回溯到这个原点,给自己定位,思考我应该怎么做,走哪条路,深深地承受其影响。

我主要讲的就是这样的一个意思,希望没有讲得太乱,谢谢大家。

同学:陈老师好,请问你如何看待网络文学的？我觉得跟我们当下关系非常密切。

陈引驰:首先我觉得刚才顾老师给我的概括,讲得非常清楚,非常精要。网络文学,这个我觉得不太好回答。我实际上是一个非常落伍的人,对网络只是用而已。网络文学我读得很少,没有太多的看法。但文学介质的变化导致写作和传播方式的变化在文学史上也曾多次出现。从竹简到纸质,从抄本到印刷,介质的进步导致写作的爆炸进而引起创作内容的变迁、文体的丰富,其产生的影响也是可以想见的。

杨颖(淮阴师范学院文学院副院长):陈老师好,您今天的演讲很有启发性,让我对文史结合的研究思路有了进一步的体会。但是对于三个轴心时代的划分我还有一些问题。一,第二个轴心时代,您提到了内藤湖南,他的唐宋分际区分的是中古和近古,而这一时代分期是受到西洋史学影响的。这让我联想起 Peter Bol 的那本名著《斯文:唐宋思想的转型》，其中他的观点也正是强调中唐到北宋的变化，不知这与您的思考有没有相关之处？二，您说的第三个轴心时代是近现代，它的确发生了很多变化，但我个人觉得这些变化更多出于外界刺激，缺乏一些内生的根本性的东西。事实上这一阶段与其说是轴心不如说是转型，对未来的影响可能远不如先秦那样长久。

陈引驰：Peter Bol 的那个书是很好的，我也跟他本人聊过，但对我上述思考倒没有特别的影响，我考虑的更多是文学发展的状况。至于近现代转型的问题，我还是觉得这一变化是有根本性的，当时的文学转而寻求西方的传统，这是很突出的。我认为这三个轴心时间节点标志着不同的文学的阶段，这是中国文人自己的反思或者说是调整。

同学：针对陈老师三个轴心时代的概括，我想问一下对我们以后文化的繁荣，我承认对于文化传承很重要，文化创新也很重要。那么对于我们以后文化的繁荣是文化创新更重要呢，还是文化传承更重要？

陈引驰：这个问题说实话是我回答不了的。我如果能回答了这个我就是国师了。抽象地讲传承和创新可能不一定合适，现在一般讲就是说：创新也都是在传承的基础之上的，然后传承当中肯定也是有创新，是有新的因素的。

同学：老师好，您刚才讲到元稹和白居易的关系，说到我们知道的作品比他们彼此知道的多，我就想我们和古人毕竟不在同一个时代，也很难体会到其中具体的滋味是什么样子的。如果同时代的了解也不全面，我们解析古代文学史时到底应该如何处理呢？

陈引驰：这都是很重要的问题。各有各的优势。你讲的都是对的，简单地讲就是古人有古人的优势，也有他的劣势，今人有今人的劣势，但也有他的优势。你叫白居易去概括元稹的整个生活的诗歌的道路，他真的不一定有我们清楚。因为他看的没有我们多。但元稹具体文本里边所表达的意思，要论到真切的体会，我想他应该会比我们深。我想对我们今人来讲就是要增强更多的反省能力，我们不一定要讲我们比白居易更了解元稹的诗，但是我们或许可以讲我们比白居易更了解元稹整个的诗歌发展过程，这个我们说不定是比他有优势的。就是基本上你要知道自己的长处和短处在什么地方，然后再来做这个判断。

五四前夕思鲁迅

主讲人／陈思和　（2016 年 4 月 23 日）

[主讲人简介] 陈思和，复旦大学中文系教授、博导，教育部"长江学者"特聘教授，淮阴师范学院特聘教授。

谢谢各位老师，各位同学。我的演讲分为三部分。

一

今天我讲的题目是：五四前夕思鲁迅。我们首先要做的事情是回到 100 年前的中国。去年是 2015 年，100 年前也就是 1915 年，那一年发生了什么事？陈独秀主编的《青年杂志》（即以后大名鼎鼎的《新青年》）创刊。然后今年是 2016 年，100 年前发生过袁世凯称帝复辟。明年是 2017 年，100 年前（也就是 1917 年）《新青年》搬到了北京大学，陈独秀担任了文科学长，胡适在《新青年》上发表《文学改良刍议》，开始提倡白话文。新文学运动到明年，是整整 100 年了。再过一年，2018 年，鲁迅发表第一篇白话小说《狂人日记》100 周年。2019 年是五四运动 100 周年。1919 年的五四爱国学生运动的兴起，标志了中国新民主主义革命的新阶段。1921 年，陈独秀、李大钊等在共产国际策划下建立了中国共产党。在这一简单回顾之后，我们会发现 100 年以前的现在（大约前后十年），整个中国的政治文化都处在风云突变之中。这是一个非常激荡的时代，在新与旧的撞击中产生了新文化运动，新文化运动又推动了中国现代政治运动，这是一个接一个的风波迭起的时代。如果我们再往前追溯，也就是从 1911 年辛亥革命推翻封建帝制开始，中国终于开始了共和国制度，有了民主、共和、自由、博爱这样一些来自西方的概念。再到陈独秀创办《青年杂志》，提倡民主与科学，大量引进西方的学术思想，包括各种社会主义，如无政府主义、马克思主义、十月革命，等等。这一过程一直延续到 20 世纪 20 年代。同学们可以遥想 100 年前，中国真是处在一个风起云涌、非常了不得的时代。这个时代整个地影响了后来 100 年的中国命运走向。一批中华民族最优秀的精英分子都是在这时候产生的，如政治精英陈独秀、李大钊、瞿秋白、张闻天、毛泽东、周恩来、邓小平等都是属于五四这一代人，文化精英像鲁迅、胡适、钱玄同、梁漱溟、冯友兰、周作人、郭沫若等也都是在这个时代产生的。在 1911 年到 1921 年这 10 年之中，中国历史经历了一个重大转折的过程，到现在 100 年过去了。所以今天我们会缅怀那个时代，同学们现在都很年轻，也许在你看来，100 年很遥远，但其实并不远，可能就在你们的曾祖父那一代。

其次，我们要了解的是 100 年前（也就是 20 世纪的第二个 10 年）整个世界的形势发生了极其重大的变化。1914 年到 1918 年间，第一次世界大战爆发，结束了资本主义在欧洲的黄金时代。原来资本主义在欧洲发展一路顺风，发展到欧洲资本主义进入了帝国主义阶段，向全世界进行殖民地的掠夺和领土扩张。正是对殖民地的争夺导致了世界大战的爆发，资本主义的神话因此被打破。前两年有一部拍摄得非常好的电影《战马》，它表现了"一战"爆发前后的场景。在战争爆发以前，欧洲人们都是很富裕很平安很幸福地生活，但是战争把他们的生活全毁了。

第一次世界大战的另一个后果就是直接推动了俄国的十月革命，开始创造了世界一个国家可以建立社会主义的神话。在此之前，马克思、恩格斯乃至当时欧洲的国际共产主义运动领导人如考茨基等人都没有想到这样的结果。他们都认为社会主义革命、共产主义革命必须在欧洲非常富裕的国家才能出现，结果却是在一个落后的，几乎是刚刚从农奴制度解脱出来的俄国爆发了十月革命。这是一个万万想不到的事情。当时欧洲的一些共产国际领导人都觉得俄国不可能爆发革命，但是列宁就创造了这个奇迹。他开始尝试苏维埃社会主义——当然成功不成功可以由历史学家去讨论——但这个尝试改变了整个世界的格局，一直到 20 世纪末苏联解体，才最终完成这个尝试全过程。苏俄 70 多年的历史对世界发生了极其重大的影响，这其中就包括中国共产党成立、中华人民共和国成立，等等，这些都跟世界大形势分不开。

由此可见，1911 年到 1921 年这个 10 年是非常重要的 10 年，我们同学要有历史感。100 年前的今天，无论是世界还是中国都在发生惊天动地的事情，而且这个 10 年深深影响了未来 100 年。中国从晚清开始一直被帝国主义侵略，从鸦片战争开始到《辛丑条约》都没有开心过，如果不是世界大战，中国还是处于被欺负的地位。但第一次世界大战给了中国一次改变地位的机会，当年的中国政府选择了自己的立场，就是加入英法协约国反对德国，向德国宣战。这个对德宣战其实也是要有眼光与判断力的。对德宣战之后，中国为第一次世界大战作出过贡献，当时十几万华工到欧洲为协约国服务。一两年后德国战败，中国就成为战胜国。这是鸦片战争以后，中国第一次在世界上有了战胜国的身份。所以当时就说什么"公理战胜强权"，中国人扬眉吐气了……虽然帝国主义国家仍然没有把中国当一回事，但中国人自己心里要好过多了，觉得中国不是一个被世界强国 out 的国家，我们也参战的对不对？因为有这样一个底气，才会有后来的爱国学生运动。当日本想把德国在中国的殖民地利益转化到它们名下的时候，中国的学生就不干了，就爆发了五四运动，捍卫中国的利益。因此在巴黎和会上，中国代表拒绝签字。这也是晚清以来，中国政府第一次拒绝签字。这是中国外交史上一个奇迹，也说明此时与李鸿章时期那种屈辱的外交关系有点不一样了。

在 1911 年到 1921 年这个 10 年里,中国开始了一个非常好的转型。但以上种种还只是表面现象。更重要的是因为"一战"给中国的民族资本主义工业提供了发展机会,中国的民族工业在这个时候开始崛起。虽然当时中国政治还是很黑暗,但它毕竟已经是个初步的民主共和国家,随着工业的发展产生了中国无产阶级,产生了中国共产党,这些是连锁关系。这个 10 年的中国发生了非常大的变化,但是我们的学术界,我们的历史学和文学,对这一阶段的研究非常不够。为什么?因为那是在清朝帝国瓦解之后建立的所谓北洋军阀的共和国。这个共和国制度是被国民党消灭的,国民党在 1927 年北伐以后统一中国之后就否定了这段历史。国民党要确立它的合法性,以前的历史就要颠覆掉。所以从国民党时代就轻视这段历史。这也导致了今天我们对这段历史认识的盲点。一般都会认为这是一个极其黑暗、混乱的时代。但是就在这个黑暗的、混乱的时代,产生了伟大的五四运动,产生了伟大的新文学运动,中国第一次在世界上成为战胜国。那个时代与后来国民党开始的真正黑暗的一党专制、特务政治都不一样。

二

以上是我今天要讲的题目的一个起点。下面我要讲另外一个问题。回到 100 年以前,五四新文化运动就是现在这个时候酝酿爆发的,对不对?我们如果假定五四新文化运动是一个时间节点,那么,当时最重要的几个领导人如蔡元培、陈独秀、鲁迅、胡适等都是多大年纪?鲁迅是 1881 年生人,属蛇。1881 年的鲁迅在当时已经算老资格的人,他 38 岁发表第一篇白话小说《狂人日记》,已经名动公卿。可是照我们今天的说法,他是 80 后!我们在高校里说起 80 后教师,那感觉就是年轻教师,可能连副教授也没有评上。可是五四时期,这么一个划时代的文化革命旗手,竟是 80 后。我们再看胡适,胡适当年是在美国留学,写了《文学改良刍议》,提倡白话文写诗,掀起了文学革命。他在 1917 年回国时还没有正式拿到博士学位,但北大已经聘他为哲学系教授了。这样一个影响了中国百年文化的巨人,那时才几岁啊?26 岁。胡适是 1891 年生,属兔子,用我们今天的话说就是 90 后的小朋友,对不对?北京大学当年有个称号"卯字号",就是属兔子的。其中有三只"兔子",与五四新文学运动的发起直接有关系。胡适是小兔子,一个 90 后的小朋友。比胡适长 12 岁的大兔子是陈独秀。他出生于 1879 年,用今天的话说就是 70 后末尾巴。五四新文化运动就是从陈独秀办《新青年》开始的。陈独秀既是新文化运动最伟大的旗手,又是中国共产党的创始人。他的杂志掀起了一场改变中国命运的大运动。我们再往上推,比陈独秀再大 12 年的老兔子——蔡元培。蔡元培是阳历 1868 年 1 月生,阴历还是属兔子,这是一位 60 后而且是后半程。蔡元培彼时是民国政府的教育总长,后来又当了北京大学的校长。当了北京大学校长的蔡先生把陈独秀请来当文科学长,陈独秀就把《新青年》带到了北大,然后团结了胡适、钱玄同、刘半农等一大批人,掀起了轰轰烈烈的新文化运动。兔子梯队就是这么建立起来的。由此我就想追问:为什么在 100 年以前,80 后、90 后已经起到了中流砥柱的作用?是他们充当了新文化运动的旗手,对不对? 我是 1954 年出生的,在 100 年前,根本没有我这样年纪的人说话机会,康有为才是 1858 年出生的。而当时的文化革命真正领导人是 60 后的蔡元培、70 后的陈独秀以及 80 后的鲁迅。

所以,接下来我就想:我们这些 50 年代出生的人,可能有一些人现在还在做当年蔡元培先生的工作,比如我这个年龄的有的人当了校长,有的人可能当了某个学科的带头人,有了一定的话语权。就是说,当年蔡先生的工作在今天是我们这一代,就是 50 年代出生的人在承担。当然做的事肯定不如蔡先生,但我们至少在做。但是现在的 60 后的是不是已经做到了当年 70 后像陈独秀这样一代人的工作。我看也没有,也做不出。更不要说我们现在的 70 后的老师们,可能还在为评职称、发表论文、争取科研项目等繁繁琐琐的事情烦恼。因此在这种人文环境下,我们今天不可能再产生出像陈独秀、鲁迅等这样天马行空的人。青年陈独秀写文章一写就是整个世界的大势。他主编的《新青年》头几卷,世界大战刚开始,《新青年》每一期都有世界大战形势的介绍与分析,介绍各个国家的年轻人怎么在战争当中发挥作用。鲁迅也是这样,鲁迅这位 80 后则早在留学期间已经完成了《文化偏至论》、《摩罗诗力说》这样的大文章。可见,他们是把整个世界史存放在胸怀里。我们今天的知识分子都被各种体制束缚住了。我们都在体制里畏畏缩缩,做的都是些小头小脑的事情。无非就是今年发表几篇论文? 是不是核心刊物? 拿了几千元奖金? 或者是否评上了副教授,或者是否买房了还贷了? 无非都是这些事情。

让那样一个时代跟我们今天这个时代相比,我觉得非常沮丧,我们现在正在度过的这个 10 年,我们能不能过得有意义? 这个 10 年就是我们在座各位同学青春年华最盛的 10 年。这个 10 年过去后,我已经七十多岁了,人生已经没多久了,可是对同学们来说这个 10 年是最重要的。你们在这个 10 年当中要学习,要走向自己的事业。从学校走向社会,要谈恋爱,要结婚,成家立业,都是在这 10 年里。这段历史就将伴随着你们的青春! 将来你们在回忆的时候,能不能像胡适那代人的回忆? 相对而言,鲁迅日记里记录的是死气沉沉的感觉,但是他们那一代人在死气沉沉的环境里做了那么大的事情。鲁迅当时自觉很晦气,他给自己取了一个笔名"唐俟"。"唐俟"什么意思? "唐俟"倒过来就是"俟唐","俟唐(堂)"是什么意思? "俟唐(堂)"就是他们绍兴乡下停尸体的地方。人死了以后棺材停放之处称为"俟堂",鲁迅把它倒过来,得名"唐俟"。可见,在鲁迅的心目中他已经老到在停尸间里待着了。但是,这样一个沉闷的心灵却创造了惊天动地的事业,所以我要说那个时代在我们今天看来真是一个不可思议的时代。但是这个时代同样也是一代一代人过来的,也是百年前的 80 后、90 后走过的,所以,我们今天的 90 后,我们要认真想想我们应该怎么做。我们做不到陈独秀我们能不能做鲁迅,做不到鲁迅能不能做胡适,做不到胡适,我们能不能做一做钱玄同呢,做一做刘半农呢? 我们慢慢做啊。我为什么要这么想一想? 就是说,如果我们今天的青年人都在高校里忙着填表格,忙着升职称,忙着报课题、做论文的话,那么 100 年以后的中国,再过100 年,在纪念五四运动两百年的时候,后来人会想这个 100 年来的人们在干吗? 而且今天是怎样的你们,又将会影响到 100 年以后是怎样的中国,这是很重要的问题。

　　我是 20 世纪 50 年代生的人,经历过"文革"。"文革"后我有幸读了中国现代文学专业,更有幸的是遇到了我的导师贾植芳先生。贾先生是 1955 年出名的"胡风反革命集团"当中的一分子。他与胡风是好友,又在胡风主编的刊物上发表文章,当胡风被政治陷害,被打成反革命,他也被牵连了。所有的胡风的朋友都成为一个"反革命集团"。贾先生有着 25 年坐牢与劳改的经历。我先是做他的学生,后来做他的助手。他完全是像一个父亲对儿子那样对待我,我则完全把他当成一个精神上的父亲。为什么我会把贾先生当成精神上的父亲?不是因为他是胡风分子,而是因为他这个人的经历是与中国现代文学史联系在一起的。我们现在这么说起胡风的名字,他只是文学史教科书上的一个人名。可是对我的导师贾先生来说,他口中的胡风,就是一个活生生的人。胡风、冯雪峰都是鲁迅最为信任的弟子,他们跟年轻一代朋友经常说鲁迅先生当年怎么样怎么样。我导师有时候称鲁迅是"老先生"。一开始我没听懂"老先生"是谁,后来明白"老先生"指的是鲁迅,胡风则是大先生,他是小先生,跟三只兔子一样,他们是三代人。一个老师跟你讲起鲁迅来,不叫"鲁迅"而是叫"老先生",那个感受是完全不一样的。他讲起来就好像在讲他隔壁邻居的事情。在这样亲切熟稔的状况下我学习了现代文学,贾先生给了我一部历史,一部与他的生命密切相关的历史。当我的老师把这一套历史教给我的时候,这部历史就到我的手上了。

　　我一直认为我们做文学尤其是做现代文学的人有这样一个很亲切的优势。什么优势?就是我们研究的东西并不遥远,比如说我们研究古希腊的亚里士多德的思想,亚里士多德与我是没关系的,我只是做学问研究。我如果研究秦始皇,那秦始皇与我也是没关系的。但是当我在讲现代文学,在讲五四新文化运动,当我说"五四前夕思鲁迅",当我说出这个"思"的时候,我真的是在"思"。就像思念我的家长、思念我的母亲一样,我也会用这样的感情来思念鲁迅,因为鲁迅就好像活在我的身边。我经常说,如果传统就像一道河,那么我们每个人都是这条河里面的一块石头、一棵水草。传统像长江水一样滔滔不绝地流过,把我们整个身影都淹没,淹没以后我们的生命跟水就完全混在一起了。当水再从我们身上流过去的时候,就把石头、水草、泥土的生命气息都带走了,传到下游去。我的老师和我、我的学生们构成了一部活生生的流淌的历史。这历史就是我们自己的历史,我们的生命在这条河里滚了一下。当我想到这个题目的时候,我会有一种特殊的亲切感,一种很特别的情结。

三

　　现在我想讨论一下,为什么百年前会有这样千载难逢的机会,给这批年轻人提供机会,进而改写了中国的历史?这个机会不是权力机构给的,而是在中国思想土壤里刚刚崛起的民主意识突然爆发出强大力量。皇权专制体制突然崩溃,千年的封建大厦哗啦啦地塌下,土崩瓦解,传统断裂了,每个人的个人命运都有机会与国家、社会的命运联系在一起。这种巨大的创造能力就是来自中国青年当家做主的意识。整个的五四新文化运动就是一个浩浩荡荡的青春运动,就是青年运动。我们现在为什么定"五四"是青年节？因为这是青春的，是青年的运动。在这个青年运动中，陈独秀和鲁迅没认为他们自己是青年，他们都是当时被认为是年长的一辈人，但是他们创造了一个青年的、青春的运动。我把这个运动界定为一种"先锋运动"。

"先锋运动"是发生在"一战"前后世界性文学、文化思潮，意大利、俄国、法国、德国都有发生，而在中国就产生了五四新文化运动。西方先锋运动对中国自然会发生影响，当时《新青年》、《东方杂志》等著名刊物上就有很多介绍西方"先锋运动"的文章。以前我写过这方面的论文，现在就不多说了。我不做繁琐考证，主要谈谈五四作为一种"先锋运动"的特征，为什么说它是先锋的。

首先，先锋运动对于社会秩序的猛烈冲击。它不是为艺术而艺术的自律运动，而是企图重新激活艺术与社会进步之间的关系，来打破陈旧、缓慢的社会进化轨迹，用激进的方法来批判社会，推动社会的快速进步。这样我们就理解为什么五四精英们对于中国传统文化以及现状做如此激烈的批判，甚至全盘否定。其次，这种批判的彻底性还表现在对于批判者自身也作了同样否定性的反省，批判者不是在批判社会大众时高高在上，把自己装扮成一个"神"，而是把自己也看作旧社会的一员，在自我否定中强调自己必须蜕旧变新，成为新的人。鲁迅在《狂人日记》里最典型地描写了这种极端的心态。狂人发现了他周围的人都在"吃人"以后，渐渐地发觉一个可怕的事实：原来自己以前也是吃过人的。这样就把人类身上遗传而来的兽性普遍化了，任何人都没有特殊性。唯一的道路就是要每个人自己去反省、去觉悟、去克服自身的吃人本性，这样才能做新的人。需要强调的是：鲁迅描绘的这样一种通过自身的反省方法来完成自己的蜕变，正是一种个体的觉悟，让觉悟了的伟大个体从无所不在的庞大的社会传统中决裂出来，并且反过来与之对立与之斗争。这就是作为先锋性质的五四给我们带来的伟大的"个人的发现"（郁达夫语）。鲁迅这种抉心自食式的批判精神和个人主义，在郭沫若的新诗、郁达夫的小说里也是可以处处体察的。不是某个先知先觉的天才意识到这些问题，而是整个时代的先锋性思潮决定了激进知识分子的意识形态。

鲁迅、郭沫若这一代人都有着一种大无畏的天马行空精神。他们不仅否定旧的历史社会，还否定了从这种历史社会中产生出来的自己，但这种自我否定不是消极的，而是把自己身上的坏的因素（历史遗留下来的旧因素）否定以后，就能产生新的生命因素。这个新的生命因素就是青春活力，就是最宝贵、最活跃，也是最单纯的、最充满力量的精神。而这正是我认为我们今天最缺乏的精神。我们今天的社会应该是 80 后、90 后的舞台，应该由 80 后、90 后们来讲五四、来讲鲁迅，来讨论应该从五四继承什么、否定什么。青年人应该是我们这一代的先锋。青年人要有自信来感应时代对青年的召唤。但这需要青年人自己争取，如果你自己不争取，时代不会提供给你。五四时期也一样，也是靠陈独秀、鲁迅他们自己去争取改变自己的命运。青年人自己要充满活力，这样才能把我们国家带到一个新的未来。

然而，"先锋"也有自身的问题。先锋精神不会属于大多数，总是少数有先锋精神的人带动了大多数，五四先锋精神，发展到最后都融汇到激进的政治斗争中去，与革命实践结合起来改变国家命运,那就是陈独秀、李大钊在共产国际支持下的建党活动,张国焘、张申府、毛泽东、周恩来等一批精英都加入进去了。"先锋"是一种具有革命性、反叛性的精神,它本身的存在形态都很短暂。先锋的文化运动最终会转移到实际的政治运动中去,欧洲的先锋运动也是这样的。另一方面,当社会主流力量足够强大的时候,"先锋"也会慢慢被主流文化所接纳,"反主流"最终会成为主流文化的一道风景。反叛者一旦成了社会名流、著名学者、媒体明星,那就不再是"先锋",而变成"常态"的一部分。像胡适、傅斯年一代人都是这样。

我们在这样一种对五四的认知下,再来讨论思考鲁迅所代表的先锋精神,有什么意义? 鲁迅的哪一部分是当下的我们最值得学习的? 现在所处的大时代、大环境,其实是不利于学习鲁迅的,因为今天是常态的时代而非先锋的时代。凡是在动荡年代、具有先锋思潮涌现的时代,鲁迅的形象一定是非常活跃的,大家都会把他当作精神旗帜。而在常态的时代又如何理解鲁迅? 如果我们把鲁迅归入"常态"的文化系列,比如研究"鲁迅如何继承中国传统文化"、"鲁迅思想里的儒佛道"、"鲁迅怎样成为一个国学大师"之类的题目,是这样来研究鲁迅? 还是把鲁迅作为中国 20 世纪文化突变时代产生出来的一个伟大个体? 这是我所思考的。

我认为鲁迅的精神就是先锋精神,鲁迅的传统就是一种先锋文化的传统,鲁迅常常喜欢说,不管三七二十一,就这么做了。他比较偏激,喜欢持一种较极端的态度。这当然是我的一己之见,也许是外行话。作为一种对社会有超前认识的先锋,他肯定处于孤独之中。但我认为鲁迅对自己深陷其中的孤独状态是不喜欢的,他是希望有集体,有团队,有新生力量来与他合作。鲁迅不是故意沉溺孤独的超人,他早年参加光复会,后来参加《新青年》阵营,跑到广东去参加国民党北伐革命,最后到上海参加共产党领导的左翼作家联盟,他的人生的每一个阶段都在寻找中国社会最尖锐的有代表性的政治力量、最具有革命性反叛性的群体,他一直站在最前沿的位置不停地进行选择,可每次选择和结盟以后,他又感到了失望,到后来都散了,他是在满怀期待过后又陷入失望,最终出走。这也是典型的先锋者的态度,永远激进,永不满足,不停地向前探索。

鲁迅晚年和周扬领导的左联发生冲突以后,就不再向外寻找先锋力量了。他不愿再去接触比左联更加激进的社会组织(譬如托派),那时的鲁迅完成了独立的个体的战斗性格。晚年的鲁迅有意识地把萧红、萧军、胡风等都拉到左联的外面,有意识地培养黎烈文、巴金、黄源、赵家璧、吴朗西、孟十还等年轻人,却不再和别的政治力量进行组合。他聚合了这批年轻人,我们要注意到,这批年轻人的背后是当时的新媒体:文化生活出版社、良友图书公司、申报《自由谈》、《中流》、《译文》、《作家》、《海燕》等十来家出版社、杂志和报纸副刊,还原当时的影响,就像我们今天的互联网。当时的新文学作家不太关注都市的大众媒体,而市民文学(通俗文学)的作家们则关注较多。新文学作家那个时候还属于学院派,或者左翼战斗团体,比较追求高大上。但是鲁迅却一直都主动地参与媒体,将那个时代的新媒体人团结在一起,在上海形成了属于自己的非常独立的力量。鲁迅在他的时代,就已经很注意媒体传播与先锋精神的互动关系。很可惜鲁迅 55

岁就去世了,他的生命之火燃尽了,很多新的尝试也就无以为继了。

从鲁迅本身的战斗行为来说,鲁迅是在不断抗拒成为主流,尤其是貌似代表全社会其实只是体现统治者主体的文化。于是他一直站在被压迫的社会底层的族群立场上,站在主流文化体系之外进行战斗,促使其自身的裂变,培养其成熟的战斗的个体,或者说是伟大的叛逆的个体。鲁迅是永远的先锋。抗拒奴化,强调立人,他一辈子都在自觉做叛逆者。今天我们面对的所谓全球化,几乎对它无法抗衡,在这样的文化氛围中,鲁迅作为伟大的"先锋"、独立的个体,他在中国给我们后代究竟揭示了什么? 我们从什么意义上去理解、感悟鲁迅的传统? 这应是我们今天的"80后"、"90后"思考的问题。

最后我想念一段鲁迅先生翻译的日本作家有岛武郎的散文《给幼小者》,这是一篇很有名的作品,我念其中一段,大家可以体会一下,当年的先锋者鲁迅是怎样期待下一代青年人的——

人世很凄凉。我们可以单是这样说了就算么? 你们和我,都如尝血的兽一般,尝了爱了。去罢,而且为了要从凄凉中救出我们的周围,而做事去罢。我爱过你们了,并且永远爱你们。这并非因为想从你们得到为父的报酬,所以这样说。我对于教给我爱你们的你们,唯一的要求,只在收受了我的感谢罢了。养育到你们成了一个成人的时候,我也许已经死亡;也许还在拼命的做事;也许衰老到全无用处了。然而无论在那一种情形,你们所不可不助的,却并不是我。你们的清新的力,是万不可为垂暮的我辈之流所拖累的。最好是像那吃尽了毙掉的亲,贮起力量来的狮儿一般,使劲的奋然的掉开了我,进向人生去。

问:陈老师您好,您说到贾植芳先生的言传身教,他会以一种非常亲切的方式讲鲁迅,可惜我们并没有这样的幸运。那么,我想请教老师,我们在学习过程中怎样缩小这种距离感? 另外一个问题是:如果以后我当老师,在给我的学生讲课的时候,怎样让学生不对鲁迅感到害怕? 我感觉我自己面对鲁迅时就觉得特别怕,觉得他特别高大上。我怎样让同学理解鲁迅是很生动的呢?

陈思和:这两个问题是一个问题的两面。首先我想与大家交流"怎么当一个好老师"。我非常欣赏这位女孩子,现在我们的学生个个都想做老板,而她想做老师,这非常不容易。而且她在想自己的责任——如果当老师,怎么才能言传身教,这非常好。我对自己做老师特别自豪,我是1988年做副教授,1993年开始当教授和博士生导师的。1988年辅导的第一个硕士生就是张新颖,到现在已经指导了一百多个研究生。我非常自豪的一点是:我所指导的研究生中,80%以上的也就是八十多个学生都在一线教学岗位上。剩下的都在媒体、出版社等工作,全都在干干净净、认认真真地做着自己的事业。我认为一个人成就有高低,这个没关系,关键是你要有这颗责任心。我想教师是天下最好的职业,教师永远跟青春在一起。在我的老师那里,我是代表青春;等到我做老师的时候,我跟我的学生最少相差10年,到后来就相差20年。学生让我永远都能感觉到那种青春气息,永远感觉到一种生命的活力,这是老师最幸福的事情。

你的第一个问题是你首先要碰到一个好老师。我觉得好好读书就要跟一个好老师,这是一个前提。不管什么学科,不管什么专业,选择老师等于选择你的人生道路。我举一个例子,中国现当代文学专业最活跃的一批老师,如北大的钱理群、温儒敏、吴福辉、陈平原、赵园等是王瑶先生的学生。王瑶是朱自清先生的学生,他的治学之路就是朱自清的那条路,他教给学生的也是这条路。王富仁是李何林先生的学生,李何林则是鲁迅先生的学生,当年未名社的。蓝棣之、汪晖是唐弢先生的学生,唐弢则是鲁迅的学生。在我这一代研究现代文学的学者里面,北京最努力工作的就是这三位老师的学生。上海的我这一代学者中,除了贾植芳先生身边的一个群体,还有华东师大钱谷融先生的学生群体。钱先生则是南京中央大学的学术传承。你看一个好导师的身边肯定有一群好学生,然后这些学生还会传授出他们的一群好学生,这就是传承。传承这个"传"字我一直很感兴趣,这个"传"其实就是禅宗的"禅"。所谓的"传"是个动作,一个什么动作?就像这本书,我传递给树萍,这个动作是要人做的。光读书本,当然是可以的,读书本也是一种知识学习,通过读书本,你得到了相关知识。比如说,假如我根本不知道鲁迅是谁,但我通过读教科书,了解到鲁迅的生平,有什么代表作,他的风格什么样,这是知识学习。此外,还有一种更重要的学习——人文学习。人文学习就是你本来心里有一种精神,但是你不知道,要通过很多机缘把它启发出来。当然读书也会启发,但这个人文学习是很困难的,这中间有个很重要的媒介就是老师。一个好老师站在讲台上,就这么一堂课,可能有一两句话被学生记住了,这个学生就改变了,改变了他(她)的人生道路。

这位同学很有志气,我劝你将来首先去考个好学校,找个好老师;第二个将来占一个好的岗位,做一个好老师;第三个带一批好学生。就是这样,人文传承就靠这个,没有其他的,不复杂的。但问题是不能指望我一个老师坐在那里,学生样样都要和我一样。人文传承是一种启发式的,就是这个老师怎么做,对学生会唤起不同的感情和不同的心理。当然,你不一定研究现代文学,研究古代文学也一样,就是当一个人讲得好的时候,比如讲李白,李白就融化到你身上去了,这是用你的生命在讲。任何人都用生命在生活,用生命在工作,我觉得你的生活会活得很有意义。

问:陈老师您好,我是2014年刚刚参加工作的青年教师,对您非常景仰。刚刚听了您的讲座,产生了关于鲁迅的很多感触。鲁迅在中国古代文学研究上是很有成就的。关于他的反抗的先锋精神,我在想一个问题,他所面临的时代应该说和中古的战士像阮籍、嵇康他们差不多。所以阮籍提出了"大人先生",嵇康也提出了"非汤武而薄周孔,越名教而任自然"。鲁迅本人也做过嵇康集的校勘工作,我想他除了反抗传统以外,阮籍,特别是嵇康有没有对他产生一种影响呢?

陈思和:有,当然有,鲁迅是从传统中走出来的,他对历史文化非常了解。但他又是有选择的,他最喜欢的是魏晋时期的阮籍他们,而这些人正好是中国主流文化的叛徒。他们本来都是贵族,但是因为朝代更替,在司马氏篡位以后,他们这些贵族就失落了。他们学问非常好,地位又很高,所以他们就用一种非常怪诞的、不合作的态度去对待主流社会。这种怪诞的东西慢慢就被后来人慢慢神化了，这种不合作就变成了一种风度，跟统治阶级若即若离，用一种怪诞的形式来表示反抗。这样我觉得我们现代人包括鲁迅对阮籍、嵇康、陶渊明他们其实有一种再塑造的过程。鲁迅特别欣赏嵇康他们就因为他们不是统治阶级的主流部分，他们是有反抗性的人。鲁迅受到嵇康的影响，刘半农说鲁迅是"魏晋风度，托尼文章"就是说鲁迅的气质是从魏晋嵇康、阮籍那儿来的，而他的文章、思想是从托尔斯泰、尼采那儿来的。鲁迅很认可这副对联。它也有来源，它的来源就不是来源于我们通常所知道的儒家，而是从一个更反叛的文化传统里来。如果你要更往前追溯的话，你要去读鲁迅的《故事新编》。《故事新编》有8篇小说，其中4篇是肯定，4篇是否定。否定的都是那些孔子、老子、庄子等，我们今天奉为大师的，鲁迅都否定了；他推崇的是墨子（《非攻》）与侠客（《铸剑》）。应该说鲁迅有自己的思想来源，有自己的路子。

文学中的哲理表现

主讲人 / 王宏图 （2016 年 4 月 24 日）

[**主讲人简介**] 王宏图，1963 年生，上海人，复旦大学中文系教授，作家，文学评论家，比较文学与世界文学专业博士生导师，国际比较文学学会会员，中国比较文学学会青年学术委员会委员，上海比较文学学会理事。

各位下午好！今天很高兴来到历史文化底蕴深厚的淮安，在世界读书日期间跟大家交流，分享我读书当中的一点感想。我今天讲的"文学中的哲理"，实际上是一个有点偏重技术性的问题。我不是从作品当中罗列一点哲理，像一种励志教育或者心灵鸡汤的方式。我主要是在我多年的写作、研究教学当中思考，小说除了讲故事或者塑造人物之外，它种种的潜力，也就是说，它用一种什么方式，来呈现除了描绘人物，表达感性体验之外的哲理。

首先，我提个问题，小说是什么？我们现在没有时间现场做问卷调查，但我估计绝大多数现场在座的同学的第一反应是这样的：小说嘛，讲故事啊，或者用人物塑造来反映社会现实，或者穿越到各种时空，或者写神魔鬼怪。当然，大家读的作品当中也有外国文学史上的哲理性小说，比如说，法国作家伏尔泰的《老实人》，法国作家法朗士的《企鹅岛》。还有一些在欧洲文学史上很有名的哲理作品，像德国诗人歌德的《浮士德》，它虽然不是小说，但它是用民间传说为蓝本，也是一个哲理性很强的诗剧。

谈到哲理的时候，还有种从古到今就有的文学形式——寓言，最早的寓言，有希腊的《伊索寓言》、俄罗斯的《克雷洛夫寓言》。我们所受的文学教育使得大家可能不知不觉地形成一种习惯性反应，会觉得哲理在很短小的寓言作品中应该容易体现，而在比较长的虚构性作品当中，哲理就不应该赤裸裸地表现出来，应该寓于形象当中。大家在阅读时，可能接触的大多数是 19 世纪以来那种现实主义的小说模式，把人物放在一定的历史、社会背景当中，最后用人物跟环境的关系展现他们的心理、内心世界。到了 20 世纪，有很多现代的、先锋的、实验的文学手段，作为一种虚构小说的模式，实际上还是有很大影响力的,因为它吸取了 20 世纪很多新潮的文学思潮,变得更加强大了。比如说意识流,像爱尔兰作家乔伊斯的《尤利西斯》就很新潮,所以后来很多写实的小说也吸取它的很多材料。

中国当代影响很大的作家阎连科在 2013 年发表了一部小说《炸裂志》,让我印象非常深刻。它写一个村庄——炸裂村,先变成炸裂镇,再变成炸裂县,最后变成炸裂市,用这样一个过程来展现中国几十年的社会变迁。两年前,我们学校开过一个研讨会,当时很多评论家是肯定它的,但也有很多人提出质疑。这部作品实际上是有问题的,它存在很多粗糙的东西。但我在会上听到的很多批评意见,实际上是依照 19 世纪形成的现实主义小说的模式来质疑阎连科。因为阎连科用了很多魔幻、夸张的手法,比如说,一个星期造 100 公里的地铁,造亚洲最大的机场,这完全是魔幻手法。因为魔幻手法的使用,小说中的人物都像寓言一样,是很扁平的,就不是现实主义小说当中有丰满性格的人。所以,我觉得他们有的批评实际上是用错了地方,也就是说,它本来不是现实主义小说的写作方法,但是你在客观上是用现实主义小说的写作方法来要求它。无形当中,实际上是把小说变成僵化的一种模式,因为这种模式,其他的方式都被视为离经叛道,或者说是不入流的。

在这里,我介绍一种观念,它是 2006 年获得诺贝尔文学奖的土耳其小说家帕慕克的一个理论观点。帕慕克获得诺贝尔文学奖之后,在哈佛大学做了一个关于"天真的和感伤的小说家"的讲座来阐述他的小说观点。尽管他的小说也吸取了 20 世纪很多先锋元素,但是照我看来,他很多小说观念,实际上还是以 19 世纪现实主义的小说模式为蓝本的。比如,帕慕克说:"我们在阅读小说的时候,恍若进入梦境,会遇到一些匪夷所思的事物,让我们受到强烈的冲击,忘了身处何地,并且想象我们置身于那些我们正在旁观的、虚构的事件和人物当中。当此之际,我们会觉得我们遇到的并乐此不疲的虚构世界比现实世界还要真实,这种以幻作真的体验意味着我们混淆了虚构世界和现实生活之间的区别。"他实际上谈的是现实主义小说制造出来的一种幻觉。这种叙述,作者是退场的,不直接说话,让人物、场景展现在你面前,所以你会产生一种幻觉。如果作者不停地跳出来,你可能就不会产生这种幻觉。他认为小说当中的这些细节能够把真实的生活传达出来,作者向读者传达他自己的生活体验和他感知的宇宙。当然,他也提到作品是要有意义的,也就是意蕴。帕慕克这样说过:"小说的中心是一个关于生活的深沉观点或者洞见,一个深藏不露的神秘节点,不论它是真实的还是想象的。"但是,他认为这个东西要隐藏在作品当中,如果过于明显,就像光线过于强烈,小说的意义直接被揭示出来以后,阅读行为就成为一种单调的重复。这本演讲小册子的中文版已出,大家有兴趣的话也可以找来看看。当然,它也融汇了帕慕克自己的阅读和创作的很多体验,但是从整个小说观来看,它还是以传统的现实主义幻觉小说为模式。

那么,除了像帕慕克谈到的那种幻觉小说形式,小说是不是还有其他的可能性? 是不是只能有这样一种写法?

接下来,介绍捷克裔的法国作家昆德拉关于小说的构想。昆德拉的小说,在 80 年代就被介绍到中国来,2002年的时候,上海译文出版社把他全部作品版权买下来了。此后几年,他的代表作《不能承受的生命之轻》更是成为标配的小资读本。我这里讲到昆德拉的小说构想,主要是指他在小册子——《小说的艺术》当中所谈到的东西。

昆德拉在《小说的艺术》中,对小说的看法,跟帕慕克或者19世纪很多作家,包括我们对小说的那种认知,有很大的不一样。我们一般认为,小说展现人物,展现作者的世界观,展现作者的生活体验,并且传达给读者,引起一种共鸣,这主要是感性层面的;同时,尽管小说有思想内涵,但它主要是蕴含在形象当中的,因为思想不能脱离形象。但昆德拉小说的构想,跟帕慕克现实主义的幻觉小说模式存在很大区别,他主要是从认知的功能出发,他提到了古希腊的哲学。古希腊哲学在人类文明开始的时候,是以探索世界的本源问题起始的。昆德拉认为,古希腊的哲学,是受到认知激情的驱使。大家注意一下,它不是情感,不是要传达一种感性的体验,关键是认知。昆德拉把他心目当中的小说看成欧洲近代的一种独特艺术(不包括欧洲以外其他民族的小说)。他把这样一种伟大的欧洲艺术作为被遗忘了的存在去探究。在他的小说谱系中,他认为近代小说,是从塞万提斯开始的。昆德拉把塞万提斯看作"现代小说之父",因为他写了堂吉诃德的冒险经历,通过他的冒险经历来展示了很多未知的世界面目。昆德拉还提到,18世纪欧洲文学史很多是以人物心理为描写对象的,像英国作家塞缪尔·理查森写的《帕米拉》跟《克拉丽莎》;到了19世纪,巴尔扎克发现了人如何扎根在历史的土壤里,因为巴尔扎克的小说展示了人和环境的关系;到了福楼拜那里,他发现了日常生活是怎么侵蚀我们的存在;到了托尔斯泰,他发现人在各种行为当中,非理性是如何起作用的。最后,昆德拉做出了什么结论呢?他说,只有发现唯有小说才能发现的东西,才是小说唯一存在的理由,认识是小说唯一存在的道路。他这个认知当然是偏颇的,但是他把以前现实主义幻觉小说模式当中忽视的认知功能大大地突出了。他说,诗跟哲学,都不能整合小说,而小说,却能把诗跟哲学整合为一体,还不失去它自身的任何特性。它的典型特征就是具有包容其他题材,吸取科学和哲学知识的倾向。他构想出来的那种小说,跟托尔斯泰、巴尔扎克、狄更斯是完全不一样的。那种小说是什么呢?是以带有虚构人物的游戏作为基础的长篇综合性散文。那么这样一来,小说的统一性怎么处理呢?小说原有一个中心人物,有一个事件,有它的命运。到了昆德拉这里,这些理念都被颠覆了,他是像搞音乐一样,用一个主题来统一。随后,小说的产生是用多种文体,除了小说叙述文体之外,还可以是真实的自传片段、历史记述、纯粹的幻想、讽刺性的小品文,文体变得非常杂多。他后来提出,小说的可能性是非常多的,他主要强调游戏的造化。

大家如果学过德国古典美学的话,可能会记得德国诗人席勒,他曾经把游戏的地位看得非常高。一般来说,我们提到游戏的时候,尽管有许多人沉迷于它,但是有些理论家还是不屑一顾的,说这是小孩的玩意,或者说这是很低级的。但在席勒看来,游戏是人存在本质的一个反应,是非常高级的,人只能在游戏中才能从世俗的羁绊中解放出来。因此,我们现在应该明白,昆德拉认为小说的可能性是要召回已经被现实主义排斥出去的那份对游戏的渴望和对梦想的召唤、思想的召唤、时间的召唤。这些东西在现实主义小说中可以接触到,但它们都被融化掉了,在幻想模式当中得不到应有的重视。他认为应该把它们重新召唤回来,因此,他认为小说的地位,就是一种不确定性。大家可能觉得有困惑,因为现在这个世界,不确定性太多了,人生无常,有时候让大家产生一种对确定性的渴望。但是小说它告诉你一个世界,来揭示这个社会的面目。如果是用斩钉截铁的语言告诉你,实际上在昆德拉看来,不是骗子就是弱智脑残。

　　实际上,这个世界本身就有许多不确定性的因素。比如大家熟悉的作品《安娜·卡列尼娜》,大家都公认这是 19 世纪现实主义的杰出作品,甚至有的评论家认为,这是托尔斯泰最好的一部作品,因为跟它相比,《战争与和平》太长了,《复活》的宗教、政治议论又太多了,从艺术的完美性来说,《安娜·卡列尼娜》是最突出的。大家可能都会记得第一句:"幸福的家庭都是相似的,不幸福的家庭各个不同。"但托尔斯泰还引了《圣经》的一句话:"申冤在我,我必报。"这一句题词,实际上是表现出对安娜的一种矛盾态度,也展露出小说对于人的两性之爱的不确定性因素的注重。《安娜·卡列尼娜》的结尾,安娜卧轨自杀了,她的丈夫卡列宁带着两个孩子在草坪上,孩子穿着白色的衣服,长得很可爱。在这个作品当中,安娜这个形象塑造得非常动人。她 18 岁由于包办婚姻嫁给卡列宁,她的孩子长大以后,作为一个女性,她从来没有享受过爱情。当她的生命一下子被唤醒之后,就一步步走向毁灭的深渊,她为了爱情,抛弃了家庭,受到舆论的谴责,她丈夫也在其中使绊子。在另外一个孩子生下来以后,她差点死去。卡列宁以为她死了就宽恕她了,后来,她实际上没有死,他又不同意离婚。她的爱情像死结一样,最后绝望卧轨自杀了。

　　像这样一个女人的悲剧,被托尔斯泰表现得很有诗意,而且安娜这个人物形象从她一出场就表现出来了。她的眼睛有一种被压抑的却不可遏制的生命力,她是个非常可爱的女性。但如果按照托尔斯泰、《圣经》、基督教的伦理观或我们现在的伦理观来说,安娜是有过错的,因为,她为了自己的幸福,背弃了家庭,抛弃了孩子。这就涉及一个问题:是个人的幸福重要还是家庭的责任重要?从这个意义上来说,卡列宁也不是有的教科书上说的恶棍,因为卡列宁有非常高的官位,他能够为孩子提供一个非常安逸富裕的成长环境,这对下一代的健康成长是非常好的。所以安娜与卡列宁的关系,就不是一个简单的好坏或善恶之分,这里包涵着人类最深层的悲剧和爱,就像歌德说的——人的意愿跟责任的冲突。为了你的家庭、孩子,你不得不牺牲自己的幸福,牺牲自己。实际上,大多数女性在历史上也是这么做的,包括现在很多人结婚后相夫教子,因为买学区房等各种事情,牺牲了自己的爱好,一心为了孩子的成长,更不用说其他的精神方面了。那反过来说,有的人为了自己的生活,狠心抛弃了自己的孩子,或者是毅然地从老的生活模式中出走,那么这个事情孰是孰非呢?传统的价值观当然很清楚了,它维系家庭的传统道德,谴责像安娜这样的人。但我们现在个性解放了,就变得复杂了,这个话题就变得不那么简单了。每个人从不同的角度会看到不同的东西,小说给你展现的就不光是一个简单的答案,它展现人类生活内在本身非常复杂的肌理。也就是说,悲剧性的不可调和的肌理是含在小说里面的,这才是小说的展示,是非常深层次的哲理展示。

　　我刚开始读到昆德拉《小说的艺术》，感觉这本小册子给我们提供了非常新的思路，它展现了对小说本体、小说潜力的一种新认识，所以它非常有独创性。但如果读的时间长了，而且对欧洲文学史、欧洲文学理论有一定造诣以后，会发觉实际上小册子的漏洞也很多，而且它的观念也不是独创的，也承袭了19世纪德语小说诗学的观念。19世纪德语文学中的小说诗学跟我们常见的英国、法国、俄罗斯的现实主义文学不一样，它不注重对现实世界进行客观反应，更聚焦于对理念的思考、对理想的追求、对人生根本问题的哲理性思辨。比如说像歌德的《亲和力》，它实际上涉及一对男女之间的家庭责任跟个人性爱自由当中的关系。这部小说是歌德60岁时写的，不像《少年维特之烦恼》那么有名，但它也是涉及对人、人性的一种两难处境的开放性认识。在19世纪的德语小说当中，社会现象和背景常常只是一个道具，不像19世纪法国的巴尔扎克、福楼拜那些现实主义小说里，背景跟人物的命运、性格是密切相连的。它只不过是一个道具，让作者来探讨、演绎抽象的人性以及人跟人的关系，所以19世纪的德语小说跟现实的联系是服从于理念的一种演绎。

　　大家可能也读过像歌德的《威廉·迈斯特的学习年代》，这部作品可读性不像19世纪的司汤达、巴尔扎克、福楼拜的小说那么强，但是在某种程度上很符合昆德拉的小说理念。这部作品是1795年发表的，在欧洲现实主义达到高潮以前出现的，我们可以把它视为一种前瞻式的作品。它通过主人公威廉·迈斯特的学习时代的经历，描写他的个人成长，他的两性关系，他对人生哲理的追求。这部作品探讨了人生的一种互相成长的东西，它囊括了一切可以囊括的思想，主人公的内心又跟外部世界形成一种互动的关系。当然，这个小说是有难度的。大家之所以有时候会感到枯燥乏味，是因为它当中运用了许多延缓的方法，在推演情节的时候，用延缓方法打断，插入各种短的故事，探讨各种哲学宗教的问题，用这个方法来启发人的想象，代替读者思考。这一种方式，在读者心目当中，不可能像19世纪小说那样形成一种幻觉的方式，但它是从很多方面围绕主人公，以主人公为线索，通过调动各种艺术资源，进行探讨，所以它可成为一种无所不包的开放性的形式。

　　昆德拉思想中还有一个来源，就是浪漫诗学当中跨文体的写作。比如说，他除了非常注重一种统一的主题之外，还提到了一种多样性的文体，这个多样性的文体当中有小说叙述、自传片段、历史事实、幻想和讽刺性的小品文。这个文体也有它的理论的渊源，在19世纪初叶，德国浪漫主义作家施莱格尔兄弟大力倡导跨文体写作，因为欧洲近代以来的文学实际上继承了古典文学的很多传统，对文体有很严格的限制。而在浪漫主义这里，小说就成为容纳各种思想火花，具有跳跃式的哲学思维跟主观幻象的文体，它能够融汇各种文体，演绎各种理念，成为一种无所不包的开放的形式。

　　接下来，我以德国著名作家赫尔曼·黑塞的《纳尔齐斯与歌尔德蒙》为例来说明一下哲理作品当中体现的哲理。这个作家1946年获得诺贝尔文学奖，他出生在德国南部，"一战"以后，因为反战的政治倾向跟德国一般的知识界和当局产生了尖锐冲突，所以他很早就移居瑞士，加入瑞士国籍，但他一直用德语写作。尽管他是一个20世纪的作家,但他充满着浪漫主义精神,就像昆德拉说的,开放性的小说理念在他很多作品当中得到了非常鲜明的体现。

和黑塞同一时代的非常重要的作家托马斯·曼曾经评价过黑塞的小说——《纳尔齐斯与歌尔德蒙》,他说,黑塞这一部作品以一种非常吸引人的方式描写了一种精神上的自我矛盾。我们先了解一下它,大家知道,很多外国小说跟中国小说不一样,它没有挖空心思去取一个非常吸引人的标题,经常就把一个人名作为标题。这里面的纳尔齐斯是一个代表理性的禁欲主义者,歌尔德蒙是一个代表情欲的感官享乐主义者。小说的背景是 14 世纪,大家不要以为作者把人物放在 14 世纪就会展现 14 世纪的风土人情,会把人物跟当时的历史年代紧密结合起来。背景是一个悬空的东西,它只不过是作为一个道具,黑塞把这两个人物放在中世纪欧洲来展现他的哲理思索。

小说是以一个修道院为背景。纳尔齐斯是一个出类拔萃的学生,他面目清秀,才华超人,但是他对感官享乐不感兴趣,他好像生来就是要献给上帝的,就是要潜心于神学的研究,做修道士跟神父。歌尔德蒙比他晚几年入校,跟纳尔齐斯成为莫逆之交。纳尔齐斯有惊人的洞察力,他能够从一个人身上看到他未来的潜力和发展倾向。经过短暂的接触,纳尔齐斯觉得歌尔德蒙实际上不适合做修道士,他到修道院来,实际上纯粹就是浪费时间,他应该走出修道院,走向世俗生活,因为歌尔德蒙身上感官享乐的成分非常明显,他是具有以表现感性世界面貌为特征的艺术家气质的。纳尔齐斯发现歌尔德蒙跟他在精神上、气质上不一样,但还是关照他。后来歌尔德蒙也被纳尔齐斯吸引,因为纳尔齐斯身上所具有的对神圣的向往、强大的理性力量是他所没有的,两个人恰好成为一种互补。随后在纳尔齐斯的劝导下,歌尔德蒙离开了修道院,走向了人生流浪之路。他享受过很多完美或不完美的爱情,曾经被流浪汉抢劫,他一怒之下把对方杀了。他到过一个骑士的家庭,跟骑士的女儿产生了暧昧的恋情,被骑士赶出来了。后来,他到一个小镇上拜一位雕塑师傅为师,潜心钻研雕塑艺术,师傅很看重他,想把他招为女婿,他又不情愿,因为他身上艺术家流浪的天性占了上风,他想到外部的大千世界中去流浪,因此他离开了师傅。他又到了一个比较大的城市里,爱上了当地总督的情妇阿格妮丝,在那个女人身上他发现了理想的女性美。没想到,他跟阿格妮丝幽会的时候被总督发现了,他被判处死刑。在执行的前一晚上,有一个高级教士带着团来了,这个团长就是他年轻时候的莫逆之交纳尔齐斯。纳尔齐斯知道歌尔德蒙落难后替他说情,总督赦免了歌尔德蒙,随后歌尔德蒙跟着纳尔齐斯,回到他年轻时候待过的修道院。随后几年,他就在修道院里潜心雕塑各种宗教作品,雕圣母像和各种圣徒像,留下一大批能够展示他艺术才华的雕塑作品。几年之后,他不安定的艺术家的天性又躁动了,离开了修道院,到了外面,又去找他昔日的情人阿格妮丝。时光无情,年轻的时候,歌尔德蒙是一个非常帅的男人,随着时间的消逝,他变得衰老,对女性的吸引力也大大下降,以前的情妇也看不上他了,他只得失落而归。随后,他又染上了疾病,在病床上奄奄一息。小说的最后一部分,写纳尔齐斯在病床边陪伴歌尔德蒙,两人在精神上进行了最后的交流。在生命的最后时刻,歌尔德蒙回顾了自己的一生,他发现自己实现了很多梦想,把自己的潜力发挥出了很多,但是还有缺陷,因为他是一个感性的人,缺乏那种精神性,缺乏超越世俗的一种神性催生的力量。因此,纳尔齐斯不但拯救了他的生命,而且给了他精神上的启示跟力量,给他的雕塑作品中增添了很多神圣的光彩。纳尔齐斯是歌尔德蒙的恩人,他实际上也从歌尔德蒙身上汲取了很多营养,因为他常年锁闭在修道院,缺乏感性的滋润,他的精神也趋于一种抽象化的、枯涩的危险状态,正是在感性丰沛的歌尔德蒙身上,他汲取到了营养,心灵不至于干枯。

所以,这是一部典型的展现哲理的小说,黑塞要展现的是,理智性的纳尔齐斯跟情感性的歌尔德蒙都是不完美的。完美的是什么?是理性跟感性、神性跟情欲这两者之间的统一,两者之间能够达到统一才是人存在的最高境界。弥留之际,歌尔德蒙认识到:神秘、梦才是艺术的最高境界,艺术的永恒性不在于感性。纳尔齐斯也认识到永恒神圣的东西需要有一种暂时的、感性的东西来支撑,这样才会有永不凋谢的生命力,才能逐步地实现自己。

所以,这部小说是一部非常奇特的小说,我之所以选取这部小说跟大家讲解,是我觉得这部小说可读性很强,它不像一般哲理小说枯燥晦涩;同时,它塑造了两个栩栩如生的人物。但是大家要注意到,这两个人物基本上还是符号式的,你不能把这些人物跟现实主义小说比,像巴尔扎克笔下的葛朗台、拉斯蒂尼这样的人物,不具有完整个性和生命力,是作者的一种理念。但是,通过黑塞的描写,这两个小说人物是情感性和理智性的。小说形式表现得栩栩如生,彰显了人类命运的理智跟情感,肉欲跟神圣之间的对立统一。

我觉得现实主义小说模式的确有很大的价值,文学本来就跟现实生活密切相关,现实主义的小说是一种很有效的模式,可以反映生活的很多方面。但是一旦这种模式僵化了以后,它就变成排斥小说其他发展可能性、其他潜力的东西。所以,今天我在这里给大家介绍昆德拉的小说理念,介绍赫尔曼·黑塞的作品,实际上就是告诉大家小说是有其他种种潜力和可能性的。它在展现现实生活、制造幻觉的同时,可以向你展示存在的真相,展示你想象不到的东西,可以用各种文体把小说容纳的诗跟哲学变成人类智慧的一种最高综合。谢谢大家!

同学:王老师,您好!刚刚听您讲到小说的可能性,我想请问老师,您是怎么看待虚构和非虚构这两者界限的?

王宏图:虚构和非虚构的界限实际上还是很明显的。中国古代第一次提到小说,是《庄子》,它里面说到小说是街谈巷语,还有传说。在西方,古希腊的荷马史诗、古希腊小说,是编故事的形式,不具体。非虚构的作品像中国古代的《左传》、《史记》,里面有很多文学性很强的成分,尽管有虚构的成分在里面。相似的情况在西方也有,像那些讲西方人历史的作品,比如16世纪的作家蒙田的随笔集,就是一个非虚构的作品。如果说蒙田的这个随笔集有一个主人公的话,就是他自己。他是一个博学多识的人,从古希腊罗马到中世纪,他把自己大量地展示出来,他对各个问题都有思考。非虚构的作品像去年获得诺贝尔文学奖的白俄罗斯作家阿列塞维奇,是用俄语写作,她写的非虚构的作品在文学上都是传统的。再说俄罗斯18世纪后期,有一个作品是关于莫斯科旅行的,就写一路上见到的俄罗斯那种非常残酷落后的景象,那本书一直是禁书。到了19世纪,非虚构的文体在俄罗斯实际上也是很发达的,像陀思妥耶夫斯基的《死屋手记》,我们经常把它当小说来看待。但实际上严格来说,它是非虚构作品,是根据陀思妥耶夫斯基流放在西伯利亚10年间的亲身感受来写的。它里面写的很多人物都是他在西伯利亚劳改服兵役的时候遇见的。俄罗斯作家契诃夫曾经写过他在西伯利亚时遇见的劳改难民,他跑到萨哈林岛监狱访问因犯,写了《萨哈林岛》。1970年,诺贝尔文学奖得主亚历山大·索尔仁尼琴写过《古拉格群岛》,通过大量的历史事实,他掌握了斯大林时期集中营的情况。我认为虚构文学和非虚构文学是有界限的。虚构的文学,写的基本上不是真人实事。尽管有原型,但经过了很多渲染和改编。非虚构的文学基本上是真实性的事实,比如说采访和历史材料。现在文学的发展,有一种趋向,非虚构的小说,实际上也有虚构的,比如说报告文学,它像新闻报告一样,比较古板,但也会运用虚构小说当中的技法,在推测、展示主人公时,其实里面也是掺杂着很多虚构的。

学生:可以理解为虚构和非虚构区别在于形式,可能虚构是有始有终的,比如说我们写作的关键是在于它的结束,我们是不是可以这样理解?

王宏图:不是,我们基本上可以这样理解:比如说,你另外造就一个世界,就像我在这里造一个房子一样,几个男男女女,他们之间的悲欢离合,这些东西都是我通过材料来表现的,这个材料也许是现实当中有的,但本身是我自己把它孵化出来的。非虚构的作品是实际上有的,我只是把它们组合在一起,稍微加工一下,是原汁原味,这还是不一样的。谢谢你!

学生:王老师,您好!刚才您在讲述当中提到了阎连科,虽然他在作品当中缺乏一种生活上的真实,但是他追求艺术上的真实,为艺术而艺术。我想问,艺术上的真实和生活上的真实两者之间怎样调和才能更好?生活上的真实反映了原汁原味的市民生活,而艺术上的真实具有一种前瞻性。阎连科的很多作品我们在读的时候,感觉他在预示着人类的未来。所以,我想问一下老师,应该怎样处理生活上的真实和艺术上的真实?我的第二个问题是,朱自清先生曾经说过,鸳鸯蝴蝶派的小说才真正继承了中国传统风格,那先生的意思是不是说生活方面的真实来得更重要一点?

王宏图:好,谢谢你的问题。第一个问题,实际上我们不能说阎连科的小说是不真实的,只能说阎连科的小说按照现实主义小说的模式来说,它是不真实的。因为现实主义小说模式,它要制造一个幻觉,追求一种仿真的效果。阎连科的小说有很多神奇的元素,像马尔克斯这样一种元素,就是说它实际上也是真实的,但是它的真实不是制造出一种幻觉,它是一种狂想。阎连科写过一本小册子,谈自己的小说观,他提出一个概念叫"神实主义"。"神实主义"就是说它的取材来自现实,但它不拘于现实,不像现实主义小说那样制造一种幻觉,但是它本质上能够展现很多生活当中非常真实的东西,比如说《炸裂志》,它写一个村庄忽然在几十年当中从一个小村庄变成一个超级国际大都市,很夸张,很多细节都经不起推敲,但它倒是概括了三十多年来,中国社会的飞速发展以及带来的种种社会弊端、很多人的心理变态,从这个意义上来说是真实的。很多真实,它有一种幻象的真实逻辑,不是那种写实小说的逻辑,比如说《西游记》幻想穿越时空,你不能说《西游记》就是不真实的。

第二个问题,你讲到朱自清先生说的观点,这个观点,我觉得是片面的。鸳鸯蝴蝶派小说是中国文学的传统,这是对的。但是,中国小说的传统不仅仅是鸳鸯蝴蝶派。从宋元话本以来,实际上有几大传统:一是历史演义的传统,比如《三国演义》;二是英雄传奇的传统,比如《水浒传》;三是世情小说的传统,比如《金瓶梅》《红楼梦》;四是鸳鸯蝴蝶才子佳人小说。所以,朱自清先生提到的只不过是中国小说传统当中的一部分,不能以偏概全。我们现在观察现代的通俗小说、网络小说,都可以找到古典小说传统的源流。当然,因为古代没有科技,科幻小说相对来说没有直接的源流,但是科幻小说那种上天入地,实际上跟神魔小说的传统还是有相通之处的。中国神魔小说《封神演义》有历史背景,商朝末年,周打败商,但它制造了一个神魔的世界,你可以说它是一个古代的幻想小说,不能说是科学幻想小说。

学生:老师讲虚幻和真实,我想请问王老师,这种虚构如何把握?文学作品如何能够不落入俗套,不变成狗血剧情,怎样把握这个度?谢谢老师!

王宏图:问你一个问题,你觉得意外和巧合是不是一样呢?

学生:我觉得文学作品中的巧合来源于生活,又高于生活。

王宏图:生活当中巧合确实很多。我举个例子,一年半以前我在济南开会,在路上我就碰到28年没见的大学学生,这件事情对我震撼很大,我就觉得无巧不成书。生活当中不可能时时刻刻出现巧合,但是巧合确实是存在的。我大概明白你的意思。你谈的是两种文学观念。有一派作家作品当中充满了巧合和意外,有一派作家以日常生活为背景。例如莎士比亚和契诃夫的戏剧便恰好是两个极端。莎士比亚戏剧当中充满了各种意外和巧合,而契诃夫的戏剧非常平淡,它截取日常生活当中的一些片段。准确地说,这是两种不同的美学形态,一种制造意外和巧合,传奇性情节强;另外一种,也许很多人一辈子当中都没有什么巧合和意外。你很难说这些巧合和意外都是不真实的,纯粹是捏造出来的,因为生活当中的确是充满了很多巧合。另外一方面来说,日常生活对于大部分人都是很平淡的,在契诃夫的剧本中,日常生活中一些很平淡、很压抑、缺乏诗意的东西,是我们每时每刻都要承受的。与富有传奇性、充满着意外的生活相比,更难应付的是什么?是契诃夫笔下呈现的那种平淡无奇的日常生活。那种生活可能把我们的梦想全部扼杀,在日常生活的劳动之中,它消损了我们的青春和热情,消损了我们种种梦想,有时候使我们所有的梦想都归于幻灭。所以,传奇和巧合比较多的作品有时候能够点燃我们的梦想;而以日常生活为主基调的作品,所有生活本相产生了那么多无望,每个人一旦选择了自己的生活轨道,就很难改变。

谢谢各位!

沈从文的后半生：一个故事，多个层次

主讲人／张新颖　（2016 年 4 月 24 日）

[主讲人简介] 张新颖，1967 年生，山东招远人，文学博士，复旦大学中文系教授，教育部长江学者特聘教授，中国现代文学研究会理事。主要从事中国现代文学研究和当代文学批评、诗歌研究与现当代文学，著有《沈从文的后半生》。

很高兴跟大家做一个交流，谢谢李老师的介绍。李老师介绍得太严肃，我讲的可能没有李老师那么严肃，我只讲不严肃的问题。刚才李老师说我的这本书没有那么多故事，其实沈从文的后半生可能是一个大故事。如果是一个大故事的话，那么就不用小故事的写法，我们可以把沈从文的后半生看成一个漫长的故事，因为这个故事太漫长了，所以它就不像是故事了，可是你把它看成一个故事也很好。我今天就是要讲这个故事，故事就是这本书，这本书就是一个故事。我这本书出版到现在大概两年了，这两年的时间里我常常会想到以前没有想到的问题，也就是说，这个故事其实包含了很多东西，慢慢思考才会懂得。换句更简单的话来说，我写的这本书是大于写这本书的人的。

这个故事刚刚开始的时候是 1949 年。1949 年这个人精神崩溃了，就要自杀了。一般来说我们写一个故事，开头一下子就到了高潮，这个故事是写不下去的，一开始就把所有的高潮展现出来，那么这个故事以后会怎么发展，就很麻烦。对于一个人的人生来说也是这样，他到高潮了以后就不知道要怎么样了。我想表达的意思是，其实沈从文的后半生一开始就处在一个绝境里面，一个人到了绝境里面，这个人会怎么办？我这个故事想要讲的是一个人在绝境里面创造事业。

一个人为什么会走到绝境里面？不用多说，大家都能明白，是时代的压力。但是，时代的压力也不是沈从文一个人的，为什么别人没疯，别人没自杀呢？所以除了时代的压力之外，还有个人主动的选择，主动选择去自杀，敢于走到绝境里面去。人都有一种本能，这种本能让我们碰到非常大的危险或绝境的时候，会自动地绕开。比如说我们往那里走，走到墙根下走不过去了，本能地就不会再往前走了。可是有的人走到那里，他知道那里是墙，走不过去，但是还是要转一转、试一试。这是一个人的主动选择，而且这个主动的选择，有敢和不敢两种情况，就是"我有没有这个勇气?"。在那个时候，他敢于走到绝境里面去，知道那个墙是绕不过去的，但是就是要转一转。这意味着如果他在绝境里面没死，他不想死了，他想活，那么再也没有什么力量可以让他死了。换句通俗的话，一个人已经死过一次了，还会怕死吗?

绝境是人生当中的最低点，我们大部分人都不敢走到自己人生的最低点，都会避开。可是如果你敢于走到人生的最低点，有一个好处，就是你从这个最低点开始，你以后走的每一步都比它高。这个故事从沈从文走到最低点开始，1949年以后，沈从文走的每一步都比这个最低点高。我说的"比这个最低点高"并不是说他以后的处境会好，比如说"文革"时候，他的处境比1949年还要糟糕。只是他不再想死了，他想好好地活了，他会很好地活下去。这本书就是讲一个人在绝境里创造事业的故事。我们知道他以前是一个作家，1949年后变成了一个文物研究专家。

我们都很怕从零开始，因为辛辛苦苦地干了半辈子，好不容易干成一个事业，这个事业一下子没有了，又要重新开始另一个事业。如果回顾沈从文的一生，他性格里面有从零开始的能力。他二十几岁的时候，从湖南的土著堆里面跑到北京，考大学考不上，干什么都不知道，甚至他跑到北京去的时候还不知道文学这个概念。"文学"这个概念，是我们现代学科制度化生出来的一个概念。他没有受过这样的教育，根本不知道文学，他是慢慢摸索出来，觉得可以写作。写什么，怎么写? 他并不知道，就尝试着干事情。所以，他1949年后重新开始一个事业的时候，其实和他二十几岁开始写作是一样的，从零开始，从最低点往上走。当然，1949年这个时间段，因为冲突比较剧烈，是一个特别戏剧化的年代，所以，我们可以把1949年看作一个绝境。但是实际上身处绝境的时间是漫长的，时间一拉长之后，戏剧冲突就没有那么剧烈，但时间拉长之后的绝境是一个更大的绝境。沈从文就在这时间拉长之后的绝境中一天一天地生活，一天一天地做事情，创造他后半生的事业。看上去，今天和昨天、明天没有什么不一样，但是那时的工作可能是更有意义的工作，这样的工作成就了他。这是我要讲的第一点，就是绝境和在绝境当中创造事业的故事。

第二，我们每个人生活在这个时代里，我们都有跟时代之间的关系问题。沈从文在1949年以后的后半生里，跟时代是一种什么样的关系? 先看这本书的封面，我很喜欢这本书的封面。沈从文1957年到上海出差时，住在黄浦江边上叫上海大厦的酒店里。他住在10楼，从窗户可以看到外白渡桥。那一天是1957年的5月1日。5月1日国际劳动节会有很多活动，这些活动都是充分意识形态化的。那天一早，外白渡桥上就走过游行的人群。人们举着旗，打着鼓，锣鼓喧天。黑压压的人群是一个潮流的象征。沈从文偏偏往黄浦江看，他看到江里有一条只有一个人的小船，船上的人在睡觉。旁边的声音那么吵，锣鼓喧天，他还在睡觉。后来那个人醒了，拿了一个很小的网兜，在黄浦江里捞虾。这就是这本书的封面，是沈从文自己画的。画面的中央是如流的人群，很小的角落里是一个人拿着小网兜。这个我们可以解读成一个人和时代的关系。这个人在角落里，是不被人注意的，他专心致志地在干自己的事情。沈从文后半生研究的是文物。研究文物在今天很热，但在那个时候，文物是封建垃圾，是仓库里的东西。他就是在这样的一个角落里偷偷做自己的事情，这是他和时代的关系。我们今天会发现，原来他当时做了那么有意义的事情。可是当时谁会觉得这样的事情是有意义的呢？这是第一点。

另外，和时代的关系还有一点很重要。20世纪的中国是动荡的，当动荡过后，很多人发现自己在"文革"中被骗了：我们都是那个时代的受害者，我们被时代耽误了，我们的书没有读好，我们一事无成。对生命个体来说，时代的力量太强大了，个体根本没有办法改变它。没有人愿意成为时代的受害者，很多人一遍遍地说自己是时代的受害者，等于承认了时代的力量很强大，这个力量让你成了时代的受害者。一个人有没有可能，除了是时代的受害者以外，还有另外一种身份，一种凭借自己的力量创造出来的身份？沈从文就创造出了受害者之外的身份，他在这个时代的角落里创造自己的世界，创造自己安身立命的世界，这个世界最终确定了他的另外一个身份。

80年代初的时候，沈从文被邀请到国外讲学。他在美国做了二十几场演讲，每次演讲他都想讲文物，不想讲文学。可是请他的人很想听他讲文学，拗不过人家，所以他的演讲有两个部分：第一部分讲文物，第二部分讲文学。文学讲的是他20年代初到北京，还没开始写作，在北京过怎么艰苦的日子。讲的不是纯粹的文学。讲文学就这一个内容，讲文物就很多。到这个大学里讲讲扇子，到那个大学里讲讲丝绸，再到另外一个大学里讲讲服装，总之讲文物他就非常高兴。沈从文心里非常清楚观众想听他讲什么。美国有很多人，包括很多中国人，他们非常想知道"文革"结束以后，一个老作家怎样讲自己在"文革"当中受迫害的经历。沈从文知道人们想听什么，可是他不讲。他说了这样一段话，大概意思是不是故意不讲。他经历了很多年的变动，这个变动特别巨大，他的很多老同事、老朋友都死去了。正因为如此，这个社会特别需要有人来做一些事情，他恰好就做了这些事情。他做了一个健康的选择。今天他能坐在这里跟人家谈笑，是他做的健康的选择的结果。健康的选择是什么？就是他自己创造了一个世界，创造了受害者身份之外的文物研究者的身份，这是他最高兴的身份。

当然，漫长的时间里不仅是沈从文做这样的事，也有别的人，但是为数不多。有这个人和没有这个人是不一样的。有这个人至少可以证明人生的力量，人生的光辉，你不能把它全部摧残掉。这是我讲的个人和时代的关系的第二个意思，就是超越时代强加给你的身份，超越受害者这样一个身份。

接下来我想讲一个创造力的故事。虽然沈从文表面上看起来是一个非常软弱、普通的人，可是却充满了创造的力量。他是一个闲不住的人，他要做那么多的事情。沈从文的境遇在当时不是最坏的，最起码还有一个博物馆让他待着，只要在那儿老老实实地待着，就不会有麻烦。可是他待不住，他要做事情，做事情就要做出麻烦来。一开始我觉得这是一个性质的问题，后来我想不是，是创造力的问题。他浑身充满了创造的能量，创造的思想。他不把这个创造的能量发挥出来，不通过具体的事情把创造的东西表现出来，他会憋坏的。他憋不得，所以他要做事情。这个创造的力量最重要的表现，就是他要做别人没做过的事情,比如说他研究文物。文物研究这个行业,在沈从文之前早就有了。作为一个半路出家的人,他写的《中国古代服饰研究》成了中国古代服饰研究的奠基之作。凭什么呢?因为前面有那么多人研究文物,却没有人研究古代服饰,他们认为不值得做。但沈从文做了,这个就是创造性。

我讲的创造性,除了做别人没做的事情,还包括他有他自己的一套研究方法。我举一个例子来说明。大概在1953年,那个时候,全国的博物馆都在北京。历史博物馆搞了一个展览,展览的名字叫"反对浪费展览"。之所以取这样一个名字是因为历史博物馆买了很多文物,都是沈从文买的。但别人却视为废物、废品,都是一些垃圾。于是就针对沈从文搞了这个展览,让沈从文陪着全国的同行来参观。这个故事现在有好几个解读。第一,它表明了沈从文的政治地位,这是一种侮辱人的方式。政治地位低,我才敢侮辱你。第二,是比政治侮辱更可怕的东西,就是学术压力。你是一个外行,所以瞧不起你,让你买文物,你买的都是垃圾。这个压力就是让你在同行之间抬不起头来,而且这个压力是每时每刻的。但我们可以把这个故事反过来理解,就是这些专家学者认为是垃圾的东西,沈从文到最后会证明这些是宝贝。现在就可以看出沈从文当时买的那些东西不是垃圾,都是天价的,现在买也买不到。他搞文物研究的眼光和别人不一样,他做的是别人不做的东西,这是带有开创性的,这是创造力的故事。

沈从文后半生的主要时间,都是在历史博物馆的库房、仓库里跟文物打交道。一般人会觉得,跟仓库里的文物、这些没有生命的东西打交道没有意思,但沈从文不这样觉得。沈从文年轻的时候看小银匠打手镯,他就想,小银匠一面流泪一面打手镯,他打出来的手镯,创造出来的物品其实和他本人之间有一种关系。他把他的身世、痛苦和悲伤不知不觉地传递到他做的东西上。我们看到一个很好的斗彩碗,这是制作者把他生活中的热情、感受到的东西,在他自己都不知道的情况下,传递到他做的东西上。所以,文物看起来是没有生命的,但其实它和普通人的生活、喜怒哀乐是联系在一起的。

沈从文关心文物有一个特点,他关心的不是书画这些东西,他最感兴趣的是工艺品。工艺品其实就是我们日常生活当中用的,是普通的劳动者、手工艺者制造出来的。他对这些和普通人的劳动、智慧、创造联系在一起的,类似杂货铺的东西有感情。我们大家都熟悉沈从文的作品,他的作品写的大多是士兵、农民、妓女等社会最普通的一些人,他对他们有感情。他关心的文物跟文学是联系起来的。这里面有他对文物的特殊理解,这和他对中国历史的理解有关。

中国是一个历史特别悠久的国家,历史在中国又是一门特别重要的学问或者是艺术。可是在19世纪末20世纪初,梁启超认为,中国其实是没有什么历史的。为什么说中国没有历史呢?我们去翻翻《二十四史》,《二十四史》写的不过就是一个朝代代替了另外一个朝代,然后又被后来的朝代代替了;写的就是这个姓氏被别的姓氏代替,是这样一家一姓,一朝一代的历史。里面是没有普通的人、普通的物、普通的老百姓的日常活动的。他认为从这个意义上来讲中国是没有历史的。沈从文并不是借助梁启超的理论,而是凭借着自己的经验,对历史得出一个感受,他不那么理论化,他是一个作家,他说："我们整天读书、读历史，可是什么是真正的历史？一本历史书除了告诉我们在另外一个时代，一些蠢笨的人互相杀来杀去之外，还告诉我们什么？没有了！"他这个话跟梁启超的话一样。梁启超认为《二十四史》告诉我们的，就是一些蠢笨的人互相杀来杀去的历史。如果历史书不写普通人的生活的话，那么文学就应该写普通人的生活。所以沈从文说："我的文学其实是写这些普通人的生活的历史，他们的历史不在历史当中存在，但在我的文学当中存在。我对他们这样的人，对这样的历史充满了感情，充满了爱。"他的后半生做文物研究，其实也就是关注普通人所创造的东西，关注家里的一只碗，一面镜子，一副马鞍，而不是文人的书画。他会把这些和普通人感情生活联系在一起的、不被认为是文物的东西，作为他研究的核心。因为他对这样的东西有感情，没法说这是什么样的感情，用一个很俗的字来说，就是"爱"。我引用汪曾祺的一句话来说明，汪曾祺曾说："沈从文家乡的那条河，流过了沈从文先生的全部小说。"他的后半生其实是有一条比他家乡的河更长更宽的河，那就是由普通劳动大众所创造的历史文化的河，流过了沈从文后半生。他爱他家乡的那条河，他也爱后来这样一条更宽更长的河，所以你也可以说这是一个爱的故事。

接下来我讲讲时间的故事。当时沈从文在不堪的处境里面，时间过得特别慢，他的后半生大部分时间是一分钟一分钟挨过去的。我在写这本书的时候，对时间的体会感到特别窒息。我对时间还有另外一种体会。沈从文是研究历史的人，他计量历史的时间单位特别大，动不动就是几百年几千年。当沈从文一分一秒挪自己人生的时候，同时用了另外一种计算时间的方式，就是几百年几千年或是"代"，他最喜欢用的是"代"这个词。这是一个计量历史时间用的单位问题。1949 年，他决定不写作了，他跟老朋友丁玲说，他以后不写作了，因为有很多年轻人，他们会写得很好的，这样会有很多新的作家，他也就不用写了，就去做点文物研究吧，给下一代留个礼物。这话很骄傲，就是我要去做的事情可以留到下一代。他没有这样明确说，但是放在一起有这种意思——你们这些东西也就是写写而已，明天就没啦！大长度的计量时间的单位给了沈从文非常强烈的信心。过去他研究文学、写作的时候，就有过这样的信心。举一个经典的例子，1948 年他的儿子上初中，有一天晚上他看到儿子在读他的散文集《湘行散记》，他跟他儿子说这些文章很年轻，他用了"年轻"这样一个词，你现在读这些文章很年轻，等到你长大了，你再读这些文章的时候，它还很年轻。这是对自己的文学可以流传到一代又一代的强烈自信。文物研究也是这样的。大家想想这样一个人在那么艰难的处境里面，是什么支撑着他？我觉得有一个就是时间。比如说他在 1949 年精神疯狂的时候，他决定自杀。自杀之前要写一个东西，就是我要死了，但是我要把我自己是一个什么样的人说清楚，我要写一个东西留下来，这篇东西叫作《一个人的自白》。在《一个人的自白》的第一段，他就说："将来你要把我下面要写的这个东西和我的全集放在一起看，你可以看出我是什么样的一个人。"1949 年，他坚信他会出全集。到 1975 年"文革"快要结束的时期，也是"文革"后期特别难的黑暗时期，他心情特别差，也特别地没有信心。他做的文物研究也完全没有出路，没有希望。在他的小屋子里，有一天，他在一堆乱七八糟的纸里面忽然找出一张纸来,就是他1949年写的《一个人的自白》中的一页。1975年8月十几号他找出了这样一页纸,然后把这一页纸交给了一个跟着他学文物的年轻人,这个人叫王序,是沈从文后半生最好的一个忘年交。他跟王序说:"这个交给你,将来出我的全集的时候,把这个收进去。"王序回到家里去,做了一个盛衣服的箱子,在箱子里特意做了一层夹板,然后把这一页纸放在夹板里面。这是一个时间的故事,是时间最后胜利的故事。好,谢谢大家。

学生:首先,我要表达一下对您和您所著的书的喜爱之情,我最喜爱的其实是《沈从文九讲》,因为相比于《沈从文的后半生》,这本书更加克制,也因为这份克制,所以更加感人。您在《沈从文九讲》前面有一个对话形式。您在今天提到了,现在社会组合了文学与这个世界的一个生气,那您认为沈从文经历了1949年那个思想斗争阶段以后,他在后面的日子里最终回归那种生气了吗? 或者说,他是怎样达到一个平和的状态,达到静谧的、静思的状态?

张新颖:谢谢你的提问。我觉得他没有达到那样一个状态,沈从文也是个非常普通的人,他身上也有很多软弱的成分。他后半生所做的这些工作,他也是一面发牢骚一面做,所以他没有百分之百地达到一个很平和的状态。但是我觉得,我们也不要求人,特别是不要求自己一下子达到一个至高的状态。人都有自身的局限,生活中有很多时候不能周转,不能圆通。这是很好的一个东西,这样才能使人体会到人生中各种各样的不能、痛苦、无可奈何。这是一方面,但是同时更重要的一方面是,你在一面发牢骚一面做事情时,做事情的这一面就更重要。我回答得不好,但我就是这么理解的,谢谢。

学生:谢谢。

学生:张老师,您刚刚讲到沈从文与时代的关系。那幅画中,大桥全部线条化处理了,他应该是在逃避,不愿意接受主流意识形态文化和第三形态的创造力。他一直自称是一个外行人,不论在文物、文化,还是文学上,他都认为自己是一个外行人,他是不是有一种由自卑产生出来的任性和逃避?

张新颖:如果他说他自己是外行,那他不是自卑! 他是很自信! 因为只有自信的人才敢于不断地说自己是外行。我不知道你能不能理解这个意思。沈从文不管是在写作还是研究文物时,他的出发点都是:我不知道,我不懂,我是外行。讲文物大家可能稍微陌生一点,咱们以文学为例。1936年,沈从文出版了《沈从文习作选》,这是他以前小说的一个精选集。可是它的名字叫《习作选》,为什么叫《习作选》呢? 就是说:哎呀! 我不知道怎么写小说,我不会写,我是试着写了这些东西。可是我们今天来看,《习作选》里面很多都是经典的作品。我觉得这是一个很好的心态,因为只有置于外行的位置上,你才有可能敞开你的心扉,才有可能展开你的创造力。什么叫内行? 内行就是我知道该怎么干,知道怎么干是好的。那些认为我是专家,我是内行的人,很可能被自我暗示,被拘束住。所以我觉得沈从文不是逃避,也不是自卑,而是很强烈的自信。

学生:张老师您好,我想问的是沈从文不主张把作品和政治联系在一起,他认为文学要独立于政治。在当时文坛上，沈从文被禁，处于一种被孤立的状态，最后被迫退出文坛。沈从文说自己是一个不懂得政治的人，而我觉得沈从文是一个非常懂政治的人。张老师您怎么认为？

张新颖：沈从文是一个特别懂政治的人，但是他老是说他不懂政治。虽然他老是说他不懂政治，但是他老是要谈政治。他是这么一个人。我们后来的人相比他有一个优势，就是我们去看他50年以前，60年以前，或者70年以前关于政治的一些论述，我们会发现他是对的！因为被后来的历史验证了。你说他是懂政治还是不懂政治呢？

学生：鲁迅先生主张"文艺救国"，所以他写文章来支持中国革命。我认为沈从文先生骨子里也蕴含着一种民族主义的精神，但是很多人觉得他没有。比如他的代表作《边城》是描写小城田园风光的小说，和民族精神不搭边。您觉得他的作品是否体现出民族主义的精神？

张新颖：《边城》这个作品，实在是害了沈从文了，因为它太有名了，我们就会用《边城》来代替沈从文的全部创作。这样的例子当然很多，就像戴望舒有很多的诗，我们只记得《雨巷》，可是戴望舒却非常不喜欢《雨巷》。沈从文当然很喜欢《边城》，可我们对《边城》的解读非常简单。它其实不是一个桃花源，不是一个逃避的作品。我觉得刚才这位同学讲得特别好，它其实和鲁迅的思想是连在一起的，是和国家、民族主义连在一起的有大的思想含义的作品。以前我们总是说沈从文的作品根本没有思想，可是我要说《边城》不仅是有思想的，而且是有大思想的。还是从鲁迅谈起，我们知道鲁迅对于中国的传统有非常强烈的批判：中国传统就是坏！那么我们这个民族要怎么才能好起来？鲁迅想的办法就是不停地越过坏的传统找到这个民族的根。也就是说我们这个民族一开始的时候不是坏的，到后来才坏的。但是这个想法其实带有乌托邦的性质。因为我们怎么可能越过几千年的传统，直接和最初的那个源头接上呢？中间的这一大段时间怎么切掉呢？想不出办法来。这个思路到了沈从文那里，他就把时间的关系变成空间的关系。他说，我们这个民族是被很多传统文化破坏了，可是在传统不那么强大的地方，在很偏远的地方，我们这个民族和民族最初的时候其实是差不多的。有一句话叫"礼失求诸野"，我们就到"野"的地方，就是我们的传统和统治所达不到的那个地方，去寻找我们民族的善良、勇气、民族的向上心。《边城》是用地理空间的方法，来处理鲁迅的时间问题的一个作品。这是我对《边城》的理解，至少可以说明它不是一个很轻飘的、很乌托邦的、美梦似的作品。

《海上花列传》与中国现代文学的起源

主讲人 / 栾梅健　（2016 年 4 月 24 日）

[**主讲人简介**] 栾梅健,1962 年生,江苏常州人,现为复旦大学中文系教授、博士生导师,中国当代文学创作与研究中心副主任,出版有《二十世纪中国文学发生论》、《前工业文明与中国文学》、《通俗文学之王——包天笑》、《纯与俗:文学的对立与沟通》、《哀情巨子——徐枕亚》等著作十余种,其代表性论文《稿费制度的确立与职业作家的出现》、《中国新文学的理性原则与人文精神》等广为学界所关注。

非常高兴今天有这样的机会跟同学们做这个交流。我对淮师蛮有感情的,1983 年的冬天我在淮师附中教育实习了四十几天,那个时候我在现在江苏师范大学中文系上学,80 级,所以 1983 年底到这边来教育实习,就在淮师附中。我记得那个时候进师专的校门还很难,所以我只是晚上偷偷地进去,到师专去了几次,所以我对它真的有感情。今天,我讲一个蛮重要的话题,就是中国现代文学起源的问题。现代文学的起源有一个比较恒定的观点——是从五四开始的,它的标准就是鲁迅的《狂人日记》,"五四"是在 1919 年,《狂人日记》是在 1918 年。我们一直认为现代文学就在这个时候开始了。现在好多现代文学史的教材,比如说钱理群编的《现代文学三十年》,实际上都是从五四时期开始讲的。

今天,我想给同学们讨论一个观点,这也是我前几年研究了好长时间的一个看法。我认为现代文学的起源不应该是从五四开始,也不应该是从鲁迅的《狂人日记》开始,而是应该从 1892 年的长篇小说《海上花列传》开始。我今天主要给大家报告这样一个观点。这个观点几年前我就形成了,现在逐渐被学术界所采纳,现在大家逐渐地开始接受,好多现代文学史都从 1892 年开始写起了。今天,我给大家作报告,同学们看看我这个观点能不能站住脚,有没有这样的可能性。

时间比较短,内容比较多,所以我们只能简单地讲一讲,有些地方就不能展开了。刚才提到半个多世纪以来我们一直以为现代文学的起源是五四,是《狂人日记》。我上大学的时候，用的教材是北大王瑶教授的《中国新文学史稿》，他认为中国现代文学从五四开始。唐弢先生的《中国现代文学史》，也是我们上大学时候用的教材，同样是说现代文学从五四开始，以《新青年》编者陈独秀为代表。我刚才提到的钱理群先生主编的《中国现代文学三十年》，他则认为因为启蒙的需要，然后才产生了五四新文学运动。刚才上面的三个观点分别代表了 20 世纪 50 年代和"四人帮"粉碎初期以及到 80 年代的 30 年的观点。他们都不约而同地认为：中国现代文学的起源是在五四，标志是鲁迅的《狂人日记》。我认为这样的观点是不对的。我的疑问就是现代文学是不是真的开端于五四？下面简单地判断一下现代文学跟古代文学的区别，也就是现代社会跟古代社会的区别，也就是工业文明与农耕文明的区别，这是我们判断现代与古代的一个依据。现代文明是建立在工商社会基础上的，而古代文明是建立在农耕文明基础上的。所以我觉得判断文学有没有转型，是现代文学还是古典文学，要从现代社会形态来看。我们认为从 1840 年鸦片战争开始，中国就开始转型了。就现代化的进程来说就是从这时开始转了。为了证明前面三位前辈在学术方面有些不大对的方面，我们做些类比。我们先不谈文学，我们先来谈其他方面有没有转型。1850 年，大英轮船公司将远东航线由伦敦拓展到上海，标志着我国的远洋航运业进入到现代化、商业化跟专业化的时代。以前在淮安，漕运、水运船都是人力的，而大英轮船公司的船是动力的，是蒸汽机时代的，这是现代的航船，现代的一种航运业跟古代的漕运有本质的区别。其本质的区别就在于动力革命。如果我们讲现代航运业，那么就要从 1850 年这个时候开始讲起。从英国伦敦到上海的现代航运史翻开了第一页，以前叫古代航运史。下面讲 1860 年，享誉中国三百年的苏州老字号的一个书坊——"扫叶山房"，在这一年迁到上海去了，印刷业开始了它艰难而曲折的现代化之路。如果我们讲出版史、印刷史现代化的启程，就应该从 1860 年开始讲起。为什么呢？因为"扫叶山房"以及传统的手工刻字到了上海以后，开始转型了，中国印刷业随之开始了它艰难而曲折的现代化之路。1860 年以前的印刷史叫古代印刷史，之后叫现代印刷史。隔了一年，1861 年，大英书信馆、法国书信馆同时在上海设立，标志着我国新式邮政的正式诞生。1861 年是个标志，1861 年以前叫古代邮政史，1861 年以后叫现代邮政史。

我们都知道孟姜女哭长城的故事。孟姜女的丈夫在北边修长城，孟姜女一路哭哭啼啼，从江南一带出发到北方，给丈夫送寒衣。跑了好长时间，到的时候，丈夫已经死了，那个时候没有邮政，现在的话，寄个快递就到了。那么快递的标志就是 1861 年现代邮政的开始。1877 年电话出现了，通讯史开始了。这时候，我们可以发现一个规律性的东西。在 1900 年以前，这么多东西都转型了，古代跟现代已经做了很明显的一个分割，现代史便已经开始了。

看精神层面，1872 年《申报》在上海创刊，标志着我国报纸业现代化新阶段的开始。大家看看我们现在的报纸，拿我们《淮安日报》、《新华日报》、《人民日报》和《申报》比比看，会发现《申报》基本上是我们现代报纸的比较标准的一个样本。而以前的报纸都属于古代的报刊，没有定期，没有商业化，没有那么多的广告。而《申报》则开始了商业化，它跟现代的《新华日报》、跟我们的《淮安日报》没有本质的区别，所以报刊现代史应该从1872年开始讲起。

再看我们的文艺杂志。1872年尊闻阁主创办的《瀛寰琐记》在上海创刊，每月一期，这是我国最早的具有现代传播媒介性质的文学期刊。它对外销售，每一期的定价是一样的，编排格式也是一样的。大家看《红楼梦》，里面一群女孩子，办刊物、办诗社，但她们办的刊物，仅限于内部交流，没有进行商业流通，不具备真正现代传播媒介的性质。所以说我们现代的传播或者文艺期刊史应该从1872年开始讲起。

再说教育。中国最早的现代意义上的高等院校，是洋务官僚盛宣怀于1895年在天津创办的中西学堂，不久改名为北洋大学堂，这是中国最早的大学。1896年又在上海创办了南洋公学（如今上海交通大学的前身）。这就是现代高等教育史，以前叫古代教育史。大概是前年吧，我到湖南去开会，下了飞机突然看到一个广告："热烈祝贺湖南师范大学建校1000周年"。1000周年！吓我一跳！怎么回事？哪有建校这么长时间的呀？原来它是把更早时候的岳麓书院算进去了。原来湖南师大校址就是岳麓书院旧址，所以算下来1000周年。但是坦率来讲岳麓书院不能叫现代高等教育，过去的书院，跟现在的大学本质上是完全不一样的概念。现代高等教育应该从1895年开始讲起，1895年以前叫古代高等教育史，1895年以后叫现代高等教育史。1897年，中国当时最大的一个出版机构商务印书馆在上海创刊，这是中国具有现代性质的最早的出版机构。

我讲到这里，举了八个例子，物态层面四个例子，精神层面四个例子。大家发现有一个共同性的规律：转型。物态层面、精神层面的转型在1900年前都完成了，都跨出了现代的一步。那么，我们有了疑问，也就是说，中国文学是最敏感的一个门类，我们的作家是最能感受到时代飞速变迁的这样一个群体，我们的文学怎么可能如此迟钝，难道现代性的出现竟然要迟缓到五四，迟缓到《狂人日记》？怎么可能到1919年呢？那时现代高等教育都办了，现代出版都办了，《申报》都办了，什么都现代，都转型了，我们文学史上的这些最敏感的文人，怎么可能要到1919年或者说1918年鲁迅的《狂人日记》才开始我们现代文学的进程？显然是不对的，我们的作家不可能这么愚钝。从时间概念来讲，现代文学的起源应该远远比它们早，所以要找一个这样的作品，它与古典文学的区别是显而易见的，它的现代性也是可以被公认的，它的分量可以承载得起中国文学古今演变转折点的重托。我们发现了《海上花列传》（又名《青楼宝鉴》，是个长篇小说，64回、49万字，最初连载于1892年上海创办的《海上奇书》，1894年出版成书，到现在有好多的版本）。先简单讲讲《海上花》的故事梗概。海上，就是上海，那时觉得文雅，文人志士都要把上海说成海上，如果说成上海就比较粗俗，没文化了。海上花，实际指的是上海妓女，一群居于上海靠出卖自己身体换取金钱利益的女子。列传，列是一个系列，不是一个妓女情况，是写一系列的妓女情况，所以这个书名叫《海上花列传》。根据我的统计，里面有名有姓的妓女大概有四十几个，写了一批女孩子晚清时候在上海滩的生活、情感世界，这就是《海上花列传》。我们认为这部小说才是中国现代文学的起源、开端。好多同学说妓女作为我们现代文学的开端，好像有点不大高雅，那我说妓女不高雅，狂人也不高雅啊,鲁迅的《狂人日记》狂人就高雅吗? 我们要看有没有现代性的介入。

下面简单地介绍一下这个作者。韩邦庆,1856 年生,江苏松江人,后来松江并入上海,他就是上海人了。他在这本书出版的同年1894 年就去世了,发表时用的笔名叫花也怜侬,他爱好入青楼、吸食鸦片。正因为在妓院里面经历多了,跟妓女交往多了,便根据自己的经历写了一本《海上花列传》,描写晚清妓女生活的这样一部小说。

我觉得《海上花列传》的现代性主要表现在以下几个方面:第一,《海上花列传》的文学价值在于它留下的大上海开发早期难得的生活画面与文明图景。简单地讲,写了一个工商社会都市怎样形成,都市里面形形色色的生活跟古代农耕文明的区别。比如说与《清明上河图》或者古代苏杭那样的城镇完全不一样,这个新兴的物态,城市化的、都市化的都在里面体现了。我们来看这样一个概念,首先要分成几个小的方面讲。第一个方面,不同于传统的人物关系设置与安排。就是说你看了这个小说之后,没有一个主要人物或者没有着重去写一个故事或人物,而是写了一批人。翻开小说,你感到的是一幅乱哄哄、无头无绪人物的画面,有聚秀堂的陆秀宝、尚仁里的卫霞仙、西荟芳的沈小红、公阳里的周双玉,等等,这一大批的妓女,一大批的人在上海滩游弋飘荡,摇晃着飘晃不定的影子,这就是都市化。中国传统的农村的小说、中国古典的小说,都要交代家世背景,是哪里人、他的父母亲是谁、是哪一个庄的、哪一个村的,交代都很清楚,但是都市化就是移民化,都是从外地来的,所以它就没有交代从哪里来,乱哄哄的你也不知道哪里。就像有些同学你去了北京、上海或者去了东京、纽约,一下飞机就是乱哄哄的,你不掌握人物底细,不知道他是谁,不知道他爷爷是谁。而我们古代小说就不是这么写的,看《水浒传》中好多都有交代,与现代小说人物关系的设置就不一样。第二个方面,现代性也是这么表现的,出现了大量新兴器物层面,从照明用具、自来水、通信工具、交通运输工具到普通的日常生活用品,包括吃的水果、用的东西都是洋货,这都是工商社会的,好多都是从西洋来的,这也就显示出这个城市是个工商化的大都会,跟以前比较封闭的那样一种古代的村镇有比较明显的分界了。除此之外,还有比较内在一点的一种新型经营方式。里面有个吕宋票店。吕宋票店卖的就是彩票,类似我们现在卖的体育彩票。这样的经营方式在古代是没有的,唐代没有,宋代没有,明清也没有,这是一种新型的现代贸易方式。从表面看,你会发现,打开这本书,我们看到这是一个反映现代工商城市生活图景的长篇小说,我把它论为现代工商起源的一个重要原因。晚清写了好多上海的作品,比较起来出现得最早的、写得最集中的,有袁祖志的《海上闻见录》(1895)、孙家振的《海上繁华梦》(1898)、自署抽丝主人撰的《海上名妓·四大金刚奇书》(1898)、二春居士的《海天鸿雪记》(1899)、张春帆的《九尾龟》(1906),等等,都记录下来这个光怪陆离、纸醉金迷的工商大都市形成的过程。但是始载于1892 年,正式出版于1894 年的《海上花列传》,无论是产生时间还是描写的广度和深度,都无愧为现代工商社会萌动与发展的开山之作。写城市,乱哄哄的人物生活的方式,使用全世界各地的东西,都表明这是个城市小说。这个是第一点,仅仅凭这一点我们往往还不能完全判断。

最主要的是第二点,是伴随着社会形态的巨大转型建立于农业文明之上的一整套价值体系与伦理规范,都在神一样的上海这一特定区域,不可避免地出现着裂变、扭曲与变形,诞生出一套与之相适应的伦理道德准则与价值取向。这一点是最关键的,我们现代文学之所以是现代,不仅因为现代的生活,更主要是它们的人物、它们的主题体现的是现代性,具备现代观念,所以第二点是我们着重讲的重点,如果能讲通了,我们的观点就站得住脚,讲不通就站不住脚。

刚才我们讲《海上花列传》是写妓女,写妓女不是从上海滩、从《海上花列传》才开始写起的。随着人类社会私有制的产生,中国的妓女就产生了。根据中国妓女史的这样一个材料,中国从商朝开始就有妓院,从商代开始就有了私有财产,有了私有财产就有了各种各样妓女的交换。我们再梳理一下,妓女在我们古代文学当中提到的更多,归纳之后,我发现一个主题,这个主题可用三个字来概括,就是"救风尘",这是我们古代妓女文学中的一个主题。为什么呢? 主要源于这几个方面:首先,在古代社会中,人是依附于家族、依附于群体而存在的,所以在古典的伦理规范当中、在三从四德当中,女子终究要依附于男人、依附于家族、依附于一个群体。中国古代女子的地位就是这样,女人总是依附于男人的。男人是天、儿子是地,所以古代女子是介于天地之间的小女人,离开男人就没有了地位。很多女子因为战乱、贫寒、拐卖,或者其他种种原因,沦落成了妓女。于是她们整天以泪洗面,盼望着跳出"苦海",这是古代妓女相通的地方,就是说她们想要从良,想要嫁人,为人妻、为人母,这样才能成为一个真正的、在这个世界上面有名有姓有身份,死后也能进祖坟的一个存在。在男权社会里,从良的女子才有地位,否则连名分也没有。所以妓女寻找到一个可以寄托自己身世的如意郎君,才有真正的归宿。如果没有了男人,没有了丈夫,她永远没有依靠,永远做不了堂堂正正的女子。

举两个例子,冯梦龙编的《三言二拍》里面,有一篇著名的喜剧《卖油郎独占花魁》,小说写杭州有个妓女叫莘瑶琴,美貌无比,在妓女评比中评了第一,成为花魁。她的艳名打动了很多男人的心。有个卖油的小伙子也动心了。这个小伙子叫秦重,他想去会一会这个花魁娘子。于是拼命卖油、拼命存钱,想等到储蓄够了的时候去会一会花魁娘子。终于有一天钱差不多够了就鼓起勇气去了,去的时候花魁娘子陪公子皇孙在外面游玩还没归来,秦重就坐在柱子旁边等,一直等到后半夜花魁才回来。这个卖油的小伙子非常真诚,搀扶着她进去,花魁娘子吐了,他就用毛巾给她擦掉,然后把呕吐物倒掉。就这样在旁边守了一个晚上。第二天中午花魁娘子醒了,看到旁边有个类似于外地农民工的人。在知道事情经历之后,花魁娘子很感动,觉得秦重是个好人,他跟达官贵人、公子王孙有着本质的区别,那些人对她是一种玩弄,而这个人是真心喜欢她,所以她就要把终身托付给他。她就把她自己私下藏的钱给秦重,让他去帮她赎身。赎身之后,花魁娘子就心甘情愿地跟了他过着贫贱夫妻的生活,这个就是《卖油郎独占花魁》。卖油郎为什么能够独占花魁? 主要是他的真诚,那么花魁娘子为什么要嫁给这样一个没有金钱也没有地位的男人? 主要在于依靠。男人很重要,嫁给他才有名有姓,才能成为妻子,成为母亲。男人的真心打动了这个女孩子,女孩子没有嫌弃他的钱少,拿自己的钱给自己赎身,最后卖油郎抱得美人归,所以这是个喜剧。"救风尘"就这么救了,实际上是她自己救了自己。

第二个《杜十娘怒沉百宝箱》是个悲剧。明代万历年间,南京的一个公子哥儿李甲到北京去参加科举考试。他到了北京之后,也不好好准备,天天去逛妓院。去妓院的时间长了,跟妓女杜十娘就有了一点感情。杜十娘跟他讲,你愿意娶我的话,我愿意赎身跟着你走,但赎身需要三百两银子。为了考验他,杜十娘就说她自己可以贴一百五十两银子,让李甲再去借一点,想办法凑足三百两。李甲跟杜十娘交往一段时间觉得她蛮好,就借了一百五十两银子,加上杜十娘贴给他的一百五十两,到妓院替杜十娘赎了身。他们从北京出发,沿着京杭大运河到了瓜州京口这个地方。那天晚上有两个交集,天空很美。杜十娘想到自己被"救风尘",心情愉悦。于是在船上精心打扮了后,弹起琵琶唱起了歌。歌声打动了旁边船上一个叫孙富的商人。孙富在旁边听到悦耳、优雅的琴声,觉得此曲只应天上有。再偷偷一看弹琵琶的人,不得了,人比琴声还要美,就动心了,想着世间怎么会有如此美丽的女子,而且琵琶弹得如此之好!他偷偷打听之后,知道了杜十娘的来历,知道她要跟着李甲走。然后孙富就找到李甲,悄悄地跟李甲商量,要用高价买走杜十娘。财迷心窍的李甲居然真的就动摇了。他回到船上就吞吞吐吐地跟杜十娘讲,要把她转让给别人。听后,杜十娘不发一言,她着衣化妆打扮,然后抱出百宝箱,将里面的珍宝一件一件地扔进了长江,然后自己也跳江自杀了,这就叫《杜十娘怒沉百宝箱》。跟上面主题一样的,都是"救风尘",但这是个悲剧。一个女孩子想要被救,但是最后她发现遇人不淑,碰到个忘恩负义的人。本来想要找个依靠的,结果发现这个依靠靠不住,所以就怒沉了百宝箱。

因为时间关系,我不能举很多例子,就举这两个,一个是正面的,一个是反面的。总而言之,古代妓女文学的主题是"救风尘",男人很重要,钱不重要,百宝箱不大重要,这是古典文学。

这一传统的主题到了《海上花列传》被打破了,上海滩妓女不是这个想法了。她们是怎么想的?我们来看这个例子,比如妓院东合兴里的姚文君,这位刚入青楼,颇带几分古风的倌人(就是妓女),面对世风日下的海上妓院大惑不解:"上海把势里(上海妓院里)客人骗倌人,倌人骗客人,大家勿要面孔(都不要脸)。"就是说现在海上妓院怎么变得跟古代妓院不一样呢?"大家都是骗子",妓女去骗嫖客,她没有把男人作为恩客看待或作为一个想要救她出去的主子看待;嫖客也是带一种玩弄的心理,而不是用尊重的心理去对待妓女,大家都是互相骗。我再提示一下,这个比较关键,是我们讲的这个知识的中心点了。这个当中写了好多的妓女,比如妓女黄翠凤嫁给恩客(就是嫖客罗子富),嫁给他以后,他对她还算不错。在古代,一个男的愿意把一个妓女娶回家纳为小妾,妓女应该感恩戴德才是,但她没有。她设计利用黄二姐敲诈罗子富。你看,她对帮她跳出妓院、救她风尘的这个男人不是表示感激而是去敲诈。另外一个妓女周双玉假吞鸦片,迫使恩客朱淑仁掏出一万大洋了断情债。两个人有了感情之后,想要嫁给他,却要跟他谈条件,谈了好长时间,没谈拢,之后周双玉就吞鸦片,假装要自杀。迫使朱淑仁给了她一万块大洋,这个事情才做了个了结。再如刚从乡下出来不久的妓女赵二宝,对嫖客史三公子误听误信,真情相许,最后落得个被抛弃的命运,暴露出仍未改掉的乡下人本色。讲到这个地方,我们就要问《海上花列传》给我们提出来一个什么样的主题?我们发现"救风尘"的主题被颠覆了,男人不再重要了,"百宝箱"是最重要的,"百宝箱"比什么都可靠。妓女的所有心思不在于男人,而是金钱。男人可靠不可靠无所谓,把男人的钱骗到才是最关键的。你可以发现,这里面写了很多妓女,四十几个妓女,竟然没一个去跳黄浦江的,为什么?在现代社会当中,"百宝箱"比男人更重要。有了"百宝箱",完全可以吃,完全可以喝,有没有男人一点关系也没有,但是在古代有关系。我们从中发现,妓女文学到这个地方开始转型了。观念转变,体现为一种扭曲的、畸形的个性解放。现代文学强调人性解放,工业文明解放了人的个性,但是这里的解放却不是一种健康的、健全的解放,而是一种扭曲的、畸形的解放。从满心希望被男人所救,到这个时候怕守不了规矩,不愿被救,强烈地表明了我国妓女文学的一个重大转型。这就是现代性。马克思说,当人们忙的还是自己的吃喝住穿,在这个量上面,得不到充分供应的时候,人们就不能获得真正的解放。解放是一种历史的活动,而不是一种思想活动,所以正是社会形态的变革,正是上海市民世界的最初的崛起,使得妓女们在"吃喝住穿"方面获得了相对充裕的保证,从而鼓起勇气,蔑视封建的等级与礼教,挑战传统的男权统治权威。《海上花列传》做到了,它这样的观念跟以前"救风尘"的主题完全不一样了,写出最新一批觉醒的女子,它打破了我们中国传统的三从四德,打破了我们中国传统加在女性身上的一个枷锁,让她们获得了一种个性上的解放,尽管这个解放是扭曲的、是畸形的。所以我们认为《海上花列传》利用写实的姿态终结了我们传统文学中绵远久长的"救风尘"的主题,使文学史露出了人性觉醒的曙光。尽管这个曙光是扭曲的,是畸形的。我们认为,工业化的中国,尤其是上海,率先起来追求个性解放的是这么一批妓女,是"海上花"。

下面还有些时间,我用三五分钟时间讲一下它的艺术性。主要讲两点,一个是结构,一个是语言。我们认为《海上花列传》的结构是一个真正现代意义上的有意识的长篇小说的结构。主要的表现是在前面"穿插藏闪",这是一个核心。他在写这个长篇小说时讲究前后的呼应,前后的对照,穿插藏闪,前面跟后面,中间每一章之间,每一节之间都勾连了起来,到最后形成了一个有机的整体。而古代的长篇小说,在写法上受到很多的限制。古代长篇小说主要是两个类型。第一个是固定的地点,比如《水浒传》写一个水泊梁山,各路英雄好汉被逼上了梁山,通过这样一个固定的地理概念把整个小说结构起来,是一个板块结构。而《红楼梦》则是通过血缘关系来结构小说。《红楼梦》写了七百多个人物,百分之九十以上的人都有血缘关系。古代作品最多的就是血缘关系,《红楼梦》也是运用血缘关系进行结构的。我们发现古代小说从固定的地点或者固定的血缘关系来结构长篇,这样往往能成功。鲁迅评《儒林外史》说,《儒林外史》想写社会,想把它串联起来,但《儒林外史》是一个个短篇小说的合集,它没有一个中心点,没有前后连贯的线索,所以《儒林外史》不是真正现代的长篇小说的结构。而《海上花列传》就是了。我不能具体地展开讲《海上花列传》,因为它内容有好多,同学们可以自己去看。

《海上花列传》有名的是结构,语言更重要。有好多同学讲,我们现代文学作品肯定使用白话文。这个《海上花列传》是什么文？《海上花列传》是用吴方言写的，也就是用苏州话写的。为什么要用苏州话写？有两个原因，韩邦庆自己讲，第一是因为妓女本身来自苏州，所以用苏州话；第二，上海的舞女是从苏州去的，以苏州舞女为主要的构成部分。他认为上海既然是全国的经济中心，也有可能就是全国的文化中心或者说是语言中心。所以《海上花列传》的作者韩邦庆有意识地用方言写。用方言写，大家可能看不懂，尤其是北方人。但是张爱玲花了11年时间把它翻译成了普通话，又花了5年把它翻译成英文。张爱玲晚年最痴迷的小说就是《海上花列传》，所以我想张爱玲的判断跟我一样。五四时期，胡适提出来要用白话文写作。韩邦庆不仅用白话文，他还用方言写，他实际上探索得更远，小说中有一段魏霞先和太太姚奶奶的对话，大家可以把苏州话翻译成普通话，看看韵味还是不是一样的。结果会发现用普通话写出来的跟用吴方说出来完全不是同一个概念。作者韩邦庆探索得更远、更深。他不仅用白话而且用方言写，这是不是一个文学革命？所以我们文学的语言革命了，结构也革命了，里面"救风尘"的主题被颠覆了，写的是大上海开发早期的都市生活，我们完全有理由认为现代文学的起源就是从这部小说开始的。这部小说是什么时间的？是1892年！这样一来就把我们现代文学的起源向前推了好多年。这是我前几年写的文章，研究了好几年，最近几年逐渐被文学史家采纳。现在好多文学史都采用我的观点，现代文学史从哪里开始写，从《海上花列传》开始。我认为他们的选择是明智的，也是正确的。讲得不对，欢迎大家指正。

学生：老师您好，我刚才听您说从古代的"救风尘"到《海上花列传》，是女性从依附别人到开始自救。但是据我所知在明代也有一个作品叫《赵盼儿风月救风尘》，这是一个女性救女性的故事。我觉得在《海上花列传》中女性只不过是从依附男人转到依附金钱上面，她并没有自我独立意识。我不知道老师您是怎样看待这个问题的？

栾梅健：是这样的，人类社会史上有这样几个阶段，在古代的封建社会中，是一种人与人之间的依附，依附于家族、宗族，或者是依附血缘、依附政治，在古代是这样的。但是在资本主义工商社会当中，是对金钱的依附，这也是我们社会必须经过的阶段。马克思所说的人性的全面发展，人性的完全独立自主，那要进入共产主义社会才能实现。我们的现代文学是从一个民族主义的框架下进入到现代的，我们说对金钱的依附远远地进步于对某一个家族、某一个部落的依附。所以我说《海上花列传》是现代的，但是它的现代还没有达到人类终极解放的地步。

学生：老师您好！我对您说的从女性角度来看，说《海上花列传》是现代文学的起源很感兴趣。现代文学的起源应该是从人的发现来谈的，那您所说的中国现代文学的定义或具体含义是什么？

栾梅健：是这样的，现代文学是相对于古典文学而言的，我一直反对有一个近代的概念。从社会形态来讲，现代对应的是工业文明，工业文明是什么？是相对于古代的农耕文明而言的。现代相对应的是古代，工业社会是相对于古代的农耕文明，这里面最主要的标志就是动力革命,所以瓦特的蒸汽机代表我们进入了工业时代。古代是农耕文明,尽管也有一些简单的机器、简单的商业买卖,但是那是属于农耕文明、自然经济的时代,这也就是说古代和现代是生产力和生产关系的不同。你刚才说人性的发现这确实是现代文学和古代文学区别的最根本标志。古代人是淹没在等级之中的,而现代人是张扬个性的。为什么古代人与人之间要依附,而现代却没有? 当人类降临到这个地球上的时候,实际上我们面临着两大天敌,第一个天敌是动物界,好多动物都对人类的生存构成了最现实的挑战。人怎么办? 必须团结起来,发挥我们的聪明才智,跟动物界进行抗争。第二个是自然界,比如说洪水泛滥,洪水来了必须抗洪救灾,凭借个人力量很难,在古代生产力比较低下的时候,往往需要群体的力量。人依附于某个群体、某个党派、某个宗族、某一个大的部落,这样才有可能和动物界、自然界进行抗争。所以说古代是一个等级的社会,人性依附的社会,尤其是女子。为什么古代女子要依附于男人? 这从来都不是道德问题,而是历史问题。因为在古代那么多抗洪救灾当中,那么多与动物惨烈的斗争当中,男人冲在了最前面,男人发挥了他们最大的作用,然后才延续了我们种族的繁衍,所以女性是以一种崇敬的眼光看男人,女性甘愿俯首于那个时候的三纲五常。所以说人性的解放从来不是一个道德问题,而是历史问题。在古代生产力低下时,是历史选择了男人。现代文明是怎么样的呢? 我们生产力提高了,工具先进了,机器取代了人力,效率提高了很多倍,人被解放出来了,抗洪救灾已经不是很大的问题,动物对人类也已经基本上不再构成威胁。所以这时我们越来越自信,越来越个性张扬。现在男女之间为什么会逐渐平等? 因为现在我们不用靠体力了,我们靠智力,靠智慧,所以女性的地位就提高起来了,就打破了古代人与人之间的依附关系、等级关系。我这样讲,不知道有没有讲对,谢谢大家。

《百年孤独》与中国当代作家

主讲人／朱静宇　（2016 年 4 月 24 日）

　　[主讲人简介]朱静宇，1965 年生，江苏无锡人，现任同济大学人文学院中文系教授，硕士生导师。研究领域为中西小说比较研究、欧美文学、比较文学。

　　今天我的题目刚才我们陈树萍老师(淮阴师范学院文学院教授)已经给大家说了，是"《百年孤独》与中国当代作家"，其实这个题目呢，当时是突然给我的。为什么想到这个题目，因为我想在座的同学应该知道，2014 年的 4 月 17 日这一天，是我们这位大师去世的日子，也就是两年前，所以我想你们的读书周安排在这一天，这个 4 月份，是为了缅怀我们这位世界级的大师。但是讲到这个题目的话，我感到有点大。因为在几十分钟之内，要把《百年孤独》和中国当代作家的关系搞得很清楚，那肯定不行，是吧？所以我在这儿呢，只能给大家蜻蜓点水，简单地从几个方面做一个介绍。

　　今天在来的路上我一直在纠结，我不知道同学们是不是看过《百年孤独》？在座同学有多少位从头到尾看过？看过的同学举个手吧！

　　陈树萍：安慰一下我们的朱老师啊。

　　朱静宇：好，半数同学不到。那看来我还是得简单介绍一下《百年孤独》的内容。《百年孤独》是哥伦比亚作家加西亚·马尔克斯的代表作，注意不是"马克思"，是"马尔克斯"，记牢了。当这部作品在 1967 年由阿根廷的一个出版社出版以后，反响就非常的强烈，连作家自己都说就像热狗一样在地铁出口出售了。大家都知道热狗卖的那个场景，是吧？另外一位拉美作家略萨就曾经说过，这本书出版以后就成了拉美文学的一场文学地震。甚至智利的一位诗人聂鲁达说过，这是一本继塞万提斯的《堂吉诃德》之后，最伟大的西班牙语的作品。我想塞万提斯大家都知道，昨天是他的忌日，是吧？我想你们读书周应该知道这个事儿。尽管昨天也是莎士比亚的生日和忌日，也是塞万提斯的忌日，这是同一天。这么样一个作品究竟讲的是什么内容呢？它主要就是讲布恩迪亚家族 100 年的兴衰史。刚才我已经问过了在座的同学有多少人看过了,有一些同学举手了,但是有大部分同学没有看过。所以我简单地讲一下。

这部作品主要描述的是西班牙的一位后裔,他叫何塞·阿尔卡迪奥·布恩迪亚,他跟他的表妹乌尔苏拉结婚了,结婚以后,这个表妹担心,担心什么事儿呢？她担心自己像她的姨父姨妈一样,生出一个长猪尾巴的儿子来。所以这个表妹跟这个表哥结婚以后呢,就不愿意跟他同房。本来这是夫妻两人的私事儿,没人管的,对不对？没关系的。但是出现了一个问题,有一天,布恩迪亚跟他的邻居阿基拉尔两个人在斗鸡,在斗鸡的过程中间出现了争吵。争吵的时候呢,阿基拉尔就嘲笑布恩迪亚,说,你狠什么狠呀,你老婆都拒绝跟你同房！就用这个事儿来讥笑他。这样一下就把布恩迪亚给惹火了。所以他一怒之下就用长矛把阿基拉尔刺死了。刺死以后,这个死鬼的魂灵就一直来骚扰这对夫妻,让他们寝食难安。最后实在没有办法,夫妻两个人就决定迁移到他们梦中曾经到过的一个镜中城,就是马孔多,后来他们就到马孔多定居下来。

慢慢地,马孔多来了各种各样的人,比如说吉普赛人带来了外面世界的文明,再比如说政府也派来了镇长,比如说教会派来了神侍,马孔多越来越热闹,布恩迪亚家族在这儿慢慢地繁衍着后代,他们一代一代地非常旺盛。再后来,香蕉种植园来了,还有舞女妓女来了,各种各样的人都过来了。紧接着镇压、党派之间的争斗等等的残酷事件都开始出现了。这时候的马孔多已经不像是以前那个世外桃源般的世界,开始遭受苦难。这时候的布恩迪亚家族也开始一代一代地衰落了。一直到第六代奥雷里亚诺·布恩迪亚,这一代出现了什么问题呢？他跟自己的姨妈阿玛兰妲·乌尔苏拉近亲结婚了。近亲结婚的结果是什么？我想大家都应该想到了,是什么？猪尾巴！对！果然生出了一个长猪尾巴的婴儿。也正是在这个时候这个第六代的奥雷里亚诺·布恩迪亚,他破译了一百多年前的一位先知,叫梅尔基亚德斯,他留给这个家族的,一个用梵文所书写的羊皮书稿。当他破译以后,正好看到了这个书稿上的最后一句时,就是这个家族中的最后一个成员被蚂蚁吃掉的时候,他果然看到自己刚刚出生不久的长着猪尾巴的那个婴儿,被一群蚂蚁拖向蚁穴,已经被咬得破破烂烂的。这个时候,一阵飓风刮起,马孔多就不再存在了,命定的百年孤独的家族从此也就不在地球上再次出现了。大概就是这样的一个故事的内容。

同学们可以看到,我在这儿放了一张人物表。那人物表大家可以看到,我用红色的字体,就是她们有繁衍后代的。从刚才我给大家讲述的过程当中可能好多同学都可以感受到,说这个家里怎么回事儿？老是布恩迪亚,老是奥雷里亚诺,这个名字很混。确确实实是这样,美国有一位评论家说,任何一位把加西亚·马尔克斯的不朽名著引进课堂的人都会知道,要让一个人把名字发音相同的许多人物清清楚楚记在脑子里,要区分这位奥雷里亚诺跟那位奥雷里亚诺,要记清哪位阿尔卡迪奥跟哪个女人睡觉,是非常困难的一件事。包括我们北大也有一位教授说,这不仅是非常困难的而且几乎是不可能完成的任务,但是我要说的是我刚才给大家这样一张人物表,我觉得还是有可能的,所以如果同学们以后要去看这个《百年孤独》的话,可以把这张表拍下来对照着去看,就很清楚了。这个是我要讲的第一部分的内容。《百年孤独》大体的内容。留点时间给大家拍一下。

好,紧接着,我们要讲第二部分的内容。《百年孤独》与中国的译介。我们都知道,中国一些作家是不懂外文的,他需要靠中文译介。《百年孤独》的中文译介的契机是什么呢?就是由于这本书,加西亚·马尔克斯在1982年获得了诺贝尔文学奖。这是一个关键点。正是由于他得了诺贝尔文学奖,所以就开始了我们的中文译介。译介反应最快的是哪里呢?是台湾地区,是这位译者——宋碧云。他在1982年12月就一下子推出了他的《100年孤寂》,是台湾繁体的版本,他是用的《100年孤寂》。这本译本可以说语言非常的简练流畅。但是呢,因为是台湾人翻译的,他们的文言功底比我们大陆的人要深,所以有一些微文言的这样一点感觉。我们大陆当然也不示弱,既然台湾都开始翻译了,我们大陆怎么能不翻译呢?于是,就作为一个任务,在马尔克斯获奖后,他们马上就在上海译文出版社找到了黄锦炎。黄锦炎是谁呢?是上外的一个西班牙语的教授,当时因为是作为任务来完成的,他一边要上课,一边还要翻译这本书。他觉得自己一个人翻译不过来,于是,就邀请了他的另外两个朋友,就是沈正国、陈泉这两个朋友,一起来合译。这一本,就是在1984年8月出版的黄锦炎的《百年孤独》的中译本,可以说在我们大陆是最早的。同年,在北京十月文艺出版社也出了一个高长荣翻译的《百年孤独》的版本,这个版本也非常流行。你们刚才听的这个张才子,我们张新颖老师,他就是看的这个版本,我都考证过了。大家可以看到这两个版本,一个是根据西班牙语原文翻译出来的,一个是根据俄译本和英译本。高长荣因为不懂西班牙语,他是根据这个来翻译出来的。但是,这两个译本译文都非常流畅优美。我们中国的当代作家,可以说受这两本译本的影响是非常大的。《百年孤独》在当时,这个80年代的中国,可以说非常的流行。当然,这也就引起了我们对这位作家加西亚·马尔克斯的关注,所以,加西亚·马尔克斯就在1988年和1990年,两度来到中国,一次是在上海,一次是住在北京的国贸大厦,都是短期来。他是为了什么?同学们想想看,是为了什么?版权啊,要钱啊,对不对?他有投资,大家想想,我就给你们就这么盗版了,是吧?他是要版权的。可惜的是,我们中国人是怎么样做事的?那时候我们没有版权意识,对不对,还没加入那个版权。马大师来了以后,当然是追讨没有成功,所以加西亚·马尔克斯非常生气,这个气生了很长时间,所以一直没给我们国家这个版权。一直到1992年的时候,我们国家加入了《伯尔尼公约》,加入以后就要有版权问题了,就说你要得到作者或出版社的允许,你才能出这个书。但是,有一个例外,大家可以看到,在1993年9月,云南人民出版社又出了一本吴健恒翻译的《百年孤独》,它是作为拉丁美洲的丛书之一,这是一个例外,就是在1993年出的,其实我们那时候已经加入了这个版权公约条例了,照理说是不能够出的,但是这是个例外,1993年以后的那些译本,我们都值得怀疑,是不是啊,就因为我们已经加入了,但是前面我们不管。一直到2010年,我们这个马大师,他大概生了十多年时间的气,终于在2010年传出说授权了,给中国翻译了。所以,现在大家可以看到的这个版本,就是2011年6月由南海出版公司正式出版的范晔的译本。你们现在都可以买到这个译本,它专门有一个授权书在上面,大家都要为正版做点努力,作点贡献,今天听完我的课以后,希望大家都去买这本书。这个是正版,范晔要感谢我。

紧接着,我们就讲今天的最主要的一个问题,也是很简单地给大家讲述一下,关于《百年孤独》与中国当代作家的这样一个问题,我刚才已经说了,我们这些中国当代作家,其实都是"老土的",你说莫言,莫言跑到瑞典去领奖,他一句外文都不会讲的,是不是?这很少的,贾平凹也不会外语,他只会西安话;还有像阎连科这些人,他们可以说是外文功底非常差的。但是大家可以看到,《百年孤独》在80年代的时候就成了我们中国当代作家的私密范本,为什么这么说?大家可以看到,1985年的时候,莫言曾经在一个创作台上说过,"去年《百年孤独》'喧哗与骚动',中国读者见面无疑是极大地开阔了很多不懂外文的作家们的眼界,面对巨著产生的惶恐和惶恐过后的蠢蠢欲动是我的亲身感受",也就是说他看了这个作品以后,一下子就有了创作的冲动,所以他接着说:"我之所以读了十几页的《百年孤独》就按捺不住内心激动,拍案而起,就因为小说里和它想表现的东西,它的表现方法,跟我内心里积累已久的东西,太相似了。作品当中的那种东西犹如一道强烈的光线,把我内心深处的那片朦胧地带照亮了。"所以莫言一下子就看了十几页,他没有全看完,他马上就写作。

我们再来看,大家都读过《白鹿原》吧,有没有看过?《白鹿原》作者是谁?陈忠实。陈忠实在创作这部《白鹿原》的时候,在考虑他的长篇小说的结构的时候,其实他是拿了十几本长篇小说来作为自己的范本的。在这个范本里面,就有一本是《百年孤独》,他说:"我记得有《百年孤独》,是朋友寄给我的《十月》杂志上刊发的文本,读得我一头雾水,反复琢磨那个结构,仍是理不清头绪,但忍不住不断感叹伟大的马尔克斯,把一个网状的迷幻小说送给读者,让人多费一番脑子,我便告诫自己要怎么怎么……"他就是说把它作为自己的一个范本。

我想还有一个就是写这个《悲悯大地》的范稳,这个作家有没有人知道,这个作家其实后来他就把《百年孤独》放在枕边,就当是《圣经》啊,每天晚上都要翻上几页来读。所以大家可以看到,这时候的我们中国当代作家已经把这个《百年孤独》作为他们自己的一个私密的范本。所以我们学院的朱大可老师,文化批评家,你们有机会也可以请他来给大家作讲演,他也是很尖锐的。他就说到,马尔克斯的灵魂对中国当代文学产生了深远影响。在某种意义上,中国作家是读着盗版的马尔克斯长大的,我们可以列出一个长长的作家清单,包括莫言、贾平凹、马原、余华、苏童、格非、阿来,等等,几乎囊括了我们所有的创作活跃的一线作家,我想我已经证实了我所说的第一个内容。这个作品到目前为止,可以说在当时已经成了我们中国当代作家的私密的一个范本。既然是有范本,就会有什么啊?模本,对不对,模仿啊,所以就出现了很多年以后的流行句式,大家看那个《百年孤独》,第一句话非常流行,是不是啊,多年以后,或者也会有关于魔幻的这样一些写法,所以当时就有批评家说到,中国当代作家的文坛上几乎就成了马尔克斯"正红曲",他就这样"正红"出现了。

我觉得,不管是怎样的一个"正红曲",马尔克斯的《百年孤独》对我们中国当代作家最主要的影响,简单地说一下,就是两个"重新认识"。第一个"重新认识",就是使我们中国当代作家重新认识艺术和土地的关系。大家都知道,但凡成功的作家,他都有自己的文学王国,那马尔克斯的文学王国当然是他的"马孔多"。"马孔多"跟他的故乡、童年时候的故乡是联系在一起的。据说,"马孔多"就是马尔克斯所营造的一个艺术大厦。其实最初的"马孔多"的意思,是一种树种名字,这个大家知道,这种树,曾经在 20 世纪初,在马哥来拿省的北部生长着。据说有一个庄园,就和当时外来的一个等于说殖民的香蕉种植园联合起来办了一个公司,这个公司的名字就叫"马孔多"。我想,马尔克斯是听说过这个"马孔多"的名字的,所以,他就选择了"马孔多"作为自己的文学天地的命名。在打造"马孔多"的时候,当然它是虚构的,但是,他是以他童年生活的阿拉卡塔卡作为自己的蓝本,他也不是一次一下子就把"马孔多"艺术天地打造成功的,并不是这样,这是有一个过程的。他在 1955 年的时候,首先推出的是他的短篇小说《伊莎白尔在马孔多的观雨独白》,可以说在这个短篇小说当中,他第一次提到了"马孔多"这样一个名称,这部作品当中所呈现给我们的就是它那个气候很特别,所以我们在这部小说当中所看到的就是一个自然的"马孔多"。也在同一年,他又推出了他的中篇小说《枯枝败叶》,这个《枯枝败叶》当中,可以说他刻画的"马孔多"这个形象更加丰富一些了,他是通过一个大夫的故事来描绘"马孔多"的生活现实,所以我们看到了历史的"马孔多"。到了 20 世纪 50 年代末 60 年代初,马尔克斯又写作了很多部以"马孔多"为背景的小说,大家可以看到他的《蒙铁尔寡妇》,还有《格兰德大妈的葬礼》,他的《恶时辰》,长篇小说《百年孤独》就在这一系列的作品当中。他进一步为"马孔多"的艺术大厦添砖加瓦,他开始从政治的角度,从立体的角度来刻画"马孔多"。他的《百年孤独》可以说是"马孔多"的百年历史最为生动、最为完美的呈现。当他写完"马孔多"以后,也就是《百年孤独》以后,在他以后的作品当中就不再有"马孔多"这样一个文学地理形象,就是到此为止了,因为他把他的这个艺术大厦已经构建好了。从此以后可以说"马孔多"就成了闻名世界的文学地理形象。

当然这样子的一个文学地理形象也引起了许多国家的作家的推崇,当然我们国家的作家,毫不犹豫地也要进行模仿。我不举其他的例子,因为例子太多了,我们仅仅以阎连科的"耙耧山脉"来看,最近他出的作品是《炸裂志》是吧,假如有同学关注当代文学的话,他的这个"耙耧山脉"的系列大都问世于 1992 年到 2005 年,"耙耧山脉"作品可以说是阎连科最得意的作品,它们都是阎连科的家乡秦岭山脉最末端的蜗牛山脉那一侧,就是说作品是以这个耙耧山作为它的地理环境和文化背景的,在座的同学看过他的这些作品吗?《年月日》、《日光流年》、《黄金洞》、《丁庄梦》、《受活》,有没有看过啊?你们要关注一下这个作家。莫言是在 2012 年获得诺贝尔文学奖的,阎连科再继续这么创作下去的话,我觉得他有可能在 2024 年左右获诺奖,这个作家如果按照他现在这样往下走的话,我们觉得还是有这样一个方向的。可以说在阎连科的"耙耧山脉"的这个艺术世界里面,我们可以看到他呈现的那种生存的坚韧,可以说非常的令人震撼,而且残忍,这个大家可以去看作品,在这儿我没办法给大家作解释。包括阎连科本人都说,算起来东京九流人物,这是他的另外一个系列,瑶沟也好,和平系列也好,都没有他在耙耧这块土地上耕耘时间长、留下的文字多,十来年长篇、中篇、短篇一百多万字,可以说他建构起了他的"耙耧山脉"的艺术大厦。我们从这个例子就可以看到我们中国的当代作家从马尔克斯的"马孔多"那儿学习,也开始建构他们自己的文学地理形象,除了阎连科的"耙耧山脉"以外,我想同学们最熟悉的可能就是莫言的高密东北乡,当然还有贾平凹的商州,还有韩少功的湘楚地,等等,我就不多说了。可以说这些中国式的"马孔多",这些独特的艺术世界和文学地理形象的出现,就意味着有某种独特的地域特征而延伸出的独特的生命状态、价值立场以及独特的小说气味,也就意味着作家对民族精神和民族历史处境的一种重新想象,这也就为我们提供了认识乡土中国的另一种视角。我们不得不感谢我们的马大师,是他让我们这些作家从另外一个视角认识乡土中国,这是我要讲的第一个"重新认识"。

第二个"重新认识"是什么? 那就是他使我们的作家重新认识民间资源对写作的意义。大家都知道《百年孤独》是魔幻现实主义,对不对? 一讲就是魔幻现实主义,什么是魔幻现实主义? 按评论者的解释的话,就是借助具有神奇或魔幻色彩的事物、现象或观念,以及作家的夸张、荒诞等技巧反映历史和现实的方法。按北大的吴晓东教授对魔幻现实主义的恒定,他说有几层含义:陌生化、魔幻的现实化、现实的魔幻化还有小说叙事策略,等等。在我看来,不管是魔幻的也好,现实的也好,我觉得马尔克斯给我们呈现的、传达的是一个民间传说和民间想象的世界。因为我前面没有讲马尔克斯的成长背景,其实,马尔克斯从小是跟着他的外祖母长大的。他的外祖母经常给他讲故事,所以外祖母的宅子在马尔克斯脑子当中就是一个使人着魔的、奇异的、充满幽灵的世界。外祖母住的房子阴森恐怖,仿佛常有鬼魂出没。一到夜幕时分,就没有人敢在宅院里走动了,因为死人这时比活人多,小孩子怕嘛,不敢在里面走。而且马尔克斯有一个姨妈,这个姨妈是非常活跃的,有一天,她突然停在那儿织裹尸布,小马尔克斯就觉得奇怪."你干吗,姨妈,你为什么要织裹尸布啊?"姨妈就很平静地告诉他:"孩子,我马上要死了。"果然,她织完这个裹尸布就呜呼哀哉了,就死了。其实我就是在说,马尔克斯之所以用这些,就是传达这样一个民间传说、民间想象力,他暂时简单地抓住了和重复了一个充满预兆、民间疗法、先兆症状迷信的世界,他只是为了童年时代所经受的全部经验寻找完美无缺的归宿,所以民间故事在他的作品当中呈现,我们觉得是魔幻的,觉得好像是奇奇怪怪的,其实就是他民间的那些东西在他小说当中的一种展现。我记得写《悲悯大地》的范稳就说过,他在大二的时候读《百年孤独》才知道,小说原来是可以跟民间故事、可以跟宗教传说联系起来一起写的。大家就看到,一种民间资源,重新给中国当代作家的一种启发,所以莫言就说:"过去总是为找不到可写的东西而发愁,现在要写的东西纷至沓来。"为什么? 我们家谁谁谁讲的故事也是这样啊。其实,马尔克斯所讲的这个故事不仅是在他的笔下,其实我们每个人的生活当中都会有。我记得我小时候,暑假纳凉,就会在外面听大人们讲鬼故事,那时候当然没有现在微信圈啊,没有电视看啊,那只能打发时间嘛,就在大街上听大人们讲纳凉的故事。他们讲的鬼故事偏多,讲完以后,回到家里啊，我首先干什么，我不知道你们有没有这个经历，我回家睡觉的时候我先看看床底下，再把被子拉开来看看。为什么？有没有藏着鬼。我不知道你们有没有这样一个经验，所以我说，其实马尔克斯他的作品当中就是呈现了这样一种民间的东西。所以莫言说，一看十几页以后就说他这个故事我也会写啊，谁不会写啊，所以这就是对重新认识民间写作的启发。可以说《百年孤独》是直接的导火线，引发了我们20世纪80年代的寻根文学，到了90年代的时候又转化为中国当代作家的民间立场的一种写作。我想，什么叫民间立场的写作？就是作家作为一个普通百姓的身份，归隐到民间，通过平民的眼光对民间生活作出新的发现。大家知道，莫言就是民间立场写作的一个典型的个案。我记得前面的栾教授经常会说，莫言说作为老百姓写作，而不是为老百姓写作，为老百姓写作是什么，居高临下的，而作为老百姓写作，它是一个民间立场的，可以说他是一个典型的案例。陈思和老师经常也讲，贾平凹他也是一个民间写作的立场。在这儿，由于时间关系，我就不给大家展开了。我们可以看到中国作家正是有了这么两次重新认识，在对马尔克斯的文学模仿的过程当中，他们充分发挥了积极探索民族精神和勇于创新的意识，为丰富我们的本土的文学途径，探索我们的文学创作，作出了非常大的贡献，所以下一次要听栾教授讲的话，是他的另外一个讲座"文学的黄金时代"，就是作出的这样一个贡献。不管你承认与否，讲到现在为止，我们要知道的是，马尔克斯的血液可以说确确实实流淌在我们中国的当代作家的创作中。谢谢大家！

学生：朱教授，您好！我高中时候看过一遍《百年孤独》，当时我怎么看都有疑惑，带着问题来到大学，我等了三年，都没有老师给我解读，现在终于等到这个机会。听李相银院长说你要来，我很开心，所以我又把《百年孤独》重新读了一遍，而且我还看过你的一篇论文《百年历史境界相通》，就是贾平凹老师的那个，对我有很多启发。我还想问一个问题，就是关于孤独的问题，因为它的篇名本来就叫《百年孤独》啊。马尔克斯赋了了布恩迪亚家族每个人孤独的精神特质，布恩迪亚家族的孤独又是"马孔多"孤独的缩影，"马孔多"的孤独仿佛又是拉丁美洲的孤独。马尔克斯反复强调他是一个现实主义作家，不仅是魔幻现实主义作家，更强调自己是一个现实主义作家。所以，我觉得，他在写每一个人的孤独的时候，是不是也反映了现实中每一个人的孤独。我想请教一个问题，就是你如何解读马尔克斯所写的孤独和他自己的孤独。还有一个小问题是整部书中的一个谜，何塞·阿尔卡迪奥最后是血流成河，然后，他受到枪击之后的长时间弥漫的一种不消散的硝烟气息，这个没看懂。

朱静宇：谢谢这位同学，她提了一个非常好的问题。首先我要非常感谢这位同学非常痴迷《百年孤独》，跟我一样，我也是非常痴迷《百年孤独》。我今天其实是非常简单地讲，欢迎你以后到同济来听我的"百年孤独"，因为我的"百年孤独"是上一个学期，完全是精讲。紧接着就是讲你的这个问题，因为马尔克斯他自己说过：团结的反面是孤独。在这部作品当中，他写出了这个孤独，孤独也成了这部作品的主题之一，就是里面有很多的主题，宿命的主题等等也在里面。就说孤独，因为在题目的标识上，大家都会关注，其实要扯开去，要讲很多，就是讲拉丁美洲整个的历史，我要说的是，马尔克斯非常了不起，我先简单讲孤独怎么会写出来的。假如说你了解马尔克斯生平的话，就知道他以前是经常到妓院里去的。那个妓院呢，就相当于我们中国的茶馆，像茶馆一样，应当很热闹，对不对？他们这些人到妓院里边来，等于说一个人跟别的人都不能讲了，只能跑到妓院里头来，然后他就在妓院里认识到了这样一种孤独，他无法发泄，只能通过性来发泄，这个我们就不展开铺叙了，就有这样一种孤独。然后，他发现拉丁美洲这个地方是有很多独裁者的。独裁者，就是说大多数想干吗就干吗，而且不团结。我举个最简单的例子，马尔克斯曾经是做记者的，我想你们应该都知道是吧。他当记者的时候，有一次听说一个城市要改名，他就赶到那边去。当时改城市的名字是那个独裁者的一个命令，然而那里的市民却一点都没有反应，就觉得应该是这个样子。但记者就觉得不应该这样，应该有自己的游行。于是，《观察报》的名记者马尔克斯就赶过去，结果发现那里没有任何的游行。他就觉得很奇怪，于是问当地的记者。当地的记者就说你这个名牌记者来啦，我们带你这个名记者去见我们的头领。市长见了他就说，连名牌记者都来了，怎么能没有游行的新闻？一定得有啊！于是这个市长就说，好，现在宣布大家进行游行。你看，这就等于说是独裁，故意造出这样一种气氛出来。这样子的话就导致整个拉美完全进入一个专制的局面，拉美没有团结起来，这就引起了我们这位作家的深切的关注，所以他就在这本作品当中呈现出了很多，比如说，布恩迪亚上校最后热热闹闹轰轰烈烈出去打仗啊，最后回来还是干什么呀，还有阿玛兰妲，就是大女儿，她最后在织裹尸布。她其实就是马尔克斯姨妈的原型，就是这样。哪怕是看到最后，整个《百年孤独》里头没有爱情所产生的孩子，都是性嘛。最后终于明白这个长着猪尾巴的小孩儿小婴儿是爱情的结晶，对不对，所以就出现这样一个结局。所以关于孤独啊，我就简单地讲一下，不知道有没有满足你的这个要求啊！那第二个问题是啥？

学生：是阿尔卡迪奥，他最后怎么死的啊？

朱静宇：哦，我知道了！这倒提醒我了。就是他那个大儿子，这个阿尔卡迪奥是吧。这个大儿子是这样一个背景，我不知道在座同学有没有听说过，就是他跟着吉卜赛人走了，流浪了好久才回来。回来以后就跟这个养女丽贝卡两个人在一起，突然有一天，枪响了，然后他的血就沿着街道一直流到乌尔苏拉的厨房里，对不对？这一段是干什么的，其实就是一个魔幻的现实化的一种写法。你想这个血怎么能够自动沿着马路游着走，不可能的，是不是？但是让你读的时候你会有一种现实的感觉，就是你好像在那里看着这个血沿着街道，沿着这个门，再拐到厨房里边去。这个情节叫魔幻的现实化的写法，你看过以后，觉得它很逼真，就是吴晓松老师说的，它是一种魔幻的现实化的写法。里面还有现实的魔幻化的写法，你们读的一个最经典的案例就是那个俏姑娘，她拉着个床单飞走了。她拉床单飞走，是马尔克斯有一天看到自己家里的人正在晾床单，突然之间想起来的。因为他没有办法处理俏姑娘蕾梅黛丝最后的结局，所以他采用了这样一种方法，却让你感受到这是一种较为细节的真实。就简单地回答一下你的问题。好吧，谢谢啊。

学生：刚刚老师说《百年孤独》对中国当代作家的影响。我想说的是，《百年孤独》算得上是中国当代作家的一盏指路明灯。对这部名著的思考在某些程度上也折射出中国文学发展的一定的轨迹。然而当这个竞争中的时代已逐渐远去的时候，我们这一批年轻的读者，它对我们的意义可能就不像对当初那批作家那样独特，所以我想问的是在当今这样一个更加繁复的文学市场的状态下，老师你觉得这样一种情况下，《百年孤独》又会以什么样一种形式来影响另一代作家？

朱静宇：好，非常感谢这位同学的问题。你觉得《百年孤独》只是对我们这一代的作家有影响，其实并不是这样的。我可以告诉你，你们现在喜欢的一些网络作家或者一些新锐作家，像郭敬明等这些作家，也受到他的影响。你仔细去阅读，我记得他有一部作品刚刚推出来，一开始也就是"多年以后的那个聚祀"，你们看到过的吧，所以说不是仅仅停留在对我们这一代作家的影响。我觉得经典是经过时间考验的，《百年孤独》不仅是经典，而且是经典中的经典，既然是经典，所以它将影响一大批青年学生。或者我想现在可以拍成电影啊，也可以拍成网络的东西让大家去接受，都可以，各种各样的形式都可以。但是我觉得你如果感兴趣喜欢看的话，还是要去读原著，它才是原汁原味的。好，谢谢！

学生：老师，您有一篇文章，就是那篇关于《老生》和《百年孤独》的文章，在这篇文章中你把《百年孤独》和《老生》做了一个对比。一个是叙述拉丁美洲的百年历史，还有一个讲述的是20世纪近百年的中国历史变迁，可以说是基于相同的历史价值意义。关于历史如何归于文学的这种问题，您是怎么看待的？还有一个问题，您和您的先生栾梅健老师写过一篇题为"乡土小说的意义"的论文，感觉您对贾平凹先生有一种特别的关注，因为不管是《老生》，还是您说的那个《秦腔》，如果是从乡土作家的角度来说，您之前也说有陈忠实他们一批，为什么您能特别着眼于贾平凹先生？一般我们看《百年孤独》会着眼于它的魔幻现实主义和莫言，您是怎么想到把这个联系起来的？

朱静宇：好，谢谢这位同学啊！请坐请坐，非常感谢你提出这么一个问题啊！首先在中国当代作家席上，大家当然关注莫言，因为在2012年莫言获得了诺奖，所以大多数人都关注他。当然我认为莫言是一个非常伟大的作家，我还认为，这个诺贝尔文学奖颁给莫言，其实是颁给了整个这一代的中国作家，我是这么认为的。贾平凹也可以说是中国当代非常优秀的作家，我可以这么说，他的作品不输于莫言，可能有很多的机缘问题。贾平凹先生出道比莫言早，70年代末，他的《满月儿》获奖，引起了大家的关注。我在读大学的时候是文学迷，当时《收获》、《当代》这些杂志都会看，所以我那个时候就很关注他，1978年《满月儿》获得了全国短篇小说奖，那时候莫言还没有名气，所以我是非常关注他。这是你要问的第二个问题是吧！然后就是如何来看待历史和文学的问题。历史都是人写的，我们说文学可以来述说历史。在文学当中述说历史的话，当然有作家自己主观的一些想法、一些东西融贯在里边。但是你并不能说现在我们所看到的历史书就是客观真实的，所以我觉得文学和历史它是相辅相成的。好，谢谢。

学生：谢谢老师！

学生：老师您好！刚才您在讲的时候我一直有一个疑问，您说马尔克斯在他的《百年孤独》中建立了一个自己的地理标志，中国当代作家基于他这个，贾平凹有商州系列，莫言有高密东北乡。但是我们都知道的是，中国现代文学史上30年代的作家，尤其是沈从文的湘西世界、废名的黄梅故乡，等等，为什么不说后来的当代作家是受之前的中国现代作家的影响，而说受那个马尔克斯的《百年孤独》的影响？

朱静宇：好，非常好的一个问题。怎么说呢？就像你说的沈从文有他的湘西世界，但你要知道，莫言、阎连科、贾平凹，还有后来的一大批作家，他们在刚开始阅读的时候，是不读沈从文作品的。刚刚张新颖老师向你们介绍沈从文现在比较火热，其实在"文革"的那段时间，沈从文是被边缘化的，很多作家是不读他的作品的，包括现在很红的张爱玲，等等。在80年代之后我们所固守的，还是那种革命文学。莫言以前是在军队里面的，阎连科也都在部队里的，他们是不会去接受像湘西那样一种小资文学的，当时他们接触到的就是马尔克斯《百年孤独》的中译本，所以我们要说的是，《百年孤独》中译本是一个契机，使他们重新认识了土地和艺术的关系。我想这已经回答了你这个问题。好，谢谢！

从"花街"到"耶路撒冷"——徐则臣作品研讨会暨"我们这一代"作家批评家论坛实录

引 言

陈树萍：2014 年 10 月 11 日，从"花街"到"耶路撒冷"——徐则臣作品研讨会暨"我们这一代"青年作家批评家论坛在淮阴师院顺利而成功地召开。"顺利"看上去是一个墨守成规的套话词语，但其间自是有一些曲折之处。至于说"成功"，那倒不是我们的自负，这有讨论的丰硕成果为证。会议实录业已整理完毕，即使经过删削，仍达皇皇六七万字。多篇约稿论文也都已经完成。可以说，这是符合我们理想的一次聚会。鸟儿飞过天空，不能不留一点痕迹。我深信，这次聚会将因为"我们这一代"的努力而在文学的天空留下清亮悠远的声音。

邀集富有理想与激情的同时代人坐而论道，让各种有关文学的思想飞翔碰撞，这是创设"我们这一代"青年作家批评家论坛的初衷。为了文学这一温暖人心的微光，多位活跃于文坛的作家、批评家齐聚淮师把脉文学热点，徐则臣及其作品当仁不让地成为分析样板，也因此导致了对"我们这一代"的自我审视。代际、信仰、文学的态度等问题一一被认真剖析。当然，所有的剖析都是以"70 后"为标本。前有 50 后、60 后的险峻高峰，后有 80 后、90 后的异军突起，70 后真的成了"被遮蔽的一代"吗？70 后作家与批评家用沉稳大气的写作宣告"我们这一代"的扎实存在。"我们这一代"是一个富有集体意识的名词，似乎有着抱团取暖的潜在意思。但活跃的论坛展现了一个事实：这一代是由无数生机勃勃、充满个体生命经验与文学经验的"个人"万川归海而来。无论是批评观念还是创作观念的建构，其落脚点都是"我"。70 后真诚的现实关怀与自我省思精神都来自对鲁迅"历史中间物"意识的继承。他们在承上启下之时创造了属于"我们这一代"的文学，所以，70 后必将在这个全球化时代烙上自己鲜明的印记。

徐则臣作品研讨会实录

出席者：徐则臣、汪政、晓华、黄发有、邵燕君、何平、梁鸿、李浩、李云雷、郭艳、刘琼、杨庆祥、金理、黄相宜、叶子、刘志权、李相银、陈树萍、李徽昭、王爱军、闫海田等

时间：2014 年 10 月 11 日上午 8:40—12:00

地点：江苏淮阴师范学院

李相银（淮阴师范学院文学院教授、院长、主持人）：从"花街"到"耶路撒冷"——徐则臣作品研讨会现在开始。《耶路撒冷》被认为是一部 70 年代生人的写作心灵史。则

臣说这部书他写了六年时间,我非常敬重这样一种专业的写作态度,我也一直深信"十年磨一剑"的这样一种说法。我也还记得六年前他说要写一部大书,我问他你是不是又要写到花街,写到运河,写到码头,他说这是我写作的一个起点。所以六年之后我非常高兴地看到了这部以花街少年初平阳为起点,直通世界的大书。这次请各位专家来聊一聊徐则臣的小说,我想就地点而言,淮阴师范学院是一个非常合适的地方,也是一个比较好的地方。则臣在这里学习了两年,然后也工作了两年。我们有理由,也理应为则臣的作品开一个或者是第一个正式的、具有一定规模的研讨会。

好了,下面切入正题。各位有话则长、无话则短,围绕这部书兼及则臣的其他作品,请各位畅所欲言。

邵燕君(北京大学中文系):我和则臣等三人共同创办了"北大评刊"论坛,其后我们又在一起工作了六七年的时间,这也是我们共同学习成长的战斗的日子。则臣在这过程之中就一直是作家,我们是在那个论坛里就叫他大师的。我们刚开始办论坛的时候,他还是在上硕士,开始写小说。我的记忆中他就是江南来的一个小伙子,干劲十足,写的速度特别得快,数量写得特别多。我们在一起评刊,后来他就毕业了。以后都是以大师的身份回来的。但是刚才在台上,徐大师说感谢领导让他第一个提前致辞,他怕待会儿被批得体无完肤。他这是在论坛留下的心理阴影,因为当时我们的论坛都是一些学生,都初登文坛,唯一觉得能立足的是直言不讳,所以就很诚恳。尤其是对于一些名家,我们有话就直说,对自己人下手就更狠。如果哪次有他的小说了,就变成了我们共同研讨的对象。刚开始是学习的对象,到后来就变成了一个不断挑毛病的过程。很遗憾的是今天我的师妹魏冬峰没有来,她是徐则臣的研究专家。徐则臣曾说,他每写完一部作品就先给冬峰看,视冬峰的反应投给不同的期刊。我相信在这个战斗过程中则臣在不断地成长。他的作品不断给我们带来惊喜。我记得第一次让我特别感动的一个小说就是那篇《啊,北京》,在《人民文学》发的。读那篇小说之后,接下来就很想去吃水煮鱼,所以有人说则臣的小说有广告植入。他写出了当时的"京漂"在北京的那样一种痴情和那样一种漂泊的紧张的感情。我还记得当时的情境,读完那篇小说的时候,非常地激动。则臣的小说有两个系列,一个是"京漂"系列,另外一个就是"花街"系列。我的印象之中,则臣当时特别喜欢"花街"系列。因为他在"花街"系列中更多地寄托了他的纯文学的追求,他对"故乡"的一种体味,还有他在文学形式上的思考。就我个人阅读的感受,我更看好、更喜欢的是他的"京漂"系列。我觉得在"京漂"系列中,他把这一代人的最鲜活的经验做出了一种新的文学表达。那么"花街"呢,让我觉得有点陈旧,因为我在那里看到了比较多的像苏童的写作的影子。我可以理解为什么则臣那么喜欢"花街"。当时我理解得比较肤浅,觉得他对"花街"的重视更多的是在文学的技巧上的追求,一种跟前辈比拼的文学追求。昨天来到淮安,看到曾经很大的一个历史流程,让我现在更加理解则臣如此执着地对"花街"的书写。最后在《耶路撒冷》里边特别高兴地看到了他的"京漂"系列和他的"花街"系列在一个漫长的行走后最终合龙。在北京打拼十年的游子又回到了"花街"。但这又是一次为了告别的聚会,预示着回来后一次更远的出走,一次更有国际情怀的出走，和一种向往永恒精神的追求。我看到的是他这十年的创作，两条路在"花街"的最终沉淀，也看到了他的突围和出走。我认为在这本书里，他不仅记录了个人，更记录了 70 后这一代人的漂泊性的思考、记忆和情怀。我的文章《出走和回望——一代人的成长史》中曾讲到这一点。我认为这是则臣创作上两条道路的合龙之作，对个人而讲是个里程碑式的作品，对 70 后的作家而言也是一个里程碑式的作品，因为我们看到 70 后作家普遍地进入鸿篇巨制的创作阶段了。李浩今年也出了《镜子里的父亲》。他们每人各用了六年的时间拿出了自己比较满意的作品，我觉得这是特别值得庆贺的事。我相信这是一个阶段性的里程碑，那么下一步，肯定是要有一个向世界性大作家发展的指向。这也是《耶路撒冷》名字指引给我们的。

如果说在这部小说里看到的有点遗憾的地方，我在文章中也谈到了，这个书名，还有书中特意设置的基督教的故事和人物，都好像把"耶路撒冷"，把基督教不仅是作为一个宗教的象征，其实是作为一个信仰，是书中人物的精神支柱。我对这点是有疑问的。这几年的长篇之中，比如李佩甫《羊的门》、刘醒龙的《圣天门口》，这些 90 年代以来最有力的现实主义作品，常常有一个外置的圣殿，这个圣殿是一种宗教的信仰。但在文章之中好像是一个修辞的象征，是一种唯一的精神救赎力量。这样一种精神救赎的力量成为小说中最重要的精神的含量和指向，但让我总有一种外置的感觉。它让我感觉到这部小说的精神分量，同时让我体会到我们现实精神的贫困。是不是我们中国人当下的精神资源中再也找不到一种内在的救赎力量，必须通过一个外置的教堂来呈现呢？我想这个不是则臣小说的问题，这是我们时代的一个精神困惑。70 后这一代的作家有责任进一步地去探寻我们这个时代的现实和内在的精神追求，怎么样让这种精神力量从这片土地上生长起来，来引渡我们走向世界。

李相银：谢谢燕君，下面有请著名作家、评论家梁鸿老师来谈谈则臣的作品。

梁鸿（中国青年政治学院中文系）：刚刚燕君谈了一个重要的问题，就是"耶路撒冷"的问题。但是我的观点和她的可能不一样。我最近老是回老家的镇上跑来跑去地。刚说到宗教外置的一个问题，在中国生活中宗教到底是外置的还是杂糅在中国生活里面？这实际上是一个非常大的话题。比如我所说的吴镇，在一条街上有教堂，有清真寺……这几种话语其实是并行不悖的。我不知道我们镇上的教堂盖了有多长时间了，总之它一直都在。清真寺我没有做过调查，但至少有 100 年。这样一个宗教的样态实际上在中国社会里面已经内化为某一个因素。就像则臣小说中的"耶路撒冷"到底是一个外置的精神救赎象征还是已经内化为中国生活里面的宗教精神。比如它里面写到的那个奶奶，背着十字架在大雨之夜死在水沟里。这样一种描述在当代小说里其实也是比较少的。我们大多数像《羊的门》，其实是完全外置化，完全把它作为一个影子，一个开放性的精神指向。但是则臣比起前代作家已经有所发展，已经把它作为一个重要的生活元素。比如作品中初平阳小时候经常讲到"耶路撒冷"，但他并不知道"耶路撒冷"什么意思，"耶路撒冷"只是一个词语，虽然这个词语没有鲜明的指向，但是它已经在了。至于这种"在"多久能成为我们自己内心的"在"，可能需要我们生活的不断延续来告诉我们。

　　我想稍微说一下《耶路撒冷》的结构，因为我之前也写了一篇文章，我就稍微把文章说一下。《耶路撒冷》在结构上是一个特别大的并置的结构。我当时读《耶路撒冷》也是在晚上开始读的，在读的过程中我不断拿出波拉尼奥的《2666》。我觉得很奇怪，我为什么会有这样一种心态。因为我在看《2666》的时候，我觉得它们之间有某种相通性。当然它们之间可能还有细微的差距。它们都符合略萨所说的"总体小说"的特征，采用"潮水般的叙事"。这个叙事是无边无际的，是不断有节点的，这个节点是无始无终的，每个节点都非常重要，但因为各个重要所以每个都不重要。我觉得这一点实际上是一个非常重要的小说结构。所以我就在想《耶路撒冷》具有总体小说的特征，就是那种文体交叉（我觉得它里面涉及了好几种的文体）和语言的变化多端形成叙述空间的多重性。那种嵌套，比如说人物套人物，结构套结构，包括并置。并置是四个人物同时回到故乡，从四个不同的点往一个点来，这四个点没有什么关系；包括残缺和空余。它们一起形成一张蛛网，随着人物的归乡、出走、逃亡，蛛网中的节点越来越多，它们自我编织和衍生，虚构、记忆、真实交织在一起，挟裹着复杂多义的经验，最终形成一个包罗万象的虚构的总体世界。

　　什么是蛛网？我觉得蛛网实际上是一个平行结构，由一个个节点形成，这个节点是自我蔓延、自我生长的，每一个节点既是原因但同时又是结果，不断生长出新的方向和结构。小说中的每个人物都在回到故乡，从初平阳开始，然后所有人物都经历了出走、回归和出走，这是一个不断来回拉扯的过程。就像人在不断伸展的蛛丝马迹，无始无终，回到故乡也是不断在向内部发掘自我的过程。这是一种向心的能力，是不断挖掘记忆、生活和自我精神存在的一种能力。在这本书里，我想景天赐是一个非常重要的人物，实际上并不重要，但他起着一个纲举目张的作用，他是这个蛛网式结构的一个内中心点，或者说他就是花街中的那个蜘蛛。他是被突然而至的闪电击中而死亡。他带着死亡的光亮而成为命运的起点。他就像草蛇灰线一样隐藏在每个人的心灵深处，他并不是一个非常鲜明的伤痕，但他就是一个不断被挖掘的，就像剥洋葱一样，不断剥出来的一个伤疤在那。所以我觉得他是一个人最深、最痛的神经末梢，每个人都有这样的一根末梢，只不过是我们在不断的行走当中把这个末梢忘掉了。当我们开始拿起笔写作的时候，这个末梢就若隐若现，慢慢地成为一个作家，或者说一个小说人物的不断行走的、最终制约的那根线。所以我再看这样一种不断蔓生又不断攀爬的无所定向的写作，我觉得实际上需要作家的一种更高的能力：就是没有中心的中心，每一个中心都是中心。那么另外一种层面，恰恰这样一种无中心的叙事，它也是我们这样一个时代的外像，一种总体的、象征性的生活。因为我们这个时代每一个事件都非常重要，但所有的事件放在一块的时候，都不重要，每一个都可以转瞬即逝，我觉得这恰恰是我们这个时代破碎的幻象。徐则臣通过这样一个结构的方法把它呈现出来，所以说这种结构本身也有一种内容的象征性。这是一种大小说所应该有的结构本身具有的内容特征，如果没有这一点，结构只是结构而已，只是一个花哨的技巧而已。李浩的《镜子中的父亲》也是有这个技巧的。我只看了其中一章，在网上看的，也具有这样一个技巧，我不知道完成得怎么样。长篇小说确实是一门结构的艺术，如果没有结构，只有内容的蔓延，可能它没有办法完成这样一个总体世界的建构。

另外我觉得，在小说里面，"耶路撒冷"这样一个词语，就像则臣所说的，他并没有把它作为一个外来的、最终走向西方或者走向某个世界的一个因子，他始终把它作为一个"花街"的耶路撒冷在写。他没有把它作为缥缈的、一个远处的点，而是我们生活中的"在"在写。刚才燕君讲的，那么他最终还是有一点点向往的东西，可能这是中国作家难以去除的一点。因为中国生活里面，这样宗教性的情感真的是越来越少了，他确实没有办法找到一个更高意义的情感来让我们作家作为一个最终的象征来呈现，所以只有去寻找某一个点。但是"耶路撒冷"这样一个词语，我觉得则臣处理得比较小，我反而觉得比较好。他没有把它作为一个特别宏大的、盖过我们所有精神的存在来写，他反而作为生活中普通的一个点，然后由此进入，来写这四个重要人物的精神生活。当然他最终回到了耶路撒冷，回到了花街，也就是回到了故乡，同时也好像回到了耶路撒冷这个世界里面。那么这种杂糅性呢，反而使得耶路撒冷这个词语小了一些、日常化了一些。我觉得这一点是处理比较好的地方。如果像《羊的门》那样，我觉得《羊的门》实际上是有点"隔"的，我觉得前半截写得非常好，但是中间写到宗教这个问题上，还是写不好的。其实中国作家写到宗教问题是非常难写的，这是我们生活中所特有的一种东西，但是我觉得没有关系，如果我们能把中国生活内部的一些逻辑和一些杂糅和一些复杂性呈现出来，本身也是一种非常好的文学叙述。因为文学写的就是我们生活内部的某种象征和逻辑，也是挺有意义的。所以我看《耶路撒冷》，我觉得"耶路撒冷"其实也就是花街，是"花街"内部的耶路撒冷。这个词不是以宗教面目出现的，而是从花街内部诞生的。徐则臣把它呈现了出来，并且他给我们展示了一个技艺，既有蛛网式的，又有某种向往式的东西。这反而是这部小说的一个复杂点，也是值得探究的一个问题，就是我们怎么看待耶路撒冷，怎么看待"花街"的耶路撒冷。

李相银：谢谢梁鸿老师。刚刚说到宗教，我想简单介绍一下我们淮安与宗教的关系。这里不得不说一个人，1938 年诺贝尔文学奖得主赛珍珠，她幼年时期曾在淮安待过一段时间。19 世纪 30 年代基督教传入江苏，而后外国传教士在江苏各地建教堂。20 世纪初，当时到苏北来的第一位传教士是美国南长老会的牧师赛兆祥，即赛珍珠的父亲。淮安市老坝口小学现在还保留着赛珍珠故居。

下面有请南京师范大学文学院的刘志权老师发言。

刘志权（南京师范大学文学院）：我最早关注徐则臣的作品是从他的小说《居延》开始。那时候我还没有注意到他是江苏人，后来发现他是淮安的。他的小说给我的第一感觉是写得很好。我也一直在思考，为什么他能写得这么好。我觉得他的"京漂"系列有一种独特的生活在里边。我觉得徐则臣的成功，和他的文笔分不开，也和燕君他们的磨砺分不开。一直称他是大师，大师，最终就真的成了大师了。当然如果只是停留在"京漂"系列可能还是不够。还有一个关键是，必须有一个架式的东西。技巧也要突破现实主义的形式。当然我们不是说现实主义不行了，只不过作家还是要不断去寻找一些属于自己的东西。就像书法、绘画,要找到一个自己的客体,这个说起来容易但是做起来确实不容易。我回去会认真思考徐则臣的作品,对我们70后这批人会带来怎样的启发。这次回去后我会好好准备,以后带来一个更为系统的发言,谢谢大家。

李相银:谢谢志权。下面有请我们今天到会的最年轻的学者批评家之一,我们上海复旦大学的青年才俊、80后批评家金理先生。

金理(复旦大学中文系):本来发言还是蛮有信心的,对则臣我还是有些了解的。但是因为来得比较早,我发现淮安这里遍地都是徐则臣研究专家,他们的阅读比我的阅读细致多了。我就想讲三点。

一个是我看过一个朋友写则臣的一篇文章,他里面有句很好玩的话,他说"出走然后回归是一代人共同的命运"。他表达这样一个意思,就是一拨作家当中,总会有一两个人刚刚出来的时候是蛮有先锋意识的,比较具有冒犯性、断裂,等等,冲击力比较强。但是慢慢地这拨作家中可能会有另外几个人出来,他们会接续中断的文学传统,他觉得则臣可能是偏向后者的。我觉得这话好像能够表达一个问题,就是70后这拨作家当中,则臣走的道路不太一样。一开始我们讲到这拨作家,可能都会想到开始的那拨美女作家。则臣的出场方式、写作主题跟他们都不一样。这些年70后作家好像又突然崛起了,但我们的目光比较集中于一拨半路出家的,斜刺里杀出来的70后作家。他们可能是做媒体的,当警察的,也有可能是管仓库的。但他们的小说写得非常棒。我觉得跟他们比,徐则臣走的是一个比较正的路。我一直觉得则臣是一个世家子弟,就刚刚邵教授说的那个回忆,我觉得在场的作家听了会非常羡慕,在论坛当中互相砥砺,助其成长。但是反过来我觉得,一个世家子弟与半路出家的非职业心态写作的人其实还是会有很多的不一样,一个半路出家的人心态可能会比较放松,他可能会觉得写得好是我的天赋,写得不好的话是玩票,而世家子弟他会有某种情怀、某种自觉在里面。特别是周围的人对他也有某种期待。《耶路撒冷》出来以后,我看评论它的很多文章中都表达了这样的意思,就是说到了一个时间的节点上,70后的这拨作家,应该有一两个顶尖人物出来,应该有一两部的作品能够站出来,而这样的作品大多有总结意味。我认为,如果一个作家周围的人集中对他有这种期待,我很担心对作家来说可能会有一种负累,他会把自己的作品当作一种交答卷性质的作品。所以有的时候我蛮为则臣忧虑的,当然也有可能是我想的比较多,因为我后来看他的作品《耶路撒冷》,觉得完成得非常好,还是非常的从容,用六年的时间,慢慢磨。这部作品给我的第一个感受就是他是一定要写。之前看他的作品,像"花街"系列、"京漂"系列这类的作品,像流水一样,漫无目的的,任意的东西。但是到了《耶路撒冷》以后,你发现真的是万水归海,好像以前的作品都是在为这部作品做准备,我发现他笔下的很多人物在以前的作品中,类似的都出现过,但有了《耶路撒冷》以后,我们就发现他之前似乎是在做练习。

第二点就是如果你把他以前的作品勾连起来的话,你会发现,则臣有一个创作特征,就是他蛮喜欢给出一组人物群像。这个跟刚刚梁鸿老师讲的可能有点关系。比如这部小说结构上面是一群人护送一个女孩子回家,在一个女孩子周围有一群人帮助她、保护她。我觉得在他以前的作品,比如《居延》当中是有所展现的,这个结构本身就有一个很丰富的原型的意味。同时我觉得他给出人物群像的这样一种写作,似乎也是想在冷漠的原子化时代里营造小小的温暖。这就和70后一些走得比较极端,比如个人化写作的作家有一点点不一样。他把人物处理得很辩证,每个人都有生命力。他把人物放在了群像中,但是他也在思考,就是个人的声音在人物群像中出现有没有可能确保他的自主性。比如小说中一个细节,易长安参加了一个游行,他也在思考,所有的人都在讲同样的话,所有人都在挥舞同样的拳头,那"我"的存在感到底在哪里?我觉得他处理这个问题非常的辩证,就是在个人与共同体之间,他处理得很复杂。所以我觉得则臣的写作是一种在"我"和"我们"之间的写作,这是我想说的第二点。

第三点就是,大家都会觉得这是一部很厚重的作品,不仅表现在篇幅很长,书很沉,我觉得还有一个就是它有一种很深重的历史意义。我前段时间看奥尔巴赫的几篇文章,讨论文体专用的语言,他说古典时代的作家当他们在描写日常生活的时候,一定是用非正式的、比较低级的喜剧的形式。他说因为这些在作家看来,平凡人的日常生活是没有什么深度表现的可能性的。所以他们呈现的日常生活画面一定是一幅静止不动的画面。但是奥尔巴赫说其实主要原因是这些作家匮乏一种历史意识,他们无法想象,比如说任何巨大的战争,或者是恢宏的历史事件,其实都是人们日常生活的变动结果,或者说是最终结果。我觉得则臣他是很有这样一种历史意识的。我们今天如果期待某个作家写一部具有总结性的作品,我发现我们都会用类似这样的词,像强攻,等等,要把小说处理得非常宏大。但是这部小说当中,其实几个人物都很普通,每个人之间就是一种纠缠复杂的关系,整部小说就是通过普通人物彼此之间的关系来呈现。但是这个时代变动的风貌你可以在里面看出来。我认为这部作品因为有这样一种历史意识,所以在内外之间也处理得很辩证。往外它可以表达时代之变化,往内它也有很深的反省意识在里面。而且我觉得这也不一定就跟宗教有关,它里面的每个人都在不断重新回到自己当初犯罪的那个原罪场面,这不只是宗教。其实我们每个人心里面都有这样一种隐痛,这里面的人物不断地回忆,不断地擦拭这一种隐痛,不断地重新面对心里面的罪恶感,能够重新建立我们对生活的一种态度,所以我觉得这可能不仅只是一个宗教的问题。所以在内和外这两方面则臣也处理得特别好。这就是我所说的三点。

李相银:谢谢金理!下面有请我们著名的评论家晓华老师发言,在这个地方算是前辈了。

晓华(江苏省作家协会):这次在淮安我是第一次跟徐则臣见面,很早就读过他的作品,听到他的名字,但是见面是头一回。见面之后给我的感觉,给我的印象,我觉得跟我想象中的,以及跟我读他的作品中读出来的感觉是一致的,就是非常的从容,沉着,一步一个脚印。我觉得他就是给我这样的感觉。徐则臣生在江苏,长在江苏,也是学在江苏。淮阴师院很为他骄傲,我想他故乡的人也很为他骄傲。但是他的创作好像没有一个特定地域范围,他是要走出去的,所以他现在成了一个在北京的上海作家,也是上海籍的北京作家。也就是说他注定是要走出江苏的,而且我觉得他不只是在上海或者北京,将来可能走出国门。而且刚才也说到了,他现在确实有这个世界范儿,我觉得已经到了这个程度。那么,如果要说到他的故乡什么的,那么我觉得用那个歌词可能会比较恰当,他的故乡在远方。则臣的作品刚刚大家已经谈了很多,我看到的这个给我的作品——《通往乌托邦的旅程》,这个前面有他对创作历程的回顾,有跟别人的一些创作的访谈,也有他的作品。那么在这里头我觉得,作为这样一个具有世界情怀的作家,他将来的路一定很长,也是大家所期待的。这次呢,他也获得了鲁迅文学奖,对他个人来说,对他这个作品来说,也是实至名归,也是水到渠成的。我觉得,我除了作为他故乡的人为他骄傲外,我还为跟他同样是老徐家的人骄傲。

李相银:我们有请我们中共淮阴师范学院组织部、统战部、宣传部三部部长朱部长讲话。

朱延华(淮阴师范学院组织部):今天参加则臣这个研讨会我感到非常的兴奋,因为则臣的作品我看过一点点。从刚刚的头衔就可以看出我已经不搞文学很久了,很丢人的事情。但是谈谈体会。

第一个体会就是70年代这个角色。我认为把则臣架到70年代,把他作为70年代领军人物,我觉得是70年代人的一种抱团取暖的感觉。我就谈谈我的感觉。我是1969年出生的,我读大学的时候,我们班有1968年、1967年、1966年,有1970年、1971年、1972年。我在我的博客上看到我的同学在新加坡南洋理工大学读博士,他是1970年出生,他就把自己拉入70年代。那我就很痛苦,我跟他就差一星期,我是60年代,他是70年代。那么则臣是70年代的后期1978年。1978年和1970年的差距还是非常大的。所以我感觉到了他确实是受到了早一些的年代50年代、60年代,以及80年代的作家的挤压,所以我认为70年代是一个很痛苦的年代,这是我作为一个门外汉的感觉。因为他们70年代实际很不容易归类,但是现在被挤压的没有办法形成一个类,所以我认为抱团取暖非常有意义。所以大家聚到一起来专门研究"我们这一代"是很有意义的,虽然我是上一代的。

第二个就谈谈则臣,这个算是门外汉随便说,仅供各位批评家参考。我认为则臣的作品在题材上选择了一个中间地带。则臣选择了一个很好的题材,一个外省人到北京去的隔绝感。现在大家用词都用"北漂",我不认为这个是北漂,其实就是外省人到北京的一种隔绝感。北京有那么多的大楼,有那么多的高速、高架,外省人到那边去有一种很茫然、很无助、很痛的感觉。虽然则臣在写的时候这些人也在那居留了一段时间,有的是放鸽子的,有的是卖黄片的,有的是做点其他什么野活的,但始终是在北京城外。即便是在城里面,也进不去那个楼,进不了那个路的。所以这种痛苦,这种隔绝,这种外省人进不了北京城的痛苦,这种中间地带我想也是很痛苦的。另外就是"花街"这个词,我感觉又是一种中间地带。就是大城市的人看到小城市的中间地带。大家作为外地人来看花街,虽然花街现在已经基本面目全非了,已经没有多少影子了,但是它有一种文化符号在里面。所以大城市的人,现在那些从北京来的人,从上海来的人都喜欢找小城市里面有历史、文化元素的东西。实际上"花街"对当地来说也已经几乎没有了,所以也是和当地有这种隔绝的一种中间地带。所以这才非常有意义,他从小城市找到了历史,从大城市找到了现实。把这种空间的中间地带、历史的中间地带和心理上的中间地带,把它结合起来,形成了自己的文学地盘。我的地盘我做主,我这个东西就我写,其他人还真不一定写得出来。光在大城市生活的人他写不出进入不了大城市的痛苦,光在小城市生活的人写不出外地人看到这边的稀奇。所以我认为则臣他是达到了一个地带。虽然说得不一定对,但是我感觉这一代人找到了社会转折时期的这种困顿和痛苦。这种困顿和痛苦既有生活上的,也有生理上的。像梁鸿老师讲到的她的作品里面也都体现了这时代的人无处安身立命的生活本身的困顿和精神的困顿,都在找一个精神家园,所以更多的是一种精神。精神无处安身立命,这种痛苦被他抓住了。所以为什么他的作品这么好看,我认为最终的都是抓到了精神的东西。

最后讲一点期望,期望则臣写出更宏大的作品,为我们这个社会,为我们这代人的精神找到更多的一种寄托。昨天陈思和先生讲有关《随想录》的讲座,曾经提到枕边书。希望则臣写出好的枕边书。因为我们枕头边需要更多像样的能够垫起脖子的文学作品。谢谢大家。

李相银:谢谢朱部长,他的讲话让我们感受到了一个高度,更感受到了一个深度。以后在三部部长之前还要加上一个"青年批评家"的头衔。因为"我们这一代"其实是一个比较宽泛的概念。其实包括燕君教授和何平教授都是 1968 年的,还有我们 1981 年、1982 年的,实际上是一个十四五年的概念。因为代际划分很难区分,所以刚才也是击中要害。我早上还在思考命名的合法性的问题,下午我们有时间再说。下面我们请当代著名批评家何平教授。

何平(南京师范大学文学院):昨天他们已经开过我的批斗会了,因为他们说我没有认真把书给读完。我集中体验到"我们这一代"的这种温暖,他们四个人给我短时间上课补课,告诉我写了什么东西。刚才我跟汪老师在聊这个问题,则臣是 90 年代在南师大念书的,那个时候正好是南京文学青年最集中的时候,90 年代后期的时候南京集聚了全国最多的文学无产者。我当时写作文的时候曾经戏言"先让自己无用然后成为作家"。很多人都把工作辞掉,有很好的工作,像朱文等人,他们都有很好的工作,他们把工作辞掉去写作,在现在是不可想象的。所以则臣在上大学的时候,应该是南京文学最好的黄金时代。除了更早成名的一批,像叶兆言、苏童这一批的,然后还有一批,是当时冲击最大的我们文学史里都讲的 90 年代新生代作家的登场,跟南京是有直接的关系。包括"断裂",就是韩东他们搞出来的。"断裂"是 90 年代最大的一个标志性事件,而当时则臣就在南京念大学。所以我刚才跟汪老师讲到这个问题,鲁羊这个作家在南师大教写作,表面上来看的话跟我们老师交往很少,但是他在我们那边上写作课。我们那边还有一个作家叫郭平,也是 90 年代出道的当时新生代的作家。这就有一个很奇怪的现象,好几个从我们这儿出去的作家,写作感觉都特别强。他们的小说都不是特时尚的那种,社会上要我们写什么我们就写什么的,他们都有一种形式感特别强的东西。所以我在想,可能我们要回去研究一下鲁羊和南师大成长出来的作家之间的这样一种关系,所以从这个角度来看的话,我还感觉到挺有意思的。现在很多学校在搞驻校作家,其实南师大是比较早的有驻校作家的。像鲁羊和郭平,还有 80 后作家朱婧也在。言归正传还是说事儿,不说题外话。我 2001 年写过一篇《"个"文学时代的再个人化问题》谈到过。我们现在在谈到 70 后就是那一批女作家包括江苏的鲁敏,我当时叫作"晚熟的 70 后"。他们不是在 1998 年前后出来的,当时是《小说界》《芙蓉》《作家》包括《人民文学》这批杂志捧红了一批作家。但鲁敏等这批作家年龄稍晚,没有赶上这拨,他们写作成熟大概是在 2003 年到 2004 年。就是这些"晚熟的 70 后",他们其实是在 1998 年"断裂"以后,培养了他们的那样一种单数写作、个人写作的这样一种意识之后,没赶在前面一拨,然后一个个地出来的。这些"晚熟的 70 后",包括刚才金理讲到的从媒体出来的冯唐、阿乙、廖一梅,我们考察的视角不能跟卫慧、棉棉、江苏的朱文颖还有淮阴出来的魏微,是一样的。我读则臣作品还是比较早的,虽然没写东西。"京漂"系列、"花街"系列中,我印象最深的就是《苍声》。我昨天读了魏微的《石墩的暑假》,也是《收获》上面发的,都是讲少年的成长。我读的时候就有一种专业读者的理性的判断,一下子就感觉到在我们身边的作家说出了我们想说而又说不出的这样一种有关成长的东西。之前读"京漂"小说其实我没多少感觉的,里面写到贴小广告、做假证之类的,我个人感觉从文学层面上倒不是很看好。我读《苍声》很有感觉。我印象比较深的还有《居延》《西夏》。还有一个比较短的"花街"系列中的《梅雨》。昨天我跟他们聊的时候,他们说这可以说是一个作家的写作前史。我忽然想到鲁敏的《六人晚餐》。我当时读《六人晚餐》的感觉可能跟你们读《耶路撒冷》的感觉是一样的。当时《文艺报》让我写了一个评论叫《是该到面对自己心灵的时候了》,就是讲 70 后确实需要一部或几部或者说一些这样的长篇小说。我当时看鲁敏的《六人晚餐》,发现她否定了之前"东坝"那种技艺很熟练的写法,写出了一部跟自己最熟练的小说告别的那样一个作品。我希望我回去读《耶路撒冷》的时候能读出像当时鲁敏那样决绝的抛弃技巧直面自己内心的东西。

至于刚才谈到的宗教问题,我也认为宗教这个问题和中国是混合的。我今年跟女儿到了温州的一个岛屿,叫洞头县,是千岛之县。有一天中午到了海的最边上,看到有灯塔,然后我们就一直往下跑,忽然看见前面有一个巨大的十字架,在很普通的乡村的房子上。那一瞬间感觉突然跟宗教相遇了。所以宗教这种神秘性我们很多时候置身其外是不能体会到的。然后在一个昏暗的房间里,我们看到一个坐轮椅的老头,坐在教堂里,他肯定是看守教堂的人。平时我们对宗教肯定是很漠然的,但是在那一刻我感觉到我和宗教相遇了。我相信则臣在写这样一个小说的时候,肯定是有他自己和宗教的关系。我就讲这么多。

李相银:谢谢何平教授的精彩发言,这又在提醒我命名的合法性的问题。我想强调一下,我们一直强调则臣是我们杰出校友,我很高兴则臣把我们淮阴师范学院、南京师范大学还有北大放到一个层面,我们都成了培养则臣的一个摇篮。所以在则臣走向大师途中我们有幸参与其中,我为淮阴师范学院感到自豪,感到骄傲!

下面我们有请中国当代文学界的重量级人物汪政先生发言。

汪政（江苏省作家协会）：虽然作家在哪写都一样，但在现在的文学体制下，地域性的特点不能消除。则臣生在江苏，长在江苏，写作开始于江苏，但是现在却不在江苏，所以作为一个江苏人，心里确实有一些遗憾。我记得还在江苏文联的时候，我接到著名作家魏微的电话，她说能不能请汪老师想想办法让她到江苏作协来工作。当时魏微已经成名了。我觉得这是非常好的事情。我问她在哪里工作，现在在哪里。她说，"我没有单位。"我愣了，因为工作调动要是没有单位，那么工作就没法调动。大概是因为江苏的人事调动改革制度跟不上，魏微到广东以后，这个问题就得到了解决。我觉得这是挺遗憾的一件事情。

我记得我有一年在北京开会，有人跟我建议让徐则臣到江苏作协。我觉得则臣是一个优秀的年轻作家，求之不得。但是，由于某种原因则臣还是没有来。我觉得则臣现在的结果要比留在江苏作协好得多。这个也是要向他表示祝贺的，而且事实上证明他无论在上海，到北京，他都是一个好作家，一个文学编辑家，活动家。他在这个平台上为文学作出了巨大的贡献。

今天你们研究徐则臣的从"花街"到"耶路撒冷"，主要研究其长篇小说。其实以后有机会，如果是南京师范大学或者是北京大学来承办的话，我建议多方面、多角度地来研究徐则臣的文学成就。就目前来看，徐则臣对中国文学的巨大贡献显然不能局限于写作这一项，所以我希望大家要对他多元的文学成就有个客观的、公允的评价。当然，也可以几个学校以编年的形式来开则臣的研讨会，成为一个动态的、活动的个人的文学史。

我对"我们这一代人"也说不出太多，因为对于"我们这一代人"来讲，往往对他们发言的有两类人。第一，发现者，比如说李大师（李浩），战军兄（施战军）；第二，代言者，比如说云雷（李云雷）、邵燕君教授。而我恰恰不属于这两类人，我既不是发现者，也不是代言者。所以，我确实是说不出很多。

最近，徐则臣给我三本书，但我长篇没来得及看，只是翻了一点点，阅读了一些中短篇而已。我觉得这些作品对于在座的学生来说确实有很强的教育意义。我刚刚和金理、何平兄说了一些。确实，一个人的文学成长与他的出生、族谱、家族渊源的关系非常重要。我们以书法为例，专业的和业余的有什么区别？专业的书家，他的字一出手便有来历。点画、笔墨、结构、章法这些都有说道。写作也是如此。今天，相银他们把这个会办到淮师，同时让这么多的学生来聆听，营造一个好的氛围，让他们认识到学院乃至大学教育是可以培养出一拨又一拨根正苗红、学养丰厚的，能行得出、立得住的作家。

我感到高兴的是，虽然我不是淮安文联的，但我要为淮安不断成长的文学说几句话。一个省作协的当家主席为什么三天两头往淮安跑，就是因为淮安近几年文学活动多。那么为什么淮安的文学活动多呢？就是因为淮安的文学创作出了一茬又一茬的好作家，比如说没到场的散文作家苏宁，诗人沙克，今天刚刚离会的严苏，他们都是淮安人。一个地方的文学发展离不开地方高校的大力支持，离不开这些教师的亲临现场，所以淮安文学的发展要再加一个助推器的话不一定是某个人，是今天在座的我们淮阴师院年轻的批评家们。只有我们这样通力合作，才能不断地上一个境界和高潮。这一次不仅是你们出场了，而且把活动搞起来了，所以这次的掌声给李相银院长。

李相银：汪老师语重心长，给我们在座的各位，包括南师大的同仁提出了比较高的期待和要求，我们也希望这次研讨会仅仅是个开始。下面有请南京大学的博导黄发有先生讲话。

黄发有（南京大学文学院）：非常高兴来参加这次会议，但说实话这个《耶路撒冷》我还真是没有读过，那我就根据自己读过的作品来谈谈感想吧。关于70后，其实是很长时间以来的一个话题。我记得当年我还在复旦读博士的时候，正是卫慧、棉棉等人走红的时候，《文汇报》找我和战军（施战军）各写了一篇文章。战军写了《正在生长的力量》，因为他当时被称为70后的班主任。我写了《激素催生的写作》，所以后来有很多70后作家，尤其是一批女作家，说我是"辣手摧花"。但是确实说起来，尤其是70后的那一拨作家，当然后面还有一些作家逐渐成长起来，但是总体来讲，那一拨作家现在已经是过眼云烟了。比如说当时江苏有一个很年轻的作家周洁茹，当时很多人看好她，但现在估计知道这个名字的人也没有几个，她逐渐与文坛没有任何关系了。从这一现象可以谈一个话题，就是说可能作为创作来讲，其实是一个非常个人化的事业。这种代群性的一种集结，一种趋同性，通过这种方式来产生一种影响，我觉得是非常可疑的。正是在这样一个背景当中，我觉得徐则臣他走的一条路可能真的是文学的正途。因为，文学创作中的抱团取暖，在文学很边缘化的情境当中，也是可以理解的。但是我觉得文学的抱团从来是非常可疑的。沈从文在三四十年代也反复表达过这种姿态，正因为他的不合作的态度后来给自己带来很大的压力。那也就是说，从文学创作来讲，很重要的一点，要有自己的思考，一种艺术上面的独特性。那么我想，从徐则臣的创作来讲，从他的"花街"系列到"京漂"系列，应该说确实是有他自己非常独特的东西。当然，他的小说里也能够看到一些传承的脉络。比如，"花街"系列里面隐隐约约可以看到苏童的"枫杨树系列"的影响。但是总体来讲，则臣在"花街"系列当中建构的是他自己非常独特的东西。他个人的成长，个人的生命轨迹是他作品的底色，包括他在这里（淮安）求学、成长的背景。而形式的借鉴相对来讲是次要的。至于说他写"京漂"系列，写他到北京去，他个人的一些感受，以及他将心比心地对"京漂们"的关注，我觉得这个反而是真正打动我的地方。

我觉得则臣的创作会带给我们很多启示。当年红极一时的70后作家早就成为过眼云烟。这也就是说创作还有一个很重要的问题，就是持续性，就是怎么样持续地写作。当然这种持续性写作也不是一种消极的状态，而是能够不断超越自我。当然这个超越自我其实也是相对的。每个作家都有他自己的根据地，如果完全地改变自己，像变色龙一样，也是不切实际的。我对于则臣的创作有很多的期待。他获鲁奖的作品《如果大雪封门》我看过不止一遍，里面的人物处于一种边缘状态，过着朝不保夕的生活，但是梦想成为他们内心很温暖的东西，一直在支撑他们。像这种东西，我觉得确实也是则臣创作当中一个非常特别的地方。我就说这么多，谢谢大家。

李相银：黄发有先生应该是 1969 年底生的，曾经是我们现当代文学界最年轻的博导，天分极高，成名极早。所以我这次在排的时候，没敢把他放在"我们这一代"里面去，因为他早就走在"我们这一代"的前面了。下午我们再请他做一个发言。下面我们就有请南京大学的青年才俊 80 后批评家叶子，大家欢迎。

叶子（南京大学文学院）：首先我要谢谢陈老师和李老师的邀请。因为我是学比较文学与世界文学的，所以今天我才是真正的门外汉。比较巧，在我知道我要来参加这个会之前，我就已经关注了则臣先生的《耶路撒冷》。缘起是英国的大卫·米切尔，他是我长期一直很关注的一个作家。他的作品《云图》被拍成电影以后在中国就变得特别火，然后上海书展的时候，他到中国来，当时是则臣先生跟他对话，我印象非常深刻。应该是 2012 年。我很清楚地记得，当时则臣先生在对话中间提到，他正在写一个结构和《云图》很相似的小说。当时我就对他的这部作品非常的好奇。《云图》是一个很大部头的长篇作品，有 50 万字，500 页长，它是六种叙事在十一章的结构里面，用一种"一二三四五六"，再"六五四三二一"的结构。如果我们简单地去分析它的话，是这样一个结构分配。而《耶路撒冷》单从目录上看也遵循这样的模式，也是一到六，再六到一，以景天赐的故事为核心，这样的一种编排的方式。但如果深入来看这两部小说就大不一样了。《云图》的六个故事从 19 世纪末一直到我们的现世甚至到更遥远的未来，讲述六个相当不相干的故事。《耶路撒冷》则是以一个少年的早夭为叙述核心，讲了一代人的成长故事。它的核心故事是一个故事。这两部小说，如果做个比喻的话，那么它们一个像博物馆一样绚烂缤纷，一个像大教堂一样安安静静。所以这两个小说可以说是各司其职，各显光彩。那次访问则臣先生拟定了一个对话题目，叫作"长篇小说的困局与可能性"。他问的第一个问题是《云图》在多大意义上是一个长篇小说？为什么不说它是一个中短篇小说集？怎么证明它是一部长篇小说？听完以后我有一种想冲上去和他握手的冲动，因为我觉得有时候其实提问就是回答。好的提问非常的重要，提问就是一个作家的思考。实际上《云图》的结构确实存在问题，虽然它是讲六个故事，但是这六个故事之间连接的气息非常微弱。所以则臣先生问的问题也正是我想问的：你把六个故事放在一起，你最终得到的是一个什么样的总和？大量互不相干的诉说你要得到的总体是什么？就是刚刚说的万水归海的目的是什么。当我们面对像《云图》这样聪颖、机敏、生机勃勃的小说时，往往会忽略其结构的不合理性。但是像则臣这样的写作者，往往是像他这样的写作者不会忽略这些问题，他能看出哪些命题是伪命题，哪一个皇帝是没有穿新装的。所以当他提到长篇小说的困局与可能性的时候，他提了一个问题，我可能不能替他回答，但是我想，我可能要说，可能性这个东西，就是说，我可以写六个互不相关的故事，我可以有这样的想象力，这样的可能性不一定是柳暗花明，另辟蹊径的，节外生枝可能不是一个特别好的良药。往往是像写《耶路撒冷》这样，好好地把一个故事写好，就是真正去面对长篇小说非常难的地方，非常困局的地方，把一条路走得很深，去解开那些很难解的死结，把那些最难的坎给迈过去。我絮叨了很多，其实我想说的东西很简单。归总为两句就可以。第一个就是说我觉得有可能，我替则臣先生设想，他想说的是，困局可能是长篇小说最宝贵的给予。另外我想表达的意思就是说,我两年前很好奇《耶路撒冷》会变成什么样,那两年后的今天我很高兴就是我能看到一个没有走绚烂缤纷的路,安安静静变成一个大教堂样貌的这样一个《耶路撒冷》,我觉得很心安。

李相银:谢谢叶子。下面有请我们这次活动最年轻的学者,复旦大学现当代文学博士黄相宜发言。

黄相宜(复旦大学中文系):今天因为在座的都是我的老师,我只能作为一个90初的学生读者谈一下我读则臣老师书的一些感受。因为我是金理老师的助教,有一次,下课之后,他就问我,上课一直在很认真地低头看什么,看得这么专注呢。然后我说,我是在看徐则臣的《夜火车》。这是我读他的第一个作品,当天晚上就全部读完了。我觉得小说非常好看,也非常能打动校园里的年轻人。之后金理老师也陆陆续续地推荐了《居延》等作品。去年因为《文艺报》的邀约,我看了则臣老师更多的作品,写了一篇文章,叫作《烟火花街,人间北京》。所以我今天就谈一下我读《耶路撒冷》的感受。因为则臣老师被认为是70后作家中继承了学院传统和现实主义的作家,所以我在阅读中总是能感受到在漂泊和回望的叙述中,他表现出来的是延绵不断的,自我寻找的冲动。那个故乡和北京并不是很狭隘封闭的,他的生命气息是在漂泊者的血液中彼此交换和勾连。在《耶路撒冷》中,徐则臣之前作品中出现的非常重要的元素,如火车、白蛇、假证,小人物和知识分子等元素在《耶路撒冷》中都能够找到。还有一些像慈云寺等很相似的名称、人物、地名,以及呼应的一些情节,也让人感觉到《耶路撒冷》对于作者很重要,就像是一部对于他之前的两个系列的作品进行总结的小说,就像是在重组之前的创作,再注入新的血液,构建出一个就像刚才叶子学姐说的就是很小但是很精致,很能打动人心的一个教堂。如果说他之前的作品大多数是在讨论归宿和身份认同的问题,那么现在这篇小说还加入了信仰的维度,就是"耶路撒冷",更深度地挖掘到了信仰、原罪、自我救赎的问题。所有人物在"这么早就开始回忆了"与"到世界去"所代表的"回乡"和"出走"中进行着自我救赎的过程。其中打动我的还有则臣老师的社会责任感,这主要体现在与正文并置的专栏结构当中。生活中的和专栏中的初平阳是性格的不同面向,其中《一半海水和一半火焰》在之前他的散文集《把大师挂在嘴上》中也有出现过那个片段。专栏中的初平阳给我感觉就好像是徐则臣以自己的身份在说话,非常推心置腹地把自己平时的关注和思考都表达出来,他直面了"我们这一代"的心理、生理、社会、时代等问题,并且做出了种种解答和劝解,这种责任感和使命感非常让我感动。谢谢大家!

李相银:相宜可能是我们当中读《耶路撒冷》读得最仔细的一个,她的态度让我们看到了希望,看到了期待。下面有请我们同样年轻和杰出的80后批评家代表,中国人民大学的杨庆祥博士发言。

杨庆祥(中国人民大学文学院):因为时间关系,就简单说几句。《耶路撒冷》出来以后在人民大学也做过相关的讨论,则臣获鲁奖的那个作品《如果大雪封门》我也发表过相关的意见,就不再说了。徐则臣的创作首先很重要的一点是,他对自己经验的非常固执的乃至偏执的、执着的书写,我觉得这个特别重要。最近我在微博上看到一篇文章,说村上春树为什么总是获不了诺奖,这个作者认为其中有一个很重要的原因就是他书写的经验是非日本的。当然这也是村上自己追求的目标,就是一种跨国界的叙事,但是作者觉得恰恰在这一点上,村上他没有办法和比如说莫言这种很经验化的叙事相提并论。当然我对这个观点并不赞同,因为我觉得村上有他的历史性,但是这个作者提醒我们了,就是说在讨论普遍性的叙事之前,自我经验的开掘、重构和发现是非常重要的,所以基本上每一个经典的大作家,每一个伟大的作家都会有他经验上的原乡,他不停地回到这里。福克纳、马尔克斯,当然还有小一点的作家沈从文,他们的作品,我觉得都有这个东西,如果没有这个东西,作家的写作就会没有源头,就非常的空。我们在讨论徐则臣写作的经验的原乡时,不能仅仅局限在"花街",比如说他另外一个向度——北京中关村,这样一些具体的地标都是可以用来建构经验的很重要的东西。我觉得70后的这一代作家,相对于我们更年轻的作家而言,最可贵的地方就在于这种偏执。坐在我旁边的李浩,我也觉得特别重要,就是对父亲的这种经验的偏执。我认为没有这种偏执基本上就不会出现伟大的作家。我最近在课堂上给研究生上课,给他们讲莫言的《蛙》。虽然莫言的《蛙》很重要,也很好,但是我觉得它因为缺乏这种非常极端的偏执的观念,所以导致了它的写作最后变成了非常滑头的、有点打滑的那种东西,一些最本质性的东西没有被他把握住,所以它称不上是一个伟大的作品。我觉得70后的作家在这一点上应该有更多的执着,对经验的建构应该像打井一样不停地往下挖,不断地开掘,挖得越深越好。

第二点,通过这种经验,最后我们到底要呈现什么样的东西? 这个至关重要。我觉得我看徐则臣的创作,包括李浩、张楚这一代作家的写作,其中比较重要的一点是,通过他们的经验实际上是在逐渐有意识地建构一种自我的意识和历史的意识。在这一点上我觉得《耶路撒冷》里面是体现得特别明显的,就是这种对自己代际经验的呈现,还有对自我身份的认定,呈现得非常的突出。但是我对这个也保持有我的警惕,就是仅仅这种代际经验的呈现往往会导致一种格局很小的书写。所以我们不能仅仅从代际的这个角度理解徐则臣,包括李浩等70后作家的创作,因为这样理解有时候是无效的。我觉得应该把它放到更大的历史框架里面来理解这一代人的创作。我最近读了另外一个70后作家弋舟的作品,叫作《所有路的尽头》。这个小说当然有它的问题,但是我觉得它也提出了基本上是我们从现代以来中国作家都要面临的一个问题:就是我们其实是走到了所有路的尽头。弋舟的写作是非常典型的现代派的写作,但是如果你还是按照这种严格的经典意义上的现代派的写作来书写中国的现实,这是有问题的,这也是一个路的尽头。那么在这个路的尽头,我们要走一条新路,在这个意义上,70后作家任重而道远。他们肩负的这种问题不仅仅是要突破80年代中国形成的所谓"严肃文学"这样一个文学体制、这样一种文学想象对我们的制约,也要突破整个西方现代派以来的将近一百年的经验。怎么把它消化? 怎么提炼出一个新的这样一个可能性? 我们唱国歌说"现在到了最危险的时刻",我觉得其实现在对于写作界来说也是的,就是我们的经验、我们的想象已经完全没有办法来处理我们目前面对的很多问题。我最近几年跟一些年纪非常大的人在一起比较多,发现他们会特别的焦虑。他们在很长的时间里面以为社会学能解决中国的问题,或者以为经济学能解决中国的问题,后来发现这些在中国巨大的变化面前都失去了想象力。那么这个时候他们突然又回头来说:我们还是需要通过文学、通过长篇小说、通过雕塑、通过艺术来重新洞开这种历史的可能性。所以我觉得这一点特别重要。我在徐则臣的创作,尤其是他的长篇《耶路撒冷》出来以后,我觉得在里面看到了一种可贵的质地,就是他实际上是在呈现整个现代以来冰冷而残酷的国家意志、历史逻辑与生命意志之间的对抗。徐则臣小说中经常写到办假证。这是一个我们日常生活中再普通不过的事情,包括我们平时要结婚、要生小孩子都要去办证,我们会觉得这很正常,这就是日常生活。但是这其实不正常,因为这是整个国家意志或是历史逻辑对生命自由本身的一种控制和规训。然后我们就意识不到这个问题,所以我有时候觉得徐则臣反复地在写这些东西,我作为一个批评者我愿意把它往更高的地方想,就是往更有意义的地方想,这是一个非常不相容的逻辑。我有时经常想为什么我们要活成这个样子,就是说我们为什么活得这样的不自由。

我以前看青山七惠写的《一个人的巴黎》,它里面写了一个日本的中年妇女。她是一个清洁工,生活在日本的底层,她非常地孤独。她说:如果我是一个巴黎人,我是一个法国人,我就不会那么孤独了。我有时候也想,如果我们不是生活在此时此地的中国人,可能我们就不会那么焦虑、那么痛苦,就不会出现徐则臣写作里的这些问题。但问题是人是一个此在的动物,就是我们没有办法来超越我们自己的历史的语境,这个时候怎么办?这是严肃文学需要面对的问题。如果你做类型文学,那么很容易解决这个问题,因为类型文学它可以穿越,可以"变身",可以直接从现实界跳到另外一个想象界,到后宫去,成为皇帝,那么就把这个消解掉了。但是严肃文学不行,严肃文学必须在这样一个现实界和现象界里面,碰壁与纠缠,不停地用生命意志与自由,去跟冰冷的历史意志进行较量。我觉得整个现代中国的历史就是一部冰冷的现代历史意志逐渐展开的过程。我最近在看黄永玉的《无愁河的浪荡汉子》,我觉得他也是在对这种冰冷的历史意志进行消解。他也是回到了生命的源头,我觉得这个特别重要。当然在这个过程中,你会发现生命是会失败的,生命是一定会失败的,因为生命没有办法抵抗冰冷的历史意志和残忍的历史逻辑,但是如果在这个过程中,生命本身的这种内在的自由,内在的精神性能够被召唤出来,那这个时候其实你就胜利了。说到底就是个人在历史中有反败为胜的这样一个过程。我想这就是我们为什么还需要文学。就说这么多。

李相银:谢谢杨庆祥。下面有请 70 后作家李浩发言。

李浩(河北省作家协会):我想从写作者的角度来谈一下我对徐则臣创作的理解。博尔赫斯曾谈到过:同一时代的作家往往相互之间互相轻视。我承认,这种心态在我身上也有,并且强烈地存在着。但是对徐则臣我却无法漠视、无法轻视。不仅仅因为我和他是好朋友的关系,我觉得他给予了我很多启示和启发。

我看中他的第一点是与时俱进的国际视野。中国的作家特别是中国的小说家真正具有某种世界视野的并不多,某些作家可能有大量的世界文学的阅读,但落实到自我的写作上他们马上转换面孔使用的是另一套体系,另一套笔墨,他的那些阅读和思考被无意地禁锢在"知道"的范围内,仿佛那种影响是从不存在的。另一套体系,另一套笔墨,才是他认定的成功学的配方。而在则臣那里则是另外的方式和方向,我觉得则臣的视野是阔大的、厚浑的,他能够清楚而清晰地认识在一个世界的语境下、在一个普世的语境下,个人写作的位置和坐标,他能够博取并且将所有的博取变成具有个人面目的独特经验。更为关键的是他的国际视野能够不断地更新,与时俱进。这种俱进的意识让他的写作避免成为跟在文学之后的文学,避免了成为某种旧识的再次重复。我觉得现在的写作太多的是那种旧识的简单重复了,这个就不再多说了。在我看来,徐则臣是我们这代作家中较早地意识到个人写作和时代经验关系的作家,是较早地意识到普世背景下东方经验的重要性的作家,是较早地找到这一经验表异性方式的作家。这一点我的理解往往是滞后的,往往滞后于他,但我习惯是既然他往这个方向走,我一定要做反方向的钟。所以我往往是看着徐则臣的写作然后我要做反方向,完成我的写作方式。

第二点,我很赞赏徐则臣的文学野心,这在犬儒着的甚至不断地犬儒着的中国作家中极其罕见。他一直致力于见贤思齐,把"大师"挂在嘴上;我以前也给他写过一个评论,表明了我对他这份野心的赞赏。在我看来,勃勃的野心是一个作家、艺术家成为大家、大师的动力源,是他不懈地努力和抵御平庸的支撑点,是一个作家艺术高度的那种可能性。我也回应一下金理兄,就是关于他的那种警惕。我觉得他的警惕是对的,但是我觉得写作越来越成为一种科学,经过长期训练的写作者往往会极其强烈地生出要完成一部百科全书式的作品的写作野心,实际上我个人来说是极其赞赏这种野心的。在整个学科逐步细化和分化的过程中,文学和原生态的哲学具有整合性的把人和人类当作一个整体来打量的可能,我更希望我们的文学能建立这样的可能,《耶路撒冷》在这方面是做了一个可贵的尝试。

第二点,我很赞赏徐则臣的文学艺术才能和艺术学控力。我觉得中国有两个重要的,很早之前就"老"下去的好作家,一位是王安忆,一位是徐则臣。王安忆的"老"是气息上的、语感上的,是一种回望状态。徐则臣的"老"则是老道,他刚开始踏上文坛便呈现了强烈的成熟态。他熟悉记忆,笔下的文字兼具北方的硬朗和江南的温润,并且时有妙语。他赋予我们平常、平俗、平静、平庸的日常以充沛的诗性。在这点上来说,我极其看重。更重要的是,他对故事结构上的用心和才能是非常值得重视的。刚才叶子谈了他对结构上的那个问题,这个问题也是我们写作者最为关心、关切的问题的支点。在这一点上来说,我部分认同"风格和结构是一部作品的精华"这样一个片面深刻的论断。我觉得徐则臣的小说在结构上的那种尝试和做法几乎可以做我们拆解的范本。我在这也做一些剧透,他和我说他要写的下一部小说结构上应该是"葵花式"的。我特别期待,很想知道徐则臣怎样完成"葵花式"的小说结构。既有一个核心的向心,然后是每一瓣每一瓣的,循环往外走的。我在想我能不能完成"葵花式"?在我不能完成的时候,徐则臣的完成是怎样的?他会给我哪方面的启发?另外,我还非常赞赏徐则臣不竭的那种创新意识,赞赏他对人和时代的言说,以及对我们生存问题的种种提供。我希望徐则臣以后的作品能多些怪力乱神,这是我一贯的想法,也希望他能够赋予作品更多的灾变气息,我希望这种灾变气息也包括那种结构上的平衡,将结构上的那种平衡悬置于一条钢丝之上。

李相银:下面有请来自《人民日报》文艺部的青年批评家刘琼女士发言。

刘琼(《人民日报》编辑部):坐车来的路上,我看到街上有一个大的标语叫"总理故乡,物宝天华",应该再加上"人杰地灵"。则臣从这里走出来,然后今天我们也有幸能分享到这么多对于则臣成长的叙述。

我回忆一下刚才大家都谈到的几个问题,比如说代际问题、故乡问题、教育问题。我觉得一个作家的写作是有先天和后天的东西存在,先天的东西往往是无法选择的,就像我们无法选择自己的出身、故乡一样,这个先天特别重要。就像人的味觉,15岁以前的味觉往往会决定这个人一生对食物的选择和爱好。作家的写作也是如此,他们写作的主题和资源与他15岁或者18岁以前的记忆有特别大的关系。这是他们先天的东西。说到则臣,那么淮安也好,南师大还是北大也好,这些都算是先天的东西。故乡对你来说就像你自己说的是你的原点、出发点,我特别赞同。原点和出发点是也是先天性的东西。

那么,我们谈"代际"的问题,我认为其实是个技巧的问题,是批评的技巧的问题,而不是写作的技巧问题。写作时往往不会想到我是哪个代的问题,而且我认为一个真正意义上的优秀作家,他的评价标准一定是超越代际的。但是作为批评来讲,一定要选择一个背景和依据的尺度。那么我们怎样去看这个"代际"问题?我觉得,这个"代际"有特别复杂的成分存在。比如何平说他是1968年出生的,我是1970年出生的,但是我跟何平其实是一个年代的人。我昨天还跟他论了一下,我87级,他88级,他比我还低一级。就是这样的一个情况。不仅仅是这样复杂,还有更多的复杂性在里面。这样一个复杂的代际问题可能是我们这一拨人存在的问题,可能80后的叶子、90后的黄相宜就不会面临这样的问题。在1970年至1979年之间这样复杂地存在的问题,恰恰也是我们这个时代复杂的代际的更替问题。我们成长的背景中有特别多的历史的语言在里面,历史语言可以分解成很多的语言体系,比如说政治、文化,等等。我认为这是个优势的存在。有人说我们70后被遮蔽了,我认为这其实是个幸运的存在。很多人在微博上也发布说,幸运的70后,什么都赶上了。"什么都赶上了"我觉得就是幸运,是代际的优势所在。这个优势也可能在更单纯更简单的社会环境下,对于写作来说并不有利,可能在资源方面,在立言的丰富性上面有先天的不利的存在,我觉得这是先天性的东西。而后天性的东西,则包括教育等问题。先天和后天可以把个人的经验性的东西重新装置和重构,然后就会显示出自己的语言和写作体系。

说到《耶路撒冷》,单是这个题目就特别地吸引我,从"花街"到"耶路撒冷"看到的是一个成长。看完《耶路撒冷》我很激动,特别喜欢这个小说。这样的一个长篇能够让我爱不释手,即使因为工作的关系被打断,也还会重新拾起来继续去看直到把它看完。我觉得则臣在此之前给我的印象是一个好作家,看完后觉得则臣是一个特别优秀的作家,他成熟了,他一下子变得比他周围的小伙伴们要高一点。

我坐火车过来的时候看到火车就在想,则臣的小说里这个意象——火车,代表什么? 那么从"花街"到"耶路撒冷"它核心的东西在于——"走",我觉得《耶路撒冷》里面用了一个非常技巧性的东西,用了一种非常"鬼"的表达方式。他写的更多的是"花街"而不是"耶路撒冷",但为什么又要提出"耶路撒冷"? 这就要说到刚刚杨庆祥提到的"原乡"这个概念。我理解的是有两个"原乡",一个是形式上的,就是实际上回乡的这些东西,那么还有一个可以把它作为哲学意义上的一个想法和概念来存在。因为和则臣很熟,有时候会问他一句:你是怎么去结构一篇小说的? 你是怎么开始写一篇小说的? 我特别想了解这个。则臣说他都是先有一个意象或者有一种气息,这个气息让他一下子对这个事情蔓延开来。所以我就想我们看文本时看到的可能是语言装置以后给我们的这样一个反馈,但是对作家来讲他首先是一个意象。我觉得像《耶路撒冷》这样的长篇小说为什么能让读者一直读下去,就是因为它有一股特别强的气,这股气一直不断。就是刚刚叶子谈到的结构的问题。这个气不断就说明作家在结构、谋篇、技巧方面,都已经臻于成熟。我觉得这预示着作家最好的阶段的到来。就说这么多。

李相银:下面有请来自鲁迅文学院的青年批评家郭艳女士发言。

郭艳(鲁迅文学院教学部):刚才大家在说则臣的"娘家"问题的时候,我特别想插一句,其实则臣的第一个研讨会是在我们鲁迅文学院完成的。我们鲁院当时给则臣还有另外一个学员开过研讨会,因为时间关系,这些题外话我就不说了。刚才大家都谈了很多关于则臣的创作,我是今年上半年在《丛刊》发了一篇比较长的关于则臣的一个作家论。我在他的《耶路撒冷》出来之前,其实就一直想给他写,但是我不知道我写作的评论重心放在什么地方。你们总是称赞他的"京漂"系列,但我觉得"京漂"系列对于他自身的才华来说,只是呈现了很浅的一个部分。"花街"也写得非常好,包括《苍声》,阅读起来都能够感觉到创作者是个很有才华的作家。但是觉得则臣还是应该有更好的长篇出来。《耶路撒冷》没出来之前,我们就做过一些交流,我对他的初稿也提过一些看法。我今天就结合他整体的创作来概括地谈一谈《耶路撒冷》。

这个作品是以人物来结构的,他的人物实际上有这么几个特点。第一个我认为则臣是个建构型的作家。因为在当代的 70 后包括 80 后作家当中,像刚才金理也提到了,就是斜刺里出来的现在比较活跃的 70 后作家,像路内他们,更多地呈现出来的是一些结构性的东西。但则臣对当代生活的打量则是非常具有建构性的,而且他作品中的人物具有现代人格的认知。这个认知我不想具体分析,但是可以举个例子。如果你在北京生活过,你会发现北京是这样一个比较多元、适合各个阶层生活的地方,我们在呈现北京的时候,老舍笔下的北京和王朔笔下的北京,都是有特定的社会学或政治学意义上的一个北京。但是在则臣的笔下,北京城是一个个体的北京、一个适合现代人生存的北京。而且这些现代人无论是伪证制造者也好,大学教授也好,研究生也好,或者说就是一个平常的在中关村行走的白领也好,他们都能够坐在北大附近的一个餐馆,在一起很平等地交流,这就是具有现代性人物品格的一个塑造。这在当代作家中都是很难做到的,因为我们很难撇开自身对人物狭隘的文化身份认知的写作,而则臣在这一点上在70后作家中是做得比较好的。还有一个就是他的"京漂"边缘人生为转型中国的主流价值观念找到了一个非常好的体现点。我们刚才一直在说"代际"的问题,"原乡"的问题。其实中国整体的"代际"和"原乡"的问题牵涉到的是中国从传统社会向现代社会转型过程当中一代人或几代人的问题。从乡土出走的中国人可以看作一个巨大的人,这个巨大的人的身心是非常摇动不安的,情感非常混乱迷惑,灵魂在下沉、挣扎。"京漂"实际上不能非常狭义地把它看作一个京漂的小说或人物,而是在现代转型过程中的中国人。现代人都是没有根的,我们实际上都是在转型过程中"漂"的。如何去呈现现代人这种在传统之根断裂后的复杂的精神状态?则臣的作品在这方面做了非常有意义的探索。

第二点就是则臣在表现城与人之间关系时,他表现的是城市生存和现代性身份焦虑之间的关系。在他的作品里,现代人的身份焦虑纠缠在我们日常生活的各个层面。在则臣的小说里面,非常重要的一点就是他直面了日常性。刚刚大家也讲到,日常性怎样能写出新意?这种庸常的东西、尴尬的境界怎样能够在理想主义的照耀下去彰显现代城市个体在生存受到逼压之后的精神的挣扎?小人物的庸常人生成为时代的一种注脚,这种注脚是零散的、碎片化的,如何将其形成一个时代精神的镜像?徐则臣的小说直面了日常性以及庸常生存的尴尬境遇,并在理想主义的照耀下书生气十足地讲述着自己视域内现代城市对个体的逼压。在徐则臣的小说里,即便是所谓京漂小人物的命运也沾染了一切时代的仓促、躁动与善变,因此,他的小人物便从庸常生存中透露出时代精神的真切回应。这是徐则臣的写作对于当下文学最为独特的意义。

刚刚大家谈了很多关于70后作家群的话题。如果我们统计一下便会发现,现在期刊上大部分的作者都是70后。我们对于70后作家的认知不能仅停留在最初的一个"美女写作"上。现在的很多像江苏、浙江等地的70后实力派作家,我们的关注度可能不够。针对70后,有这么一个说法叫"缺席的叙述者"。70后的一代人始终处于一个被遮蔽的状态,而这个状态又缺乏一个整体的代言。《耶路撒冷》里徐则臣塑造了初平阳这样一个人物,实际上这个人物可以当作中国当代的"多余人"的形象。在俄罗斯文学里,我们可能经常会看到"多余人"形象。在很多文学作品当中,"多余人"形象多是一些无能的人,或被主流社会所逼压的人,往往被塑造成底层社会的受难者。但初平阳这个人物是有个体的理想主义和精神抗争的,而且他是有家国和庙堂情怀的。因此,徐则臣的确是塑造了一个中国式的多余人形象,也是一个当代英雄的形象。我觉得这个当代英雄的注解是一种精神,是现代个体勇于直面现实的精神。对于初平阳这个人物我们可以更多地去分析他在当下的一代人的精神构成当中的意义。其实这个长篇当中的很多人物形象都可以作为"我们这一代"人的文化标本。初平阳实际上是具有文化身份自觉意识的智识者形象。当下我们很多人对自身的文化身份认知具有很大的问题,都很矛盾很困惑;还有一点,对于接受过相当教育的一些现代人来说,他们很难把自己和知识分子尤其是知识分子立场勾连起来。一个可能是没有自觉性,一个可能是没有勇气。

在则臣的这个长篇文本当中其实是很尖锐地触及了这些问题。我觉得以徐则臣为代表的 70 后作家正开始告别"在场的缺席者"。70 后一代人正处于传统和现代的转型之间,我们当下的很多 70 后的作家和评论家,很难找到一种共同的文化身份认同,在这种情况下也很难有一个特别强烈的声音发出,本身这一代人呈现的精神世界也是多元的。在一个常识经常阙如的时代,回归常识意味着智识的健全。就如大家说的,我觉得则臣的写作路子很正,回归了许多常识,还有朴素的表达,这源于他非常强大的内心和理想主义的东西。70 后还有个非常显著的特征,在直面现实的时候,他永远不会放弃理想主义高悬在内心的一种文学的勇气。我想会有更多的像徐则臣这样优秀的 70 后作家会尽快告别"在场的缺席",让"我们这一代"人对社会的认知,以及精神的面貌能够更加清晰地呈现在当下生活中,也更多地存留在我们文学史的叙述当中。

我就讲这么多了。

李相银:好,下面请 70 后批评家代表李云雷先生为今天的研讨会做个小结。

李云雷(《文艺理论与批评》编辑部,**70 后批评家**):一个是时间太短,另外一个是大家每人的观点都不一样,所以我就不做总结了,我还是谈一点自己的感想吧。我是一直在听,一开始还认真地做笔记,看大家对则臣有什么意见。则臣我们是特别熟,但在大家发表意见的过程中,我发现是越来越陌生了。我觉得这也是我们研究过程中的一个表现,当我们把一个作家当作一个对象,他的作品当作一个对象化的存在时,我们会发现,我们跟他既是很熟的人,也可能有很大的差异。其实我觉得这也跟他的创作过程是一样的,比如像《耶路撒冷》、"花街"、"京漂"系列。其实则臣是把他对世界的理解化成一个文本,而我们在讨论文本的时候也是在讨论他的世界。我们是把则臣本身当作一个对象,用不同的意见、想法、角度在交流。当我们谈论徐则臣的时候,我们在谈论什么? 其实每个人都在谈论自己的问题,但角度都不一样。好的一点是则臣的作品可以让我们从不同角度去谈。它可以成为 个公共话语的空间,能够把很多话题都带入进来进行讨论。比如说:代际经验、70 后写作、故乡,包括李浩刚刚谈到的"世界视野",庆祥谈到的"所有路的尽头",包括叶子谈到的《云图》,这些比较文学的视野。在此意义上,《耶路撒冷》本身就是一个比较大的成功。当我们把作家当作我们认识当下这个时代的一个窗口,或者是他的经验的凝聚的话,它可能给我们提供很多超出我们自己想象的东西。我们自己对这个时代这个世界也会有理解,但我们在看《耶路撒冷》的时候,我觉得尤其是那些陌生的部分,那些不太熟悉的部分,反而会让我有相对化的那种距离。让我们可以把个人经验相对化,在相对化的过程当中,通过文本本身跟我们个人经验的交流来拓展我们对时代的理解,也是拓展对作品的理解。在谈论则臣的时候,我试图去理解各位不同的角度,不同的观点。我也是想把大家的意见相对化,当作我理解则臣的一个方式。虽然则臣在我面前变得更加陌生化了,但这是一个过程,他还是熟悉的他,但已不是原来熟悉的他,可能能起到这样一个效果吧。

李相银:"从'花街'到'耶路撒冷'——徐则臣作品研讨会"到此结束。谢谢各位。

"我们这一代"青年作家批评家论坛实录

发言人:徐则臣、江政、晓华、黄发有、邵燕君、何平、梁鸿、李浩、李云雷、郭艳、刘琼、杨庆祥、金理、黄相宜、叶子、刘志权、李相银、陈树萍、李徽昭、王爱军、闫海田等

时间:2014 年 10 月 11 日下午 14:00—18:20

地点:江苏淮阴师范学院

上半场主持人:陈树萍(淮阴师范学院文学院教授)

上半场总结人:何平(南京师范大学文学院教授)

陈树萍(淮阴师范学院文学院,70 后学者):各位老师、各位同学:大家好! 我们论坛的上半场即将正式开始。这个论坛的题目叫作"我们这一代",在最初做论坛策划的时候,我们想是不是有点不够强大,所以我们要群体出击。现在想来,却觉得不需要,因为坐在我身边的每一个人都是勇敢的斗士。所以今天下午我们会有很个性的思考与犀利的表达。我们就按照顺序开始。首先给大家做演讲的是一位作家,这位作家就是来自江苏师大的叶炜,他刚刚写了部小说,叫《后土》。现在就让我们来聆听他的文学创作观。

叶炜(江苏师范大学文学院,70 后作家):我主要讲四点看法。一、我想说一个判断。我本人也是 70 后写作者,虽不像则臣兄这么优秀,但一直在写。首先我要亮出一个观点,可能有人未必认同,但这是我个人的观点。我觉得我们这一代,是可以出大家的一代。今天上午听到最多的就是"大师"这个词,虽然不太认同,但确实是有这个气象。我有四个理由,第一个,这一代被遮蔽的时间实在是太长了。钱理群先生说沉潜十年,我们这一代沉潜了有近二十年了。有这么长的一个沉潜期、遮蔽期,他们一旦发力,可能走得更远。第二个是这一代的知识结构,无论是古今还是中外知识方面,相比较前一代或是前几代的作家是更加完善的。因为他们大多数都出过国,都接受过高校本科、硕士甚至博士的锻造,因此这一代的知识结构是比较完善的。第三个理由就是这一代作家承接了 50 年代、60 年代作家传统的东西,把该继承的都继承下来了,当然我指的是严肃作家。而同时我们又向下连接了一些 80 后、90 后的东西。70 后这一代为什么会被遮蔽? 体制对 50 后、60 后认同比较多,市场对 80 后、90 后的作家认同比较多,而恰恰把这一拨人忽视过去了。当然有我们自身的问题,但更多的是外部的问题。第四个理由,有这样一个现象:在大海里面,大鱼不是浮在最表面上的,在深海中潜伏的鱼才往往会是大鱼。在面上跳得比较高的,反倒往往比较小。今天上午黄发有老师讲了一个观点,有些作家出来得比较早,但不一定有持久力。我认为我们这一代有这个信心,能成为一个大的创作群体。这是我的一个判断。

第二,我想谈一下两个伪命题,就是"我们这一代"的精神游离。一个就是类似于则臣兄提出的命题:"到世界去"。我看《耶路撒冷》差不多有一半了,它提出"到世界去",我在想这个"世界"是在和谁对立呢? 是和"故乡"对立吗? 走出故乡到世界去,世界又是什么概念呢? 是城市还是乡村? 要么是城市,要么是乡村。所以我对"世界"的理解

是从乡村走向城市。当然这个过程很复杂,他也在返乡,也在走出去。但是这个城市不是我们的城市,尤其不是"我们这一代"的城市。你会发现,外面的世界不是"我们这一代"的世界。我疑惑这个命题是不是一个伪命题,有待进一步商榷。另外一个就是"精神还乡"。我们要回到乡村,但我们发现这个乡村已经不是我们记忆中的乡村了,是一个存在于纸上的乡村,和我们以前的乡村完全不一样。所以我们的精神还乡基本上是无路可返。那么"到世界去",是到哪儿去? 返回乡村已无路可返。所以我要提到的"我们这一代"的三个关键词,也是特点。第一个特点是"身体在城市"。我们的工作单位,我们从家乡走出去以后一般都在城市工作,所以我们的身体是在城市的。第二个特点是我们的精神一直在乡村。我一直觉得70后作家,尤其是现在已经浮出表面的作家,大部分的童年都在乡村,我们的记忆底色还是乡村。所以说我们的精神是在乡村的。第三,我们的灵魂一直在路上,我们的书写也一直是呈现"在路上"的状态。我认为在路上的状态最好。因为我们的前一代或前几代走得很远,已经看不到背影了,而后面一代可能正在出发的路上。

第三,我想说关于批评的态度。首先,批评家有自己的文学标准和判断立场。我有一个观点,就是每一位批评家都堪比鲁奖和茅奖。批评家的状态就应该是这样,而不是说你所发出的批评不是你自己的声音而是受到权威批评家的影响或者受到某一个奖项、某一个排行榜的影响。一个好的批评家从来不会因为别人的目光而转移自己的立场。第二个是建立自己的批评美学。我一直对70后用年代命名有不同的看法,我认为这是一种批评家的懒惰甚至无能的表现。找不出更合适的词语来命名这一拨作家,而简单地拿他们出生的年代来定义这一代。就像上午专家们提到的,1969年出生的和1970年出生的,他们的不同在哪里? 而1970年出生的和1979年出生的,他们的相同点又在哪里? 我认为这一代批评家有重新命名的任务,不要再去重复别人的命名方式。这样的概括已经显示出乏力,没有什么指向。这是命名的尴尬。第三个我认为每一个70后作家、批评家都是独立的,要找出这一代整体相似点非常难。

最后,我认为这代作家不是"后发而终至"。这一代不是后发,是早就出发了,但是一直在路上。吴义勤老师有一个观点,叫作当代作家的经典化。我觉得如果这个命题成立的话,我们这一代作家经典化就要靠我们自己,靠在座的各位批评家和作家来共同完成经典化的任务,没有什么救世主。言不及义,谢谢大家。

陈树萍:谢谢叶炜。下面有请80后批评家中风头正健的佼佼者,来自中国人民大学的杨庆祥博士发言。

杨庆祥(中国人民大学文学院,80后学者):我讲一个我最近的经验。我最近去了一趟太行山,去了一个叫太行梯田的地方。虽然说起来有些矫情,但我还是被那儿的贫困震惊了。那个地方非常穷,他们所有的家庭还在使用毛驴作为交通工具。在这个年代,只有骑驴才能到山上去收获一些东西。那儿种植花椒树,收成不高。因为产量低,每个家庭每年只有一两千块钱的收入。今年正逢大旱,太行山是没有水的。虽然有一些政府资金做了几个引水工程,把水库建在村镇中心,但是依然没有办法解决用水问题。今年更是因为大旱水库见底了，一滴水都没有，所以一点收成都没有。带我们去的当地的旅游局长竟然不认识路，隔几百米就跑下去问路，他根本不了解他们这个镇下面的情况，当然我们更加不知道了。那一刻我突然意识到我每天在北京看到的景观，雾霾也好，世贸也好，或是中央电视台，其实是非常局限的景观。这样的景观遮住了我们的眼睛，导致我们看不到更多的东西。我住在镇子里的时候恰巧有人家出殡，有个中年妇女用麦克风在唱河湖南梆子，她穿着农村很时髦的衣服，头发染黄，穿很瘦的裤子。她唱的梆子有一种欢乐的气息。我突然意识到这才是真正的"吾土吾民"的经验，这才是中国最底层、最普通、最日常的我们千百年来人民群众的审美经验。当时我觉得很惭愧，在那一刻我突然感觉我平时所阅读的东西，比如马尔克斯、村上春树，包括刚获诺奖的莫迪亚诺和我们一毛钱关系都没有。那一刻我意识到我需要反思自己的审美。然后我想到陀思妥耶夫斯基。陀思妥耶夫斯基第一次去彼得堡的时候，他看到一个情景，对他一生的创作产生了影响。他当时正在一个酒店吃饭，这时候外面来了一辆马车。一个邮差吃完饭上了这辆马车，他拼命用拳头击打马车夫的头，把他打醒。车夫惊醒后没做任何反抗，随即，他又大力打他的马。这个马开始狂奔。这一幕震惊了陀思妥耶夫斯基。他突然明白，俄罗斯的人民，就是在这样一种暴虐中生活的，而且这种暴虐是会层层传递的。陀思妥耶夫斯基的传记作者认为这个事件对其后来的民粹主义思想包括整个的写作都产生了巨大的影响。所以我觉得，当代的写作，如果仅仅局限在文学史的传统里面或者是局限在一种经验的写作里面的话，还是不够的。还是要看更多的东西，去践履一些东西。我们现在特别缺少践履的力量。一个真正伟大的作家不仅要写，而且要像写的那样去做，这是对作家的一个更高的伦理学上的要求。我们现在所信奉、迷恋、追求的作家都是一些格局小的作家。近几年诺奖的获得者都是小作家，没有情怀，没有真正的命运感，所以我们这一代要回到非常重要的命题。比如尼采，在19世纪的时候曾经提出，在这个时代，我们要重新学会去看，重新学会去听，重新给自己装一个与众不同的耳朵和与众不同的眼睛，这样才能写出真正有创造力的作品。作家的创作是如此，批评家的批评也同样如此。

陈树萍：谢谢杨庆祥给我们带来非常意外的惊喜。如果我们的作家都像杨庆祥所讲的这样，那么我们中国将不仅是文学的大国，而且是强国。好，下面有请一位作家，他将要践行杨庆祥的文学观。有请李浩。

李浩（河北省作协，70后作家）：我觉得杨庆祥说的和我已经做的准备有很多的共通性，在很多点上我们不谋而合。我想就70后我们这一代作家和存在的普遍问题谈一下自己的看法。

首先，刚刚杨庆祥谈到"眼睛"和"耳朵"的问题，我觉得和我的想法是完全一样的。我认为我们这一代人，不光指70后，很多人都普遍缺少有聆听能力的耳朵。许多时候我们貌似在听，但我们满足于充当一个知道者，满足于知识常识的表象。然而对于来自他者的、他域的和他群的声音，我们可能真正的听见和听见的机会并不够。太多的声音并没有真正地进入我们的耳朵中。我们对批评的聆听是不够的。对来自哲学的、社会的、艺术史的聆听也是不够的。我们对普遍发生着的,他者的生存的声音的聆听是不够的。甚至对我们的内心的聆听也是不够的。这种种的不够使我们每次貌似在听,但真正的听见距离我们听到是非常远的。所以对于我们作家和阅读者来说,我们的听力真的需要进一步加强。

第二,和世俗的、生活的、日常的过度和解是我们70后作家备受争议、诟病的一个重要问题,甚至可以说是我们问题的核心。对于这些问题,就我个人来说,我觉得我们可能太注重当下的现世的浮光化的经验,而这经验被人为地和历史经验、未来经验割裂开来,和阅读经验,和我们的想象经验也人为地割裂开来。前段时间我在一篇小文章中谈到贾平凹的《废都》,我用了萨特评价《喧哗与骚动》时的时间观。他说,对于像昆丁、班杰明来说,时间是一个反复叠加的现在,他只有一个现在感,他是没有未来的。而我们70后当下普遍的写作中,也是不断书写现在,现在,而没有未来,没有对于未来的趋向。这对我来说同样是一个严峻的问题。当然,所有的写作都是貌似某种的向后。但是,在我的写作里面,我为未来做了什么?我有没有对未来有所提供?我能不能撑开更为阔大的空间,来在我们的现实之外建立某种飞翔关系?这对我来说是我突然意识到的要慎重面对的一个问题。缺乏未来性也是中国精神上的一个普遍问题,我们普遍习惯向后。我们常常一而再再而三地回避问题,这种意识使我们认为只要回避了问题 A,就可以交代清楚问题 B 和 C。然而我们往往会悲哀地发现,我们回避了问题 A,问题 B 和 C 往往也是说不清楚的。文学更应该是面对问题的,问题应该是写作的支点。如果我们必须书写当下时代,我们应当将我们的笔深入生存当中必须面对的那些问题,深入到生存的沉默、幽暗区域去,而不仅仅是书写当下的浮光下的光和影。任何一门学科的存在(我认为文学,包括写作也是一门学科或者是科学),它的存在的价值和理由应当是其他学科不能替代的。这是它安身立命的根本。如果我们必须写这些光和影的话,那么,也必须写脱离了我这个文本就不成立的光和影,否则的话它的价值和意义对我来说是值得怀疑的。和世俗过度地和解可能让我们在某种的旧时当中徘徊。

当然,我们在艺术的耐心上,现在也是严重的匮乏。我们和上帝的关系的建立上也是相当匮乏的。我在这里谈到的更多的是问题,也是我自己创作问题的某种梳理和总结。实际上在这里谈70后,更多谈的就是我自己,我需要反思、反省和警惕。谢谢大家。

陈树萍:谢谢李浩。身为作家的他对自己其实蛮严格的。我们期待李浩有更好的作品出现。下面我们邀请一位跨界的,既是批评家又是一位优秀的作家——梁鸿。让我们来听听她的意见。

梁鸿(中国青年政治学院中文系,70后作家、学者):刚刚庆祥讲的两个小故事特别发人深省。我们个体的经验和公民经验之间的断裂问题以及我们这个时代与我们的生活之间的裂痕问题。在我们这种两极化的生活当中,每个人的经验其实是非常局限的。但是怎么办呢?今天我们的论题是"我们这一代",特指70后。实际上作为文学批评来讲,这样一个概念的定义是非常不科学的或者说是非常没有说服力的,因为每个人都不一样。但是作为最简单的一个看法来讲，70 后确实有它的共同性。

我讲我的一个小故事。我小时候，我们家种麦子。有一年种麦子种赔了。全村都赔了，整个乡都赔了。这在我少年时代是我们家的一个非常惨痛的经验。当时这是一个小的，非常小的个人家庭的经历，一个赤贫的状态。但今天，当我们成长之后，突然意识到，实际上当年的一切并不是一个简单的家庭事件，它对应着改革开放的 80 年代中期的一些现象。当时，南方缺少麦子，麦子卖得很贵，南方一些人到北方鼓动大家种麦子。结果农民全被鼓动起来种上了麦子。到第二年，南方的麦子突然不缺了，价格又下跌了。南方这样一种所谓的开放经济来到了北方，它是一个漫长的游走过程，那么到了北方它是这样一个波浪的最终点，它实际上是承受者。所以这样一种经验既是个体的家庭的经验，也是一种历史经验。所以当我们谈 70 后这一代人的时候，我们意指的联系是个体的联系。因为我们经历的是历史背景的坍塌，公共的历史经验，比如"大跃进"、"文革"等这样大的历史经验的缺失。我们经常遗憾，我们没有经历大的历史动荡，没有大的历史背景。然而，当这些大的历史经验没有了之后，当集体的记忆没有了之后，反而是这些个体的经验普遍起来了。所有大的历史都是通过个体的眼睛、个体的存在折射出来的，而这种折射恰是文学最有意义的地方。文学和个体的生命有关系，它以个体生命的成长来完成对大的记忆的折射，反而比正面的强攻更具文学性、启发性。我觉得个体经验和历史经验是有相通性的，通过个体经验来完成对历史经验的表达反而是一种比较文学化的东西。

关于个体经验的断裂性，刚刚李浩也进行了反思，我觉得他是过于谦虚了。可能我们只谈文学个体经验的时候缺乏对公共经验的关注。每个人生活都是有限的。当你来到太行山上，当你看到毛驴还在日常生活中出现，当你听到哭唱，哭唱中有悲哀也有欢乐时，生活的杂糅性已经非常深刻地体现出来了。这不但是个体经验，实际上公共经验也已经呈现出来了。这需要作家去游走，或者说超越个体自身，看普遍生活的一个状况。这个普遍生活的状况未必在文学作品中非要以正面强攻的方式体现出来，它可以是一个非常重要的底色，这个底色恰恰是 70 后作家宽广底色的一个形成。这也是我这些年来搞批评包括写作的一个特别大的感触。生活真的是无处不在的，我认为个人的经验更有宏大性，这是文学一个最好的起点，也是最细微的起点。我们不必去感叹这个时代多么的贫乏。

另外还有一个就是经验的表述问题。70 后作家体现出一种表述的丰富性。比如李浩、则臣都是一种学院式的表达。则臣是一种智性写作。他是一个训练有素的作家要完成他对世界的看法。而最近几年比较火的田耳则是野生的一个作家。这两种表述最终指向一种文学的生命力。所以我觉得这种文学表述的多样是合理的，不必一定要去找一个固定的写作方法，因为每个写作者都有自己的优长和局限，他一定是朝着自己的方向越走越宽。我们可以吸收他人的经验，但不一定要把他人的经验置于自己的经验之上，一定要有你自己的一个原点。如徐则臣写"花街"，你完全没有必要一定要写一样的，因为这个是他的原点，是他情感和思维的方式。如果我们要搞写作的话，不妨沿着自身的原点出发。70后在这一点上有很大的启发性。包括像魏微那样的情感型写作，她也有她的价值。70后作家从一开始登上文坛，从最早的卫慧、棉棉那一代所谓的美女作家，再到魏微到徐则臣、李浩，包括最近几年的阿乙等作家，其实他们的多样性，他们的生态是非常丰富的。我觉得这些作家没有被遮蔽，他们虽然不像60后那么沾光，比如像余华他们那一代，一下子全国知名，但是这样一种自然的生长状态，依靠某种坚持，依靠对某样事物的爱来写作，反而更为长远。可能在未来的10年当中，70后真的是一个创作的黄金年代，可以走得很远。我对"我们这一代"的写作还是有非常大的期待性的。谢谢大家。

陈树萍：梁鸿老师果然厉害，她有丰富的创作经验，又有自己强大的内心，有这样美妙的期待，我们相信一定可以做到。下面请刘琼老师来做她的文学观演讲。

刘琼（《人民日报》文艺评论部，70后学者）：今天我们对于批评有特别多的议论，表现最多的是焦虑感，那么这种焦虑感产生了很多问题，最直接的问题就是批评的有效性。为什么批评的有效性会受到这么多的质疑？我们要怎样去看待批评？我觉得这是一个意味深长的东西。

在很长时间里，批评是无用的，批评在很长一段时间里被认为是自说自话，或者说是一种宣传。批评本身是一个写作的形式，还有重要的一点，批评不是直接对作家说话，我认为批评是对最为广大的听众群体或者读者群体讲的。批评可能对作家发生作用，但批评发生的作用不是直接的作用，而是间接的作用。批评首先面对的对象是我们广大的读者，这就意味着批评带来的价值应该是经验的分享。刚刚李浩跟梁鸿都谈到，写作是个体经验和公众经验的整合。那么对经验的整合，通过写作结构为一种文本形式，这样的文本形式也是一种分享。如果批评在今天发生作用，那么批评需要一种独立的判断，去说服广大的读者。去看批评和聆听批评的读者，他们最大的期待是分享。分享是一种不可多得的经验。经验有个人经验和公共经验。那么批评的个人经验和公共经验来自什么？我认为第一个是审美的质感的问题。如果我们需要进入文学批评的路，最重要的是要培养我们对美的感知力和鉴赏力。作为一个批评家，如果你对文学质感这种东西有准确的把握的话，那么逻辑的东西会帮助你更有效地去说服大家。在今天对批评有质疑的情况下，我认为我们最大的问题是我们对于理论的见识不够严谨和踏实。对理论的掌握，一定要有一个学习的过程。我们一定要有所坚持。如果想要成为一个伟大的批评者，你就一定要讲质感合乎逻辑，你要有自己的发现和主张，去分享和说服。这才是批评的一个有效性的存在。如果我们不能重视这两点的话，我们就不能做到最广泛地面向大众，同样，也就不能对作家产生影响。所以从这个方向来想，我们如果希望批评是有效的话，最重要的一点是怎样将批评带入公共的视野，怎样将批评变成公共的批评结构。我们正在努力，现在有一个很好的趋势，批评的作用已经被人们发现了。批评本身已经是一个独立的存在。未来，提高批评的有效性，应该是批评家共同努力的方向。

陈树萍：刘琼老师任职《人民日报》文艺部，所以她刚才讲话的时候，大家会发现她非常体谅读者,提出批评应面向读者,进入公共空间。刘琼老师在这个方面是很努力也很具慧心的。下面,我们请出90后的批评家黄相宜,请她来分享一下她的文学观。

黄相宜(复旦大学中文系,90后学者):大家好,今天我非常惶恐,因为是第一次面对这么多人讲话,希望大家多多指教。今天在座的都是我的老师和前辈,他们讲得非常好。我是一个90初的学生,所以与在座的同学年龄可能稍微接近些,所以我今天想和大家分享一些比较实用的读书的想法。

今天这个"我们这一代"主题是来自徐则臣老师的《耶路撒冷》中初平阳的专栏文章。我在阅读的时候,觉得书中讲到的不仅仅是70年代人面临的问题,也是我们每一代的人所面临的。提起我们90后,很多人都觉得我们过于年轻。今年是我的本命年,我属马的,所以我已经24岁了,也不小了。年轻人可能对时间会感到很恐惧,日子实在过得太快了,因为处在一个飞速奔跑的时代,总是觉得世界是五光十色的,可能很多人认为经历了许多非常著名的事。包括小学组织看电影啊,邓小平去世的时候在操场上哭啊,还有千禧跨年,9·11,北京奥运会,高考不满意之后要不要复读那些,一切我都觉得太快了。我现在是在读书,从大学到现在已经是第七年了,我还总觉得自己很年轻,和大一的没什么区别,实际上周围学生都比我小五六岁了,台下坐的各位同学也比我小了很多,所以现在出去看到小孩子也渐渐习惯被叫阿姨。既然已经习惯从姐姐变成阿姨,我也不能以年龄小作为借口,继续无忧无虑地生活。也要回忆一下过去,考虑一下生存和理想的问题。这就要说到文学了,因为和文学有一些缘分,所以我小时候接触到的首先是古典名著和各种文学、科学的杂志。与此同时和许多同学一样,是初高中时期非常热爱少女漫画、言情小说,还有神话连载、各种时尚杂志,包括郭敬明的《小时代》这些书,我都看过,很感动,很痛苦。所以我的阅读和我的生活所处的年代密切相关。也许是因为阅读比较杂糅交织,所以面对作品往往比较平等,开放,易于接受。我认为我们90后稍微矫情一些,有时有点浮夸,小资。到了大学,复旦非常重视原典的精读、细读,这个要求对我的影响很大。而我的老师陈思和先生的行文是比较平实的,从此我在写作中常常告诫自己在抒发感情时要稍稍节制一点,叙述要稍微平淡朴实一点。由于小时候打下的比较丰富的杂糅的基础,让我在写作时有了比较丰富的感受力。进入专业学习之后,在写作时慢慢养成的习惯又让我走上了文学之路。

就如初平阳在专栏当中写到的:"这么早就开始回忆了,也许回忆就是希望在变化中找到相对静止的安全感吧。让生活有所依托,从而更加平和地看待变化。"文学可能也是如此,希望在变化的时光中留下一些生命的信息。有时候也会想理想的文学会是什么样子呢? 在我看来,理想的文学和文学批评最好是带有自己的体温的,当他人接收到你通过文字传来的讯息的时候,你的使命就已经完成了。当然,一个好的作品应该传递出一种思考、善意和美。文学工作者永远的职责可能就是为了探寻理想中最完美的艺术可能性。所以我理想中的文学批评是一种融入个人体温,又在理性客观中不断探寻最佳可能的学问,而我理想中的文学创作是一种贴近生活,又带有飞扬想象力的,不断寻求和贴近生活、精神、艺术的本质内核,实现这种最佳可能。这是我今天的一些想法,初上舞台,刚刚起步,也希望自己成为文学传统河流中一朵带有自己生命力量的小水花,留下一点小小的足迹。谢谢!

陈树萍:每次相宜说话都会让人很心疼,会情不自禁地想她用娇柔的语言会讲出什么呢?结果每次都让我们很震惊。这个小姑娘刚刚在分享她个人的阅读经验,她个人的阅读史。听她讲的时候我就想,我跟她真是两代人。所以,我要谢谢她来到现场给我们带来精彩的演讲。下面给大家介绍我们淮阴师范学院文学院主场中的两位博士,一位是李徽昭,另一位是王爱军博士。首先有请李徽昭博士。

李徽昭(淮阴师范学院,70后学者):非常感谢大家给我这个机会和各位交流心得,我今天谈一下我的内心所想。我觉得无论是写批评还是搞创作,都要从内心出发。我们今天的话题是"我们这一代",我认为我是最能体现我们这一代的。我是1975年的。1965年到1985年,这一段,我认为都应该属于我们这一代。因为1965年出生,现在将近50岁,1985年,将近30岁。在30岁到50岁之间,是思想成熟的时期,也是可以承担起社会重任的,所以"我们这一代",应该是1965年到1985年。

今天我们主要讲批评家和批评观,我也写过一些批评文章,在写的过程中,我也在思考文学批评的很多问题。我感到我们的文学批评有一些病,而且病得还不轻,这也是我自己的问题。我个人是这样想的,我们现在谈文学的话,有一个基本的事实就是现在文学已经学院化了。现在阅读文学作品的人都集中在高校里面或者中学里面。文学评论也在学院化。第二点,我认为是这种"小我"文学体的叙事比较多。第三点是意识形态控制下的学术倾向比较多。第四点是一种即时消费性的实用主义比较多。这个从莫言获奖时候就可以看出来。第五点,文学批评的描述化。我们如今的文学批评理论叙述比较多,而带有生命体验的东西却比较少。多是用西方的一些理论,而这些理论脱离了社会现实。第六点是审美趋向上很小资。这六点,我认为是当下文学批评的现状。对于这样一种现状,我认为就是要像刚刚李浩所讲的那样,更多地学习,更多地聆听。谢谢大家。

陈树萍:谢谢李徽昭博士。下面我们请王爱军博士来分享他的文学观。

王爱军(淮阴师范学院文学院,70后学者):今天作为一个70后,坐在"我们这一代"的队伍里面我感到很惭愧,因为我没有跟上这个队伍。每位批评家的发言都让我震撼和惊喜,感谢的话就不用多说了。为什么说很惭愧,因为这么多年我一直关注比较多的是现代文学。就像刚才李浩大师所说是关注死人的东西,关注死人的东西比较多一些。对当代作家、当代文学的关注是远远不够的。偶尔有所涉及,但言说的信心和勇气都不够,所以表达很少。曾经关注过一个江苏籍的作家罗望子。因为当时也是偶尔一次看到文章上的署名,对这个名字感到好奇。于是对他的作品进行了系统阅读,读完之后,写了一些文章。后来文章刊发以后,被罗望子看到,他主动联系了我,对我进行了一些鼓励。这让我增加了一些勇气和信心。以后我会继续跟进当代文学,关注当代作家。我非常认同上午邵燕君老师提出的问题,就是我们这个时代精神究竟靠什么来拯救。我愿意做一些思考,我更期待我们的当代作家能够以他们的作品给我们带来更深的启示和反省。我的发言完毕,谢谢各位。

陈树萍:爱军博士并非像他所讲的那么低调,实际上在文学上他一直很努力。下面我们要请南京师范大学文学院教授何平来做一个总结发言。他是1968年生的,他到底是属于前一代还是后一代? 我们要先来看看他说话是老气横秋还是少年益壮才可判断。下面欢迎他。

何平(南京师范大学文学院,60后学者):我怎么总结呢,他们说的都很高深,我也不太听得懂(笑)。而且这里的多数人,大家都是很熟的朋友,很少有机会这么居高临下地,不是面对面地说话,而是把耳朵向两边扩张着谈话。我已经很少看到有这么多人以文学的名义集会。如果说,是听一个励志的讲座,一个能挣钱的讲座,比如传销,台下有这么多人还比较正常。聚集这么多人共同谈论文学,让我有一种恍如隔世的感觉。我是1987年上大学的,今天的这个场景让我想到我的大学时代。80年代大学的场景在今天出现,有一种借尸还魂的感觉。而我感到,其实,这样一种对话的方式其实是挺正经的,希望这样的方式会让大家更喜欢文学,而不是让大家害怕文学了。刚才陈老师介绍我是1968年生,黄相宜是90年代,我算了一下,按10年一个代际算的话,那我就算是曾祖级别的了。汪老师在5年前写过《80年代批评家的气色》,当时把我归在老年人的行列里边了。倒不是因为我写得多好,而是文章的风气已经非常沉稳,近似老年人。所以我今天听得很努力,但也很吃力。

我首先回应一下黄相宜的话,我同意她对文学的理解,就是文学应该是我们日常生活的一种方式。她刚才很诚实地跟大家分享了读《小时代》。读《小时代》不是一件可耻的事情。所以,文学应该是生活的一部分,阅读应该让你的生活变得美好,让你感到愉快。同时在阅读中间看到自己,自己的局限,忧伤,也可以看到自己的影子。作为一个专业的读者,我很希望返回一个普通的读者,去愉快地读一本书,把书看完,然后读懂了,针对读懂的部分写点东西。而不是为了杂志约稿去写。这才是真正的文学阅读方式,而不是以成为专家为目的。

另外,关于"我们这一代"这个题目,明显的是把我排除在外了,我变成了"他一代"(笑)。在我看来,真正的文学可以把地域、代际、阶级、性别,这样的东西忽略掉。真正的文学是通阅的,它并不会因为是哪一代人写的而造成阅读上的障碍。像《诗经》我们依然在读,依然可以读出古典时代人的那样一种感觉。

总结一下刚刚大家的发言,主要谈论了这样几个问题。首先,我们如何生活在这样的世界并且去感受这个世界。比如刚刚庆祥兄所谈到的,我们怎样与世界建立起这样的关系,生活在一个真实的世界中间,生活在一个尽可能辽阔的世界中间,并且能够感受到我们生活的这个世界。比如刚刚李浩兄谈到的问题,使自己的所有感觉打开,然后能够感觉到、聆听到、触摸到这个世界。不是依靠常识,而是通过自己的体验去领受这个世界。这是他们这一代谈到的问题。第二个,刚刚反复谈到的问题是我如何将自己感受到的东西发出自己的声音。这个可以借用汪政老师的书名叫作"自我表达的激情"。你如果没有这样的一种激情,你感受得再多、再深刻,也不可能发出自己的声音。

还有,我想说一句,年轻的时代里面千万不要感到我发出的声音是无病呻吟。其实年轻的时代,无病呻吟的声音是正常的。还有一个问题是,我的声音发出来以后,怎样与人分享? 也就是说,通过你的发声,与这个世界重新建立起关系。正如刚刚王爱军师弟所讲的,他写了一篇文章,罗望子给他打来电话,他感觉这是来自天堂的声音。还有另外一个话题可能对在座的各位同学来说比较遥远,就是什么是"70后"。刚刚一开始叶炜就谈了这个问题,梁鸿也回应了这个问题。这两个人也在掐架,争论遮蔽了还是没遮蔽。梁鸿说我是挑拨离间,那我的挑拨离间结束了。(笑)

总的一句话就是文学应该让生活更美好,而不是让大家更害怕文学。我跟汪政老师交流得比较多,我们都觉得中国的语文教育不是培养了母语的热爱者,而是培养了母语的敌人。文学被我们搞得不可亲近了。也许大家用一种谈恋爱的耳语的方式去表达文学反而会效果更好。我的总结完成了。谢谢。

下半场主持人:刘志权(南京师范大学文学院教授)
下半场总结人:邵燕君(北京大学中文系副教授)

刘志权(南京师范大学文学院,**70后学者**):我们下半场现在开始。我做这个主持从主题来讲还是比较合适的。因为目前对"我们这一代"的年龄跨度还有争议。但是我是最没有争议的。因为我是1975年出生,我在70年代的中间。第一场由何平压轴,我们这一场是由邵燕君教授来压轴,所以我们还是比较有底气的。刚才何平说我们做主持的不应该点评,所以我主要做的工作是掐表,还有就是介绍。我们第二场阵容还是非常强大的,打头的是李相银,收尾是李云雷,还有一个中轴,就是我们的徐则臣。下面我们就请李相银院长发表讲话,大家欢迎。

李相银(淮阴师范学院文学院,**70后学者**):谢谢在座的各位同仁,也谢谢我们在座的各位同学。对于同学们来说,这是一次非常好的机会,能够跟这么优秀的作家、批评家零距离地接触。我想这个活动只是一个开始,以后类似的活动我们还会多搞一些。

刚刚上半场我们叶炜兄,包括我们的梁鸿教授,也包括我们著名的评论家何平教授都提到了一个命名的问题。叶炜兄甚至批评了我们这个命名的无力乃至于无能。其实这也是大家上午讨论到的一个议题。我想大多数的命名其实只是批评家的一个叙述的策略,也大多是一种权宜之计。新世纪文学大概命名下来有十五六年,那么这个命名从开始就有争议,包括我们所研究的这个专业——中国现当代文学或者中国现代文学,其实也会面临一个争议的问题,到底现代到何时? 就时间而言,一切现代都会成为过去,成为古代。所以事实上在写下或起了这个标题开始,我就一直在怀疑这样一种命名的合理性。但是从生理年龄上面来讲,代际划分也是明显存在的,50后60后70后80后乃至90后乃至00后,每个年龄的人都有自己的这一代,都有自己的"我们这一代"。但就文学创作、文学批评而言,代际界限其实很模糊。我上午也提到的,有些批评家、有些作家天分非常高,出道非常早,他们早就成为同一时代人的领跑者,比如汪政先生、晓华老师,应该说他们早就融入50年代生人当中去了。比如70后的,像谢友顺,75后的像李云雷,也早就插入60年代人当中活动去了。而80后非常优秀的杨庆祥、金理,也早早地挤入70年代甚至60年代的活动中来。刚才大家也看到90后的黄相宜,已经开始进入我们70年代生人组织的活动当中来了。所以这个代际划分你要把它区分得那么清楚,我说没必要,因为很难找到代与代之间有多大的差异。所以说我理解各位对会议主题"我们这一代"命名的焦虑,一是因为从文学创作、文学批评的内容、主旨、审美观念、审美体验来说,每个人都是唯一的、独特的,都不愿也没有必要被卷入一个群体当中去,因为他们会担心刚刚形成或者业已形成的个性被共性所淹没而失去自己的唯一性。第二个就是这里我邀请到的这些名家当中有一群大佬级的人物,都是国内这个年龄层次乃至于跨几个年龄层次的作家批评家当中最优秀的,比如说何平教授、邵燕君教授,包括我们70后的梁鸿教授、李云雷先生,应该说他们平时是不带我们玩的。其实把60后的大佬请过来,是请他们来见证我们这个会议。正因为如此,我想重申:我们今天用的"我们这一代"并不是专指70年代,或者70后,而是一个比较宽泛的概念。我昨天专门为这个命名请教了70后批评家当中的领军人物李云雷先生。名不正则言不顺,我们的命名,主要是泛指以70后为主体,兼顾60年代末80年代初的这么一拨人。我要特意做这样一个解释。

然后说说我们批评家的态度。80年前,鲁迅写过一篇文章叫《骂杀与捧杀》,鲁迅在里面说,批评得失了威力,由于"乱",甚而至于"乱"到和事实相反,这底细一被大家看出,那效果有时也就相反了。所以现在在被骂杀的少,被捧杀的却多。我对"骂杀与捧杀"的理解是:我不否认有些骂杀是消极的谩骂和诋毁,这个我也不赞成。但如果在骂杀与捧杀这两者当中做一个必需的选择的话,我更愿意选择骂杀,因为骂杀是会刺激人的,是会让很多人肾上腺激素剧增的。它最起码能够促使被批评者去反思,更努力地去营造和建构自己的文学观、批评观。在我看来,捧杀其实更危险、更险恶,因为它会被裹上一层糖衣,很可能造成一个温水煮青蛙的效应。鲁迅当年所说的捧杀这种手段,他说"常使我们悠悠然、飘飘然、昏昏然,完全不知所以然,最后导致功未成身先退"。去年我在台北的时候听了阎连科先生的一个演讲,我很喜欢这个作家对批评家的期待,他说:"优秀的批评家应该是那些能做灯塔的人,总能给作家指明写作的道路,优秀的作家应该是才华丰富的阴谋家,总能给批评家设置陷阱的人。"这个话非常好,我也谨以此与各位作家、批评家共勉。谢谢各位。

刘志权:谢谢李相银教授的发言,我还是感觉到他对命名的焦虑。下面,我们要请出80后的叶子为大家发言。叶子是批评界的后起之秀,师出名门,既有才气又非常勤奋。每次开会听她发言,都能给我们一些不同的感受,因为她读的专业跟我们不同,她是比较文学与世界文学专业。所以我们请年轻的叶子给大家来做一个发言。

叶子(南京大学文学院,80后学者):谢谢,我确实是一个门外汉,所以我想今天我专门就来负责跑题;如果是唱凤凰传奇的歌我是负责rap,负责唱那个"yo yo come on"的那个。

在座的各位专家理论都非常丰厚,我想我能做的就是给大家提供一些花边的讯息。

大家知道我们在一个讯息非常发达的世界,有的时候讯息也是能说明一点问题的。因为今天不断地有人提到"被遮蔽的70后",我想做的就是谈一谈英美文学刊物中间出现的华人70后,在海外文学版图上谈一谈我们的70后作家。我想先提一个杂志,叫《格兰塔》。我不知道在座的同学有没有听说过这样的一本杂志,它应该是英国最具有文学影响力的一个文学文化杂志。它创刊在1889年,已经有一个多世纪的历史了,最早是剑桥大学的学生刊物。学生刊物意味着什么呢?学生刊物意味着它的心态很年轻,它关注的东西就是我们说的新写作,也就是关注那些投身写作不久的作家。可是很有意思的是,《格兰塔》在定义新写作的时候,它并不强调这个新,它用了一个词叫"抗衰老精华"。我们知道精华这个词,其实它有很多成人的经典的意味在里面,通常情况下我们不会用精华形容新一代的写作,但是这个《格兰塔》敢于给70后或者80后写作,贴上精华这样一个我们不太常用的标签。它心态很年轻,但是一方面它又是力做主流的这样一个文学杂志,也就是说,它不想做精品的、边缘的小杂志,它要做一个决定写作者命运的杂志。它每十年都会选一批最优秀的青年作家,然后在这样一个阵营里面,它会提供一个非常好的文学平台,选出它认为未来哪些写作者是最有能力的选手,他们的玩伴他们的对手是谁。也就是在这样的一个背景之下,去年第四期的英国最佳青年小说家评选的时候,它选了一个我们中国的女作家叫郭小橹。我不知道在座的有没有对她熟悉的同学,她是1973年出生,从浙江出来的一个女导演、女作家,现在在伦敦用双语写作。这个《格兰塔》在介绍完郭小橹之后,同时推出了它认为在美国的写作者里最强的选手。这里面居然也有我们华人的身影,她是李翊云,也是70后的一个女作家。《格兰塔》最近干的一个事情,就是把中国当代70后作家中比较有名的阿乙的一个随笔,译成经典短故事的形式刊在了《格兰塔》里面。所以2013年这一整年,在《格兰塔》上面,春天的时候有英国的郭小橹,夏天的时候有中国的阿乙,秋天的时候有美国的李翊云。我觉得这是一个很惊人的事情。一方面我们说70后被遮蔽了,一方面我们又看到这样一本几乎是最主流的英语文学文化杂志,精挑细选出来这样三位70后的华人作家。然后紧锣密鼓地构筑了这样一种华语表述。

我当然能理解大家在谈到被遮蔽时的委屈,因为在与英美文学的交流中间,这个交流是特别不对等的,在很大的程度上,西方英美文学的主流是被大大地高估了。在当代的70后、80后中间,确实有一批非常优秀的创作者。我们也很高兴地看到窗口确实是被打开了,"被遮蔽"或者"未遮蔽"就看大家怎样去定义它。我今天就是想给大家提供这样一个信息:我们确实是在一个走出去的姿态中间,并且我们走得很漂亮。

刘志权:谢谢叶子,叶子给我们带来的信息果然是不一样的,因为她的视野不一样。下面一个发言者是标准的70后、实力派批评家郭艳。郭艳教授是鲁迅文学院教学部主任,鲁迅文学奖评委。下面我们请郭教授发言。

郭艳:(**鲁迅文学院教学部主任,70后学者**):很高兴到这样一个地方与大家一起共享这样一个文学的时光。

刚才叶子谈到"被遮蔽",我们的理解可能还是有些不一样。作为我们专业的评论家或者一线的写作者来说,这个"被遮蔽"可能是指70后写作的经典化过程。就是我们认为70后的写作和经典化过程不是同步的,而是有一定的延迟或者延误。我觉得我们70后的评论家,我们这一代的评论家可能要做的一个很重要的工作就是如何让我们这一代作家(我觉得不局限于70后,我想把这个概念延伸为当代中国的青年写作)尤其是实力派写作经典化。我认为一代有一代的文学,文学批评往往都是为了构建同时代的这样一个文学身份认同。当代的文学批评和当代的文学创作是同步的,因而文学身份的认同又成为一个时代某种价值判断和共识的基础,所以我觉得今天整个研讨会提出了"我们这一代"的作家和批评家这个论题,在相当大的程度上,它有着这样一种历史的必然性。我还是要谈一下,就是当下这个文化语境当中青年写作与代际实际上是密不可分的。我把刚才我们所说的这个70也好,60末或者80、90初也好,我把他们整体的写作称为青年写作或青年批评。那么它与这个代际密不可分,就是不同时代的人实际上存在着巨大的文化差异。即便是同时代的人的身份认同也是多元和自相矛盾的,我们整个70后的认同也绝对是多元的。我们在谈论70后的时候我们也互相掐,但是代际与个体身份焦虑成为一个无法忽略的现实存在。为什么我们大家会互相掐,就是因为我们对自己的身份认同产生了焦虑。新崛起的一代人会寻找自己的同代人,这个是很正常的,就像上午所说的抱团取暖。这实际上是现代人无法定位自身身份的一种体现,也是现代身份焦虑突出的一个焦点。那么代际以及代与代之间非常复杂的这样一个关系,就成为我们现代社会身份、意识多元混杂的根本标志。刚才梁鸿说我们70后作家的资源其实也正在于此。

现代个体身份焦虑源于权威的瓦解、个体的崩溃、宗教祛魅,于是现代个体陷入一个经典的现代性问题,就是我是谁?那么这个困惑它会让作家也好,评论家也好,徘徊于自我、他者、此在、彼岸、工具理性与自我欲望的无边黑暗之中。现代人是没有故乡的。上午我们在研讨徐则臣作品的时候,我们老是提"京漂"。则臣他们,包括很多评论家也不停地在谈论,在微信上也在谈"京漂"意味着是没有故乡。实际上作为一个现代人很不幸,从传统到现代的过程就是我们逐渐失去自己故乡的过程。那么精神的乡愁是存在的,但如何寻找是一个问题。代际写作成为当下文学写作的一种新的维度。我觉得可以这样去理解,就是不同代际的作者通过文学写作来缓解现代自我身份的某种焦虑,在一定程度上文学充当了精神治疗的角色。青年写作作为一种代际写作实际上在表达自我经验的同时,获得了同代人广泛的一个身份认同。然而,代际写作在获得广泛身份认同的时候也暗喻着我们这个时代的人对于时代本质非常童稚的理解。这种童稚的理解也很可怕,就是说我们不能无视他者经验。就像杨庆祥刚才说的,80后突然到了太行山区,他发现自己的经验和当下的乡土经验,前现代的经验是如此的异质。对于我们70后的人来说可能我们不会有太多的惊讶,因为我们的童年、少年时代是深植于这样一个传统之中,我们经历了从传统到现代这个过程的两端。当我们的身份意识混杂在这样一个急剧转型的社会当中,我们文学的声音无疑就是凌乱、琐碎和犹疑的,无数细微的日常的文本叙事传达出一种集体的沉默状态。为什么今天我们会说李浩的写作,或者徐则臣的写作,我们认为它是70后写作当中非常优秀的写作,就是因为他们在这样一个集体的沉默状态当中表达出了自我面对现实的一种精神状态,一种声音。实际上我认为徐则臣更多的是现实性的,面对正面强攻现实的,而李浩更多的是面对历史的。在每一个自我确认的文本当中都呈现出不同的对于当下与自我的这样一种纠结和张力。

整个70后写作,包括目前的则臣和李浩他们这一批写作,包括以前路内、阿乙的那一批写作,包括我们现在期刊、主流媒体上的更多70后更为经验化的写作,作为一个集体的青年写作面貌呈现出来,往往缺乏强有力的时代之音的表达。我觉得这可能是当下青年写作当中的确存在的问题,尽管个体生存的这样一种体验与自我的精神空间已然和文学性相辅相成。我觉得70后在这方面做了一个很大的贡献,就是先锋写作实际上在某种程度上,从文学史的角度来说它是终结了主流意识形态对文学某种程度的植入。进入新写实之后整个文学变得更为经验化和日常化,然而如何对我们中国人从传统到现代的日常生活进行审美化、文学性的描述,其实70后写作作出很大贡献。但是在文学史现象梳理上面我们评论家还没有从经典化的角度对他们进行更好的梳理。

有这样一个问题,就是为什么会突然出现一个非常明显的代际的变化,也是我这几年一直思考的问题。其实非常明显的一个代际的变化不仅仅是我们70后或者80后的问题。在中国近现代白话文学传统中,亲缘宗族、地域文化、宗教伦理和世情百态一直是作家叙事最为直接的对象。传统作为联系过去、现在和未来的某种方式,让文化和生活呈现出某种延续性,从而在文学中也体现出一以贯之的美学追求和价值意蕴。而当下的文化理念中,家族、血缘甚至于地域性已经极大地被打破,从作家主体认知上来说,家庭伦理、宗教道德、历史现实,等等,都处在一种暧昧含混的状态中,友谊或者隐秘的个人关系成为稳固的社会纽带,个体自我前所未有地膨胀,又史无前例地被现代国家庞大坚硬的体制所压抑。干是不确定性反而成为某种全球性共识,这种不确性带来的不可知论向过去和未来双向延展,从而在很大程度上增加了现代个体面对世界的不安和焦虑。这种不安和焦虑在青年写作、批评当中都是存在的。对于青年写作来说,当代中国文学缺乏对于现代转型时期常态生活的同情和理解。文学一般都会更多地去描写苦难、战争。对于70后,60后中后期,包括80后、90后,他们很难体验我们以前传统文本当中所描述的一些苦难。文学在破除政治意识形态束缚以后,在市场、大众文化以及物质主义的语境当中,我们反而极快地进入了物化的个人主义。刚才何平老师说,看《小时代》也是可以的。当然你可以看《小时代》,但是如果它的落脚点是世俗生活欲望的满足与精神的坍塌,这个就很可怕也很可悲。从20世纪90年代文学开始关注生活层面以后,从新写实一路走向欲望书写,它往往过多夸大了物质主义对于日常生活层面的架构。其实,寻常百姓往往并非生活在一种极端欲望化的情境当中,他们往往是被动地生活在常态的物质主义出来的这样一种生活流当中。他会经历一个人的生老病死,婚丧嫁娶,生儿育女。我认为当下写作极度浓缩和夸大了凡人生活的欲望色彩。于是就出现了大量的对现当代历史的欲望化叙事。许多文本就纠缠于传统当中农民意识笼罩下的帝王的情色经历(我们大家都知道后宫戏,而且大家知道后宫这个词都翻译到美剧里面去了。美剧的政治斗争就会用宫斗这个词),或者是豪绅军阀的妻妾成群,或者是谍战片,或者是乡野村妇的丰乳肥臀,其至是旧式文人遍地遗情的破败乡村。我们的青年写作和青年批评家在面对传统的时候如何去面对这些东西? 随着传统伦理日渐坍塌,我们如何面对主流欲望话语,实际上成了许多人的困惑。

我想用以下几点来结束我的发言。第一,当下的青年写作对于历史与生存的认知更为日常化,在日常性经验的维度开始思考一个常态社会的生存与审美经验。可能这种日常性会割裂对于整体宏大社会经验的表述,但是相对于当代文学宏大叙事屡屡无法自辩的现代性精神向度的缺失,如何在平庸个体走向现代的时空中寻找属于现代小说的精神性存在,应该是当下文学的题中之意。所以我非常欣赏李浩小说、徐则臣小说当中呈现出来的现代人的人格和精神自觉的这样一种东西。第二,上帝、权威、传统甚至于理性本身都遭到了质疑,现实生存已经让我们开始在祛魅之后面对物质主义的沉重和虚无。我们如何直面物质主义和现代生存难以承受之轻。这个“轻”可能比肉体苦难带来更多精神上的痛苦。青年写作正是在这样一个节点进入当代文学,这是很好的一个契机,期待青年作家能够叙述现代个体所面临的孤绝精神境地,个体进入无物之阵的心路历程,呈现被撕裂被折磨的灵魂,从而真正用新的叙事经验照亮中国人遭遇转型巨变的精神困境。我自己也一直很努力地用我的批评和写作来致力于我的这种理想。我的发言完毕,谢谢大家。

刘志权:感谢郭艳教授的发言,她对 70 后写作有很深入的思考和批评,也提出了很高的期望。刚刚都是批评家在发言,下面我们来听听作家的回应,我们有请作家徐则臣发言。

徐则臣(《人民文学》编辑部,70 后作家):我先澄清一下,一直说“大师”、“大师”,其实这是骂人的,所以大家不要当真。我们这次从上午到现在的研讨过程中,有一个词出现的频率比较高,就是“代际划分”的问题。就我目前的感觉,这个词好像越来越胆怯,越来越暧昧,越来越像打“擦边球”。我想我得开一个历史的倒车,我觉得至少对 70 年代这一代人来说,“代际划分”有它的合理性,而且有极强的合理性。我想谈谈我对这个问题的看法。

昨天一早和傍晚的时候,先后两次看到一群跳广场舞的大妈。大家知道,跳广场舞的大妈这段时间是全国的一个公共话题。一时之间,她们变成了一群害虫似的人物。有人在网上说,现在起劲地唱起劲地跳的那帮人,当年他们都是红卫兵。在当年,他们不允许别人唱不允许别人跳,现在,他们自己开始唱,自己开始跳。注意这句话,“当年她们是红卫兵,她们是那一代人”。这是一个。第二,在习近平总书记和李克强总理当政开始之后,很多人对中国抱有一线希望,觉得他们这一代领导人是插过队的那一代知青,他们深知民间的疾苦,所以他们的治国可能更加务实,更能够体察世道人心,更能够体察民间疾苦。注意这个问题,“他们那代知青”。也就是说,我们在谈这些问题的时候,已经具体到某一代人,可见“这一代”在他们的身上打下多少烙印。

在我看来,我觉得历史不是匀速前进的,它不是均质的,不是说这 100 年一定要发生等量的、等质的重大历史事件。它可能在 500 年弹指一挥间,但在关键的时候,可能在一年它有无数个拐点。就在那一年发生决定我们民族的命运、国家命运,甚至人类命运的大事。那么在我们的历史书写中,500 年可以用一句话、一夜无话过去了,但是那一年我们可能要用半本书来写。这说明一个什么问题? 说明历史的轨迹不是以年份,不是以一个平均数来算的,而是以这段时间发生了多少的事情,以它的含金量,以它单位面积所受到的压强这个标准来算的。如果从这个意义上讲,我觉得 70 年代的这拨人,从出生到他所成长的这么多年,正是中国社会的转型期,处在一个变化非常巨大的时期。如果说一代人真有一代人的文学,如果说文学的确是对这个世界的真实反映,是一个人对这个世界的看法的话,那么我觉得,这个世界映现在这一代人眼中的图景跟他们成长的背景、所受到的教育,他们所经历的社会事件应该有极大的关系。如果说这 40 年来,中国发生了巨大的变化,它的含金量跟过去相比,如果大于过去的话,那么,我觉得这一段时间内出生和成长的人,他们所经历的事情肯定要比别的人要相对多一些。那么他们对人与事的看法会是什么样的,我想肯定会区别于别人,肯定会区别于别的一代。从这个意义上讲,如果我们忠实于自己的时代,如果说一个作家必须忠实于自己对世界的看法,必须有效地自我表达的时候,我觉得,他不能离开他这个时代,否则他辜负了时代,而且他写的文学可能是虚伪的、无效的。因此,我觉得这一代人可能是成立的。

我们可以想一想,我们总是说转型期,改革开放,好像这些东西很重要,确实非常重要,这三四十年来中国发生了翻天覆地的变化。我觉得还有一点大家可能没注意到,就是网络时代。若干年以后我们会发现前网络时代和网络时代以后会发生巨大的变化,很长时间以前一直在网络上流传一个段子,三个苹果改变一个世界。一个是亚当夏娃的苹果,蛇怂恿亚当夏娃吃了苹果以后,他们知道了羞耻,被上帝逐出了伊甸园,然后,人类在大地上开始繁衍。不管这是不是一个神话,说明这个苹果很重要。还有一个苹果就是牛顿的苹果。牛顿坐在树底下,一个烂苹果掉他头上,正好砸到了他,然后,他琢磨出了万有引力。万有引力对整个世界,对人类的物理学的发展起到了一个巨大的作用。没有万有引力的发现,我们的物理学,我们的世界根本不会是现在这个样子。还有一个苹果就是乔布斯的苹果。大家可以想象,网络这个东西,多大程度上改变了我们的生活。过去说,秀才不出门,便知天下事。那是因为一个秀才很有才华,能够高屋建瓴地把握这个世界。而现在的确是做到了,即使你没有秀才那样的才华,你也可以不出门便知天下事。因为你有网络,你可以在网上看到任何一个角落任何一个身影。只要网络上出现,地球的那一边一声枪响,我们这边,一秒钟之后,我们也听到了,我们比他慢不了多少,因为网络出现了。如果说现场直播的话,我在这儿说的任何一句话,在地球任何有网络的地方都能听到。这个事件,我觉得改变了我们对这个世界的看法。我们的世界观绝对会因为网络而改变,只有网络出现以后我们才可以说这是一个地球村。世界是透明的,世界是平的,对作家来说,我们写作的任务变得前所未有的艰巨。因为这个世界已经没有隐私,没有传奇性,没有陌生感可言。对于一个想经营陌生感的作家来说,我们面临的任务的确是非常非常巨大的。所以昨天晚上我在微课堂上讲,对于莫言、贾平凹那一代人来说,他们写过去的事,写高密东北乡的事,他可以用一个非常传奇性的故事来结构一篇小说,但是现在,我们再写当下的高密东北乡,我们讲不了那些让人家觉得好玩的事。因为当下的高密东北乡发生的任何事情我们都知道,我们写高密东北乡难度极大,就是莫言自己写现在的高密东北乡,我觉得也很难让我们有一种非常新奇的陌生感。在这一点上单纯靠讲故事肯定是有问题的,也是在这个意义上我觉得一代人的确有一代人的看法,我们的看法是我们所成长的那样一个历史环境,那个语境来制约。

因为我是做编辑的,有一段时间,一个朋友给我推荐一篇小说,他跟我说非常好,一个80后小孩写的。然后我看了这个小说,写得的确是非常好。但是盖掉他的名字以后,我说这是一个50年代作家写的。一个80后小孩写出50年代那么成熟的一个作品好不好,从作品的意义上来说,我觉得好,但是我对这个作品是否定的。我说一个80后的孩子他看待世界的方式,他进入文学的方式,思考世界的方式,用的完全是一个50后的眼光,他看到的东西也是一个50后人看到的东西。我不是说50后看到的不好,也不是说60后看到的不好,而是说你没有自己的看法,你在用别人的声音说话,你在用别人的眼光看待这个世界。如果说我们这一代人,每一代人,只能用前面的那个嗓音说话,用他们的眼光看世界,那要我们干什么? 有50后的作家就够了。中国的文学有莫言有贾平凹就够了,为什么还要60年代的作家,70年代的作家? 就是因为我们能够提供区别于莫言眼中的世界,区别于贾平凹眼中的世界。虽然我们面临的是同一个世界,我们一起生活在2014年10月11日,但是我看见的2014年10月11日跟莫言眼中的肯定是不一样的。即使我们看见同一个人从门口走进来,我们对这个人的推测,对这件事情的前因后果来龙去脉的想象和虚构肯定是不一样的。因为我们的背景不一样,在这一点上,我觉得就能看出来代际在这个程度上是合理的。

刚才上一场,何平老师说,文学是通阅的,好的东西是全人类的,我承认这一点。但是,我觉得这个好的东西首先是根植于那个时代。在今天,我们的确能够看懂《诗经》,的确能够看懂《荷马史诗》,的确能够看懂《战争与和平》,我们觉得它很好,是因为我们觉得这个东西含有很高的艺术价值。但是在当代,它们能够一代一代流传下来是因为我们还是觉得它跟当今时代还有很大关系,我们在他们的作品里面能够充分地回到那个历史现场,它提供了足够丰富的细节,那个细节是真实的、可信的。所以恩格斯说,一打的社会学家赶不上一个巴尔扎克。因为巴尔扎克的小说对当时的法国和巴黎,对它的现场的复原能力,对当时的历史保持的细节,更多,更有价值。所以从这个意义上说,我觉得我们应该用自己的眼光来看待问题,来看世界,用我们自己的嗓音来表达问题,表达世界。所以,我觉得代际是有效的。

代际的划分是不是那么严格? 比如说70年代的人必须是从1970年1月1日出生到1979年12月31日结束? 当然不是。这个代际相对来说是既准确又含糊的。就好像有多少根头发是秃子一样,这个问题我们不能这样较真下去。一个问题追到极处,就是一个伪问题,永远不存在。所以我觉得我们在谈代际的时候应该充分看到代际本身的一个合理性。一个作品首先要与它的时代之间有息息相关的关系,就是所谓的"接地气"。我们一直在说一个作品要接地气,一个接地气的作品才有可能流传下去,否则你就是空对空。那么我们既然一直都在说这些问题,为什么面对代际划分的时候,我们就要觉得这是一个非常不合理的概念呢?觉得这是一个权宜之计呢?历史有宏观的历史,也有微观的历史。就像我刚才说的,500年可能弹指一瞬间,一夜无话就可以忽略过去,但是我们具体到每一年,每一年都非常重要。一个人的一辈子,我可以说他生下来,活了,死了,这个人一辈子结束了。但是我们具体到这个人的一生中,你会发现他们每一年,每一天,可能都经历了惊心动魄的时刻。文学的任务不仅仅是把这个人的生了、活着、死了这句话说出来,还要具体深入到他生活的每一天,具体到每一个惊心动魄的细节。在这个意义上,我觉得代际还是有存在的理由的。这也是我不喜欢那个80后的小孩写得非常成熟的50后的文学的原因。我觉得一个80后的小孩就应该有他自己的特征,有他自己的声音。一个小孩,你就应该是童声。如果我两岁的时候就是现在的声音,大家会觉得这是一个妖怪。但是,如果一个人80岁的时候,依然是娇滴滴的声音,你会说他是天山童姥。你不会说他是一个正常人。所以,我觉得一个人处于什么样的时代,处在一个什么样的时候就该做什么样的事儿。这个你跟时代之间的关系才能是最真实的关系。即使说写到历史也是如此。很多人觉得,我写历史和当代有什么关系?当然有关系。我们一直都在说,所有的历史都是当代史。就是因为,我们写历史的时候其实是拿着当下的眼光去看历史。否则历史只有一个,它不会有无数个。而现在,我们看到历史有无数部,每一个时代都会修自己的历史,而每一代的历史都是不一样的。那么历史有没有真相呢?也许有绝对的真相,也许就没有。那要看你这代人如何站在你的历史语境中,去重述,去重构那段历史。这是我关于代际的一点想法。

我顺便回应一下刚才那个同学的提问,他说在小说里面写了这 代人,他们的信仰是什么。这跟我写这个小说有极大的关系。我为什么写这个小说?昨天晚上在微课堂当中我也讲了。我说,在很长时间,作为一个70后,在文学界,在社会各界,我几乎都听到了一些否定的、质疑的声音。比如说,刚才很多人也提到,70年代这拨人被遮蔽。这代人好像是没出息,没搞出来什么动静。这代人是不是有什么问题?在其他的行业也存在这样一个问题,他们都觉得,现在50年代、60年代的人是中国的中流砥柱,80后后来者居上,反而70年代这拨人不知整天在干什么,忙忙碌碌,碌碌无为。我就在想,难道是中国人的基因,全人类的基因,在70年代全部发生变异。其他各代都能出现大师,都能出现巨人,到这一代全是侏儒吗?我觉得肯定不是这样。那么我们为什么要遭受这么多的诟病?是我们的能力问题?我并不认为是我们的能力问题。所以后来我就认认真真地考虑这个问题。我问了很多的跟我同龄的人。他们在毕业的时候,每个人都像其他各代人一样,胸怀大志,有着"修身齐家治国平天下"那样的责任感和担当。但是,随着他进入社会,开始工作,开始娶妻生子,开始上有老下有小,开始忙于家庭生活,为了房子奋斗,在单位受到领导挤压以后,每天回到家里,连电视都不想看,忙得完全忘了自己的理想,忙得什么都不顾了。有的时候甚至连惋惜自己已经丧失理想的那种劲头、那种力气都没有了。是不是这代人就是这样?我觉得肯定不是这样的。在座有很多50年代出生的老师,还有60年代出生的老师,大家都会经历这样一个阶段:在30到40岁之间,我们每个人其实都过得捉襟见肘,过得惶恐不安。所以我觉得,这个原因之外,如果我们不再遭受物质和精神的双重挤压,我们会不会比现在好一点儿?我觉得是肯定的。

此外就是这代人心中是否无所持、无所信、无所本。这也是我关心的一个问题。所以在小说里我就虚构了一个小孩,在12岁的时候自杀了。他的所有的小伙伴,几个跟他玩得特别好的发小,他们都不同程度地参与了同伴的死亡,但是他们相互之间都不知道对方参与了死亡,每个人都负了一份责任,他们都以为同伴死了就死了,我以后随着我的独立,我离开那个现场我就可以把这个历史给忘掉,把我的罪责给忘掉。很多人以为自己忘掉了,但是若干年以后,当他们有一个机会重新相聚的时候,当有一个契机提醒他们与这个死亡有关系的时候,他们发现,每个人其实还是拿不起放不下,还是对这个事儿一直耿耿于怀。只是你在自欺欺人,想把它掩盖掉,但是,还是掩盖不掉。我就在想,如果说这一代人内心里面的确有我们掩盖不掉的东西,的确还有需要我们认真对待的东西,还有我们要耿耿于怀的那种东西,我觉得这代人就是有希望的。所以在小说里面,我写的就是这个。所谓的信仰,我从来都是把这个词泛化。刚才李徽昭老师提到我给李浩一本书写的序里面说,资本家看见钱怎样怎样。我觉得这不是一件丑事。钱对于一个商人来说,他不脏,只是一个理想。一个商人追求赚很多钱,我不觉得这是一个丑事,我恰恰觉得这个人有理想。一个商人不赚钱他干什么呢?一个作家不写东西他干什么呢?我觉得你说一个作家追求钱,这是罪恶,那么一个作家追求写出好东西,这是不是罪恶呢?其实是一回事,我们还有希望。在小说里面其实也是,里面有商人他要赚钱,有违法的人他也要赚钱,也要通过违法的事去赚更多的钱。都是这样,我觉得每一个人心里面都有所信,有所持。当你就像剥洋葱一样层层地剥开自己的内心的时候,那么这个东西的确是非常重要的。有这个东西,这代人就有希望。其实我想看的就是这个东西。我就想证明这代人有没有这个东西。我最后发现,有。所以我觉得这代人有希望。最后一句,如果说我写的这代人看起来挺纠结、挺无奈、挺黑暗的,那么,我觉得这是一个好作家应该做到的。在我理解里,一个好作家,他应该有能力看见黑暗,看见我们看不见的那些东西。不仅要有能力看见黑暗,还要在黑暗之后,看见光,这才是一个好作家。谢谢。

刘志权:谢谢徐则臣精彩的发言。他对代际划分的体会和感受,我觉得对在座的各位都会有很大的启发。下面邀请的是70后批评家的标杆,《文艺理论与批评》的副主编李云雷发言。他有一个"我们这一代"的宣言,很神秘,我也很期待,我们给他热烈的欢迎。

李云雷(《文艺理论与批评》副主编,70后学者):谢谢主持人。我就谈一下我对70后的理解。刚才相银包括很多人发言都对"我们这一代"其实有一个界定的纠结跟困惑。但是我觉得这一代人他之所以能够构成这一代,我觉得确实是,不光是简单的年龄的划分,而是这一代人他面临的问题、面临的时代正在发生一些比较大的变化。我要谈的是这样两个问题:一个就是我们这个时代的文学发生了什么? 另外一个就是我们这个时代的作家或者个人在发生什么变化?

对于我们这个时代的文学来说,我觉得是处在一个很多新的东西里面。我觉得一个就是刚才则臣也提到新的媒体,大家都知道网络、移动互联网,这些都正在改变我们文学的生产方式跟接受方式,都在发生很大的变化。这是一个方面。另外一个方面,当代我们的文学处于一个新的格局里面。这格局主要是指文学在社会上的位置也在发生很大的变化。大家都知道在 80 年代以前,文学处于我们文化的核心,但是从 90 年代之后,文学逐渐边缘化。特别是严肃文学,在整个我们的大文学里面处于比较边缘,在整个社会和文化领域里面也是处于边缘的位置。所以我们要应对的是严肃文学整个文化格局的变化。另外一点就是我们确实产生了新的经验,我们的文学怎么来表现新的经验。这个新的经验我觉得可以既有个人的经验,也有我们时代的经验。比如像上一场庆祥讲的他去太行山区的那个经验就挺有意思的。我曾经看过一篇小说,写城市里的一个家庭带孩子去农村这样一个经历。这个过程简直就像一个探险一样,有很多出乎意料,出乎一般城市家庭想象的这种新的经验。我觉得这个确实是体现出了我们这个社会处于一种大的断裂跟分化之中。一般城市家庭可能很难理解庆祥所说的太行山区的那样一种生活,但这正是我们这个社会变化巨大的一个侧面。另外大家可能也会注意到,我们现在经常能够看到各种各样的新闻,比如说中国大妈跳广场舞,跳到红场,跳到纽约;还有我们中国大妈买黄金,这样一些新闻。在以前我们的想象里面,我们中国人的形象,不会是这样的形象。但是现在很多变化、很多新的因素的出现,确实超乎我们的意料之外。一方面,广大的底层人民处于一个比较艰难的生活状态;另外一方面,中国的中产阶级,在整个中国社会,甚至世界范围内都显示出超强的购买力。这对我们理解当下的中国、中国问题提出一个很大的挑战,毕竟这是一个结构性的问题。按照我们之前对中国的理解,中国在跟世界的关系里面,属于落后的、保守的第三世界国家。但是最近这 30 年的变化,让我们一方面看到了中国的崛起,但是同时它带来了很多可能连我们自己都不能适应的一些新的现象跟新的问题。

我觉得这可以分为几个层面,从个人日常生活的层面来说,有很多这种剧烈的变化,让我们有时候也很难适应。比如说现在我们大家都用智能手机,比如苹果。但是我们用苹果也就不过这么几年,现在很难想象没用智能手机之前我们是怎么过来的,或者再往前没有手机的日子是怎么过来的,再往前我们没有电话的日子是怎么过来的。以电话这种通信工具的变化为例,就会发现我们的日常生活处于一个很大的断裂之中。如果有个作家把这种断裂的剧烈的程度能表现出来,会是一个很好的作品。因为它不光是一个通信工具直接介入我们生命经验的过程之中,整个社会的交往方式、生活方式,包括生活的各个方面都发生了很大变化。比如我们现在在城市里生活了很多年,现在再想想童年时代农村的那种生活觉得非常的遥远,简直有类似于前生的感觉。现在很难想象没有电、没有电话的那些年是怎么过来的。这只是个人的一个很小的经验,但是这个经验让我们对现在的生活有一个相对化的能力,就是说我们现在的生活它不是一个自然而然的或者说不是从来就有的这样一种生活。我们如果有这样相对化的能力的话,对我们来说就可以在我们的生活中发现很多大的问题。比如说现在中国的农村也好城市也好,都在发生很大的变化。像梁鸿写的那两本书,就表现了一些侧面。比如说传统中国文明、伦理的瓦解,这是一个方面。比如说五四以来我们的现当代文学史写到农村的时候,都是写农村人对土地特别有感情。但是从 90 年代以后,大家可以看我们的文学作品,农民对土地的感情越来越淡漠。这个应该是中国不光是 20 世纪以来甚至是几千年来都没有的一种感情。这种感情变化,如果用一种大历史的眼光去看的话,体现出来的是中国人的变异,他关心的问题跟以前也不一样了。梁三老汉、朱老忠对土地的那种感情,我们中国人不会再有了。这是一个例子。再比如独生子女这个事情。现在我们都觉得是自然而然的,但是计划生育其实执行了不过二三十年,并且在中国历史上从来没有过这样一个巨大的变化。中国广大的农村一直存在着多子多福的传统观念,忽然从 70 年代末 80 年代初开始国家直接介入个人最私密的生活中,来控制人口,这样的变化是特别大的。

改革开放以来的这三四十年,因为我们置身其中可能很难把它作为一个整体来理解,但是如果把它放在一个中国历史的进程和世界历史的进程来看,一个经济体飞速发展三四十年,这在世界历史上也是罕见的。并且这个经济体是十三四亿人构成的。所以它既是前无古人的,在世界范围内也是绝无仅有的。我们置身这个时代,我们用这样的眼光去观察这个社会、这个时代,包括我们自身的变化,可能会给我们带来一些跟上一代人不一样的问题意识。带着这些问题意识我们去研究学术问题也好,去写作自己的文学作品也好,确实会给我们带来不一样的经验,也可以给我们带来不一样的美学。这是这一代人能够成立的一个理由,能够意识到这些问题,并且把它在自己的创作中表现出来,并且在对这些问题的回答和探索之中创建起我们新的文学,包括新的学术,这是我们这一代人的使命。并且,这是我们这一代人应该做的也应该做得更好的。我就说这么多,谢谢。

刘志权:谢谢李云雷。下面有请 80 后批评家的优秀代表,来自复旦大学的金理发言。

金理(复旦大学中文系,80 后学者):我还是从自己的经验开始讲起。我前段时间在编自己的一个评论集子,我发现一个很好玩的现象,我发现在我刚刚开始从事文学评论的时候,我的研究对象大多是这一拨人,像王安忆、余华、莫言。这些人物的共同点就是他们已经是初步的文学经典化的人物,他们肯定会成为文学史上的英雄人物。但是我现在回忆起来,那个时候我的同龄人,比如说张悦然、笛安、颜歌,她们写了很多不错的作品。而且那个时候网络文学已经非常的兴盛。我从来没有关注过这样的现象。我现在一方面觉得很惭愧,另一方面,如果为自己辩护的话,其实其中有很功利的意识在里面。当时如果我写一篇文章讨论青春写作,或者讨论网络文学,我很担心这样的文章给某个刊物的主编,他可能产生这样的疑虑:你讨论的是一个很时髦的现象,但这种现象有研究的可能吗? 我觉得这里面有个问题就是:文学史或文学经典会确立一种秩序,这种秩序确立起来以后,它会迅速影响到文学的生产、消费、流通、阅读的各个环节,也会影响到文学批评。

关于文学史和文学批评,我们经常会有这样一个习惯性的看法,认为文学批评是文学史的第一道滤网。言下之意,文学批评是为文学史服务的。这些年,我越来越对这样的表述感到怀疑。我想了很多的例子。比如大家都知道李健吾先生是公认的批评史上很有建树的大家,我们如果翻开他的《咀华集》的话,会看到他讨论卞之琳的《断章》时说,如果讨论到对于人生的解释的话,没有比这个诗歌更加悲观的了。他写了这篇文章之后,卞之琳马上写了反驳文章,说你讲的全部错了,我的诗句每行之间都是相互关联的,我写的其实是人类之间相通相应的这种状态,这种状态非常的积极,根本不是悲观的。我看了这个以后我就翻了一下我案头的几本常用的文学史,我发现文学史中但凡描述卞之琳的《断章》的时候,基本上都是依据卞之琳的自我阐述来的,也就是说李健吾在那个批评现场发出的声音没有进入后来文学史主流的叙述。但是有谁能够否认李健吾的伟大呢? 我想说的是,没有转化为文学史有效积累的文学批评依然有可能是杰作。

我有时候还会碰到这样的问题,比如我写一篇评论,讨论某个作家,给这个作家看到了,看到之后他拍案而起,说你完全没有读懂我的作品。批评经常遭受来自创作方面的类似的反击,说你读不懂这首诗,你读不懂那篇小说。这是不是意味着批评是非常失败的? 我还是以李健吾为例。如果我们回到那样一个历史现场,如果我们翻开《咀华集》,你会发现李健吾经常受到他的评论对象的反击,比如巴金,比如卞之琳,比如曹禺,但这无损作家与批评家之间的友谊,也无损李健吾的权威,而且他甚至把这些反击的文章悉数收录到了《咀华集》当中。他说文学批评不是任何其他的东西,文学批评是一门独立的艺术,有它自己的宇宙。我觉得这句话就显示出一个批评家的尊严和对文学批评的信心。

在我们讨论什么是好的文学评论、什么是坏的文学评论之前,应该先讨论一个前提性的问题,就是文学批评的起跑线在哪里。还以李健吾为例。当他在写《福楼拜评传》,当他在写《司汤达研究》的时候,他是一个好的学者;但只有当李健吾把眼光转向《爱情三部曲》,转向《边城》,转向《鱼目集》的时候,他才是一个优秀的文学评论家。我觉得文学批评的同时代性大概就是批评的一道起跑线,而且我所说的这个同时代性不只是一个对象的选择,它还意味着一种工作方式。打个比方,如果我们把文学比作一条不绝长河,我们要研究某一个河段的状况,好比我们要去研究某一个时空段落当中文学思潮的演进,大概有这样几种工作方式:比如选一个高处,所谓的登高望远,那么你可以对这条河的九曲十八弯都了然于胸,对它的来龙去脉有一个清晰的把握;或者你可以站在岸边,等到退潮拾起贝壳、鱼、虾,带到实验室中做一个定量定性的分析。我觉得这些研究方式很像文学史处理历史材料、历史人物。因为这种工作方式已经确定了研究对象,似乎有了一种置身事外的客观性,也许在这种场合可以提供一条文学史的脉络,在这个脉络里转折、递进、突变的关口似乎都是清晰可见的。但我觉得文学批评的工作方式不应该是这样的，文学批评的工作方式应该是在水里面研究水，它需要你把自己变作水里面的一块石头，你要亲身去感受水流实感。在这种工作方式下，因为你没有后见之明的支撑，所以你很可能是一场冒险，你的预测很可能落空，你很可能在当时现场给出的判断跟文学史结局是不一致的，就比如刚刚讲的李健吾的情形所显示的，但这才是文学批评的方式。它显示出一个认识的主体，在复杂的流动的具体的状况中进行选择和判断的紧张感，这种紧张感是一种审美的冒险，它表明这个研究主体是内在于时代的，就好像置身于水中的那块石头，它亲身感受水的温度，它呼啸而过时的冲击力，它涓涓细流时候亲密的爱抚。同时，在这个过程当中，它可以将自己的生命信息回返给这条河流。我觉得这样一种回应的方式就是文学批评的同时代性。

在同时代性之外，文学批评还有一个标准就是感受力。我看过博尔赫斯的一篇文章讨论《堂吉诃德》和《源氏物语》，他说塞万提斯区分了白天和黑夜，但是紫式部她站在窗前，看到了繁华背后的流星。当然，他的抑扬态度我们可以去讨论，但是他这个判断当中对感受力的推崇是我非常认可的。我觉得一个好的阅读者，或者一个好的文学批评者，他肯定可以在日夜单调的循环之外看到繁华背后的流星。谢谢大家。

刘志权：感谢金理的精彩发言。下面请本次沙龙的女主人陈树萍教授来做一个发言，大家欢迎。

陈树萍（淮阴师范学院文学院，70 后学者）：为了这次会议，我们做了一个校报的特刊，在特刊上我编发了 13 位批评家的批评观。我因此得到拜读各位同行批评观的宝贵机会。在拜读他们批评观的过程当中，我也做了很残忍的删削工作，他们一千多甚至两千多字的宏文被我删到了三四百字、五百字。其实我删的时候非常痛苦，我想剁了自己的手，但是，为了版面，我还是把它删掉了。可是在删的过程中为什么会这么痛苦？是因为我突然意识到一个问题，大家来做这件事情的时候，其实不像他们讲的那么低调，而是每个人心中都有一个理想存在。所以我想，无论是作家还是批评家，当他开始从事这个行当的时候，他心中是有一种理想主义的。这个理想主义对作家来讲，是他要去接近一个非常完美的文本。他一定是希望这个文本对历史、对他个人来讲，是一个全新的、有突破的东西，绝对不是一个平庸的复制品，我相信这样的创作苦心。所以在看徐则臣《耶路撒冷》的时候，我就非常同情他，我不知道他把自己的心捣碎了多少遍，然后才出现这样一个作品。批评也一样。从普遍的意义上来说，批评同样是一种实践理想的生命方式。不同行业的人对自己的志业都会有一番想象，对以批评为志业的人而言，批评就是个人与这个世界对话的通道。在选择批评文本时，看似随意的选择其实是暗含着批评者的某种心理期待的，他(她)带着一种文学理想与一种生活理想渴望在某个文本中找到某个问题的表达方式与思考结果。即使找不到也得有一个令人信服的理由。就像作家一直在追求那个永远在前方却永远抓不住的理想文本一样，批评家也一直在追求完美的批评。在永远向前的寻求中，作家与批评家其实是志同道合者。如果说作品是作家生命中的花朵，那么，对于批评者而言，批评就是生命的开花，是坦诚面对世界、面对自我的结果。

刘志权：谢谢陈树萍教授的精彩发言。下面有请淮阴师范学院文学院70后学者闫海田博士发言，大家欢迎。

闫海田（淮阴师范学院文学院，**70后学者**）：时间关系，我就简单地说几句。由会议主题我想到批评的特殊性问题，我感觉到一个真正的作家和一个有洞察力的批评家相遇可能是一件令人激动的事情。很多时候，一个了不起的大作家很有可能被埋没，不被发现。好比陶渊明被司空图看走眼，列为"四等诗人"，直到梁太子发言，才把他完全挖掘出来。法国作家奈瓦尔刚出现的时候，被当时著名批评家圣伯夫批得体无完肤，被认为所写的东西根本不是小说。在奈瓦尔去世50年以后，当普鲁斯特看到圣伯夫的评价时，他气愤地大骂圣伯夫为"恶棍"与"老混蛋"。普鲁斯特倾力想把奈瓦尔的意义挖掘出来，但是大家都知道，他有严重的哮喘病，由于体力不支只好半途而废。后来，100年后，艾可出手，才把奈瓦尔的意义完全挖掘出来。由此我就想到，我们70后的作家是不是只有70后的批评家才能很好地把其创作的意义和审美价值挖掘出来。批评相对于创作总是有点滞后的，前几年有一种说法，是80后不出批评家，但是现在，80后的批评家出来了，比如今天在座的金理、杨庆祥等，他们都是声名鹊起，有着锐利的目光和敏锐的感受力。但他们瞄准的批评对象却不是80后作家，而是50后、60后或70后作家，主要是以50后、60后为主。也就是说，只有经典的一流的作品才能激发批评家的批评灵感。我想，这种批评的"向经典性"，可能就是批评总与创作的代际对应存在错位的原因所在。因此，我们70后的作家有这样一个代际，70后的批评家是不是也有这样一个代际？这是值得我们好好思考的。我就说这么多。

刘志权：谢谢闫海田博士。今天这个论坛我们听到了很多精彩的发言。下面我把任务交给我们60后批评家，北京大学中文系的邵燕君教授。邵燕君教授目光如炬，相信她会有精彩的点评，大家欢迎。

邵燕君（北京大学中文系，**60后学者**）：其实在我们60后看来，每一代人都有自己的焦虑，甚至每一代人都觉得自己特别悲催。事实上你觉得自己被遮蔽了，觉得自己特别悲催，而在旁边人看来觉得都是很正常的。拿我自己来说，我们当年成长的时候，也有一个名头叫"新锐批评家"。我前面都是当政的50后的主流批评家。当我觉得我好像要跑到前面去了，一看后面没人了。后面全变成70后、80后，我又跑得不够快，没跑到50后那儿去。所以你们把我拉过来，让我助阵、捧场，我当然很乐意承担这个角色。而且特别光荣的是，我的两位嫡亲的师弟今天都在，一位李云雷被称为70后批评家的标杆，还有一位徐则臣被认为是70后领军的作家，那我的身份应该是70后的师姐。虽然我非常荣幸，但我还有一点贪心。我希望将来的80后90后你们当权的时候还能带着我玩。其实我以前一直在研究网络文学，我一直在跟我90后的学生们一起玩。我刚开始在微信圈里跟他们聊天的时候，我觉得他们满嘴都是黑话，我一边看他们聊天一边查百度。慢慢地现在可以跟他们聊天了。

下面，我来总结下午各位老师的发言。李相银院长谈到了命名的焦虑，还谈到70

后的一个共同焦虑,就是害怕一代人的个性被一个时代的共性所淹没,这可能是我们很多 70 后包括 80、90 后共同的焦虑。这次论坛一直在两种"焦虑"之中,一个是我们会不会被这种时代的"代"的命名淹没自己? 另一个是,我们能不能对所得到的"代"的经验和审美经验进行一种有效的命名而(免于)淹没于众多的时代? 这是我们双重的焦虑。叶子不愧是 80 后的后起之秀,她给了我们一个非常清晰的信息,一个非常新鲜的材料,这给我留下深刻的印象。她提到一个英国最主流的刊物对我们 70 后作家进行评点,唯一的遗憾是我期待的高潮没有出现,它没有提到我们 70 后作家徐则臣。我对郭艳老师的讲话印象非常深刻,她有一种领导的风范。领导和我们一般做研究的人不一样,我们一般只说自己的研究和体会,但领导是给我们方向,领导会告诉我们时代的任务是什么,要求是什么,然后我们该如何做。郭艳老师告诉我们,这个时代给我们批评家最重要的任务是如何把当代青年实力派写作经典化,尤其是如何建构一个时代作家的身份认同,同时也要警惕同质化的危险性。

徐则臣的发言则强调了 70 后代际划分的合理性和必要性。我和则臣、李浩还有李云雷我们都很熟,我们当年一起做论坛的时候,我们的文学主张不太相似。我觉得徐则臣更是奔着诺贝尔文学奖大师的这个方向,西方经典的永恒的纯文学的方向去的,我是比较重视当下、现实。我特别高兴的是我今天听刚刚这个发言的时候,我觉得我们俩对文学的当代性和经典性是出奇的一致,我也认为任何时代的文学都是当代文学,而文学的经典性在于它穿透了这个时代,而不是超离了这个时代。我认为经典性的作品必须是衡量一个时代的最核心的焦虑,负载这个时代最饱满的信息,同时被它找到一个最恰当的形式。我觉得这也是徐则臣在这本书里所进行的一个努力。另外关于信仰的问题就太复杂了,之前已经谈到了我就不再多谈了。李云雷作为 70 后的标杆,来谈的都是大问题,他也特别擅长谈时代的大问题。他也是强调 70 后这一代为什么要有这样一个代际,及其称谓的必要性和合法性。就是因为他觉得确实发生了变化,一个是文学发生了变化,一个是作家发生了变化。另外他讲到媒介革命,网络时代实际上是媒介革命的时代。因此文学在世界中的位置发生了变化,有了新的格局。除此之外,作家也有了新的经验。

80 后批评家的代表金理也从自己的经验谈到了他的研究对象的一个变化,并且谈到了文学批评的同时代的魅力。我觉得他非常有意思,他谈到了他最初研究的对象是余华、王安忆这些经典的当下的作家,而对他同时代的张悦然还有蓬勃兴起的网络文学,他当时并未能够好好地进行跟进。这是可以理解的,因为这里有一个学术秩序的问题,特别简单,写那个你不好发文章,你也不好毕业。好在今天有一个非常大的变化。金理强调文学批评的同时代性,我也是非常认同他的观点。他认为这是一种审美的冒险,他认为批评必须内在于时代,而且非常有意思的是他认为批评者必须把他自己的生命方式回复给这个时代,我可以肯定这一点。因为我觉得真的是一个时代有一个时代的文学,一个时代有一个时代的批评家。我想对各位在座的同学说:今天是什么时代? 今天是网络时代。谁是网络时代的原住民? 不是 60 后也不是 70 后,而是 80 后 90 后这几代。那么在网络时代,你们才是这个时代真正的书写者,也是批评者。最后是两位主人谈到了更多的新问题,为什么批评和批评的意义。那么他们谈到的问题是给我们今天整个批评活动一个核心的主题。好,我先说到这里,谢谢各位。

尾声:论坛宣言与"批评家的态度"主题演讲

主持人:李相银(淮阴师范学院文学院教授、院长,**70** 后学者)
宣读人:李云雷(《文艺理论与批评》副主编,**70** 后学者)
主题演讲人:黄发有(南京大学文学院教授,**60** 后批评家)
汪政(江苏省作家协会创研室主任,**60** 后批评家)

李相银(淮阴师范学院文学院教授、院长,**70** 后学者,主持人):好了,各位请入座,我们进入最后一个环节。这次活动我们请到了"我们这一代"最有标志性的作家,最有标志性的批评家,所以我也一直期待我们能有一个标志性的结果出来。我一直在酝酿我们标志性的成果应该是什么。我想,我们就发表一个"我们这一代"的宣言吧,批评宣言或者文学创作宣言。当然这个宣言由我们的云雷来做一个陈述是最好不过的了。那么下面有请云雷。

李云雷(《文艺理论与批评》副主编,**70** 后学者):我们做一个宣誓确实是件挺好的事情,让文学界听到我们的声音。这个宣言是相银起草的,里面提到一些人的名字,我把这些名字除了则臣之外都删掉了(笑)。我就把这个宣读一下,宣言题目叫《后发终至:我们这一代》。

对作家代际结构的关注从来没有像今天这样频繁突出。人们热衷于谈论各种社会现象时,先冠之以 50 后、60 后、70 后、80 后、90 后甚至是 00 后的标签。这是一个喜欢制造新名词与新热点的时代,尤其文学界往往更喜欢制造这样的焦点。因此我们已经对各种代际结构的名称心照不宣。不过特殊的历史时代确实会产生特殊的审美观与价值观。

比较而言,"70 后"是一个特殊的代际,它背负一场历史浩劫渐渐远去的重量,因此能含而不露;同时,它也目睹过继之而起的历史的血腥与其后世界新变的迅疾,于是在尖锐的锋芒中也闪露着清醒的战栗。在"60 后"的沧桑与"80 后"的新锐之间,"70 后"终于渐渐显示出它的"历史中间物"的不可忽略的地位与独特的存在价值。

对 70 后曾有"中间代"或"一出生就摔倒的一代"这样的指称与批评,这尽管浅狭而粗暴,但也道出了 70 后身份的尴尬。不过历史从来都是公平的,在 60 后与 80 后的夹缝之间,"我们这一代"终于后发而终至。最近,70 后作家徐则臣获得老舍文学奖、鲁迅文学奖,这一事件立即引发各种想象与讨论。有学者称这是 70 后逆袭与崛起的标志。而 70 后作家也渐渐形成自己的代际意识,他们也力图找到"我们这一代"被集体忽视的各种复杂因素。如今他们终于渐渐显露出蓬勃的后劲,这就是厚积薄发。同时伴随着一批 70 后批评家的锋芒之彰显,也透漏出 70 后学者在学术界的重要地位正渐趋形成,他们既是当下学术界的生力军,也是未来研究界的主将。代际更迭更是商业与文化渐趋发展的自然法则与定律。"我们这一代"才刚刚上路,我们虽是后发,但我们终将抵达。

谢谢大家。

李相银:谢谢云雷,下面我们请重量级批评家黄发有先生与汪政先生作指导性演讲。演讲主题是"批评家的态度"。我们先请黄发有先生演讲,大家欢迎。

黄发有(南京大学文学院教授,60 后批评家):大家下午好,你们这一个下午也都很辛苦,所以我就尽量简短一点。要说指导性意见不敢当,我就谈谈我个人的一些体会吧。

我本科学的是经济学,后来转行搞文学研究,其实是半路出家。我研究生面试的时候,当时的导师说我是弃明投暗。可能是因为喜欢吧。因为我大学的时候一直写诗,但后来不写了,现在在诗歌评论方面基本上也没什么作为。我开始读研究生的时候,以为读中文系的研究生就是搞创作,后来发现不是。所以我第一年特别失望,后来都想退学,但是后来慢慢又发觉,其实文学评论也有它有意思的地方。所以一直就走到现在。其实我一直还想搞创作,为了弥补不能搞创作的遗憾,后来有一段时间我就写随笔散文。因为我是客家人,后来出过两本客家题材的散文集。现在写的比较少了。

我从事文学批评,应该说是误打误撞。也正因为这样,我个人批评的一个出发点,就是希望在创作跟批评之间能找到一个平衡点。前面刘琼说批评也是写作,我觉得这个说得确实是非常好。正因为如此,我认为文学批评也要有一种形式感。我个人比较认同的或者说比较喜欢的文学批评,是那种美文式的批评。刚才金理提到刘西渭,也就是李健吾,他的《咀华集》就是典型的美文式的批评。所以我们现在来看就觉得他里面有他的一种才情和智慧,最主要的就是那种独立的性情。金理讲他的一些批评后来也不被文学史所接纳,但是有一些他的观点,比如说他对沈从文的评价,我认为后面很多的文学史大概在某种意义上都没有超越李健吾的判断。所以我觉得他真是很了不起。跟他类似的当然还有其他的一些,比如说像傅雷评张爱玲的那一篇文章,我认为也是典型的批评的美文。还有比如说像龙应台评白先勇的,我觉得那种锋芒和才情都是很罕见的。包括文学史其实也是有多种的写法。比如说司马长风的《新文学史》,我认为其实也是一种美文式的文学史。如果同学们有兴趣,可以去找他的书来看一看。我举一个例子,他评钱锺书《围城》的那一段,就是典型的美文式的一种文学史叙述。我对这一种是特别地偏爱。

就我个人来说,我后来慢慢地转向比较学术化的领域。比如现在这几年一直在做文学传媒。所以后来写的文章学理性越来越强,也是越来越枯燥。为什么会这样呢?当然也可能是因为跻身学院中间,有时候是身不由己。另外一个方面呢,可能是因为批评家有时候在作家面前感觉说话总是不理直气壮。觉得批评家都是因为写不出文学作品才搞批评,而且觉得批评家总是胡说八道。作家和批评家之间的关系从来都是很微妙的。比如像歌德,他就说,打死他,因为他是批评家。所以我觉得,就从我个人的角度来讲,做批评其实还是要有一个独立性。正因为这样,觉得跟作家之间,或者说跟批评的文学现场之间,还是要保留这种疏离感。

我个人对于文学批评还有一个观点就是,我认为它毕竟有趣。我在昨天坐车来这边的路上,跟何平谈起我最近买到的一本书,是一本题跋本,我讲得神采飞扬。然后何平就说,你怎么像个老头啊(笑)。我觉得我从趣味上确实可能有一点老头的心态了。因为我这几年很注意去买一些很奇奇怪怪的材料,比如说一些旧书、藏书票、稿费单、退稿信,包括很鲜见的旧杂志。因为这算是第一手材料。另外,它本身背后隐藏着一些非常鲜活的生命故事。比如说我最近买了一个《谈艺录》题跋本,但这个其实是台湾的一个盗版,因为我们知道《谈艺录》修订本出版之前,大陆那个时候不可能出钱锺书的书。这个书很有意思,是钱锺书的一个大学的同班同学,叫许振德,当时他在旧金山一个叫东风书店的地方买了这本书,然后他写了一个非常长的题跋。他写到了他跟钱锺书,还有另外的一个大学同学常风教授(也是一个很著名的作家),他们之间的友情,以及他们大学毕业之后所经历过的历史。那个题跋将近有七八百字,用毛笔题的。在题跋里写到关于他们三个人之间一些很有趣的故事。他们当年在读大学的时候曾经一起去西山玩,那个时候西山离清华还是很有点距离的,而且他们都是骑着毛驴。后来晚上很晚的时候,他们三个人就在香山宾馆住了一个晚上,花了两块大洋,三个人挤一张床。许振德当时是清华篮球队的队长,他当年跟季羡林之间还有很多故事,这个因为时间我就不讲了。后来杨绛写过一篇文章,回忆钱锺书读大学的时候,说许振德爱上他同班的一个很漂亮的女孩子,然后他总是眼睛滴溜溜地跟着她转。而钱锺书经常上课开小差,然后他就看许振德眼神怎么变化,然后就画画,画了很多幅,还给它题了个名,叫作《许眼变化图》。所以说有时候去想想背后的故事,好像比纯粹地去看一个东西,可能更鲜活一点。我现在给本科生上通识课,有时候就跟他们讲这些,他们也觉得挺有趣的。比如讲一张藏书票,我会讲它背后的很多故事。所以从我个人的角度来说,我愿意写,或者我喜欢看的是这种有生命温度的、有趣的,这样一种批评。

最后,作为一个在大学里面教书的学者,我的选择是在史论和批评之间寻找一个平衡点。我这几年主要做的跨学科研究,文学传媒与文学制度。我最近买了很多稿费单,旧的从这个二三十年代,包括很多十七年的,像什么《红岩》《红旗谱》的稿费单,一直到八九十年代,大概有上千张吧,所以我后面可能又要重新回我的老本行,做版权制度研究,因为这些是难得的第一手材料。

以上是我个人的一些粗浅的看法。谢谢大家。

李相银:谢谢黄发有先生。下面就让我们有请德高望重的汪政先生来寄语我们青年作家、青年批评家,还有我们在座的学子们,大家有请。

汪政(江苏省作家协会创研室主任,60后批评家):谢谢李院长。终于熬到德高望重这个份上了,心里还是蛮开心的,这也是对我们这些正在老去的人的一种安慰。其实上午我已经说了,要不要来参加这个会,心里确实是很纠结。人有时候想起一些词,自己都是扛不动的,比如说困窘、窘境、尴尬,这些词实际上都是非常沉重的,说说容易,落到你身上有时候是扛不动的。人最尴尬、最困窘的就是在不适当的时候来到了不恰当的地方,所以我最怕的就是自己这次来参会就可能是这个情况。大概是在十年之前我跟毕飞宇一块去参加由《人民文学》、《南方文坛》一块搞的青年批评家和作家论坛。我跟毕飞宇一块参加活动的时候,我们两个人就相互发下了这个誓愿,再也不参加这样的活动了。因为你要拿镜子照照,你已经满头白发,你已经满脸的褶子了,你还跟这些少男少女们混在一块,你是为老不尊(笑)。所以不幸的就是这次恰恰又进入这样的场合,所以我还真是(尴尬)。我是非常体谅相银来理解我们老人的心情,所以用了"德高望重"这样一个高帽子套在我的头上,不管受用不受用,我还是对他表示感谢(笑)。这个可能有些玩笑话,也是我真实的心境。但是来了以后这一天时间下来,我确实非常有感慨,也有收获。

首先就是我要重复一下我们志权院长对所有在场同学的表现的一个夸赞。这个是一个学校的学风、一个学校的教风的典型体现。能够坚持到现在,尽管在心里可能在担心说这个老东西快点结束吧,我们马上没有饭吃了,但是屁股还没有挪动的这些莘莘学子,我真的是表示敬意。因为我也做过二十多年的老师,这是第一个,所以这是我要重复刘志权院长对在座的同学的一个赞许。

第二个,今天李院长他们这样一个精心的安排,把我们的活动做得如此的圆满,取得如此丰硕的成果,我也是非常感慨。这个会是开得扎扎实实,从某种意义上来讲,李院长他们夫妻两个把在座各位的血汗都榨干了(笑)。(大家)奉献这么多的精彩的智慧,让同行们相互受益,让在座的同学们大开眼界。所以作为一个老人,对青年才俊如此的敬业我是深表钦佩。因为我们有好多的会,昨天就是从一个会上赶到今天的会上,明天又奔赴另外一个会。但是参会的我们这些会虫们,都知道我们开的是怎样的会,但是今天这个会确实是扎扎实实,是成果丰硕。在座的这些青年才俊是无私奉献,也让我收获很多。

不管谈批评还是谈什么,首先得有这样一种敬业精神。你在这个位置,你作为一个批评家,不管在哪个体制下工作的批评家,是像我这样在作协工作的,相对自由的批评的人,还是像发有教授这样在大学里面,有时不得不为学术体制而掩藏自己的个性、牺牲自己才情的这样的批评家,你不管在哪个位置,你都首先要敬业。所以在这个方面,我特别钦佩北京大学的邵燕君教授。这个小姑娘在我眼里确确实实是一个才华横溢、锋芒毕露,与传统女性的这样一种才情和知识有着巨大冲突的年轻学者。但这些东西我今天都不谈,我要对她表达敬意的是她居然在近几年来花费巨大的精力从事网络批评。在座的同学都知道,网络作家门槛好进,但是你要写到那个程度,写到有粉丝有市场,是极其难的。做网络作家并不容易,但是我要说的是从批评这个角度来讲,做网络批评更不容易。我在好多场合都说过,我是敬而远之,为什么?我年纪大了,我评不动了,首先就看不动。我在好多场合都说过,与其说网络批评是一个智力劳动,倒不如说是一个体力劳动。所以我在这儿对邵燕君教授表达我由衷的敬意。我是真的向往着而不能达。正是有这样的,有敬业精神、有奉献精神的批评家,才撑起了在世界上都叹为观止的中国文学批评的景观。

　　在座的有好多学者，用刚才邵燕君教授的话说，都是国际作家、国际学者。真的，文学批评恐怕没有哪个国家像中国如此的繁荣，拥有如此多的批评家。从这一点来讲，我们有时候也要对自己的批评保持警惕。批评在产生知识，在创造知识，这是高境界。我们这些青年才俊们，每个人都在创造知识，都在产生知识，而且有好多人都有非常个人风格化的知识。只要一提到李云雷也好，一提到邵燕君也好，黄发有也好，有一些词已经因他们而成为我们批评界的关键词。这就是在产生知识，在贡献知识，这就是在创造文明，在创造文化。但是，另外一面我们也要对自己的知识生产保持警惕。我们的知识生产是多了还是少了？在我看来是多了。所以我现在就经常提醒自己能不能少写一点，能不能少说几句话，能不能少生产一点垃圾。如果对自己是用科学发展观来要求我们的批评可持续发展的时候，不生产垃圾、不生产污染这样一个情况之下，那么文学批评它的一个巨大的空间，它的生命力又在哪里呢？在生活，在我们的感受，在我们的日常生活。所以文学批评是一种职业，是一种工作，但更是一种生活。就像法国批评家蒂博代的《六说文学批评》里面，他最为推崇的实际上是一种普通批评。这种批评不仅仅存在于我们这些批评家身上，不仅仅存在于我们学院里，更多的是存在于我们日常生活当中。当同学们互相打招呼，你今天看戏了么？你认为这个戏怎么样？他说不咋样。这就是文学批评。谁能否认这不是文学批评，这不是艺术批评呢？在公交车上，看见几个大妈在聊天，聊的是肥皂剧。你能说这不是艺术批评，这不是文学批评吗？所以文学批评并不仅仅是像我们学者所塑造的这样高大上，它实际上是跟我们的生活息息相关的。所以我希望我们在座的同学们，要多读书，多交流。不但要读，而且要想，要思，要表达自己对作品的看法。你们以后在与人交流当中，都不要忘记来讨论文学，讨论艺术，这是文学批评和文艺批评之能够长久不衰的真正推动力。年纪大了，胡说八道，又要提希望，实在对不起，谢谢（笑）。

　　李相银：谢谢汪老师的精彩发言。坚持一天下来，大家都体力透支，刚才有同学说脑子都快缺氧了。最后谢谢与会的各位尊敬的批评家，尊敬的作家，也谢谢我们在座的各位同学，谢谢你们参与，因为你们的参与才使我们的活动更加的圆满。从"花街"到"耶路撒冷"徐则臣作品研讨会暨"我们这一代"批评家论坛到此结束，谢谢各位。

翔宇论坛全目录

的思考　2011 年 5 月 30 日

10 月 23 日

61 期——南恺时:伟大的文明传统:孝子、《孝子传》与中国文化精神　2013 年 10 月 23 日

62 期——梅家玲:台湾文学与台湾新电影　2013 年 11 月 3 日

63 期——洪淑苓:多元与创新——台湾文学的特质与发展　2013 年 11 月 5 日

64 期——范小青:文学与当下社会　2013 年 11 月 19 日

65 期——刘醒龙:回到寂寞,回到经典　2013 年 11 月 20 日

66 期——阿成:小说里的世界　2014 年 3 月 30 日

67 期——焦桐:诗人与情人　2014 年 4 月 3 日

68 期——徐有富:读书贵在思考　2015 年 4 月 26 日

69 期——武秀成:读书治学与文献学意识　2015 年 4 月 26 日

70 期——黄震云:中国古代文学研究前沿　2015 年 3 月 30 日

71 期——李隆献:秦汉文献中的孔子形象　2015 年 4 月 3 日

72 期——朱晓海:真的二百年来无此诗吗——以《咏邯郸故人才嫁为厮养卒妇》为例　2015 年 4 月 16 日

73 期——赵恺:赵恺和他的诗　2015 年 5 月 19 日

74 期——许建中:《南柯记》的情节结构与思想表达　2015 年 6 月 12 日

75 期——王安忆:我与写作　2015 年 6 月 25 日

76 期——陈思和:《新青年》同人分化问题　2015 年 6 月 26 日

77 期——孙绍振:文本分析的观念和方法问题　2015 年 10 月 12 日

78 期——李程骅:面向"十三五"的江苏文化产业发展战略　2015 年 10 月 23 日

79 期——朱晓进:中国现当代文学史研究的理路与方法　2015 年 12 月 11 日

80 期——刘勇:百年文学的精神财富　2015 年 12 月 24 日

81 期——杨杨:商务印书馆与中国现代文学　2016 年 3 月 20 日

82 期——陈引驰:中国文学历史上的轴心时代　2016 年 3 月 20 日

83 期——季进:英语世界的中国现代文学研究　2016 年 4 月 10 日

84 期——陈思和:五四前夕思鲁迅　2016 年 4 月 23 日

85 期——王宏图:文学中的哲理表现　2016 年 4 月 24 日

86 期——张新颖:沈从文的后半生:一个故事,多个层次　2016 年 4 月 24 日

87 期——栾梅健:《海上花列传》与中国现代文学的起源　2016 年 4 月 24 日

88 期——朱静宇:《百年孤独》与中国当代作家　2016 年 4 月 24 日

89 期——程章灿:国学、汉学、中国学:一种学问,三个世界　2016 年 5 月 11 日

90 期——宋明炜:中国科幻新浪潮　2016 年 6 月 1 日

91 期——孙宜学:外国文学中的浪漫主义　2016 年 10 月 22 日

92 期——刘勇:人生与文学的双重融合　2016 年 11 月 8 日

93 期——刘勇:文化是最后的底牌(上)　2016 年 12 月 29 日

94 期——顾明栋:论汉学与汉学主义　2016 年 12 月 30 日

95 期——刘勇:文化是最后的底牌(下)　2017 年 3 月 23 日

96 期——李凤亮:文化自觉背景下的中国文化产业创新　2017 年 4 月 6 日

97 期——朱国华:阶级习性与中等品味的艺术:布迪厄的摄影观　2017 年 4 月 21 日

98 期——张业松:鲁迅遗产与新世纪人文教育　2017 年 5 月 26 日

以及:

"翔宇论坛"百期庆典特别策划徐则臣工作室揭牌仪式暨"2017 仲夏文学季"小说家论坛　2017 年 6 月 17—18 日

"翔宇论坛"2017 海峡两岸国学论坛　2017 年 6 月 27 日

后　记

　　《"翔宇论坛"百期精选（2009—2017）》共收讲稿 23 篇，内容涉及现当代文学、古代文史、区域文化等多方面，所收文稿完全按照讲座时间为序进行编排，文字也是在现场录音稿基础上，除了作一些必要的润饰与调整外，一依原貌，所以这样做，只想文集无论内容，还是形式，都尽可能地保存本真与原味。

　　由于时间仓促与篇幅限制，本次收录的 23 篇，只占翔宇论坛百期的四分之一强，还有大量很有价值与分量的文稿未能编选进来，这里先存其目，以待来日再付剞劂。存目可参见所附的"翔宇论坛全目录"。

　　为编录这本文集，文学院二十多位老师放弃假期休息或其他事务，先后参与审听录音、校核文稿、编辑文字，他们是：陈年高、陈树萍、陈双蓉、程泱、丁烨、董俊、高山、葛志伟、侯荣荣、李惠、李兆新、刘尚云、谭善明、田金霞、田祝、王爱军、肖燕云、许芳红、张国花、赵青、周薇、朱立芳（以上人名按音序排列）。对他们的付出与辛劳，谨表谢忱。

　　由于文集编辑主要依据现场录音，内容多涉专门，加之数量大，时间紧，虽经反复比对校核，文集肯定还存在着这样那样的问题，恳请演讲者与读者不吝指正。

《"翔宇论坛"百期精选》编辑组

图书在版编目（CIP）数据

"翔宇论坛"百期精选：2009—2017 / 李相银主编. ——
南京：南京大学出版社，2017.12
 ISBN 978-7-305-19754-3

 Ⅰ.①翔… Ⅱ.①李… Ⅲ.①中国文学—文学研究—
文集 Ⅳ.①I206-53

 中国版本图书馆 CIP 数据核字（2017）第 317916 号

出版发行　南京大学出版社
社　　址　南京市汉口路 22 号　　　　　邮　编 210093
出 版 人　金鑫荣

书　　名　"翔宇论坛"百期精选（2009—2017）
主　　编　李相银
责任编辑　荣卫红　　　　　　　编辑热线　025-83685720

照　　排　南京紫藤制版印务中心
印　　刷　南通印刷总厂有限公司
开　　本　787×1092　1/16　印张 19.5　字数 427 千
版　　次　2017 年 12 月第 1 版　2017 年 12 月第 1 次印刷
ISBN　978-7-305-19754-3
定　　价　76.00 元

网址：http://www.njupco.com
官方微博：http://weibo.com/njupco
官方微信号：njupress
销售咨询热线：(025)83594756